BESTSELLER

Michael Crichton nació en Chicago en 1942. Cursó estudios en el Harvard College y se doctoró por la Facultad de Medicina de Harvard. Durante esos años, escribió una serie de thrillers con el pseudónimo de Jeffrey Hudson, en los que ya destacaban las magníficas dotes de escritor que años después le darían celebridad internacional. Crichton ha sido en las últimas décadas uno de los autores estadounidenses de mayor proyección mundial, y todos sus libros han recibido una sensacional acogida de público y crítica. Se le conoce mundialmente como el creador del thriller tecnológico y científico. Entre su ingente obra cabe destacar *Parque Jurásico* (1990), cuyo guion coescribió, *Acoso* (1994), *Esfera* (1987), *Presa* (2002), *Estado de miedo* (2004), *El mundo perdido* (1995), *Next* (2006), así como el guion de cine *Twister* y el libro autobiográfico *Viajes y experiencias*. Sus libros superan los doscientos millones de ejemplares vendidos y han sido traducidos a más de treinta idiomas; es la única persona en Estados Unidos que ha tenido al mismo tiempo el libro más vendido, el número uno en taquilla y la serie con mayor audiencia, con *Acoso*, *Parque Jurásico* y *Urgencias*, respectivamente. También ha recibido numerosos premios por su trabajo literario, así como por sus obras para el cine y la televisión, entre los que se cuenta un Premio Emmy por la serie televisiva *Urgencias*, creada por él. Falleció en 2008 en Los Ángeles.

Para más información, visita la página web del autor:
www.michaelcrichton.com

Biblioteca

MICHAEL CRICHTON

Parque Jurásico

Traducción de
Daniel Yagolkolwski

DEBOLS!LLO

Papel certificado por el Forest Stewardship Council®

MIXTO
Papel | Apoyando la silvicultura responsable
FSC® C117695

Penguin Random House Grupo Editorial

Título original: *Jurassic Park*

Primera edición con esta cubierta: junio de 2022
Segunda reimpresión: julio de 2023

Travessera de Gràcia, 47-49. 08021 Barcelona

Diseño de la cubierta: Penguin Random House Grupo Editorial / Marta Pardina
Imagen de la cubierta: © Señor Salme

Printed in Spain – Impreso en España

ISBN: 978-84-663-4271-1
Depósito legal: B-7.630-2022

Impreso en Black Print CPI Ibérica
Sant Andreu de la Barca (Barcelona)

P 3 4 2 7 1 B

Para A-M
y
T

Los reptiles son aborrecibles a causa de su cuerpo frío, su color pálido, su esqueleto cartilaginoso, su piel inmunda, su aspecto feroz, su mirada calculadora, su fetidez, su voz áspera, la sordidez de los sitios en los que habitan, y su terrible veneno: he aquí la razón por la que su Creador no ejerció sus poderes para hacer muchos de ellos.

LINNEO, 1797

No se puede hacer que vuelva atrás una nueva forma de vida.

ERWIN CHARGAFF, 1972

Introducción

«El INCIDENTE INGEN»

El final del siglo XX fue testigo de una «fiebre del oro» científica de asombrosas proporciones: la urgencia precipitada y frenética por comercializar ingeniería genética. Esta empresa avanzó con tanta rapidez, con tanto dinero, con tan pocos comentarios externos, que apenas si se llegan a comprender sus dimensiones y consecuencias.

La biotecnología promete la revolución más grande de la historia humana. Para fines de esta década habrá dejado muy atrás la energía atómica y los ordenadores en cuanto al efecto que habrá de ejercer sobre nuestra vida cotidiana. Como lo expresó un observador, «la biotecnología va a trasformar todos los aspectos de la vida humana: nuestros servicios médicos, nuestra alimentación, nuestra salud, nuestras diversiones, nuestro cuerpo mismo. Nada volverá a ser igual. Literalmente, va a cambiar la faz del planeta».

Pero la revolución biotecnológica difiere de las transformaciones científicas anteriores en tres aspectos importantes.

Primero, está muy difundida. Norteamérica entró en la Era Atómica a través del trabajo de una sola institución investigadora, en Los Álamos. Entró en la Era de los Ordenadores a través de los esfuerzos de alrededor de una docena de compañías. Pero hoy las investigaciones biotecnológicas se llevan a cabo en más de dos mil laboratorios sólo en Norteamérica. Quinientas compañías de gran importancia gastan cinco mil millones anuales en esta tecnología.

Segundo, muchas de las investigaciones son irreflexivas o frívolas. Los esfuerzos por producir truchas más pálidas para que sean más visibles en el río, árboles cuadrados para que sea más fácil cortarlos en tablones y células aromáticas inyectables para que una persona tenga siempre el olor de su perfume favorito pueden parecer una broma, pero no lo son. En verdad, el hecho de que se pueda aplicar la biotecnología a las industrias tradicionalmente sujetas a los vaivenes de la moda, como las de los cosméticos y el tiempo libre, hace que crezca la preocupación por el uso caprichoso de esta poderosa tecnología nueva.

Tercero, no hay control sobre las investigaciones. Nadie las supervisa. No hay legislación federal que las regule. No hay una política estatal coherente ni en Norteamérica ni en parte alguna del mundo. Y, dado que los productos de la biotecnología van desde medicinas hasta nieve artificial, pasando por cultivos mejorados, resulta difícil instrumentar una política inteligente.

Pero más perturbador es el hecho de que no se encuentren voces de alerta entre los científicos mismos. Resulta notable que casi todos los que se dedican a la investigación genética también comercian con la biotecnología. No hay observadores imparciales. Todos tienen intereses en juego.

La comercialización de la biología molecular es el acontecimiento ético más pasmoso de la historia de la ciencia, y tuvo lugar con velocidad desconcertante. En el transcurso de los cuatrocientos años que han transcurrido desde Galileo, la ciencia siempre avanzó en forma de investigación libre y abierta del funcionamiento de la Naturaleza. Los científicos siempre pasaron por alto las fronteras de las naciones, manteniéndose por encima de las preocupaciones transitorias de la política e incluso de las guerras. Los científicos siempre se rebelaron contra la imposición del secreto sobre las investigaciones, y hasta fruncieron el ceño ante la idea de patentar sus descubrimientos, al considerarse a sí mismos trabajadores para el beneficio de toda la humanidad. Y, durante muchas generaciones, los descubrimientos de los científicos gozaron, por cierto, de la cualidad de ser peculiarmente desinteresados.

Cuando, en 1953, dos jóvenes investigadores de Gran Bretaña, James Watson y Francis Crick, descifraron la estructura del ADN, se aclamó su trabajo como un triunfo del espíritu humano, de la búsqueda multisecular para entender el universo de manera científica. Se esperaba, confiadamente, que el descubrimiento de Watson y Crick se brindaría desinteresadamente para mayor beneficio de la humanidad.

Sin embargo, eso no ocurrió. Treinta años más tarde, casi todos los colegas científicos de Watson y Crick estaban dedicados a otra clase completamente diferente de proyecto: las investigaciones sobre genética molecular se habían convertido en una vasta empresa comercial que entrañaba muchos miles de millones de dólares, y los orígenes de esta empresa se pueden localizar no en 1953, sino en abril de 1976.

Ésa fue la fecha en la que se celebró una, ahora famosa, reunión en la que Robert Swanson, capitalista de empresas de riesgo, se asoció con Herbert Boyer, bioquímico de la Universidad de California. Los dos hombres acordaron fundar una companía comercial para explotar las técnicas de fusión de genes desarrolladas por Boyer. La nueva compañía que constituyeron, Genentech, pronto se convirtió en las más grande de las empresas pioneras de ingeniería genética, y la de mayor éxito.

De repente pareció como si todo el mundo quisiera volverse rico. Compañías nuevas se anunciaban con frecuencia casi semanal, y los científicos salían en tropel para explotar las investigaciones genéticas. Para 1986, por lo menos trescientos sesenta y dos científicos (incluidos sesenta y cuatro pertenecientes a la Academia Nacional de Ciencias) figuraban en las juntas de asesoramiento de las empresas dedicadas a la biotecnología. La cantidad de los que gozaban de participación en acciones, o que estaban a cargo de oficinas consultoras, era varias veces mayor.

Es necesario hacer hincapié en cuán importante era, realmente, este cambio de actitud: en el pasado los científicos dedicados a la investigación pura adoptaban un punto de vista esnob en cuanto a la aplicación comercial; consideraban la búsqueda de dinero carente de interés en el aspecto intelectual y sólo apta para tenderos. Y realizar investigaciones para la industria, aun en los prestigiosos laboratorios de la Bell o de IBM, era sólo para aquellos científicos que no habían podido conseguir el nombramiento como profesores en una Universidad. De esta manera, la actitud de los científicos que hacían investigación pura era fundamentalmente crítica hacia el trabajo de los colegas que hacían investigación aplicada, y hacia la industria en general. Su prolongado antagonismo mantuvo a los científicos universitarios libres de lazos contaminantes con la industria y, cada vez que surgía el debate sobre cuestiones tecnológicas, se contaba con científicos imparciales que discutían los temas al más alto nivel.

Pero eso ya no es verdad. Hay muy pocos biólogos moleculares y muy pocas instituciones de investigación que estén exentos de vínculos comerciales. Los días de antaño acabaron. Las investigaciones genéticas prosiguen, y con un ritmo más furibundo que nunca. Pero en secreto, con prisa y para obtener lucro.

En este clima comercial, probablemente resulta inevitable que haya surgido una compañía tan ambiciosa como International Genetic Technologies, Inc., de Palo Alto. Asimismo, tampoco sorprende que la crisis genética que desencadenó no se haya denunciado. Después de todo, las investigaciones de la InGen se llevaron a cabo en secreto; el incidente real tuvo lugar en las regiones más remotas de América Central; menos de veinte personas estuvieron allí para atestiguarlo... y de ellas sólo sobrevivió un puñado.

Incluso al final, cuando International Genetic Technologies presentó solicitud de protección según el Capítulo 11 en el tribunal superior de San Francisco, el 5 de octubre de 1989, las actuaciones atrajeron poca atención de la prensa. Parecía algo tan común: InGen era la tercera pequeña compañía norteamericana dedicada a la bioingeniería que fracasaba ese año, y la séptima desde 1986. Pocos documentos del juicio se hicieron públicos, ya que los acreedores eran consorcios inversores japoneses, como Hamaguri y Densaka, compañías que, tradicionalmente, rehúyen la publicidad. Para evitar una innecesaria divulgación, Daniel Ross, de Cowan, Swan y Ross, asesoría jurídica de InGen, también representaba a los inversores japoneses. Y la petición bastante insólita del vicecónsul de Costa Rica se oyó a puerta cerrada. Por eso no puede sorprender que, en el espacio de un mes, los problemas de InGen se resolvieran callada y amistosamente.

Las partes que intervinieron en ese acuerdo, comprendida la distinguida junta científica de asesores, celebraron un convenio de no divulgación de los hechos, y ninguno va a hablar de lo que sucedió, pero muchas de las principales figuras del «incidente InGen» no eran signatarias del convenio y estaban dispuestas a discutir los notables sucesos que desembocaron en esos tres días de finales de agosto de 1989 en una isla remota situada frente a la costa oeste de Costa Rica.

Prólogo

LA MORDEDURA DEL RAPTOR

La lluvia tropical caía formando una gran cortina que mojaba hasta el tuétano, martilleaba sobre el techo acanalado del edificio de la clínica y bajaba ruidosamente por los canalones, esparciéndose por el suelo como un torrente. Roberta Carter suspiró y miró con fijeza por la ventana: desde la clínica apenas si podía ver la playa y el océano que se extendía más allá, envueltos en una niebla baja. No era eso lo que esperaba cuando llegó a la aldea pesquera de Bahía Añasco, en la costa oeste de Costa Rica, para pasar dos meses como médica visitadora. Bobbie Carter esperaba sol y reposo después de dos agotadores años de residencia en el departamento de urgencias del Michael Reese de Chicago.

Llevaba tres semanas en Bahía Añasco. Y había llovido todos los días.

Todo lo demás estaba bien: le gustaba el aislamiento de Bahía Añasco y la cordialidad de su gente. Costa Rica tenía uno de los veinte mejores servicios sanitarios del mundo y, aun en esa remota aldea costera, la clínica estaba bien mantenida y sobradamente abastecida. Su auxiliar médico, Manuel Aragón, era inteligente y tenía buena preparación. Bobbie podía practicar la medicina a un nivel similar al de Chicago.

¡Pero la lluvia! ¡La constante, interminable lluvia!

Al otro extremo del consultorio, Manuel levantó la cabeza:

–Escuche –dijo.

–Créeme, la oigo –repuso Bobbie.

–No. *Escuche.*

Y entonces lo oyó: otro sonido mezclado con la lluvia, un ruido sordo que fue aumentando hasta que se oyó con claridad. El rítmico rumor de un helicóptero. Bobbie pensó: *No pueden estar volando con un tiempo así.*

Pero el sonido aumentaba de modo continuo y, entonces, el helicóptero irrumpió con un rugido volando bajo a través de la niebla del océano, describió un círculo y volvió. Bobbie vio al helicóptero oscilar hacia atrás sobre el agua, cerca de las barcas pesqueras, para después avanzar lentamente de costado hacia el destartalado muelle de madera y, otra vez, volver hacia la playa.

Estaba buscando un sitio para aterrizar.

Era un Sikorsky panzudo, con una banda azul en el costado interrumpida por las palabras InGen Construction, la compañía constructora que estaba erigiendo un nuevo centro de recreo en una de las islas de mar adentro. Se decía que el centro era espectacular y muy complicado; a muchos de los lugareños se les había empleado en la construcción, que estaba en marcha desde hacía más de dos años. Bobbie se lo podía imaginar: una de esas amplias zonas de recreo norteamericanas, con piscinas y campos de tenis, donde los huéspedes podían jugar y beber su daiquiri sin tener contacto alguno con la verdadera vida del país.

Bobbie se preguntaba qué era tan urgente en esa isla para que el helicóptero volara con ese tiempo. A través del parabrisas vio al piloto lanzar un suspiro de alivio cuando el helicóptero se asentó en la húmeda arena de la playa. Hombres uniformados saltaron del aparato y abrieron de golpe la gran puerta lateral. Bobbie oyó gritos frenéticos en español, y Manuel le dio un leve codazo.

Estaban solicitando un médico.

Dos tripulantes negros transportaban un cuerpo laxo en dirección a Bobbie, mientras un hombre blanco ladraba órdenes. El hombre blanco llevaba un impermeable amarillo y una gorra de béisbol de los Mets que se encasquetaba sobre su rojo cabello.

–¿Hay un médico aquí? –le vociferó a Bobbie, gritando bajo la lluvia mientras la médica iba a su encuentro a toda prisa.

–Soy la doctora Carter –contestó ella.

La lluvia caía en pesadas gotas que golpeteaban la cabeza y los hombros de la médica. El hombre pelirrojo la miró frunciendo el entrecejo: la joven llevaba vaqueros recortados, un chaleco que dejaba al descubierto su abdomen y tenía un estetoscopio, con la campana de auscultación ya oxidada por el aire salado.

–Ed Regis. Tenemos un hombre muy enfermo, doctora.

–Entonces es mejor que lo lleven a San José.

San José era la capital, a tan sólo veinte minutos de vuelo.

–Lo haríamos, pero no podemos pasar sobre las montañas con este clima. Tiene usted que atenderle aquí.

Bobbie se acercó al herido: era un chico de no más de dieciocho años. Al levantarle la camisa empapada de sangre vio un gran desgarrón a lo largo del hombro, y otro en la pierna.

–¿Qué le pasó?

–Accidente de construcción –gritó Ed–. Se cayó. Una de las excavadoras le arrolló.

El chico estaba pálido, tembloroso e inconsciente.

Manuel permanecía junto a la puerta verde brillante de la clínica, agitando las manos. Los hombres llevaron el cuerpo al interior y lo depositaron sobre la mesa que había en el centro de la habitación. Manuel se ocupó de inyectarle una sonda intravenosa y Bobbie dirigió la lámpara sobre el muchacho, inclinándose para examinar las heridas. De inmediato advirtió que no tenía buen aspecto. Era casi seguro que moriría.

Una gran laceración se extendía desde el hombro, bajando por el torso. En el borde de la herida, la carne estaba destrozada. En el centro, el hombro estaba dislocado, los pálidos huesos expuestos. Un segundo tajo cortaba profundamente los gruesos músculos del muslo, lo suficientemente hondo como para dejar al descubierto la pulsación de la arteria femoral. Parecía que la pierna del muchacho hubiera sido desgarrada.

–Cuéntame cómo fue –pidió Bobbie.

–No lo vi –dijo Ed–. Dicen que la excavadora le arrastró.

–Parece como si le hubiera atacado un animal –comentó Bobbie Carter, sondeando la herida.

Como la mayoría de los médicos de las salas de primeros auxilios, Bobbie recordaba con gran detalle los pacientes que había visto, incluso a los de hacía años. Había visto dos ataques con desgarramiento: uno correspondia a un niño de dos años, atacado por un perro rottweiler. El otro, a un empleado de circo borracho, víctima de un desafortunado encuentro con un tigre de Bengala. Ambas heridas eran similares. El ataque de un animal tenía un aspecto característico.

–¿Atacado por un animal? –dijo Ed–. No, no. Fue una excavadora, créame.

Ed se lamía los labios mientras hablaba. Estaba inquieto y se comportaba como si hubiera hecho algo malo. Bobbie se preguntó por qué: si estaban empleando obreros locales inexpertos para la construcción del centro de recreo debían de tener muchos accidentes.

Manuel preguntó:

–¿Quiere un lavado?

–Sí –contestó Bobbie–. Pero primero hazle un torniquete.

Se inclinó todavía más, sondeando la herida con la yema de los dedos: si una excavadora le hubiera atropellado, habría tierra profundamente introducida en la herida. Pero no había tierra: sólo una espuma resbaladiza, viscosa. Y la herida despedía un olor extraño, una especie de hedor a podrido, un olor a muerte y putrefacción. Bobbie nunca había olido algo así antes.

–¿Cuánto tiempo hace que ocurrió?

–Una hora.

Una vez más, advirtió la tensión de Ed Regis. Y una vez más, se preguntó el porqué. Parecía un hombre ansioso, y no tenía aspecto de ser capataz de construcción: más bien parecía un directivo. Resultaba evidente que estaba fuera de su ambiente.

Bobbie Carter volvió a las heridas. Por alguna razón, no creía que se tratara de traumatismos de origen mecánico. Sencillamente no tenían el aspecto habitual: no había contaminación con tierra en el lugar de la lesión; tampoco el componente indicador de lesión por aplastamiento. Los traumatismos mecánicos de cualquier clase –un accidente de automóvil, un accidente laboral– casi siempre presentaban algún componente de aplastamiento. Pero aquí no lo había. En vez de eso, la piel del joven estaba desgarrada –hecha jirones– en sentido transversal en el hombro y también en el muslo.

Realmente, parecía el destrozo producido por un animal. Pero, por otro lado, la mayor parte del cuerpo carecía de marcas, lo que era inusitado en el ataque de un animal. Bobbie volvió a examinar la cabeza, los brazos, las manos...

Las manos.

Sintió escalofríos cuando miró las manos del chico: había pequeños cortes en ambas palmas y magulladuras en las muñecas y los antebrazos. Bobbie había trabajado suficiente tiempo en Chicago como para saber lo que significaban.

–Muy bien –dijo–. Espere fuera.

–¿Por qué? –preguntó Ed, receloso. No le gustaba.

–¿Quiere que ayude, o no? –repuso ella, y le sacó por la puerta empujándole y se la cerró en la cara.

Bobbie no sabía lo que pasaba, pero no le gustaba. Manuel vaciló:

–¿Sigo lavando?

–Sí –le contestó Bobbie, y tendió la mano en pos de su pequeña cámara Olympus. Sacó varias fotografías de la herida, desplazando la lámpara para obtener mayor nitidez. «Realmente parecen mordeduras», pensó. En ese momento, el muchacho lanzó un quejido. Bobbie puso la cámara a un lado y se inclinó sobre él. Los labios del herido se movían, la lengua estaba seca:

–*Raptor* –dijo–. *Lo sa raptor...*

Ante esas palabras, Manuel quedó paralizado y dio un paso atrás, espantado.

–¿Qué significa lo que ha dicho? –preguntó Bobbie.

Manuel negó con la cabeza:

–No lo sé, doctora. *Lo sa raptor...* no es español.

–¿No? –A ella le parecía español–. Entonces, por favor, sigue lavándole.

–No, doctora. –Manuel frunció la nariz–. Mal olor.

Y se santiguó.

Bobbie volvió a mirar la espuma viscosa que, como una veta, se extendía sobre la herida. La tocó, frotándola entre los dedos: casi parecía saliva...

Los labios del muchacho se movieron:

–*Raptor* –susurró.

Con tono asustado, Manuel dijo:

–Le mordió.

–¿Qué le mordió?

–Raptor.

–¿Qué es un raptor?

–Significa *jupia*.

Bobbie frunció el entrecejo: los costarricenses no eran muy supersticiosos, pero ella había oído que en la aldea se hablaba de las jupias. Se decía que eran espectros nocturnos, vampiros sin cara que secuestraban niños pequeños. Según la creencia, las jupias antaño habían vivido en las montañas de Costa Rica, pero ahora habitaban las islas de mar adentro.

Manuel retrocedía, murmurando y santiguándose:

–Este olor no es normal –dijo–. Es la jupia.

Bobbie estaba a punto de ordenarle que regresara al trabajo, cuando el joven herido abrió los ojos y se incorporó, con la espalda enhiesta, en la mesa. Manuel lanzó un alarido de terror. El muchacho herido gimió y volvió la cabeza, mirando a derecha e izquierda con ojos desorbitados y, en ese momento, vomitó sangre violentamente. De inmediato experimentó una serie de convulsiones; su cuerpo vibraba y Bobbie tendió las manos para sujetarle, pero el enfermo, debido a las convulsiones, cayó al suelo de hormigón. Volvió a vomitar. Había sangre por todas partes. Ed abrió la puerta, y preguntó:

–¿Qué demonios está pasando? –Y, cuando vio la sangre, giró sobre sus talones, con la mano en la boca. Bobbie trataba de encontrar un depresor para introducirlo en las mandíbulas apretadas del muchacho, pero, mientras lo hacía, sabía que no había esperanza. Con una última sacudida espasmódica, el muchacho se relajó y quedó inmóvil.

Bobbie se inclinó para practicarle la respiración boca a boca, pero Manuel la aferró por el hombro con furia, tirándola hacia atrás:

–No –dijo–. La jupia se va a meter en usted.

–Manuel, por el amor de Dios...

–*¡No!* –La miraba fijamente, con intensidad–. No. Usted no entiende estas cosas.

Bobbie miró el cuerpo inerte y se dio cuenta de que no importaba, de que no había posibilidad de resucitarlo. Manuel llamó a los hombres, que entraron en la habitación y se llevaron el cuerpo. Apareció Ed, secándose la boca con el dorso de la mano, diciendo entre dientes:

–Estoy seguro de que hizo usted todo lo posible.

Después, Bobbie observó cómo los hombres se llevaban el cuerpo, de vuelta al helicóptero, y cómo la máquina despegaba atronadoramente.

–Es mejor –dijo Manuel.

Bobbie estaba pensando en las manos del muchacho: cubiertas de cortes y magulladuras, siguiendo el patrón característico de las lesiones en defensa propia. Estaba completamente segura de que su muerte no se debía a un accidente laboral: había sido atacado y alzó las manos para protegerse de su atacante.

–¿Dónde queda la isla en que trabajan? –preguntó.

–En el océano. Quizás a ciento ochenta o doscientos kilómetros mar adentro.

–Bastante lejos para un centro de recreo –comentó Bobbie.

Manuel observaba el helicóptero:

–Espero que no vuelvan jamás.

«Bueno –pensó Bobbie–, por lo menos pude tomar fotos.» Pero, cuando miró hacia la mesa, vio que su cámara había desaparecido.

La lluvia paró ya entrada la noche. A solas en su dormitorio detrás de la clínica, Bobbie hojeaba su gastado diccionario español en rústica. El muchacho había dicho «raptor» y, a pesar de las protestas de Manuel, Bobbie sospechaba que era una palabra en español. En efecto, la encontró en su diccionario: significaba «violador» o «secuestrador».

Eso le dio una pauta: el sentido de la palabra estaba sospechosamente próximo al significado de la palabra jupia. Por supuesto, Bobbie no creía en la superstición. Y ningún fantasma había cortado esas manos. ¿Qué era lo que el muchacho había intentado decir?

Provenientes de la habitación contigua, oyó quejidos: una de las mujeres de la aldea empezaba a tener los primeros dolores del parto y Elena Morales, la partera local, la estaba atendiendo. Bobbie entró en la sala de la clínica y le hizo un gesto para que saliera un momento:

–Elena...

–¿Sí, doctora?

–¿Sabes lo que es un raptor?

Con el cabello cano y sesenta años cumplidos, Elena era una mujer fuerte que daba la impresión de ser práctica, de no perder el tiempo con tonterías. En medio de la noche, bajo las estrellas, frunció el entrecejo y preguntó:

–¿Raptor?

–Sí. ¿Conoces esta palabra?

–Sí. –Elena asintió con la cabeza–. Significa... persona que viene durante la noche y se lleva a un niño.

–¿Secuestrador de niños?

–Sí.

–¿Una jupia?

Todo su porte se alteró:

–No pronuncie esa palabra, doctora.

–¿Por qué no?

–No hable de jupia ahora –insistió Elena con firmeza, señalando con la cabeza en dirección a los quejidos de la parturienta–. No es aconsejable pronunciar esa palabra ahora.

–¿Pero un raptor muerde y desgarra a sus víctimas?

–¿Morder y desgarrar? –preguntó Elena, perpleja–. No, doctora, nada de eso: un raptor es un hombre que se lleva un bebé recién nacido. –Parecía irritada por la conversación, impaciente por ponerle fin. Empezó a volver a la clínica–: La llamaré cuando la mujer esté lista, doctora. Creo que dentro de una hora, quizá dos.

Bobbie miró las estrellas y escuchó el pacífico ruido de las olas lamiendo la playa. En la oscuridad vio la sombra de las barcas pesqueras ancladas mar adentro. Toda la escena era tranquila, tan normal, que se sintió como una tonta por estar hablando de vampiros y bebés secuestrados.

Volvió a su habitación recordando, una vez más, que Manuel había insistido en que no era una palabra en español. Por simple curiosidad, miró en su pequeño diccionario de inglés y, para su sorpresa, también encontró ahí la palabra: «raptor/*n* (deriv. del l. *raptor*, saqueador, fr. *raptus*): ave de rapiña.»

PRIMERA ITERACIÓN

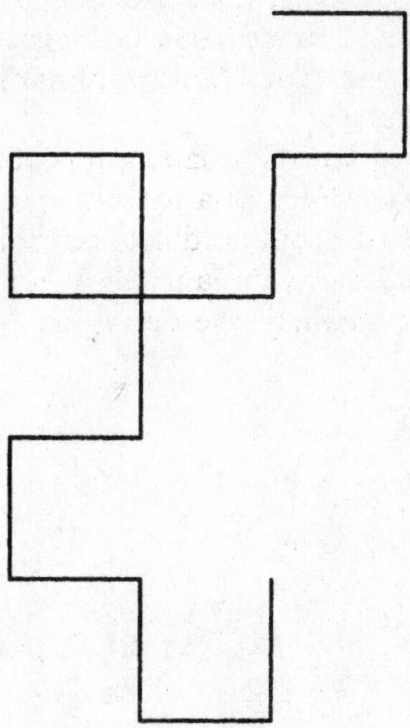

En los primeros dibujos de la curva fractal habrá pocos indicios que permitan conocer la estructura matemática subyacente.

IAN MALCOLM

CASI EL PARAÍSO

Mike Bowman silbaba jubilosamente mientras conducía el Land Rover a través de la Reserva Biológica de Cabo Blanco, en la costa occidental de Costa Rica. Era una hermosa mañana de julio y la carretera que se abría ante él era espectacular: adherida al borde de un acantilado, dominaba la jungla y el Pacífico azul. Según las guías del viajero, Cabo Blanco era una región virgen e inexplorada, casi un paraíso. Verla ahora hizo que Bowman sintiera que las vacaciones volvían a ser lo que debían ser.

Bowman, agente inmobiliario de treinta y seis años de edad, proveniente de Dallas, había llegado a Costa Rica con su esposa y su hija para pasar dos semanas de vacaciones. En realidad, el viaje había sido idea de la esposa: durante semanas, Ellen le había llenado la cabeza con los maravillosos parques nacionales de Costa Rica, y lo fabuloso que era que Tina los pudiera ver. Sin embargo, cuando llegaron resultó que Ellen tenía cita con un cirujano plástico en San José. Ésa fue la primera noticia que Mike Bowman tuvo de la excelente y barata cirugía plástica asequible en Costa Rica, y de todas las lujosas clínicas privadas de San José.

Naturalmente, tuvieron una tremenda pelea: Mike pensaba que su esposa le había mentido, lo que era cierto. Y se puso firme en lo concerniente al asunto de la cirugía plástica. De todos modos era ridículo: Ellen sólo tenía treinta años y era una mujer hermosa. ¡Demonios, había sido la Reina del Regreso a Casa el año previo a su graduación en Rice, y desde entonces no habían transcurrido ni diez años! Pero Ellen tenía tendencia a ser insegura y a preocuparse. Y parecía como si, en los últimos años, su principal preocupación hubiera sido la pérdida de su atractivo físico.

Eso, y todo lo demás.

El Land Rover dio un salto al pasar por un bache, salpicando barro. Sentada al lado de Mike, Ellen dijo:

–Mike, ¿estás seguro de que éste es el camino correcto? No hemos visto gente desde hace horas.

–Pasó otro automóvil hace quince minutos –le hizo notar–. ¿Recuerdas, el azul?

–Yendo para el otro lado...

–Querida, tú querías una playa desierta –la interrumpió–, y eso es lo que vas a tener.

Ellen sacudió la cabeza en gesto dubitativo.

–Espero que tengas razón.

–Si, papá, espero que tengas razón –terció Christina, desde el asiento trasero.

Tenía ocho años.

–Confiad en mí, voy bien. –Condujo en silencio durante unos instantes–. Es hermoso, ¿verdad? Mirad el paisaje. Es realmente hermoso.

–No está mal –concedió Tina.

Ellen sacó una polvera y se miró en el espejo, apretándose con los dedos debajo de los ojos. Suspiró y tiró la polvera a un lado.

El camino empezaba a descender y Mike Bowman se concentró en la conducción. De repente, una pequeña figura negra cruzó velozmente el camino y Tina gritó:

–¡Mirad! *¡Mirad!*

Después desapareció en la jungla.

–¿Qué era? –preguntó Ellen–. ¿Un mono?

–Quizá un mono tití –repuso Bowman.

–¿Puedo incluirlo? –consultó Tina, sacando su lápiz. Estaba haciendo una lista de todos los animales que había visto en el viaje, como parte de un trabajo para la escuela.

–No sé –contestó Bowman dubitativo.

Tina consultó las ilustraciones que tenía en la guía.

–No creo que fuera un tití –dijo–. Creo que era simplemente otro aullador. –Durante el viaje ya habían visto varios monos aulladores–. ¡Eh! –añadió, más animada–. Según este libro, «en las playas de Cabo Blanco habita una amplia variedad de fauna, entre la que hay monos aulladores y de cara blanca, perezosos y coatíes». ¿Crees que veremos un perezoso, papá?

–Apuesto a que sí.

–¿De veras?

–Mira en el espejo.

–Muy gracioso, papá.

El camino embarrado corría en declive a través de la jungla, hacia el océano.

Mike Bowman se sentía como un héroe cuando, finalmente, llegaron a la playa: una media luna de tres kilómetros, de arena blanca, completamente desierta. Dejó el Land Rover bajo la sombra de las palmeras que bordeaban la playa y sacó los almuerzos preparados en cajas. Ellen se puso el traje de baño, diciendo:

–Francamente, no *sé cómo* voy a quitarme este exceso de peso.

–Estás maravillosa, querida. –En realidad, Mike pensaba que su esposa estaba demasiado delgada, pero había aprendido a no mencionarlo.

Tina ya estaba corriendo hacia la playa.

–No olvides que necesitas la crema protectora –le advirtió Ellen.

–Más tarde –gritó Tina por encima del hombro–. Voy a ver si hay un perezoso.

Ellen Bowman recorrió la playa y los árboles con la vista.

–¿Crees que la niña estará bien?

–Tesoro, no hay nadie en kilómetros a la redonda –dijo Mike.

–¿Y si hay víboras?

–¡Oh, por el amor de Dios! –repuso Mike Bowman–. No hay víboras en una playa.

–Bueno, podría haberlas...

–Tesoro, las víboras tienen sangre fría –explicó con firmeza–. Son reptiles. No pueden controlar la temperatura del cuerpo. Esta arena está a treinta y dos grados Celsius: si saliera una víbora, se achicharraría. –Observó a su hija retozando en la playa, un punto oscuro contra la arena blanca–: Déjala ir. Que se divierta.

Puso la mano en torno de la cintura de su esposa.

Tina corrió hasta que estuvo exhausta y, entonces, se dejó caer sobre la arena caliente y rodó alegremente hasta la orilla. El océano estaba caliente y prácticamente no había resaca. Se sentó un rato, recuperando el aliento, y después miró hacia atrás, hacia donde estaban sus padres y el coche, para ver lo lejos que había llegado.

La madre agitó la mano, haciéndole señales para que volviera. Alegremente, Tina agitó la mano a su vez, simulando que no entendía: no se quería poner la crema protectora; tampoco quería volver a oír a su madre hablar de perder peso. Quería quedarse donde estaba y, a lo mejor, ver un perezoso.

Había visto un perezoso hacía dos días, en el zoológico de San José. Era como un personaje de los Teleñecos, y parecía inofensivo. Sea como fuere, no se podía mover con rapidez; ella podría ganarle con facilidad en una carrera.

Ahora su madre la estaba llamando a grandes voces, y Tina decidió alejarse del agua y ponerse a la sombra de las palmeras.

En esa parte de la playa las palmeras colgaban sobre una retorcida maraña de raíces de mangle, que bloqueaba cualquier intento de penetrar tierra adentro. Tina no podía ver gran cosa. Aunque hubiera allí un perezoso, se dio cuenta de que no podría verlo.

Frustrada, se sentó en la arena y pateó las hojas secas de mangle. Advirtió que había muchas huellas de pájaro en la arena. Costa Rica era famosa por sus pájaros. Las guías decían que en Costa Rica había el triple de pájaros que en toda Norteamérica y en todo Canadá.

Algunas de las huellas de pájaros de tres dedos eran pequeñas, y tan débiles que apenas si se las podía ver. Otras huellas eran más grandes y estaban impresas con más fuerza en la arena. Tina miraba las huellas ociosamente, cuando oyó una especie de gorjeo, seguido por un siseo de hojas en la espesura del manglar.

¿Los perezosos emitían gorjeos? Tina no lo creía, pero no estaba segura. Era probable que el gorjeo se debiera a alguna ave marina. Tina respiró en silencio, sin moverse, oyendo de nuevo el siseo y, al final, vio la fuente de los sonidos: a unos pocos metros de distancia, un lagarto salió de entre las raíces de mangle y la miró con curiosidad.

Tina contuvo la respiración: ¡un nuevo animal para su lista! El lagarto se irguió sobre sus patas traseras, balanceándose sobre su gruesa cola, y miró con fijeza a la niña. Erguido de ese modo, tenía casi treinta centímetros de alto; era de color verde oscuro con listas marrones a lo largo del lomo. Sus diminutas patas anteriores remataban en dedos pequeños, que se agitaban rápidamente en el aire. El lagarto alzó la cabeza cuando miró a Tina.

La niña pensó que el animal era bonito. Parecía una especie de salamandra grande. Tina alzó la mano y movió los dedos, en respuesta al movimiento que el animal hacía con los suyos.

El lagarto no estaba asustado. Se le acercó, caminando enhiesto sobre las patas traseras. Era apenas mayor que una gallina y, al igual que las gallinas, meneaba la cabeza hacia delante y hacia atrás al andar.

Tina pensó que sería una maravillosa mascota.

Observó que la lagartija dejaba huellas de tres dedos, exactamente iguales que las de un pájaro. Se acercó más a Tina, mientras ésta permanecía sentada en la arena y la observaba; la niña no se movió, pues no quería asustarla. Estaba sorprendida de que se le acercara tanto, pero recordó que se encontraba en un parque nacional. Todos los animales del parque debían de saber que estaban protegidos. Probablemente ese lagarto era manso; quizá hasta esperase que la niña le diera algo que comer. Por desgracia no tenía nada que darle. Con lentitud, Tina tendió la mano abierta, con la palma hacia arriba, para mostrar que no tenía comida.

El lagarto se detuvo, alzó la cabeza y gorjeó. Emitió un sonido chirriante, como el de un pájaro.

–Lo siento –dijo Tina–. Sencillamente no tengo qué darte.

Entonces, sin previo aviso, el lagarto saltó sobre la mano tendida de la niña. Tina pudo sentir los deditos de las patas pellizcándole la piel de la palma, y sintió el sorprendente peso del cuerpo del animal, que le tiraba el brazo hacia abajo.

Y de pronto, la lagartija le trepó por el brazo, en dirección a la cara.

–Ojalá pudiera verla –dijo Ellen Bowman, entrecerrando los ojos por la luz del sol–. Verla, eso es todo.

–Estoy seguro de que está bien –contestó Mike, mientras seleccionaba cuidadosamente entre la comida que les habían preparado y empaquetado en el hotel: un pollo a la parrilla poco apetitoso y una especie de pastel de carne.

–¿No habrá ido de la playa? –preguntó Ellen.

–No, tesoro, no lo creo.

–¡Me siento tan aislada aquí!

–Creí que eso era lo que querías –dijo él, sintiéndose exasperado.

–Y así es.

–En tal caso, ¿cuál es el problema?

–Es sólo que me gustaría poder verla.

Y entonces, procedente de la playa y traída por el viento, oyeron la voz de su hija: estaba gritando.

PUNTARENAS

–Creo que está bastante mejor ahora –dijo el doctor Cruz, bajando la solapa de plástico de la tienda de oxígeno que rodeaba a Tina, mientras la niña dormía.

Sentado junto a la cama, cerca de su hija, Mike Bowman pensó que el doctor Cruz probablemente era muy competente, pues hablaba un excelente inglés, producto de su preparación en centros médicos de Londres y Baltimore. El doctor Cruz irradiaba competencia, y la clínica Santa María, el moderno hospital de Puntarenas, era inmaculada y eficiente.

Pero, aun así, Mike Bowman se sentía nervioso: el hecho incontestable era que su única hija estaba gravemente enferma, y que se hallaban lejos de casa.

Cuando Mike llegó hasta Tina, la niña estaba gritando histéricamente entre las raíces de mangle. Tenía el brazo izquierdo sangrante, cubierto con profusión de mordeduras pequeñas, cada una del tamaño de una huella de pulgar. Y había salpicaduras de algo pegajoso en el brazo, como si fuera una saliva espumosa.

La levantó y llevó por la playa. Casi de inmediato, el brazo empezó a enrojecer y a hincharse, y Mike no olvidaría en mucho tiempo ese frenético viaje de vuelta a la civilización, el Land Rover de tracción en las cuatro ruedas resbalando por el embarrado sendero que llevaba a las colinas, mientras Tina gritaba presa del miedo y del dolor, y el brazo cada vez se le hinchaba y enrojecía más. Mucho antes de que llegaran a los límites del parque, la tumefacción se le había extendido al cuello y, entonces, la niña empezó a tener dificultades para respirar...

–¿Estará bien ahora? –preguntó Ellen, mirando con fijeza a través de la tienda de oxígeno.

–Así lo creo –la tranquilizó el doctor Cruz–. Le he administrado otra dosis de esteroides y ahora respira sin dificultad. Y, como pueden ver, el edema del brazo está sumamente reducido.

–En cuanto a las mordeduras... –apuntó Mike Bowman.

–Todavía no tenemos la identificación –aclaró el médico–. Yo tampoco he visto mordeduras así antes. Pero notarán que están desapareciendo; ya resulta bastante difícil distinguirlas. Afortunadamente he tomado fotografías, como referencia. Y le he hecho un lavado de los brazos para recoger muestras de esa saliva viscosa: una para que se haga el análisis aquí, una segunda para enviarla a los laboratorios de San José, y la tercera se conservará congelada, en caso de que haga falta. ¿Tienen el dibujo que hizo la niña?

–Sí –dijo Mike Bowman. Le entregó al médico el boceto que Tina había hecho, en respuesta a preguntas formuladas por el personal de admisión.

–¿Éste es el animal que la mordió? –preguntó el doctor Cruz, mirando el dibujo.

–Sí –respondió Mike Bowman–. Dijo que era un lagarto verde, del tamaño de una gallina o de un cuervo.

–No conozco lagartos así –contestó el médico–. Lo dibujó levantado sobre las patas traseras...

–Así es. Dijo que andaba sobre las patas traseras.

El doctor Cruz frunció el entrecejo. Contempló el dibujo un rato más.

–No soy un experto. Le he pedido al doctor Gutiérrez que nos visite aquí. Es el investigador jefe de la Reserva Biológica de Carara, que está al otro lado de la bahía. Quizá pueda identificar el animal.

–¿No hay alguien de Cabo Blanco? –preguntó Bowman–. Ahí es donde mi hija fue mordida.

–Por desgracia, no. Cabo Blanco no tiene personal permanente y ningún investigador trabaja allí desde hace algún tiempo. Es probable que ustedes fueran las primeras personas que pisaban esa playa después de varios meses. Pero estoy seguro de que encontrarán que el doctor Gutiérrez tiene amplios conocimientos sobre el tema. –Echó un vistazo a su reloj–. Llamé a la estación de Carara hace tres horas, cuando llegó su hija. Debe de estar a punto de llegar.

El doctor Gutiérrez resultó ser un hombre barbado que llevaba pantalones cortos y camisa caqui. La sorpresa fue que era norteamericano. Cuando Cruz le presentó a los Bowman, dijo con suave acento sureño:

–Señor y señora Bowman, ¿cómo están ustedes? Es un placer conocerles. –Y después pasó a explicarles que era biólogo de campo de Yale, y que había estado trabajando en Costa Rica durante los cinco últimos años.

Marty Gutiérrez examinó a Tina concienzudamente, levantándole el brazo con delicadeza, escudriñando de cerca cada una de las mordeduras con una linterna, para medirlas después con una pequeña regla de bolsillo. Unos momentos después, Gutiérrez retrocedió, asintiendo para sí con la cabeza, como si hubiera comprendido algo. A continuación estudió las fotografías Polaroid e hizo varias preguntas acerca de la saliva, de la que Cruz le informó que todavía estaban analizándola en el laboratorio.

Finalmente, se volvió hacia Mike Bowman y su esposa, que esperaban en tensión.

–Creo que Tina se pondrá bien. Pero quiero aclarar algunos detalles –dijo, tomando notas con mano firme–. ¿Su hija dice que la mordió un lagarto verde, de treinta centímetros de alto aproximadamente, que caminaba erguido por la playa después de haber salido de entre los mangles?

–Así es, sí.

–¿Y el lagarto emitió un sonido?

–Tina dijo que gorjeaba o chirriaba.

–¿Como un ratón, dirían ustedes?

–Sí.

–Bien, pues conozco este lagarto. De las seis mil especies de lagartos que hay en el mundo, no más de una docena caminan erguidos. De esas especies, solamente cuatro se hallan en América Latina y, a juzgar por la coloración, el lagarto en cuestión tan sólo podría ser uno de los cuatro. Estoy seguro de que era un *Basiliscus amoratus*, un basilisco veteado, que se encuentra aquí, en Costa Rica, y también en Honduras. Cuando se yerguen sobre las patas traseras, a veces llegan a medir unos treinta centímetros.

–¿Son venenosos?

–No, señora Bowman. En absoluto. –Gutiérrez explicó que la tumefacción del brazo de Tina se debió a una reacción alérgica–. Según la bibliografía, el catorce por ciento de la gente es intensamente alérgica a los reptiles –añadió–, y su hija parece pertenecer a ese porcentaje.

–Estaba gritando, decía que era doloroso.

–Probablemente lo era. La saliva de los reptiles contiene serotonina, que ocasiona un dolor tremendo. –Se volvió hacia Cruz–: ¿La presión sanguínea le bajó con antihistamínicos?

–Sí. Rápidamente.

–Serotonina –dijo Gutiérrez–. No cabe duda alguna.

Aun así, Ellen Bowman seguía intranquila.

–Pero ¿por qué iba a morder un lagarto a mi hija?

–Las mordeduras de lagarto son muy corrientes –respondiú Gutiérrez–. En los zoológicos, el personal que atiende a los animales recibe mordeduras con mucha frecuencia. Sin ir más lejos, el otro día oí decir que un lagarto había mordido a un bebé en su cuna, en Amaloya, a unos cien kilómetros de donde estaban ustedes. Así que las mordeduras se producen a menudo. Pero no sé por qué su hija tiene tantas. ¿Qué estaba haciendo en ese momento?

–Nada. Dijo que estaba sentada muy quieta porque no quería espantar al animal.

–Sentada muy quieta –repitió Gutiérrez, frunciendo el entrecejo. Movió la cabeza, en un gesto de negación–. Bueno, no creo que podamos decir con exactitud lo que pasó. ¡Los animales salvajes son tan imprevisibles!

–¿Y qué hay de la saliva espumosa que tenía en el brazo? –preguntó Ellen–. Sigo pensando en la rabia...

–No, no. Los reptiles no transmiten la rabia, señora Bowman. Su hija padeció una reacción alérgica a la mordedura de un basilisco. Nada grave.

Entonces, Mike Bowman le mostró el dibujo que había hecho Tina. Gutiérrez asintió con la cabeza:

–Yo aceptaría esto como la ilustración de un basilisco –dijo–. Unos pocos detalles están mal, claro: el cuello es demasiado largo y la niña dibujó las patas traseras con tres dedos nada más, en vez de cinco. La cola es demasiado gruesa y está demasiado elevada pero, aparte de eso, éste es un dibujo, perfectamente válido, de la especie de la que estamos hablando.

–Pero Tina dijo específicamente que el cuello era largo –insistió Ellen Bowman–. Y que tenía tres dedos en la pata.

–Tina es muy observadora –agregó Mike Bowman.

–Estoy seguro –dijo Gutiérrez, sonriendo–. Pero sigo creyendo que a su hija la mordió un *Basiliscus amoratus* vulgar, y que tuvo una grave reacción herpetológica. El tiempo normal de evolución de la enfermedad es, con medicación, de doce horas. Debería estar perfectamente bien por la mañana.

En el moderno laboratorio situado en el sótano de la Clínica Santa María corrió la voz de que el doctor Gutiérrez había identificado al animal que mordió a la niña norteamericana, estableciendo que era un inofensivo basilisco. De inmediato se detuvo el análisis de la saliva, aun cuando una destilación fraccionada preliminar demostró la presencia de varias proteínas de peso molecular extremadamente alto y de acción biológica desconocida. Pero el técnico del servicio nocturno estaba ocupado, y puso las muestras de saliva en un estante de frigorífico.

A la mañana siguiente, el empleado de día revisó el contenido del estante, comparándolo con la lista de los pacientes a los que se iba a dar de alta: al ver que BOWMAN, CHRISTINA L. iba a ser dada de alta esa mañana, el empleado tiró las muestras de saliva. En el último momento se dio cuenta de que una de las muestras tenía la etiqueta roja, lo que quería decir que esa muestra debía ser enviada al laboratorio de la universidad, en San José. El empleado sacó el tubo de ensayo del cubo de la basura y lo mandó adonde tenía que ir.

—Adelante. Dale las gracias al doctor Cruz —indicó Ellen Bowman, y empujó a Tina hacia delante.

—Gracias, doctor Cruz —dijo Tina—. Me encuentro mucho mejor ahora. —Alzó la mano y estrechó la del médico. En ese momento, añadió—: Lleva una camisa diferente.

Durante unos instantes, el médico frunció el entrecejo. Después asintió:

—Cierto, Tina. Cuando trabajo toda la noche en el hospital, por la mañana me cambio de camisa.

—¿Pero no la corbata?

—No. Solamente la camisa.

Mike Bowman intervino:

—Le dije que es observadora.

—Desde luego que lo es. —El doctor Cruz sonrió y estrechó la mano de la niñita con aire grave—. Que pases unas buenas vacaciones, Tina. Disfruta los días que te quedan en Costa Rica.

—Lo haré.

La familia Bowman ya se retiraba, cuando el doctor Cruz dijo:

—Ah, Tina, ¿recuerdas el lagarto que te mordió?

—Ajá.

—¿Recuerdas sus patas?

—Ajá.

—¿Tenían dedos?

–Sí.
–¿Cuántos dedos tenían?
–Tres.
–¿Cómo lo sabes?
–Porque me fijé. Todos los pájaros de la playa dejaban huellas de tres dedos en la arena, así. –Levantó la mano, con los tres dedos de en medio bien separados–. Y el lagarto también dejó esas huellas en la arena.
–¿El lagarto dejó huellas como de pájaro?
–Ajá. Y andaba como un pájaro, también. Sacudía la cabeza así, para arriba y para abajo. Dio unos pasos, subiendo y bajando la cabeza con movimientos cortos y convulsivos.
Una vez que los Bowman hubieron partido, el doctor Cruz decidió informar de esta conversación a Gutiérrez, que estaba en el departamento de biología:
–Debo admitir que el relato de la niña me deja perplejo –dijo Gutiérrez–. Yo mismo estuve haciendo algunas comprobaciones. Me alegro de que se haya recuperado, pero ya no estoy seguro de que la haya mordido un basilisco. No estoy nada seguro.
–Entonces ¿qué pudo haber sido?
–Bueno –respondió Gutiérrez–, no hagamos especulaciones prematuras. A propósito, ¿sabes si en el hospital ha habido otros casos de mordedura de lagarto?
–No, ¿por qué?
–Si te enteras, házmelo saber, amigo mío.

LA PLAYA

Marty Gutiérrez estaba sentado en la playa, y observaba cómo el sol de la tarde bajaba en el cielo, hasta que centelleó deslumbrante en el agua de la bahía y sus rayos llegaron hasta más abajo de las palmeras, donde él se encontraba: entre los mangles, en la playa de Cabo Blanco. Según lo que había podido establecer, estaba sentado cerca del sitio en el que había estado la niña norteamericana hacía dos días.
Si bien las mordeduras de lagarto eran frecuentes, como les había dicho a los Bowman, Gutiérrez nunca había oído decir que un

basilisco mordiera a nadie. Y desde luego nunca había tenido noticias de que alguien debiera ser internado en un hospital por la mordedura de un lagarto. Además estaba, también, el hecho de que el radio de la mordedura que se apreciaba en el brazo de Tina parecía excesivamente grande para ser de un basilisco. Cuando regresó al puesto de Carara, revisó la pequeña biblioteca científica que allí existía, pero no encontró referencias sobre la mordedura de los lagartos. A continuación, consultó los International BioSciences Services, una base de datos por ordenador, ubicada en Norteamérica. Pero no halló nada acerca de mordeduras de basiliscos, ni sobre internamientos por mordedura de lagartos.

Después llamó al funcionario de salud pública de Amaloya, que confirmó que un bebé de nueve días, que dormía en su cuna, había sido mordido en el pie por un animal, del que la abuela –la única persona que realmente lo había visto– afirmó que era una lagartija. Con posterioridad, el pie se puso tumefacto y el bebé estuvo a punto de morir. La abuela había descrito al lagarto como de color verde con listas marrones. Había mordido al niño varias veces, antes de que la mujer lo espantara.

–¡Qué raro! –comentó Gutiérrez.

–Como todos los demás –contestó el funcionario, agregando que se había enterado de otros casos de mordedura: un niño en Vásquez, la aldea costera junto a Amaloya, fue mordido mientras dormía. Y otro en Puerto Sotrero. Todos estos sucesos se habían producido en los últimos dos meses. En todos, los protagonistas habían sido niños y bebés que dormían.

Un patrón tan nuevo y característico indujo a Gutiérrez a sospechar de la presencia de una especie desconocida de lagarto. Esta circunstancia era particularmente posible en Costa Rica. Sólo con ciento veinte kilómetros de ancho en su punto más estrecho, el país era más pequeño que el Estado de Maine. Y, aun así, dentro de su limitado espacio, Costa Rica albergaba una notable diversidad de hábitats biológicos: costas marinas, tanto en el Atlántico como en el Pacífico; cuatro cadenas montañosas separadas, que comprendían picos de tres mil seiscientos metros de altitud y volcanes en actividad; selvas tropicales en las que llovía todo el año, bosques de montaña, zonas templadas, terrenos pantanosos y desiertos áridos. Tal diversidad ecológica mantenía una asombrosa diversidad de formas de vida animal y vegetal: Costa Rica tenía el triple de especies de pájaros que toda Norteamérica. Más de mil especies de orquídeas. Más de cinco mil especies de insectos.

Constantemente se descubrían nuevas especies, a un ritmo que aumentaba año tras año, pero por una triste razón: a Costa Rica se la estaba despoblando de su vegetación y, a medida que las especies de la jungla perdían sus hábitats, se desplazaban hacia otras zonas y, en ocasiones, también alteraban sus pautas de conducta.

Así que una especie nueva era perfectamente posible. Pero, acompañando la emoción de un nuevo hallazgo, estaba la preocupante posibilidad de nuevas enfermedades: los lagartos eran portadores de enfermedades víricas, entre las que figuraban varias que podían trasmitirse al ser humano. La más grave era la encefalitis sauria central, o ESC, que en los seres humanos y en los caballos producía una especie de enfermedad del sueño. Gutiérrez pensaba que era importante encontrar esa nueva lagartija, aunque sólo fuera para comprobar si era portador de enfermedades.

Observó cómo el sol seguía descendiendo, y suspiró. Quizá Tina Bowman había visto un animal nuevo, y quizá no. Gutiérrez, ciertamente, no lo había visto. Esa mañana, temprano, había cogido la pistola de aire comprimido y, tras cargar el peine de munición con dardos de ligamina, se había dirigido hacia la playa lleno de esperanza. Pero desperdició el día. Pronto tendría que emprender el regreso hacia la colina: no quería conducir por ese camino en la oscuridad.

Se puso de pie y empezó a caminar de regreso por la playa. Más lejos, y en trayectoria paralela a la de él, vio la forma oscura de un mono aullador, que se desplazaba con tranquilidad siguiendo el borde del manglar. Gutiérrez se alejó, saliendo de la playa hacia el agua: si había un aullador, probablemente habría otros en los árboles que pendían por encima de su cabeza, y los aulladores tenían tendencia a orinar sobre los intrusos.

Pero ese aullador en particular parecía estar solo, caminaba con lentitud y se detenía con frecuencia para sentarse sobre sus cuartos traseros. El mono tenía algo en la boca. Cuando Gutiérrez se aproximó, vio que el animal se estaba comiendo un lagarto. La cola y las patas traseras colgaban de las mandíbulas del mono: aun desde lejos, Gutiérrez pudo ver las listas marrones en el cuerpo verde.

El biólogo se dejó caer al suelo y afirmó la mira apoyándose en los codos. El mono aullador, acostumbrado a vivir en una reserva protegida, lo miró con curiosidad. No huyó ni siquiera cuando el primer dardo pasó silbando a su lado, sin darle. Cuando el segundo se le clavó profundamente en el muslo, lanzó un chillido de ira y sorpresa, dejando caer los restos de su comida mientras huía hacia la espesura.

Gutiérrez se puso de pie y caminó hacia el manglar. No estaba preocupado por el mono: la dosis de tranquilizante era demasiado pequeña como para producirle más que unos pocos minutos de aturdimiento.

Ya estaba pensando en qué hacer con su nuevo descubrimiento: él mismo redactaría el informe preliminar, pero los restos habría que enviarlos a Estados Unidos para que se les hiciera una identificación positiva final, claro está. ¿A quién se los debería enviar? El experto reconocido era Edward M. Simpson, profesor emérito de zoología de la Columbia University de Nueva York. Un refinado anciano con el cabello canoso peinado hacia atrás, Simpson era la principal autoridad mundial en la taxonomía de las lagartijas. Marty pensó que probablemente le enviaría el lagarto al doctor Simpson.

NUEVA YORK

El doctor Richard Stone, director del Laboratorio de Enfermedades Tropicales del centro médico de la Universidad de Columbia, a menudo señalaba que el nombre sugería que se trataba de una institución de mayor importancia de la que realmente tenía. A comienzos del siglo XX, cuando el laboratorio ocupaba todo el cuarto piso del edificio de Investigaciones Biomédicas, dotaciones de técnicos trabajaban para eliminar el flagelo de la fiebre amarilla, la malaria y el cólera. Pero los éxitos médicos –los antibióticos y las vacunas– y los laboratorios de investigación de Nairobi y San Pablo habían convertido el LET en algo mucho menos importante de lo que lo había sido una vez. Ahora, con una fracción de su tamaño original, solamente empleaba a dos técnicos a tiempo completo, y éstos se dedicaban, primordialmente, al diagnóstico de las enfermedades que padecían los neoyorquinos que habían viajado al extranjero. La cómoda rutina del laboratorio no estaba preparada para lo que recibió esa mañana.

–¡Oh, muy agradable! –comentó la técnica del Laboratorio de Enfermedades Tropicales mientras leía el rótulo de la aduana–.

Fragmento parcialmente masticado de lagarto costarricense no identificado. –Arrugó la nariz–. Ésta es completamente suya, doctor Stone.

Richard Stone cruzó el laboratorio para inspeccionar el material recién llegado.

–¿Es éste el material proveniente del laboratorio de Ed Simpson?

–Sí. Pero no sé por qué nos envían un lagarto a nosotros.

–Llamó su secretaria –repuso Stone–. Simpson está en Borneo, haciendo un trabajo de investigación y, como no saben si este lagarto puede transmitir enfermedades, la secretaria le ha pedido a nuestro laboratorio que le eche un vistazo. Veamos qué es lo que tenemos.

El cilindro blanco de plástico tenía el tamaño de un recipiente de leche de dos litros. Llevaba pasadores metálicos de cierre y un tapón de rosca. Un rótulo decía «Recipiente Internacional para Especímenes Biológicos» y estaba completamente cubierto de etiquetas de advertencia en cuatro idiomas, cuyo propósito era evitar que el cilindro fuese abierto por funcionarios aduaneros suspicaces.

Al parecer, las advertencias habían funcionado, porque cuando Richard Stone desplazó la gran lámpara, poniéndola sobre el recipiente, comprobó que los sellos seguían intactos. Luego encendió el circuito cerrado de ventilación, y se puso guantes de plástico y una mascarilla: al fin y al cabo, hacía poco que el laboratorio había identificado casos de fiebre equina venezolana, encefalitis japonesa B, virus de la Jungla Kiasanur, virus Langat y de Mayaro. Después, desatornilló la tapa.

Se oyó el siseo de gas que escapa y salió una nube de humo blanco. El cilindro se enfrió hasta escarcharse. En su interior, Stone encontró una bolsa de plástico para bocadillos, con cierre de cremallera, que contenía algo verde. Extendió un campo quirúrgico sobre la mesa y sacó el contenido de la bolsa, sacudiéndola: un animal congelado golpeó la mesa con ruido sordo.

–¡Ajj! –exclamó la técnica–. Parece mordido.

–Sí –asintió Stone–. ¿Qué quieren de nosotros?

La técnica consultó los documentos adjuntos:

–El lagarto está mordiendo a los niños de la localidad. Piden la identificación de la especie de lagarto y un informe de las enfermedades que pudiera transmitir la mordedura. –La mujer extrajo el dibujo infantil de un lagarto, que llevaba la firma T en la parte superior–. Uno de los niños hizo un dibujo del animal.

Stone lo miró:

–Evidentemente, no podemos identificar la especie, pero podemos comprobar las enfermedades con bastante facilidad, si conseguimos sacar algo de sangre de este fragmento. ¿Cómo llaman a este animal?

–*Basiliscus amoratus* con anomalía genética consistente en tres dedos en las patas posteriores –dijo la mujer, leyendo el informe.

–Muy bien. Empecemos. Mientras usted espera a que se descongele, tómele unas placas de rayos X y hágale unas fotos con la Polaroid para la ficha. Una vez que tengamos sangre, empiece a someterla a una batería de pruebas para determinación de anticuerpos, hasta que obtengamos algunas coincidencias. Avíseme saber si hay problemas.

Antes del almuerzo el laboratorio tenía la respuesta: la sangre del lagarto no mostraba ninguna reactividad importante ante cualquier antígeno vírico o bacteriano. También trazaron perfiles de toxicidad y encontraron solamente uno positivo: la sangre era levemente reactiva al veneno de la cobra real de la India. Pero una leve interreactividad era frecuente entre las especies de reptiles, y el doctor Stone no lo consideró digno de atención como para mencionarlo en el facsímil que la técnica le envió al doctor Martin Gutiérrez esa misma tarde.

Nunca se hizo pregunta alguna sobre la identificación del lagarto: eso tendría que aguardar al regreso del doctor Simpson. No se le esperaba hasta dentro de varias semanas, y su secretaria preguntó si el LET tendría la gentileza de guardar el fragmento de lagarto mientras tanto. El doctor Stone lo volvió a introducir en la bolsa con cierre de cremallera y lo metió en el frigorífico.

Martin Gutiérrez leyó el facsímil que provenía del centro médico Columbia/Laboratorio de Enfermedades Tropicales. Era breve:

«SUJETO: *Basiliscus amoratus* con anomalía genética (enviado desde la oficina del doctor Simpson).

»MATERIALES: segmento posterior, animal parcialmente comido.

»PRUEBAS EFECTUADAS: rayos X, RTX microscópico, inmunológico para determinación enfermedad vírica, parasitaria, bacteriana.

»HALLAZGOS: no hay evidencias histológicas ni inmunológicas de existencia de ninguna enfermedad trasmisible al hombre en esta muestra de *Basiliscus amoratus*.

(firmado)
»RICHARD A. STONE, doctor en medicina, director.»

Sobre la base de esta información, Gutiérrez hizo dos conjeturas: la primera, que su identificación del lagarto como basilisco quedaba confirmada por los científicos de la Universidad de Columbia. Y la segunda, que la ausencia de enfermedades trasmisibles quería decir que los recientes episodios de mordeduras esporádicas de lagartos no entrañaban consecuencias graves para la salud de Costa Rica. Por el contrario, pensó que su punto de vista original era correcto: que una especie de lagarto se había visto forzada a salir de la selva para ocupar un nuevo hábitat, y que se estaba poniendo en contacto con la gente de las aldeas. Gutiérrez estaba seguro de que dentro de unas pocas semanas, el lagarto se calmaría y los casos de mordeduras acabarían.

La lluvia tropical caía formando una gran cortina que calaba hasta el tuétano, martilleando sobre el techo acanalado del edificio de la clínica de Bahía Añasco. Era casi medianoche; la tormenta había causado un apagón, y la partera Elena Morales estaba trabajando a la luz de una linterna, cuando oyó un sonido chirriante, como un gorjeo. Con la idea de que se trataba de una rata, rápidamente aplicó una compresa en la frente de la madre y fue a la habitación contigua para confirmar que el bebé recién nacido estaba bien. Cuando su mano tocó el pomo de la puerta, volvió a oír el gorjeo, y Elena se agachó: evidentemente, no era más que un pájaro, que había entrado por la ventana para escapar de la lluvia. Los costarricenses dicen que cuando un pájaro viene a visitar a un recién nacido, trae consigo buena suerte.

Elena abrió la puerta e iluminó el interior de la habitación con su linterna. No vio un pájaro.

El bebé estaba acostado en una cuna de mimbre apoyada en el

suelo, envuelto únicamente en una manta liviana, con la cara descubierta. Alrededor del borde de la cuna, tres lagartos de un color verde oscuro se agachaban como gárgolas. Cuando vieron a Elena levantaron la cabeza y la contemplaron con curiosidad, pero no huyeron. A la luz de su linterna, Elena vio la sangre que les goteaba del hocico. Al tiempo que gorjeaba con suavidad, uno de los lagartos se inclinó y, con una rápida sacudida de la cabeza, arrancó un trozo de carne del bebé.

Elena corrió hacia él, gritando, y los lagartos desaparecieron en la oscuridad. Pero mucho antes de llegar hasta la cuna pudo ver lo que le había ocurrido a la cara del bebé, y supo que el niño tenía que estar muerto. Los lagartos se dispersaron en la lluviosa noche, gorjeando y chirriando, dejando huellas sangrientas de patas de tres dedos, como las de los pájaros.

LA CONFIGURACIÓN DE LOS DATOS

Más tarde, cuando se sintió más calmada, Elena Morales decidió no informar sobre el ataque de los lagartos: a pesar del horror que había visto, temió que la pudieran criticar por dejar al bebé desprotegido. Así que le dijo a la madre que el bebé se había asfixiado e informó de la muerte, en los formularios que enviaba a San José, como SMSI, síndrome de muerte súbita de infantes: éste era un síndrome de muerte inexplicable entre los niños muy pequeños; pasaba inadvertido y el informe de Elena se archivó sin que le hicieran objeciones.

El laboratorio universitario de San José que analizó la muestra de saliva del brazo de Tina Bowman hizo varios descubrimientos notables: contenía, como cabía esperar, una gran cantidad de serotonina pero, entre las proteínas salivales, había un verdadero monstruo: con una masa molecular de 1.980.000, era una de las proteínas más grandes conocidas. Todavía se estaba estudiando la actividad biológica, pero parecía tratarse de un veneno neurotóxico emparentado con el de la cobra, aunque de estructura más primitiva.

El laboratorio también descubrió vestigios de hidrolasa de gamma aminometionina. Debido a que esta enzima era un trazador radiactivo para ingeniería genética, y no se encontraba en animales salvajes, los técnicos supusieron que se trataba de un contaminante procedente del laboratorio y no informaron sobre su presencia cuando llamaron al doctor Cruz, el médico que solicitaba el análisis, a Puntarenas.

El fragmento de lagarto descansaba en la cámara frigorífica de la Universidad de Columbia, aguardando el regreso del doctor Simpson, a quien no se esperaba hasta al cabo de un mes, por lo menos. Y así pudieron haber quedado las cosas, de no haber entrado en el Laboratorio de Enfermedades Tropicales una técnica llamada Alice Levin, que, al ver el dibujo de Tina, preguntó:

—Oh, ¿el hijo de quién ha dibujado este dinosaurio?

—¿Qué? —murmuró Richard Stone, volviéndose lentamente hacia la técnica.

—El dinosaurio. ¿No es eso? Mi hijo no hace más que dibujarlos.

—Es un lagarto. Enviado desde Costa Rica. Alguna niña de allá le hizo un dibujo.

—No —insistió Alice Levin, negando con la cabeza—. Mírelo. Está muy claro: cabeza grande, cuello largo, se levanta sobre las patas traseras. Es un dinosaurio.

—No puede ser. Sólo tenía treinta centímetros de alto.

—¿Y qué? En aquel entonces había dinosaurios pequeños. Créame, lo sé. Tengo dos varones, soy una experta. Los dinosaurios más pequeños medían menos de treinta centímetros. Tenisaurio, o algo por el estilo, no sé. Esos nombres son imposibles de memorizar si una tiene más de diez años.

—Usted no lo comprende —insistió Richard Stone—. Éste es el dibujo de un animal contemporáneo. Nos enviaron un fragmento del animal. Ahora está en el frigorífico.

Stone fue y lo sacó y, sacudiendo la bolsa, lo extrajo para mostrárselo.

Alice Levin miró la pieza congelada de pata y cola y se encogió de hombros. No la tocó.

—No sé —dijo—. Pero, para mí, eso parece un dinosaurio.

Stone negó con la cabeza.

—Imposible.

—¿Por qué? Podría ser un sobrante o una reliquia, o como sea que se llame.

Stone se limitó a seguir negando con la cabeza: Alice estaba mal informada. No era más que una técnica que trabajaba en el laboratorio de bacteriologia, al final de la estancia. Y tenía una imaginación activa. Stone recordaba la época en la que pensaba que la seguía uno de los ordenanzas de cirugía...

–Sabe –dijo Alice Levin–, si esto es un dinosaurio, Richard, podría tratarse de un gran hallazgo.

–No es un dinosaurio.

–¿Alguien lo ha comprobado?

–No.

–Bueno, llévelo al Museo de Historia Natural, o a un sitio por el estilo. Realmente debería hacerlo.

–Me avergonzaría.

–¿Quiere que lo haga yo por usted? –preguntó la técnica.

–No. No quiero.

–¿No va a hacer nada al respecto?

–Nada en absoluto. –Volvió a poner la bolsa en la cámara frigorífica y la cerró de un portazo–. No es un dinosaurio, sino un lagarto. Y sea lo que fuere, puede esperar hasta que el doctor Simpson regrese de Borneo para identificarlo. Y ésta es mi última palabra, Alice: este lagarto no va a ninguna parte.

SEGUNDA ITERACIÓN

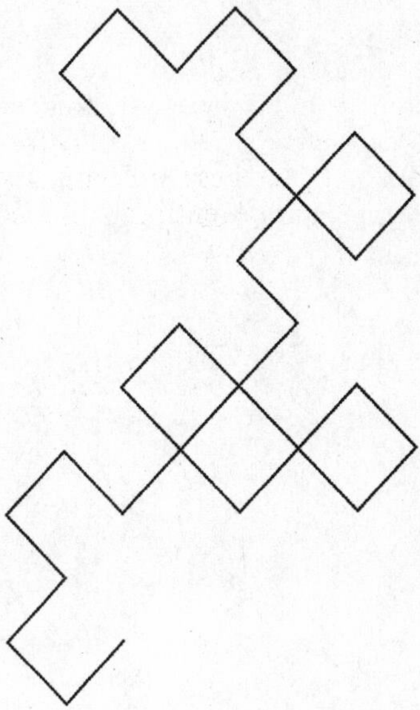

Con los dibujos subsiguientes de la curva fractal, pueden aparecer cambios súbitos.

IAN MALCOLM

LA RIBERA DEL MAR INTERIOR

Alan Grant se agachó al máximo, con la nariz a unos centímetros del suelo. La temperatura era de más de treinta y ocho grados. Le dolían las rodillas, a pesar de las almohadillas que llevaba, hechas de felpa gruesa. Le ardían los pulmones a causa del áspero polvo alcalino y le caían gotas de sudor de la frente. Pero a Grant le daba lo mismo la incomodidad: toda su atención se concentraba en el cuadrado de tierra de quince centímetros que tenía ante él.

Al trabajar pacientemente con un mondadientes y un pincel de pelo de camello, de los que usan los pintores, dejó al descubierto el diminuto fragmento, en forma de L, de una quijada. Medía apenas unos tres centímetros de largo y no era más grueso que el meñique. Los dientes eran una hilera de puntas pequeñas, y tenía la característica torsión en ángulo en el centro. Se desprendían pedacitos de hueso en escamas mientras Grant cavaba. Se detuvo un momento para pintar el hueso con pasta de caucho, antes de seguir exponiéndolo al aire libre. No había la menor duda de que era la quijada de un bebé dinosaurio carnívoro. Su dueño había muerto hacía setenta y nueve millones de años, a la edad de dos meses aproximadamente. Con un poco de suerte, también podría hallar el resto del esqueleto. De ser así, sería el primer esqueleto completo de un dinosaurio carnívoro bebé...

–¡Eh, Alan!

Alan Grant miró hacia arriba, parpadeando varias veces bajo la luz del sol. Se puso las gafas oscuras y se secó la frente con el brazo.

Estaba acuclillado en una ladera erosionada de las tierras yermas, en las afueras de Snakewater, Montana. Debajo de la gran concavidad azul del cielo, colinas obtusas, afloramientos de caliza desmenuzada, se extendían kilómetros y más kilómetros en todas direcciones. No había un árbol ni un arbusto. Nada, salvo roca árida, sol caliente y viento ululante.

Los visitantes encontraban las tierras malas depresivamente sombrías pero, cuando Grant contemplaba ese paisaje, veía algo totalmente diferente: esa tierra árida era lo que quedaba de otro mundo, muy diferente, que se había desvanecido ochenta millones de años atrás. En su imaginación, Grant se veía en el cálido y pantanoso brazo de río que conformaba la ribera de un gran mar interior. Ese mar interior tenía mil novecientos kilómetros de ancho, y se extendía sin solución de continuidad desde las recientemente elevadas montañas Rocosas hasta las agudas y escabrosas cumbres de los Apalaches: todo el Oeste norteamericano estaba bajo las aguas.

En ese entonces había nubes delgadas en el alto cielo, oscurecido por el humo de los volcanes cercanos. La atmósfera era más densa, más rica en bióxido de carbono. Las plantas crecían con rapidez a lo largo de la ribera. No había peces en esas aguas, pero sí almejas y caracoles. Los pterosaurios se abalanzaban en picado para recoger algas de la superficie. Unos pocos dinosaurios carnívoros merodeaban por las pantanosas orillas del lago, desplazándose entre las palmeras. Y frente a la costa había una pequeña isla, de unos ocho mil metros cuadrados. Circundada por densa vegetación, esa isla fue un santuario en el que manadas de dinosaurios herbívoros con hocicos como pico de pato ponían sus huevos en nidos comunales y criaban a su chillona descendencia.

En el transcurso de los millones de años siguientes, el lago alcalino de color verde pálido se hizo menos profundo y, por último, se desvaneció. La tierra desnuda se combó y se resquebrajó, sometida al calor. Y la isla, junto con sus huevos de dinosaurio, se convirtió en la ladera erosionada del norte de Montana, en la que Alan Grant estaba ahora practicando más excavaciones.

—¡Eh, Alan!

Se puso en pie; era un hombre fornido de cuarenta años con barba. Oyó el resoplido entrecortado y constante del generador portátil, y el lejano martilleo de la perforadora neumática abriéndose paso en la sólida roca de la colina siguiente. Vio a los chicos que trabajaban alrededor de la perforadora, apartando los pedazos grandes de roca después de examinarlos para ver si contenían fósiles. Al pie de la colina divisó las seis tiendas cónicas, de estilo indio, de su campamento, la tienda en la que comían el rancho, sacudida por el viento, y la casa rodante que hacía las veces de laboratorio de campaña. Y vio a Ellie haciéndole gestos con los brazos desde la sombra del laboratorio de campaña.

–¡Visitante! –voceó, y señaló hacia el este.

Grant vio la nube de polvo, y el Ford sedán azul que, dando saltos sobre el camino quebrado por zanjas, avanzaba hacia ellos. Echó un vistazo a su reloj de pulsera: justo a tiempo. En la otra colina, los muchachos miraban, interesados: no recibían muchos visitantes en Snakewater y se había especulado mucho sobre cuál sería el motivo por el que un abogado del Ente de Protección Ambiental querría ver a Alan Grant.

Pero Grant sabía que la Paleontología, el estudio de las formas de vida extinguidas, había cobrado en los últimos años una inesperada utilidad. El mundo moderno estaba cambiando deprisa, y a menudo parecía que cuestiones urgentes relacionadas con el clima, la deforestación, el calentamiento del globo o la capa de ozono se podían responder –en parte, por lo menos– con información del pasado; una información que los paleontólogos podían brindar. En los últimos años, al propio Grant le habían citado dos veces como experto pericial.

Grant empezó a bajar la colina en dirección al coche.

Mientras cerraba la portezuela, el visitante tosió en medio del polvo blanco.

–Bob Morris, EPA –dijo, tendiendo la mano–. Estoy en la oficina de San Francisco.

Grant se presentó y observó:

–Parece acalorado. ¿Quiere una cerveza?

–¡Jesús, sí!

Morris tenía unos treinta años, llevaba corbata y unos pantalones que correspondían a un traje de calle. Sostenía una cartera, y sus zapatos, de punta cuadrada y reforzada, hacían crujir las rocas mientras caminaban hacia la casa rodante.

–Cuando pasé la colina por primera vez, creí que era una reserva india –comentó, señalando las tiendas cónicas.

–No –dijo Grant–. Sólo es la mejor manera de vivir aquí.

Y explicó que en 1978, el año que empezaron las excavaciones, habían usado tiendas octaédricas North Slope, el modelo más perfeccionado en ese entonces. Pero el viento se las llevaba siempre. Probaron con otros tipos de tienda, siempre con el mismo resultado. Al final, empezaron a levantar tiendas indias cónicas, que eran más amplias en el interior, más confortables y más estables ante la acción del viento.

–Éstas son tiendas de los pies negros, levantadas alrededor de cuatro palos. Las de los sioux se levantaban alrededor de tres. Pero éste solía ser territorio de los pies negros, por lo que pensamos...

–Ajá –asintió Morris–. Muy apropiado. –Con los ojos entrecerrados, observó el desolado paisaje y meneó la cabeza–. ¿Cuánto tiempo llevan aquí?

–Alrededor de sesenta cajones –contestó Grant. Cuando Morris denotó sorpresa, le explicó–: Medimos el tiempo con cerveza: comenzamos en junio con cien cajones y hasta ahora hemos liquidado alrededor de sesenta.

–Sesenta y tres, para ser exactos –precisó Ellie Sattler, cuando llegaron a la casa rodante. A Grant le divirtió ver cómo Morris quedaba boquiabierto ante Ellie, que llevaba vaqueros recortados y una camisa de trabajo anudada a mitad del torso; tenía veinticuatro años y estaba muy bronceada. Llevaba el rubio cabello peinado hacia atrás.

–Ellie nos mantiene en movimiento –dijo Grant, presentándola–. Es muy buena en lo que hace.

–¿Y qué hace?

–Paleobotánica –respondió Ellie–. Y también hago los preparados típicos de campaña. –Abrió la puerta y entraron. El aire acondicionado de la casa rodante sólo bajó la temperatura a treinta grados, pero parecía fresco después del calor del mediodía. La casa contenía una serie de mesas largas de madera, sobre las que había pulcramente dispuestos diminutos especímenes óseos, etiquetados y rotulados. Más allá había platos de cerámica y restos de artefactos de alfarería. Olía con intensidad a vinagre.

Morris echó un vistazo a los huesos.

–Creía que los dinosaurios eran grandes –observó.

–Lo eran –contestó Ellie–. Pero todo lo que ve aquí proviene de bebés. Snakewater es importante, principalmente, por la cantidad de lugares de anidamiento de dinosaurios. Hasta el momento en que iniciamos este trabajo, apenas si se conocían dinosaurios bebés. Solamente se había encontrado un nido en el desierto de Gobi. Nosotros descubrimos una docena de nidos diferentes de hadrosaurios en los que estaba todo, huevos y huesos de bebés incluidos.

Mientras Grant iba a la nevera, Ellie le mostró a Morris los baños de ácido acético, que se usaba para disolver la caliza de los delicados huesos.

–Parecen huesos de pollo –comentó Morris, atisbando dentro de los platos de cerámica.

–Sí –dijo Ellie–. Son muy parecidos a los de pájaro.

–¿Y qué pasa con ésos? –preguntó Morris, señalando, a través de la ventana de la casa rodante, montones de huesos grandes que estaban fuera, envueltos en plástico grueso.

–Material rechazado –explicó Ellie–. Huesos demasiado fragmentados cuando los desenterramos. Antes los descartábamos, pero ahora los enviamos para los ensayos genéticos.

–¿Ensayos genéticos? –repitió Morris.

–Ahí va –interrumpió Grant, arrojando una cerveza a las manos de Morris.

Le pasó otra a Ellie, que echó el largo cuello hacia atrás y se la bebió de un trago, sin detenerse para respirar. Morris se quedó mirándola fijamente.

–Somos bastante informales aquí –dijo Grant–. ¿Quiere pasar a mi oficina?

–Por supuesto –contestó Morris.

Grant le condujo al fondo de la casa rodante, donde había una cama despanzurrada, una silla rota y una mesa auxiliar desvencijada. El paleontólogo se dejó caer sobre la cama, que crujió y exhaló una nube de polvo calizo. Se reclinó, puso los pies sobre la mesa auxiliar, que hizo un ruido al golpearla con las botas y, con un gesto, invitó a Morris a sentarse en la silla.

–Póngase cómodo.

Grant era profesor de Paleontología en la Universidad de Denver, y uno de los principales investigadores en su campo, pero nunca se había sentido cómodo con las sutilezas sociales. Se veía a sí mismo como a un hombre destinado a trabajar al aire libre y sabía que, en Paleontología, todo el trabajo importante se hace al aire libre, con las manos. Grant tenía poca paciencia con los aspectos académicos, con los conservadores de museos, con lo que él denominaba cazadores de dinosaurios a la hora del té. E hizo lo posible por distanciarse, en cuanto a vestimenta y comportamiento, de los cazadores de dinosaurios a la hora del té llegando, incluso, a dar sus clases con vaqueros y zapatillas.

Grant observó cómo Morris desempolvaba escrupulosamente el asiento antes de sentarse. El hombre del EPA abrió su maletín, revolvió entre los papeles y volvió a echarle un vistazo a Ellie, que, con pinzas de punta fina, recogía huesos del baño de ácido en el otro extremo de la casa rodante, sin prestarles atención.

–Probablemente se pregunta por qué estoy aquí.

Grant asintió con la cabeza.

–Hay un trecho muy largo hasta aquí, señor Morris.

–Bueno –comenzó Morris–, para ir directamente al grano, al EPA le preocupan las actividades de la Fundación Hammond. Usted recibe algunos fondos de ella.

–Treinta mil dólares anuales durante los últimos cuatro o cinco años.

–¿Qué sabe de la fundación? –preguntó Morris.

Grant se encogió de hombros.

–La Fundación Hammond es una respetada fuente de subvenciones académicas. Concede fondos a las investigaciones que se hacen en todo el mundo, comprendiendo varios investigadores de los dinosaurios. Sé que brindan apoyo a Bob Kerry, del Tyrrell en Alberta, y a John Weller en Alaska. Es probable que a más gente.

–¿Sabe por qué la Fundación Hammond respalda tantas investigaciones sobre dinosaurios?

–Claro que sí: porque el viejo John Hammond es un entusiasta fanático de los dinosaurios.

–¿Le conoce personalmente?

Grant volvió a encogerse de hombros.

–Le he visto una o dos veces. Viene aquí para hacer visitas breves. Es bastante anciano, ¿sabe usted? Y excéntrico, de la manera en que a veces lo es la gente rica. Pero siempre se muestra muy entusiasta. ¿Por qué?

–Bueno, pues la Fundación Hammond es, realmente, una organización bastante misteriosa. –Extrajo la fotocopia de un planisferio, marcada con puntos rojos, y se la entregó a Grant–. Éstas son las excavaciones que la fundación financió el año pasado. ¿Nota algo extraño en ellas? Montana, Alaska, Canadá, Suecia... Todos son emplazamientos situados en el norte. No hay ninguno por debajo del paralelo cuarenta y cinco. –Morris sacó más mapas–. Es lo mismo, año tras año. Los proyectos de búsqueda de dinosaurios que deban realizarse en el sur, en Utah, Colorado o México, nunca obtienen fondos. La Fundación Hammond sólo presta su apoyo a las excavaciones que se hacen en clima frío. Nos gustaría saber por qué.

Grant ojeó los mapas con rapidez. Resultaban coherentes. Y si era cierto que la fundación sólo respaldaba las excavaciones realizadas en clima frío, entonces aquél era un comportamiento extraño, porque algunos de los mejores investigadores que buscaban dinosaurios estaban trabajando en climas cálidos, y...

–Y hay otros enigmas –añadió Morris–. Por ejemplo, ¿qué relación hay entre los dinosaurios y el ámbar?

–¿Ámbar?

–Sí. Es la resina amarilla dura, procedente de la savia seca del árbol...

–Sé lo que es –interrumpió Grant–. Pero ¿por qué lo pregunta?

–Porque –dijo Morris– en el transcurso de los últimos cinco años Hammond ha comprado enormes cantidades de ámbar en América, Europa y Asia, incluyendo muchas joyas merecedoras de estar en un museo. La fundación ha gastado diecisiete millones de dólares en ámbar. Ahora posee la provisión privada más grande del mundo de este material.

–No lo entiendo –dijo Grant.

–Nadie lo entiende. Al parecer, no tiene el menor sentido. El ámbar se sintetiza con facilidad, no tiene valor comercial ni militar. No hay motivo para hacer acopio de él. Pero eso es justamente lo que Hammond ha hecho durante muchos años.

–Ámbar –murmuró Grant, meneando la cabeza en gesto de negación.

–¿Y qué pasa con la isla que Hammond tiene en Costa Rica? –continuó Morris–. Diez años atrás, la Fundación Hammond le alquiló una isla al gobierno de Costa Rica. Al parecer, para iniciar una reserva biológica.

–No sé nada de eso –repuso Grant, frunciendo el entrecejo.

–No he podido averiguar gran cosa –añadió Morris–. La isla se halla a ciento ochenta y cinco kilómetros, mar adentro, de la costa oeste. Aparentemente es muy escarpada y está en una zona del océano en la que la combinación de viento y corriente marina hacen que esté envuelta en niebla de forma perpetua. La solían llamar Isla Nubla, por estar siempre cubierta de nubosidad. Al parecer, a los costarricenses les asombró que alguien la quisiera. –Buscó en su maletín–. El motivo por el que le menciono esto es –prosiguió– que, de acuerdo con los archivos, a usted le pagaron honorarios como asesor en relación con esa isla.

–¿Me pagaron? –preguntó Grant.

Morris le entregó una hoja de papel: era una fotocopia de un cheque librado, en marzo de 1984, por InGen Inc., Farallon Road, Palo Alto, California. Estaba extendido a la orden de Alan Grant, por un monto de doce mil dólares. En la esquina inferior del cheque había una inscripción: SERVICIOS DE ASESOR/COSTA RICA/HIPERESPACIO CRÍAS.

–Pues claro –asintió Grant–, ya lo recuerdo. Era más misterioso que el demonio, pero lo recuerdo. Y no tenía nada que ver con una isla.

Alan Grant encontró la primera nidada de huevos de dinosaurio en 1979, y muchos más en los dos años posteriores, pero no tuvo tiempo para publicar sus hallazgos hasta 1983. Su libro, en el que se informaba sobre una manada de diez mil dinosaurios con hocicos de pico de pato, que vivían a lo largo de la ribera de un vasto mar interior, construían en el barro nidos comunales para los huevos y criaban a los dinosaurios bebés en la manada, hizo de Grant una celebridad de la noche a la mañana. La noción de la existencia de instintos maternales en dinosaurios gigantescos –y los dibujos de encantadoras crías recién nacidas asomando el hocico fuera de los huevos– resultaron atractivos en todo el mundo. Grant se veía acosado con solicitudes de entrevistas, conferencias, libros. Como era característico en él, las rechazó todas ya que lo único que quería era continuar sus excavaciones. Pero fue durante esos frenéticos días de mediados de la década de los ochenta cuando se le acercó la compañía InGen, haciéndole una propuesta para que les prestara servicios como asesor.

–¿Había oído hablar antes de InGen? –preguntó Morris.

–No.

–¿Cómo se pusieron en contacto con usted?

–Recibí una llamada telefónica de un tal Gennaro o Gennino.

Morris asintió con la cabeza.

–Daniel Gennaro –dijo–. Es el asesor jurídico de InGen.

–Como sea. Quería saber cosas respecto de los hábitos alimentarios de los dinosaurios. Y me ofreció honorarios para que empezara a redactar un trabajo.

–¿Por qué usted?

Grant bebió su cerveza y puso la lata en el suelo.

–Gennaro estaba particularmente interesado en los dinosaurios jóvenes. Recién nacidos y crías ya capaces de valerse por sí mismas. Qué comían. Supongo que pensaba que yo sabría algo de eso.

–¿Y lo sabía?

–No, en realidad, no. Se lo dije. Habíamos encontrado montones de material esquelético, pero teníamos muy pocos datos sobre la dieta. Entonces Gennaro dijo que sabía que no lo habíamos publicado todo, y quería lo que fuera que tuviésemos. Me ofreció honorarios muy altos: cincuenta mil dólares.

Morris extrajo un magnetófono y lo puso sobre la mesa auxiliar.

–¿Le molesta?

–No, adelante.

–Así que Gennaro le telefoneó en 1984. ¿Qué pasó entonces?

–Bueno, aquí ve usted nuestra operación. Cincuenta mil nos permitirían realizar excavaciones dos veranos completos. Le dije que haría lo que pudiera.

–Así que acordó prepararle un trabajo.

–Sí.

–¿Sobre los hábitos alimentarios de los dinosaurios jóvenes?

–Sí.

–¿Se encontró con Gennaro?

–No. Sólo hablamos por teléfono.

–¿Dijo Gennaro por qué quería esta información?

–Sí –contestó Grant–. Estaba planeando un museo para niños y quería presentar, de manera destacada, dinosaurios bebés. Explicó que estaba contratando a varios académicos en calidad de asesores, y dijo quiénes eran: había paleontólogos como yo, un matemático de Texas llamado Ian Malcolm, un par de ecólogos y un analista de sistemas. Un buen grupo.

Morris asintió con la cabeza, tomando notas.

–¿Así que usted aceptó el cargo de consultor?

–Sí. Convine en enviarle un resumen de nuestro trabajo: lo que sabíamos sobre los hábitos de los hadrosaurios de pico de pato que habíamos encontrado.

–¿Qué clase de información envió? –preguntó Morris.

–Todo: pautas de conducta de anidamiento, extensión del territorio, hábitos alimentarios, conducta social. Todo.

–¿Y cómo respondió Gennaro?

–Siguió llamando una y otra vez. A veces en mitad de la noche. ¿Comerían esto los dinosaurios? ¿Comerían aquello? ¿La exposición debería incluir esto? Nunca pude entender por qué estaba tan excitado. Quiero decir que yo también creo que los dinosaurios son importantes, pero no tanto. Llevan muertos sesenta y cinco millones de años. Cabría pensar que las llamadas de ese hombre bien podrían haber esperado hasta la mañana.

–Entiendo –dijo Morris–. ¿Y los cincuenta mil dólares?

Grant negó con la cabeza.

–Me cansé de Gennaro y le puse fin a todo ese asunto. Lo arreglamos en doce mil. Eso debió de ser como a mediados de 1985.

Morris hizo una anotación.

–¿E InGen? ¿Algún otro contacto con ellos?

–No desde 1985.

–¿Y cuándo empezó la Fundación Hammond a financiar sus investigaciones?

–Tendría que mirarlo, pero fue alrededor de ese momento. Mediada la década de los ochenta.

–Y usted conoce a Hammond como algo más que un rico entusiasta de los dinosaurios.

–Sí.

Morris hizo otra anotación.

–Mire –dijo Grant–. Si al EPA le preocupa tanto John Hammond y lo que está haciendo, los emplazamientos para excavación de dinosaurios en el norte, las adquisiciones de ámbar, la isla en Costa Rica, ¿por qué no van, simplemente, y le preguntan al respecto?

–Por el momento no podemos.

–¿Por qué no?

–Porque no tenemos prueba alguna de que se estén cometiendo actos ilícitos. Pero, personalmente, creo que resulta indiscutible que John Hammond está intentando eludir la ley. Quien primero estableció contacto conmigo –explicó Morris– fue la Oficina de Transferencia de Tecnología. La OTT vigila los embarques de tecnología norteamericana que pudieran tener importancia militar. Me llamó para decir que la InGen presentaba dos sectores en los que habría una posible transferencia ilegal de tecnología: primero, InGen había despachado tres Cray XMP a Costa Rica. InGen había definido ese envío como transferencia entre divisiones de la propia compañía, y dijo que esas máquinas no iban a la reventa. Pero la OTT no podía imaginar para qué demonios necesitaría alguien esa potencia en Costa Rica.

–Tres Cray. ¿Es un tipo de ordenador?

Morris asintió con la cabeza.

–Superordenadores muy poderosos. Para darle una idea: tres Cray representan más potencia para el procesamiento electrónico de datos que la que pueda tener cualquier otra compañía privada norteamericana. E InGen los envió a Costa Rica. Cabe preguntarse por qué.

–Me rindo. ¿Por qué? –dijo Grant.

–Nadie lo sabe. Y los Hood son todavía más preocupantes –prosiguió Morris–. Los Hoodn son secuenciadores automatizados de genes: máquinas que resuelven por sí solas la secuencia del código genético del ADN. Son tan nuevos que todavía no figuran en las listas de equipos restringidos. Pero es probable que cualquier laboratorio de ingeniería genética cuente con uno de esos secuenciadores, si es que puede pagar el medio millón de dólares que cuesta ese equipo. –Con un rápido movimiento del dedo índice, Morris pasó las hojas de sus anotaciones–. Bueno, parece que InGen envió *veinticuatro* secuenciadores Hood a su isla de Costa Rica. Una vez más dijeron que era una transferencia entre divisiones, y no una exportación. No hubo mucho que la OTT pudiese hacer. Oficialmente, a ellos no les interesaba el uso. Pero resultaba obvio que la InGen estaba montando una de las instalaciones de ingeniería genética más poderosas del mundo en un oscuro país de América Central. Un país sin reglamentaciones. Esa clase de cosas ya ha ocurrido antes.

Se habían dado casos de compañías norteamericanas, dedicadas a la bioingeniería, que se mudaban a otro país para no verse obstaculizadas por reglamentos y disposiciones jurídicas. El caso más descarado, explicó Morris, fue el de la rabia Biosyn. En 1986, la Genetic Biosyn Corporation, de Cupertino, ensayó una vacuna contra la rabia, elaborada por bioingeniería en una granja de Chile. La empresa no había informado al gobierno chileno ni a los trabajadores de la granja que tomaron parte en el ensayo: sencillamente lanzaron la vacuna.

La vacuna consistía en un virus activo de la rabia, genéticamente modificado para que no fuese virulento. Pero no se habían hecho pruebas para comprobar su falta de virulencia. Biosyn no sabía si el virus todavía podía ocasionar la rabia, o no podía hacerlo ya. Peor aún: el virus se había modificado. Por lo común, la rabia no se puede contraer a menos que a uno le haya mordido un animal enfermo. Pero Biosyn había modificado el virus de la rabia de manera que pudiera cruzar los alvéolos pulmonares: la infección se podía contraer sólo con inhalarlo. El personal de Biosyn había llevado el virus vivo de la rabia a Chile, en un vuelo comercial y dentro de un bolso de mano. Morris se preguntaba a menudo qué habría ocurrido si la cápsula se hubiera roto durante el vuelo: todos los que se hallaban a bordo del avión hubiesen podido contraer la rabia.

Era atroz. Demostraba irresponsabilidad. Era negligencia penalmente punible... Pero no se entabló ninguna demanda contra Biosyn: los granjeros chilenos, que, inadvertidamente, habían arriesgado la vida, eran campesinos ignorantes, el gobierno de Chile tenía una crisis económica de la que preocuparse, y las autoridades norteamericanas estaban fuera de jurisdicción. Así que Lewis Dodgson, el genetista responsable del ensayo, seguía trabajando en Biosyn. Biosyn continuaba siendo tan imprudente como siempre. Y otras compañías norteamericanas se apresuraban a montar instalaciones en países que no tenían profundos conocimientos de ingeniería genética; países que consideraban la ingeniería genética como si fuera cualquier otro progreso de alta tecnología y, por eso, le daban la bienvenida a su tierra, sin darse cuenta de los peligros que entrañaba.

–Por esa razón iniciamos nuestra investigación sobre InGen –concluyó Morris–. Hace unas tres semanas.

–¿Y qué es lo que han averiguado? –preguntó Grant.

–No mucho –admitió Morris–. Cuando yo vuelva a San Francisco, probablemente tendremos que cerrar la investigación. Y creo que ya he terminado. –Empezó a devolver sus cosas al maletín–. A propósito, ¿qué quiere decir «hiperespacio para crías»?

–No es más que un título extravagante para mi informe. «Hiperespacio» es un término para denominar un espacio multidimensional, como un ta-te-ti tridimensional. Si se tomaran en cuenta todas las pautas de conducta de un animal, su alimentación, su desplazamiento y su sueño, se podría representar el animal dentro del espacio multidimensional. Algunos paleontólogos hacen referencia a la conducta de un animal diciendo que tiene lugar en un hiperespacio ecológico. «Hiperespacio para crías» se referiría, sencillamente, a la conducta de los dinosaurios jóvenes... si uno quisiera ser lo más presuntuoso posible.

En el otro extremo de la casa rodante sonó el teléfono. Ellie lo cogió y respondió:

–En este preciso momento está en una reunión. ¿La puede llamar él?

Con un ruido seco, Morris cerró su maletín y se puso de pie.

–Gracias por su ayuda y la cerveza –dijo.

–No tiene importancia –repuso Grant.

Grant caminó con Morris hasta la puerta situada en el otro extremo de la casa rodante.

–¿Alguna vez le ha pedido Hammond material físico de su excavación? ¿Huesos, o huevos, o cosas así? –preguntó Morris.

–No. ¿Por qué?

–¿Han sufrido algún robo aquí?

–¿Robos aquí? –repitió Grant, señalando el paisaje con un ademán.

–Creo que no –dijo Morris, sonriendo–. La doctora Sattler dijo que ustedes hacen algo de investigación genética aquí...

–Bueno, no es así exactamente. Cuando descartamos los fósiles que están rotos o que, por alguna otra razón, no son aptos para su conservación en un museo, enviamos los huesos a un laboratorio, que los muele y trata de extraer proteínas para nosotros. Después, identifican las proteínas y nos envían el informe de vuelta.

–¿Qué laboratorio es ése?

–Servicios Médicos Biológicos, en Salt Lake.

–¿Cómo lo eligieron?

–Por licitación.

–¿No tiene que ver con InGen? –preguntó Morris.

–No, que yo sepa –dijo Grant.

Llegaron hasta la puerta de la casa rodante. Grant la abrió y sintió la acometida del aire caliente proveniente del exterior. Morris se detuvo para ponerse las gafas de sol.

–Una última cosa –dijo–. Supongamos que InGen no estuviera realmente preparando una exposición de museo, ¿hay algo más que podría haber hecho con la información que contenía el informe que usted les envió?

Grant rió.

–Claro que sí: podría haber alimentado a un hadrosaurio bebé.

Morris también rió.

–Un bebé hadrosaurio. Eso sería interesante. ¿Qué tamaño tenían?

–Algo así –dijo Grant, separando las manos unos quince centímetros–. Como una ardilla.

–¿Y cuánto tarda en adquirir el tamaño adulto?

–Tres años –respondió Grant–. Más o menos.

Morris le tendió la mano.

–Bueno, gracias por su ayuda.

–Conduzca con calma –aconsejó Grant.

Observó unos momentos cómo Morris caminaba de vuelta a su automóvil, y después cerró la puerta de la casa rodante.

Una vez dentro preguntó:

–¿Qué te parece?

Ellie se encogió de hombros y dijo:

–Ingenuo.

–¿Te gusta la parte en la que John Hammond es el archivillano? –Grant rió–. John Hammond es casi tan siniestro como Walt Disney. A propósito, ¿quién ha llamado?

–Ah, una tal Alice Levin. Trabaja en el centro médico de Columbia. ¿La conoces?

–No.

–Bueno, era algo relativo a la identificación de unos restos. Quiere que la llames de inmediato.

ESQUELETO

Ellie Sattler se apartó un mechón de cabello rubio de la cara y dirigió su atención a los baños de ácido. Tenía seis en hilera, con concentraciones molares de cinco al treinta por ciento. Ellie tenía que centrar su atención en las soluciones más fuertes, porque podían corroer la caliza y desgastar los huesos. ¡Y los huesos de dinosaurio joven eran tan frágiles! Se maravillaba de que hubieran logrado conservarse, después de ochenta millones de años.

Escuchaba, sin prestar mayor atención, a Grant, que decía:

–¿Señorita Levin? Le habla Alan Grant. ¿Qué es eso que dice...? ¿Usted tiene qué? ¿Un qué? –Se echó a reír–: Oh, lo dudo mucho, señorita Levin... No, realmente no tengo tiempo. Lo siento... Bueno, le echaré un vistazo, pero prácticamente le puedo garantizar que es un basilisco. Pero... sí, buena idea. Sí, puede hacerlo así. Muy bien. Envíelo ahora. –Grant colgó y meneó la cabeza–: Esta gente...

–¿De qué se trata? –preguntó Ellie.

–Un lagarto que esa mujer está tratando de identificar. Me enviará un fax de una radiografía. –Caminó hacia el fax y esperó, mientras le llegaba la transmisión–. Y ya que estamos en ello, tengo un nuevo descubrimiento para ti. Uno importante.

–¿Sí?

–Lo descubrí antes de que apareciera el joven. En la colina sur, horizonte cuatro. Velocirraptor joven, mandíbula y dentadura completas, así que no hay dudas en cuanto a la identidad. Y el emplazamiento parece estar intacto. Hasta podríamos conseguir un esqueleto completo.

–¡Eso es fantástico! ¿Cómo de joven?

–Joven. Dos, quizá cuatro meses como máximo.

–¿Y es un velocirraptor, sin lugar a dudas?

–Sin lugar a dudas. Quizá nuestra suerte haya cambiado finalmente.

Durante los dos últimos años de su permanencia en Snakewater, el equipo de investigadores sólo había desenterrado hadrosaurios de pico de pato. Ya tenían pruebas de la existencia de vastas manadas de estos dinosaurios herbívoros, que vagabundeaban por las planicies cretáceas en grupos de diez o veinte mil, como lo harían más tarde los bisontes (búfalos).

Pero la pregunta que se hacían cada vez más a menudo era: ¿dónde están los depredadores?

Esperaban que los depredadores fueran poco frecuentes, claro: estudios realizados sobre las poblaciones de depredadores/presas de las reservas de caza de África y de la India sugerían que, en términos aproximados, había un carnívoro depredador por cada cuatrocientos herbívoros: esto significaba que una manada de diez mil dinosaurios de pico de pato sólo podía mantener a veinticinco tiranosaurios. Así que era improbable que hallaran los restos de un depredador grande.

Pero ¿dónde estaban los depredadores pequeños? Snakewater tenía muchísimos emplazamientos de anidamiento; en algunos lugares el suelo estaba literalmente cubierto por fragmentos de cáscaras de huevo de dinosaurio, y muchos dinosaurios carnívoros pequeños comían huevos. Animales como el *dromaeosaurus*, el *ovirraptor* y el *coelurus*, depredadores cuya altura oscilaba entre el metro y el metro ochenta, debían de encontrarse allí en abundancia.

Pero, hasta el momento, no habían descubierto ninguno.

Quizá ese esqueleto de velocirraptor significaba que su suerte había cambiado. ¡Y un bebé! Ellie sabía que uno de los sueños de Grant era estudiar la conducta de crianza en los dinosaurios carnívoros, del mismo modo que ya había estudiado la de los herbívoros. A lo mejor, éste era el primer paso hacia ese sueño.

–Debes de estar bastante emocionado –insinuó Ellie.

Grant no contestó.

–He dicho que debes de estar muy emocionado –repitió.

–¡Dios mío! –dijo Grant en voz baja. Tenía la vista clavada en el fax.

Ellie miró la radiografía por encima de Grant y exhaló el aire con lentitud.

–¿Crees que es un amassicus?

–Sí –dijo Grant–. O un triassicus. ¡El esqueleto es tan ligero!

–Pero no es un lagarto.

–No. Eso no es un lagarto: desde hace doscientos millones de años, ningún lagarto de tres dedos ha caminado sobre este planeta.

El primer pensamiento de Ellie fue que se trataba de un fraude, un fraude ingenioso y hábil, pero fraude de todos modos. Todo biólogo sabía que la amenaza del fraude era omnipotente: el fraude más famoso, el del hombre de Piltdown, se había mantenido cuarenta años sin que se descubriera, y su perpetrador todavía era desconocido. En fecha más reciente, el distinguido astrónomo Fred Hoyle había afirmado que un dinosaurio alado fósil, un *archaeopteryx* que se exhibe en el Museo Británico, era una superchería. (Más tarde se demostró que era auténtico.)

El éxito de un fraude radicaba en presentar a los científicos lo que esperaban ver. Y, a los ojos de Ellie, la imagen de rayos X del lagarto era absolutamente correcta: la pata tridáctila estaba bien equilibrada, con la garra del medio más pequeña; los restos óseos de los dedos cuarto y quinto estaban hacia arriba, cerca de la articulación metatarsiana; la tibia era fuerte y considerablemente más larga que el fémur; en la cadera, la cavidad cotiloidea estaba completa; la cola mostraba cuarenta y cinco vértebras. Era un *procompsognathus*.

–¿Podría ser falsificada esta radiografía?

–No lo sé –dijo Grant–. Pero resulta casi imposible falsificar una radiografía. Y el *procompsognathus* no es un animal muy conocido; ni siquiera la gente que está familiarizada con los dinosaurios ha oído hablar de éste.

Ellie leyó en voz alta la anotación:

–«Espécimen obtenido en la playa de Cabo Blanco, el 16 de julio (...) Al parecer, un mono aullador se estaba comiendo al animal y esto fue todo lo que se recuperó.» Ah... y dice que el lagarto atacó a una niña.

–Lo dudo –replicó Grant–. Aunque quizá fuera así. El *procompsognathus* era tan pequeño y ligero que suponemos que debía de ser un carroñero, que sólo se alimentaba de animales muertos. Y puedes discernir el tamaño –midió con rapidez–: es de alrededor de veinte centímetros hasta las caderas, lo que significa que el animal completo tendría alrededor de treinta centímetros de alto. Casi tan grande como una gallina. Hasta un niño le parecería aterrador; podría morder a un bebé, pero no a un niño más grande.

Ellie frunció el entrecejo ante la radiografía.

–¿Piensas que éste podría ser realmente un redescubrimiento legítimo como el del celacanto? –preguntó.

–Quizá –respondió Grant.

El celacanto era un pez de cerca de un metro veinte de largo, que se pensaba que había muerto hacía sesenta y cinco millones de años, hasta que se extrajo un espécimen del océano en 1938. Pero había otros ejemplos: el falangero montañés pigmeo, de Australia, sólo se conocía por fósiles, hasta que se encontró uno vivo en un contenedor de basura de Melbourne. Y el fósil de diez mil años de un murciélago frugívoro de Nueva Guinea fue descrito por un zoólogo, que no mucho después recibió un ejemplar vivo por correo.

–Si piensas que es lo que es, entonces, ¿por qué no estás más emocionado?

–Lo estaría si esta radiografía significara que hemos puesto la mano encima de un animal vivo, pero si éste es un pequeño animal que se encuentra en alguna parte de las selvas centroamericanas... puede que nunca más encontremos otro.

Los animales extintos tenían la extraña tendencia a permanecer extintos. Al recientemente redescubierto murciélago comedor de fruta, los nativos lo habían espantado de su escondrijo con humo antes de que los científicos pudieran llegar al lugar y nunca más se volvió a recuperar un animal vivo. Y aunque al lobo de Tasmania se le había visto de forma esporádica durante los cuarenta últimos años, y hasta se le había perseguido por ordenador, todavía no se había podido conseguir un espécimen vivo, ni siquiera una fotografía.

–Pero ¿podría ser verdadero? –insistió Ellie–. ¿Qué hay de la edad?

–La edad es un problema.

La mayoría de los animales vueltos a descubrir eran añadidos, bastante recientes, del registro fósil, de diez o veinte mil años de antigüedad. Algunos tenían unos pocos millones de años; en el caso del celacanto, sesenta y cinco millones. Pero el espécimen que estaban contemplando era mucho más antiguo que eso: los dinosaurios habían muerto en el período cretácico, hacía sesenta y cinco millones de años; habían florecido, como forma dominante de vida en el planeta, durante el jurásico, hacía noventa millones de años; y aparecieron por primera vez en el triásico, hacía doscientos veinte millones de años aproximadamente.

El *procompsognathus* vivió en el transcurso del triásico temprano, una época tan remota que nuestro planeta ni siquiera tenía el aspecto actual: todos los continentes estaban unidos formando una sola masa continental, llamada Pangea, que se extendía desde el polo norte hasta el polo sur, un vasto continente de helechos y bosques, con pocos desiertos grandes. El océano Atlántico era un lago estrecho comprendido entre lo que habrían de ser África y Florida. El aire era más denso, la Tierra, más caliente. Había centenares de volcanes en actividad. Y era en este ambiente donde vivía el *procompsognathus*.

–Bueno –dijo Ellie–, sabemos que algunos animales sobrevivieron: los cocodrilos son, básicamente, animales del triásico que viven en la actualidad. Los tiburones también son del triásico. Así que sabemos que eso ya ha ocurrido antes.

Grant asintió.

–Y la cuestión es –concluyó–, ¿de qué otra manera se puede explicar? O bien es un fraude, cosa que dudo, o bien es un redescubrimiento. ¿Qué otra cosa podría ser?

Sonó el teléfono.

–Es probable que sea Alice Levin de nuevo –agregó Grant–. Veamos si nos envía el espécimen real. –Contento, contestó y a continuación miró a Ellie, sorprendido–: Sí, esperaré a hablar con el señor Hammond. Sí. Por supuesto.

–¿Hammond? ¿Qué quiere? –preguntó Ellie.

Grant negó con la cabeza y, después, dijo por teléfono:

–Sí, señor Hammond. Sí, a mí también me complace volver a oír su voz... Sí... –Miró a Ellie–: ¿Ah, lo hizo? ¿Ah, sí? –Cubrió el micrófono con la mano y dijo–: Sigue tan excéntrico como siempre. Tienes que oír esto.

Grant apretó el botón del altavoz y Ellie oyó la voz irascible de un anciano que hablaba con rapidez:

–... maldita molestia de un tipo del EPA, que parece haber salido disparado sin saber un comino de la cuestión, ha actuado por su cuenta, corriendo por todo el país y hablando con la gente, removiéndolo todo. Supongo que nadie fuera de lugar ha ido verle a usted...

–A decir verdad –contestó Grant–, alguien ha venido a verme.

Hammond resopló.

–Me lo temía. Un sabelotodo llamado Morris.

–Sí, su nombre era Morris –asintió Grant.

–Va a ver a todos nuestros asesores –dijo Hammond–. El otro día fue a ver a Ian Malcolm. Ya sabe, el matemático de Texas. Ésa fue la primera noticia que tuve de todo esto. Nos las estamos viendo difíciles para manejar este asunto. Es la forma típica en la que trabaja el Estado: no hay demandas, no hay acusaciones, tan sólo el acoso por parte de algún tipo al que nadie supervisa y que anda corriendo por todas partes a expensas del contribuyente. ¿Le molestó? ¿Perturbó su trabajo?

–No, no, no me molestó.

–Bueno, eso es muy malo, en cierto sentido –señaló Hammond–, porque yo podría exigir un mandamiento judicial para que Morris abandonara lo que está haciendo, si él le hubiera molestado. Tal como están las cosas, hice que nuestros abogados llamaran al EPA para descubrir en qué demonios consistía el problema. ¡El director de la sección afirma que no sabía que hubiera investigación alguna! ¿Qué le parece? Maldita burocracia, eso es todo. Demonios, creo que este tipo está tratando de meterse en Costa Rica, fisgonear, llegar a nuestra isla... ¿Usted sabe que tenemos una isla allí?

–No –dijo Grant, mirando a Ellie–. No lo sabía.

–Ah, sí, la compramos e iniciamos nuestra operación hace, veamos, cuatro o cinco años. He olvidado el tiempo exacto. Isla Nubla... Una isla grande, ciento ochenta kilómetros mar adentro. Va a ser una reserva biológica. Un hermoso lugar, de selva tropical. ¿Sabe?, tendría usted que verla, doctor Grant.

–Parece algo muy interesante pero, en realidad...

–Ya está casi terminada –prosiguió Hammond–. Le envié material sobre la isla. ¿Lo recibió?

–No, pero es que estamos un poquitín demasiado lejos de...

–Quizá le llegue hoy. Mírelo. La isla es sencillamente hermosa. Lo tiene todo. Hace ya treinta meses que estamos construyendo. Puede imaginarse lo que es: un gran parque. Se inaugurará en septiembre del año que viene. Realmente tendría que verlo.

–Parece maravilloso, pero...

–Es cosa hecha –le interrumpió Hammond–. Insisto en que la vea, doctor Grant. Verá que el parque contiene cosas que usted conoce muy bien. Lo va a encontrar fascinante.

–Estoy en medio de... –dijo Grant.

–Oiga, le diré qué vamos a hacer –prosiguió Hammond, como si la idea se le acabara de ocurrir–. Haré que algunas de las personas que contratamos en calidad de asesores vayan a la isla este fin de semana. Que pasen unos días y que la examinen. Con los gastos pagados, claro está. Sería fabuloso que usted nos diera su opinión.

–Me es completamente imposible –se excusó Grant.

–¡Oh, nada más que un fin de semana! –insistió Hammond, con la persistencia irritante y jovial de un anciano–. Eso es todo lo que le estoy pidiendo, doctor Grant. No querría interrumpir su trabajo. Sé cuán importante es. Créame, lo sé. Nunca interrumpiría su trabajo. Pero usted podría dar el salto hasta aquí el fin de semana, y regresar el lunes.

–No podría. Acabo de encontrar un nuevo esqueleto y...

–Sí, claro, pero sigo pensando que debería venir... –reiteró Hammond, sin escuchar realmente.

–Y acabamos de recibir pruebas de un hallazgo muy enigmático y notable, que parece ser un procompsognátido vivo.

–¿Un qué? –dijo Hammond, más contenido–. No lo he entendido del todo; ¿ha dicho usted un procompsognátido vivo?

–Así es. Se trata de una muestra biológica, el fragmento parcial de un animal recogido en Centroamérica. Un animal vivo.

–No me diga. ¿Un animal vivo? ¡Qué extraordinario!

–Sí. Así lo creemos también nosotros. Así que, como puede ver, no es éste el momento para que yo me vaya...

–¿Centroamérica, dijo usted?

–Sí.

–¿De qué parte de Centroamérica proviene, lo sabe usted?

–De una playa llamada Cabo Blanco; no sé dónde está exactamente...

–Entiendo. –Hammond se aclaró la voz–. ¿Y cuándo llegó esta, eh..., muestra a sus manos?

–Hoy, precisamente.

–Hoy. Entiendo. Hoy. Entiendo.

Hammond volvió a aclararse la voz.

Grant miró a Ellie y dijo con los labios, en silencio: «¿Qué está pasando?»

Ellie negó con la cabeza y respondió del mismo modo: «Parece estar molesto.»

Grant pidió: «Mira si Morris está ahí todavía.»

La joven fue hacia la ventana y miró, pero el coche de Morris ya no estaba. Se volvió.

En el altavoz, Hammond tosía.

–Ah, doctor Grant. ¿Ha hablado con alguien de eso?

–No.

–Bien, eso está bien. Bueno. Sí. Le seré franco, doctor Grant; tenemos un problemita con la isla. Este asunto del EPA llega justo en el peor momento.

–¿Cómo es eso?

–Bueno, hemos tenido problemas y algunos retrasos... Limitémonos a decir que estoy bajo un poco de presión aquí y que me gustaría que viera la isla por mí. Deme su opinión. Le pagaré los honorarios acostumbrados de consultoría en fines de semana, de veinte mil dólares diarios. Eso serían sesenta mil por tres días. Y, si pudiera prescindir de la doctora Sattler, ella recibiría los mismos honorarios: necesitamos una persona experta en botánica. ¿Qué me dice?

Ellie miró a Grant, cuando éste dijo:

–Bueno, señor Hammond, todo ese dinero financiaría por entero nuestras expediciones de los próximos dos veranos.

–Bien, bien –respondió Hammond con suavidad. Ahora parecía estar confundido, con la cabeza en otra parte–. Quiero que resulte agradable... Bien, les enviaré el reactor de la compañía, para que los recoja en ese campo de aterrizaje al este de Choteau. ¿Sabe a cuál me refiero? Está sólo a unas dos horas en automóvil desde donde se halla usted. Preséntense allá a las cinco de la tarde de mañana, y les estaré esperando. Les llevaré directamente. ¿Pueden, usted y la doctora Sattler, tomar ese avión?

–Creo que podemos.

–Bien. Lleven poco equipaje. No necesitan pasaportes: ya me encargo de eso. Hasta mañana –concluyó Hammond, y colgó.

COWAN, SWAN Y ROSS

El sol del mediodía bañaba la asesoría jurídica Cowan, Swan y Ross, en San Francisco, confiriéndole a la oficina una alegría que Donald Gennaro no sentía. Escuchaba el teléfono y miraba a su jefe, Daniel Ross, frío como un enterrador, con su traje oscuro de rayas finas.

–Entiendo, John –decía Gennaro–. ¿Y Grant accedió? Bien, bien... Sí, eso me parece algo excelente. Mis felicitaciones, John. –Colgó el teléfono y se volvió hacia Ross–. Ya no podemos confiar en Hammond. Está sometido a demasiada presión. El EPA le está investigando, está atrasado en la construcción de su centro de recreo de Costa Rica y los inversores se están poniendo nerviosos. Ha habido demasiados rumores de que se suscitaron problemas allá. Murieron demasiados obreros. Y ahora este asunto de un procompsit-como-sea en tierra firme...

–¿Qué quiere decir eso? –preguntó Ross.

–Quizá nada. Pero Hamachi es uno de nuestros principales inversores. La semana pasada recibí un informe del representante de Hamachi en San José, la capital de Costa Rica. Según el informe, una nueva especie de lagarto está mordiendo a los niños en la costa.

Ross parpadeó.

–¿Un nuevo lagarto?

–Sí. No podemos hacer bromas con esto. Tenemos que inspeccionar esa isla de inmediato. Le he pedido a Hammond que ordene inspecciones semanales del lugar durante las próximas tres semanas.

–¿Y qué dice Hammond?

–Insiste en que todo marcha bien en la isla. Afirma que funcionan todas las medidas de seguridad.

–Pero usted no le cree –dijo Ross.

–No –contestó Gennaro–. No le creo.

Donald Gennaro había llegado a Cowan, Swan, procedente de un banco de inversión. Los clientes de Cowan, Swan, pertenecientes al ramo de la alta tecnología, con frecuencia necesitaban capital y Gennaro les ayudaba a conseguir el dinero: una de sus primeras misiones, allá por 1982, había sido acompañar a John Hammond mientras el viejo, a la edad de setenta años, reunía los fondos para iniciar la sociedad anónima InGen. Finalmente, reunieron alrededor de mil millones de dólares, y Gennaro recordaba ese trabajo como una carrera enloquecedora.

–Hammond es un soñador –comentó.

–Un soñador potencialmente peligroso –acotó Ross–. Nunca debimos dejarnos arrastrar. ¿Cuál es nuestra posición financiera?

–La firma posee el cinco por ciento.

–¿General o limitada?

–General.

Ross meneó la cabeza, en gesto de negación.

–Nunca debimos hacerlo.

–Parecía lo más prudente en aquel momento. Demonios, eso fue hace ocho años. Lo aceptamos en lugar de algunos honorarios y, si usted recuerda, el plan de Hammond era especulativo en extremo. Realmente estaba luchando a brazo partido. A decir verdad, nadie creía que lo fuera a lograr.

–Pero, por lo visto, sí lo logró. Sea como fuere, estoy de acuerdo en que ha vencido el plazo para una inspección. ¿Qué hay de los expertos en el emplazamiento?

–Estoy empezando con los expertos que Hammond ya contrató como asesores en las primeras etapas del proyecto. –Gennaro lanzó una lista sobre el escritorio de Ross–. El primer grupo está constituido por un paleontólogo, una paleobotánica y un matemático. Van allí este fin de semana. Yo iré con ellos.

–¿Ellos le dirán la verdad? –preguntó Ross.

–Así lo creo. Ninguno tuvo mucho que ver con la isla, y uno de ellos, el matemático, Ian Malcolm, se mostró abiertamente hostil al proyecto desde el principio. Insistió en que nunca funcionaría, en que nunca podría funcionar.

–¿Y quién más?

–Sólo una persona con preparación técnica: el analista del sistema de procesamiento de datos. Para la revisión de los ordenadores del parque y para arreglar algunos defectos de los programas. Debe llegar allí el viernes por la mañana.

–Muy bien. ¿Está usted haciendo lo necesario?

–Hammond ha pedido hacer él mismo las llamadas. Creo que quiere fingir que no tiene problemas graves, que no es más que una invitación de índole social. Que está fanfarroneando con su isla.

–Está bien –dijo Ross–. Pero asegúrese de que se corrija lo que hay que corregir. Quiero que esta situación de Costa Rica esté resuelta dentro de una semana.

Se puso de pie y salió de la habitación.

Gennaro marcó un número en el teléfono; oyó el gimiente siseo de un radioteléfono y después una voz que decía:

–Al habla Grant.

–Hola, doctor Grant, aquí Donald Gennaro. Soy el asesor general de InGen. Hablamos hace unos años; no sé si recuerda...

–Recuerdo –dijo Grant.

–Bien –continuó Gennaro–, acabo de hablar con el señor John Hammond, que me ha dado la buena noticia de que usted va a visitar nuestra isla de Costa Rica...

–Sí. Creo que vamos para allá mañana.

–Bien. Sólo quería hacerle extensivo mi agradecimiento por hacerlo, a pesar de que no se le ha dado tiempo para arreglar sus asuntos. Todos los de InGen nos hacemos cargo. También le hemos pedido a Ian Malcolm que, al igual que usted, fue uno de nuestros primeros asesores, que vaya allí: es el matemático de la Universidad de Texas en Austin, ¿le recuerda?

–John Hammond lo mencionó.

–Bueno, está bien. Y yo también voy a ir, a decir verdad. A propósito, este espécimen que encontró de pro... procom... ¿cómo es?

–*Procompsognathus.*

–Sí. ¿Tiene el espécimen con usted, doctor Grant? ¿El espécimen real?

–No. Sólo he visto una radiografía. El espécimen está en Nueva York. Una mujer de la Universidad de Columbia me llamó.

–Bueno, me pregunto si usted me podría brindar detalles sobre eso. Entonces, yo podría enviarle un informe detallado del espécimen al señor Hammond, que está muy excitado con todo el asunto. Estoy seguro de que usted también quiere ver el espécimen real. A lo mejor, yo podría hacer que lo enviasen a la isla, mientras todos ustedes están allá.

Grant le dio la información.

–Bueno, eso es suficiente, doctor Grant –dijo Gennaro–. Mis saludos a la doctora Sattler. Tengo verdaderos deseos de reunirme con usted y con ella mañana.

Y Gennaro colgó.

PLANOS

–Esto acaba de llegar –dijo Ellie al día siguiente, yendo hacia la parte de atrás de la casa rodante, con un grueso sobre de papel Manila–. Lo ha traído uno de los muchachos al volver de la ciudad. Es de Hammond.

Al tiempo que abría el sobre, Grant observó el logotipo azul y blanco de InGen. En el interior no había una carta explicatoria: sólo una pila de papeles dentro de una carpeta. Al abrirla, Grant descubrió que eran copias heliográficas reducidas, formando un libro grueso. En la tapa se leía: INSTALACIONES PARA HUÉSPEDES CENTRO RECREO ISLA NUBLA (JUEGO COMPLETO: PABELLÓN SAFARI).

–¿Qué demonios es esto? –preguntó.

Mientras hojeaba el libro, cayó una hoja de papel.

«Queridos Alan y Ellie:

»Como podréis imaginar todavía no tenemos gran cosa, en cuanto a materiales formales para promoción. Pero esto os dará una cierta idea del proyecto de Isla Nubla. ¡Creo que es muy emocionante!

»¡Aguardo ansioso el momento de discutir esto con vosotros! ¡Espero que os reunáis con nosotros!

»Saludos,

JOHN»

–No lo entiendo –dijo Grant. Hojeó las páginas–. Son planos de arquitectura. –Volvió a la primera página.

Grant volvió a los planos en sí. Llevaban el sello SECRETOS INDUSTRIALES NO COPIAR y PRODUCTO CONFIDENCIAL DE OBRA-NO PARA DISTRIBUCIÓN. Cada página estaba numerada, y en la parte superior decía: «Estos planos representan las creaciones confidenciales de InGen Inc. Para estar en posesión de ellas tiene que haberse firmado el documento 112/4A; en caso contrario, se corre el riesgo de hacer frente a acciones judiciales».

–Me da la impresión de algo bastante paranoide –comentó Grant.

–A lo mejor existe un motivo –dijo Ellie.

La página siguiente era un mapa topográfico: mostraba la Isla Nubla con forma de lágrima invertida, la parte más ancha hacia el norte, ahusándose hacia el sur. La isla tenía unos trece kilómetros de largo, y el mapa la dividía en varias secciones grandes.

La sección norte estaba identificada como zona para visitantes, y contenía estructuras señaladas como Llegada de visitantes, Centro Visitantes/Administración, Energía/Desalinizaciór/Apoyo, Res. Hammond y «Pabellón Safari». Grant advirtió ver el contorno de una piscina, los rectángulos de las canchas de tenis, y los garabatos redondos que representaban plantas y arbustos.

–Parece un centro de recreo, sin duda –dijo Ellie.

A continuación, seguían planos detallados del Pabellón Safari en sí. En los bocetos en alzado, el pabellón tenía una apariencia espectacular: un largo edificio bajo, con una serie de formas piramidales en la azotea. Pero no había gran cosa acerca de los demás edificios de la zona para visitantes.

CENTRO VISITANTES/PABELLÓN	RECREO ISLA NUBLA
CLIENTE	InGen Inc., Palo Alto. Calif.
ARQUITECTOS	Dunning, Murphy & Associates, Nueva York; Richard Murphy, socio diseñador; Theodore Chen, diseñador principal; Sheldon James, socio administrativo.
INGENIEROS	Harlow, Whitney & Fields, Boston, análisis estructural; A. T. Misikawa, mecánico.
PAISAJISTAS	Shepperton Rogers, Londres; A. Ashikiga, H. Ieyasu, Kanazawa.
SISTEMA ELÉCTRICO	N. V. Kobayashi, Tokio. A. R. Makasawa, consultor jefe.
COMPUTER C/C	Integrated Computer System Incs., Cambridge, Mass. Dennis Nedry, supervisor de proyecto.

Y el resto de la isla era aún más misterioso. Por lo que Grant pudo apreciar, apenas si había algo más: en su mayor parte era espacio abierto. Una red de caminos, túneles y edificios apartados, y un largo lago estrecho que parecía ser artificial, provisto de represas y barreras de hormigón. Pero, en su mayor parte, la isla estaba dividida en grandes zonas curvas, en las que se veían muy pocas señales de urbanización. Cada zona estaba señalada con códigos: /P/PROC/V/2A, /D/TRIC/L/5(4A+1), /LN/OTHN/C/4(3A+1), Y /VV/HADR/X/11(6A+3+3DB).

–¿Hay alguna explicación para los códigos? –preguntó Ellie.

Grant pasó las páginas con rapidez, pero no dio con ella.

–Quizá la han retirado –dijo Ellie.

–Ya te digo: paranoide.

Observó las grandes divisiones curvas, separadas una de la otra por una red de caminos. Cada división individual tenía varios kilómetros cuadrados de ancho. En toda la isla solamente había seis divisiones, y cada división estaba separada del camino por un foso de hormigón. A lo largo de cada foso había una cerca, al lado de la cual se veía un pequeño signo de rayo. Ese símbolo les desconcertó hasta que, finalmente, cayeron en la cuenta de que indicaba que las cercas estaban electrificadas.

–Esto es raro –comentó Ellie–. ¿Cercas de alto voltaje en un centro de recreo?

–Kilómetros de ellas. Cercas electrificadas junto a fosos. Y, por lo general, también con un camino a lo largo de ellos.

–Exactamente igual que en un zoológico –observó Ellie.

Grant volvió al mapa topográfico y miró detenidamente las curvas de nivel: una cadena de montañas recorría la isla desde el centro hacia abajo, con praderas descendentes a cada lado. Pero los caminos estaban dispuestos de manera extraña: el camino principal iba en dirección norte-sur, pasando justo por las colinas centrales de la isla, incluida una sección de camino que parecía estar literalmente cortada en la cara de un acantilado, por encima de un río. Era como si se hubiese hecho un esfuerzo deliberado por dejar esas zonas abiertas como si fuesen grandes recintos, separados de los caminos por fosos y cercas electrificadas. Y los caminos se encontraban elevados con respecto al nivel del suelo, de modo que se pudiera ver por encima de las cercas...

–¿Sabes? –observó Ellie–, algunas de estas dimensiones son inmensas. Mira ésta: este foso de hormigón tiene nueve metros de ancho. Es como una fortificación militar.

–Lo mismo que estos edificios –añadió Grant. Había advertido que cada división abierta tenía pocas construcciones, situadas, por lo general, en esquinas donde no estorbaban el paso. Pero los edificios estaban hechos íntegramente de hormigón, con paredes gruesas. En las vistas laterales en alzado parecían ser como búnkers de hormigón con ventanitas. Ellie tenía razón: eran como las casamatas circulares nazis de las antiguas películas bélicas.

En ese momento oyeron una explosión sorda, y Grant dejó los papeles a un lado.

–De vuelta al trabajo –dijo.

–¡Fuego!

Se produjo una leve vibración y, a continuación, curvas de nivel amarillas cruzaron la pantalla del ordenador. Esta vez la resolución fue perfecta, y Alan Grant tuvo una fugaz visión del esqueleto, muy bien definido, con el largo cuello arqueado hacia atrás. Se trataba, de modo incuestionable, de un velocirraptor joven, y parecía hallarse en perfecto...

La pantalla quedó en blanco.

–¡Maldita sea, odio los ordenadores! –exclamó Grant, parpadeando bajo el sol–. ¿Qué ha pasado ahora?

–He perdido la entrada del integrador –explicó uno de los muchachos–. Sólo tardaré un minuto.

El muchacho se inclinó para mirar la maraña de cables que iban hasta la parte trasera del ordenador portátil de pilas. Habían colocado el ordenador sobre un cajón de cerveza, en la cima de la colina cuatro, no lejos del dispositivo al que llamaban Golpeador.

Grant se sentó en la ladera de la colina y miró su reloj. Le susurró a Ellie:

–Vamos a tener que hacer esto a la antigua.

Uno de los muchachos alcanzó a oírlo y contestó:

–¡Oh, Alan!

–Miren –dijo Grant–, tengo que tomar un avión. Y quiero el fósil protegido antes de irme.

Poca gente entendía que, una vez que se empezaba a exponer un fósil al aire, había que continuar, o arriesgarse a perderlo. Los visitantes imaginaban que el paisaje de las tierras yermas era inmutable pero, a decir verdad, se estaba literalmente desgastando todo el tiempo ante los ojos del observador: durante todo el día se podía oír el entrechocar de guijarros que caían rodando por la ladera desmenuzada de la colina. Y siempre existía el riesgo de un temporal: hasta un chaparrón breve arrastraría un fósil delicado. Por eso, el esqueleto parcialmente expuesto de Grant estaba en peligro, y había que protegerlo hasta que el paleontólogo volviera.

Por lo común, la protección de los fósiles consistía en tender una tela impermeable sobre el emplazamiento de la excavación y abrir una zanja alrededor del perímetro del emplazamiento, para controlar el drenaje del agua. La cuestión era saber lo grande que debía ser la zanja que precisaba el fósil del velocirraptor: Para decidirlo estaban empleando tomografía sonora por ordenador, o CAST[1]. Éste era un nuevo procedimiento, en el que el Golpeador disparaba un balín de plomo al suelo, produciendo ondas de choque que el ordenador leía y con las que armaba una especie de imagen radiográfica de la ladera. El grupo de Grant había estado utilizando ese procedimiento durante todo el verano, con distintos resultados.

Ahora, el Golpeador se encontraba a seis metros de distancia: era una gran caja plateada sobre ruedas, con una sombrilla en la parte superior. Parecía un carrito de helados, incongruentemente estacionado en las tierras malas. El Golpeador tenía dos jóvenes asistentes que le estaban cargando el siguiente perdigón blando de plomo.

Hasta entonces, el programa CAST se limitaba a localizar los hallazgos, ayudando al equipo de Grant a excavar de manera más eficiente. Pero los muchachos afirmaban que, dentro de unos pocos años, sería posible generar una imagen tan detallada que la excavación sería redundante: se podría obtener una imagen perfecta de los huesos, en tres dimensiones, y prometía un nuevo mundo de arqueología sin excavaciones.

Pero nada de eso había ocurrido aún. Y el equipo, que funcionaba de manera impecable en el laboratorio de la universidad, demostró ser lastimosamente delicado e inestable en el trabajo de campo.

–¿Cuánto tardará? –preguntó Grant.

–Lo tenemos ahora, Alan. No está mal.

Grant fue a mirar la imagen que aparecía en la pantalla del ordenador. Vio el esqueleto completo, trazado en amarillo brillante. Era un espécimen joven, ciertamente. La característica destacada

1. *Computer-Assisted Sonic Tomography*. Se conservan las siglas en inglés porque así se conocen en el mercado. *(N. del T.)*

del velocirraptor, la garra de un solo dedo que, en el animal adulto, era un arma curva, de quince centímetros de largo, capaz de abrir en canal la presa, era, en ese bebé, no más grande que la espina de un rosal; a duras penas era visible en la pantalla. Y el velocirraptor era, en cualquier caso, un dinosaurio de complexión ligera, un animal con huesos tan finos como los de un pájaro, y posiblemente de la misma inteligencia.

Aquí el esqueleto aparecía en perfecto estado, salvo la cabeza y el cuello que estaban doblados hacia atrás, hacia la zona posterior del animal. Tal flexión del cuello era tan frecuente en los fósiles, que algunos científicos habían formulado una teoría para explicarla, sugiriendo que los dinosaurios se habían extinguido debido a que se habían envenenado con los alcaloides que se estaban desarrollando en las plantas. Se pensaba que el cuello torcido significaba la agonía mortal de los dinosaurios. Grant, finalmente, había rebatido esa teoría, al demostrar que muchas especies de pájaros y reptiles experimentaban una contracción *postmortem* de los ligamentos posteriores del cuello, lo que hacía que la cabeza se doblara hacia atrás de forma característica. No tenía nada que ver con la causa de la muerte; sino con la forma en que el cadáver se secaba al sol.

Por añadidura, Grant observó que el esqueleto también se había torcido en sentido lateral, de modo que la pata y el pie derecho estaban elevados por encima de la columna vertebral.

–Parece algo distorsionado –comentó uno de los muchachos–. Pero no creo que sea el ordenador.

–No –dijo Grant–. No es más que el tiempo. Montones y más montones de tiempo.

Grant sabía que la gente no podía imaginar el tiempo geológico. La vida humana se vivía en una escala temporal completamente diferente: una manzana se ponía marrón en pocos minutos; los cubiertos de plata se ennegrecían en pocos días. Un montón de abono se descomponía en una estación; un niño crecía en una década. Ninguna de estas experiencias humanas cotidianas preparaba a la gente para que pudiera imaginar el significado de ochenta millones de años, el espacio de tiempo que había transcurrido desde la época en que vivía ese animal.

En el aula, Grant había intentado dar diferentes comparaciones: si se imaginaba que la edad humana de sesenta años se comprimía en un día, entonces un período de ochenta millones de años todavía serían tres mil seiscientos cincuenta y dos años, más que las pirámides. El velocirraptor llevaba mucho tiempo muerto.

–No tiene aspecto de ser muy temible –opinó uno de los muchachos.

–No lo era –dijo Grant–. No hasta que creciera, al menos.

Era probable que ese bebé se hubiera alimentado de carroña, comiendo de los cadáveres de presas muertas por los adultos, después de que éstos se saciaran, y se tendieran satisfechos al sol. Los carnívoros podían consumir tanto como el veinticinco por ciento de su peso corporal en una sola comida, y eso los dejaba luego soñolientos. Los bebés juguetearían y gatearían sobre los cuerpos indulgentes, adormecidos, de los adultos, y pellizcarían bocaditos del cadáver. Probablemente los bebes eran animales bonitos.

Pero un ejemplar adulto era algo completamente diferente: el velocirraptor fue el dinosaurio más depredador de los que existieron. Aunque relativamente pequeños, de unos noventa kilos, y el tamaño de un leopardo, los velocirraptores eran rápidos, inteligentes y valientes, capaces de atacar con mandíbulas afiladas, antebrazos dotados de garras poderosas y la devastadora garra única de la pata.

Esos animales cazaban en manadas, y Grant pensaba que debió de haber sido todo un espectáculo ver una docena de velocirraptores corriendo a toda velocidad, saltando sobre el lomo de un dinosaurio mucho más grande, despedazando el cuello y cortando, como con un cuchillo, a la altura de las costillas y del vientre...

–Se nos acaba el tiempo –anunció Ellie, devolviéndole a la realidad.

Grant dio instrucciones para cavar la zanja. Por la imagen que les daba el ordenador, sabían que el esqueleto yacía en una zona relativamente limitada: una zanja que rodeara un cuadrado de dos metros sería suficiente. Mientras tanto, Ellie dejó caer con fuerza la tela impermeable que cubría la ladera de la colina. Grant la ayudó a colocar las estacas finales.

–¿Cómo murió el bebé? –preguntó uno de los muchachos.

–Dudo que lo sepamos –repuso Grant–. La mortandad infantil en estado salvaje es alta: en los parques africanos alcanza el setenta por ciento entre algunos carnívoros. Pudo haber sido cualquier cosa: enfermedad, separación del grupo, cualquier cosa. O hasta pudo atacarle un adulto. Sabemos que estos animales cazaban en manada, pero no sabemos nada sobre su conducta social en un grupo.

Los alumnos asintieron con la cabeza. Todos habían estudiado conducta animal y sabían que, por ejemplo, cuando un nuevo macho se apoderaba de la jefatura de una manada de leones, lo primero que hacía era matar a todos los cachorros. Al parecer, el motivo era de orden genético: el macho había evolucionado para diseminar sus genes de la forma más amplia posible y, al matar los cachorros, ponía a todas las hembras en celo, para poder fecundarlas. Asimismo evitaba que las hembras perdieran el tiempo criando la prole de otro macho.

Quizá la manada de caza de los velocirraptores también estaba regida por un macho dominante. «¡Sabían tan poco sobre los dinosaurios!», pensaba Grant. Después de ciento cincuenta años de investigaciones y excavaciones por todo el mundo, todavía no sabían casi nada sobre cómo habían sido realmente.

–Tenemos que irnos –dijo Ellie–, si queremos llegar a Choteau a eso de las cinco.

HAMMOND

La secretaria de Gennaro entró presurosa con una maleta nueva. Todavía llevaba las etiquetas.

–Sabe, señor Gennaro –observó la mujer con severidad–, que olvide hacer la maleta me hace pensar que en realidad no quiere hacer este viaje.

–Quizá tenga razón –dijo Gennaro–, me voy a perder el cumpleaños de mi hija.

El sábado era el cumpleaños de Amanda, y Elizabeth había invitado a veinticuatro gritones de cuatro años de edad para celebrarlo, así como a Sombrerito el Payaso y a un mago. Su mujer no se había mostrado feliz al enterarse de que Gennaro salía de la ciudad. Tampoco Amanda.

–Bueno, lo he hecho lo mejor que he podido, dado el poco tiempo –dijo la secretaria–. Hay zapatillas de su número, shorts, camisas color caqui y las cosas de afeitarse. Un par de vaqueros y una camiseta, por si hace frío. El coche está abajo, para llevarle al aeropuerto. Tiene que irse ahora si quiere alcanzar el vuelo.

La secretaria salió. Gennaro se fue caminando por el corredor, arrancando las etiquetas de la maleta. Cuando pasó frente a la sala de conferencias, con las paredes íntegramente hechas de vidrio, Dan Ross se levantó y salió a su encuentro.

–Que tenga buen viaje –dijo Ross–. Pero seamos muy claros en una sola cosa: no sé hasta qué punto es mala la situación en realidad, Donald, pero si hay algún problema en esa isla quiero que no deje piedra sobre piedra.

–Por Dios, Dan... Recuerde que estamos hablando de una gran inversión.

–No vacile. No piense en eso. Simplemente hágalo, ¿me entiende?

Gennaro asintió con la cabeza.

–Le entiendo, pero Hammond...

–¡A la mierda con Hammond! –exclamó Ross.

–Querido muchacho, querido muchacho –dijo la familiar voz estridente–. ¿Cómo le va?

–Muy bien, señor –contestó Gennaro.

Se reclinó en el asiento de cuero del reactor *Gulfstream II*, mientras el aparato volaba hacia el este, hacia las Rocosas.

–Ya no me llama –dijo Hammond, en tono de reproche–. Lo he echado de menos, Donald. ¿Cómo está su encantadora esposa?

–Bien. Elizabeth está bien. Ahora tenemos una niña.

–Maravilloso, maravilloso. ¡Los niños son una delicia tan grande! A su hija le encantará nuestro parque de Costa Rica.

Gennaro había olvidado lo bajo que era Hammond: instalado en el asiento, no tocaba con los pies el suelo alfombrado y balanceaba las piernas cuando hablaba. En ese hombre había algo infantil, aun cuando ahora debía de tener... ¿cuántos?, ¿setenta y cinco? ¿Setenta y seis? Algo así. Parecía más viejo de que Gennaro lo recordaba pero, claro, no le había visto desde hacía casi cinco años. Desde los días en que buscaban fondos para InGen, aquellos a los que Gennaro solía llamar de la «Cartera del paquidermo».

Hammond era un hombre aparatoso, un histrión nato y, en 1983, tenía un elefante que llevaba consigo en una jaulita. El elefante medía veintitrés centímetros de alto y treinta de largo y estaba perfectamente formado, salvo por los colmillos, que los tenía atrofiados. Hammond llevaba el elefante a las reuniones que se hacían para obtener fondos. Por lo común, Gennaro lo llevaba a la sala de reunión con la jaula cubierta con una mantita, como si fuese un cubreteteras, y Hammond pronunciaba su discurso de siempre, en el que hablaba de las perspectivas para desarrollar lo que él denominaba «productos biológicos de consumo». Entonces, en el momento crucial, con un rápido movimiento, quitaba la manta para exponer el elefante. Y solicitaba el dinero.

El elefante siempre tenía un éxito tremendo: su diminuto cuerpo, apenas más grande que el de un gato, era la promesa de maravillas inimaginables que habrían de salir del laboratorio de Norman Atherton, el genetista de Stanford socio de Hammond en esa nueva empresa.

Pero, cuando Hammond hablaba del elefante, dejaba mucho sin decir. Por ejemplo, que estaba creando una compañía dedicada a la ingeniería genética, pero que al diminuto elefante no lo había obtenido siguiendo procedimiento genético alguno: Atherton se había limitado a coger el embrión de un elefante enano y lo había criado en un útero artificial, con modificaciones hormonales. Eso, en sí mismo, era todo un logro, pero no lo que Hammond daba a entender que se había hecho. Atherton tampoco había conseguido otro elefante en miniatura, aunque lo había intentado. Además, el animal era demasiado propenso a resfriarse, en especial durante el invierno. Los estornudos que llegaban a través de la diminuta trompa llenaban de pavor a Hammond. Y, en ocasiones, al elefante se le trababan los colmillos entre las barras de la jaula y bufaba, irritado, tratando de zafarse; a veces contraía infecciones alrededor de nacimiento de los colmillos. A Hammond le preocupaba que su elefante muriera antes de que Atherton pudiera conseguir un sustituto.

A los potenciales inversores también les ocultaba el hecho de que la conducta del elefante había cambiado de modo esencial en el proceso de reducción de su tamaño al de una miniatura: el pequeño ser podía parecer un elefante, pero se comportaba como si fuera un roedor violento, de rápidos movimientos y pésimo carácter. Hammond se oponía a que la gente lo acariciara para evitar dedos mordisqueados.

Y aunque hablaba, con aire de confianza, de siete mil millones de dólares en réditos anuales para 1993, su proyecto era ampliamente especulativo. Hammond tenía visión y entusiasmo, pero no había certeza alguna de que su plan funcionara. En especial desde que Norman Atherton, el cerebro que movía el proyecto, contrajo un cáncer terminal, lo que constituía una cuestión definitiva que Hammond olvidaba mencionar.

Pero, al final, con ayuda de Gennaro, Hammond consiguió

reunir el dinero. Entre septiembre de 1983 y noviembre de 1985, John Alfred Hammond y su «Cartera del paquidermo» obtuvieron ochocientos setenta millones de dólares para financiar la sociedad anónima que se proponía fundar: International Genetic Technologies, Inc. Y podrían haber obtenido más, de no ser porque Hammond insistía en el secreto absoluto y no ofrecía dividendos hasta pasados cinco años, por lo menos, lo que ahuyentó a muchos inversores. Al final tuvieron que aceptar consorcios mayoritariamente japoneses, pues los japoneses eran los únicos que tenían paciencia.

Sentado en el asiento de cuero del reactor, Gennaro pensaba en lo evasivo que era Hammond. El anciano era astuto: ahora estaba pasando por alto el hecho de que la inspección de Gennaro le había forzado a realizar ese viaje; en cambio, Hammond se comportaba como si aquello fuese una salida de índole puramente social.

–Qué lástima que no haya traído a su familia con usted, Donald –dijo.

Gennaro se encogió de hombros.

–Es el cumpleaños de mi hija. Veinte invitados, la fiesta y el payaso. Ya sabe cómo son esas cosas.

–Oh, entiendo –respondió Hammond–. Los niños ponen el corazón en lo que hacen.

–Sea como fuere, ¿está el parque listo para recibir visitantes? –preguntó Gennaro.

–Bueno, no oficialmente. Pero el hotel ya está construido, así que hay un sitio en el que alojarse...

–¿Y los animales?

–Por supuesto, todos los animales están allí. Todos en sus espacios.

–Recuerdo que, en la propuesta inicial, usted tenía la esperanza de contar con un total de doce...

–Ah, hemos sobrepasado con mucho esa cantidad: contamos con doscientos treinta y ocho animales, Donald.

–¿Doscientos treinta y ocho?

El anciano soltó una risita estridente, complacido por la reacción de Gennaro.

–No se lo puede imaginar. Tenemos manadas.

–Doscientos treinta y ocho... ¿Cuántas especies?

–Quince especies diferentes, Donald.

–¡Es increíble! –exclamó Gennaro–. ¡Es fantástico! ¿Y qué hay de todas las demás cosas que usted quería? ¿Las instalaciones? ¿Los ordenadores?

–Todo eso, todo eso –dijo Hammond–. Todo lo que hay en esa isla representa lo más avanzado de la tecnología actual. Lo verá por sí mismo, Donald. Es sencillamente maravilloso. Ésa es la razón de que esta... empresa... se lleve tan en secreto. En la isla no existe problema alguno.

–Entonces, una inspección tampoco debería suponer problema alguno –dijo Gennaro.

–Y no lo hay. Pero retrasa las cosas. Todo se tiene que detener por la visita oficial...

–Usted ya tuvo retrasos, de todos modos. Pospuso la inauguración.

–Ah, eso. –Hammond tiró del pañuelo rojo de seda que asomaba por el bolsillo superior de su chaqueta deportiva–. Era inevitable que pasara. Inevitable.

–¿Por qué?

–Bueno, Donald, para explicar eso hay que volver atrás, a la idea inicial que teníamos del centro de recreo. La idea que les vendimos juntos, usted y yo, a los inversores.

«Usted está en esto conmigo», era lo que Hammond estaba diciendo. Gennaro se movió en su asiento.

–La idea que usted posteriormente puso en práctica según su propio y exclusivo criterio –le dijo con una sonrisa.

–La idea del parque de atracciones más avanzado del mundo –repuso Hammond–. En el que se combinan la última palabra en las tecnologías electrónica y biológica. ¿Qué es lo que falta por hacer en un parque así? Todos tienen viajes en cochecitos. Coney Island tiene viajes en cochecitos. Y hoy en día todos tienen ambientes con animación proporcionada por robots electrónicos: la casa encantada, la guarida de los piratas, el salvaje Oeste, el terremoto... todos tienen esas cosas. Así que nos propusimos crear atracciones biológicas. Atracciones vivientes. Atracciones tan asombrosas que habrían de atrapar la imaginación del mundo entero.

Gennaro tuvo que sonreír: era casi el mismo discurso, palabra por palabra, que Hammond había utilizado con los inversores, muchos años atrás.

–Y nunca podemos olvidar el objetivo que, en última instancia, tiene el proyecto de Costa Rica: producir dinero –continuó Hammond, mirando con fijeza por las ventanillas del avión–, montones y montones de dinero.

–Lo recuerdo –dijo Gennaro.

–Y el secreto para hacer dinero con un parque de atracciones –dijo Hammond– consiste en restringir los costos de personal: los encargados de alimentar a los animales, los taquilleros, las cuadrillas de limpieza, las de reparaciones. Lograr que el parque funcione con una cantidad mínima de personal. Ésa es la razón de que hayamos invertido en toda esa tecnología de procesamiento de datos: para automatizar todo lo que pudiéramos.

–Recuerdo...

–Pero el hecho liso y llano es que, cuando se ponen juntos todos los animales y todos los sistemas de procesamiento electrónico de datos, uno topa con dificultades inesperadas. ¿Quién ha conseguido que un sistema importante de procesamiento de datos se encienda y funcione a tiempo? Nadie que yo conozca.

–¿Así que sólo ha habido los retrasos normales de arranque del equipo?

–Sí, así es. Retrasos normales.

–Tengo entendido que se produjeron accidentes durante la construcción –dijo Gennaro–. Murieron algunos obreros...

Se encogió ligeramente de hombros.

–Sí, hubo varios accidentes y un total de tres muertos. Dos obreros murieron construyendo la carretera del acantilado. Otro murió como consecuencia de un accidente con una retroexcavadora, en enero. Pero desde entonces no hemos tenido accidentes. –Puso su mano sobre el brazo de Gennaro–. Donald, créame cuando le digo que, en la isla, todo marcha según lo planeado. En la isla, todo va perfectamente bien.

El intercomunicador chasqueó y se oyó la voz del piloto:

–Los cinturones, por favor. Estamos aterrizando en Choteau.

CHOTEAU

Planicies áridas se extendían hacia distantes oteros negros. El viento de la tarde arrastraba polvo y hierbas sobre el hormigón resquebrajado. Grant esperaba con Ellie cerca del jeep, mientras el reluciente reactor Grumman describía círculos para aterrizar.

–Odio estar de pie como un camarero solícito esperando la llegada de los ricos –gruñó Grant.

Ellie se encogió de hombros.

–Es parte del trabajo.

Aunque muchos campos de la ciencia, como la Física y la Química, recibían ahora fondos federales, la Paleontología seguía dependiendo en gran parte de los patrocinadores privados. Al margen de su propia curiosidad en cuanto a la isla, Grant comprendió que, si John Hammond le pedía ayuda, tendría que dársela. Así era como funcionaba el mecenazgo... así era como siempre había funcionado.

El pequeño reactor aterrizó y rodó con rapidez hacia ellos. Ellie cargó su bolsa al hombro. El avión se detuvo y una azafata vestida con uniforme azul abrió la portezuela.

Una vez en el interior, Grant se sorprendió por lo reducido del espacio: tuvo que inclinarse mucho cuando fue a estrechar la mano de Hammond.

–Doctores Grant y Sattler –dijo Hammond–, son muy amables por haberse unido a nosotros. Permítanme que les presente a mi socio, Donald Gennaro.

Gennaro era un hombre robusto y fornido que tenía unos treinta y cinco años de edad, vestía un traje de Armani y llevaba gafas con montura de metal. A Grant le desagradó en cuanto lo vio. Le estrechó la mano con rapidez. Cuando lo hizo Ellie, Gennaro dijo, sorprendido:

–Usted es una mujer.

–Estas cosas suelen ocurrir –repuso Ellie, y Grant pensó: «A ella tampoco le gusta».

Hammond se volvió hacia Gennaro.

–Usted sabe, por supuesto, quiénes son el doctor Grant y la doctora Sattler. Son paleontólogos. Desentierran dinosaurios.

Y entonces se echó a reír, como si encontrara la idea muy graciosa.

–Ocupen sus asientos, por favor –dijo la azafata, cerrando la portezuela.

De inmediato, el avión empezó a moverse.

–Tendrán que disculparnos –explicó Hammond–, pero estamos un tanto apurados. Donald cree que es importante que lleguemos allá enseguida.

El piloto anunció que la duración del vuelo sería de cuatro horas hasta Dallas, donde se reabastecerían de combustible y, después, seguirían hasta Costa Rica, donde llegarían a la mañana siguiente.

–¿Y cuánto tiempo estaremos en Costa Rica? –preguntó Grant.

–Bueno, eso realmente depende –dijo Gennaro–. Tenemos que aclarar algunas cosas.

–Acepte mi palabra –añadió Hammond, volviéndose a Grant–; no estaremos más que cuarenta y ocho horas.

Grant se abrochó el cinturón de seguridad.

–Esta isla suya a la que nos dirigimos... nunca he oído hablar de ella. ¿Es una especie de secreto?

–En cierto sentido –contestó Hammond–. Hemos sido sumamente cuidadosos asegurándonos de que nadie sepa nada de ella hasta el día en el que, finalmente, la inauguraremos ante un público sorprendido y encantado.

UNA DECISIÓN CRUCIAL

La Biosyn Corporation de Cupertino, California, nunca había convocado una reunión de emergencia de su junta directiva. Los diez directores sentados en la sala de conferencias estaban irritables e impacientes. Eran las ocho de la noche. Habían estado hablando entre sí durante los diez últimos minutos, pero lentamente se habían ido quedando en silencio, revisando papeles, mirando sus relojes de manera significativa.

–¿Qué estamos esperando? –preguntó uno de ellos.

–Uno más –dijo Lewis Dodgson–. Necesitamos uno más.

Echó un vistazo a su reloj. La oficina de Ron Meyer había dicho que llegaba en el avión de las seis, proveniente de San Diego. En esos momentos ya debería estar allí, incluso tomando en cuenta el tráfico que venía desde el aeropuerto.

–¿Se necesita quórum? –preguntó otro director.

–Sí –contestó Dodgson–. Lo necesitamos.

Eso le hizo callar durante unos instantes. Quórum significaba que se les iba a pedir que tomaran una decisión importante. Y Dios sabe que les iban a pedir que la tomaran, aunque Dodgson hubiese preferido no convocar la reunión. Pero Steingarten, el presidente de Biosyn, se había mostrado inflexible:

–Tendrás que contar con su aprobación para esto, Lew –declaró.

Según quién fuese la persona consultada, Lewis Dodgson era famoso por ser el genetista más emprendedor de su generación, o el más imprudente. De treinta y cuatro años de edad, con calvicie incipiente, rostro aguileño y vehemente, John Hopkins le había despedido, siendo licenciado en Biología, por haber planeado un tratamiento genético en pacientes humanos sin haber obtenido los protocolos adecuados de la FDA[1]. Contratado por Biosyn, condujo el controvertido ensayo de la vacuna para la rabia, en Chile. Ahora estaba a cargo de la sección de desarrollo de productos de Biosyn lo que, presuntamente, consistía en hacer «ingeniería retrospectiva»: tomar el producto de un competidor, desmenuzarlo, aprender cómo funcionaba y, después, elaborar la versión Biosyn. En la práctica, eso entrañaba hacer espionaje industrial, mucho del cual iba dirigido contra la compañía InGen.

Las compañías de ingeniería genética más grandes de Norteamérica, como Genentech y Cetus, se habían creado en los años setenta para elaborar productos farmacéuticos. Pero, en la década de los ochenta, algunas empresas pequeñas habían comenzado con otros fines: Biogen y Genrac estaban elaborando semillas resistentes a las plagas, para la agricultura. Techlog y Algol hacían componentes para un bioordenador compuesto de tejido vivo. E InGen y Biosyn estaban desarrollando lo que se denominaba «productos biológicos de consumo».

Los productos biológicos de consumo eran el equivalente de los productos electrónicos de consumo. En los años ochenta, unas pocas compañías dedicadas a la ingeniería genética habían empezado a preguntarse: ¿Cuál es el equivalente biológico del *Walkman* de Sony?

Esas compañías no estaban interesadas ni en fármacos ni en la salud sino en las diversiones, los deportes, los pasatiempos, los cosméticos y las mascotas. Se habían dado cuenta de que la demanda que habría de productos biológicos de consumo en la década de los noventa sería elevada.

Biosyn ya había obtenido algún éxito al producir una nueva tru-

1. *Food and Drug Administration*: departamento del Ministerio de Salud Pública norteamericano encargada del control de calidad y la aptitud para el consumo por los seres humanos de alimentos y medicinas. *(N. del T.)*

cha de color claro, mediante un contrato establecido con el Departamento de Caza y Pesca del estado de Idaho. Esa trucha era de más fácil localización en los cursos de agua y se decía que representaba un paso adelante en la pesca con caña. (Por lo menos, eliminó las quejas que se le hacían al Departamento de Caza y Pesca, relativas a que no había truchas en los ríos.) El hecho de que, en ocasiones, muriese quemada por el sol y que su pálida carne fuese pastosa e insípida fue algo de lo que ni se habló. Biosyn seguía trabajando en esos aspectos, y...

Se abrió la puerta y Don Meyer entró en la sala, y se deslizó en un asiento. Ahora Dodgson ya tenía su quórum. Se puso en pie de inmediato.

–Señores –anunció–, nos encontramos aquí esta noche para tomar una decisión crucial sobre InGen.

Dodgson repasó rápidamente los antecedentes: la fundación de InGen en 1983, con inversores japoneses. La adquisición de tres superordenadores Cray XMP. La adquisición de Isla Nubla, en Costa Rica. La acumulación de ámbar. Las inusitadas donaciones a los zoológicos de todo el mundo, desde la Sociedad Zoológica de Nueva York hasta el Parque Nacional de Ranthapur, de la India.

–A pesar de todos estos indicios –continuó Dodgson–, todavía no teníamos la menor idea de hacia dónde podía estar dirigiéndose InGen. Era obvio que la compañía se dedicaba a los animales, y que habían contratado investigadores cuyo campo de acción era el pasado: paleobiólogos, filogenetistas del ADN, y otros por el estilo. La utilización de una ingente potencia para el procesamiento de datos, y el interés de InGen en los zoológicos, nos llevó a pensar en algunas atrevidas posibilidades.

»Entonces, en 1987, InGen compró una compañía desconocida llamada Millipore Plastic Products, situada en Nashville, Tennessee. Esta compañía trabajaba en el ramo de los productos agrícolas y en época reciente había patentado un plástico nuevo que presentaba las características de la cáscara de un huevo de pájaro. A este plástico se le podía dar la forma de un huevo y se podía usar para desarrollar embriones de pollo. A partir del año siguiente, InGen acaparó toda la producción de plástico miliporoso para su uso particular.

–Doctor Dodgson, todo esto es muy interesante...

–Al mismo tiempo –prosiguió Dodgson– se iniciaron construcciones en la Isla Nubla: éstas entrañaron el movimiento de enormes cantidades de tierra, entre las que figuraban un lago de poca profundidad y tres kilómetros de largo, en el centro de la isla. Los planos correspondientes a instalaciones de recreo se dieron a conocer con un elevado grado de reserva, pero hemos podido conseguir algunos detalles: parece ser que InGen ha construido un zoológico de grandes dimensiones en la isla.

Uno de los directores se inclinó hacia delante y dijo:

–Doctor Dodgson, ¿y con eso, qué?

–No es un zoológico común y corriente –repuso Dodgson–. Este zoológico es único en todo el mundo. Parece ser que InGen ha hecho algo bastante extraordinario: se las ha arreglado para clonar animales extintos del pasado.

–¿Qué animales?

–Animales que salen de huevos y necesitan mucho espacio en un zoológico.

–¿Qué animales?

–Dinosaurios. Están haciendo clones de dinosaurios.

La consternación que siguió a esas palabras estuvo completamente fuera de lugar, en opinión de Dodgson. El problema de los hombres que manejan dinero era que no sabían comportarse: habían invertido en un campo, pero no sabían qué era posible hacer.

De hecho, ya en 1982 había habido discusiones técnicas sobre la clonación de dinosaurios. Cada año que pasaba, la manipulación del ADN se hacía más fácil. Ya se había extraído material genético de momias egipcias, así como del cuero de una cuaga, animal africano parecido a la cebra, extinguido en la década de los ochenta. Para 1985 parecía posible que se pudiera reconstruir el ADN de la cuaga y hacer que creciera un nuevo animal. De ser así, habría sido el primer ser vivo recuperado de la extinción gracias, exclusivamente, a la reconstrucción de su ADN. Si eso era posible, ¿qué otros animales podrían recuperarse? ¿El mastodonte? ¿El tigre de dientes de sable? ¿El dodo?

¿O hasta un dinosaurio?

Por supuesto, no se sabía que existiera ADN de dinosaurio en parte alguna del mundo. Pero, al moler grandes cantidades de huesos de dinosaurio podría ser posible extraer fragmentos de ADN. Antaño se pensaba que la fosilización eliminaba todo el ADN. Ahora se admitía que eso no era cierto. Y si se recuperaban suficientes fragmentos de ADN, quizá fuese posible obtener, por clonación, un animal vivo.

Allá por 1982 los problemas técnicos habían parecido desalentadores. Pero la teoría no mostraba obstáculos: hacerlo resultaba difícil, costoso, y era improbable que funcionara. Pero era posible, si alguien tenía interés en intentarlo.

Al parecere, InGen había decidido intentarlo.

–Lo que han hecho –dijo Dodgson– ha sido construir la más grande atracción turística, concentrada en un solo sitio, de la historia del mundo. Como ya saben, los zoológicos gozan de suma popularidad: el año pasado fue mayor la cantidad de norteamericanos que visitaron zoológicos que la cantidad de los que acudieron a todos los partidos de béisbol y rugby juntos. Y a los japoneses les encantan los zoológicos: hay cincuenta en Japón y se están construyendo más. Y, por visitar este zoológico, InGen puede cobrar lo que quiera: dos mil dólares por día, diez mil dólares por día... –Hizo una pausa–. Y después está la cuestión de la comercialización derivada: los libros, las camisetas, los videojuegos, las gorras, los muñecos de trapo, las revistas de historietas y las mascotas.

–¿Mascotas?

–Claro: si InGen puede hacer dinosaurios de tamaño real, también los puede hacer de tamaño pigmeo, para que sirvan de mascotas domésticas. ¿Qué niño no querría un dinosaurio pequeño como mascota? Un animalito patentado de propiedad exclusiva del niño. InGen vendería millones. Y los elaboraría genéticamente de manera que esas mascotas únicamente comieran alimento para dinosaurios elaborado por InGen...

–¡Dios mío! –exclamó alguien.

–Exactamente –acotó Dodgson–. El zoológico es la parte central de una enorme empresa.

–¿Ha dicho usted que esos dinosaurios estarán patentados?

–Sí. Ahora los animales creados por ingeniería genética se pueden patentar. El tribunal supremo falló al respecto en favor de Harvard, en 1987. InGen será propietaria de los dinosaurios y, legalmente, nadie más los podrá elaborar.

–¿Qué nos impide crear nuestros propios dinosaurios? –preguntó alguien.

–Nada, salvo que ellos nos llevan una delantera de cinco años. Será casi imposible ponerse a la par antes de fin de siglo. –Hizo una pausa, y prosiguió–: Naturalmente, si pudiéramos conseguir muestras de sus dinosaurios, podríamos analizarlos mediante nuestra ingeniería retrospectiva y hacer los nuestros propios, con suficientes modificaciones en el ADN como para eludir las patentes de InGen.

—¿Podemos conseguir muestras de sus dinosaurios?

Dodgson se detuvo un instante, y después asintió:

—Yo creo que podemos, sí.

Alguien se aclaró la voz.

—No habrá nada ilegal en ello...

—¡Oh, no! —se apresuró a afirmar Dodgson—. Nada ilegal. Estoy hablando de una fuente legítima de su ADN: un empleado disgustado, o desperdicios eliminados de manera inadecuada, o algo por el estilo.

—¿Tiene usted una fuente legítima, doctor Dodgson?

—La tengo. Pero temo que hay cierta urgencia en cuanto a la decisión, porque InGen está atravesando una pequeña crisis, y mi fuente tendrá que actuar dentro de las próximas veinticuatro horas.

Hubo un prolongado silencio en la sala. Los hombres miraron a la secretaria, que tomaba notas, y al magnetófono colocado en la mesa que estaba frente a ella.

—No veo la necesidad de llegar a una resolución formal al respecto —prosiguió—. Bastará con saber el parecer de la sala, en el sentido de si ustedes opinan que debo seguir adelante...

Con lentitud, las cabezas se movieron en señal de aprobación.

—Gracias por venir, señores —concluyó—. A partir de este momento me hago cargo yo.

AEROPUERTO

Lewis Dodgson entró en la cafetería del edificio de salidas del aeropuerto de San Francisco, y miró alrededor con rapidez: su hombre ya estaba allá, esperando junto al mostrador. Dodgson se sentó a su lado y colocó el maletín en el suelo, entre los dos.

—Llega tarde, amigo —dijo el hombre. Miró el sombrero de paja que llevaba Dodgson y rió—: ¿Qué es esto, un disfraz?

—Nunca se sabe —respondió Dodgson, reprimiendo la ira.

Durante seis meses, había estado trabajándose pacientemente a ese hombre, que se hacía más odioso y arrogante en cada entrevista. Pero no podía hacer nada al respecto: los dos sabían con exactitud cuáles eran las apuestas.

El ADN reconstituido por bioingeniería era el material más valioso del mundo. Una sola bacteria microscópica, demasiado pequeña como para verla a simple vista, pero que contuviera los genes de una enzima contra los ataques cardíacos, la estreptoquinasa, los genes de «hielo-menos», que evitaban los daños que las heladas producían en las cosechas, podría valer cinco mil millones de dólares para el comprador adecuado.

Y eso había creado un extraño mundo nuevo de espionaje industrial. Dodgson era especialmente diestro en esa actividad: en 1987 convenció a una genetista, descontenta con Cetus, para que se pasase a Biosyn y se llevara consigo cinco cepas de bacterias reconstruidas por bioingeniería. La genetista, sencillamente, se puso una gota de cada una en las uñas de una mano y salió caminando por la puerta.

Pero InGen planteaba un desafío más duro: Dodgson quería algo más que un ADN bacteriano, quería embriones congelados, y sabía que InGen protegía los embriones con las medidas de seguridad más complejas. Para conseguirlos necesitaba un empleado de InGen que tuviera acceso a los embriones, que estuviera dispuesto a robarlos y que pudiera burlar la seguridad. Una persona así no era fácil encontrarla.

Finalmente, a principios de año, Dodgson localizó a un empleado de InGen sobornable. Si bien no tenía acceso al material genético, Dodgson mantuvo el contacto, reuniéndose con él todos los meses, en Carlos and Charlie's, en el Silicon Valley, ayudándole en pequeñeces. Y ahora que InGen estaba invitando a contratistas y asesores a visitar la isla, era el momento que Dodgson había estado esperando... porque significaba que su hombre tendría acceso a los embriones.

–Vayamos al grano –dijo éste–. Faltan diez minutos para que salga mi vuelo.

–¿Quiere repasarlo todo otra vez? –preguntó Dodgson.

–¡Demonios, no, doctor Dodgson! Quiero ver el maldito dinero.

Con un rápido movimiento, Dodgson descorrió el cerrojo del maletín y lo abrió unos pocos centímetros. El hombre echó un vistazo con aire indiferente, y preguntó:

–¿Está todo?

–La mitad: setecientos mil dólares.

–Bien. Excelente. –Volvió la cabeza y bebió su café–. Está muy bien, doctor Dodgson.

Dodgson, con rapidez, echó el cerrojo al maletín y dijo:

–Eso es por las quince especies, ya sabe.

–Lo recuerdo. Quince especies, embriones congelados. ¿Y cómo los voy a transportar?

Dodgson le entregó un tubo grande de crema de afeitar.

–¿En esto?

–En esto.

–Pueden revisar mi equipaje...

Dodgson se encogió de hombros.

–Apriete la parte superior.

El hombre así lo hizo y una pequeña bola de espuma blanca le cayó en la mano.

–No está mal. –Se limpió la espuma en el borde del plato, y repitió–: No está mal.

–El tubo es un poco más pesado que el normal, eso es todo.

El equipo técnico de Dodgson lo había estado montando durante los dos últimos días, trabajando contra reloj. Rápidamente, le mostró al hombre cómo funcionaba.

–¿Cuánto gas refrigerante hay en el interior?

–El suficiente para treinta y seis horas. Los embriones tienen que estar de vuelta en San José para entonces.

–Eso depende del tipo que vaya en la lancha –repuso el hombre–. Será mejor que se asegure de que tenga un refrigerador portátil a bordo.

–Lo haré –dijo Dodgson.

–Y hagamos un repaso de la subasta...

–El trato es el mismo –lo interrumpió Dodgson–: cincuenta mil al entregar cada embrión. Si son viables, cincuenta mil adicionales por cada uno.

–Está bien. Pero asegúrese de tener la lancha esperando en el muelle este de la isla, el viernes por la noche. No el muelle norte, al que llegan los grandes barcos de suministros. El este; es un pequeño muelle auxiliar. ¿Lo ha entendido?

–Lo he entendido. ¿Cuándo volverá usted a San José?

–Es probable que el domingo.

El hombre se separó del mostrador.

Dodgson se inquietó.

–¿Está seguro de saber cómo se opera el...?

–Lo sé. Créame, lo sé.

–También creemos que la isla mantiene contacto constante por radio con la casa matriz de InGen en California, de modo que...

–Mire, tengo ese aspecto cubierto. Limítese a descansar y a tener el dinero listo. Lo quiero todo el domingo por la mañana, en el aeropuerto de San José, en efectivo.

–Le estaré esperando. No se preocupe –lo tranquilizó Dodgson.

MALCOLM

Poco antes de medianoche subió al avión en el aeropuerto de Dallas un hombre alto, delgado, con calvicie incipiente, de treinta y cinco años de edad y vestido de negro de pies a cabeza: camisa negra, pantalones negros, calcetines negros, calzado negro.

–Ah, doctor Malcolm –saludó Hammond, sonriendo con forzada afabilidad.

Malcolm sonrió ampliamente, mostrando los dientes.

–Hola, John. Sí, me temo que su antigua némesis está aquí. –Estrechó las manos de todos, al tiempo que decía con rapidez–: Ian Malcolm, ¿cómo está usted? Me dedico a las matemáticas.

A Grant le dio la impresión de que estaba más divertido por el paseo que por cualquier otra cosa.

Por supuesto que Grant reconoció el nombre: Ian Malcolm era uno de los más famosos de la nueva generación de matemáticos, que estaba abiertamente interesada en «cómo funciona el mundo real». Estos eruditos habían roto con la enclaustrada tradición de la matemática en varios sentidos importantes: ante todo, utilizaban ordenadores con asiduidad, práctica que los matemáticos tradicionales no aprobaban. Después, trabajaban, de modo casi exclusivo, con ecuaciones no lineales, en el novedoso campo que se conocía, en sentido amplio, como caos. En tercer lugar, parecían interesados en que su matemática describiera fenómenos que realmente existieran en el mundo real. Y, por último, como para recalcar que habían salido del ámbito universitario al mundo, se vestían y hablaban con lo que un matemático de mayor edad denominaba «un deplorable exceso de personalidad». De hecho, a menudo se comportaban como estrellas del rock.

Malcolm se acomodó en uno de los asientos acolchados. La azafata le preguntó si deseaba una bebida, a lo que él replicó:

–Coca Diet, batida pero no agitada.

El aire húmedo de Dallas penetró por la portezuela abierta. Ellie preguntó:

–¿No hace un poco de calor, para ir vestido de negro?

–Es usted extremadamente bonita, doctora Sattler –contestó Malcolm–. Podría mirarle las piernas todo el día. Pero no, a decir verdad, el negro es, en realidad, lo mejor para el calor. Radiación eficiente. De todos modos, yo sólo uso dos colores, negro y gris.

Ellie tenía la vista clavada en él, boquiabierta.

–Estos colores son apropiados para cualquier ocasión –continuó Malcolm–, y van bien juntos, en el caso de que, por error, me pusiera un par de calcetines grises con pantalones negros.

–¿Pero no encuentra aburrido usar sólo dos colores?

–En absoluto. Lo encuentro liberador: creo que mi vida tiene valor, y no quiero malgastarla pensando en ropa –aseveró Malcolm–. No quiero pensar en lo que voy a ponerme por la mañana. La verdad, ¿se puede imaginar algo más aburrido que la moda? Los deportes, quizás: hombres grandes golpeando pelotitas, mientras el resto del mundo paga dinero por aplaudir. Pero, teniéndolo todo en cuenta, encuentro que la moda es aún más tediosa que los deportes.

Ellie cerró la boca.

–El doctor Malcolm –explicó Hammond– es un hombre de firmes convicciones.

–Y loco de remate –añadió Malcolm de buena gana–, pero tiene que admitir que éstos son temas triviales. Vivimos en un mundo de aterradores descontados: se da por descontado que una persona se comportará así o que le interesará aquello. Nadie piensa en los descontados. ¿No es sorprendente? En la sociedad de la información, nadie piensa. Esperábamos desterrar el papel pero, en realidad, desterramos el pensamiento.

Hammond se volvió hacia Gennaro y alzó las manos.

–Usted lo invitó.

–Y fue una decisión afortunada –dijo Malcolm–, porque la cosa pinta como si ustedes tuvieran un grave problema.

–Nosotros no tenemos problemas –repuso Hammond con rapidez.

–Siempre sostuve que esa isla sería impracticable –insistió Malcolm–. Lo predije desde el comienzo. –Buscó dentro de un maletín de cuero blando, y agregó–: Y, a estas alturas, confío en que todos sepamos cuál habrá de ser el resultado final: usted tendrá que bajar el telón para siempre.

–¡Bajar el telón! –Hammond se puso de pie, con furia–. Eso es ridículo.

Malcolm se encogió de hombros, indiferente al arranque de cólera de Hammond.

–He traído copias de mi trabajo original, para que las vean –anunció–. El trabajo original de asesoría que realicé para InGen. La parte matemática es un tanto complicada, pero les puedo guiar a través de ella. ¿Se va ahora?

–Tengo algunas llamadas telefónicas que hacer –adujo Hammond, y entró en la cabina contigua.

–Bueno, es un vuelo largo –dijo Malcolm a los demás–. Por lo menos, mi trabajo les dará algo que hacer.

El avión volaba a través de la noche.

Grant sabía que Ian Malcolm tenía su cuota de detractores, y pudo entender por qué algunos encontraban que su estilo era demasiado agresivo y sus explicaciones de la teoría del caos demasiado verbosas. Grant hojeó el trabajo, limitándose a echar un vistazo a las ecuaciones: no se sentía con ánimos para leerlo a esa hora.

–Su trabajo llega a la conclusión de que la isla de Hammond está condenada al fracaso, ¿no es así? –inquirió Gennaro.

–Exacto.

–¿Debido a la teoría del caos?

–Exacto. Para ser más precisos, debido al comportamiento del sistema en el espacio de fase.

Gennaro frunció el entrecejo. Arrojó el trabajo a un lado y preguntó:

–¿Puede explicarlo en lenguaje para legos?

–Claro. Veamos dónde tenemos que empezar. ¿Sabe qué es una ecuación no lineal?

–No.

–¿Atracadores extraños?

–No.

–Muy bien –dijo Malcolm–. Volvamos al comienzo. –Hizo una pausa, clavando la vista en el techo–. La física tuvo un gran éxito en la descripción de ciertas clases de comportamiento: planetas en órbita, naves espaciales yendo a la Luna, péndulos, resortes y bolas que ruedan, esa clase de cosas. El movimiento regular de los objetos. Estos movimientos se describen mediante lo que se denomina ecuaciones lineales, y los matemáticos pueden resolver esas ecuaciones fácilmente. Venimos haciéndolo desde hace centenares de años.

–De acuerdo –asintió Gennaro.

–Pero existe otra clase de comportamiento, que la física maneja mal. Por ejemplo, todo lo que tenga que ver con la turbulencia: el agua que sale de un surtidor; el aire que se desplaza sobre el ala de un avión; el clima; la sangre que fluye a través del corazón. Los sucesos turbulentos se describen mediante ecuaciones no lineales, que son difíciles de resolver... De hecho, habitualmente es imposible resolverlas. Así que la física nunca entendió toda esta clase de sucesos. Hasta hace unos diez años. La teoría que los describe se denomina teoría del caos.

»En su origen, la teoría del caos surgió de los intentos por hacer modelos meteorológicos computarizados, en la década de los años sesenta. El clima es un sistema grande y complicado; específicamente la atmósfera de la Tierra cuando interactúa con las masas continentales y el mar, y con el Sol. El comportamiento de este sistema grande y complicado siempre desafía el entendimiento. Así que, como es natural, no podemos predecir el tiempo. Pero lo que los primeros investigadores aprendieron de los modelos de ordenador fue que, aunque se pudiera entender aquel sistema, seguiría siendo imposible predecir el tiempo. El motivo es que el comportamiento del sistema depende mucho de las condiciones iniciales.

–Me he perdido –dijo Gennaro.

–Si uso un cañón para disparar un proyectil de cierto peso, a cierta velocidad y con un cierto ángulo de inclinación, y luego disparo un segundo proyectil con peso, velocidad y ángulo casi iguales, ¿qué ocurre?

–Los dos proyectiles caerán casi en el mismo punto.

–Así es. Eso es dinámica lineal.

–Entendido.

–Pero si tengo un sistema meteorológico en el que empiezo con una cierta temperatura, y una cierta velocidad del viento y una cierta humedad, y después lo repito casi con las mismas temperatura, viento y humedad, el segundo sistema no se comportará casi igual: se desviará y rápidamente se volverá muy diferente del primero; tormentas de truenos en vez de sol. Eso es dinámica no lineal. Es sensible a las condiciones iniciales: diferencias diminutas resultan amplificadas.

–Creo que ya lo entiendo.

–Un resumen de todo esto es el «efecto mariposa»: una mariposa bate sus alas en Pekín, y las condiciones meteorológicas de Nueva York son diferentes.

–¿Así que todo el caos no es más que aleatorio e impredecible? ¿Es eso todo?

–No. Dentro de la compleja variedad de comportamiento de un sistema, realmente encontramos regularidades ocultas. Ése es el motivo de que, ahora, la del caos se haya convertido en una teoría muy amplia que se usa para estudiarlo todo, desde la bolsa hasta multitudes que provocan tumultos, pasando por las ondas cerebrales durante la epilepsia. En cualquier sistema complejo en el que haya confusión y que sea imposible predecir, podemos hallar un orden subyacente. ¿Está claro?

–Sí. Pero ¿cuál es ese orden subyacente?

–Está caracterizado, en esencia, por el movimiento del sistema dentro del espacio de fase.

–Por Dios –se quejó Gennaro–. Todo lo que quiero saber es por qué piensa usted que la isla de Hammond no puede funcionar.

–Entiendo. Ya llego a eso. La teoría del caos dice dos cosas: primero, que los sistemas complejos, como el clima, tienen un orden subyacente. Segundo, todo lo contrario, que sistemas simples pueden producir un comportamiento complejo. Por ejemplo, las bolas de billar.

Gennaro asintió con la cabeza.

–Se golpea una bola de billar y empieza a rebotar contra las bandas de la mesa. En teoría, éste es un sistema bastante simple, casi un sistema newtoniano. Puesto que se puede conocer la fuerza que se le dio a la bola y la masa de la bola, y se pueden calcular los ángulos según los cuales la bola golpeará las bandas, se puede predecir el comportamiento futuro de la bola para hacer que se detenga. En teoría, se podría predecir el comportamiento de la bola en un futuro relativamente lejano, mientras sigue rebotando de un lado a otro. Se podría predecir dónde va a terminar dentro de las tres próximas horas, en teoría.

–Bien.

–Pero, de hecho –añadió Malcolm–, no se pueden predecir más que unos pocos segundos. Porque casi de inmediato efectos muy pequeños, tales como imperfecciones en la superficie de la bola o diminutas hendiduras en la madera de la mesa, empiezan a marcar la diferencia. Y no hace falta mucho tiempo para que esos efectos acaben con los cuidadosos cálculos que se hayan hecho. Así que resulta que ese sistema simple, formado por una bola de billar sobre una mesa, tiene un comportamiento impredecible.

–Comprendido.

–Y el proyecto de Hammond es otro sistema aparentemente simple, animales dentro de un jardín zoológico, que, al final, exhibirá un comportamiento impredecible.

–Usted lo sabe debido a...

–La teoría –dijo Malcolm.

–¿Pero no sería mejor que viera la isla, para comprobar qué es lo que se ha hecho en realidad?

–No; eso es del todo innecesario. Los detalles no importan. La teoría me dice que la isla pronto empezará a comportarse de manera impredecible.

–Y usted confía en su teoría.

–Oh, sí. Plenamente. –Se reclinó en el asiento–. Hay un problema en la isla: un accidente que está esperando el momento de producirse.

ISLA NUBLA

Con un gemido, los rotores empezaron a girar describiendo círculos sobre el aparato, proyectando sombras sobre la pista del aeropuerto de San José. Grant escuchó un chasquido en sus auriculares cuando el piloto habló con la torre.

Habían recogido a otro pasajero en San José, un hombre llamado Dennis Nedry, que había volado hasta allí para reunirse con ellos. Era gordo y desaliñado, estaba comiendo una barra de chocolate y tenía los dedos pegajosos y trocitos de papel de aluminio en la camisa. Masculló algo acerca de los ordenadores de la isla, y no dio lugar a un apretón de manos.

A través de la burbuja de plexiglás, Grant observaba el hormigón del aeropuerto escabullirse bajo sus pies, y vio la sombra del helicóptero corriendo junto a ellos mientras volaban hacia el oeste, hacia las montañas.

–Es un viaje de alrededor de cuarenta minutos –informó Hammond, desde uno de los asientos posteriores.

Grant observó las colinas bajas elevarse y, después, se encontraron pasando a través de nubes intermitentes, para volver a irrumpir a la luz del sol. Las montañas eran abruptas, aunque le sorprendió el grado de deforestación; área tras área de colinas erosionadas, peladas.

–Costa Rica –informó Hammond– tiene un mejor control de la población que otros países de América Central pero, aun así, la tierra ha sido brutalmente deforestada, sobre todo durante los diez últimos años.

Desde las nubes bajaron al otro lado de las montañas, y Grant vio las playas de la costa oeste. Pasaron velozmente sobre una pequeña aldea costera.

–Bahía Añasco –anunció el piloto–. Una aldea pesquera. –Señaló hacia el norte–. Subiendo la costa, allá, se ve la reserva de Cabo Blanco. Tiene hermosas playas.

El piloto enfiló directamente hacia el océano y se estabilizó sobre las aguas que primero se volvieron verdes y después de un aguamarina profundo. El sol brillaba sobre ellas. Eran alrededor de las diez de la mañana.

–Ahora sólo faltan unos minutos para que divisemos Isla Nubla –anunció Hammond y explicó que Isla Nubla no era una verdadera isla, sino un guyot, una elevación volcánica de roca proveniente del lecho oceánico–. Sus orígenes volcánicos se pueden ver por toda la isla –añadió–: hay chimeneas para escape del vapor en muchos sitios y, a menudo, el suelo se siente caliente bajo los pies. Debido a eso, y también a las corrientes predominantes, Isla Nubla se encuentra en una región neblinosa. Cuando lleguemos ahí lo verán... Ah, ahí estamos.

El helicóptero aceleró su marcha, volando a ras del agua. En esa zona había una tenue neblina suspendida en el aire.

Frente a ellos, Grant vio una isla escabrosa, que brotaba abruptamente del océano.

–¡Cristo, parece Alcatraz! –exclamó Malcolm.

Las boscosas laderas de la isla estaban coronadas de niebla, lo que le confería un aspecto misterioso.

–Mucho más grande, claro –dijo Hammond–, trece kilómetros de largo y cinco de ancho, en su punto más amplio. En total, casi cincuenta y siete kilómetros cuadrados, lo que la convierte en la reserva animal privada más grande de América del Norte.

El helicóptero empezó a elevarse y enfiló hacia el extremo norte de la isla. Grant estaba tratando de ver a través de la densa niebla.

–Por lo general, no es tan densa.

La voz de Hammond denotaba preocupación.

En el extremo norte de la isla se hallaban las colinas más altas, que se elevaban a más de seiscientos metros sobre el nivel del mar. Los picos de las colinas estaban envueltos en la niebla, pero Grant vio acantilados escarpados y el océano que se estrellaba contra ellos, allá abajo. El helicóptero ascendió por encima de las colinas.

–Lamentablemente, tenemos que aterrizar en la isla. No me gusta, porque eso perturba a los animales, y a veces resulta un tanto estremecedor.

El piloto lo interrumpió:

–Iniciamos nuestro descenso ahora. Sujétense, amigos.

El helicóptero empezó a bajar y, de inmediato, quedaron envueltos en la niebla. A través de los auriculares, Grant oía un bip-bip electrónico, pero no veía nada en absoluto; después empezó a distinguir débilmente las ramas verdes de los pinos, que se extendían hacia ellos por entre la neblina. Algunas de las ramas estaban cerca. El helicóptero proseguía su descenso.

–¿Qué diablos está haciendo? –se inquietó Malcolm, pero nadie respondió.

El piloto desplazó su atenta mirada hacia la izquierda; después, hacia la derecha, observando el bosque de pinos. Los árboles seguían estando próximos. El helicóptero descendía con rapidez.

–Ciento cincuenta metros... Ciento veinte metros...

–¡Dios mío! –exclamó Malcolm.

–Noventa metros... Sesenta metros...

El bip-bip era cada vez más intenso. Grant miró al piloto: estaba concentrado.

–Treinta metros... Quince metros...

Grant echó un vistazo hacia abajo y vio una gigantesca cruz fluorescente por debajo de la burbuja de plexiglás, a sus pies. Había luces intermitentes en las esquinas de la cruz. El piloto hizo una leve corrección y tocó tierra en un helipuerto. El ruido de los rotores fue disminuyendo hasta que dejó de oírse.

Grant suspiró y se desabrochó el cinturón de seguridad.

–Tenemos que bajar deprisa, por allí –urgió Hammond–, debido al viento. A menudo hay fuertes vientos en esta cumbre y..., bueno, estamos a salvo.

Alguien corría hacia el helicóptero: un hombre con una gorra de béisbol y cabello rojo. Abrió la puerta de un empujón y saludó con alegría:

–Hola, soy Ed Regis. Bienvenidos a Isla Nubla. Y vigilen dónde pisan, por favor.

Un estrecho sendero formaba una espiral descendente alrededor de la colina. El aire era frío y húmedo. A medida que descendían, la neblina que los envolvía se hacía menos espesa, y Grant pudo ver mejor el paisaje: parecía, más bien –pensaba– como el noroeste del Pacífico, la península Olímpica.

–El ecosistema primario es el bosque pluvial de caducifolias –explicó Ed Regis–. Bastante diferente de la vegetación de tierra firme, que es una pluviselva más clásica. Pero éste es un microclima que sólo se produce en altura, sobre las laderas de las colinas del norte. La mayor parte de la isla es tropical.

Más abajo, podían ver los techos blancos de grandes edificios, entre la vegetación. Grant estaba sorprendido: la construcción era compleja. Bajaron aún más, saliendo de la bruma, y entonces pudo ver toda la extensión de la isla, que se prolongaba hacia el sur. Tal como Hammond había dicho, estaba cubierta principalmente de un bosque pluvial.

Hacia el sur, elevándose por encima de las palmeras, Grant divisó un tronco solitario totalmente desprovisto de hojas: un tocón grande y curvado. Entonces, el tocón se movió y se volvió para hacer frente a los recién llegados. Grant se dio cuenta de que no era un tronco, sino el cuello garboso, encorvado, de un ser enorme, que se alzaba hasta una altura de quince metros.

Estaba viendo un dinosaurio.

BIENVENIDA

–Dios mío... –murmuró Ellie. Todos tenían la vista fija en el animal que asomaba por encima de los árboles–. ¡Dios mío!

El primer pensamiento de la botánica fue que el dinosaurio era extraordinariamente hermoso. Los libros los representaban como seres rechonchos, de tamaño descomunal, pero ese animal de largo cuello tenía garbo, casi dignidad, en sus movimientos. Y era rápido, no había nada de tosco o torpe en su conducta. El saurópodo los observaba con expresión alerta y emitió un sonido bajo, como de trompeta, bastante semejante al barritar del elefante. Un instante después, una segunda cabeza se alzó sobre el follaje, y después una tercera, y una cuarta.

–¡Dios mío! –repitió Ellie.

Gennaro estaba sin habla. Todo el tiempo había sabido qué esperar, lo había sabido durante años pero, de algún modo, nunca creyó que ocurriría. Ahora, enfrentado con la realidad, la impresión lo hizo enmudecer. La pasmosa potencia de la nueva tecnología genética, a la que, al principio, había considerado como pura palabrería de una sobrecargada propaganda comercial, súbitamente le resultó clara. ¡Esos animales eran tan grandes! ¡Eran enormes! ¡Grandes como una casa! ¡Y había tantos! ¡Dinosaurios reales, mal rayo los parta! Y tan reales como uno quisiera.

Entonces pensó: «Vamos a hacer una fortuna en este lugar. Una fortuna.»

Rogaba a Dios que la isla fuera segura.

Grant se detuvo en el sendero que discurría por la ladera de la colina, envuelto en la bruma, contemplando los grises cuellos estirados que sobresalían por encima de las palmeras. Se sintió mareado, como si el suelo se inclinara en una pendiente demasiado empinada. Tenía problemas para recuperar el aliento. Porque estaba viendo algo que nunca había esperado ver en su vida. Y, sin embargo, lo veía: eran dinosaurios, y estaban vivos.

Aturdido, su mente los catalogó con torpeza: los animales que asomaban en medio de la bruma eran apatosaurios perfectos, saurópodos de tamaño mediano. Herbívoros de América del Norte, horizonte jurásico tardío. Comúnmente llamados «brontosaurios» y descubiertos, por vez primera, por E. D. Cope en Montana, en 1876. Especímenes relacionados con los estratos de formación de Morrison en Colorado, Utah y Oklahoma. Recientemente, Berman y McIntosh los habían vuelto a clasificar como *Diplodocus*, sobre la base del aspecto del cráneo. Tradicionalmente se pensaba que el brontosaurus se pasaba la mayor parte del tiempo en agua poco profunda, lo que le ayudaría a sostener su gran volumen. Aunque resultaba claro que ese animal no estaba en el agua, se desplazaba de manera demasiado veloz, moviendo la cabeza y el cuello por encima de las palmeras de forma enérgica, sorprendentemente enérgica.

Grant se echó a reír.

–¿Qué pasa? –inquirió Hammond, preocupado–. ¿Algo anda mal?

Grant se limitó a negar con la cabeza, y siguió riendo: no les podía decir que lo que resultaba gracioso era que había visto al animal tan sólo unos pocos segundos, pero ya había empezado a asimilarlo... y a utilizar lo que veía para responder, sobre el terreno, antiguas preguntas.

Todavía se reía, cuando vio un quinto, y un sexto cuello empinarse por encima de las palmeras. Los saurópodos observaban a la gente que llegaba. A Grant le hicieron pensar en jirafas sobredimensionadas: tenían la misma mirada simpática y bastante estúpida.

–Supongo que no son muñecos electrónicos –dijo Malcolm–. Parecen muy reales.

–Sí, por supuesto que lo son –contestó Hammond–. Bueno, deben serlo, ¿no?

A lo lejos volvieron a oír el trompeteo. Primero lo emitió uno de los animales, y después se le unieron los demás.

–Ésa es su llamada –dijo Ed Regis–. Dándonos la bienvenida a la isla.

Grant se detuvo y escuchó un momento, fascinado.

–Es probable que quieran saber qué va a pasar después –estaba diciendo Hammond, mientras seguía bajando por el sendero–. Hemos organizado para ustedes una visita completa a las instalaciones, y un recorrido para que vean a los dinosaurios en el parque más tarde, después del mediodía. Me reuniré con ustedes para cenar y responderé entonces a cualquier pregunta que quieran hacer. Ahora, si van con el señor Regis...

El grupo siguió a Ed Regis hasta los edificios más cercanos. Sobre el sendero, un cartel burdo, pintado a mano, rezaba: «Bienvenidos al Parque Jurásico.»

TERCERA ITERACIÓN

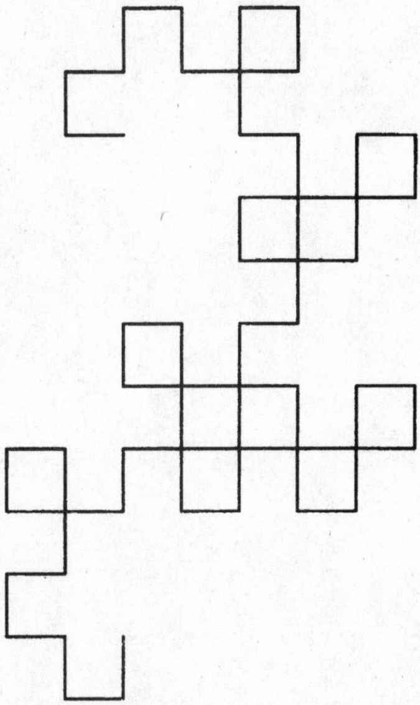

Los detalles surgen con más claridad a medida que se vuelve a trazar la curva fractal.

IAN MALCOLM

PARQUE JURÁSICO

Entraron en un túnel verde de palmeras que se arqueaban en lo alto; ese túnel conducía hacia el edificio principal para visitantes. Por todas partes, plantíos extensos y desarrollados acentuaban la sensación de que estaban entrando en un mundo nuevo, un mundo tropical prehistórico, y que dejaban atrás el normal.

Ellie le comentó a Grant:

–Tienen muy buen aspecto.

–Sí –asintió Grant–. Quiero verlos de cerca. Quiero levantarles las almohadillas de los dedos de las patas, inspeccionarles las garras, palparles la piel y abrirles las mandíbulas para mirarles los dientes. Hasta què llegue ese momento, no estaré seguro. Pero sí, tienen buen aspecto.

–Supongo que esto cambia un poquito su campo de trabajo –terció Malcolm.

Grant asintió.

–Lo cambia todo –dijo.

Durante ciento cincuenta años, aun desde el descubrimiento de gigantescos huesos de animales en Europa, el estudio de los dinosaurios había sido un ejercicio de deducción científica. La paleontología era, esencialmente, un trabajo de pesquisa, que buscaba indicios en los huesos fósiles y en las huellas dejadas por esos gigantes desaparecidos hacía tanto tiempo. Los mejores paleontólogos eran aquellos que podían extraer las conclusiones más inteligentes.

Y todas las grandes disputas de la paleontología discurrían de esa manera, incluido el áspero debate relativo a si los dinosaurios eran animales de sangre caliente. Debate en el que Grant fue figura clave.

Los científicos siempre habían clasificado a los dinosaurios como reptiles, seres de sangre fría que cogían del ambiente el calor que necesitaban para vivir. Un mamífero pedía metabolizar alimento para producir calor corporal, pero un reptil no. Al final, un puñado de investigadores, encabezados principalmente por John Ostrom y Robert Baker, de Yale, empezó a sospechar que el concepto de dinosaurios de sangre fría, y movimientos lentos, era inadecuado para explicar el registro fósil. De forma deductiva clásica, extrajeron conclusiones a partir de varias evidencias.

En primer lugar estaba la postura: los lagartos y los reptiles eran animales que andaban arrastrándose por el suelo, con las extremidades dobladas y abrazando el suelo para obtener calor. Los lagartos no tenían la energía suficiente para mantenerse sobre las patas traseras más que unos pocos segundos. Pero los dinosaurios se erguían sobre patas rectas, y muchos caminaban erectos sobre las patas traseras. Entre los animales vivientes, la postura erecta sólo se presentaba en los mamíferos y aves, ambos de sangre caliente. Por eso, la postura de los dinosaurios sugería la existencia de sangre caliente.

A continuación, esos investigadores estudiaron el metabolismo, calculando la presión necesaria para hacer que la sangre ascendiera por el cuello de cinco metros de un braquiosaurio, y llegaron a la conclusión de que esa presión únicamente podía producirla un corazón provisto de cuatro cavidades, un corazón para sangre caliente.

Estudiaron las huellas fósiles de patas que quedaron en el barro, y llegaron a la conclusión de que los dinosaurios corrían tan deprisa como el hombre: una actividad así entrañaba la existencia de sangre caliente. Encontraron restos de dinosaurios por encima del círculo ártico, en un ambiente helado inimaginable para un reptil. Y los nuevos estudios sobre conducta grupal, basados principalmente en el propio trabajo de Grant, sugerían que los dinosaurios tenían una compleja vida social y criaban a sus hijos, cosa que los reptiles no hacían: las tortugas abandonan sus huevos. Pero los dinosaurios probablemente no lo hacían.

La controversia sobre la sangre caliente se mantuvo con encarnizamiento durante quince años, antes de que una nueva concepción de los dinosaurios, la de que eran animales activos y de desplazamiento rápido, se aceptara, pero no sin que quedaran duraderas animosidades; en los simposios todavía había colegas que no se dirigían la palabra.

Pero ahora, si los dinosaurios se podían conseguir por clonación... Vamos, entonces el campo de estudio de Grant iba a cambiar de forma instantánea. El estudio paleontológico de los dinosaurios estaba acabado. Todo el despliegue de esfuerzos, las salas de museo con sus gigantescos esqueletos y las bandadas de escolares con voces retumbantes, los laboratorios universitarios con sus bandejas de huesos, los trabajos de investigación, las publicaciones especializadas, todo eso iba a terminar.

–No parece usted perturbado –observó Malcolm.

Grant negó con la cabeza.

–Esto ya se discutió en la Universidad. Mucha gente imaginó que esto ocurriría. Pero no tan pronto.

–La historia de nuestra especie –rió Malcolm–; todos sabían que eso ocurriría, pero no tan pronto.

Ya no podían ver los dinosaurios, pero todavía los podían oír, barritando suavemente en la lejanía.

–Mi única pregunta es, ¿de dónde sacaron el ADN? –inquirió Grant, que estaba al tanto de que en laboratorios de Berkeley, Tokyo y Londres se había especulado seriamente que, con el transcurso del tiempo, sería posible clonar un animal extinguido, como un dinosaurio... si se pudiera obtener algo de ADN de dinosaurio sobre el que trabajar. El problema era que todos los dinosaurios conocidos eran fósiles, y la fosilización destruía la mayor parte del ADN, remplazándolo por material inorgánico. Claro que, si un dinosaurio estaba congelado, o conservado en un pantano de turba, o momificado en un ambiente desértico, entonces su ADN podía ser recuperable.

Pero nadie había hallado nunca un dinosaurio congelado o momificado. Así que, en consecuencia, la noción era imposible. No había cosa alguna a partir de la cual hacer el clon. Toda la moderna tecnología genética era inservible. Era como tener una fotocopiadora, pero nada que copiar con ella.

–Lo sé –dijo Ellie–. No puedes reproducir un dinosaurio verdadero, porque no puedes obtener verdadero ADN de dinosaurio.

–A menos que haya algún modo en el que no hayamos pensado –caviló Grant.

–¿Como cuál?

–No lo sé.

Cruzaron una cerca y llegaron a una laguna, que se derramaba formando una serie de cascadas y remansos rocosos de menor tamaño. La zona estaba plantada con enormes helechos.

–¿No es extraordinario? –comentó Ed Regis–. En especial en un día brumoso, estas plantas realmente contribuyen a formar la atmósfera prehistórica. Éstos son helechos jurásicos auténticos, claro está.

Ellie se detuvo para mirar más de cerca los helechos; sí, era exactamente como Regis había dicho: *Serenna veriformans*, planta que se encontraba en abundancia en fósiles de más de doscientos millones de años de antigüedad, ahora solamente comunes en las tierras húmedas de Brasil y Colombia. Pero quienquiera que hubiese decidido ubicar ese helecho al lado de la laguna, evidentemente no sabía que las esporas de *Veriformans* contenían un alcaloide beta-carbolinólico letal; con sólo tocar los atractivos frondes verdes una persona sufriría un colapso y, si un niño simplemente las mordía, casi con seguridad moriría; la toxina era cincuenta veces más letal que la de la adelfa.

La gente era tan ingenua en cuanto a las plantas, pensaba Ellie. Simplemente las elegía por el aspecto, del mismo modo que elegiría un cuadro para colgarlo en la pared. Nunca se le ocurría pensar que, en realidad, las plantas eran seres vivos, que realizaban activamente todas las funciones inherentes a la vida, de respiración, ingestión, excreción, reproducción... y defensa.

Además, en la historia de la Tierra, las plantas habían evolucionado de manera tan competitiva como los animales y, en algunos aspectos, con más ferocidad. El veneno de la *Serenna veriformans* era un pequeño ejemplo del complejo arsenal de armas químicas que habían desarrollado las plantas. Existían terpenos que las plantas esparcían para envenenar el suelo que las rodeaba e inhibir el desarrollo de las plantas competidoras; alcaloides, que les conferían un sabor desagradable para insectos y depredadores (y niños); y feromonas, que se utilizaban para la comunicación: cuando un abeto de Douglas era atacado por escarabajos, producía una sustancia química que quitaba el carácter alimentar a la madera, y lo mismo hacían otros abetos de Douglas situados en partes distantes del bosque. Esto ocurría en respuesta a una sustancia aloquímica de advertencia, secretada por los árboles que estaban siendo atacados.

La gente que imaginaba que la vida en la Tierra consistía en animales desplazándose contra un trasfondo verde cometía el grave error de no comprender lo que estaba viendo: ese trasfondo verde estaba activamente vivo; las plantas crecían, se movían, retorcían y giraban, luchaban por el sol e interactuaban en forma continua con animales, desalentando a algunos con cortezas y espinas, envenenando a otros, y alimentando otros para fomentar su propia reproducción diseminando su polen y sus semillas. Era un proceso dinámico y complejo que Ellie nunca dejaba de hallar fascinante. Y del que sabía que no era comprendido por la mayoría de la gente.

Y si plantar helechos mortíferos al lado de la piscina era indicio de algo, entonces resultaba claro que los diseñadores del Parque Jurásico no habían sido todo lo cuidadosos que debieron haber sido.

–¿No es sencillamente maravilloso? –estaba diciendo Ed Regis–. Si miran hacia delante verán nuestro Pabellón Safari.

Ellie vio un espectacular edificio bajo, con una serie de pirámides de vidrio sobre el techo.

–Ahí es donde todos ustedes permanecerán durante su estancia en el Parque Jurásico –completó Ed Regis.

La suite de Grant era de tonos beige; los muebles, de caña de la India con motivos verdes relativos a la jungla, y no estaban terminados: había pilas de tablas aserradas en el armario empotrado y trozos de tubo portacables en el piso. Sobre un televisor situado en un rincón se veía una tarjeta:

Canal 2: Tierras Altas del Hipsilofodonte
Canal 3: Territorio del Tricerátops
Canal 4: Pantano de Saurópodos
Canal 5: Tierra de los Carnívoros
Canal 6: Sur de los Estegosaurios
Canal 7: Valle del Velocirraptor
Canal 8: Pico del Pterosaurio

Encontró los nombres irritantemente atractivos. Encendió el televisor, pero sólo obtuvo estática. Lo apagó y fue al dormitorio, donde tiró la maleta sobre la cama. Situada exactamente encima de ésta, una gran claraboya piramidal producía la sensación de estar en una tienda de campaña, durmiendo bajo las estrellas. Por desgracia, el cristal estaba protegido con gruesos barrotes, que proyectaban sombras rayadas sobre la cama, y eso alteraba todo el efecto que causaba la habitación.

Grant se detuvo. Había visto los planos del pabellón y no recordaba los barrotes de la claraboya. De hecho, esos barrotes daban la sensación de ser un añadido bastante tosco: por fuera de las paredes de vidrio se había construido un marco negro de acero, y a ese marco se le habían soldado barrotes.

Perplejo, pasó del dormitorio a la sala de estar. La ventana daba a la piscina.

–A propósito, esos helechos son venenosos –dijo Ellie, entrando en la habitación–. Pero ¿has advertido algo en las habitaciones, Alan?

–Han alterado los planos.

–Así lo creo, sí. –Ellie recorrió la habitación–. Las ventanas son pequeñas, el vidrio es templado y está colocado en un marco de acero. Las puertas están revestidas de acero. Eso no debería ser necesario. ¿Y has visto la cerca cuando entramos?

Grant asintió: todo el pabellón se hallaba rodeado por una cerca con barrotes de acero de dos centímetros y medio de espesor. La cerca estaba elegantemente incorporada al paisaje y pintada de negro mate, para asemejarla al hierro forjado, pero ningún camuflaje podía disfrazar el grosor del metal o sus casi cuatro metros de altura.

–Tampoco creo que la cerca figurase en los planos –continuó Ellie–. Me da la impresión de que han convertido este lugar en una fortaleza.

–Luego preguntaremos el porqué –dijo Grant, mirando su reloj–. La visita empieza dentro de veinte minutos.

CUANDO LOS DINOSAURIOS DOMINABAN LA TIERRA

Se reunieron en el salón de actos del edificio para visitantes, de dos pisos de alto e íntegramente hecho de vidrio, con vigas maestras y soportes anodizados, pintados de negro y a la vista. Grant pensó que parecía una exhibición de alta tecnología.

El salón de actos era pequeño y lo dominaba un *Tyrannosaurus rex* robot, que se balanceaba amenazadoramente a la entrada de un sector de exposición con el rótulo CUANDO LOS DINOSAU-

RIOS DOMINABAN LA TIERRA. Más adelante había otros rótulos: ¿QUÉ ES UN DINOSAURIO? y EL MUNDO DEL MESOZOICO. Pero las exposiciones no estaban completas: había alambres y cables por todo el suelo. Gennaro subió al escenario y habló con Grant, Ellie y Malcolm; su voz resonaba ligeramente en la sala.

Hammond se encontraba sentado atrás, con las manos enlazadas sobre el pecho, en gesto de irritación.

–Estamos a punto de iniciar un recorrido por las instalaciones –anunció Gennaro–. Estoy seguro de que el señor Hammond y su personal les mostrarán el aspecto más agradable de todo. Antes de que vayamos, quiero recordarles el motivo por el que estamos aquí y lo que necesito decidir antes de que partamos. Básicamente, como ya se habrán dado cuenta, ésta es una isla en la que a los dinosaurios, creados por manipulación genética, se les permite desplazarse en un medio similar a un parque, constituyendo una atracción turística. La atracción no está abierta a los turistas todavía, pero lo estará dentro de un año.

»Ahora, la pregunta que les quiero formular es sencilla: ¿es segura esta isla? ¿Es segura para los visitantes, y tiene a los dinosaurios de forma segura?

Gennaro apagó las luces del salón y continuó:

–El motivo de que lo pregunte es que existen dos elementos de prueba con los que tenemos que enfrentarnos: antes que nada, está la identificación, hecha por el doctor Grant, de un dinosaurio, previamente desconocido, en tierra firme costarricense. A este dinosaurio sólo se lo conoce por un fragmento parcial. Se lo encontró en julio de este año, después de que, al parecer, mordiera a una niña norteamericana en una playa. El doctor Grant les podrá brindar más detalles después. Solicité que nos enviasen aquí por avión el fragmento original, que está en un laboratorio de Nueva York, de modo que ustedes y el doctor Grant puedan examinarlo directamente. Mientras tanto, hay un segundo elemento de prueba.

»Costa Rica tiene un servicio médico excelente y moderno, y hace el seguimiento de toda clase de datos. A comienzos de marzo hubo informes de lagartos que mordían a bebés en la cuna... y también, me permito añadir, a ancianos que estaban profundamente dormidos. Estas mordeduras de lagarto se denunciaron esporádicamente en aldeas costeras, desde Ismaloya hasta Puntarenas. Después de marzo, ya no hubo denuncias de mordeduras de lagartos. Sin embargo este primer gráfico del Servicio de Salud Pública de San José, muestra la mortalidad infantil en los pueblos de la costa oeste durante este año.

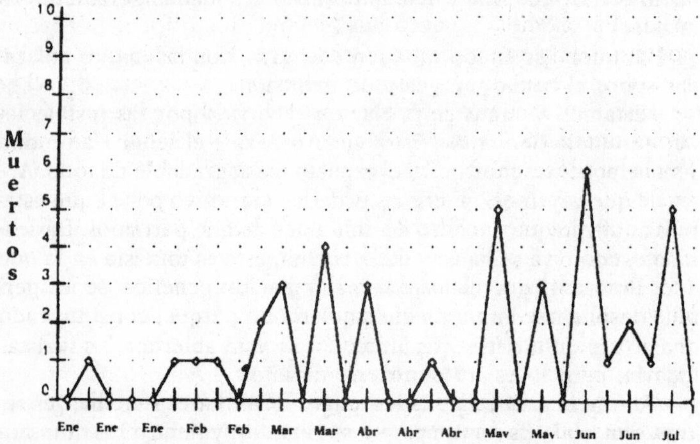

◆ Muerte de lactantes

»Me permito atraer su atención sobre dos características de este gráfico: primero, la mortalidad infantil es baja en los meses de enero y febrero; después aparece un pico, y vuelve a bajar en abril. Pero, desde mayo en adelante, es elevada, llegando a julio, el mes en que la niña norteamericana fue mordida. El Servicio de Salud Pública cree que hay algo que está relacionado con la mortalidad infantil, y que los trabajadores de las villas costeras no denuncian. La segunda característica es la enigmática presencia de picos bisemanales, lo que parece sugerir que está actuando algún tipo de fenómeno alterante.

Se volvieron a encender las luces.

–Muy bien –asintió Gennaro–. Ésas son las pruebas que deseo que me expliquen. Ahora, ¿hay alguna...?

–Nos podemos ahorrar muchas molestias –interrumpió Malcolm–. Se lo explicaré ahora. Ante todo, es muy probable que algunos animales se hayan escapado de la isla.

–¡Oh, fabuloso! –gruñó Hammond, desde atrás.

–Y segundo, doy por casi seguro que el gráfico del Servicio de

Salud Pública no tiene que ver con animal alguno que se haya escapado.

–¿Cómo lo sabe? –preguntó Grant.

–Observarán que el gráfico exhibe una alternancia entre picos altos y bajos: eso es característico de muchos sistemas complejos. Por ejemplo, el agua que gotea de un grifo. Si se abre un poquito, se obtendrá un goteo constante. Pero si se abre un poquito más, de modo que haya un poco de turbulencia en el flujo de agua, entonces se obtendrán gotas grandes y pequeñas de forma alternada. Ustedes mismos lo pueden intentar. La turbulencia produce alternancia: es su característica. Y resultará un gráfico de alternancia como éste, correspondiente a la difusión de una nueva enfermedad en una comunidad. Eso significa, sencillamente, que está actuando una dinámica caótica.

–Pero ¿por qué dice que no la producen los dinosaurios que hayan podido escapar? –preguntó Grant.

–Porque tiene características no lineales –repuso Malcolm–. Es preciso que escapen centenares de dinosaurios para ocasionarlas. Y no creo que hayan escapado centenares de dinosaurios. De modo que infiero que algún otro fenómeno, como una nueva variedad de gripe, está produciendo las fluctuaciones que se ven en el gráfico.

–¿Pero usted cree que escaparon dinosaurios? –quiso saber Gennaro.

–Probablemente, sí.

–¿Por qué?

–Por lo que ustedes están intentando hacer aquí. Mire, esta isla es un intento de volver a crear un ambiente natural proveniente del pasado. De crear un mundo aislado en el que seres extinguidos puedan vagar con entera libertad. ¿Es correcto?

–Sí.

–Pero, desde mi punto de vista, tal empresa es imposible. Los aspectos matemáticos son tan evidentes que no hace falta calcularlos. Es, casi, como si yo le preguntara a usted si, sobre ingresos de mil millones de dólares, hay que pagar impuestos: a usted no le sería necesario extraer su calculadora para comprobarlo; sabría que se deben pagar impuestos. Y, de manera análoga, sé, con pruebas abrumadoras, que no se puede duplicar la Naturaleza de esta manera, o tener la esperanza de aislarla con éxito.

–¿Por qué no?

–¿Qué le hace pensar que sí puede? –preguntó Malcolm, verdaderamente perplejo.

–Bueno, hay zoológicos...

–Los zoológicos no vuelven a crear la Naturaleza –refutó Malcolm–. En absoluto. Hablemos con claridad: los zoológicos toman la Naturaleza que ya existe y la modifican *muy* poco, para hacer rediles de contención para animales. Aun así, esas modificaciones mínimas fallan a menudo: los animales se escapan con regularidad. Pero un zoológico no es el modelo de parque. Este parque está intentando algo mucho más ambicioso que eso. Algo que está mucho más emparentado con la construcción de una estación espacial en la Tierra.

Gennaro hizo un gesto de negación con la cabeza.

–No le entiendo.

–Bueno, es muy sencillo: salvo por el aire, que fluye con libertad, todo lo que hay en este parque se hizo con el propósito de que permaneciera aislado. Nada entra, nada sale. Los animales que se exhiben aquí no deben mezclarse con los ecosistemas más grandes de la Tierra. Nunca han de escapar.

–Y nunca lo han hecho –resopló Hammond.

–Tal aislamiento es imposible –afirmó Malcolm, en tono categórico–. Simplemente no se puede conseguir.

–Se puede. Se está haciendo continuamente.

–Discúlpeme –insistió Malcolm–, pero no tiene ni idea de lo que está diciendo.

–¡Pedazo de mocoso arrogante! –estalló Hammond.

Se puso en pie y salió del salón.

–Señores, señores... –pidió Gennaro.

–Lo siento –dijo Malcolm–, pero ése es el quid de la cuestión. Lo que denominamos Naturaleza es, en realidad, un complejo sistema, de sutileza muy superior a lo que estamos dispuestos a admitir. Hacemos una imagen simplificada de la Naturaleza y después metemos la pata y la arruinamos. No soy ecologista, pero hay que entender lo que no se entiende. ¿Cuántas veces hay que explicar cuál es la cuestión? ¿Cuántas veces deberemos ver las pruebas? Construimos la presa de Asuán y afirmamos que va a revitalizar el país. En vez de eso, destruye el fértil delta del Nilo, produce infecciones con parásitos y hace fracasar la economía egipcia. Construimos...

–Discúlpeme –interrumpió Gennaro–. Pero creo oír el helicóptero. Ésa es, probablemente, la muestra para que el doctor

Grant la estudie. –Empezó a salir del salón. Todos los demás le siguieron.

Al pie de la montaña, Gennaro gritaba para cubrir el ruido del helicóptero. Las venas le sobresalían en el cuello.

–¿Usted hizo *qué*? ¿Invitó a *quién*?

–Cálmese –dijo Hammond.

–¿Está usted completamente loco? –aulló Gennaro.

–Vamos, vamos –contestó Hammond, irguiéndose con dignidad–. Creo que tenemos que tener algo claro.

–*No* –rebatió Gennaro–. No, *usted* va a tener algo claro: éste no es un maldito paseo social. No es una excursión de fin de semana...

–Ésta es mi isla –repuso Hammond–, y puedo invitar a quien yo desee.

–Estamos llevando a cabo una inspección en su isla, porque los inversores tienen la sospecha de que está fuera de control. Creemos que éste es un lugar muy peligroso y...

–No la va a clausurar, Donald.

–Lo haré si tengo que hacerlo...

–Éste es un lugar seguro –insistió Hammond–, no importa lo que ese condenado matemático esté diciendo...

–No lo es...

–Y demostraré su seguridad...

–Y yo quiero que los vuelva a poner en ese helicóptero –dijo Gennaro.

–No puedo. Ya ha partido. –Y en verdad, el ruido de los motores se estaba desvaneciendo.

–¡Maldita sea! –masculló Gennaro–. ¿No ve que está arriesgando innecesariamente...?

–Ah, ah –lo interrumpió Hammond–. Seguiremos con esto más tarde. No quiero inquietar a los niños.

Grant se volvió y vio a dos niños que bajaban por la ladera, guiados por Ed Regis: un chico con gafas, de unos once años, y una niña algunos años menor, quizá de siete u ocho años de edad, con el cabello rubio metido bajo una gorra de béisbol del equipo de los Gigantes, y un guante de béisbol que le colgaba del hombro mediante una tira de cuero. Los dos niños bajaron con agilidad el sendero que salía del helipuerto, y se detuvieron a cierta distancia de Gennaro y Hammond.

En voz baja, con un susurro, Gennaro dijo:

–*Dios mío.*

–Vamos, deje de preocuparse –lo instó Hammond–. Los padres se están divorciando y quiero que pasen un fin de semana divertido aquí.

La niña hizo un saludo, agitando la mano.

–Hola, abuelito. Aquí estamos.

UNA VISITA GUIADA

Tim Murphy enseguida comprendió que algo andaba mal. Su abuelo estaba en medio de una discusión con el hombre más joven, de cara enrojecida, que se encontraba frente a él. Y los demás adultos, detrás, parecían turbados e incómodos. Alexis también advirtió la tensión, porque se rezagó, lanzando la pelota de béisbol al aire. El hermano tuvo que empujarla.

–Vamos, Lex.

–Ve tú, Timmy.

–No seas miedosa.

Lex le asesinó con la mirada, pero Ed Regis anunció con alegría:

–Os voy a presentar a todos y, después, podremos iniciar la visita.

–Tengo que irme –dijo Lex.

–Entonces, te presentaré primero.

–No, tengo que irme.

Pero Ed Regis ya estaba haciendo las presentaciones. Primero al abuelito, que les besó a los dos y, después, al hombre con el que estaba discutiendo: ese hombre era fornido y su nombre era Gennaro. El resto de las presentaciones fue borroso para Tim: había una mujer rubia que llevaba pantalones cortos y un hombre barbudo con una camisa hawaiana; tenía el aspecto de quien vive al aire libre. Después venía un gordo, con típico aspecto de universitario, que tenía algo que ver con ordenadores y, por último, un hombre flaco vestido de negro, que no estrechó manos sino que se limitó a saludar con la cabeza. Tim trataba de organizar sus impresiones al tiempo que miraba las piernas de la rubia cuando, de repente, se dio cuenta de que sabía quién era el hombre de la barba.

–Tienes la boca abierta –advirtió Lex.

–Le conozco.

–Oh, *por supuesto*. Te lo acaban de presentar.

–No. Tengo su libro.

–¿Qué libro es ése, Tim? –preguntó el barbado.

–*El mundo perdido de los dinosaurios.*

Alexis soltó una risita.

–Papá dice que Tim tiene dinosaurios en los sesos.

Tim apenas si la oía. Estaba pensando en lo que sabía sobre Alan Grant. Alan Grant era uno de los principales defensores de la teoría de que los dinosaurios tenían sangre caliente. Había hecho muchas excavaciones en el lugar conocido como Colina del Huevo, en Montana, que era famoso porque en él se habían encontrado muchos huevos de dinosaurio. El profesor Grant había encontrado la mayor parte de los huevos de dinosaurio que se hayan podido hallar. También era buen ilustrador, y había hecho los dibujos de sus propios libros.

–¿Dinosaurios en los sesos? –repitió el hombre de la barba–. Bueno, a decir verdad, tengo el mismo problema.

–Papá dice que los dinosaurios son realmente estúpidos –prosiguió Lex–. Dice que Tim debería salir al aire libre y practicar más deportes.

Tim se sintió turbado.

–Creía que tenías que marcharte –dijo.

–Dentro de un ratito.

–Creía que tenías mucha prisa.

–Soy yo quien tiene que saberlo, ¿no crees, Timothy? –repuso la niña, poniéndose las manos en las caderas, en una copia de la pose más irritante de su madre.

–Les diré lo que vamos a hacer –intervino Ed Regis–. ¿Por qué no vamos al pabellón de visitantes, y así podemos iniciar la visita?

Todos empezaron a caminar. Tim oyó a Gennaro decirle a su abuelo: «Podría matarle por esto», y después Tim alzó la vista y vio que el doctor Grant caminaba a su lado.

–¿Qué edad tienes, Tim?

–Once años.

–¿Y desde cuándo estás interesado por los dinosaurios? –preguntó Grant.

Tim tragó saliva.

–Ya hace bastante –contestó. Se sentía nervioso por estar hablando con el doctor Grant–. Vamos a museos algunas veces, cuando puedo convencer a mi familia. A mi padre.

–¿Tu padre no está especialmente interesado?

Tim negó con la cabeza.

Al igual que la mayoría de los adultos, el padre de Tim no sabía nada de los dinosaurios. El niño estaba asombrado de que los adultos supieran tan poco; era como si no les interesaran los hechos. Un día, había ido con su familia al Museo de Historia Natural, y su padre, al mirar un esqueleto, comentó:

–Éste sí que es grande.

–No, papá, es de tamaño mediano, un camptosaurio –aclaró Tim.

–Oh, no sé. Me parece bastante grande.

–Ni siquiera es un adulto, papá.

Su padre miró de soslayo el esqueleto.

–¿Qué es, del jurásico?

–Huy, no. Del cretáceo[1].

–¿Cretáceo? ¿Cuál es la diferencia entre cretáceo y jurásico?

–Nada más que unos cien millones de años.

–¿El cretáceo es más antiguo?

–No, papá. El jurásico es más antiguo.

–Bueno –dijo su padre, dando un paso hacia atrás–, me parece malditamente grande. –Y se volvió hacia Tim, en busca de consenso. El niño sabía que era mejor estar con su padre, así que se limitó a mascullar algo. Y pasaron a otro material en exposición.

Tim se detuvo frente a otro esqueleto, un *Tyrannosaurus rex*, el más poderoso depredador que la Tierra haya conocido, durante un buen rato. Finalmente, su padre preguntó:

–¿Qué estás mirando?

–Estoy contando las vértebras.

–¿Las vértebras?

–De la columna vertebral.

–Sé lo que son las vértebras –repuso su padre, molesto. Se quedó inmóvil y preguntó–: ¿Por qué las estás contando?

–Creo que están mal. El *Tyrannosaurus* sólo debería tener treinta y siete vértebras en la cola. Éste tiene más.

–¿Quieres decir que el Museo de Historia Natural tiene un esqueleto que está mal? No puedo creerlo.

–Está mal –insistió Tim.

1. En realidad, los ornitisquios –a los que pertenecía el camptosaurio– vivieron al final del jurásico y principios del cretáceo, si bien alcanzaron su mayor evolución en el cretáceo. *(N. del T.)*

Su padre fue a paso ligero hacia el guardián que estaba en el rincón.

—¿Qué has hecho ahora? —le preguntó la madre a Tim.

—No he hecho nada. Sólo he dicho que el dinosaurio está mal, eso es todo.

Y entonces su padre regresó, con un gesto extraño en el rostro porque, por supuesto, el guardián le había dicho que el tiranosaurio tenía demasiadas vértebras en la cola.

—¿Cómo lo has sabido? —preguntó su padre.

—Lo he leído —fue la respuesta de Tim.

—Eso es bastante asombroso, hijo —dijo, y le puso la mano sobre el hombro, estrechándolo—. Sabes cuántas vértebras deben ir en la cola. Nunca he visto nada igual. Realmente *sí* que tienes dinosaurios en los sesos.

Y, a continuación, su padre dijo que quería ver la última mitad del partido de los Mets por televisión, y Lex respondió que también quería, así que salieron del museo. Y Tim no vio ningún otro dinosaurio, que había sido la razón de que fueran allí en primer lugar. Pero así funcionaban las cosas en su familia.

Así solían funcionar, se autocorrigió Tim. Ahora que su padre se estaba divorciando de su madre, las cosas probablemente serían diferentes. Su padre ya se había mudado y, aunque fue extraño al principio, a Tim le gustaba. Pensaba que su madre tenía novio, pero no podía estar seguro y, claro está, nunca se lo mencionaría a Lex. Lex estaba acongojada por haber tenido que separarse de su padre, y en las últimas semanas se había vuelto tan odiosa que...

—¿Era el 5027? —preguntó Grant.

—¿Perdón? —dijo Tim.

—El tiranosaurio del museo, ¿era el 5027?

—Sí. ¿Cómo lo sabe?

Grant sonrió.

—Durante años estuvieron hablando de corregirlo. Pero ahora puede que eso nunca se haga.

—¿Por qué?

—Debido a lo que está ocurriendo aquí, en la isla de tu abuelo.

Tim negó con la cabeza. No entendía de qué hablaba Grant.

—Mi mamá dijo que no era más que un centro de recreo, ya sabe, con piscina y pistas de tenis.

—No exactamente. Te lo explicaré mientras caminamos.

«Ahora soy una maldita niñera», pensaba, desconsolado, Ed Regis, golpeando el suelo con la punta del zapato, mientras aguardaba en el centro para visitantes. Eso era lo que el viejo le había dicho:

–Cuida a mis niños como un halcón; te ocuparás de ellos durante el fin de semana.

A Ed Regis eso no le gustaba en absoluto. Se sentía degradado. No era una maldita niñera. Y, si era por eso, tampoco un maldito guía de turistas: era el encargado de relaciones públicas del Parque Jurásico y tenía mucho que preparar hasta la inauguración, para la que faltaba un año. Sólo coordinar tareas con las agencias de publicidad de San Francisco y Londres, y con las empresas de Nueva York y Tokyo, era un trabajo de plena dedicación, especialmente porque todavía no se les podía decir a las agencias cuál era la verdadera atracción del parque. Todas las empresas estaban ideando propagandas incitantes pero nada específicas, y se sentían desdichadas: los publicistas necesitaban que se les nutriera, necesitaban estímulo para hacer mejor su trabajo. Ed Regis no podía desperdiciar el tiempo llevando gente a hacer visitas.

Pero ése era el problema de haber seguido la carrera de relaciones públicas: nadie te consideraba un profesional. Regis había estado en la isla de vez en cuando durante los siete últimos meses, y todavía le endilgaban trabajos esporádicos. Como aquel episodio de enero. Harding debió haberse encargado de eso. Harding, u Owens, el contratista general. En vez de eso, se lo habían dejado a Ed Regis. ¿Qué sabía él de atender a un obrero enfermo? Y ahora era un maldito guía y una niñera. Se volvió y contó las cabezas: le seguía faltando una.

Entonces, detrás de todo, vio a la doctora Sattler salir del cuarto de baño.

–Muy bien, amigos, empecemos nuestra visita en el segundo piso.

Tim fue con los demás, siguiendo al señor Regis por la escalera negra hasta el segundo piso del edificio. Pasaron frente a un cartel en el que se leía:

SECTOR CERRADO
MÁS ALLÁ DE ESTE PUNTO
ÚNICAMENTE PERSONAL AUTORIZADO

Tim se sintió entusiasmado cuando vio el cartel. Recorrieron el pasillo del segundo piso. Una de las paredes era de vidrio y daba a un balcón con palmeras envueltas en la leve bruma. En la otra pared había puertas con letreros, como si fueran oficinas: GUARDA DEL PARQUE... SERVICIOS PARA HUÉSPEDES... GERENTE GENERAL...

En la mitad del pasillo se toparon con un tabique de vidrio con otro cartel:

PRECAUCIÓN
Sustancias Teratógenas
Mujeres Embarazadas Evitar Exposición
en este Sector

PELIGRO
Utilización de Isótopos Radiactivos
Peligro Potencial de Carcinogénesis

Tim se estremeció de emoción. ¡Sustancias teratógenas! ¡Cosas que fabricaban monstruos! Eso le produjo escalofríos, pero quedó decepcionado cuando oyó decir a Ed Regis:

–No presten atención a los carteles: sólo se pusieron por cuestiones jurídicas. Les puedo asegurar que todo es perfectamente seguro.

Cruzaron la puerta. Había un guardia a cada lado. Ed Regis se volvió hacia el grupo.

–Tal vez se han dado cuenta de que tenemos un mínimo de personal en la isla. Podemos manejar este centro de recreo con un total de veinte personas. Naturalmente, tendremos más cuando haya huéspedes pero, por el momento, sólo hay veinte. Aquí está nuestra sala de control: toda la reserva se controla desde aquí.

Se detuvieron delante de unas ventanas que daban a una sombría sala que parecía una versión, en pequeño, de la sala de Control de Misiones de la NASA: había un mapa vertical del parque, de cristal transparente, y, frente a él, un banco de luminosas consolas de ordenador. Algunas de las pantallas exhibían datos, pero la mayoría mostraba imágenes televisivas de alrededor del parque. En el interior no había más que dos personas, de pie y hablando.

–El hombre que está a la izquierda es nuestro jefe de ingenieros, John Arnold. –Regis señaló a un hombre delgado vestido con camisa de manga corta, abotonada hasta el cuello, y corbata, que fumaba un cigarrillo–, y junto a él, el guarda del parque, el señor Robert Muldoon, el famoso cazador blanco de Nairobi.

Muldoon era un hombre corpulento vestido de caqui; las gafas de sol le colgaban del bolsillo de la camisa. Echó un vistazo al grupo, hizo una breve inclinación de cabeza y se volvió hacia las pantallas de los ordenadores.

–Estoy seguro de que quieren ver esta sala –dijo Ed Regis–, pero, primero, veamos cómo obtenemos el ADN de dinosaurio.

El cartel de la puerta decía EXTRACCIONES y, al igual que todas las puertas del edificio de laboratorios, se abría con una tarjeta de seguridad. Ed Regis deslizó la suya por una ranura, la luz parpadeó y se abrió la puerta.

En el interior, Tim vio una sala iluminada por una pequeña luz verde. Cuatro técnicos con bata blanca miraban a través de microscopios estereoscópicos de doble ocular, o bien observaban imágenes que aparecían en pantallas de vídeo de alta resolución. La sala estaba llena de piedras amarillas distribuidas en estantes de vidrio, en cajas de cartón, en grandes bandejas corredizas. Cada piedra tenía una etiqueta y un número escrito con tinta negra.

Regis presentó a Henry Wu, un hombre tranquilo, esbelto, de unos treinta años.

–El doctor Wu es nuestro genetista jefe. Dejaré que les explique lo que hacemos aquí.

–Por lo menos lo intentaré –sonrió Wu–. La genética es un

poco complicada. Pero es probable que ustedes se estén preguntando de dónde viene nuestro ADN de dinosaurio.

–Es algo que me ha pasado por la cabeza –dijo Grant.

–A decir verdad –empezó Wu–, existen dos fuentes posibles. Mediante la técnica de anticuerpos de Loy, a veces podemos obtener ADN directamente de huesos de dinosaurio.

–¿Con qué rendimiento? –preguntó Grant.

–Bueno, la mayoría de las proteínas solubles se lixivía durante la fosilización, pero el veinte por ciento de las proteínas es aún recuperable a través de la pulverización de los huesos y del posterior uso del procedimiento de Loy. El mismo doctor Loy lo empleó para obtener proteínas de marsupiales australianos extinguidos así como células sanguíneas de antiguos restos humanos. La técnica de Loy es tan refinada que puede funcionar con una cantidad tan ínfima como cincuenta nanogramos de material: es decir, cincuenta mil millonésimas de gramo.

–¿Y ustedes han adaptado esta técnica aquí? –preguntó Grant.

–Sólo como respaldo. Como podrán imaginar, un rendimiento del veinte por ciento es insuficiente para nuestro trabajo. Necesitamos toda la cadena de ADN de dinosaurio para poder hacer clones. Y lo obtenemos aquí. –Sostuvo en alto una de las piedras amarillas de ámbar, la resina fosilizada de savia de árboles prehistóricos.

Grant miró a Ellie y, después, a Malcolm.

–Eso es muy inteligente en verdad –dijo Malcolm, asintiendo con la cabeza

–Sigo sin entenderlo –adimitió Grant.

–La savia de árbol –explicó Wu– a menudo fluye sobre los insectos y los atrapa. Entonces, los insectos quedan perfectamente conservados dentro del fósil. Se encuentra toda clase de insectos dentro del ámbar... incluyendo insectos con aguijón que succionaron sangre de animales más grandes.

–Succionaron la sangre –repitió Grant. Se quedó con la boca abierta–. Usted quiere decir «succionaron la sangre de los dinosaurios».

–Con suerte, sí.

–Y entonces los insectos se conservan en ámbar... –Grant meneó la cabeza–: ¡Quién lo hubiera pensado! Podría funcionar.

–Se lo aseguro, *sí* que funciona –dijo Wu.

Se dirigió hacia uno de los microscopios estereoscópicos, donde uno de los técnicos colocaba un trozo de ámbar que contenía una mosca bajo los objetivos dobles. En la pantalla del monitor observaron cómo el técnico insertaba una aguja larga en el ámbar, hasta penetrar en el tórax de la mosca prehistórica.

–Si este insecto tiene células sanguíneas no pertenecientes a él, puede que consigamos extraerlas y obtener paleo ADN, el ADN de un ser extinguido. No lo sabremos con seguridad, claro está, hasta que extraigamos lo que sea que haya ahí dentro, hagamos réplicas y lo sometamos a ensayos. Eso es lo que llevamos haciendo desde hace cinco años. Ha sido un proceso largo y lento, pero que ha rendido buenos resultados.

»En realidad, el ADN de dinosaurio es algo más fácil de extraer con este proceso que el ADN de mamífero: el motivo es que los glóbulos rojos de mamífero no tienen núcleo y, por tanto, carecen de ADN en esas células. Para hacer la clonación de un mamífero hay que encontrar un glóbulo blanco, que es mucho más raro que los rojos. Pero los dinosaurios tenían glóbulos rojos con núcleo, al igual que los pájaros modernos. Éste es uno de los muchos indicios que tenemos de que en realidad los dinosaurios no eran reptiles sino grandes pájaros coriáceos.

Tim vio que el doctor Grant mantenía su aire de escepticismo, y Dennis Nedry, el gordo desaliñado, parecía carecer por completo de interés, como si ya supiera todo eso. Pero lo que sí hacía era seguir mirando con impaciencia la sala contigua.

–Veo que el señor Nedry ya ha descubierta la fase siguiente de nuestro trabajo –dijo Wu–: cómo identificamos el ADN que extraemos. Para ello, utilizamos poderosos ordenadores.

Por unas puertas corredizas pasaron a una sala muy refrigerada, donde se oía un fuerte zumbido. Dos torres redondas de un metro ochenta de alto se erguían en el centro de la sala y, a lo largo de las paredes, había hileras de cajas de acero cuya altura llegaba a la cintura de un hombre.

–Ésta es nuestra lavandería automática de alta tecnología –explicó el doctor Wu–. Todas las cajas que hay a lo largo de las paredes son secuenciadores automatizados de genes Himachi-Hood. Los operan, a muy alta velocidad, los superordenadores Cray XMP, que son las torres que ven en el centro de la sala. En esencia, se encuentran ustedes en el centro de una fábrica increíblemente poderosa de productos genéticos.

Había varios monitores, todos tan rápidos que resultaba difícil ver lo que estaban mostrando. Wu apretó una tecla y redujo la velocidad de una de las imágenes.

```
   1 GCGTTGCTGG CGTTTTTCCA TAGGCTCCGC CCCCCTGACG AGCATCACAA AAATCGACGC
  61 GGTGGCGAAA CCCGACAGGA CTATAAAGAT ACCAGGCGTT TCCCCCTGGA AGCTCCCTCG
 121 TGTTCCGACC CTGCCGCTTA CCGGATACCT GTCCGCCTTT CTCCCTTCGG GAAGCGTGGC
 181 TGCTCACGCT GTAGGTATCT CAGTTCGGTG TAGGTCGTTC GCTCCAAGCT GGGCTGTGTG
 241 CCGTTCAGCC CGACCGCTGC GCCTTATCCG GTAACTATCG TCTTGAGTCC AACCCGGTAA
 301 AGTAGGACAG GTGCCGGCAG CGCTCTGGGT CATTTTCGGC GAGGACCGCT TTCGCTGGAG
 361 ATCGGCCTGT CGCTTGCGGT ATTCGGAATC TTGCACGCCC TCGCTCAAGC CTTCGTCACT
 421 CCAAACGTTT CGGCGAGAAG CAGGCCATTA TCGCCGGCAT GGCGGCCGAC GCGCTGGGCT
 481 GGCGTTCGCG ACGCGAGGCT GGATGGCCTT CCCCATTATG ATTCTTCTCG CTTCCGGCGG
 541 CCCGCGTTGC AGGCCATGCT GTCCAGGCAG GTAGATGACG ACCATCAGGG ACAGCTTCAA
 601 CGGCTCTTAC CAGCCTAACT TCGATCACTG GACCGCTGAT CGTCACGGCG ATTTATGCCG
 661 CACATGGACG CGTTGCTGGC GTTTTTCCAT AGGCTCCGCC CCCCTGACGA GCATCACAAA
 721 CAAGTCAGAG GTGGCGAAAC CCGACAGGAC TATAAAGATA CCAGGCGTTT CCCCCTGGAA
 781 GCGCTCTCCT GTTCCGACCC TGCCGCTTAC CGGATACCTG TCCGCCTTTC TCCCTTCGGG
 841 CTTTCTCAAT GCTCACGCTG TAGGTATCTC AGTTCGGTGT AGGTCGTTCG CTCCAAGCTG
 901 ACGAACCCCC CGTTCAGCCC GACCGCTGCG CCTTATCCGG TAACTATCGT CTTGAGTCCA
 961 ACACGACTTA ACGGGTTGGC ATGGATTGTA GGCGCCGCCC TATACCTTGT CTGCCTCCCC
1021 GCGGTGCATG GAGCCGGGCC ACCTCGACCT GAATGGAAGC CGGCGGCACC TCGCTAACGG
1081 CCAAGAATTG GAGCCAATCA ATTCTTGCGG AGAACTGTGA ATGCGCAAAC CAACCCTTGG
1141 CCATCGCGTC CGCCATCTCC AGCAGCCGCA CGCGGCGCAT CTCGGGCAGC GTTGGGTCCT
1201 GCGCATGATC GTGCT [illegible] CCTGTCGTTG AGGACCCGGC TAGGCTGGCG GGGTTGCCTT
1281 AGAATGAATC ACCGATACGC GAGCGAACGT GAAGCGACTG CTGCTGCAAA ACGTCTGCGA
1341 AACATGAATG GTCTTCGGTT TCCGTGTTTC GTAAAGTCTG GAAACGCGGA AGTCAGCGCC
```

—Aquí ven la estructura real de un pequeño fragmento de ADN de dinosaurio —continuó Wu—. Observen que la secuencia está constituida por cuatro compuestos básicos: adenina, timina, guanina y citosina. Esta cantidad de ADN probablemente contiene instrucciones para elaborar una sola proteína como, digamos, una hormona o una enzima. La molécula completa de ADN contiene tres mil millones de estas bases. Si miráramos una pantalla como ésta una vez por segundo, durante ocho horas diarias, nos seguiría llevando más de dos años observar toda la cadena de ADN. Es así de grande. —Señaló la imagen, diciendo—: Éste es un ejemplo típico, porque, como pueden ver, el ADN tiene un error, aquí abajo, en la línea 1401. Gran parte del ADN que extraemos está fragmentado o es incompleto. Así que lo primero que tenemos que hacer es repararlo o, mejor dicho, el ordenador tiene que repararlo. Yo cortaré el ADN, utilizando lo que se denominan enzimas de restricción y a continuación el ordenador seleccionará una variedad de enzimas que podrían hacer el trabajo.

```
  1 GCGTTGCTGGCGTTTTTCCATAGGCTCCGCCCCCCTGACGAGCATCACAAAAATCGACGC
 61 GGTGGCGAAACCCGACAGGACTATAAAGATACCAGGCGTTTCCCCCTGGAAGCTCCCTCG
                       Nsp04
121 TGTTCCGACCCTGCCGCTTACCGGATACCTGTCCGCCTTTCTCCCTTCGGGAAGCGTGGC
181 TGCTCACGCTGTAGGTATCTCAGTTCGGTGTAGGTCGTTCGCTCCAAGCTGGGCTGTGTG
                        o                                BrontIV
241 CCGTTCAGCCCGACCGCTGCGCC1TATCCGGTAACTATCGTCTTGAGTCCAACCCGGTAA
301 AGTAGGACAGGTGCCGGCAGCGCTCTGGGTCATTTTCGGCGAGGACCGCTTTCGCTGGAG
              434 DnxT1            AoHBn
```

```
361  ATCGGCCTGTCGCTTGCGGTATTCGGAATCTTGCACGCCCTCGCTCAAGCCTTCGTCACT
421  CCAAACGTTTCGGCGAGAAGCAGGCCATTATCGCCGGCATGGCGGCCGACGCGCTGGGCT
481  GGCGTTCGCGACGCGAGGCTGGATGGCCTTCCCCATTATGATTCTTCTCGCTTCCGGCGG
541  CCCGCGTTGCAGGCCATGCTGTCCAGGCAGGTAGATGACGACCATCAGGGACAGCTTCAA
601  CGGCTCTTACCAGCCTAACTTCGATCACTGGACCGCTGATCGTCACGGCGATTTATGCCG
                                                           NspO4
661  CACATGGACGCGTTGCTGGCGTTTTTCCATAGGCTCCGCCCCCCTGACGAGCATCACAAA
721  CAAGTCAGAGGTGGCGAAACCCGACAGGACTATAAAGATACCAGGCGTTTCCCCCTGGAA
               924 CaoI11                 DinoLdn
781  GCGCTCTCCTGTTCCGACCCTGCCGCTTACCGGATACCTGTCCGCCTTTCTCCCTTCGGG
841  CTTTCTCAATGCTCACGCTGTAGGTATCTCAGTTCGGTGTAGGTCGTTCGCTCCAAGCTG
901  ACGAACCCCCCGTTCAGCCCGACCGCTGCGCCTTATCCGGTAACTATCGTCTTGAGTCCA
961  ACACGACTTAACGGGTTGGCATGGATTGTAGGCGCCGCCCTATACCTTGTCTGCCTCCCC
1021 GCGGTGCATGGAGCCGGGCCACCTCGACCTGAATGGAAGCCGGCGGCACCTCGCTAACGG
1081 CCAAGAATTGGAGCCAATCAATTCTTGCGGAGAACTGTGAATGCGCAAACCAACCCTTGG
1141 CCATCGCGTCCGCCATCTCCAGCAGCCGCACGCGGCGCATCTCGGGCAGCGTTGGGTCCT
                  1416 DnxTI
                 SSpd4
1201 GCGCATGATCGTGCT[illegible]CCTGTCGTTGAGGACCCGGCTAGGCTGGCGGGGTTGCCTTACT
1281 ATGAATCACCGATACGCGAGCGAACGTGAAGCGACTGCTGCTGCAAAACGTCTGCGACCT
```

»Aquí está la misma sección de ADN donde se han situado los puntos de las enzimas de restricción: como pueden ver en la línea 1201, dos enzimas van a cortar ambos lados del punto dañado. Por lo común, permitimos que los ordenadores decidan cuál utilizar, pero también necesitamos saber qué pares de bases debemos insertar para reparar la lesión. Para ello, tenemos que alinear diversos fragmentos cortados, de esta manera:

Alineación de la Secuencia de una Enzima de Restricción

códigos: m= correspondencia e= extensión de correspondencia v= correspondencia verificada f=terminada

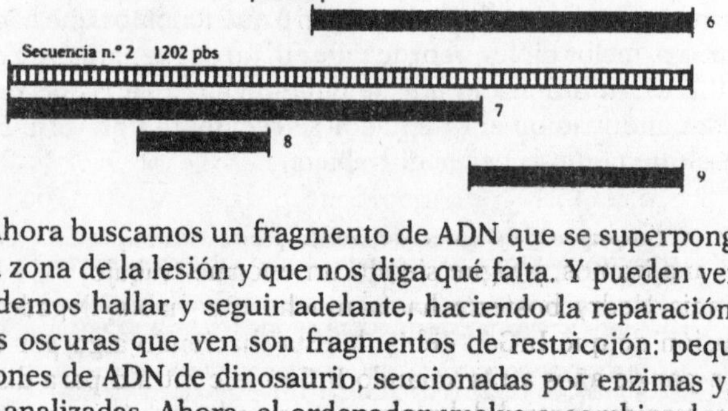

»Ahora buscamos un fragmento de ADN que se superponga sobre la zona de la lesión y que nos diga qué falta. Y pueden ver que lo podemos hallar y seguir adelante, haciendo la reparación. Las barras oscuras que ven son fragmentos de restricción: pequeñas secciones de ADN de dinosaurio, seccionadas por enzimas y, después, analizadas. Ahora, el ordenador vuelve a combinarlos, mediante la búsqueda de secciones de código que se superpongan. Se parece un poco a la operación de armar un rompecabezas. El ordenador lo puede hacer con mucha rapidez.

```
   1 GCGTTGCTGGCGTTTTTCCATAGGCTCCGCCCCCCTGACGAGCATCACAAAAATCGACGC
  61 GGTGGCGAAACCCGACAGGACTATAAAGATACCAGGCGTTTCCCCCTGGAAGCTCCCTCG
 121 TGTTCCGACCCTGCCGCTTACCGGATACCTGTCCGCCTTTCTCCCTTCGGGAAGCGTGGC
 181 TGCTCACGCTGTAGGTATCTCAGTTCGGTGTAGGTCGTTCGCTCCAAGCTGGGCTGTGTG
 241 CCGTTCAGCCCGACCGCTGCGCCTTATCCGGTAACTATCGTCTTGAGTCCAACCCGGTAA
 301 AGTAGGACAGGTGCCGGCAGCGCTCTGGGTCATTTTCGGCGAGGACCGCTTTCGCTGGAG
 361 ATCGGCCTGTCGCTTGCGGTATTCGGAATCTTGCACGCCCTCGCTCAAGCCTTCGTCACT
 421 CCAAACGTTTCGGCGAGAAGCAGGCCATTATCGCCGGCATGGCGGCCGACGCGCTGGGCT
 481 GGCGTTCGCGACGCGAGGCTGGATGGCCTTCCCCATTATGATTCTTCTCGCTTCCGGCGG
 541 CCCGCGTTGCAGGCCATGCTGTCCAGGCAGGTAGATGACGACCATCAGGGACAGCTTCAA
 601 CGGCTCTTACCAGCCTAACTTCGATCACTGGACCGCTGATCGTCACGGCGATTTATGCCG
 661 CACATGGACGCGTTGCTGGCGTTTTTCCATAGGCTCCGCCCCCCTGACGAGCATCACAAA
 721 CAAGTCAGAGGTGGCGAAACCCGACAGGACTATAAAGATACCAGGCGTTTCCCCCTGGAA
 781 GCGCTCTCCTGTTCCGACCCTGCCGCTTACCGGATACCTGTCCGCCTTTCTCCCTTCGGG
 841 CTTTCTCAATGCTCACGCTGTAGGTATCTCAGTTCGGTGTAGGTCGTTCGCTCCAAGCTG
 901 ACGAACCCCCCGTTCAGCCCGACCGCTGCGCCTTATCCGGTAACTATCGTCTTGAGTCCA
 961 ACACGACTTAACGGGTTGGCATGGATTGTAGGCGCCGCCCTATACCTTGTCTGCCTCCCC
1021 GCGGTGCATGGAGCCGGGCCACCTCGACCTGAATGGAAGCCGGCGGCACCTCGCTAACGG
1081 CCAAGAATTGGAGCCAATCAATTCTTGCGGAGAACTGTGAATGCGCAAACCAACCCTTGG
1141 CCATCGCGTCCGCCATCTCCAGCAGCCGCACGCGGCGCATCTCGGGCAGCGTTGGGTCCT
1201 GCGCATGATCGTGCTAGCCTGTCGTTGAGGACCCGGCTAGGCTGGCGGGGTTGCCTTACT
1281 ATGAATCACCGATACGCGAGCGAACGTGAAGCGACTGCTGCTGCAAAACGTCTGCGACCT
1341 ATGAATGGTCTTCGGTTTCCGTGTTTCGTAAAGTCTGGAAACGCGGAAGTCAGCGCCCTG
```

»Y aquí está la cadena corregida de ADN, reparada por el ordenador. La operación que acaban de presenciar habría supuesto meses de trabajo en un laboratorio convencional, pero nosotros la podemos realizar en cuestión de segundos.

–Entonces ¿están trabajando con toda la cadena de ADN? –preguntó Grant.

–¡Oh, no! –contestó Wu–. Eso es imposible. Hemos recorrido un largo camino desde la década de los sesenta, cuando a todo un laboratorio le llevaba cuatro años descifrar una pantalla como ésta. Ahora, los ordenadores pueden hacerlo en un par de horas. Pero, aun así, la molécula de ADN es demasiado grande: únicamente examinamos las secciones de cadena que difieren de un animal a otro, o del ADN contemporáneo. Solamente un bajo porcentaje de los nucleótidos difiere de una especie a la siguiente. Eso es lo que analizamos, y sigue siendo un enorme trabajo.

Dennis Nedry bostezó: hacía mucho que había llegado a la conclusión de que InGen debía de estar haciendo algo por el estilo. Un par de años atrás, cuando InGen le contrató para diseñar los sistemas de control del parque, uno de los parámetros iniciales del diseño exigía registros de datos que tuvieran 3 × 10^9 campos. Nedry sencillamente supuso que se trataba de un error y llamó a Palo Alto para verificarlo. Pero le dijeron que la especificación era correcta: tres mil millones de campos.

Nedry había trabajado en muchos sistemas grandes. Se había hecho un nombre montando comunicaciones telefónicas de alcance mundial para compañías multinacionales. Con frecuencia, estos sistemas tenían millones de registros. Nedry estaba acostumbrado a eso. Pero InGen quería algo mucho más grande...

Perplejo, había ido a ver a Barney Fellows, de Symbolics, cerca del campus universitario del MIT[1], en Cambridge.

–¿Qué clase de base de datos tiene tres mil millones de registros, Barney?

–Un error –rió Barney–. Le pusieron un cero de más, o dos.

–No es un ningún error, ya lo he comprobado. Es lo que quieren.

–Pero eso es una locura –dijo Barney–. No es practicable. Aunque tuvieras los procesadores más rápidos y algoritmos que permitieran una velocidad cegadora, una búsqueda requiriendo días. Hasta semanas, quizá.

–Sí –admitió Nedry–. Lo sé. Es una suerte que no haya algoritmos. Tan sólo se me pide que reserve espacio y memoria para la base de datos de todo el sistema. Pero así y todo... ¿para qué podría ser?

Barney frunció el entrecejo.

–¿Estás trabajando bajo un CND[2]?

–Sí –dijo Nedry. La mayor parte de sus trabajos contenía una cláusula que prohibía la divulgación de las características del proyecto.

–¿Puedes decirme algo?

–Es una empresa de bioingeniería.

–Bioingeniería –repitió Barney–. Bueno, es lo obvio...

1. *Massachusetts Institute of Technology* (Instituto Tecnológico de Massachusetts): famosa institución universitaria, dedicada al desarrollo de aplicaciones científicas de vanguardia. *(N. del T.)*

2. CND: Cláusula, o Contrato, de No Divulgación. Muchos proyectos de naturaleza sensible (militares, industriales de alta complejidad) requieren diversos especialistas. Para asegurar que no se divulgue la índole o los aspectos esenciales, en los contratos se incluyen CND que. en algunos casos, estipulan prisión o pena de muerte para quien viole la cláusula. *(N. del T.)*

–¿Qué es?
–Una molécula de ADN.
–¡Ah, vamos! –exclamó Nedry–. Nadie podría estar analizando una molécula de ADN. –Nedry sabía que los biólogos hablaban sobre el Proyecto del Genoma Humano para analizar una cadena completa de ADN humano. Pero eso precisaría diez años de esfuerzos coordinados y comprendería laboratorios de todo el mundo. Era una ingente empresa, tan grande como el proyecto Manhattan, que produjo la bomba atómica–. Ésta es una compañía privada –añadió.
–Con tres mil millones de registros –comentó Barney–, no sé qué otra cosa puede ser. A lo mejor son optimistas al diseñar su sistema.
–Muy optimistas –dijo Nedry.
–O, a lo mejor, simplemente están analizando fragmentos de ADN, pero tienen algoritmos que consumen mucha RAM[1].
Eso tenía más lógica: algunas técnicas de búsqueda de datos consumían mucha memoria.
–¿Sabes quién les hizo los algoritmos?
–No. La compañía trabaja con mucho secreto.
–Bueno, mi suposición es que están haciendo algo con el ADN. ¿Cual es el sistema?
–Multi-XMP.
–¿Multi-XMP? ¿Quieres decir más de un Cray? –Barney frunció el ceño mientras pensaba en esa última información–. ¿Me puedes decir algo más?
–Lo siento, no puedo.
Y había vuelto y diseñado los sistemas de control. Habían tardado, él y su equipo de programadores, más de un año, y fue especialmente difícil, porque la compañía nunca le dijo para qué eran los subsistemas. Las instrucciones tan sólo decían «Diseñe un módulo para conservar registros» o «Diseñe un módulo para representación visual». Le daban parámetros de diseño, pero ningún detalle respecto a su uso. Había estado trabajando a ciegas. Y ahora que el sistema estaba montado y funcionando, no le sorprendía en absoluto saber que había errores. ¿Qué esperaban? Y,

1. RAM (*Random Access Memory*) Memoria de acceso aleatorio, o directo o, de forma más práctica, memoria para el usuario. Es la parte del ordenador en la que el operador puede grabar, leer y borrar lo que hace y volver a usar la memoria. *(N. del T.)*

presas del pánico, le habían ordenado que fuese allí, excitados y molestos por los errores de «su» programación. Era irritante, pensaba.

Volvió al grupo cuando Grant preguntaba:

–Y una vez que el ordenador ha analizado el ADN, ¿cómo sabe qué animal hay en ese código?

–Tenemos dos procedimientos: el primero es una correspondencia filogenética. El ADN evoluciona en el curso del tiempo, como todas las demás partes de un organismo, las manos, o los pies, o cualquier otro atributo físico. Así que podemos coger un trozo escondido de ADN y determinar de forma aproximada, por ordenador, dónde encaja en la secuencia evolutiva. Requiere mucho tiempo, pero se puede hacer.

–¿Y la otra manera?

Wu se encogió de hombros.

–Simplemente lo dejamos crecer y vemos qué es. Es lo que hacemos casi siempre. Les mostraré todo lo que hemos conseguido.

Tim sentía una impaciencia cada vez mayor a medida que la visita continuaba. Le gustaban las cosas técnicas pero, aun así, estaba perdiendo interés. Llegaron a la siguiente puerta, que tenía el rótulo de FERTILIZACIÓN. El doctor Wu abrió la cerradura con su tarjeta de seguridad, y entraron.

Tim vio otra sala inmensa con técnicos trabajando ante microscopios. En la parte posterior había una sección enteramente iluminada con luz ultravioleta. El doctor Wu explicó que el trabajo que hacían con el ADN exigía la interrupción de la mitosis celular en instantes precisos y, en consecuencia, guardaban algunos de los venenos más tóxicos del mundo.

–Helotoxinas, colchicinoides, betaalcaloides –enumeró, al tiempo que señalaba una serie de jeringas dispuesta bajo la luz UV–. Matan cualquier animal viviente al cabo de un segundo, o de dos.

A Tim le hubiese gustado saber más cosas acerca de los venenos, pero el doctor Wu siguió hablando monótonamente sobre el uso de óvulos no fertilizados de cocodrilo y la sustitución del ADN; y después el profesor Grant formuló algunas preguntas complicadas. A un lado de la sala había grandes depósitos rotulados N_2 LÍQUIDO. Y había grandes cámaras frigoríficas con anaqueles en los que mantenían embriones congelados, cada uno de los cuales se conservaba en un diminuto envoltorio de papel de plata.

Lex estaba aburrida. Nedry bostezaba. Y hasta la doctora Sattler empezaba a perder interés. Tim estaba cansado de esos complicados laboratorios: quería ver los dinosaurios.

La sala siguiente estaba señalada como VIVERO.

–Hace un poco de calor y humedad aquí dentro –advirtió el doctor Wu–: lo mantenemos a una temperatura de treinta y siete grados Celsius y a una humedad relativa del ciento por ciento. También mantenemos una concentración mayor de oxígeno: hasta el treinta por ciento.

–Atmósfera jurásica –añadió Grant.

–Sí. Por lo menos, así lo suponemos. Si cualquiera de ustedes se siente desfallecer, díganmelo.

El doctor Wu metió su tarjeta de seguridad en la ranura, y la puerta exterior se abrió con un siseo. El biólogo aguardó mientras los demás entraban en la esclusa de aire comprimido y la puerta exterior se volvía a cerrar herméticamente, también con un siseo, contra las juntas de goma.

–Por favor, recuerden: no toquen nada de esta sala. Algunos de los huevos son permeables a los aceites de nuestra epidermis. Y cuidado con la cabeza: los sensores siempre están moviéndose.

Abrió la puerta interior que daba al vivero, y entraron. Tim se enfrentó con una vasta sala abierta, bañada por una luz infrarroja intensa. Los huevos estaban apoyados sobre mesas largas, con sus pálidos contornos difuminados por la sibilante bruma baja que cubría las mesas. Todos los huevos se movían con suavidad, balanceándose.

–Los huevos de reptil contienen grandes cantidades de vitelo, pero carecen por completo de agua: los embriones la tienen que extraer del ambiente que los rodea. De ahí que haya bruma.

El doctor Wu explicó que cada mesa contenía ciento cincuenta huevos y representaba una nueva tanda de extracciones de ADN. Las tandas se identificaban mediante números puestos en cada mesa: STEG-458/2 o TRIC-390/4. Hundidos hasta la cintura en la bruma, los operarios del vivero iban de un huevo al siguiente, introduciendo las manos en la bruma, dando la vuelta a los huevos cada hora y revisando las temperaturas con sensores térmicos. La sala era controlada por cámaras colgantes de televisión y sensores de movimiento. Un sensor térmico colgante se desplazaba de un huevo al siguiente, tocando cada uno con una varilla flexible, emitiendo un sonido electrónico corto y penetrante, para continuar su marcha después.

–En este vivero hemos producido más de una docena de recolecciones de extracciones, lo que nos da un total de doscientos treinta y ocho animales vivos. Nuestra tasa de supervivencia se encuentra rondando el cero coma cuatro por ciento y, como es natural, queremos mejorarlo. Pero, mediante análisis computadorizados, estamos trabajando con algo así como quinientas variables: ciento veinte ambientales, otras doscientas intrahuevo, y el resto provenientes del material genético en sí. Nuestros huevos son completamente de plástico. Los embriones se insertan de forma mecánica y, después, salen del cascarón aquí.

–¿Y cuánto tardan en crecer?

–Los dinosaurios maduran con rapidez, alcanzando su pleno tamaño en un período de dos a cuatro años. Así que ahora tenemos varios especímenes adultos en el parque.

–¿Qué significan los números?

–Estos códigos identifican las diversas extracciones en tandas de ADN. Las cuatro primeras letras identifican los animales que se están desarrollando: ese TRIC significa triceratops, STEG stegosaurio, y así con todos los demás.

–¿Y esta mesa de aquí? –preguntó Grant.

El código decía xxx-0001/1, y abajo se había garabateado «Presunto coleu.»

–Ésta es una nueva tanda de ADN –respondió Wu–. No sabemos con exactitud qué va a crecer. La primera vez que se hace una extracción no tenemos certeza de qué animal se trata. Pueden ver que está señalado como «Presunto coleu», de modo que es probable que sea un coleosaurio. Un pequeño herbívoro, si mal no recuerdo. Me resulta difícil memorizar todos los nombres. Hasta ahora se conoce algo así como trescientos géneros de dinosaurios.

–Trescientos cuarenta y siete –precisó Tim.

Grant sonrió; después preguntó:

–¿Hay algo que esté saliendo del huevo ahora?

–No por el momento. El período de incubación varía en función del animal pero, en general, tarda alrededor de dos meses. Tratamos de espaciar los nacimientos para darle menos trabajo al personal de guardería. Se podrán imaginar lo que es esto cuando tenemos ciento cincuenta animales nacidos con una diferencia de pocos días... si bien, claro está, la mayoría no sobrevive. En realidad, estos ejemplares X deben nacer un día de éstos. ¿Alguna otra pregunta? ¿No? Entonces iremos a la guardería, donde están los recién nacidos.

Se trataba de una sala circular, toda ella blanca, con incubadoras de las utilizadas en las maternidades de hospital, que estaban vacías por el momento. Había trapos y juguetes esparcidos por el suelo. Una joven que llevaba una bata blanca estaba sentada en el suelo, dándoles la espalda.

–¿Qué tiene aquí hoy, Kathy? –preguntó el doctor Wu.

–No mucho: nada más que un raptor bebé.

–Echémosle un vistazo.

La joven se puso en pie y se hizo a un lado. Tim oyó a Nedry decir:

–Parece un lagarto.

El animal que estaba en el suelo tenía alrededor de cuarenta y cinco centímetros de largo, el tamaño de un mono pequeño. Era de color amarillo oscuro con bandas marrones, como un tigre. Tenía cabeza de lagarto y hocico largo, pero se mantenía erguido sobre unas fuertes patas traseras, equilibrado por una cola recta y gruesa. Sus patas anteriores, más pequeñas, se agitaban en el aire. Enderezó la cabeza hacia un lado y miró con curiosidad a los visitantes que, a su vez, lo miraban con fijeza.

–Velocirraptor –dijo Alan en voz baja.

–*Velocirraptor mongoliensis* –completó Wu, aprobando con la cabeza–. Un depredador. Éste tiene sólo seis semanas de edad.

–Antes de venir excavé un raptor –anunció Grant, mientras se agachaba para observar el animal más de cerca.

De pronto, el pequeño lagarto se alzó, saltando por encima de la cabeza de Grant para caer en los brazos de Tim.

–¡Eh!

–Pueden saltar –dijo Wu–. Los bebés pueden saltar. También lo pueden hacer los adultos, a decir verdad.

Tim asió el velocirraptor y lo atrajo hacia él. No pesaba mucho: cerca de medio kilo, o un kilo. Tenía la piel tibia y completamente seca. La cabecita estaba a pocos centímetros de la cara de Tim: los ojos, como pequeñas gotas, brillantes e inexpresivos contemplaron al niño. Una pequeña lengua bífida entraba y salía de la boca con rapidez.

–¿Me va a hacer daño?

–No. Es amistoso.

–¿Está seguro de eso? –preguntó Gennaro, con cara de preocupación.

–Oh, completamente seguro. Por lo menos, hasta que crezca un poco más. Pero, en todo caso, los bebés no tienen dientes, ni siquiera dientes de huevo.

–¿Dientes de huevo? –preguntó Nedry.

–La mayoría de los dinosaurios nace con dientes de huevo, cuernecitos en la punta de la nariz, como los cuernos de rinoceronte[1], para romper los huevos y, así, salir. Pero los raptores no los tienen: hacen un agujero en el huevo con su hocico puntiagudo y, después, el personal de guardería tiene que ayudarlos a salir.

–Tienen que ayudarlos a salir –repitió Grant, moviendo la cabeza en gesto de desaprobación–. ¿Qué ocurre en estado salvaje?

–¿En estado salvaje?

–Cuando procrean de forma natural. Cuando hacen el nido.

–¡Oh, no pueden hacerlo! –contestó Wu–. Ninguno de los animales tiene la capacidad de procrear. Ésa es la razón de que tengamos esta guardería: es la única manera de reponer el material viviente del Parque Jurásico.

–¿Por qué no se pueden reproducir?

–Bueno, como se podrán imaginar, es importante que no puedan reproducirse y, cada vez que enfrentábamos una cuestión crítica como ésta, diseñábamos sistemas redundantes, es decir, que siempre disponíamos de dos procedimientos de control, por lo menos. En este caso, hay dos razones independientes por las que los animales no pueden procrear: antes que nada, son estériles porque los irradiamos con rayos X.

–¿Y la segunda razón?

–Todos los animales del Parque Jurásico son hembras –respondió Wu, con una sonrisa de satisfacción.

–Me agradaría que esto se aclarara un poco –intervino Malcom–. Porque tengo entendido que la irradiación está llena de incertidumbre: la dosis de radiación puede ser equivocada o ir dirigida a la zona anatómica equivocada del animal, o...

–Todo eso es cierto, pero estamos convencidos de haber destruido el tejido gonadal.

–Y en cuanto a que todos ellos son hembras –prosiguió Malcolm–, ¿está eso comprobado? ¿Va alguien al exterior y, ejem, le-

1. El del rinoceronte no es una formación córnea, sino pilosa, que adquiere gran dureza.

vanta la falda de los dinosaurios para echar un vistazo? Quiero decir, ¿cómo se determina el sexo de un dinosaurio, en todo caso?

–Los órganos sexuales varían en función de la especie. Se reconocen con facilidad en algunas y son algo más sutil en otras. Pero, para responder su pregunta, el motivo por el que sabemos que todos los animales son hembras es porque, literalmente, los fabricamos para que sean así. Controlamos sus cromosomas y controlamos el ambiente de desarrollo intrahuevo. Desde el punto de vista de la bioingeniería, es más fácil engendrar hembras. Es probable que ustedes sepan que todos los embriones de vertebrado son intrínsecamente hembras. Todos empezamos la vida como hembras. Se necesita algún efecto adicional, como una hormona que se secrete en el momento preciso, durante el desarrollo, para transformar el embrión que está creciendo en un macho. Pero, si se deja librado a sus propios dispositivos, el embrión, en forma natural, se convierte en hembra. Así que todos nuestros animales son hembras. Tenemos tendencia a referirnos a algunos de ellos como si fueran machos, como es el caso del *Tyrannosaurus rex*: lo llamamos «el», pero, en realidad, todos son hembras. Y créame, no se pueden reproducir.

La pequeña velocirraptor olfateó a Tim y, después, se frotó la cabeza contra el cuello del chico, que lanzó una risita entrecortada.

–Quiere que la alimentes –dijo Wu.

–¿Qué come?

–Ratones. Pero acaba de comer, así que no te preocupes.

La pequeña raptor se inclinó hacia atrás, miró a Tim fijamente y volvió a menear las patas delanteras en el aire. Tim vio las pequeñas garras de cada mano. Después, el animalito volvió a hundir la cabeza contra el cuello del niño.

Grant se acercó y lo escudriñó críticamente. Tocó la diminuta mano armada con tres garras. Le dijo a Tim:

–¿Te importa?

Y éste dejó la raptor en las manos del paleontólogo.

Grant hizo que el animal diera una vuelta de campana y quedara patas arriba, y lo inspeccionó, mientras el pequeño lagarto se retorcía y trataba de zafarse culebreando. Después levantó el animal bien alto para observarle el perfil, y la raptor lanzó un chillido penetrante.

–No le gusta eso –explicó Regis–. No le gusta que se la aleje del contacto corporal...

La raptor seguía chillando, pero Grant no le prestó atención: le estaba apretando la cola con las yemas de los dedos, palpándole los huesos. Regis insistió:

–Doctor Grant, si no le molesta.

–No le hago daño.

–Doctor Grant, estos seres no pertenecen a nuestro mundo. Vienen de una época en la que no había seres humanos que los anduvieran pinchando y golpeando.

–No la estoy pinchando ni...

–Doctor Grant. ¡Bájela! –ordenó Ed Regis.

–Pero...

–*Ahora.*

Regis estaba empezando a enfadarse. Grant le devolvió el animal a Tim: la raptor dejó de emitir chillidos. Contra su pecho, el niño pudo sentir el pequeño corazón, que latía con rapidez.

–Lo lamento, doctor Grant –dijo Regis–, pero estos animales son delicados en la infancia. Hemos perdido varios como consecuencia de un síndrome posnatal de estrés, en el que creemos que hay intervención adrenocortical. A veces mueren en un lapso de cinco minutos.

Tim le hizo mimos a la pequeña raptor.

–Está bien, chiquitina. Todo está bien ahora. –El corazón seguía latiendo con rapidez.

–Creemos que es importante que a los animales que hay aquí se les trate de la manera más humanitaria –aclaró Regis–. Le prometo que tendrá la oportunidad de examinarla más tarde.

Pero Grant no podía mantenerse alejado. Una vez más, se acercó al animal, que seguía en brazos de Tim, observándolo con suma atención.

La pequeña velocirraptor abrió las mandíbulas y emitió un siseo ante Grant, adoptando una postura de súbita furia intensa.

–Fascinante –dijo éste.

–¿Puedo quedarme y jugar con ella? –preguntó Tim.

–En este mismo momento, no –se excusó Ed Regis, echando un vistazo a su reloj–. Son las tres en punto y es una buena hora para que hagamos una visita al parque en sí, de modo que puedan ver los dinosaurios en los hábitats que hemos diseñado para ellos.

Tim soltó la velocirraptor, que correteó por la habitación, cogió un trapo, se lo puso en la boca y tiró del extremo libre con sus diminutas garras.

CONTROL

Mientras regresaban a la sala de control, Malcolm se acercó a Wu:

–Tengo una sola pregunta más, doctor: ¿cuántas especies diferentes han fabricado hasta ahora?

–No estoy seguro. Creo que, en estos momentos, la cantidad es de quince. Quince especies. ¿Lo sabe usted, Ed?

–Sí, quince –asintió Ed Regis.

–¿No lo sabe con seguridad? –dijo Malcolm, aparentando asombro.

–Dejé de contar después de la primera docena –sonrió Wu–. Debe comprender que, a veces, creemos que tenemos un animal correctamente hecho, desde el punto de vista del ADN, que es nuestro trabajo básico. El animal crece durante seis meses y, entonces, ocurre una adversidad. Y nos damos cuenta de que ha habido algún error: un gen de liberación no está operando; una hormona no se está secretando; o hay algún otro problema en la secuencia de desarrollo. Así que tenemos que volver a empezar con ese animal, por así decirlo. –Sonrió, y añadió–: Llegamos a tener más de veinte especies. Pero, ahora, no hay más que quince.

–Y una de las quince especies es un... –Malcolm se volvió hacia Grant– ¿cómo era el nombre?

–*Procompsognathus* –informó el paleontólogo.

–¿Han fabricado procompsognatusos, o como quiera que se llamen? –preguntó Malcolm.

–¡Oh, sí! –afirmó Wu de inmediato–. Los compis son animales muy característicos. Y hemos fabricado una cantidad extraordinariamente grande de ellos.

–¿Por qué?

–Bueno, porque queremos hacer del Parque Jurásico un ambiente tan real como sea posible, todo lo auténtico que pueda ser, y los procompsognátidos eran verdaderos carroñeros del período jurásico. Casi como los chacales. Así que quisimos tener a los compis por ahí, para hacer la limpieza.

–¿Quiere usted decir «para deshacerse de los animales muertos»?

–Sí, en caso de que los hubiera. Pero con sólo doscientos treinta y tantos animales, no tenemos muchos animales muertos de los que deshacernos. Ése no era el objetivo primordial: en realidad, queríamos a los compis para otra clase, totalmente distinta, de eliminación de residuos.

–¿Cuál?

–Bueno, en esta isla tenemos algunos herbívoros muy grandes. De manera específica hemos intentado no engendrar los saurópodos más grandes pero, aun así, obtuvimos varios animales de más de treinta toneladas que andan por ahí afuera, así como muchos otros que se hallan en el orden de las cinco a diez toneladas. Eso nos plantea dos problemas: uno es el de alimentarlos; de hecho, cada dos semanas tenemos que importar comida. No hay forma alguna de que una isla tan pequeña pueda mantener esos animales durante cualquier espacio de tiempo.

»Pero el otro problema son las excreciones: no sé si usted ha visto alguna vez excrementos de elefante –dijo Wu–, pero son cuantiosos: cada rastro tiene el tamaño aproximado de una pelota de fútbol. Imagínese las deyecciones de un brontosaurio, que es diez veces más grande. Ahora imagínese los excrementos de una manada de esos animales, como la que tenemos aquí. Y los animales más grandes no digieren sus alimentos del todo bien, por lo que defecan muchísimo. Y, en los sesenta millones de años transcurridos desde que los dinosaurios desaparecieron, aparentemente desaparecieron también las bacterias que se especializaban en descomponer sus excrementos. Al menos, los excrementos de saurópodo no se descomponen con facilidad.

–Eso es un problema.

–Le aseguro que lo es –afirmó Wu, sin sonreír–. Nos vimos en dificultades para tratar de resolverlo. Probablemente usted sabe que en África hay un insecto específico, el escarabajo pelotero, que come excrementos de elefante. Muchas otras especies grandes tienen seres, asociados con ellas, que han evolucionado para comer los excrementos de esas especies. Pues bien, resulta que los compis comen las deyecciones de los grandes herbívoros y las vuelven a digerir. Y los excrementos de los compis son fácilmente descompuestos por las bacterias contemporáneas. Así que, dada una cantidad suficiente de compis, nuestro problema quedó resuelto.

–¿Cuántos compis fabricaron?

–He olvidado la cantidad exacta, pero creo que el objetivo era una población de cincuenta animales. Y logramos eso, o algo que estaba muy cerca de eso. En tres tandas. Hicimos una tanda cada seis meses, hasta que tuvimos la cantidad buscada.

–Cincuenta animales –comentó Malcolm–. Son muchos para hacer su seguimiento.

–La sala de control ha sido expresamente construida para ello. Le mostrarán cómo se hace.

–Estoy seguro –contestó Malcolm–. Pero si uno de estos compis se escapase de la isla, si se evadiera...

–No se pueden evadir.

–Ya lo sé, pero supongamos que uno lo hiciera...

–¿Quiere usted decir como el animal que se encontró en la playa? –Wu arqueó las cejas–. ¿El que mordió a la niña norteamericana?

–Sí, por ejemplo.

–No sé cuál será la explicación en cuanto a ese animal, pero sé que no hay posibilidad de que sea uno de los nuestros.

–¿Ni siquiera una sombra de duda?

–Ninguna. Y, una vez más, por dos razones: la primera, los procedimientos de control. A nuestros animales se les cuenta por ordenador cada pocos minutos: si faltara uno, lo sabríamos de inmediato.

–¿Y la segunda razón?

–La tierra firme está a más de ciento ochenta kilómetros de distancia. Se tarda casi un día en llegar a ella en lancha. Y, en el mundo exterior, nuestros animales morirían en un lapso de doce horas.

–¿Cómo lo sabe?

–Porque me aseguré de que ocurriera eso, precisamente –dijo Wu, mostrando finalmente signos de irritación–. Mire, no somos estúpidos. Entendemos que éstos son animales prehistóricos. Son parte de una ecología que desapareció, de una compleja trama de vida que se extinguió hace millones de años. Podrían no tener depredadores en el mundo contemporáneo, no tener impedimentos para su crecimiento. No queremos que sobrevivan en estado salvaje, así que los fabriqué con dependencia de la lisina: introduje un gen que produce una sola enzima defectuosa en el metabolismo de las proteínas. Como consecuencia, los animales no pueden elaborar el aminoácido lisina; tienen que ingerirlo del exterior. A menos que obtengan una fuente dietética rica en lisina exógena, provista por nosotros en forma de tabletas, entrarán en estado de coma en doce horas, y morirán. Estos animales están genéticamente diseñados para ser incapaces de sobrevivir en el mundo real. Sólo pueden vivir aquí, en el Parque Jurásico. No son libres en absoluto. Esencialmente, son nuestros prisioneros.

–Aquí está la sala de control –anunció Ed Regis–. Ahora que saben cómo se hacen los animales, querrán ver la sala desde donde se controla el parque en sí, antes de que salgamos de...

Se detuvo. Mas allá de una ventana de vidrio grueso, la sala se hallaba a oscuras. Los monitores estaban apagados, con la salvedad de tres, que exhibían números y la imagen de un barco grande.

–¿Qué pasa? –preguntó Ed Regis–. ¡Oh, demonios, están atracando!

–¿Atracando?

–Cada dos semanas, el barco de suministros viene de tierra firme. Una de las cosas que esta isla no tiene es un buen puerto, ni siquiera un buen muelle. Es un tanto peliagudo hacer que el barco entre cuando hay mar gruesa. Podría tardar algunos minutos. –Dio unos golpes cortos y secos en la ventana, con los nudillos, pero los hombres que estaban dentro no le prestaron atención. Entonces añadió–: Me temo que tendremos que esperar.

Ellie se volvió hacia el doctor Wu.

–Usted ha mencionado antes que, a veces, fabrica un animal y ese animal parece ir bien pero, cuando se desarrolla, resulta ser defectuoso...

–Sí –asintió Wu–. No creo que haya modo alguno de evitarlo. Podemos duplicar el ADN en el espacio, pero no lo podemos duplicar con toda seguridad en el tiempo. Lo que quiero decir es que el ADN que empieza en el espermatozoide y en el huevo es algo más que las especificaciones de un organismo dado: es, también, las instrucciones de cómo construirlo. Y el control. Hay mucha sincronización en el desarrollo, y no sabemos si algo está funcionando a menos que realmente veamos que un animal se desarrolla de forma correcta.

–¿Cómo saben si se está desarrollando de forma correcta? Nadie ha visto nunca a estos animales antes –intervino Grant.

–He pensado a menudo en eso. –Wu sonrió–. Supongo que es un poco paradójico. Con el tiempo, espero, paleontólogos como usted mismo compararán nuestros animales con el registro fósil, para comprobar la secuencia de desarrollo.

–Pero el animal que acabamos de ver, el velocirraptor, ¿usted ha dicho que era de la especie *mongoliensis*? –inquirió Ellie.

–Por la localización del ámbar; proviene de China.

–Interesante –comentó Grant–. Precisamente yo estaba desenterrando un *antirrhopus* muy joven... ¿Hay aquí algún raptor adulto?

–Sí –afirmó Ed Regis, sin vacilar–. Ocho hembras adultas. Las hembras son las verdaderas cazadoras. Cazan en manada, como sabe.

–¿Las veremos en nuestra visita?

–No –contestó Wu, dando la impresión de estar súbitamente incómodo.

Y se produjo un silencio embarazoso. Wu miró a Regis.

–No por un tiempo –añadió Regis de buena gana–. Los velocirraptores todavía no se han integrado en el ambiente del parque. Los mantenemos en un redil de retención.

–¿Puedo verlos ahí? –preguntó Grant.

–Sí, claro, por supuesto. A decir verdad, mientras aguardamos –miró su reloj– podría interesarle a usted echarles un vistazo.

–Desde luego que sí.

–Sin duda –confirmó Ellie.

–Yo también quiero ir –terció Tim con entusiasmo.

–Vayan simplemente hasta la parte de atrás de este edificio, pasando la instalación de apoyo, y verán el redil. Pero no se acerquen demasiado a la cerca. ¿Quieres ir también? –le preguntó a la niña.

–No –contestó Lex. Miró a Regis como evaluándolo, y añadió–: ¿Quieres jugar un poco a los palillos? ¿Arrojar algunos?

–¡Pues claro! ¿Por qué tú y yo no vamos abajo y hacemos justamente eso, mientras esperamos que se abra la sala de control?

Junto con Ellie y Malcolm, Grant dio la vuelta a la parte trasera del edificio principal, con el niño pegado a ellos. A Grant le gustaban los chicos: resultaba imposible que no le gustase un grupo tan abiertamente entusiasta de los dinosaurios. Solía observar a los grupos de niños en los museos, cuando contemplaban, boquiabiertos, los enormes esqueletos que se alzaban ante ellos. Se preguntaba qué era lo que realmente los fascinaba. Al final, decidió que a los niños les gustaban los dinosaurios porque esos gigantescos seres personificaban la fuerza incontrolable de la autoridad importante y amenazadora. Eran padres simbólicos. Fascinantes y aterradores, como los padres. Y los niños los amaban, así como amaban a sus padres.

Grant también sospechaba que ése era el motivo de que incluso niños pequeños aprendieran los nombres de los dinosaurios. Nunca dejaba de asombrarle que un niño de tres años dijera, con su voz chillona: «*¡Stegosaurus!*» Pronunciar esos nombres complicados era una manera de ejercer poder sobre los gigantes, una manera de tenerlos bajo control.

–¿Qué sabes de los velocirraptores? –le preguntó Grant a Tim para darle conversación.

–Es un carnívoro pequeño que cazaba en manada, como el *Deinonychus* –contestó Tim.

–Eso es –respondió Grant–, aunque *Deinonychus* es considerado en la actualidad de los velocirraptores. Y la prueba de cazar en manada es totalmente circunstancial. Deriva, en parte, del aspecto de los animales, que eran rápidos y fuertes, pero pequeños para ser dinosaurios: de setenta a ciento cuarenta kilos cada uno. Suponemos que cazaban en manada, cuando pretendían abatir presas más grandes: hay algunos hallazgos de fósiles en los que un solo animal de presa está junto con varios esqueletos de raptor. Y, claro está, los raptores tenían el cerebro grande, eran más inteligentes que la mayoría de los dinosaurios.

–¿Muy inteligentes? –preguntó Malcolm.

–Depende de a quién le hables. Así como los paleontólogos hemos llegado a la conclusión de que los dinosaurios probablemente tenían sangre caliente, muchos de nosotros estamos empezando a creer que algunos de ellos pudieron haber sido bastante inteligentes también. Pero nadie lo sabe con seguridad.

Dejaron atrás el sector para visitantes y pronto oyeron el fuerte zumbido de los generadores, y olieron el opresivo olor de la gasolina. Pasaron un bosquecillo de palmeras y vieron una barraca grande y baja, de hormigón, que tenía techo de acero. El ruido parecía provenir de allí.

–Tiene que ser un generador –sugirió Ellie.

–Es grande –opinó Grant, atisbando en el interior.

En realidad, la planta motriz se extendía dos pisos por debajo del nivel del suelo: un vasto complejo de gimientes turbinas y de cañerías que penetraban en la tierra, bajo deslumbrantes lámparas eléctricas.

–No pueden necesitar todo esto nada más que para un centro de recreo –terció Malcolm–. Aquí están generando suficiente energía para una ciudad pequeña.

–Quizá sea para los ordenadores.

–Quizá.

Grant oyó un balido y caminó algunos metros hacia el norte. Llegó hasta un cercado que contenía cabras. Mediante un rápido cómputo, estimó que había cincuenta o sesenta cabras.

–¿Para qué es eso? –preguntó Ellie.

–Ni idea.

–Probablemente se las dan de comer a los dinosaurios –aventuró Malcolm.

El grupo siguió andando por un polvoriento sendero de ladrillo que discurría a través de un denso matorral de bambúes. Al otro lado vieron una cerca doble, reforzada, de unos cuatro metros de altura y hecha de eslabones, con espirales de alambre de púas en la parte superior. A lo largo de la cerca exterior se oía un zumbido eléctrico.

Más allá de las cercas, Grant vio densos apiñamientos de helechos grandes, de un metro y medio de alto. Oyó un resoplido, una especie de husmeo. Después, el crujiente ruido de pisadas que aplastaban follaje, y que se acercaban.

Luego, un prolongado silencio.

–No veo nada –susurró Tim, finalmente.

–Ssshhh.

Grant esperó. Pasaron varios segundos. Algunas moscas revoloteaban por el aire. Todavía no veía cosa alguna.

Ellie le golpeó suavemente en el hombro y señaló con el dedo.

Entre los helechos, Grant vio la cabeza de un animal. Estaba inmóvil, parcialmente escondido en los frondes, los dos grandes ojos oscuros observándolos con frialdad.

La cabeza tenía algo más de medio metro de largo. Desde un hocico rematado en punta, una larga hilera de dientes se extendía hacia atrás, hasta el agujero del meato auditivo, que actuaba a modo de oído. A Grant la cabeza le recordaba la de un lagarto grande o, quizá, la de un cocodrilo. Los ojos no pestañeaban y el animal no se movía. Su piel era coriácea, con textura granulosa y, básicamente, la misma coloración que la del ejemplar juvenil: amarillo-marrón con marcas rojizas más oscuras, como las bandas de un tigre.

Mientras Grant observaba con suma atención un solo miembro

superior se extendió hacia arriba muy lentamente, para apartar los helechos que había al lado de la cara del animal. El miembro, pudo ver Grant, estaba dotado de músculos fuertes. La mano tenía tres dedos prensiles, cada uno rematado en garras curvas. Suave, lentamente, la mano empujó a un lado los helechos.

Grant sintió escalofríos y pensó: «Nos va a atacar.»

Para un mamífero como el hombre, había algo indescriptiblemente antinatural en el modo en que los reptiles cazaban sus presas. No sin razón el hombre odiaba a los reptiles: la inmovilidad, la frialdad, el ritmo, todo. Encontrarse entre cocodrilos u otros reptiles grandes era recordar una clase diferente de vida, ahora desaparecida en la Tierra. Naturalmente, ese animal no se dio cuenta de que lo habían localizado, de que...

El ataque llegó de forma repentina, desde la izquierda y la derecha. Los animales cubrieron los nueve metros que había hasta la cerca con desconcertante velocidad. Grant tuvo la borrosa impresión de cuerpos poderosos de un metro ochenta de alto, de rígidas colas que los equilibraban, de patas armadas con garras curvas, de mandíbulas abiertas con hileras de dientes de sierra.

Los animales gruñían mientras avanzaban y, después, saltaron a la vez, levantando sus patas traseras armadas con esas grandes garras que parecían dagas. Enseguida chocaron contra la cerca que tenían frente a ellos, despidiendo dos estallidos simultáneos de chispas.

Los velocirraptores cayeron al suelo de espaldas, siseando. Todos los visitantes se desplazaron hacia delante, fascinados. Sólo entonces atacó el tercer animal, dando un salto, para chocar contra la cerca a la altura del pecho. Tim lanzó un alarido de terror, cuando las chispas estallaron a su alrededor. Las bestias emitieron un siseo bajo de reptil, giraron sobre sí mismas y brincaron hacia atrás, para volver a meterse entre los helechos. Después, desaparecieron, dejando detrás de ellas un tenue olor de podredumbre, y un humo acre que quedó flotando en el aire.

–¡La gran mierda! –exclamó Tim.

–Ha sido tan rápido... –dijo Ellie.

–Cazadores en manada –agregó Malcolm. Su voz denotaba admiración–. Cazadores en manada para los cuales la emboscada es algo instintivo... Fascinante.

–Terrorífico –murmuró Ellie.

–Yo no diría que son tremendamente inteligentes –dijo Malcolm.

Al otro lado de la cerca oyeron resoplidos entre las palmeras. Varias cabezas surgieron lentamente del follaje: Grant contó tres... cuatro... cinco...

Los animales los observaban. Contemplándolos fríamente.

Un negro con un mono de trabajo llegó corriendo hasta ellos.

–¿Están bien?

–Estamos bien –dijo Grant.

–Se han activado las alarmas. –El hombre miró la cerca, torcida y chamuscada–. ¿Los han atacado?

–Tres de ellos, sí.

El negro asintió con la cabeza.

–Lo hacen una y otra vez: golpean la cerca y reciben una sacudida eléctrica. Nunca parece importarles.

–No son demasiado inteligentes, ¿verdad? –dijo Malcolm.

El negro vaciló. A la luz de la tarde miró a Malcolm con los ojos entrecerrados y repuso:

–Dé gracias de que haya estado esa cerca, señor –contestó, y volvió la cabeza.

Desde el principio hasta el final, todo el ataque no pudo producirse en más de seis segundos. Grant todavía estaba tratando de organizar sus impresiones. La velocidad era pasmosa: los animales eran tan rápidos que apenas si los había visto desplazarse.

Mientras caminaban de regreso, Malcolm comentó:

–Son notablemente rápidos.

–Sí –asintió Grant–. Mucho más rápidos que cualquier reptil viviente: un aligátor toro[1] se puede desplazar con rapidez, pero sólo una corta distancia, un metro cincuenta o un metro ochenta. Los lagartos grandes como los dragones de Komodo[2], de metro y medio de largo, de Indonesia, avanzan a velocidades que, medidas con cronómetro, alcanzan los cincuenta kilómetros por hora, lo suficientemente rápido como para perseguir y capturar a un hom-

1. En la actualidad existen tres grupos de cocodrilos, que aparecieron al final del cretáceo. Uno de estos grupos es el de los cocodrilos aligátores, que viven en América del Norte y China. No se deben confundir con los caimanes, exclusivos de América del Sur. *(N. del T.)*

2. Más conocidos como «monitores». Es este nombre, expresado en árabe (*waran*) y, de ahí, al francés (*varan*), lo que da el nombre del grupo, «varánidos. *(N. del T.)*

bre. Y matan hombres sin descanso. Pero yo opinaría que el animal que estaba detrás de la cerca corría a más del doble de esa velocidad.

–La velocidad de un guepardo –añadió Malcolm–: noventa y siete, ciento diez kilómetros por hora.

–Exactamente. Pero parecieron lanzarse por el aire hacia delante –señaló–. Casi como pájaros.

–Sí.

En el mundo contemporáneo, únicamente los mamíferos muy pequeños, como la mangosta, que luchaba con cobras, tenían reacciones tan rápidas. Los mamíferos pequeños y, por supuesto, los pájaros: el pájaro secretario de África que es un cazador de serpientes, o el casuario. A decir verdad, el velocirraptor transmitía la misma impresión de amenaza letal, veloz, que Grant había visto en el casuario, el pájaro parecido a un avestruz, pero con garras, de Nueva Guinea.

–Así que estos velocirraptores parecen reptiles, con la piel cubierta de escamas y el aspecto general de los reptiles, pero se mueven como pájaros, con la velocidad y la inteligencia depredadora de los pájaros. ¿Es más o menos así? –dijo Malcolm.

–Sí –aprobó Grant–. Diría que exhiben una mezcla de rasgos.

–¿Eso le sorprende?

–En realidad, no. A decir verdad, se aproxima mucho a lo que vienen diciendo los paleontólogos desde hace mucho tiempo.

Cuando se encontraron los primeros huesos gigantescos, en las décadas de los años veinte y treinta, los científicos se sintieron impulsados a explicar los huesos como pertenecientes a alguna variedad sobredimensionada de una especie moderna. Eso se debió a que se tenía la creencia de que ninguna especie podría extinguirse, ya que Dios no habría de permitir que una de Sus creaciones muriera.

Con el tiempo, resultó claro que este concepto de Dios era erróneo y que los huesos pertenecían a animales ahora extinguidos pero, ¿qué clase de animales?

En 1842, Richard Owen, el principal anatomista británico de su época, los llamó Dinosauria, que significa «lagartos terribles». Owen reconoció que los dinosaurios parecían combinar características de lagartos, cocodrilos y pájaros. En particular, la cadera de los dinosaurios era parecida a la de los pájaros, no a la de los lagartos. Y, a diferencia de éstas, muchos dinosaurios parecían mantenerse erguidos. Owen imaginó que los dinosaurios eran seres activos, de movimientos rápidos, y durante los cuarenta años siguientes se aceptó su punto de vista.

Pero, cuando se desenterraron hallazgos verdaderamente gigantescos –animales que habían pesado cien toneladas en vida–, los científicos empezaron a considerar a los dinosaurios como gigantes estúpidos, de movimientos lentos, destinados a la extinción. La imagen del reptil de sangre fría, lerdo, predominó gradualmente sobre la imagen del pájaro de movimientos rápidos. En años recientes, científicos como Grant habían empezado a desplazarse hacia la idea de dinosaurios más activos. Los colegas de Grant le consideraban drástico en su concepto de la conducta de los dinosaurios. Pero, ahora, Grant tenía que admitir que ni sus propios conceptos llegaban a aproximarse a la realidad de estos grandes e increíblemente veloces cazadores.

–En realidad, a lo que yo estaba apuntando era a esto –dijo Malcolm–: ¿es éste, para usted, un animal convincente? ¿Es, de hecho, un dinosaurio?

–Diría que sí, sí.

–¿Y la conducta de ataque coordinado...?

–Cabía esperarla. Según los registros fósiles, manadas de velocirraptores eran capaces de derribar animales que pesaban mil toneladas, como el Tenontosaurus, que podía correr tan deprisa como un caballo. Para eso se precisaría coordinación.

–¿Cómo hacen eso sin un lenguaje?

–¡Oh, el lenguaje no es necesario para efectuar una cacería coordinada! –intervino Ellie–. Los chimpancés lo hacen todo el tiempo. Un grupo de chimpancés se acerca con cautela a un mono más pequeño y lo mata. Toda la comunicación se hace a través de los ojos.

–¿Y esos dinosaurios nos estaban atacando de verdad? –preguntó Malcolm.

–Así lo creo.

–El motivo de mi pregunta –siguió Malcolm– es que tengo entendido que los depredadores grandes, como los leones y los tigres, no son antropófagos innatos. ¿No es cierto? Estos animales tienen que haber aprendido en algún momento de su vida que es fácil matar a los seres humanos. Sólo después se convirtieron en antropófagos.

–Sí, creo que es así –asintió Grant.

–Bueno, estos dinosaurios tienen que ser todavía más reacios que los leones y los tigres. Después de todo, provienen de una época en la que los seres humanos y los grandes mamíferos ni siquiera existían. Sólo Dios sabe lo que piensan cuando nos ven. Así que me pregunto: ¿han aprendido, en algún momento, que es fácil matar a los seres humanos?

El grupo permaneció en silencio mientras caminaba.

–Sea como fuere –concluyó Malcolm–, estoy interesado en extremo en ver ahora la sala de control.

VERSIÓN 4.4

–¿Hubo algún problema con el grupo? –preguntó Hammond.

–No –contestó Henry Wu–. No hubo problema en absoluto.

–¿Aceptaron tus explicaciones?

–¿Por qué no habrían de hacerlo? Todo es bastante sencillo, a grandes rasgos. Son sólo algunos detalles los que resultan escabrosos. Y precisamente quería hablar de esos detalles con usted; a estas alturas ya no puede pensar en ello como en una cuestión de estética.

John Hammond arrugó la nariz, como si oliese algo desagradable:

–¿Estética? –repitió.

Estaban de pie en la sala de estar del elegante bungalow de Hammond, situada detrás de las palmeras, en el sector norte del parque. La sala estaba bien ventilada y era confortable, dotada de media docena de monitores de televisión que mostraban los animales en el parque. La carpeta que llevaba Wu, en la que, marcado con un sello, se leía DESARROLLO DE ANIMALES: VERSIÓN 4.4, estaba sobre una mesita baja.

Hammond miraba al genetista con aire paternal, paciente. Wu, de treinta y tres años de edad, era muy consciente de que había trabajado para Hammond durante toda su vida profesional: Hammond lo había contratado en cuanto salió de la escuela universitaria para graduados.

–Por supuesto, también hay consecuencias prácticas –continuó Wu–. Realmente pienso que debe usted tomar en consideración mis recomendaciones para la fase dos. Debemos ir a la versión 4.4.

–¿Quieres remplazar todas las cepas actuales de animales? –preguntó Hammond.

–Sí, eso quiero.

–¿Por qué? ¿Qué hay de malo en ellas?

–Nada, salvo que son dinosaurios de verdad.

–Eso es lo que pedí, Henry –dijo Hammond, sonriendo–. Y eso es lo que me has dado.

–Lo sé. Pero, verá usted... –Vaciló: ¿cómo le podía explicar eso a Hammond? El anciano prácticamente nunca visitaba la isla. Y lo que Wu estaba tratando de comunicar era una situación peculiar–: En este mismo momento, mientras estamos aquí, casi nadie, en todo el mundo, ha visto alguna vez un dinosaurio real. Nadie sabe cuál es su verdadero aspecto.

–Así es...

–Los dinosaurios que ahora tenemos son reales –prosiguió Wu, señalando las pantallas que había alrededor de la sala–, pero, en ciertos aspectos, no son satisfactorios. No son convincentes. Los podría fabricar mejor.

–¿Mejor en qué sentido?

–En primer lugar, se desplazan demasiado deprisa: la gente no está habituada a ver animales grandes que sean tan ágiles. Temo que los visitantes crean que los dinosaurios aparentan estar acelerados, como en una película que se pasa demasiado rápido.

–Pero, Henry, son dinosaurios verdaderos. Tú mismo lo has dicho.

–Lo sé, pero nos resultaría fácil generar dinosaurios más lentos, más domesticados.

–¿Dinosaurios domesticados? –resopló Hammond–. Nadie quiere dinosaurios domesticados, Henry. Quieren la realidad.

–Ésa es la cuestión: no creo que la quieran. Quieren ver lo que satisfaga sus expectativas, que es algo completamente distinto. –Hammond fruncía el entrecejo–. Usted mismo lo dijo, John, éste es un parque de entretenimiento –señaló Wu–. Y el entretenimiento nada tiene que ver con la realidad. El entretenimiento es la antítesis de la realidad.

Hammond suspiró.

–Pero, Henry, ¿vamos a tener otra de esas discusiones abstractas? Sabes que me gusta mantener las cosas sencillas: los dinosaurios que tenemos ahora son reales, y...

–Bueno, no exactamente –lo interrumpió Wu. Recorrió la sala de punta a punta; señaló los monitores–: No creo que nos debamos engañar. Aquí no hemos vuelto a crear el pasado. Lo pasado ya no existe. No se puede volver a crear. Lo que hemos hecho es reconstruir el pasado o, al menos, una variación del pasado, una versión del pasado. Y estoy diciendo que puedo hacer una versión mejor.

–¿Mejor que la real?

–¿Por qué no? Después de todo, estos animales ya están modificados. Hemos introducido genes para hacer que sean patentables y les hemos creado la dependencia de la lisina. Y hemos hecho todo lo que hemos podido para favorecer el crecimiento y para acelerar el desarrollo hasta llegar al estado adulto.

Hammond se encogió de hombros.

–Eso era inevitable. No quisimos esperar. Tenemos inversores en los que pensar.

–Por supuesto. Pero lo único que estoy diciendo es, ¿por qué detenernos aquí? ¿Por qué no avanzar más, para hacer exactamente la clase de dinosaurio que nos gustaría ver? ¿Uno que fuera más aceptable para los visitantes, y que nos resultara más fácil de manejar? ¿Una versión más lenta, más dócil, para nuestro parque?

Hammond frunció el entrecejo.

–Pero entonces los dinosaurios no serían reales –adujo.

–Tampoco lo son ahora. Eso es lo que estoy tratando de decirle. No hay realidad alguna aquí.

Se encogió de hombros, en un gesto de impotencia: podía ver que no lograba explicarse. A Hammond nunca le habían interesado los detalles técnicos, y la esencia de esa discusión era técnica: ¿cómo le podía explicar la realidad de los experimentos fallidos con el ADN; los parches; los vacíos en la secuencia, que se había visto obligado a rellenar, sobre la base de las mejoras que lograba hacer pero que, así y todo, no eran más que suposiciones? El ADN de los dinosaurios era como viejas fotografías retocadas: básicamente, iguales que el original pero, en algunas partes, reparadas y emparejadas y, como consecuencia...

–Vamos, Henry –dijo Hammond, pasando el brazo alrededor del hombro de Wu–, si no te importa que lo diga, creo que te estás acobardando. Has estado trabajando muy intensamente durante mucho tiempo y has hecho un trabajo sensacional, un trabajo sensacional, y ya es hora de que les revele a algunas personas lo que has conseguido. Es natural estar un poco nervioso, tener algunas dudas. Pero estoy convencido, Henry, de que el mundo quedará enteramente satisfecho. Enteramente satisfecho.

Al tiempo que hablaba, Hammond conducía a Wu hacia la puerta.

–Pero, John, ¿recuerda, allá por el 1987, cuando empezamos a construir los dispositivos de contención? Todavía no teníamos adultos desarrollados del todo, de modo que debíamos predecir lo que íbamos a necesitar: ordenamos aturdidores táser[1] grandes, vehículos armados de púas para ganado, lanzadores que despedían redes eléctricas. Todo ello construido de acuerdo con nuestras especificaciones. Ahora tenemos toda una panoplia de dispositivos... y todos ellos son demasiado lentos. Tenemos que introducir algunos ajustes. ¿Sabe usted que Muldoon quiere equipo militar: misiles TOW[2] y dispositivos guiados por láser?

–Dejemos a Muldoon fuera de esto –repuso Hammond–. No estoy preocupado. No es nada más que un zoológico, Henry.

Sonó el teléfono, y Hammond fue a atenderlo. Wu trató de pensar en otra forma de insistir en su argumento. Pero el hecho era que, después de cinco largos años, el Parque Jurásico estaba a punto de ser una realidad, y John Hammond sencillamente ya no escucharía lo que Wu pudiera decirle.

Hubo una época en la que Hammond le escuchaba con mucha atención. En especial cuando Wu estaba recién reclutado, en los días en que era un licenciado de Biología de veintiocho años que trabajaba en su tesis de doctorado en Stanford, en el laboratorio de Norman Atherton.

La muerte de Atherton había sumido el laboratorio en la confusión, así como en la aflicción: nadie sabía qué iba a ocurrir con la

1. Fusil eléctrico que dispara dos púas con espinas, conectadas al fusil con alambres. Al meterse en la víctima, dos mil voltios provenientes de los alambres salen de las púas. Al parecer ese voltaje no mataría a una persona adulta o a un animal de unos doscientos kilos... pero no siempre es así. *(N. del T.)*

2. TOW: *Trail on wire* (estela sobre alambre): misiles cuyo sistema de guía hacia el blanco consiste en un alambre, o en dos, que se van desenrollando a medida que el arma vuela hacia su blanco. Este tipo de sistema de guía limita el alcance del misil, pero lo hace apto para su disparo por un hombre solo, a veces desde un lanzador portátil. *(N. del T.)*

provisión de fondos o con los programas para el doctorado. Había mucha incertidumbre; la gente estaba preocupada por su carrera.

Dos semanas después del funeral, John Hammond fue a ver a Wu. Todos los del laboratorio sabían que Atherton había tenido algún tipo de vínculo con Hammond, aunque los deta lles nunca estuvieron claros. Pero Hammond se había acercado a Wu de manera tan directa, que éste nunca lo olvidó.

—Norman siempre decía que usted era el mejor genetista de su laboratorio —había dicho—. ¿Cuáles son sus planes ahora?

—No sé. Investigación.

—¿Quiere un nombramiento en la universidad?

—Sí.

—Es un error —contestó Hammond con energía—. Al menos, lo es si usted respeta su talento.

Wu parpadeó.

—¿Por qué?

—Porque, enfrentemos los hechos: las universidades ya no son los centros intelectuales del país. La idea en sí es absurda. Las universidades están estancadas. No se sorprenda tanto. No le estoy diciendo nada que usted no sepa. Desde la Segunda Guerra Mundial, todos los descubrimientos verdaderamente importantes han salido de laboratorios privados: el láser, el transistor, la vacuna contra la polio, el microprocesador, el holograma, el ordenador personal, la obtención de imágenes por resonancia magnética, las exploraciones por tomografía computarizada..., la lista sigue indefinidamente. Las universidades, sencillamente, ya no están donde ocurren las cosas, y no lo han estado durante cuarenta años. Si usted quiere hacer algo importante en informática o en genética, no vaya a una universidad. Por Dios, no.

Wu descubrió que no podía articular palabra.

—¡Cielo santo! —decía Hammond—, ¿por qué cosas debe pasar usted para iniciar un nuevo proyecto? ¿Cuántas solicitudes de beca, cuántos formularios, cuántas aceptaciones? ¿La comisión de iniciativas? ¿El director de departamento? ¿El comité de asignación de recursos de la universidad? ¿Cómo consigue más espacio para trabajar, si lo precisa? ¿Más ayudantes, si los necesita? ¿Cuánto tiempo tarda en conseguir todo eso? Un hombre brillante no puede malgastar un tiempo precioso con formularios y comités. La vida es demasiado corta, y el ADN demasiado largo. Usted quiere dejar su huella. Si quiere que se haga algo, manténgase alejado de las universidades.

En aquellos días, Wu quería con desesperación dejar su huella. John Hammond atrapó toda su atención.

–Estoy hablando de trabajo –proseguía Hammond–. De verdaderos logros. ¿Qué necesita un científico para trabajar? Necesita tiempo, y necesita dinero. Estoy hablando de darle un encargo por cinco años, y diez millones al año como fondos. Cincuenta millones de dólares, y nadie le dice cómo gastarlos. Usted decide. Todo lo demás, sencillamente, no le obstaculiza el camino.

Era demasiado bueno para ser cierto. Wu permaneció silencioso durante largo rato. Finalmente preguntó:

–¿A cambio de qué?

–De intentar hacer lo imposible –contestó Hammond–. De intentar algo que, probablemente, no se puede hacer.

–¿En qué consiste?

–No le puedo dar detalles, pero, en rasgos generales, la tarea supone hacer la clonación de reptiles.

–No creo que sea imposible. Los reptiles son más fáciles que los mamíferos. Es probable que la obtención de clones sólo tarde diez, quince años en conseguirse. Siempre y cuando se logren algunos avances fundamentales.

–Dispongo de cinco años –le contestó Hammond–, y de mucho dinero, para alguien que quiera hacer el intento ahora.

–¿Mi trabajo se hará público?

–Con el tiempo.

–No inmediatamente.

–No.

–¿Pero, con el tiempo, se dará a conocer? –insistió, sin irse por las ramas.

Hammond se rió.

–No se preocupe, todo el mundo sabrá lo que usted hizo, se lo prometo.

«Y ahora parecía que, en verdad, todo el mundo lo iba a saber», pensaba Wu. Después de cinco años de extraordinario esfuerzo, el parque se iba a abrir al público. Por supuesto, esos años no habían transcurrido tal como había prometido Hammond: Wu tuvo algunas personas que le decían qué hacer y, muchas veces, se vio sometido a terribles presiones. Y el trabajo en sí varió: ni siquiera consistía en hacer la clonación de reptiles, una vez que empezaron a comprender que los dinosaurios eran tan parecidos a los pájaros.

Se trataba de clonación de aves, una propuesta muy diferente. Mucho más difícil. Y, durante los dos últimos años, Wu fue, primordialmente, un administrador, supervisando grupos de investigadores y bancos de secuenciadores computarizados de genes. La administración no era la clase de trabajo que deleitaba a Wu; eso no era lo que él había pactado.

Y, aun así, tuvo éxito. Hizo lo que nadie realmente creía que se pudiera hacer, no en tan breve espacio de tiempo por lo menos. Y Henry Wu pensaba que le correspondían algunos derechos, que debía tener voz y voto en lo que sucedía, en virtud de sus conocimientos y de sus esfuerzos. En vez de eso encontró que su influencia se desvanecía conforme pasaban los días. Los dinosaurios ya existían, los procedimientos para obtenerlos se habían resuelto hasta el punto de volverse rutinarios, las técnicas estaban maduras... y John Hammond ya no necesitaba a Henry Wu.

—Así estará bien —decía Hammond, hablando por teléfono. Escuchó un instante mientras sonreía a Wu—. Espléndido. Sí, espléndido.

Colgó.

—¿Dónde habíamos quedado, Henry?

—Estábamos hablando de la fase dos —repuso Wu.

—Ah, sí. Ya hemos tratado antes este asunto, Henry...

—Lo sé, pero usted no se da cuenta...

—Discúlpame, Henry —lo interrumpió Hammond, con un asomo de impaciencia en la voz—, sí me doy cuenta. Y debo decírtelo con franqueza, Henry: no veo motivo alguno para mejorar la realidad. Cada cambio que debimos introducir en el genoma nos fue impuesto por la legislación o por la necesidad. Puede que hagamos otros cambios en el futuro, para combatir las enfermedades o por alguna otra razón. Pero no creo que debamos mejorar la realidad sólo porque pensemos que es mejor de esa manera. En estos momentos tenemos dinosaurios de verdad ahí fuera. Eso es lo que la gente quiere ver. Y eso es lo que debe ver. Es nuestra obligación, Henry. Eso es honesto, Henry.

Y, sonriendo, Hammond le abrió la puerta para que saliese.

CONTROL

Grant miró todos los monitores de ordenador de la sombría sala de control, sintiéndose irritado: no le gustaban los ordenadores. Sabía que eso le convertía en un investigador anticuado, pasado de moda, pero no le importaba. Algunos de los muchachos que trabajaban para él tenían verdadera sensibilidad para los ordenadores, una intuición. Grant nunca sintió eso; encontraba que eran maquinitas engañadoras, extrañas. Hasta la distinción fundamental entre sistema operativo y aplicación le dejaba confuso y descorazonado, literalmente perdido en una geografía ajena a él, que no alcanzaba a comprender. Pero observó que Gennaro estaba perfectamente cómodo y Malcolm parecía encontrarse en su elemento, emitiendo ruiditos de husmeo, como un sabueso que sigue una pista.

–Ustedes quieren saber cosas sobre los mecanismos de control... –decía John Arnold, volviéndose en su silla. El ingeniero jefe era un hombre delgado, tenso, de cuarenta y cinco años, que fumaba un cigarrillo tras otro. Miró de soslayo a las demás personas que le acompañaban en la sala–. Poseemos mecanismos increíbles de control –aseguró, y encendió otro cigarrillo.

–Por ejemplo... –insinuó Gennaro.

–Por ejemplo, el seguimiento de animales. –Arnold apretó un botón de su consola y el mapa vertical de cristal se encendió, exhibiendo un patrón de líneas azules en forma de diente de sierra–: Ése es nuestro T-rex joven. El «rexito». Todos los movimientos que ha hecho dentro del parque, en el transcurso de las últimas veinticuatro horas. –Volvió a apretar el botón–. Las veinticuatro anteriores. –Otra vez–. Las veinticuatro anteriores.

Las líneas del mapa se superponían, formando una trama densa, como el garabato de un niño. Pero el garabato estaba localizado en un solo sector: cerca del margen sudeste de la laguna.

–Con el tiempo se desarrolla una percepción del ámbito que prefiere para vivir –continuó Arnold–: es joven, ven, así que permanece cerca del agua. Y se mantiene alejado del rex adulto: observen las posiciones del rex grande y del rexito, y verán que sus caminos nunca se cruzan.

–Así que puede mantener el seguimiento de todo este... –comenzó Gennaro.

–Todo almacenado en la memoria –completó Arnold.

–¿Dónde está el rex grande, en este preciso instante? –preguntó Gennaro.

Arnold apretó otro botón: se apagaron las líneas anteriores y, en los campos situados al noroeste de la laguna, apareció un solo punto brillante que tenía un número de código.

–Está precisamente ahí.

–¿Y el rex pequeño?

–Demonios, le mostraré cada animal que hay en el parque –dijo Arnold. El mapa empezó a encenderse como un árbol de Navidad: muchísimos puntos de luz, cada uno rotulado con un número de código–: Contados a partir de este minuto, tenemos doscientos treinta y ocho animales.

–¿Con cuánta precisión?

–Dentro del metro cincuenta. –Arnold inhaló el humo del cigarrillo–. Expresémoslo de este modo: si sale al parque conduciendo un vehículo, encontrará los animales precisamente en ese sitio, y exactamente como se los muestra el mapa.

–¿Con cuánta frecuencia se actualiza la información?

–Cada treinta segundos. Tenemos sensores de movimiento distribuidos por todo el parque –continuó Arnold–. La mayoría de ellos envían su información por un cable; otros son medidos a distancia por radio. Por supuesto, los sensores de movimiento, por regla general, no establecen distinción entre las especies, pero obtenemos reconocimiento visual directo a través de las cámaras de televisión. Aun cuando no estemos observando los monitores, el ordenador lo está haciendo. Y comprobando dónde está cada animal.

–¿Comete errores alguna vez el ordenador?

–Sólo con los bebés: a veces los mezcla, porque dan imágenes muy pequeñas. Pero no perdemos la calma por eso: los bebés casi siempre se mantienen cerca de las manadas de adultos. Además contamos con el contador de categorías.

–¿Qué es eso?

–Una vez cada quince minutos, el ordenador hace el recuento de los animales pertenecientes a todas las categorías. De esta manera:

Total de animales *238*

Especies	*Esperados*	*Hallados*	*Versión*
Tyrannosaurus	2	2	4.1
Maiasaurus	21	21	3.3
Stegosaurus	4	4	3.9
Triceratops	8	8	3.1
Procompsognathida	49	49	3.9
Othnielia	16	16	3.1
Velocirraptor	8	8	3.0
Apatosaurus	17	17	3.1
Hadrosaurus	11	11	3.1
Dilophosaurus	7	7	4.3
Pterosaurus	6	6	4.3
Hypsilophodontida	33	33	2.9
Euoplocephalida	16	16	4.0
Styracosaurus	18	18	3.9
Microceratops	22	22	4.1
Total	238	238	

»Lo que ven aquí es un procedimiento de cómputo completamente aparte. No se basa en los datos del seguimiento. Es una visión nueva. La idea es que el ordenador no puede cometer un error, porque observa los datos de dos maneras diferentes. Si faltara un animal, lo sabríamos en un lapso de cinco minutos.

–Entiendo –dijo Malcolm–. ¿Y alguna vez se ha hecho un ensayo real?

–Bueno, en cierto sentido: algunos animales murieron. Un otnieliano quedó agarrado en las ramas de un árbol y se estranguló. Uno de los stegos murió de esa enfermedad intestinal que los sigue afectando. Uno de los hipsilofodontes se cayó y se rompió el cuello. Y, en cada caso, una vez que el animal dejaba de moverse, el ordenador paraba de contar mandaba una señal de alerta.

–Al cabo de cinco minutos.

–Sí.

–¿Qué es la columna de la derecha? –preguntó Grant.

–La versión de lanzamiento de los animales. La mayoría de ellos son de la versión 4.1 o de la 4.3. Estamos pensando en pasar a la versión 4.4.

–¿Números de versión? ¿Quieren decir que es como en los programas de ordenador? ¿Nuevos lanzamientos?

–Bueno, sí. Es como en los programas de ordenador, en cierto sentido. A medida que descubrimos los defectos en el ADN, los laboratorios del doctor Wu tienen que hacer una nueva versión.

A Grant le angustiaba la idea de que a seres vivos se les numerara como programas de ordenador, que se les sometiera a actualizaciones y a correcciones. No podía decir con exactitud por qué –era un pensamiento demasiado reciente–, pero instintivamente se sintió inquieto por ello. Después de todo, eran seres vivos...

Arnold debió de advertir su expresión, porque dijo:

–Mire, doctor Grant, no tiene sentido ponerse melancólico por estos animales. Es importante para todo el mundo recordar que fueron creados. Creados por el hombre. A veces hay defectos. Entonces, cuando descubrimos los defectos, los laboratorios del doctor Wu tienen que hacer una versión nueva. Y necesitamos hacer el seguimiento de la versión que tenemos ahí afuera.

–Sí, sí, por supuesto –intervino Malcolm, impaciente–. Pero, volviendo a la cuestión del recuento: entiendo que todos los cómputos se basan en sensores de movimientos.

–Así es.

–¿Y esos sensores están distribuidos por todo el parque?

–Cubren el noventa y dos por ciento de la superficie del parque. Hay sólo unos pocos lugares en los que no los podemos usar. Por ejemplo, en el río de la jungla, porque el movimiento del agua y la convección que sube de la superficie confunde a los sensores. Pero los tenemos por todos los demás sitios, prácticamente, y, si el ordenador sigue a un animal que penetra en una zona carente de sensor, lo recuerda y espera a que salga de nuevo. Si el animal no sale, nos da una señal de alarma.

–¿Así que pueden seguir perfectamente a estos animales?

–Sí, perfectamente.

–Ahora bien –dijo Malcolm–, usted muestra cuarenta y nueve procompsognátidos. Supongamos que sospecho que algunos de ellos no son de la especie correcta, ¿cómo me demostrarían que estoy equivocado?

–De dos maneras: ante todo, puedo hacer el seguimiento de desplazamientos individuales, comparándolo con el de otros presuntos compis. Los compis son animales sociales, se desplazan en grupo. Tenemos dos grupos de compis en el parque, de modo que los individuos deben de estar dentro del grupo A o del grupo B.

–Sí, pero...

–La otra manera es la comprobación visual directa –prosiguió Arnold.

Apretó botones y uno de los monitores empezó a pasar con rapidez fotografías de compis, numeradas del 1 al 49.

–Estas fotografías son...

–Imágenes actuales de ID[1]. Provenientes de lo ocurrido en los cinco últimos minutos.

–¿Así que pueden ver todos los animales, si así lo desean?

–Sí. Cada vez que lo quiera, puedo pasar revista a todos los animales de forma visual.

–¿Y qué pasa con la contención física? –preguntó Gennaro–. ¿Pueden salir de sus cotos cerrados?

–Rotundamente no. Se trata de animales caros, señor Gennaro. Los cuidamos muy bien. Mantenemos múltiples barreras: primera, los fosos. –Apretó un botón, y el tablero se encendió con una red de barras anaranjadas–. Estos fosos nunca tienen menos de cuatro metros de profundidad, y están llenos de agua. Para animales más grandes, los fosos pueden tener nueve metros de profundidad. A continuación, las cercas electrificadas. –Líneas de color rojo intenso brillaron en el tablero–. Tenemos ochenta kilómetros de cercas de cuatro metros de altura, incluidos los treinta y cinco kilómetros que rodean el perímetro de la isla. Todas las cercas del parque llevan una carga de diez mil voltios. Los animales aprenden pronto a no acercarse a ellas.

–Pero ¿si uno sí saliera? –preguntó Gennaro.

Arnold resopló y aplastó su cigarrillo.

–Nada más que en sentido hipotético –insistió Gennaro–. Supongamos que ocurriera.

Muldoon se aclaró la voz.

–Saldríamos y lo traeríamos de vuelta. Tenemos muchas maneras de hacerlo: fusiles apaciguadores táser, redes electrificadas, tranquilizadores. No tenemos armas mortíferas porque, como dice el señor Arnold, éstos son animales caros.

Gennaro asintió con la cabeza, y preguntó:

–¿Y si uno saliera de la isla?

–Imposible –negó Arnold.

–Tan sólo pregunto...

–Moriría en menos de veinticuatro horas. Éstos son animales

1. Intección de datos. *(N. del T.)*

elaborados de forma genética. Son incapaces de sobrevivir en el mundo real.

–¿Y qué hay en cuanto al sistema de control en sí: podría alguien operarlo indebidamente? –preguntó Gennaro.

Arnold negaba con la cabeza.

–Mire atentamente esta sala. La construimos según las pautas para contrarrestar actos terroristas: todas las entradas tienen puertas dobles, como esclusas de aire, para evitar el acceso no autorizado. El cielo raso tiene claraboya, pero podemos correr sobre ella una persiana de acero para evitar la entrada. Podemos aplicarle diez mil voltios al perímetro de esta sala. Las ventanas son de vidrio a prueba de balas, de dos centímetros y medio de espesor. Nadie puede meterse aquí si nosotros no queremos.

–Pero ¿qué hay en cuanto al sistema de procesamiento de datos?

–El sistema está reforzado: el ordenador es independiente en todos los sentidos; alimentación eléctrica independiente, así como alimentación auxiliar independiente. El sistema no se comunica con el exterior, de manera que no es posible influir sobre él a distancia con un módem. El sistema de procesamiento de datos es seguro.

Se hizo un silencio. Arnold aspiró su cigarrillo, y añadió:

–Un sistema muy bueno. Fantásticamente bueno.

–Entonces, supongo –dijo Malcolm– que su sistema funciona tan bien, que no tiene problema alguno.

–Tenemos infinitos problemas aquí –contestó Arnold, arqueando una ceja–, pero no son los que les preocupan a ustedes. Me doy cuenta de que les inquieta que los animales escapen, lleguen a tierra firme y siembren el caos. Eso, a nosotros, no nos preocupa en absoluto. A estos animales los vemos como seres frágiles y delicados. Se los trajo de vuelta, después de sesenta y cinco millones de años, a un mundo que es muy diferente de aquel que dejaron, aquel al que estaban adaptados. Nos tomamos muchas molestias para cuidarlos.

»Ustedes tienen que comprender –continuó– que el ser humano lleva centenares de años conservando mamíferos y reptiles, en zoológicos. Así que sabemos mucho acerca de cómo cuidar un elefante o un cocodrilo. Pero nunca nadie ha intentado antes cuidar un dinosaurio. Son animales nuevos y, sencillamente, no sabemos. Las enfermedades que los afectan son nuestra principal preocupación.

–¿Enfermedades? –preguntó Gennaro, súbitamente alarmado–. ¿Existe alguna posibilidad de que un visitante pueda contagiarse?

Arnold volvió a resoplar.

–¿Alguna vez le ha contagiado un resfriado el cocodrilo de un zoológico, señor Gennaro? Los zoológicos no se preocupan por eso. Nosotros tampoco. De lo que sí nos preocupamos es de que los animales mueran debido a sus propias enfermedades, o de que infecten a otros animales. Pero tenemos programas para vigilar eso, también. ¿Quiere ver el historial clínico del rex grande? ¿Su registro de vacunas? ¿Su historial odontológico? Ahí tiene algo interesante: debería ver a los veterinarios refregando esos grandes dientes para que no se les produzcan caries.

–En otro momento –dijo Gennaro–. ¿Qué hay de sus sistemas mecánicos?

–¿Se refiere usted a los paseos en tren?

Grant le lanzó una larga mirada penetrante: ¿paseos en tren?

–Aún no se ha inaugurado ninguno de los paseos en tren –estaba diciendo Arnold–. Tenemos el paseo por el río de la jungla, en el que los botes viajan sobre rieles sumergidos, y el paseo por el pabellón de las aves, pero todavía no funcionan. El parque se va a inaugurar con la excursión básica por donde están los dinosaurios, la que están a punto de hacer dentro de unos pocos minutos. Los otros paseos vendrán sucesivamente, seis, doce meses después.

–Espere un momento –intervino Grant–. ¿Van a poner paseos en trenes? ¿Como en cualquier parque de atracciones?

–Éste es un parque zoológico. Tenemos excursiones para visitar los diferentes sectores del recinto y los llamamos paseos. Eso es todo.

Grant frunció el entrecejo. Una vez más se sintió angustiado: no le agradaba la idea de que utilizaran a los dinosaurios en un parque de atracciones.

Malcolm prosiguió con sus preguntas:

–¿Puede usted manejar todo el parque desde esta sala de control?

–Sí. Lo podría manejar con una sola mano, si tuviera que hacerlo. Tanta es la automatización que hemos incorporado. El ordenador, por sí mismo, puede hacer el seguimiento de los animales, alimentarlos y llenarles los abrevaderos durante cuarenta y ocho horas sin supervisión.

–¿Éste es el sistema que diseñó el señor Nedry? –preguntó Malcolm.

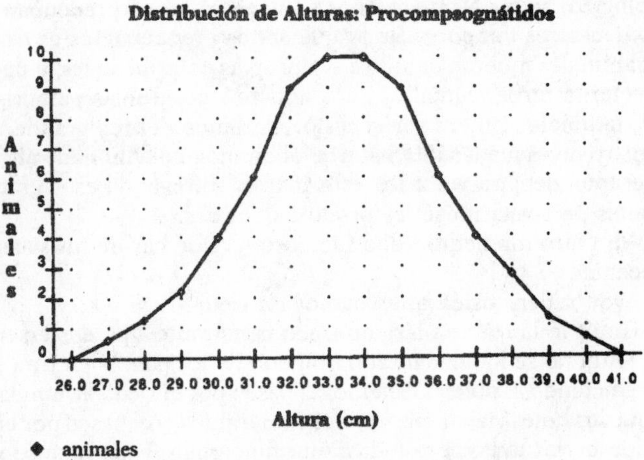

Dennis Nedry estaba sentado ante una terminal, en el otro extremo de la sala, comiendo un caramelo y escribiendo en el teclado.

–Sí, así es –dijo, sin levantar la vista del teclado.

–Es un sistema buenísimo –manifestó Arnold, con orgullo.

–Así es –confirmó Nedry distraídamente–. Sólo tiene un defecto, o dos, sin importancia.

–Ahora –añadió Arnold– veo que la excursión de visita está a punto de empezar, de modo que, a menos que tengan otras preguntas...

–En realidad, sólo una –dijo Malcolm–. Sólo una pregunta de investigación científica: usted nos ha demostrado que puede hacer el seguimiento de los procompsognátidos y que puede mostrar, visualmente, a cada uno de ellos. ¿Puede hacer alguna clase de estudio sobre ellos, pero como grupo: medirlos, o lo que fuere? Si yo quisiera saber su altura o su peso, o...

Arnold ya estaba apretando botones: se encendió otra pantalla.

–Podemos hacer todo eso, y, además, con mucha rapidez –informó–. El ordenador toma datos de medición en el transcurso de la lectura de las pantallas de televisión, de modo que son traducibles de inmediato. Aquí puede usted apreciar que tenemos una distribución normal de Poisson para la población animal: muestra que la mayoría de los animales se apiña alrededor de un valor central, y que unos pocos son o más grandes o más pequeños que el promedio, y se encuentran en los extremos descendentes de la curva.

–Cabría esperar esa clase de gráfico –comentó Malcolm.

–Sí. Cualquier población biológica saludable exhibe esta clase de distribución. Bien –inquirió Arnold, encendiendo otro cigarrillo–, ¿hay más preguntas?

–No –contestó Malcolm–. Creo que con esto queda prácticamente todo explicado. Ya me he enterado de lo que necesitaba saber.

Mientras salían, Gennaro opinó:

–Me da la impresión de que es un sistema bastante bueno. No veo cómo algún animal podría salir de esta isla.

–¿No lo ve? –preguntó Malcolm–. Creí que resultaba completamente obvio.

–Espere un momento –se inquietó Gennaro–. ¿Cree que se escaparon animales?

–Sé que lo hicieron.

–Pero ¿cómo? Lo ha visto por usted mismo: pueden contar todos los animales, pueden verlos en pantalla, saben dónde están en todo momento. ¿Cómo es posible que uno se escape? No alcanzo a comprenderlo.

–Es completamente obvio –sonrió Malcolm–. Tan sólo es cuestión de las suposiciones que se hagan.

–Las suposiciones que se hagan –repitió Gennaro.

–Sí. Mire –trató de explicar Malcolm–: el suceso básico que se ha producido en el Parque Jurásico es que los científicos y técnicos han tratado de crear un nuevo mundo biológico completo. Y los científicos que están en la sala de control esperan ver un mundo nuevo. Como en el gráfico que nos han mostrado. Aun cuando un instante de meditación revela que esa distribución normal, cuidadosa, es terriblemente inquietante en esta isla.

–¿Lo es?

–Sí. Sobre la base de lo que el doctor Wu nos acaba de decir, nunca se debería ver un gráfico de población como ése.

–¿Por qué no?

–Porque es el gráfico de una población biológica normal. Precisamente lo que el Parque Jurásico no es. El Parque Jurásico no es el mundo real. Se espera que sea un mundo controlado que sólo imite el mundo real. En ese sentido, es un verdadero parque, más bien como un jardín japonés formal: la naturaleza manipula para ser más natural que la naturaleza, si así lo prefiere.

–Me temo que ha logrado que me pierda –declaró Gennaro, con aire de enfado.

–Creo que la visita lo aclarará todo –añadió Malcolm, sonriendo.

LA VISITA

–Por aquí, todo el mundo por aquí –indicó Ed Regis.

A su lado, una mujer estaba entregando cascos de médula vegetal, con la inscripción «Parque Jurásico» en la faja para la cabeza, y el pequeño logotipo de un dinosaurio azul.

Una fila de cruceros de tierra Toyota salió de un garaje subterráneo situado debajo del centro de visitantes. Cada coche se detuvo, sin conductor y silencioso. Dos negros, vestidos con uniformes de safari, estaban abriendo las portezuelas para los pasajeros.

–De dos a cuatro pasajeros por coche, por favor, de dos a cuatro pasajeros por coche –decía una voz grabada–. Los niños de menos de diez años deben ir acompañados por un adulto. De dos a cuatro pasajeros por coche, por favor...

Tim observó que Grant, Sattler y Malcolm subían al primer crucero, junto con el abogado Gennaro. Luego reparó en Lex que estaba de pie, golpeándose el guante con el puño.

El niño señaló el primer coche y preguntó:

–¿Puedo ir con ellos?

–Me temo que tienen cosas que discutir –contestó Ed Regis.

–¿Qué cosas?

–Cosas técnicas.

–Me interesan las cosas técnicas. Preferiría ir con ellos.

–Bueno, podrás oír lo que digan: tendremos una radio abierta entre ambos coches.

Tim y Lex se subieron al segundo vehículo, y Ed Regis los siguió.

–Estos coches son eléctricos –explicó–. Guiados por un cable.

Tim estaba contento de haberse sentado en el asiento de delante porque, montadas en el tablero de instrumentos, había dos monitores y una caja que le pareció que era una CD-ROM: un reproductor de discos grabados por láser, controlado por ordenador. También había un trasmisor-receptor portátil y una especie de trasmisor de radio. Vio dos antenas en el techo y unas extrañas gafas en la guantera.

Los negros cerraron y aseguraron las portezuelas del crucero de tierra. Con un zumbido de motor eléctrico, el vehículo se puso en marcha. Allá adelante, los tres científicos y Gennaro hablaban y gesticulaban, visiblemente excitados. Ed Regis sugirió:

–Oigamos lo que están diciendo.

Se oyó el chasquido de un intercomunicador.

–No sé qué demonios piensa usted que está haciendo aquí –dijo la voz de Gennaro por el intercomunicador.

Parecía muy enfadado.

–Sé muy bien por qué estoy aquí –contestó Malcolm.

–Está aquí para asesorarme, no para divertirse con sus malditos juegos intelectuales. Tengo el cinco por ciento de esta compañía y la responsabilidad de asegurarme de que Hammond haya hecho su trabajo de forma responsable. Ahora bien, usted viene aquí...

Ed Regis apretó el botón del intercomunicador y dijo:

–De acuerdo con las normas sobre anticontaminación del Parque Jurásico, estos ligeros cruceros de tierra eléctricos fueron especialmente construidos para nosotros por Toyota, en Osaka. Albergamos la esperanza de que, con el tiempo, podamos desplazarnos libremente en automóvil normal entre los animales, exactamente como lo hacen en los parques africanos, pero, por ahora, reclínense en sus asientos y disfruten de la excursión guiada de forma automática. –Vaciló, y después añadió–: Ah, a propósito, aquí atrás podemos oírles.

–¡Oh, Dios! –exclamó Gennaro–. Tengo que poder hablar con libertad. Yo no pedí que vinieran esos malditos niños...

Ed Regis compuso una sonrisa como para congraciarse, y volvió a apretar el botón.

–Será mejor que empecemos con el espectáculo, ¿no les parece?

Oyeron un toque de trompetas y en las pantallas interiores destelló BIENVENIDOS AL PARQUE JURÁSICO. Una sonora voz dijo:

–Bienvenidos al Parque Jurásico. En estos momentos están entrando en el mundo perdido del pasado prehistórico, en un mundo de poderosos seres desaparecidos hace mucho de la faz de la Tierra, mundo que ustedes tienen el privilegio de ver por vez primera.

–Ése es Richard Kiley[1] –informó Ed Regis–. No reparamos en gastos.

El crucero pasó a través de una arboleda de palmeras bajas y rechonchas. Richard Kiley estaba diciendo:

–Observen, antes que nada, la notable vida vegetal que los rodea: esos árboles que tienen a la izquierda y a la derecha se denominan cicadíneas, los predecesores prehistóricos de las palmeras[2]. Las cicadíneas eran el alimento favorito de los dinosaurios. También pueden ver bennettitales y gingkos. El mundo del dinosaurio comprendía plantas más modernas, como pinos, abetos y cipreses de los pantanos. Verán todos estas plantas también.

El crucero de tierra avanzaba con lentitud entre los árboles. Tim advirtió que las cercas y los muros de retención quedaban ocultos por el follaje, para crear mejor la impresión de que se desplazaban a través de una jungla verdadera.

–Nos imaginamos el mundo de los dinosaurios –decía la voz de Richard Kiley– como un mundo de enormes herbívoros, que pasaban a través de los gigantescos bosques cenagosos del mundo cretáceo y jurásico, hace cien millones de años, comiendo las plantas que hallaban a su paso. Pero la mayoría de los dinosaurios no eran tan grandes como la gente cree: los más pequeños no eran más grandes que un gato doméstico, y el dinosaurio medio tenía el tamaño de un poni. Primero, vamos a visitar uno de estos animales de tamaño medio, llamados hipsilofodontes: si miran hacia la izquierda, puede que tengan una fugaz visión de ellos ahora.

Todos miraron hacia la izquierda.

El crucero de tierra se detuvo sobre un promontorio bajo, donde un claro en el follaje brindaba una vista hacia el este: pudieron ver una zona boscosa en pendiente, que se abría hacia un campo de hierba amarilla de unos noventa centímetros de alto. No había dinosaurios.

1. Conocido actor norteamericano, de cine y de teatro. *(N. del T.)*

2. Es posible que el texto se refiera a la similitud externa pues, en realidad, las cicadíneas (nombre correcto del término «cicadales») son gimnospermas, o sea, plantas sin flor; las palmeras son monocotiledóneas, uno de los grupos de plantas con flores. *(N. del T.)*

–¿Dónde están? –preguntó Lex.

Tim miró hacia el tablero frontal del coche: vio las luces del transmisor centellar y oyó el CD-ROM emitir un ronroneo. Evidentemente, el disco estaba integrando algún sistema automático. Tim conjeturó que los mismos sensores de movimiento que hacían el seguimiento de dónde estaban los animales también controlaban las pantallas del crucero. Ahora, las pantallas mostraban imágenes de hipsilofodontes y sobreimprimían datos sobre ellos.

La voz prosiguió:

–Los hipsilofodontes son las gacelas del mundo de los dinosaurios: animales pequeños, veloces, que otrora vagaron por todo el mundo, desde Inglaterra hasta América del Norte, pasando por Asia central. Suponemos que estos dinosaurios tuvieron tanto éxito porque tenían mejores mandíbulas y dientes para masticar plantas que sus contemporáneos. De hecho, el nombre «hipsilofodóntido» significa «diente de cresta elevada», lo que hace referencia a los característicos dientes autoafilables de estos animales. Los pueden ver en la llanura que se encuentra directamente al frente y también, quizá, en las ramas de los árboles.

–¿En los árboles? –preguntó Lex–. ¿Dinosaurios en los árboles?

Tim estaba escudriñando también con los gemelos.

–Hacia la derecha –dijo–. En la mitad superior de ese gran tronco verde...

En las moteadas sombras del árbol había un animal verde oscuro, inmóvil, que tenía el tamaño aproximado de un babuino, de pie sobre una rama. Parecía un lagarto erguido sobre las patas traseras. Se equilibraba con una larga cola colgante.

–Es un othnielia –dijo Tim.

–Los animales pequeños que ven se llaman othnielia –prosiguió la voz–, en honor del buscador de dinosaurios del siglo pasado Othniel Marsh, de Yale.

Tim localizó dos animales más, situados en ramas más altas del mismo árbol. Todos eran casi del mismo tamaño. Ninguno de ellos se movía.

–Es bastante aburrido –dijo Lex–. No hacen nada.

–La principal manada de animales se puede hallar en la llanura herbácea que está a los pies de ustedes –prosiguió la cinta–. Los podemos excitar con un simple reclamo de apareamiento.

Un altavoz que había al lado de la cerca emitió un prolongado reclamo nasal, como el graznido de los gansos.

En la explanada de hierba que tenían a su izquierda, asomaron seis cabezas de lagarto, una después de la otra. El efecto era cómico, y Tim rió.

Las cabezas desaparecieron. El altavoz volvió a emitir el reclamo y, una vez más, las cabezas asomaron, exactamente de la misma manera, una después de la otra. La repetición fija de esa pauta de conducta era impresionante.

–Los hipsilofodontes no son animales especialmente brillantes –explicaba la cinta–. Tienen la inteligencia de una vaca doméstica, aproximadamente.

Las cabezas eran verde mate, con un moteado en marrón oscuro y negro que se extendía a lo largo de los delgados cuellos. A juzgar por el tamaño de las cabezas, Tim conjeturó que los cuerpos tenían un metro veinte de largo: casi tan grandes como los ciervos.

Algunos de los hipsilofodontes estaban masticando. Uno alargó el brazo y se rascó la cabeza con una mano de cinco dedos. El gesto le dio un carácter meditabundo, pensativo.

–Si ven que se rascan, eso se debe a que tienen problemas en la piel. Los científicos veterinarios del Parque Jurásico creen que se puede tratar de un hongo o de una alergia. Pero todavía no están seguros. Después de todo, éstos son los primeros dinosaurios de la historia a los que se haya podido estudiar vivos.

El motor eléctrico del coche se puso en marcha y se oyó un rechinar de engranajes. Ante el ruido inesperado, la manada de hipsilofodontes dio un súbito salto en el aire y rebotó sobre la hierba como canguros, lo que reveló todo el cuerpo de los animales, dotados de poderosos miembros traseros y de largas colas, a la luz de la tarde. Con unos pocos saltos, desaparecieron.

–Ahora que les hemos echado un vistazo a estos fascinantes herbívoros, pasaremos a algunos dinosaurios que son un poco más grandes. Considerablemente más grandes, a decir verdad.

Los cruceros de tierra prosiguieron su marcha, desplazándose hacia el sur a través del Parque Jurásico.

CONTROL

–Los engranajes rechinan –observó John Arnold a oscuras en la sala de control–. Hagan que mantenimiento revise los embragues eléctricos de los vehículos BB4 y BB5 cuando regresen.

–Sí, señor Arnold –respondió la voz en el intercomunicador.

–Un detalle sin importancia –dijo Hammond, paseando por la sala.

Desde donde estaba podía ver los dos cruceros de tierra que se desplazaban hacia el sur, a través del parque. Muldoon estaba de pie en el rincón, observando en silencio.

Arnold empujó su silla hacia atrás, alejándola de la consola central del panel de control.

–No hay detalles sin importancia, señor Hammond –replicó, y encendió otro cigarrillo.

Nervioso la mayor parte del tiempo, Arnold estaba especialmente inquieto en ese momento: era más que consciente de que ésa era la primera vez que unos visitantes habían recorrido realmente el parque. De hecho, la gente no entraba a menudo en el parque. Harding, el veterinario, a veces lo hacía; los cuidadores de los animales entraban en las coberturas para alimentación individual. Pero, aparte de esas actividades, observaban el parque desde la sala de control. Y ahora, con visitantes ahí afuera, Arnold se preocupaba por cien detalles.

John Arnold era un ingeniero de sistemas que había trabajado en el proyectil dirigido del submarino *Polaris*, a finales de los años sesenta, hasta que tuvo su primer hijo y la perspectiva de construir armas se hizo demasiado desagradable. Mientras tanto, Disney había empezado a crear atracciones de gran complejidad tecnológica, y para ello empleaban a mucha gente procedente de la industria aeroespacial. Arnold ayudó a construir Disney World, en Orlando, y continuó con la construcción de parques de importancia en Magic Mountain, en California; Old Country, en Virginia, y Astroworld, en Houston.

El haber estado empleado continuamente en parques le había conferido, con el paso del tiempo, una visión algo torcida de la realidad: argüía, bromeando sólo a medias, que todo el mundo se podía describir, cada vez más, con la metáfora del parque de moda.

–París es un parque de moda –proclamó una vez, después de pasar sus vacaciones allá–, aunque es demasiado caro y los empleados del parque son desagradables y hoscos.

Durante los dos últimos años, el trabajo de Arnold había consistido en conseguir que el Parque Jurásico estuviera en pie y funcionando. En su calidad de ingeniero estaba acostumbrado a los programas de trabajo a largo plazo: a menudo se refería a «la inauguración de septiembre», con lo que quería decir setiembre del año venidero y, a medida que la inauguración de septiembre se aproximaba, Arnold se mostraba más insatisfecho con los progresos alcanzados. Por experiencia sabía que, a veces, se necesitaban años para suprimir los defectos de una sola de las atracciones de un parque... por lo que ni hablar de conseguir que todo un parque funcionara de manera adecuada.

–Usted siempre se está preocupando por cosas sin importancia –dijo Hammond.

–No lo creo así. Debe usted comprender que, desde el punto de vista de la ingeniería, el Parque Jurásico es, de lejos, el parque más ambicioso de toda la historia. Los visitantes nunca pensarán en ello, pero yo sí lo hago. –Se tocó las yemas de los dedos, como para enumerar algo–. Primero, el Parque Jurásico tiene los problemas de cualquier parque: el mantenimiento de las atracciones, el control de las colas de visitantes, el transporte, la administración de la comida, las instalaciones destinadas al público, la eliminación de desperdicios, la seguridad.

»Segundo, tenemos todos los problemas de un zoológico de importancia: el cuidado de los animales; su salud y bienestar; su alimentación y limpieza; la protección contra insectos, plagas, alergias y enfermedades; el mantenimiento de vallas y todo lo demás.

»Y, por último, tenemos los problemas, sin precedentes, de atender una población de animales a la que nunca nadie trató antes de mantener.

–¡Oh, vamos, no es tan malo como lo pinta!

–Sí, lo es. Sencillamente ocurre que usted no está aquí para verlo: los tiranosaurios beben el agua de la laguna y, a veces, enferman; no estamos seguros del porqué. Las hembras de triceratops se matan entre sí en luchas por el predominio, y hay que separarlas en grupos de menos de seis especímenes. No sabemos por qué. Los estegosauros frecuentemente presentan ampollas en la lengua, así como diarrea, por motivos que nadie entiende todavía, aun cuando ya hemos perdido dos. Los hipsilofodontes contraen exantemas. Y los velocirraptores...

–No empecemos con los velocirraptores –lo interrumpió Hammond–. Estoy harto de oír hablar de los velocirraptores, de que son los seres más malignos y feroces que se haya visto.

–Lo son –dijo Muldoon, en voz baja–. Habría que destruirlos a todos.

–Usted quiso ponerles collares con un equipo radiolocalizador –repuso Hammond–. Y acepté.

–Sí. Y no tardaron en arrancarse los collares a mordiscos. Pero, aunque los raptores nunca consiguieran liberarse, creo que tenemos que admitir que el Parque Jurásico es intrínsecamente peligroso.

–¡Oh, fantástico! –exclamó Hammond–. Dígame, ¿de qué lado está usted?

–Ahora tenemos quince especies de animales extinguidos, y la mayoría de ellos son peligrosos. Nos hemos visto forzados a retrasar el paseo por el río de la jungla debido a los dilofosauros y el Pabellón Pteratops, en el sector de las aves ancestrales, porque los pterodáctilos son impredecibles. No se trata de retrasos de ingeniería, señor Hammond. Hay problemas en el control de los animales.

–Usted ha tenido muchos retrasos de ingeniería. No culpe a los animales.

–Sí, los tenemos. En realidad, es todo lo que pudimos hacer para conseguir que la atracción principal, el viaje por el parque, funcionara de manera correcta; para conseguir que las CD-ROM que hay dentro de los coches eléctricos sean controladas por los sensores de movimiento. Supuso semanas de ajuste conseguir que funcionase adecuadamente... ¡y ahora las cajas de cambio de los coches se están portando mal! ¡Las cajas de cambio!

–Mantengámoslo en perspectiva –sugirió Hammond–. Usted consiga que la ingeniería funcione bien, y los animales encajarán en el esquema. Después de todo, se les puede entrar.

Desde el principio, ésa había sido una de las creencias fundamentales de quienes planearon el parque: que los animales, no importaba cuán exóticos fuesen, se comportarían, en lo esencial, como los animales de todos los zoológicos del mundo. Que aprenderían las regularidades de su cuidado, y que reaccionarían en consecuencia.

–Mientras tanto, ¿cómo anda el ordenador? –preguntó Hammond. Le echó un vistazo a Dennis Nedry, que estaba trabajando en una terminal situada en un rincón de la sala–. Este maldito ordenador siempre ha dado dolores de cabeza.

–Ya estamos llegando –contestó Nedry distraídamente.

–Si lo hubiera hecho bien al principio... –empezó Hammond, pero Arnold le puso una mano moderadora sobre el hombro: sabía que no tenía sentido provocar la hostilidad de Nedry mientras éste se hallaba trabajando.

–Es un sistema grande –dijo Arnold–. No se puede evitar que aparezcan defectos.

De hecho, la lista de defectos llegaba a más de ciento treinta indicaciones, y comprendía muchos aspectos extraños. Por ejemplo:

El programa de alimentación de los animales se autocolocaba en la posición inicial cada doce horas, no cada veinticuatro, y no registraba los suministros de alimento de los domingos. Como consecuencia, el personal no podía calibrar con exactitud cuánto estaban comiendo los animales.

El sistema de seguridad, que controlaba las puertas operadas con tarjetas de seguridad, se interrumpía cada vez que había un corte en el suministro de corriente desde la fuente principal, y no se reactivaba cuando se suministraba alimentación auxiliar. El programa de seguridad sólo funcionaba con alimentación central.

El programa de conservación física, cuyo propósito era amortiguar las luces después de las diez de la noche, sólo funcionaba en días alternos de la semana.

El análisis automatizado de la materia fecal (llamado autocaca), cuyo propósito era investigar la existencia de parásitos en las heces de los animales, invariablemente registraba que todos los especímenes tenían *Phagostomum venulosum,* aunque ninguno lo tenía. Entonces, y de forma automática, el programa suministraba medicación en el alimento de los animales. Si los cuidadores descargaban de golpe la medicina de los tanques alimentadores, para evitar que se la suministrara, se activaba una alarma que no se podía apagar.

Y así proseguía la lista, una página tras otra de errores.

Cuando llegó, Dennis Nedry tuvo la impresión de que él mismo podría hacer todos los arreglos durante el fin de semana: se puso pálido cuando vio la lista completa. Ahora estaba hablando con su oficina de Cambridge, para decirles a los programadores de su equipo que iban a tener que cancelar sus planes de fin de semana y prepararse para trabajar tiempo extra hasta el lunes. Y le comunicó a John Arnold que necesitaría utilizar todo enlace telefónico que hubiese entre Isla Nubla y tierra firme, para transferir datos de programa a sus programadores.

Mientras Nedry trabajaba, Arnold ordenaba la apertura de una nueva ventana en su monitor: eso le permitía ver qué estaba haciendo aquél en la consola de la esquina. No es que no confiara en él, sino que, simplemente, quería saber qué estaba pasando.

Observó la representación de gráficos que aparecía en la consola que tenía a la derecha y que mostraba el avance de los cruceros de tierra: estaban siguiendo el río, justo al norte del sector de aves ancestrales y la dehesa de los ornitisquios.

—Si miran hacia su izquierda —dijo la voz—, verán la cúpula del sector de aves ancestrales del Parque Jurásico, que todavía no está terminada para los visitantes.

Tim vio la luz del sol reflejándose en puntales de aluminio, allá a lo lejos.

—Y, justo debajo de nosotros, está nuestro río de la jungla del mesozoico donde, si tienen suerte, puede que tengan una fugaz visión de un carnívoro insólito. ¡Mantengan los ojos bien abiertos!

Dentro del crucero, las pantallas mostraron una cabeza parecida a la de un pájaro, rematada por una cresta fulgurante. Pero todos los pasajeros del coche de Tim estaban mirando por las ventanas. El vehículo se desplazaba a lo largo de un sendero elevado, a la vista de un río de aguas rápidas que había abajo. El río estaba casi encerrado entre un follaje denso en ambos lados.

—Ahí están ahora —dijo la voz—. Los animales que ven se llaman dilofosaurios.

A pesar de lo que decía la grabación, Tim solamente vio uno: el dilofosaurio estaba agachado sobre sus patas traseras junto al río, bebiendo. Su estructura obedecía al modelo básico de carnívoro, con cola pesada, miembros posteriores fuertes y cuello largo. Su cuerpo, de unos tres metros, presentaba manchas de color amarillo y negro, como un leopardo.

Pero fue la cabeza lo que atrajo la atención de Tim: dos amplias crestas curvas que se extendían a lo largo de la parte superior, desde los ojos hasta la nariz. Las crestas se encontraban en el centro, formando una V sobre la cabeza del dinosaurio; tenían bandas rojas y negras, que hacían pensar en un loro o en un tucán. El animal emitió un suave grito ululante, como el de un búho.

–Son bonitos –opinó Alexis.

–El dilofosaurio –explicaba la cinta– es uno de los primeros dinosaurios carnívoros. Los científicos creían que los músculos de sus mandíbulas eran demasiado débiles como para matar la presa, e imaginaron que estos animales eran, primordialmente, carroñeros. Pero ahora sabemos que son venenosos.

–¡Eh! –sonrió Tim–. Muy bien.

Una vez más, les llegó el ululato característico del dilofosaurio a través del aire de la tarde.

Lex se movió, inquieta, en su asiento.

–¿Son verdaderamente venenosos, señor Regis?

–No te preocupes por eso –contestó Ed Regis.

–¿Pero lo son?

–Bueno, pues sí, Lex.

–Junto con reptiles vivientes como los monstruos de Gila y las víboras de cascabel, el dilofosaurio secreta una hematotoxina por unas glándulas que tiene en la boca. Minutos después de la mordedura sobreviene la inconsciencia. Entonces, el dinosaurio remata la víctima a su gusto y conveniencia, lo que convierte al dilofosaurio en un ejemplar hermoso, pero letal, de los animales que ustedes ven aquí, en el Parque Jurásico.

El crucero de tierra dio la vuelta en un recodo, dejando el río a sus espaldas. Tim miró hacia atrás, con la esperanza de echar un último vistazo al dilofosaurio. ¡Eso era asombroso! ¡Dinosaurios venenosos! Deseó haber podido detener el coche, pero todo era automático. No tenía la menor duda de que el doctor Grant también quería detener el vehículo.

–Si miran el farallón que está a su derecha, verán Los Gigantes, nuestro magnífico restaurante de tres estrellas. El chef Alain Richard les saluda desde el mundialmente famoso Beaumanière de Francia. Hagan sus reservas marcando por teléfono el cuatro, desde la habitación del hotel.

Tim miró hacia arriba, pero no vio nada.

–No por un tiempo –aclaró Ed Regis–; la construcción del restaurante no se iniciará hasta noviembre.

–Continuando con nuestro safari prehistórico, a continuación llegamos hasta los herbívoros del grupo de los ornitisquios. Si miran hacia su derecha, probablemente los puedan ver ahora.

Tim vio dos animales erguidos, inmóviles, a la sombra de un gran árbol. Tricerátops: el tamaño y el color gris del elefante, con la postura belicosa del rinoceronte. Los cuernos que tenían encima de cada ojo se curvaban un metro y medio hacia arriba, lo que casi les daba la apariencia de colmillos invertidos de elefante. Un tercer cuerno, parecido al del rinoceronte, estaba situado cerca de la nariz. Y esos animales tenían el hocico picudo de un rinoceronte.

–A diferencia de otros dinosaurios –decía la voz–, el *Triceratops serratus* no ve bien. Es miope, como los rinocerontes actuales, y tiene tendencia a sorprenderse ante objetos en movimiento: ¡se lanzaría contra nuestro coche, si estuviera suficientemente cerca como para verlo! Pero relájense, amigos... aquí estamos suficientemente seguros.

»El tricerátops tiene una cresta en forma de abanico, situada detrás de la cabeza. Es de hueso sólido y muy fuerte. Estos animales pesan alrededor de siete toneladas cada uno. A pesar de su aspecto, en realidad son muy dóciles. Conocen a sus cuidadores y permiten que se les acaricie; en particular, les gusta que les rasquen en los cuartos traseros.

–¿Por qué no se mueven? –preguntó Alexis. Bajó su ventanilla y gritó–: ¡Eh! ¡Dinosaurio estúpido! ¡Muévete!

–No molestes a los animales, Lex –dijo Ed Regis.

–¿Por qué? Es estúpido. Solamente están sentados ahí, como el dibujo de un libro. De todos modos, deberían ser más grandes para dar miedo.

–¡Qué idiota! –comentó Tim.

La voz estaba diciendo:

–... Plácidos monstruos de un mundo ya desaparecido, que contrastan netamente con lo que veremos a continuación. El más famoso depredador de la historia del mundo: el poderoso lagarto tirano, conocido como *Tyrannosaurus rex*.

–Bien, *Tyrannosaurus rex* –aplaudió Tim.

–Espero que sea mejor que estos grandotes –dijo Lex mientras se alejaban de los tricerátops.

El crucero de tierra arrancó con un ruido sordo.

GRAN REX

–Los poderosos tiranosaurios surgieron tarde en la historia de los dinosaurios. Los dinosaurios dominaron la Tierra durante ciento veinte millones de años, pero sólo hubo tiranosaurios durante los últimos cincuenta millones de años de ese período.

Los cruceros de tierra se habían detenido en la meseta de una colina: frente a ellos había una zona densamente poblada de palmeras, que descendía gradualmente hasta el borde de la laguna. El sol declinaba por el oeste, hundiéndose en un brumoso horizonte. Todo el paisaje del Parque Jurásico estaba bañado por una suave luz, que proyectaba sombras alargadas. La superficie de la laguna estaba surcada por olitas, que producían el efecto de medialunas rosadas. Más hacia el sur, los ocupantes del coche vieron los garbosos cuellos de los apatosaurios, erguidos al borde del agua, sus cuerpos reflejados en la ondulante superficie. Había quietud, salvo por el suave zumbido de las cicadíneas. Mientras contemplaban ese paisaje, resultaba posible creer que realmente habían sido transportados millones de años atrás en el tiempo, a un mundo desaparecido.

–Funciona, ¿no? –le oyeron decir a Ed Regis a través del intercomunicador–. Me agrada venir aquí a veces, al atardecer. Y sentarme, nada más.

Grant no estaba impresionado.

–¿Dónde está T-rex?

–Buena pregunta. Con frecuencia se ve al más pequeño allá abajo, en la laguna. Está abastecida, de modo que tenemos peces ahí. El pequeño aprendió a capturarlos. Resulta interesante ver cómo lo hace: no usa las manos, sino que hunde toda la cabeza debajo del agua. Como un pájaro.

–¿El pequeño T-rex? Es un joven de dos años de edad que ya ha crecido un tercio de su tamaño adulto: mide dos metros cuarenta y pesa una tonelada y media aproximadamente. El otro es un tiranosaurio completamente desarrollado. Pero no lo veo por el momento.

–Quizá esté abajo, cazando camarasaurios –dijo Grant.

Regis rió. Su voz sonaba metálica a través de la radio.

–Lo haría si pudiera, créame. A veces se detiene junto a la laguna, contempla a esos animales y agita esos bracitos que tiene, indicando su frustración. Pero el territorio del T-rex está completamente encerrado por zanjas y cercas. Están ocultas a la vista, pero créame, no puede ir a ninguna parte.

–Entonces ¿dónde está?

–Escondido. Es un poco tímido.

–¿Tímido? –terció Malcolm–. ¿El tiranosaurio rex es tímido?

–Bueno, se oculta muy bien, por regla general. Casi nunca se le ve en campo abierto, en especial durante el día.

–¿Por qué?

–Creemos que se debe a que tiene la piel sensible y se quema con facilidad.

Malcolm se echó a reír.

Grant suspiró:

–Ustedes están destruyendo muchas ilusiones.

–No creo que queden decepcionados. Esperen.

Oyeron un suave balido: en el centro del campo, una jaula pequeña ascendió hasta situarse a la vista de los circunstantes, elevada por un dispositivo hidráulico ubicado bajo tierra. Descendieron los barrotes de la jaula y la cabra quedó atada con una traílla en el centro del campo, balando quejumbrosamente.

–En cualquier momento –insistió Regis.

Miraron con atención, sacando la cabeza por la ventanilla.

–Mírelos –dijo Hammond, observando el monitor de la sala de control–. Inclinándose fuera de las ventanillas, por lo ansiosos que están. No pueden esperar a verlo. Vinieron para sentir el peligro.

–Eso es lo que temo –agregó Muldoon.

Hizo girar las llaves alrededor de un dedo y observó con tensión los cruceros de tierra. Ésa era la primera vez que había visitantes recorriendo el Parque Jurásico, y Muldoon compartía la aprensión de Arnold.

Robert Muldoon era un hombre corpulento, de cincuenta años, con bigote de color gris acerado y ojos de un azul intenso. Criado en Kenia, había pasado la mayor parte de su vida como guía de cazadores de caza mayor en África, como su padre lo había hecho antes que él. Pero, desde 1980, trabajaba, principalmente, para grupos conservacionistas y para diseñadores de zoológicos, en calidad de asesor sobre la vida salvaje. Había adquirido popularidad: un artículo aparecido en el *Times* dominical de Londres decía: «Lo que Robert Trent Jones es para los campos de golf, Robert Muldoon lo es para los zoológicos: un diseñador de conocimientos y habilidad no superados.»

En 1986 realizó algunos diseños para una compañía de San Francisco, que estaba construyendo un zoo privado en una isla de América del Norte. Muldoon trazó los límites para diferentes animales, definiendo los requisitos de espacio y hábitat para leones, elefantes, cebras e hipopótamos. Identificando qué animales se podían poner juntos y a cuales había que separar. En aquel momento había sido un trabajo bastante rutinario. La mayor parte de su atención se había consumido en un parque de la India, llamado Tiger World, en el sur de Cachemira.

Entonces, le ofrecieron un empleo como guarda en el Parque Jurásico. La oferta coincidió con su deseo de abandonar África; el salario era excelente y Muldoon aceptó por un año. Quedó atónito al descubrir que el parque era, una colección de animales prehistóricos obtenidos por ingeniería genética.

Era un trabajo interesante, claro está, pero, durante los años que había pasado en África, Muldoon había adquirido un punto de vista despojado de romanticismos sobre los animales, lo que, con frecuencia, le hacía chocar con la administración del Parque Jurásico en California, en especial con el tipo riguroso y apegado a las ordenanzas que estaba junto a él en la sala de control. En opinión de Muldoon, clonar dinosaurios en un laboratorio era una cosa; mantenerlos en estado salvaje era otra completamente distinta.

Muldoon pensaba que algunos dinosaurios eran demasiado peligrosos para que se los mantuviera en el ambiente de un parque. En parte, el peligro existía porque todavía sabían muy poco sobre los animales. Por ejemplo, nadie sospechaba siquiera que los dilofosaurios eran venenosos, hasta que se los observó cazar ratas nativas de la isla: mordían al roedor y después retrocedían, esperando a que muriera. Y aun entonces nadie sospechaba que los dilofosaurios pudieran escupir, hasta que uno de los cuidadores casi se queda ciego por el veneno del escupitajo.

Después de eso, Hammond aceptó estudiar el veneno de dilofosaurio, del que se encontró que contenía siete enzimas tóxicas diferentes. También se descubrió que los dilofosaurios podían escupir a una distancia de quince metros. Como eso aumentaba la posibilidad de que un visitante que fuera en el coche eléctrico quedara ciego, la gerencia decidió eliminar los sacos de veneno. Los veterinarios lo habían intentado dos veces, con dos animales diferentes, sin éxito. Nadie sabía de dónde se secretaba el veneno. Nadie lo sabría hasta que se efectuara la autopsia de un dilofosaurio... y la gerencia no autorizaba la muerte de uno de esos animales.

Muldoon se preocupaba aún más por los velocirraptores: eran cazadores instintivos y nunca dejaban pasar una presa. Mataban incluso cuando no tenían hambre; mataban por el placer de matar. Eran corredores rápidos y fuertes, así como asombrosos saltadores. Tenían garras letales en los cuatro miembros: un golpe de barrido hecho con el antebrazo destriparía a un hombre, desparramando sus entrañas. Y contaban con poderosas mandíbulas que arrancaban la carne, en vez de morderla. Eran mucho más inteligentes que los demás dinosaurios y parecían tener una habilidad natural para escapar de las jaulas.

Todo experto en zoológicos sabía que algunos animales eran especialmente hábiles para escapar de sus jaulas. Algunos, como los monos y los elefantes, podían destrabar la puerta. Otros, como los cerdos salvajes, eran insólitamente inteligentes y podían descorrer el cerrojo de los portones con el hocico. Pero ¿quién sospecharía que el armadillo gigante era un infame destructor de jaulas? ¿O el alce? Y, sin embargo, el alce era casi tan hábil con su hocico como el elefante con su trompa. Los alces siempre se escapaban; tenían talento para eso.

Y también lo tenían los velocirraptores.

Los raptores eran inteligentes. Eran, como mínimo, tan inteligentes como los chimpancés y, al igual que los chimpancés, tenían manos ágiles que les permitían abrir puertas y manipular objetos. Podían escaparse con facilidad

Muldoon sostenía que a los velocirraptores había que matarlos. Sobre todo desde que, como había temido, uno de ellos finalmente escapó, mató a dos obreros de la construcción y mutiló a un tercero, antes de que se le volviera a capturar. Después de ese episodio, hubo que reestructurar el pabellón de visitantes, dotándolo de pesados portones de barrotes, una elevada cerca perimetral y ventanas de vidrio templado. Y el redil de contención de los raptores tuvo que ser reconstruido, poniéndosele sensores electrónicos que advirtieran de otro escape inminente.

Muldoon también quería armas. Y quería lanzadores de misiles TOW, que se pudieran disparar desde el hombro: los cazadores sabían cuán difícil resultaba derribar un elefante africano de cuatro toneladas... y algunos de los dinosaurios eran diez veces más pesados. La gerencia estaba horrorizada, insistiendo en que no habría armas en lugar alguno de la isla. Cuando Muldoon amenazó con renunciar, y con llevar su relato a la prensa, se llegó a una transacción: al final, dos lanzadores de proyectiles guiados por láser, especialmente fabricados, se guardaron en un cuarto del sótano, cerrado con llave. Solamente Muldoon tenía las llaves de ese cuarto.

Ésas eran las llaves que ahora estaba haciendo girar alrededor de su dedo.

—Voy abajo —dijo.

Arnold, que observaba las pantallas de control, asintió con la cabeza. Los dos cruceros de tierra estaban detenidos en la cima de la colina, aguardando a que apareciera el T-rex.

–Eh –llamó Dennis Nedry, desde la consola más alejada–, ya que está de pie, tráigame una Coca-Cola, ¿quiere?

Grant aguardó en el coche, observando en silencio. El balido de la cabra se hacía más intenso, más insistente. El animal tiraba frenéticamente de su traílla, corriendo hacia atrás y hacia delante. A través de la radio, Grant oyó que Alexis preguntaba alarmada:

–¿Qué le va a pasar a la cabra? ¿Se la va a comer?

–Así lo creo –le dijo alguien y, entonces, Ellie bajó el volumen de la radio.

En ese momento sintieron el olor, el hedor de putrefacción y descomposición de la basura, que ascendía por la ladera hacia los visitantes.

–Él está allá –susurró Grant.

–Ella –corrigió Malcolm.

La cabra estaba atada en el centro del campo, a menos de treinta metros de los árboles más cercanos. El dinosaurio tenía que estar en alguna parte entre los árboles, pero, por el momento, Grant no podía ver cosa alguna. Entonces, se dio cuenta de que estaba mirando demasiado bajo: la cabeza del animal se encontraba a nueve metros sobre el suelo, semiescondida entre las ramas superiores de las palmeras.

–¡Oh, Dios...! Es tan grande como un maldito edificio... –susurró Malcolm.

Grant quedó con la vista clavada en la inmensa cabeza cuadrada, de metro y medio de largo, con la piel moteada de marrón rojizo, dotada de enormes mandíbulas y colmillos. Las mandíbulas de la tiranosaurio funcionaron una vez, abriéndose y cerrándose. Pero el inmenso animal no salió de su escondite.

–¿Qué está esperando? –susurró Ellie.

«Es cautelosa», pensó Grant.

–¿Cuánto tiempo esperará? –dijo Malcolm con fastidio.

–Quizá tres o cuatro minutos. Quizá...

La tiranosaurio saltó silenciosamente hacia delante, revelando por entero su enorme cuerpo. En cuatro saltos cubrió la distancia que la separaba de la cabra, se inclinó y mordió al animal cautivo en el cuello. El balido cesó. Se hizo el silencio.

Cernida como un ave sobre su presa muerta, la tiranosaurio súbitamente vaciló. Giró su maciza cabeza sobre el cuello musculoso, en todas direcciones. Luego se detuvo, mirando con fijeza el crucero de tierra, que estaba en lo alto de la colina.

–¿Nos puede ver? –murmuró Malcolm.

–¡Oh, sí! –contestó Regis por el intercomunicador–. Veamos si se come la cabra aquí, delante de nosotros, o si se la lleva arrastrando.

La tiranosaurio se inclinó hacia abajo y olisqueó el cadáver de la cabra. Un pájaro trinó: la cabeza de T-rex se alzó como un resorte, alerta, vigilante. Osciló atrás y adelante, explorando el entorno con breves desplazamientos acompañados de sacudidas.

–Como un pájaro –dijo Ellie.

«Sí –pensó Grant–. Exactamente como un pájaro.» La impresión que le había causado el velocirraptor ahora quedaba confirmada.

Con todo, la tiranosaurio vacilaba.

–¿De qué tiene miedo? –preguntó Ellie.

–Probablemente, de otro tiranosaurio –susurró Grant.

Los grandes carnívoros, como los leones y tigres, a menudo se volvían cautelosos después de haber matado una presa, comportándose como si hubieran quedado súbitamente sin protección. Los zoólogos del siglo XX imaginaron que los animales se sentían culpables por lo que habían hecho. Pero los científicos contemporáneos documentaron el esfuerzo subyacente a la muerte de una presa: las horas de paciente acecho, antes de la acometida final, así como la frecuencia de los fracasos. La idea de «lo rojo de la naturaleza en el colmillo y en la garra» era errónea: las más de las veces, la presa escapaba. Cuando un carnívoro abatía finalmente un animal, se ponía alerta ante todo depredador, que podría atacarlo y robarle su premio. Por eso, era probable que la tiranosaurio temiera la aparición de algún congénere.

El enorme animal volvió a inclinarse sobre la cabra. Uno de los grandes miembros posteriores sujetaba el cadáver de la presa, mientras las mandíbulas empezaban a desgarrar la carne.

–Se va a quedar –susurró Ed Regis–. Excelente.

La tiranosaurio levantó la cabeza otra vez, con pedazos desgarrados de carne sangrante colgándole de las mandíbulas. Contempló el crucero de tierra. Empezó a masticar. Los visitantes oyeron el repugnante ruido de huesos que se trituran.

–¡Uuggh! –protestó Lex a través del intercomunicador–. Es asque-ro-so.

Y en ese momento, como si la precaución hubiera predominado finalmente, la tiranosaurio levantó en sus mandíbulas los restos de la cabra y los transportó en silencio, llevándolos de vuelta hacia la espesura.

–Señoras y señores, el tiranosaurio rex –dijo la cinta.

El coche eléctrico arrancó y se alejó silenciosamente, entre el follaje.

Malcolm se reclinó en su asiento, diciendo:

–Fan-tástico.

Gennaro se secó la frente: estaba pálido.

CONTROL

Henry Wu entró en la sala de control y encontró a todos sentados en la oscuridad, escuchando las voces que salían de la radio:

–Dios mío, si un animal como ése escapara –estaba diciendo Gennaro–, no habría manera de detenerlo.

–No habría manera de detenerlo, no...

–Enorme, sin enemigos naturales...

–Dios, piensen en eso...

En la sala de control, Hammond dijo:

–Maldita sea esta gente. Son tan negativos...

–¿Todavía siguen con eso de que escapen animales? No lo entiendo. Ya debieran haber visto que lo tenemos todo bajo control –dijo Wu–. Que fabricamos los animales y que fabricamos el centro de recreo...

Se encogió de hombros.

Wu creía firmemente que el parque era de fiar, ya que tenía la convicción de que su paleo ADN era fundamentalmente digno de confianza. Cualesquiera problemas que pudieran surgir en el ADN eran, en lo esencial, problemas muy localizados que se daban en el código, lo que ocasionaba un problema específico en el fenotipo: una enzima que no funcionaba, o una proteína específica que no producía efecto. Cualquiera que fuese el problema, siempre se resolvía con un ajuste, de relativamente poca importancia, en la versión siguiente.

De manera análoga, Wu sabía que el Parque Jurásico tenía muchos problemas, pero no eran problemas fundamentales. No eran problemas de control. Nada tan básico, o tan grave, como la posibilidad de que un animal se escapara. Wu consideraba ofensivo pensar que alguien creyera que él sería capaz de colaborar en un sistema que permitiera que cosas así sucedieran.

–Es ese Malcolm –dijo Hammond, en tono siniestro– quien está detrás de todo esto. Estuvo contra nosotros desde el principio, ya saben. Tiene su teoría de que los sistemas complejos no se pueden controlar y la naturaleza no se puede imitar. Y por eso tratará por todos los medios de hacer que nuestro parque demuestre que su teoría es cierta. No sé qué problema tiene ese hombre. Demonios, aquí sólo estamos haciendo un zoológico; el mundo está lleno de ellos, y todos funcionan muy bien. Pero él va a demostrar su teoría, o a morir en el intento. Lo único que espero es que no le infunda su pánico a Gennaro y éste intente clausurar el parque.

–¿Puede hacer eso? –preguntó Wu.

–No. Pero lo puede intentar. Lo puede intentar y asustar a los inversores japoneses, y conseguir que retiren los fondos. O bien, puede armar un lío con el gobierno de San José. Puede ocasionar problemas.

Arnold aplastó su cigarrillo y dijo:

–Esperemos y veamos qué pasa. Creemos en el parque. Veamos cómo termina todo esto.

Muldoon salió del ascensor, saludó con una breve inclinación de cabeza al guardia de la planta baja, y bajó al sótano. Con un movimiento rápido, encendió las luces: dispuestos en ordenadas filas había dos docenas de cruceros de tierra. Éstos eran los coches eléctricos que, con el tiempo, formarían un circuito sinfín, recorriendo el parque y regresando al pabellón de visitantes.

En el rincón había un jeep con una banda roja, uno de los dos vehículos de gasolina –Harding, el veterinario, había sacado el otro esa mañana– que podían ir a todos los sectores del parque, incluso meterse entre los animales. Los jeeps estaban pintados con una banda en diagonal porque, por alguna razón, eso hacía que los tricerátops fracasasen en su intento de cargar contra él.

Muldoon pasó al lado del jeep y se encaminó hacia la parte de atrás. En la puerta de acero que daba al arsenal no había ningún letrero. Abrió la cerradura con su llave y empujó la pesada puerta sobre sus goznes, hasta abrirla del todo: el interior estaba revestido con armeros, de uno de los cuales extrajo un lanzacohetes de hombro Randler y una caja de acero con tubos metálicos cerrados. Bajo su otro brazo acomodó dos cohetes grises.

Después de cerrar la puerta detrás de él, colocó el arma en el asiento trasero del jeep. Mientras abandonaba el garaje, oyó retumbar un trueno a lo lejos.

—Parece que va a llover —dijo Ed Regis, echándole un vistazo al cielo.

Los cruceros de tierra volvieron a detenerse, cerca del pantano de los saurópodos. Una gran manada de apatosaurios estaba paciendo en la orilla de la laguna, comiendo las hojas de las ramas más altas de las palmeras. En el mismo sector había varios hadrosaurios de pico de pato que, en comparación, parecían mucho más pequeños.

Por supuesto, Tim sabía que los hadrosaurios realmente no eran tan pequeños: simplemente, los apatosaurios eran mucho más grandes. Sus diminutas cabezas llegaban hasta una altura de quince metros cuando extendían sus largos cuellos.

—Ahora, eso es un dinosaurio —comunicó Ed Regis.

—Los animales grandes que ven se denominan comúnmente brontosaurios —decía la cinta—, pero, en realidad, son apatosaurios. Pesan más de treinta toneladas: eso significa que un solo animal es tan grande como toda una manada de elefantes modernos. Y pueden observar que la zona que prefieren, junto a la laguna, no es pantanosa. A pesar de lo que los libros dicen, los brontosaurios evitan los pantanos. Prefieren el suelo seco.

—El brontosaurio es el dinosaurio más voluminoso, Lex —dijo Ed Regis, y Tim no se molestó en contradecirlo: en realidad el braquiosaurio era el triple de grande.

Y algunos investigadores pensaban que el ultrasaurio y el seismosaurio eran aún más grandes que el braquiosaurio: ¡El seismosaurio pudo haber pesado cien toneladas!

Junto a los apatosaurios, los hadrosaurios, más pequeños, se erguían sobre las patas traseras para llegar al follaje dejándose caer de nuevo sobre las cuatro patas para tragar. Se movían con ligereza, teniendo en cuenta que eran seres tan grandes. Varios hadrosaurios pequeños retozaban alrededor de los adultos, comiendo las hojas que se les caían de la boca a los animales más grandes.

—Los dinosaurios del Parque Jurásico no se reproducen —prosiguió la cinta—. Los animales jóvenes que ven se agregaron hace unos meses, ya salidos del cascarón. Pero los adultos los alimentan de todos modos.

Se oyó el estampido de un trueno. El cielo estaba más oscuro y amenazador.

–Sí, parece que va a llover, no hay duda –opinó Ed Regis.

El coche empezó a avanzar y Tim miró los hadrosaurios que dejaban atrás, pensando, una vez más, que esta visita era demasiado rápida, que deseaba quedarse más tiempo observando a los animales. De repente, a un lado, vio un animal de color amarillo pálido que se desplazaba con rapidez. Tenía bandas amarronadas en el lomo. Lo reconoció instantáneamente.

–¡Eh! –gritó–. ¡Detengan el coche!

–¿Qué pasa? –dijo Ed Regis.

–¡Pronto! ¡Detengan el coche!

–Ahora avanzamos para ver el último de nuestros grandes animales prehistóricos, el estegosaurio –continuaba la voz grabada.

–¿Qué pasa, Tim?

–¡He visto uno! ¡He visto uno en aquel campo!

–¿Has visto qué?

–¡Un raptor! ¡En el campo!

–Los estegosaurios son animales de mediados del jurásico, que se desarrollaron hace ciento setenta millones de años, aproximadamente –proseguía la grabación–. Varios de estos notables herbívoros viven aquí, en el Parque Jurásico.

–¡Oh!, no creo que sea así, Tim –dijo Ed Regis–. No un raptor.

–¡Lo he visto! ¡Detengan el coche!

Se produjo una conversación por el intercomunicador, cuando la novedad les fue transmitida a Grant y Malcolm:

–Tim dice que ha visto un raptor.

–¿Dónde?

–En el campo que hemos dejado atrás.

–Retrocedamos y echemos un vistazo.

–No podemos retroceder –dijo Ed Regis–. Sólo podemos avanzar: los coches están programados.

–¿No podemos retroceder? –repitió Grant.

–No. Lo siento. Verá usted, es una especie de paseo...

–Tim, habla el profesor Malcolm –dijo una voz que se intercaló en el intercomunicador.

–Tengo hambre –anunció Lex.

–Sí, profesor Malcolm –contestó Tim.

—Tengo una sola pregunta que hacerte sobre este raptor: ¿qué edad dirías que tenía?

—Mayor que el bebé que hemos visto hoy —contestó Tim—. Y más joven que los grandes adultos que había en el redil. Los adultos medían un metro ochenta: éste medía la mitad, más o menos.

—Está bien.

—Sólo lo he visto durante un segundo —aclaró Tim.

—Estoy seguro de que no era un raptor —afirmó Ed Regis—. No existe la menor posibilidad de que fuera un raptor. Tiene que haber sido uno de los othis: siempre están saltando las cercas. Nos hacen sudar tinta.

—Sé que era un raptor —insistió Tim.

—Tengo hambre —repitió Lex.

Estaba empezando a gimotear.

En la sala de control, Arnold se volvió hacia Wu:

—¿Qué cree que ha visto el niño?

—Debe haber visto un othi.

Arnold asintió con la cabeza diciendo:

—Tenemos problemas para hacer el seguimiento de los othis, debido a que pasan tanto tiempo en los árboles.

En realidad, los othis eran una excepción del control habitual que, minuto a minuto, se ejercía sobre los animales. Los ordenadores estaban perdiendo y recuperando constantemente los othis cuando éstos se metían entre los árboles y, después, volvían a bajar.

—Lo que me irrita —protestó Hammond— es que hemos hecho este maravilloso parque, este fantástico parque, y nuestros primerísimos visitantes lo recorren como contables, buscando únicamente problemas. No están experimentando, en modo alguno, la maravilla que es este parque.

—Eso es problema de ellos —repuso Arnold—. No podemos hacer que experimenten esta maravilla.

El intercomunicador chasqueó y Arnold oyó una voz arrastrar las palabras:

—Ah, John, aquí el *Anne B* desde el muelle. No hemos terminado de descargar, pero estoy mirando esa configuración de tormenta que tenemos al sur: es mejor que no me quede amarrado aquí si esta agitación de las aguas empeora.

Arnold se volvió hacia el monitor que mostraba el barco de

carga amarrado en el pequeño muelle situado en el lado este de la isla. Apretó el botón de la radio.

–¿Cuánto queda, Jim?

–Sólo tres contenedores con el equipo final. No he revisado el manifiesto, pero supongo que podrán esperarlo otras dos semanas. No estamos bien atracados aquí, ya sabes, y nos hallamos ciento ochenta y cinco kilómetros mar adentro.

–¿Estás solicitando permiso para partir?

–Sí, John.

–Quiero ese equipo –intervino Hammond–. Es equipo para los laboratorios. Lo necesitamos.

–Sí –dijo Arnold–. Pero usted no quiso poner dinero para construir una barrera antitormentas que protegiera el embarcadero. Por lo que no tenemos un buen puerto. Si la tormenta empeora, el barco será lanzado contra el muelle. He visto perderse barcos de esa manera. Después tiene que hacer frente a los demás gastos: el remplazo del barco más el salvamento para despejar el muelle... y no puede usar el muelle hasta que...

Hammond hizo un gesto de despedida con la mano:

–Que se vayan.

–Permiso para zarpar, *Anne B* –dijo Arnold por radio.

–Les veremos dentro de dos semanas –repuso la voz.

En el monitor de televisión vieron la tripulación que, en cubierta, soltaba las amarras. Arnold se volvió hacia el banco de la consola principal: vio los cruceros de tierra desplazándose a través de campos de vapor.

–¿Dónde están ahora? –preguntó Hammond.

–Parece que en los campos del sur –informó Arnold–. El extremo sur de la isla tiene más actividad volcánica que el norte. Eso significa que deben de estar casi en el sector de los estegos, en la punta sur de la isla. Estoy seguro de que se detendrán para ver lo que está haciendo Harding.

ESTEGOSAURIO

Cuando el crucero de tierra se detuvo, Ellie Sattler contempló, a través de los penachos de vapor, al estegosaurio: estaba de pie, tranquilo e inmóvil. Un jeep con una banda roja permanecía estacionado junto a él.

–Tengo que admitirlo: es un animal de aspecto gracioso –dijo Malcolm.

El estegosaurio medía seis metros de largo y poseía un enorme cuerpo pesado y placas verticales de blindaje que le recorrían la espalda. La cola tenía puntas de casi un metro de largo y aspecto peligroso. Pero el cuello se afinaba hasta rematar en una cabeza absurdamente pequeña, de mirada estúpida, como la de un caballo muy tonto.

Mientras observaban, apareció un hombre por detrás del animal.

–Ése es nuestro veterinario, el doctor Harding –informó Regis por radio–. Ha anestesiado al estego, y ésa es la causa de que el animal no se mueva. Está enfermo.

Grant ya estaba bajando del coche y apresurándose por llegar hasta el inmóvil estegosaurio. Ellie se apeó y miró hacia atrás, mientras el segundo crucero de tierra se detenía y los dos niños saltaban de él.

–¿De qué está enfermo? –preguntó Tim.

–No están seguros –dijo Ellie.

Las grandes placas coriáceas que se extendían a lo largo del lomo del estegosaurio colgaban ligeramente. Respiraba con lentitud, fatigosamente, produciendo un sonido húmedo con cada exhalación.

–¿Es contagioso? –preguntó Lex.

Caminaron hacia la diminuta cabeza del animal, donde Grant y el veterinario estaban de rodillas, escudriñando la boca del estegosaurio.

Lex arrugó la nariz.

–Esta cosa sí que es grande... y olorosa.

–Sí, lo es.

Ellie ya había notado que el estegosaurio tenía un olor peculiar, como de pescado en descomposición. Le recordaba algo que conocía, pero que no podía situar del todo. De todos modos, nunca había olido un estegosaurio antes. Quizá ése era su olor característico. Pero la botánica albergaba sus dudas: la mayoría de los herbívoros no despedían un olor fuerte. Ni lo hacían sus excrementos. La emisión de un verdadero hedor quedaba reservada para los comedores de carne.

–¿Es así porque está enfermo? –preguntó Lex.

–Quizás. Y no olvides que el veterinario lo ha anestesiado.

Ésa era la razón de que el estegosaurio estuviera de pie, inmóvil. Al parecer, algunos animales de gran tamaño no se desplomaban cuando los anestesiaban: se quedaban de pie, inmóviles.

–Ellie, échale un vistazo a esta lengua –pidió Grant.

La lengua color púrpura oscuro colgaba laxa de la boca del animal. El veterinario la iluminó con una linterna, de modo que la joven pudiera ver las delicadas ampollas argénteas.

–Microvesículas –dijo Ellie–. Interesante.

–Nos las vemos negras con estos estegos –comentó el veterinario–. Siempre se están poniendo enfermos.

–¿Cuáles son los síntomas? –preguntó Ellie.

Raspó la lengua con la uña: de las ampollas rotas exudó un líquido claro.

–¡Ajjj! –exclamó Lex.

–Desequilibrio, desorientación, disnea y diarreas graves –enumeró Harding–. Parece ocurrirles alrededor de una vez cada seis semanas, más o menos.

–¿Se alimentan de manera continua?

–¡Oh, sí! Un animal de este tamaño tiene que ingerir un mínimo de doscientos veinte a doscientos setenta kilos de materia vegetal diaria, y eso sólo para mantenerlos en funcionamiento. Son comedores sistemáticos de forraje.

–Entonces no es probable que sea envenenamiento con una planta –dijo Ellie–. Un comedor sistemático de plantas estaría sistemáticamente enfermo, si estuviera consumiendo una planta tóxica. No cada seis semanas.

–Exactamente –asintió el veterinario.

–¿Puedo? –preguntó Ellie, y cogió la linterna del veterinario–. ¿Tienen efectos pupilares por el tranquilizante? –añadió, dirigiendo el haz de luz al ojo del estegosaurio.

–Sí. Se produce un efecto miótico, las pupilas se contraen.

–Pero estas pupilas están dilatadas –observó Ellie.

Harding miró. No cabía duda: la pupila del estegosaurio estaba dilatada, y no se contraía cuando le daba la luz de la linterna.

–Quién lo diría –admitió–. Es un efecto farmacológico.

–Sí. –Ellie se puso de pie y miró a su alrededor–. ¿Cuál es el radio de acción del animal?

–Unas mil trescientas hectáreas.

–¿En esta zona? –preguntó Ellie.

Estaban en una especie de pradera abierta, con afloramientos rocosos esparcidos y penachos intermitentes de vapor de agua que surgían del suelo. El suelo estaba caliente. Era al atardecer y el cielo aparecía rosado, por debajo de las nubes grises que descendían cada vez más.

–Principalmente hacia el norte y al este de esta pradera –dijo Harding–. Pero los animales vienen aquí de vez en cuando.

–¿Y cuando se ponen enfermos?

–Por lo común, se encuentran por aquí. En este sector en particular.

«Es un interesante enigma –pensó Ellie–: ¿cómo explicar el carácter periódico del envenenamiento?» Señaló al otro lado del campo:

–¿Ve usted esos arbustos bajos, de aspecto delicado?

–Lila de las Indias occidentales. –Harding asintió con la cabeza–. Sabemos que es tóxico. Los animales no lo comen.

–¿Está seguro?

–Sí. Los vigilamos por televisión y, para asegurarme, analicé los excrementos: los estegos nunca comen los arbustos de lila.

La *Melia azedarach*, llamada acederaque o lila de las Indias occidentales, contenía varios alcaloides tóxicos. Los chinos usaban la planta como veneno para peces. Recientemente, Ellie había leído un trabajo en el que se decía que del fruto y de la corteza se había extraído un nuevo alcaloide, la tazelina.

–No lo comen –repitió el veterinario.

–Interesante –dijo Ellie–; porque, en caso contrario, habría dicho que este animal muestra todos los síntomas clásicos de la intoxicación con melia: letargo, formación de vesículas en las mucosas y dilatación pupilar.

Harding se encogió de hombros.

–Revise las plantas –dijo.

Ellie se dirigió hacia el campo para examinar las plantas más de cerca, con el cuerpo inclinado hacia el suelo.

–Tiene usted razón –admitió–. Las plantas están sanas, no hay señales de que las hayan comido. Ninguna en absoluto.

–Y está el asunto del intervalo de seis semanas –le recordó el veterinario.

–¿Con qué frecuencia vienen aquí los estegosaurios?

–Alrededor de una vez por semana. Describen un circuito lento a través del territorio que constituye su hogar, alimentándose a medida que avanzan. Completan el circuito en una semana, aproximadamente.

–Pero sólo están enfermos una vez cada seis semanas.

–Así es.

–Me aburro –se quejó Lex.

–¡Cállate! –dijo Tim–. La doctora Sattler está tratando de pensar.

–Sin éxito –admitió Ellie–. Estoy confusa.

Echó a andar hacia el interior del campo.

Detrás de ella, Lex preguntó:

–¿Alguien quiere jugar a los palillos?

Ellie tenía la vista clavada en el suelo: el campo era rocoso en muchos sitios. Debían de estar cerca del océano, pensó, porque podía oír el sonido de la rompiente, en algún lugar hacia la izquierda. Había bayas entre las rocas. Quizá los animales sólo comían bayas. Pero eso no tenía sentido: las bayas de la lila de las Indias occidentales eran terriblemente amargas.

–¿Has encontrado algo? –preguntó Grant, acercándose.

Ellie suspiró.

–Sólo piedras. Debemos de estar cerca de la playa, porque todas estas rocas son suaves. Y están formando montoncitos extraños.

–¿Montoncitos extraños? –dijo Grant.

–Por todas partes. Hay un montón ahí, precisamente.

Lo señaló.

Muchos pájaros y cocodrilos tragaban piedras pequeñas, que recogían en un saco con músculos que tenían en el tracto digestivo, denominado molleja. Apretadas por los músculos de la molleja, las piedras ayudaban a triturar las plantas duras, antes de que llegaran al estómago y, de esa manera, ayudaban a la digestión. Algunos científicos creían que los dinosaurios también tenían piedras en la molleja: en primer lugar, los dientes de los dinosaurios eran demasiado pequeños, y estaban muy poco gastados como para que se los hubiera utilizado para masticar comida. Se suponía que los dinosaurios tragaban la comida entera y dejaban que las piedras de la molleja las trituraran. Se habían encontrado algunos esqueletos que presentaban un montón de piedras pequeñas en la zona abdominal. Pero eso nunca se había comprobado y...

–Piedras de molleja –dijo Grant.

–Así lo creo, sí. Tragan estas piedras y, al cabo de unas pocas semanas, las piedras se desgastan hasta redondearse, de modo que las regurgitan, dejando este motoncito, y tragan piedras nuevas. Y, al hacerlo, tragan bayas también. Y enferman.

–¡Quién lo diría! Estoy seguro de que tienes razón.

Miró el montón de piedras, pasando la mano entre ellas, dejándose llevar por su instinto de paleontólogo.

De pronto, se detuvo.
–Ellie –dijo–. Ven a ver esto.

–¡Ponla aquí, nene! ¡Justo en el guante! –gritó Lex, y Gennaro le tiró la pelota.

La niña la lanzó de vuelta con tanta fuerza que Gennaro sintió un vivo dolor en la mano.

–¡Tranquila! ¡No tengo guante!

–¡Vamos, mariquita! –respondió Lex con desdén.

Fastidiado, Gennaro le tiró la pelota y oyó que producía un intenso ¡pac! en el cuero del guante.

–¡Así me gusta! –gritó Lex.

De pie junto al dinosaurio, Gennaro continuó jugando con la niña, mientras hablaba con Malcolm:

–¿Cómo encaja este dinosaurio enfermo en su teoría?

–Estaba pronosticado –contestó Malcolm.

Gennaro meneó la cabeza, en gesto de desagrado.

–¿Hay algo que no esté pronosticado en su teoría?

–Mire –dijo Malcolm–, esto no tiene nada que ver conmigo. Es la teoría del caos. Pero me doy cuenta de que nadie está dispuesto a escuchar las consecuencias de la matemática. Porque esas consecuencias entrañan otras muy grandes para la vida humana; mucho más grandes que el principio de Heisenberg o el teorema de Godel, con los que todos arman tanta bulla. En realidad, son reflexiones bastante académicas. Reflexiones filosóficas. Pero la teoría del caos concierne a la vida cotidiana. ¿Sabe por qué se construyeron originariamente los ordenadores?

–No –dijo Gennaro.

–¡Ahí! –aulló Lex.

–Los ordenadores se construyeron a finales de los años cuarenta, porque matemáticos como John von Neumann creían que si se contaba con una computadora, máquina para manejar muchas variables de forma simultánea[1], se podría predecir el tiempo. El clima local finalmente caería dentro del entendimiento humano.

1. Por eso el nombre correcto de estas máquinas es «ordenador», ya que toman esas variables y las «ordenan» según pautas lógicas, para brindar información. El de «computadora» es un nombre incorrecto, que perduró en ocasiones por costumbre: una computadora sólo hace operaciones aritméticas, pero no establece relaciones lógicas. *(N. del T.)*

Y los hombres creyeron en ese sueño durante los cuarenta años siguientes. Creyeron que la predicción no era más que hacer el seguimiento de las cosas: si se sabía lo suficiente, se podía predecir cualquier cosa. Ésa ha sido una creencia científica muy considerada desde la época de Newton.

–¿Y bien?

–La teoría del caos la defenestra directamente al decir que, para ciertas situaciones, nunca se puede hacer predicción alguna. No puede hacerse el pronóstico del tiempo más que con unos pocos días de anticipación. Todo el dinero que se ha gastado en la predicción a largo plazo, alrededor de quinientos mil millones de dólares en las últimas décadas, es dinero desperdiciado. Es una empresa descabellada. Es algo tan carente de sentido como tratar de convertir el plomo en oro. Echamos una mirada retrospectiva a los alquimistas y nos reímos de lo que estaban tratando de hacer, pero las generaciones futuras se reirán del mismo modo. Hemos intentado lo imposible... y gastado mucho dinero en el intento. Porque, de hecho, existen grandes categorías de fenómenos que son intrínsecamente impredecibles.

–¿El caos dice eso?

–Sí, y es sorprendente ver cuán poca gente se interesa por oírlo. Le di toda esta información a Hammond, mucho antes de que empezara a excavar aquí. ¿Van a fabricar un montón de animales prehistóricos y a ponerlos en una isla? Muy bien. Un sueño delicioso. Encantador. Pero no va a funcionar del modo planeado. Es intrínsecamente impredecible, del mismo modo que lo son las condiciones meteorológicas.

–¿Usted le dijo esto? –preguntó Gennaro.

–Sí, y también le dije dónde iban a producirse las desviaciones. Evidentemente, la capacidad de los animales para adaptarse al ambiente era uno de los sectores: este estegosaurio tiene cien millones de años de edad. No está habituado a nuestro mundo. El aire es diferente, la radiación solar es diferente, el suelo es diferente, los insectos son diferentes, los sonidos son diferentes, la vegetación es diferente. Todo es diferente. El contenido de oxígeno ha disminuido. Este pobre animal es como un ser humano puesto a una altitud de tres mil metros: óigale resollar con dificultad.

–¿Y los otros sectores?

–En términos generales, la capacidad del parque para controlar la diseminación de las formas de vida. Porque la historia de la evolución es que la vida escapa a todas las barreras. La vida evade los encierros. La vida se expande a nuevos territorios. De manera dolorosa, quizá hasta peligrosa, pero la vida encuentra el modo. No pretendo filosofar, pero así son las cosas.

Gennaro miró a lo lejos: Ellie y Grant estaban al otro lado del campo, agitando los brazos y gritando.

–¿Ha traído mi Coca-Cola? –preguntó Dennis Nedry cuando Muldoon regresó a la sala de control.

Muldoon no se molestó en contestar. Fue directamente al monitor y miró lo que estaba ocurriendo. Por la radio oyó la voz de Harding diciendo:

–... el estego... finalmente... cuidar en... ahora...

–¿De qué se trata? –preguntó Muldoon.

–Están por abajo, por la punta sur –explicó Arnold–. Ésa es la causa de que se estén dispersando un poco. Los pasaré a otro canal. Pero han descubierto qué era lo que andaba mal con los estegosaurios: comían alguna especie de baya.

Hammond aprobó con la cabeza.

–Sabía que, más tarde o más temprano, lo resolveríamos –dijo.

–No es muy impresionante –opinó Gennaro. Sostenía el fragmento blanco, no más grande que un sello, entre las yemas de los dedos, bajo la luz que se iba desvaneciendo–. ¿Está usted seguro de eso, Alan?

–Absolutamente seguro –afirmó Grant–. Lo que lo delata es el patrón de la superficie interior, la curva interior. Dele la vuelta y observará un sutil patrón de líneas elevadas que trazan, de manera aproximada, formas triangulares.

–Sí, las veo.

–Bueno, extraje dos huevos, con patrones como ése, en mi emplazamiento de Montana.

–¿Está diciendo que éste es un pedazo de cáscara de huevo de dinosaurio?

–Sin lugar a dudas –aseveró Grant.

Harding negó con la cabeza.

–Estos dinosaurios no se pueden reproducir.

–Evidentemente, sí pueden –dijo Gennaro.

–Tiene que ser un huevo de pájaro –insistió Harding–. En la isla tenemos literalmente docenas de especies.

Grant sacudió la cabeza.

–Mire la curvatura: la cáscara es casi plana. Eso corresponde a un huevo muy grande. Y observe el espesor de la cáscara. A menos que en la isla tengan avestruces, éste es un huevo de dinosaurio.

–Pero no hay posibilidad alguna de que se reproduzcan –insistió Harding–. Todos los animales son hembras.

–Todo lo que sé –dijo Grant– es que esto es un huevo de dinosaurio.

–¿Puede identificar la especie? –preguntó Malcolm.

–Sí. Es un huevo de velocirraptor.

CONTROL

–Absolutamente absurdo –manifestó Hammond en la sala de control, cuando oyó el informe por la radio–. Tiene que ser un huevo de pájaro. Eso es todo lo que puede ser.

La radio crepitó. Oyó la voz de Malcolm:

–Hagamos un ensayito, ¿no? Pregúntenle al señor Arnold si podría hacer uno de sus recuentos por ordenador.

–¿Ahora?

–Sí, de inmediato. Tengo entendido que puede transmitirla a la pantalla del coche del doctor Harding. Haga eso también, por favor.

–No hay problema –contestó Arnold.

Poco después, la pantalla de la sala de control mostraba:

Total de animales *238*

Especies	*Esperados*	*Hallados*	*Versión*
Tyrannosaurus	2	2	4.1
Maiasaurus	21	21	3.3
Stegosaurus	4	4	3.9
Triceratops	8	8	3.1
Procompsognathida	49	49	3.9
Othnielia	16	16	3.1
Velocirraptor	8	8	3.0
Apatosaurus	17	17	3.1

Especies	*Esperados*	*Hallados*	*Versión*
Hadrosaurus	11	11	3.1
Dilophosaurus	7	7	4.3
Pterosaurus	6	6	4.3
Hypsilophodontida	33	33	2.9
Euoplocephalida	16	16	4.0
Styracosaurus	18	18	3.9
Microceratops	22	22	4.1
Total	238	238	

–Espero que esté satisfecho –dijo Hammond–. ¿Lo están viendo su pantalla?

–Lo vemos –contestó Malcolm.

–Todo queda explicado, como siempre.

No podía ocultar la satisfacción de su voz.

–Bien –prosiguió Malcolm–. ¿Pueden hacer que el ordenador busque un número diferente de animales?

–¿Como cuál? –preguntó Arnold.

–Pruebe con doscientos treinta y nueve.

–Un minuto –dijo Arnold, frunciendo el entrecejo.

Total de animales *239*

Especies	*Esperados*	*Hallados*	*Versión*
Tyrannosaurus	2	2	4.1
Maiasaurus	21	21	3.3
Stegosaurus	4	4	3.9
Triceratops	8	8	3.1
Procompsognathida	49	50	??
Othnielia	16	16	3.1
Velocirraptor	8	8	3.0
Apatosaurus	17	17	3.1
Hadrosaurus	11	11	3.1
Dilophosaurus	7	7	4.3
Pterosaurus	6	6	4.3
Hypsilophodontida	33	33	2.9

Especies	*Esperados*	*Hallados*	*Versión*
Euoplocephalida	16	16	4.0
Styracosaurus	18	18	3.9
Microceratops	22	22	4.1
Total	238	239	

Desde su asiento, Hammond inclinó el cuerpo hacia delante.

–¿Qué demonios es eso?

–Hemos encontrado otro compi.

–¿De dónde?

–¡No lo sé!

La radio crepitó. Malcolm, inexorable, dijo:

–Ahora, ¿pueden pedirle al ordenador que busque, digamos, trescientos animales?

–¿De qué está hablando? –preguntó Hammond, elevando la voz–. ¿Trescientos animales? ¿De qué está hablando?

–Un momento, por favor –contestó Arnold–. Eso estará listo en unos pocos minutos.

Pulsó teclas. En la pantalla apareció la primera línea del gráfico:

Total animales: *239*

–No entiendo cuál es su propósito –dijo Hammond.

–Me temo que yo sí –repuso Arnold.

Observó la pantalla. Los números de la primera línea estaban cambiando a toda velocidad:

Total animales: *244*

–¿Doscientos cuarenta y cuatro? –exclamó Hammond–. ¿Qué está pasando?

–El ordenador está contando los animales que hay en el parque –aclaró Wu–. Todos los animales.

–Creí que eso era lo que siempre hacía. –Hammond se volvió en su asiento–. ¡Nedry! ¡¿Ha vuelto a meter la pata?!

–No –repuso Nedry, permaneciendo ante la consola–. El ordenador permite que el operador introduzca el número esperado de animales, para hacer que el proceso de recuento sea más rápido. Pero eso es algo conveniente, no un fallo.

–Tiene razón –asintió Arnold–. Sencillamente supusimos siempre la cantidad base de doscientos treinta y ocho porque pensábamos que no podía haber más.

Total animales: *262*

–Espere un momento –intervino Hammond–. Estos animales no se pueden reproducir: el ordenador tiene que estar contando ratones de campo o algo por el estilo.

–Así lo creo yo también –aprobó Arnold–. Casi con certeza es un error del seguimiento visual. Lo sabremos muy pronto.

Hammond se volvió hacia Wu.

–No se pueden reproducir, ¿verdad?

–No.

Total animales: *270*

–¿De dónde salen? –inquirió Arnold.

–¡Y yo qué sé! –replicó Wu.

La sala de control quedó en silencio. Nadie pronunció palabra, mientras observaban el aumento de las cifras.

Total animales: *283*

Por la radio oyeron exclamar a Gennaro:

–Mierda, ¿cuántos más?

Y oyeron a la niña quejarse:

–Tengo hambre. ¿Cuándo volveremos a casa?

–Muy pronto, Lex.

En la pantalla apareció un titilante mensaje de error:

ERROR: *Paráms. Búsqueda: 300 animales no hallados*

–Un error –dijo Hammond, asintiendo–. Me lo figuraba. Sabía que tenía que haber un error.

Pero un instante después, en la pantalla se imprimió:

Total de animales	*292*		
Especies	*Esperados*	*Hallados*	*Ver*
Tyrannosaurus	2	2	4.1
Maiasaurus	21	22	??
Stegosaurus	4	4	3.9
Triceratops	8	8	3.1
Procompsognathida	49	65	??
Othnielia	16	23	??
Velocirraptor	8	37	??
Apatosaurus	17	17	3.1
Hadrosaurus	11	11	3.1
Dilophosaurus	7	7	4.3
Pterosaurus	6	6	4.3
Hypsilophodontida	33	34	??
Euoplocephalida	16	16	4.0
Styracosaurus	18	18	3.9
Microceratops	22	22	4.1
Total	238	292	

La radio crepitó.

–Ahora ven la imperfección de sus procedimientos –dijo Malcolm–. Sólo hicieron el seguimiento de la cifra esperada. Estaban preocupados por la posibilidad de perder animales y sus procedimientos les decían si tenían menos ejemplares que la cantidad esperada. Pero ése no era el problema: el problema era que ustedes tenían más que la cantidad esperada.

–¡Dios mío! –exclamó Arnold.

–No puede haber más –declaró Wu–. Sabemos cuántos soltamos. No puede haber más animales.

–Me temo que sí, Henry –repuso Malcolm–. Se reproducen.

–No.

–Aunque no acepten la cáscara de huevo de Grant, pueden demostrarlo con sus propios datos: echen un vistazo al gráfico de altura y peso de los compis. Arnold se lo pondrá.

Distribución de Alturas: Procompsognátidos

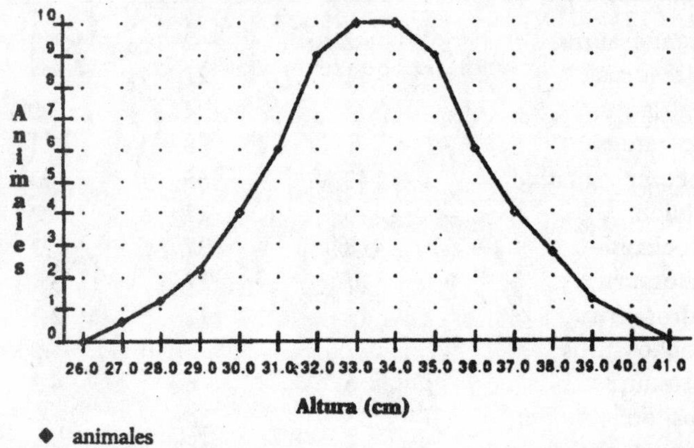

–¿Advierte algo en ese gráfico? –preguntó Malcolm.

–Es una distribución de Poisson –dijo Wu–. Curva normal.

–¿No ha dicho usted que introdujo los compis en tres tandas?

–Sí...

Distribución de Alturas: Procompsognátidos

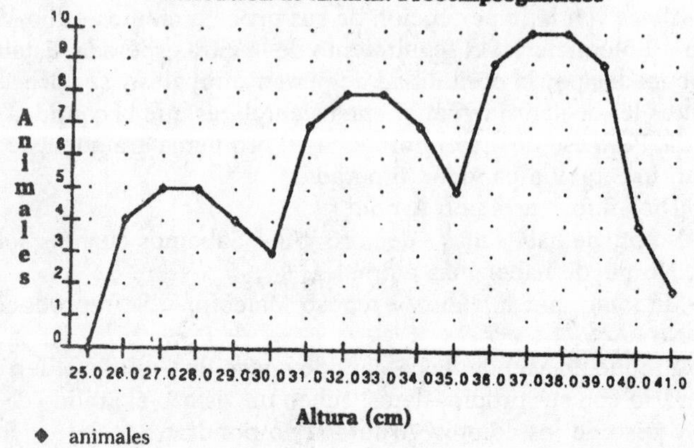

–Entonces, debería obtener un gráfico con picos para cada una de las tres tandas independientes que se introdujeron –manifestó Malcolm, al tiempo que pulsaba una tecla–. Como el de la página anterior.

»Pero no obtuvo ese gráfico –objetó–. El que realmente obtuvo corresponde a una población que se reproduce. Sus compis se están reproduciendo.

Wu negó con la cabeza.

–No veo cómo.

–Se están reproduciendo, y lo mismo están haciendo los othnelia, los maiasaurios, los hypsis... y los velocirraptores.

–¡Dios mío! –exclamó Muldoon–. Hay raptores libres en el parque.

–Bueno, no es tan grave –intervino Hammond, mirando la pantalla–. Sólo tenemos incrementos en tres... bueno, cinco categorías. Incrementos muy pequeños en dos de ellas...

–¿De qué está hablando? –lo interrumpió Wu en tono alto–. ¿No sabe lo que eso significa?

–Claro que sé qué significa, Henry: significa que has metido la pata.

–Rotundamente no.

–Ahí fuera tienes dinosaurios que se están reproduciendo, Henry.

–Pero todas son hembras. Es imposible. Tiene que haber un error. Y mire las cifras: un pequeño incremento en los animales grandes, los maiasaurios y los hypsis. Y grandes incrementos en la cantidad de animales pequeños. Sencillamente no tiene lógica. Tiene que haber un error.

La radio hizo clic.

–En realidad, no –terció Grant–. Creo que estas cifras confirman que la reproducción está teniendo lugar. En siete emplazamientos diferentes, en toda la isla.

EMPLAZAMIENTOS DE PROCREACIÓN

El cielo se estaba oscureciendo. Los truenos retumbaban a lo lejos. Grant y los demás se inclinaron sobre las portezuelas del jeep, contemplando la pantalla del tablero de instrumentos.

–¿Emplazamientos de procreación? –inquirió Wu por la radio.

–Nidos –contestó Grant–. Si suponemos que la nidada media es de ocho a doce huevos para incubar, estos datos indicarán que los compis tienen dos nidos. Los raptores, dos. Los othis tienen uno. Y los hypsis y los maias tienen uno cada uno.

–¿Dónde están?

–Tendremos que encontrarlos. Los dinosaurios hacen sus nidos en lugares aislados.

–Pero ¿por qué hay tan pocos animales grandes? –preguntó Wu–. Si hay un nido de maia que contenga de ocho a doce huevos, debería haber de ocho a doce maias nuevos. No únicamente uno.

–Es cierto. Sólo que los raptores y los compis que andan completamente sueltos por el parque probablemente se estarán comiendo los huevos de los animales más grandes... y, quizá, comiéndose a los animales recién salidos del huevo también.

–Pero nunca hemos visto nada así –repuso Arnold a través de la radio.

–Los raptores son nocturnos. ¿Alguien vigila el parque por la noche?

Hubo un prolongado silencio.

–No pensé que lo hubiera –dijo al fin Grant.

–Sigue sin tener lógica –adujo Wu–. Cincuenta animales adicionales no se pueden mantener con un par de nidos con huevos.

–No –aceptó Grant–. Supongo que están comiendo algo más también. Quizá pequeños roedores. ¿Ratones y ratas?

Se hizo otro silencio.

–Déjeme conjeturar –pidió Grant–: cuando llegaron a la isla tuvieron un problema con las ratas. Pero, a medida que pasaba el tiempo, el problema desaparecía.

–Sí. Es cierto...

–Y nunca pensaron en investigar el porqué.

–Bueno, sencillamente supusimos... –dijo Arnold.

–Pero, miren ustedes –terció Wu–, subsiste el hecho de que todos los animales son hembras. No se pueden reproducir.

Grant había estado pensando mucho en eso. Hacía poco se había enterado de la existencia de un curioso estudio realizado en Alemania occidental, que sospechaba que contenía la respuesta.

–Cuando reconstruyeron el ADN de dinosaurio –preguntó–, trabajaron con piezas fragmentarias, ¿no es así?

–Sí –admitió Wu.

–Con objeto de hacer una cadena completa –precisó–, ¿alguna

vez incluyeron fragmentos de ADN pertenecientes a otras especies?

–En ocasiones, sí –dijo Wu–. Hicimos apareamientos de cortes distales en las cadenas de ADN. Así que, a veces, incluíamos ADN de ave, procedente de distintos pájaros y, a veces, ADN de reptil.

–¿Algo de ADN de anfibios? ¿Específicamente, ADN de rana?

–Es posible. Tendría que comprobarlo.

–Compruébelo; creo que ahí se encuentra la respuesta.

–¿ADN de rana? ¿Por qué ADN de rana? –se extrañó Malcolm.

Gennaro dijo con impaciencia:

–Escuchen, todo esto es muy enigmático, pero nos estamos olvidando de la pregunta principal: ¿se ha escapado algún animal de la isla?

–No lo podemos saber únicamente con estos datos –repuso Grant.

–Entonces, ¿cómo lo vamos a descubrir?

–Sólo existe una manera de saberlo: tendremos que encontrar los nidos individuales de dinosaurio, inspeccionarlos y contar los fragmentos restantes de huevo. A partir de eso podremos determinar cuántos animales salieron originalmente del cascarón. Y podremos empezar la estimación de si falta alguno.

–Aun así, no sabrán si los animales que faltan fueron muertos, o si murieron por causas naturales o si abandonaron la isla –objetó Malcolm.

–No –admitió Grant–, pero es un comienzo. Y creo que podemos conseguir más información si observamos detenidamente los gráficos de población.

–¿Cómo vamos a encontrar esos nidos?

–Creo que el ordenador nos puede ser de gran ayuda. De hecho, deberemos tener una buena perspectiva de esta isla dentro de las próximas veinticuatro a treinta y seis horas.

–¿Podemos volver ahora? –preguntó Lex–. Tengo hambre.

–Sí, ya podemos volver –sonrió Grant–. Has sido muy paciente.

–Podrán comer dentro de unos veinte minutos –anunció Ed Regis, encaminándose hacia los dos cruceros de tierra.

–Me quedaré un rato –dijo Ellie–, y sacaré fotos del estegosaurio con la cámara del doctor Harding. Esas vesículas de la boca habrán desaparecido mañana.

Grant anunció que quería volver y que iría con los niños. Se le agregó Malcolm. Gennaro, en cambio, decidió quedarse para volver con Harding en su jeep, junto con la doctora Sattler.

Cuando empezaron a caminar, Malcolm preguntó:

–¿Exactamente por qué se queda el abogado?

Grant se encogió de hombros, y repuso:

–Creo que podría tener algo que ver con la doctora Sattler.

–¿De veras? ¿Los pantalones cortos, crees?

–Ya ha sucedido antes.

Cuando llegaron a los cruceros de tierra, Tim dijo:

–Quiero viajar en la parte de delante esta vez, con el doctor Grant.

–Por desgracia, el doctor Grant y yo tenemos que hablar –se opuso Malcolm.

–Solamente me sentaré y escucharé. No diré nada –insistió Tim.

–Es una conversación privada –contestó Malcolm.

–Te diré lo que vamos a hacer, Tim –propuso Ed Regis–. Dejemos que se sienten en el coche de atrás, ellos solos. Nosotros lo haremos en el de delante, y podrás usar las lentes de visión nocturna. ¿Alguna vez has utilizado lentes de visión nocturna, Tim?

–No.

–Bueno, son lentes con CCD[1] muy sensibles, que te permiten ver en la oscuridad.

–Estupendo –asintió el chico, y fue hacia el primer coche.

–¡Eh! –gritó Lex–. Yo también las quiero usar.

–No –dijo Tim.

–¡No es justo! ¡No es justo! ¡Tú siempre haces de todo, Timmy!

Ed Regis los observó alejarse y le dijo a Grant:

–Ya veo lo que va a ser el viaje de vuelta. Puede que ustedes quieran desconectar la radio que intercomunica los coches: el botón está aquí, debajo del tablero de instrumentos. –Se lo indicó a los investigadores, y agregó–: Los coches volverán solos, de forma automática. Deberemos estar de regreso dentro de unos veinte minutos.

Los hombres subieron al segundo coche. Unas gotas de lluvia salpicaron el parabrisas.

1. *Charged-coupled devices:* dispositivos de acoplamiento con carga: los CCD son elementos sensibles a la luz. Se utilizan en las cámaras digitales: esta cámara, en vez de usar película fotosensible, usa los CCD, cada uno de los cuales toma una parte de la imagen que entra por la lente. Después la información se trasmite de forma digital a un ordenador, que da grises, iluminación, sombra, etc., y «arma» la imagen final. *(N. del T.)*

–En marcha –dijo Ed Regis–. Estoy listo para cenar. Y no me vendría mal un buen daiquiri de plátano. ¿Qué me dicen ustedes, muchachos? ¿Les parece bien un daiquiri? –Dio una palmada sobre el panel metálico del coche–. Les veré de vuelta en el campamento. –Echó a correr hacia el primer coche y subió a él.

Parpadeó una luz roja que había en el tablero de instrumentos: con un suave zumbido de motor eléctrico, los cruceros de tierra se pusieron en movimiento.

Mientras viajaba de regreso bajo una luz cada vez más mortecina, Malcolm parecía extrañamente alicaído. Grant comentó:

–Debes de sentirte reivindicado. Quiero decir, en cuanto a tu teoría.

–Ya que lo mencionas, tengo un poco de miedo. Sospecho que nos encontramos en un punto muy peligroso.

–¿Por qué?

–Intuición.

–¿Los matemáticos creen en las intuiciones?

–Absolutamente sí. La intuición es muy importante. En realidad, estaba pensando en los fractales –dijo Malcolm–. ¿Sabes algo sobre fractales?

–No, a decir verdad, no.

–Los fractales son una especie de geometría pero, a diferencia de la euclídea clásica, que todo el mundo aprende en la escuela, cuadrados, cubos y esferas, la geometría fractal parece describir objetos reales del mundo natural. Las montañas y las nubes son formas fractales. Así que es probable que los fractales estén relacionados con la realidad. De alguna manera.

»Pues bien, con sus herramientas geométricas, Mandelbrot descubrió un fenómeno notable: descubrió que las cosas se veían casi idénticas con escalas diferentes.

–¿Con escalas diferentes?

–Por ejemplo, una montaña grande, vista desde la lejanía, tiene cierta forma escabrosa de montaña. Si te aproximas más, y examinas un pequeño pico de la montaña grande, tendrá la misma forma de montaña. De hecho, puedes reducir la escala hasta llegar a un diminuto grano de roca, vista con un microscopio: tendrá la misma forma fractal básica que la montaña grande.

–Realmente no veo por qué esto te inquieta –comentó Grant. Bostezó. Olió las vaharadas sulfurosas del vapor volcánico:

ahora estaban llegando a la sección de camino que pasaba cerca de la línea de la costa, y que dominaba la playa y el océano.

–Es una forma de mirar las cosas –explicó Malcolm–. Mandelbrot halló una igualdad que iba desde lo más pequeño a lo más grande. Y esta igualdad de escala también tiene lugar en los sucesos.

–¿Sucesos?

–Piensa en los precios del algodón: existen buenos registros de precios del algodón, que se remontan a más de cien años. Cuando estudias las fluctuaciones del precio del algodón, encuentras que el gráfico que muestra las fluctuaciones del precio en el transcurso de un día se parece básicamente al gráfico representativo de una semana que, a su vez se parece básicamente al gráfico de un año, o de diez años. Y así es como son las cosas: un día es como toda la vida; empiezas haciendo una sola cosa, pero terminas haciendo algo más; planeas hacer una diligencia, pero nunca llegas adonde pensabas ir... Y, al final de tu vida, la totalidad de tu existencia también tiene esa misma característica aleatoria. Toda tu vida tiene la misma forma que un solo día.

–Supongo que ésa es una de las maneras de ver las cosas –comentó Grant.

–No. Es la única manera de ver las cosas. Es, al menos, la única manera fiel a la realidad. Verás, la idea fractal de igualdad lleva, dentro de ella, una especie de recursión[1], una especie de volverse sobre sí misma, lo que significa que los sucesos son impredecibles. Que pueden cambiar de súbito y sin previo aviso.

–Bien...

–Pero nos hemos autocomplacido imaginando el cambio repentino como algo que ocurre fuera del orden normal de las cosas. Un accidente, como un choque de automóviles. O algo más allá de nuestro control, como una enfermedad mortal. No concebimos el cambio súbito, drástico, como algo incorporado a la trama misma de nuestra existencia. Y, sin embargo, lo está. Y la teoría del caos nos enseña que la linealidad recta, que hemos llegado a dar por sentado en todo, desde la física hasta la ficción, simplemente no existe. La linealidad es una manera artificial de ver el mundo. La vida real

1. «Recursión» no existe en español ni en inglés: es típica jerga de computación. El personaje usa la palabra para destacar aun más su condición de matemático. La recursión es un proceso en el que, a cada paso, se vuelve sobre los resultados de pasos previos. Es sinónimo de «reiteración en el lenguaje normal. *(N. del T.)*

no es una serie de sucesos interconectados, que tienen lugar uno después de otro, como cuentas ensartadas en un collar. La vida es, en realidad, una serie de encuentros, en los que un acontecimiento puede alterar los que lo suceden y de una manera totalmente impredecible, hasta devastadora.

Malcolm se reclinó en su asiento, mirando hacia el otro coche, que se encontraba a unos metros de distancia. Prosiguió:

–Hay una profunda verdad en relación con la estructura del universo. Pero, por alguna razón, insistimos en comportarnos como si no fuese cierta.

En ese momento, los coches se detuvieron con una sacudida.

–¿Qué pasa? –preguntó Grant.

Delante de ellos vieron a los niños en el coche, señalando hacia el océano. Mar adentro, debajo de nubes cada vez más bajas, Grant vio el oscuro contorno del barco de suministros, que volvía hacia Puntarenas.

–¿Por qué nos hemos detenido? –preguntó Malcolm.

Grant encendió la radio y oyó a la niña diciendo, con excitación:

–¡Mira ahí, Timmy! ¡Lo ves, está ahí!

Malcolm miró el barco con los ojos entrecerrados.

–¿Están hablando del barco?

–Eso parece.

Ed Regis se apeó del coche de delante y fue corriendo hasta la ventanilla de los dos hombres.

–Lo siento, pero los niños están completamente excitados. ¿Tienen prismáticos aquí?

–¿Para qué?

–La niña dice que ve algo en el barco. Una especie de animales.

Grant cogió los prismáticos y apoyó los codos en el borde de la ventanilla del crucero. Escudriñó la larga forma del barco de suministros. Estaba tan oscuro que la nave era casi una silueta. Mientras Grant observaba, las luces de navegación del barco se encendieron, brillantes en el oscuro crepúsculo rosado.

–¿Ve algo? –preguntó Regis.

–No –contestó Grant.

–Están abajo –indicó Lex por la radio–. Mire muy abajo.

Grant bajó los prismáticos, escudriñando la sección del casco que estaba justo encima de la línea de flotación. El barco de suministros era muy ancho, con un borde antisalpicaduras que recorría toda la longitud de la nave. Pero ahora estaba bastante oscuro y Grant a duras penas podía discernir detalles.

–No, nada...

–Los puedo ver –insistió Lex, impaciente–. Cerca de la parte de atrás. ¡Mire cerca de la parte de atrás!

–¿Cómo puede ver ella algo con esta luz? –preguntó Malcolm.

–Los chicos pueden ver –dijo Grant–. Tienen una agudeza visual que olvidamos que alguna vez tuvimos.

Dirigió los prismáticos hacia la popa, desplazándolos con lentitud y, de repente, vio los animales: estaban jugando, lanzándose con rapidez entre las estructuras de la popa, que sólo se veían en silueta. Grant sólo pudo verlos en forma breve pero, incluso a la luz cada vez menos intensa del día, pudo reconocer que andaban erectos, tenían unos sesenta centímetros de alto y que se erguían con rígidas colas que los equilibraban.

–¿Los ve ahora? –preguntó Lex.

–Los veo –contestó Grant.

–¿Qué son?

–Velocirraptores –informó Grant–. Dos, por lo menos. Quizá más. Ejemplares jóvenes.

–¡Dios mío! –exclamó Ed Regis–. Ese barco va a tierra firme.

Malcolm se encogió de hombros.

–No se excite. Llame sencillamente a la sala de control y dígales que hagan que vuelva el barco –sugirió.

Ed Regis metió la mano en el coche y aferró la radio del tablero de instrumentos: oyeron un ruido sibilante, así como chasquidos, cada vez que Regis cambiaba de emisora con rapidez.

–Algo anda mal –dijo–. No funciona.

Salió corriendo hacia el primer crucero de tierra. Le vieron hundir la cabeza dentro del vehículo. Después, les miró:

–Algo anda mal en las dos radios –dijo–. No puedo ponerme en contacto con la sala de control.

–Entonces, será mejor que nos pongamos en movimiento –aconsejó Grant.

En la sala de control, Muldoon estaba de pie frente a las grandes ventanas frontales, desde las que se dominaba el parque. A las siete en punto, los reflectores de cuarzo, emisores de luz sin sombra, se encendían por toda la isla, convirtiendo el paisaje en una refulgente joya que se extendía hasta desaparecer en el sur. Ése era el mejor momento del día para Muldoon. Oyó los chasquidos procedentes de las radios.

–Los cruceros de tierra se han vuelto a poner en marcha –dijo Arnold–. Van camino al hotel.

–Pero ¿por qué se detuvieron? –preguntó Hammond–. ¿Y por qué no podemos hablar con ellos?

–No lo sé –repuso Arnold–. Trato de sintonizarlos.

Probó otras frecuencias, pero sólo obtuvo un sibilante ruido de fondo.

–Quizá apagaron las radios de los coches.

–Probablemente sea la tormenta –arriesgó Muldoon–. Interferencia de la tormenta.

–Estarán aquí dentro de veinte minutos –dijo Hammond–. Es mejor que llamen abajo y se aseguren de que el comedor esté listo para ellos. Esos niños van a estar hambrientos.

Arnold descolgó el teléfono y oyó un monótono siseo permanente.

–¿Qué es esto? ¿Qué pasa?

–¡Por Dios, cuelgue! –exclamó Nedry–. Va a enloquecer el flujo de datos.

–¿Tomó todas las líneas telefónicas? ¿Incluso las internas?

–Tomé todas las líneas que se comunican con el exterior. Pero las internas todavía deberían funcionar.

Arnold oprimió botones en la consola, uno después de otro: no oyó nada más que un siseo en todas las líneas.

–Parece que usted las tiene todas.

–Lo siento. Al final de la próxima trasmisión, dentro de unos quince minutos, les despejaré un par. –Bostezó–. Parece que va a ser un fin de semana largo para mí. Creo que iré ahora a buscar esa Coca-Cola.

Recogió su mochila y se dirigió hacia la puerta:

–No toquen mi consola, ¿de acuerdo?

La puerta se cerró tras él.

–¡Menuda bola de grasa! –comentó Hammond.

–Sí –asintió Arnold–, pero creo que sabe lo que hace.

A lo largo del borde del camino, nubes de vapor volcánico empañaban los arco iris producidos por las brillantes lámparas de cuarzo. Grant dijo, hablando por la radio:

–¿Cuánto tiempo tarda el barco en llegar a tierra firme?

–Dieciocho horas –informó Ed Regis–. Más o menos, Es bastante de fiar. –Le echó un vistazo a su reloj–: Llegará mañana alrededor de las once.

Grant frunció el entrecejo.

–¿Usted y yo podemos hablar por radio, pero no podemos hacerlo con la sala de control?

–No por ahora.

–¿Qué pasa con Harding? ¿Puede sintonizarlos?

–No, ya lo he intentado. Deberíamos poder comunicarnos con él, pero tal vez tenga su radio apagada.

Malcolm meneaba la cabeza y dijo:

–Así que somos los únicos que sabemos que el barco lleva a bordo esos animales.

–Estoy tratando de conseguir a alguien –dijo Ed Regis–. Quiero decir, Cristo, no quiero tener esos animales en tierra firme.

–¿Cuánto falta para que regresemos a la base?

–A partir de ahora, otros dieciséis, diecisiete minutos.

Por la noche, todo el camino estaba iluminado por grandes reflectores. Grant tenía la sensación de estar viajando a través de un túnel de hojas de color verde brillante. Gotas grandes de lluvia salpicaban el parabrisas.

Grant advirtió que el crucero de tierra reducía la velocidad; después, se detuvo.

–¿Y ahora qué?

–No quiero parar. ¿Por qué paramos? –preguntó Lex.

Y entonces, de forma repentina, todos los reflectores se apagaron. El camino quedó sumido en la oscuridad.

–¡Eh! –gritó Lex.

–Probablemente no es más que un corte de corriente, o algo por el estilo –la tranquilizó Ed Regis–. Estoy seguro de que las luces volverán de un momento a otro.

–¿Qué demonios? –masculló Arnold, mirando con fijeza los monitores.

–¿Qué ha pasado? –preguntó Muldoon–. ¿Han cortado la corriente?

–Sí, pero sólo la del perímetro. Todo lo que hay dentro de este edificio funciona bien. Pero fuera, en el parque, no hay corriente. Luces, cámaras de televisión, todo está apagado.

Sus pantallas estaban iluminadas, salvo los monitores de televisión a distancia, que se habían apagado.

–¿Qué hay de los cruceros de tierra?

–Detenidos en algún sitio, alrededor del campo cercado del tiranosaurio.

–Bueno –dijo Muldoon–, llame a mantenimiento y haga que se restablezca la corriente.

Arnold descolgó uno de sus teléfonos y oyó un siseo: los ordenadores de Nedry que hablaban entre sí.

–¡No funciona! Ese maldito Nedry... ¡Nedry! ¿Dónde diablos está?

Dennis Nedry abrió de un empujón la puerta con el rótulo de FERTILIZACIÓN. Ahora que se había cortado la corriente del perímetro, todas las cerraduras para tarjeta de seguridad estaban desactivadas. Todas las puertas del edificio se abrían con un empujón.

Los problemas del sistema de seguridad del Parque Jurásico figuraban en los primeros puestos de la lista de defectos. Nedry se preguntaba si alguien habría imaginado alguna vez que no se trataba de un defecto, sino de que él, Nedry, lo había programado de esa manera. Había incorporado el clásico escotillón: pocos programadores de grandes sistemas de proceso de datos podían resistir la tentación de dejarse una entrada secreta. En parte, eso era sentido común: si alguna vez usuarios ineptos trababan el sistema y a continuación llamaban al programador para que los auxiliara, siempre había una manera de entrar y reparar el desbarajuste. Y en parte era una especie de firma: Aquí estuve yo.

Y, en parte, era un seguro para el futuro: Nedry estaba molesto con el proyecto del Parque Jurásico. Bien avanzado el plan de trabajo, InGen había exigido que se introdujeran amplias modificaciones en el sistema, pero no había estado dispuesta a pagarlas, aduciendo que había que incluirlas en el contrato original. Hubo amenazas de demandas judiciales; se enviaron cartas a los demás clientes de Nedry, en las que se daba a entender que Nedry no era de fiar. Era chantaje y, al final, Nedry se había visto forzado a comerse sus excedentes en el Parque Jurásico y a introducir los cambios que Hammond quería.

Pero más tarde, cuando se le acercó Lewis Dodgson, de Biosyn, Nedry estaba dispuesto a escucharle. Y preparado para decir que podía burlar las medidas de seguridad del Parque Jurásico: podía entrar en cualquier habitación, cualquier sistema, cualquier sector del parque. Porque lo había programado de esa manera. Por si acaso.

Entró en la sala de fertilización. El laboratorio estaba desierto: tal como lo había previsto, todo el personal estaba cenando. Nedry abrió al cierre de cremallera de su mochila y sacó el tubo de crema para afeitar. Desatornilló la base y vio que el interior estaba dividido en una serie de ranuras cilíndricas.

Extrajo un par de guantes con espeso aislamiento y abrió la cámara frigorífica señalada como CONTENIDO BIOLÓGICO VIABLE. MANTENER A -28 °C MÍNIMO. La cámara tenía el tamaño de un pequeño armario, con anaqueles que iban desde el suelo hasta el techo. En la mayoría de los anaqueles había reactivos y líquidos contenidos en sacos de plástico. En uno de los lados vio un frigorífico más pequeño de nitrógeno, provisto de una pesada puerta de cerámica.

La abrió y, rodeada por una nube blanca de nitrógeno líquido, una ménsula con tubos pequeños se deslizó hacia fuera.

Los embriones estaban dispuestos por especies: Stegosaurus, Apatosaurus, Hadrosaurus, Tyrannosaurus. Cada embrión en un recipiente de vidrio delgado, envuelto en una hoja de aluminio y taponado con polileno. Con rapidez, Nedry cogió dos de cada uno, deslizándolos en el interior del tubo de crema de afeitar.

Después atornilló la base del tubo, cerrándola herméticamente, y dando vuelta a la parte superior. Se oyó el siseo del gas que se liberaba en el interior, y el tubo se escarchó en las manos de Nedry. Dodgson había dicho que había suficiente refrigerante como para treinta y seis horas. Tiempo más que suficiente para regresar a San José.

Nedry salió de la cámara frigorífica y volvió al laboratorio principal. Dejó caer el tubo de nuevo en su mochila y corrió la cremallera para cerrarla.

Volvió al pasillo. El robo había llevado menos de dos minutos. Nedry podía imaginar la consternación que se produciría arriba, en la sala de control, cuando empezaran a darse cuenta de lo que había pasado. Todos los códigos de seguridad estaban cifrados, para hacerlos ininteligibles, y todas las líneas telefónicas estaban interferidas. Sin la ayuda de Nedry harían falta horas para deshacer el embrollo pero, en nada más que unos pocos minutos, el analista estaría de vuelta en la sala de control, enderezando las cosas.

Y nadie sospecharía siquiera lo que había hecho.

Con una amplia sonrisa, Dennis Nedry bajó por las escaleras hasta la planta baja, saludó con leve inclinación de cabeza al guardia y siguió descendiendo, hasta llegar al sótano. Pasó de largo las ordenadas filas de cruceros de tierra eléctricos, y se dirigió al jeep impulsado por gasolina estacionado contra la pared. Subió al vehículo, advirtiendo la presencia de unos extraños tubos grises apoyados en el asiento del pasajero: casi parecía un lanzacohetes, pensó mientras daba vuelta a la llave de contacto y ponía en marcha el jeep.

Nedry le echó un vistazo al reloj: y tres minutos justos hasta llegar al muelle del este. Tres minutos desde allí para volver a la sala de control. Seis minutos en total.

Un juego de niños.

–¡Maldita sea! –barbotó Arnold, apretando botones en la consola–. Todo está bloqueado.

Muldoon estaba de pie junto a las ventanas, mirando hacia el parque. Se habían apagado las luces en toda la isla, salvo en la zona inmediata que rodeaba los edificios principales. Vio a unos cuantos miembros del personal apresurándose para guarecerse de la lluvia, pero nadie parecía darse cuenta de que algo anduviera mal. Muldoon miró en dirección al pabellón de los visitantes, donde las luces brillaban con toda intensidad.

–Uh, uh –murmuró Arnold–. Tenemos verdaderos problemas.

–¿De qué se trata? –preguntó Muldoon.

Se alejó de la ventana y, por eso, no vio al jeep salir del garaje subterráneo y dirigirse hacia el este, hacia el parque, a lo largo del camino de mantenimiento.

–Ese idiota de Nedry ha desactivado los sistemas de seguridad –explicó Arnold–. Todo el edificio está abierto. No hay ninguna puerta cerrada.

–Informaré a los guardias –dijo Muldoon.

–Eso es lo menos importante: cuando se apaga la seguridad, se apagan las cercas periféricas también.

–¿Las cercas?

–Las cercas electrificadas.

–Quiere decir...

–Eso es: ahora los animales pueden salir. –Encendió un cigarrillo, y siguió–: Es probable que no ocurra nada, pero nunca se sabe...

Muldoon empezó a caminar hacia la puerta.

–Es mejor que vaya en el jeep y traiga a la gente que va en esos dos cruceros de tierra... por si acaso.

Bajó con rapidez las escaleras hacia el garaje. Realmente no estaba preocupado por el hecho de que las cercas se hubieran apagado: la mayoría de los dinosaurios había estado en sus campos cercados durante nueve meses, o más, y habían rozado las cercas más de una vez, con notables resultados. Muldoon sabía con cuánta rapidez los animales aprendían a evitar los estímulos procedentes de sacudidas eléctricas: se podía entrenar a una paloma de laboratorio sólo con dos o tres aplicaciones como estímulo. Así que era improbable que los dinosaurios se acercaran ahora a las cercas.

Muldoon estaba más preocupado por lo que haría la gente que iba en los coches. No quería que salieran de los vehículos, porque, una vez que volviera la corriente, los coches se empezarían a mover de nuevo, ya fuera con la gente en su interior, o sin ella. Los pasajeros podrían quedar abandonados. Naturalmente, bajo la lluvia era improbable que abandonaran los coches. Pero, así y todo..., nunca se podía estar seguro...

Entró en el garaje y se apresuró a llegar al jeep. Tuvo suerte, pensaba, de haber tenido la previsión de poner el lanzador en el vehículo. Podía salir de inmediato y estar ahí afuera en...

¡No estaba!

–¿Qué demonios...?

Muldoon se quedó con la mirada fija en el sitio vacío del estacionamiento, atónito.

¡No estaba el jeep!

¿Qué diablos estaba ocurriendo?

CUARTA ITERACIÓN

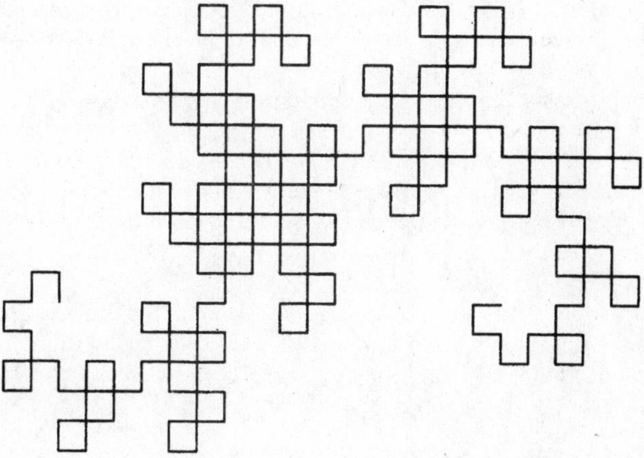

Inevitablemente, empiezan a aparecer inestabilidades matemáticas subyacentes.

IAN MALCOLM

EL CAMINO PRINCIPAL

La lluvia tamborileaba intensamente sobre el techo del crucero de tierra. Tim sentía las lentes de visión nocturna apretándole con fuerza la frente; palpó la perilla que estaba cerca de su oreja y ajustó la intensidad: hubo un breve destello fosforescente y después, envueltos en sombras de color verde y negro electrónicos, pudo ver el crucero de tierra que estaba detrás, con los doctores Grant y Malcolm en su interior. ¡Muy ingenioso!

El doctor Grant lo miraba a través del parabrisas frontal. Tim le vio levantar el micrófono del panel de instrumentos. Se oyó un chasquido y, a continuación, la voz del doctor Grant:

–¿Nos puedes ver aquí atrás?

Tim cogió la radio que le daba Ed Regis.

–Les veo.

–¿Estáis bien?

–Estamos bien, doctor Grant.

–Quedaos en el coche.

–Lo haremos. No se preocupe. –Apagó la radio.

Está lloviendo a cántaros. Claro que nos quedaremos en el coche –resopló Ed Regis.

Tim se volvió para mirar el follaje que había al lado del camino: visto con las lentes, tenía un color verde brillante electrónico y, más allá, pudo ver secciones de la cerca. Los cruceros de tierra estaban detenidos en la ladera de una colina, lo que tenía que significar que se encontraban cerca del sector del tiranosaurio. Sería asombroso ver al tiranosaurio con esas lentes de visión nocturna.

Algo verdaderamente emocionante. Quizá el tiranosaurio se acercaría a la cerca y los miraría por encima de ella.

Tim se preguntaba si le refulgirían los ojos en la oscuridad, cuando los viera en los coches.

Eso sería estupendo.

Pero no vio cosa alguna y, al cabo de un rato, dejó de mirar. Todos los que estaban en el coche guardaron silencio. La lluvia producía un ruido monótono sobre el techo del crucero. Cortinas de agua bajaban por las ventanillas laterales. A Tim le resultaba difícil ver algo, incluso con las lentes.

–¿Cuánto tiempo llevamos aquí? –preguntó Malcolm.

–No sé. Cuatro o cinco minutos.

–Me pregunto cuál es el problema.

–Quizá un cortocircuito debido a la lluvia.

–Pero ha ocurrido antes de que empezara a llover en serio.

Hubo otro instante de silencio. Con voz tensa, Lex dijo:

–Pero no hay relámpagos, ¿verdad?

Siempre le habían dado miedo los relámpagos, y ahora estaba sentada presa de los nervios, estrujando el guante de béisbol entre las manos.

El doctor Grant preguntó:

–¿Qué ha sido eso? No lo hemos captado del todo bien.

–Sólo mi hermana hablando.

–Ah.

Una vez más, Tim escudriñó el follaje, pero no vio nada. Ciertamente nada tan grande como un tiranosaurio. Empezó a preguntarse si los tiranosaurios salían de noche. ¿Eran animales de hábitos nocturnos? Tim no estaba seguro de haber leído eso alguna vez. Tenía la sensación de que los tiranosaurios eran animales adaptados a todo clima, y tanto podían salir de día como de noche. No les importaba la hora del día.

La lluvia continuaba cayendo con gran intensidad.

–¡Maldita lluvia! –exclamó Ed Regis–. Cae agua de verdad.

–Tengo hambre –repitió Lex.

–Ya lo sé, Lex –dijo Regis–, pero estamos inmovilizados aquí, guapa. Los coches se mueven mediante electricidad que pasa por cables enterrados en el camino.

–¿Inmovilizados durante cuánto tiempo?

–Hasta que vuelva la corriente.

El ruido de la lluvia hacía que Tim se sintiera cada vez más amodorrado. Bostezó y se volvió para mirar las palmeras que había al lado izquierdo del camino, y le sobresaltó un súbito golpe sordo que hizo temblar el suelo. Se volvió justo a tiempo para tener una fugaz visión de una forma oscura que, con rapidez, cruzó el camino entre los dos coches.

–¡Santo Dios!

–¿Qué ha sido eso?

–Era enorme, era grande como el coche...

–¡Tim! ¿Estás ahí?

El niño cogió el micrófono.

–Sí, estoy aquí.

–¿Lo has visto, Tim?

–No. Me lo he perdido.

–¿Qué demonios era eso? –preguntó Malcolm.

–¿Estás usando las lentes de visión nocturna, Tim?

–Sí. Observaré –contestó Tim.

–¿Era el tiranosaurio? –preguntó Ed Regis.

–No lo creo. Estaba en el camino.

–Pero ¿no lo has visto? –dijo Ed Regis.

–No.

Tim se sentía mal por no haber visto el animal, cualquiera que hubiera sido. Con la esperanza de redimirse, se inclinó sobre el asiento trasero, mirando el terreno que había entre los dos coches: si realmente había habido algo en el camino, quizá podría ver la huella de una pisada. Pero con las lentes sólo vio destellantes charcos de lluvia y las largas huellas paralelas de los cruceros de tierra.

No había huellas de pisadas.

Se produjo el repentino estallido blanco de un relámpago, y las lentes de Tim destellaron con un color verde brillante. El niño parpadeó y empezó a contar:

–Mil uno... mil dos...

El trueno detonó, ensordecedoramente alto y muy cerca.

Lex se echó a llorar.

–Oh, no...

–Calma, querida –intentó tranquilizarla Ed Regis–. No es más que un relámpago.

El cielo volvió a destellar, con luz cruda y brillante. Tim escudriñó el borde del camino. Ahora, la lluvia caía con mucha fuerza, azotando las hojas haciendo que todo se moviera. Todo parecía estar vivo. El niño exploró las hojas... y se detuvo. Había algo más allá de las hojas.

Levantó la vista.

Detrás de la vegetación, al otro lado de la cerca, vio un cuerpo grueso con una superficie rugosa, veteada, como la corteza de un árbol. Pero no era un árbol... Tim siguió mirando cada vez más arriba, haciendo un barrido ascendente con las lentes...

Vio la enorme cabeza del tiranosaurio. Simplemente estaba erguido allí, mirando los dos cruceros de tierra por encima de la cerca. Los relámpagos destellaron de nuevo y el gigantesco animal volvió la cabeza y bramó bajo la fulgurante luz. Después, la oscuridad y el silencio una vez más, y la lluvia que seguía golpeando.

–¿Tim?

–Sí, doctor Grant.

–¿Ves lo que es?

–Sí, doctor Grant.

Tim tenía la sensación de que el doctor Grant estaba tratando de hablar de una manera que no perturbara a su hermana.

–¿Qué está pasando en este preciso momento?

–Nada –dijo Tim, observando al tiranosaurio a través de las lentes–. Simplemente está de pie al otro lado de la cerca.

–No puedo ver gran cosa desde aquí, Tim.

–Yo puedo ver muy bien, doctor Grant. No hace nada salvo estar ahí de pie.

–Bien.

Lex seguía llorando, sorbiendo por la nariz.

Hubo otro momento de silencio. Tim continuó vigilando al tiranosaurio: ¡la cabeza era inmensa! El animal miró un vehículo, luego el otro, después volvió al primero. Parecía tener la vista clavada en Tim.

Con las lentes, los ojos despedían un fulgor verde brillante.

Tim sintió escalofríos, pero después, mientras recorría con la vista el cuerpo del animal, desde las enormes cabeza y mandíbulas, vio que el miembro superior, más pequeño y musculoso, se agitaba en el aire y, después, aferraba la cerca.

–¡Dios mío! –murmuró Ed Regis, mirando con fijeza por la ventanilla.

El más grande depredador que el mundo haya conocido. El ataque más aterrador de la historia humana. En alguna parte, en lo más recóndito de su cerebro de publicista, Ed Regis todavía estaba redactando la propaganda. Pero podía sentir cómo las rodillas le empezaban a temblar sin control, los pantalones le flameaban como banderas. ¡Dios, estaba aterrado! No quería estar allí. Sólo él entre todos los pasajeros de los dos coches, Ed Regis, conocía cómo era el ataque de un dinosaurio. Sabía lo que le ocurría a la gente. Había visto los cuerpos mutilados, resultado del ataque de un velocirraptor; se lo podía representar en la mente. ¡Y ése era un rex! ¡Mucho, mucho más grande! ¡El carnívoro más grande que jamás hubiera caminado sobre la Tierra!

¡Dios mío!

Cuando el tiranosaurio rugía era aterrador, un alarido procedente de otro mundo. Ed Regis sintió el calor que se le extendía por los pantalones: se había orinado encima. Estaba avergonzado y aterrorizado al mismo tiempo. Pero sabía que tenía que hacer algo. No podía limitarse a permanecer allí. Tenía que hacer algo. Algo. Las manos le temblaban, chocando contra el tablero de instrumentos.

—¡Oh, mierda!

—No diga palabrotas —le reprendió Lex, con el dedo índice en alto.

Tim oyó el ruido de una portezuela que se abría y volvió la cabeza; las lentes deformaron la visión en sentido lateral, convirtiéndola en un veloz rayo de luz, justo a tiempo para ver a Ed Regis apearse por la portezuela abierta y agachar la cabeza bajo la lluvia.

—Eh —llamó Lex—, ¿adónde va?

Ed Regis no respondió. Se limitó a alejarse y correr en dirección contraria a aquella en la que estaba el dinosaurio, desapareciendo en el bosque. La portezuela del coche eléctrico colgaba abierta; el panel interior se estaba mojando.

—¡Se ha ido! —gritó Lex—. ¿Dónde se ha ido? ¡Nos ha dejado solos!

—Cierra la portezuela —ordenó Tim, pero su hermana había empezado a gritar:

—¡Nos ha dejado! ¡Nos ha dejado!

—Tim, ¿qué pasa? —Era el doctor Grant por la radio—. ¿Tim?

El niño se inclinó hacia delante y trató de cerrar la portezuela, pero desde el asiento trasero no podía alcanzar la manija. Volvió a mirar al dinosaurio cuando fulguró otra vez un relámpago, y durante un instante, contra el cielo blanco por el destello se recortó la silueta de la enorme forma negra.

—Tim, ¿qué está pasando? ¡Nos ha dejado, nos ha dejado!

Tim parpadeó para recuperar la visión. Cuando miró de nuevo, el tiranosaurio seguía allí erguido, exactamente igual que antes, inmóvil e inmenso. La lluvia le caía en gotas desde las mandíbulas. El miembro superior aferraba la cerca...

Y entonces Tim se dio cuenta: ¡el tiranosaurio estaba tocando la cerca!

¡La cerca ya no estaba electrificada!

–¡Lex, cierra la puerta!

La radio chasqueó.

–¡Tim!

–Estoy aquí, doctor Grant.

–¿Qué está pasando?

–Regis se ha escapado –dijo Tim.

–¿Que ha hecho qué?

–Se ha escapado. Creo que ha visto que la cerca no está electrificada.

–¿La cerca no está electrificada? –repitió Malcolm por la radio–. ¿Es eso lo que ha dicho, que la cerca no está electrificada?

–Lex –volvió a decir Tim–, ¡cierra la puerta!

Pero Lex seguía gritando con un quejido continuo y monótono:

–¡Nos ha dejado, nos ha dejado!

Tim no tuvo más remedio que apearse por la puerta de atrás, exponerse a la recia lluvia y cerrarle la portezuela a su hermana. Retumbaron los truenos y los relámpagos fulguraron otra vez. Tim alzó la vista y vio al tiranosaurio aplastar la cerca con una gigantesca pata posterior.

–¡Timmy!

El niño volvió a subir de un salto y cerró la portezuela de un golpe; el ruido del portazo se perdió entre los truenos.

–¡Tim! ¿Estás ahí? –se oyó por la radio.

–Estoy aquí. –Se volvió hacia Lex–. Pon el seguro en las puertas, colócate en medio del coche y cállate.

Fuera, el tiranosaurio volvió la cabeza y dio un desmañado paso hacia delante: se le habían enganchado las garras de las patas en la malla de la aplanada cerca. Lex finalmente vio al animal y se quedó muda, quieta. Observaba con ojos desorbitados.

La radio restalló.

–Tim.

–Sí, doctor Grant.

–Quedaos en el coche. Agachaos bien, no os mováis y no hagáis ruido.

–Entendido.

–Estaréis seguros. No creo que pueda abrir el coche.

–Entendido.
–Quedaos quietos, así no atraeréis su atención más de lo necesario.
–Entendido. –Tim apagó la radio–. ¿Has oído eso, Lex?
Su hermana asintió con la cabeza, en silencio. No apartaba la vista del dinosaurio. El animal rugió y al resplandor de los relámpagos, lo vieron liberarse de la cerca de un tirón y dar un salto hacia delante.
Ahora estaba erguido entre los dos coches. Tim no podía ver ya al del doctor Grant, porque el enorme cuerpo lo tapaba. La lluvia caía por la piel rugosa de las musculosas patas traseras, formando arroyuelos al desviarse en las protuberancias epidérmicas. Tim ya no veía la cabeza del animal, que estaba muy por encima de la línea del techo del crucero.
El tiranosaurio se desplazó hacia el coche de los niños, hacia la portezuela por la que Tim había bajado del crucero. La misma por la que Ed Regis había bajado del crucero. El animal se detuvo ahí, vacilante. La inmensa cabeza descendió hacia el barro.
Tim pensó: «Huele algo.»
Miró al doctor Grant y al doctor Malcolm, sentados en el coche de atrás: sus rostros estaban tensos, mientras contemplaban, a través del parabrisas, lo que ocurría delante.
La enorme cabeza volvió a alzarse, con las mandíbulas abiertas, y se detuvo junto a las ventanillas laterales. Al resplandor de los relámpagos vieron el ojo redondo, sin expresión, de reptil, que se movía en la órbita.
Estaba mirando dentro del coche.
Lex emitía jadeos entrecortados por el miedo. Tim extendió la mano y le apretó el brazo, con la esperanza de que la niña se mantuviera quieta. El dinosaurio siguió mirando largo rato por la ventanilla lateral. «A lo mejor no podía verles», pensaba Tim. Por último, la cabeza se elevó, volviendo a quedar fuera de la vista.
–Timmy... –susurró Lex.
–Está bien –susurró Tim–. No creo que nos haya visto.
Estaba mirando hacia atrás, al doctor Grant, cuando un impacto estremecedor sacudió el crucero de tierra e hizo añicos el parabrisas, convirtiendo el vidrio en una tela de araña, en el momento en que la cabeza del tiranosaurio chocó contra el capó del coche. Tim quedó planchado en el asiento. Las lentes de visión nocturna le resbalaron de la cabeza.

Se reincorporó con rapidez, parpadeando en la oscuridad, la boca tibia por la sangre.

–¿Lex?

No veía a su hermana por ninguna parte.

El tiranosaurio estaba erguido delante del coche eléctrico, el pecho se le movía al respirar, los pequeños miembros anteriores se abrían y cerraban como garras en el aire, presa de la frustración.

–¡Lex! –susurró Tim.

En ese momento, la oyó quejarse: estaba tendida debajo del asiento delantero del coche.

Entonces, la cabeza gigantesca descendió, tapando por completo el destrozado parabrisas. El tiranosaurio volvió a golpear el capó del crucero de tierra. Tim se aferró al asiento, mientras el coche se balanceaba sobre las ruedas. El tiranosaurio golpeó dos veces más, abollando el metal.

Después se desplazó alrededor del coche. La gran cola levantada bloqueaba la visual en todas las ventanillas laterales. Cuando llegó a la parte trasera del coche, el enorme animal resopló: un gruñido sordo y profundo, que se confundía con los truenos.

Hundió las mandíbulas en la rueda de recambio montada en la parte de atrás del coche y, con una sola sacudida de la cabeza, la arrancó de cuajo. Toda la parte posterior del crucero se levantó un instante por el aire. Después cayó con un ruido sordo, salpicando barro alrededor.

–¡Tim! –dijo Grant con suavidad–. ¿Tim, estás ahí?

El niño aferró el micrófono de la radio.

–Estamos bien –aseguró.

Se oyó el ruido penetrante de algo que raspa sobre metal, cuando las garras rasgaron el techo del crucero. El corazón de Tim le galopaba en el pecho. No podía ver nada por las ventanillas del lado derecho, salvo carne correosa llena de protuberancias: el tiranosaurio estaba apoyado contra el coche, que se mecía para adelante y para atrás, al compás de la respiración de la bestia; los muelles y el metal crujían sonoramente.

Lex se volvió a quejar. Tim dejó el micrófono y empezó a reptar hacia el asiento de delante. El tiranosaurio rugió y el techo metálico se hundió. Tim sintió un dolor agudo en la cabeza y se desplomó en el suelo. Se descubrió caído al lado de Lex, y se sobresaltó al ver que todo el lado de la cabeza de su hermana estaba bañado en sangre. La niña daba la impresión de estar inconsciente.

Se produjo otro impacto estremecedor y llovieron trozos de vidrio alrededor de Tim. El niño sintió la lluvia. Alzó la vista y vio que el parabrisas se había roto por completo: sólo quedaba un borde puntiagudo de cristal y, más allá, la cabezota del dinosaurio.

Que le estaba mirando.

Tim sintió un súbito escalofrío y, en ese momento, la cabeza se lanzó violentamente hacia él, con las fauces abiertas. Se oyó un chirrido de metal chocando con dientes, y Tim sintió el aliento cálido y hediondo del animal. Una lengua gruesa penetró en el coche a través de la abertura del parabrisas, hurgando húmedamente por todo el interior del coche. El niño sintió la espuma caliente de la saliva del dinosaurio y, en ese momento, el monstruo rugió, un ruido ensordecedor dentro del coche...

La cabeza retrocedió de forma abrupta.

El niño logró apoyarse sobre manos y rodillas, evitando la gran hendidura que había en el techo. Todavía quedaba espacio como para sentarse en el asiento delantero, junto a la puerta del pasajero. Miró al dinosaurio, que permanecía erguido bajo la lluvia, cerca del guardabarros anterior derecho. Parecía estar confuso por lo que le había pasado. Le manaba abundante sangre por las mandíbulas.

El tiranosaurio miró a Tim, alzando la cabeza para contemplarlo con uno solo de esos grandes ojos. Acercó la cabeza al coche, de costado, y atisbó en el interior. Resoplaba ruidosamente mientras lo hacía. Su sangre salpicaba el abollado capó del crucero de tierra, mezclándose con el agua de la lluvia.

«No me puede alcanzar –pensaba Tim–. Es demasiado grande.»

Entonces, el dinosaurio echó la cabeza hacia atrás y, al resplandor de un relámpago, Tim vio que levantaba la pata trasera. El mundo se ladeó de manera enloquecida, cuando el crucero de tierra se volcó estrepitosamente sobre un costado, y las ventanillas se hundieron en el barro. Tim vio a Lex caer indefensa contra la ventanilla lateral, y él cayó al lado de su hermana, golpeándose la cabeza. Se sintió mareado. Fue entonces cuando las mandíbulas del tiranosaurio se cerraron como tenazas sobre el marco de la ventana y todo el coche fue levantado por el aire y sacudido.

–¡Timmy! –aulló Lex, tan cerca de la oreja de Tim que a éste le dolió. Súbitamente la niña había vuelto en sí y él la sostuvo, mientras el tiranosaurio volvía a lanzar el coche contra el suelo. Tim sintió un dolor lacerante en el costado, y su hermana le cayó encima. El coche volvió a elevarse, ladeándose de forma frenética–. ¡Timmy! –volvió a gritar Lex, y el niño vio que la portezuela cedía bajo el peso de su hermana, y que ésta caía al barro. Pero Tim no pudo responder porque, en el momento siguiente, todo osciló desenfrenadamente: vio los troncos de las palmeras deslizándose hacia abajo..., desplazándose de costado por el aire... Tuvo una fugaz visión del suelo, que estaba allá abajo, muy lejos... Vio el otro crucero de tierra desde arriba..., el rugido caliente del tiranosaurio..., el ojo furibundo..., las copas de las palmeras...

Y entonces, con un chirrido de metal rasgado, el coche fue liberado, para caer de las mandíbulas del tiranosaurio, una caída que producía vértigo, y el estómago de Tim se revolvió un momento antes de que el mundo se volviera totalmente negro y silencioso.

En el otro coche, Malcolm sofocó un grito.

–¡Dios mío! ¿Qué le ha pasado al coche?

Grant entornó los ojos cuando el resplandor de los relámpagos se amortiguó. No podía creer lo que acababa de ver.

El otro coche había desaparecido.

Grant no lo podía creer. Atisbó el terreno que tenía delante, tratando de ver a través del parabrisas cruzado por vetas de lluvia. El cuerpo del dinosaurio era tan grande, que quizá, simplemente, estuviera obstruyendo...

No. Al resplandor de otro relámpago, pudo ver con claridad: el coche había desaparecido.

–¿Qué ha pasado? –preguntó Malcolm.

–No lo sé.

Débilmente, por encima del ruido de la lluvia, Grant oyó la voz de la niña que gritaba. El dinosaurio estaba erguido en la oscuridad, más adelante en el camino, pero podía ver lo suficientemente bien como para saber que ahora la bestia se estaba inclinando, olfateando el suelo.

O comiendo algo que había en el suelo.

–¿Puedes ver algo? –dijo Malcolm, entrecerrando los ojos.

–No mucho, no.

La lluvia golpeaba el techo del crucero de tierra. Grant escuchó para ver si oía a la niña, pero no la oyó. Los dos hombres se sentaron en el coche, escuchando.

–¿Era la niña? –aventuró Malcolm, finalmente.

Sonaba como si fuese la niña.

–Lo era, sí.

–¿Lo era?

–No lo sé –contestó Grant.

Sintió que le invadía una fatiga insidiosa.

Borroso a través del parabrisas mojado por la lluvia, el dinosaurio se volvió hacia ellos. Con pasos lentos, nefastos, se dirigió hacia su coche.

–¿Sabes? –dijo Malcolm–. Es en ocasiones como ésta en las que se opina que, bueno, quizá a los animales extinguidos se los debería dejar extinguidos. ¿No tienes esa sensación ahora?

–Sí –asintió Grant.

Sentía que el corazón le latía con violencia.

–Humm. ¿Tienes, esto..., alguna sugerencia en cuanto a lo que hemos de hacer ahora?

–Seguir en el coche.

–He tenido la clara sensación de que eso no funcionó especialmente bien la última vez. –Malcolm empezó a temblar en la oscuridad. Grant podía sentir cómo el cuerpo del matemático empezaba a estremecerse junto al de él–. No, nada bien. Así que, si no te molesta, voy a correr un albur.

Malcolm giró la manija, abrió la puerta de una patada y echó a correr. Pero, incluso mientras lo hacía, Grant pudo ver que era demasiado tarde, que el tiranosaurio estaba muy cerca. Estalló otro relámpago y, en ese instante de refulgente luz blanca, el paleontólogo observó, horrorizado, cómo Malcolm corría en la lluviosa noche. El tiranosaurio rugió y dio un salto hacia delante.

Grant no vio con claridad lo que ocurría después: Malcolm estaba corriendo hacia delante, chapoteando con los pies en el barro. El tiranosaurio lo alcanzó de un salto y bajó repentinamente la enorme cabeza, y el matemático salió despedido por el aire como un muñeco.

En ese momento, también Grant estaba fuera del coche, sintiendo la lluvia fría que le azotaba la cara y el cuerpo. El tiranosaurio le había vuelto la espalda y su enorme cola oscilaba en el aire. Grant se disponía a echar a correr hacia el bosque cuando, de repente, el tiranosaurio giró sobre sí mismo para hacerle frente y rugió.

Grant se quedó paralizado.

Se encontraba de pie al lado de la portezuela del pasajero, empapado por la lluvia. Estaba completamente expuesto, con el tiranosaurio a no más de dos metros, o dos metros y medio, de distancia. El enorme animal lo contempló desde lo alto, y volvió a rugir: a una distancia tan reducida, el rugido sonó aterradoramente fuerte. Grant se sintió estremecer de frío y de miedo. Le temblaban las manos; las apretó contra el metal del panel de la puerta, para inmovilizarlas.

El tiranosaurio volvió a rugir, pero no atacó. Levantó la cabeza y miró, primero con un ojo, después con el otro, al crucero de tierra.

Y no hizo nada.

Se limitó a quedarse quieto allí, delante del crucero de tierra, sin hacer nada.

¿Qué estaba pasando?

Las poderosas mandíbulas se abrieron y se cerraron. El tiranosaurio bramó una vez más, con ira, y, a continuación, levantó la gran pata trasera, y la dejó caer sobre el techo del crucero; las garras resbalaron con un chirrido metálico y por poco alcanzaron a Grant, que estaba de pie ahí, todavía inmóvil.

El animal bajó la pata y, al golpear el suelo, salpicó barro. Inclinó la cabeza lentamente, describiendo un arco, e inspeccionó el coche, resoplando. Atisbó por el parabrisas. Después, desplazándose hacia la parte trasera del crucero, cerró la portezuela de una patada y avanzó directamente hacia Grant, que seguía allí, de pie. El paleontólogo estaba mareado de miedo, el corazón le golpeaba el pecho con violencia. Con el animal tan cerca podía sentir en la boca el olor de carne podrida, el olor dulzón de la sangre, el hedor nauseabundo del carnívoro...

Puso su cuerpo en tensión, esperando lo inevitable.

La cabezota le pasó de largo, dirigiéndose hacia la parte trasera del coche.

Grant parpadeó.

¿Qué había pasado?

¿Podía ser que el dinosaurio no le hubiese visto? Parecía como si no le hubiese visto, pero ¿cómo podía ser eso? Grant miró hacia atrás y vio al animal olfatear el neumático montado en la parte trasera; lo golpeó levemente con el hocico y, después, describió con la cabeza un arco hacia arriba y se acercó a Grant.

Esta vez, el animal se detuvo, las negras y acampanadas fosas nasales sólo a unos centímetros de la cara de Grant, que oyó los resoplidos, que sintió el cálido aliento en la cara. Pero el tiranosaurio no estaba olfateando como un perro: simplemente respiraba y, en todo caso, parecía perplejo.

No, el tiranosaurio no podía verle. No si Grant permanecía inmóvil. Y, en un apartado rincón académico de su mente, encontró una explicación para eso, la razón por la que... Las fauces se abrieron delante de él, la enorme cabeza levantada. Grant cerró los puños con fuerza y se mordió el labio, tratando desesperadamente de permanecer inmóvil, de no hacer ruido.

El tiranosaurio rugió en medio de la noche.

Pero, en ese momento, Grant empezó a comprender: el animal no podía verle, pero sospechaba que estaba ahí, en alguna parte, y, con su bramido, trataba de asustarle para que hiciera algún movimiento revelador. Mientras se mantuviera firme y no cediera –comprendió Grant– era invisible.

En un gesto final de frustración, el animal levantó la gran pata trasera y pateó el crucero de tierra; Grant experimentó un dolor punzante y la sensación sorprendente de que su propio cuerpo volaba por los aires. Le parecía que estaba sucediendo con mucha lentitud, y tuvo mucho tiempo para sentir que el mundo se volvía más frío, y para observar cómo el suelo subía presuroso para golpearlo en la cara.

EL REGRESO

–¡Oh, maldición! –exclamó Harding–. ¡Pero miren!

Estaban sentados en el jeep de Harding, con la vista clavada más allá del rítmico ruido de los limpiaparabrisas: iluminado por el fulgor amarillo de los faros, un gran árbol caído bloqueaba el camino.

–Tienen que haber sido los rayos –dijo Gennaro–. ¡Condenado árbol!

–No podemos pasar por el lado –observó Harding–. Será mejor que avise a John Arnold, en control. –Levantó el micrófono y dio vueltas al cursor de los canales de frecuencia–. Hola, John. ¿Estás ahí, John?

Se oyó un chasquido; después, nada, salvo un sibilante ruido de fondo.

–No entiendo –se asombró–. Al parecer la radio no funciona.

–Debe de haber sido la tormenta –opinó Gennaro.

–Eso supongo –dijo Harding.

–Pruebe con los cruceros de tierra –sugirió Ellie.

Harding probó las demás frecuencias, pero no obtuvo ninguna respuesta.

–Nada –dijo–. Es probable que ya estén en el campamento, fuera del alcance de nuestro equipo. No creo que debamos quedarnos aquí. Pasarán horas antes de que mantenimiento mande una cuadrilla para mover ese árbol.

Apagó la radio y puso el jeep en marcha atrás.

–¿Qué va a hacer? –preguntó Ellie.

–Regresar al desvío y meterme por el camino de mantenimiento. Por fortuna, hay dos caminos: uno para visitantes y otro para los cuidadores de los animales, los camiones que llevan el alimento, y demás. Regresaremos por el de mantenimiento. Es un poco más largo y no tan pintoresco, pero creo que lo encontrarán interesante. Si deja de llover, puede que logremos ver algunos de los animales durante la noche. Deberemos estar de vuelta en cosa de treinta, cuarenta minutos... si no nos perdemos.

Hizo que el jeep diera la vuelta en medio de la noche, y enfiló hacia el sur.

Los relámpagos destellaban, y todos los monitores de la sala de control tenían la pantalla negra. Arnold estaba sentado en el borde de su asiento, con el cuerpo rígido y tenso. «Jesús, ahora no. Ahora no.» Eso era lo que faltaba: que con la tormenta todo dejara de funcionar. Todos los principales circuitos de corriente estaban protegidos contra los cambios de tensión, claro está, pero Arnold no estaba seguro de los módems que Nedry usaba para la trasmisión de sus datos; la mayoría de la gente no sabía que era posible volar todo un sistema mediante un módem: la pulsación de los relámpagos crecía dentro del ordenador, a través de la línea telefónica, y ¡bang!, no había ya consola principal. Ya no había RAM, ni archivos. Ya no había ordenador.

Las pantallas parpadearon. Y entonces, una por una, se volvieron a encender.

Arnold suspiró, y se desplomó en su asiento.

Una vez más, se preguntó dónde había ido Nedry. Hacía cinco minutos había enviado guardias para que lo buscaran por el edificio. Ese gordo degenerado probablemente estaba en el cuarto de baño, hojeando una revista. Pero los guardias no habían vuelto ni habían dado parte.

Cinco minutos. Si Nedry estuviera en el edificio, ya deberían haberlo encontrado.

–Alguien se ha llevado el maldito jeep –dijo Muldoon, cuando volvió a entrar en la sala–. ¿Ha podido hablar con los cruceros de tierra?

–No consigo captarlos –contestó Arnold, sacudiendo su pequeña unidad portátil–. Tengo que utilizar esto, porque la consola principal no funciona. Está bajo, pero tendría que funcionar. He probado en los seis canales. Sé que tienen radio en los coches, pero no responden.

–Mala señal –opinó Muldoon.

–Si quiere ir, coja uno de los vehículos de mantenimiento.

–Lo haría –repuso Muldoon–, pero todos están en el garaje este, a más de un kilómetro de aquí. ¿Sabe dónde está Harding?

–Supongo que está de regreso.

–Entonces, en su camino de vuelta, recogerá a la gente de los cruceros.

–Supongo que sí.

–¿Alguien le ha dicho a Hammond que los niños no han vuelto aún?

–¡Claro que no! –dijo Arnold–. No quiero que ese hijo de puta esté dando vueltas por aquí, gritándome continuamente. Todo va bien, por el momento. Los cruceros simplemente han quedado inmovilizados por la lluvia. Pueden sentarse un rato, hasta que Harding los traiga de vuelta. O hasta que encontremos a Nedry y hagamos que ese pedazo de bastardo vuelva a conectar los sistemas.

–¿No los puede volver a encender?

–Lo he estado intentando. Pero Nedry ha hecho algo al sistema. No puedo imaginar qué, pero si tengo que ir al código, será cuestión de horas. Necesitamos a Nedry. Tenemos que encontrar a ese hijo de puta de inmediato.

NEDRY

El cartel decía CERCA ELECTRIFICADA DIEZ MIL VOLTIOS. NO TOCAR, pero Nedry la abrió con la mano desnuda y descorrió el cerrojo del portón, abriéndolo de par en par. Subió al jeep, lo llevó a través del portón y, después, volvió andando para cerrarlo a sus espaldas.

Ahora estaba dentro del parque, a no más de un kilómetro y medio del muelle este. Pisó el acelerador y se encorvó sobre el volante, atisbando a través del parabrisas azotado por la lluvia, mientras conducía el jeep por el estrecho camino. Conducía rápido, demasiado, pero se tenía que ajustar a su horario. Estaba completamente rodeado por la negra jungla, aunque pronto debería poder ver, a su izquierda, la playa y el océano.

«Esta maldita tormenta», pensó. Podría complicarlo todo. Porque si la lancha de Dodgson no le estuviera esperando en el muelle este cuando llegara allí, todo el plan quedaría arruinado. Nedry no podía esperar mucho, o notarían su ausencia en la sala de control. La idea subyacente al plan era que el analista de sistemas pudiera llegar conduciendo hasta el muelle este, dejar los embriones y volver al cabo de pocos minutos, antes de que alguien se diera cuenta. Era un buen plan, un plan inteligente. Nedry lo había elaborado cuidadosamente, afinando cada detalle. Ese plan iba a hacer que se volviera un millón y medio de dólares más rico, uno coma cinco mega: eso significaba diez años de ingresos de golpe, libres de impuestos, e iba a cambiar su vida. Había sido cuidadoso en extremo, hasta el punto de hacer que Dodgson se reuniese con él en el aeropuerto de San Francisco en el último minuto, con la excusa de querer ver el dinero. En realidad, Nedry quería grabar su conversación con Dodgson y llamarle por su nombre en la cinta. Nada más que para que Dodgson no olvidara que debía el resto del dinero. Nedry incluía una copia de la cinta con los embriones. En una palabra, había pensado en todo.

Todo salvo en esa maldita tormenta.

Algo cruzó velozmente el camino, un resplandor blanco bajo la luz de los faros del vehículo. Tenía el aspecto de una rata grande. Se escurrió dentro del monte bajo, arrastrando una gruesa cola. Un oposum. Resultaba sorprendente que un oposum pudiera sobrevivir allí: cualquiera pensaría que los dinosaurios liquidarían a un animal como ése.

¿Dónde estaba el maldito muelle?

Iba conduciendo deprisa y ya llevaba fuera cinco minutos. Debería haber llegado ya al muelle en ese momento. ¿Se había equivocado de camino? No lo creía así: no había visto bifurcación alguna en el camino.

Entonces ¿dónde estaba el muelle?

Fue una impresión terrible tomar una curva y ver que el camino terminaba en una barrera de hormigón gris, de un metro ochenta de alto y que presentaba vetas oscuras por la lluvia. Echó los frenos, el jeep derrapó, y, durante un instante de horror, Nedry pensó que se iba a estrellar contra la barrera –supo que se iba a estrellar– y giró el volante frenéticamente; el jeep resbaló hasta detenerse, con los faros a apenas unos treinta centímetros del muro de hormigón.

Se detuvo allí, escuchando el rítmico batir de los limpiaparabrisas. Inhaló profundamente y exhaló con lentitud. Miró hacia el camino que había dejado atrás: era obvio que había tomado un sendero equivocado en alguna parte. Podía volver sobre sus pasos, pero eso le llevaría demasiado tiempo.

Sería mejor que averiguara dónde demonios estaba.

Bajó del jeep, sintiendo que pesadas gotas de lluvia le salpicaban la cabeza. Era una verdadera tormenta tropical, y la lluvia caía con tanta fuerza que dolía. Echó un vistazo a su reloj, apretando el botón para iluminar la esfera digital: habían pasado seis minutos. ¿Dónde demonios estaba? Caminó alrededor de la barrera de hormigón y, al otro lado, junto con el de la lluvia, oyó el murmullo de agua que corría. Se precipitó hacia delante, sus ojos se adaptaban a la oscuridad a medida que avanzaba. Jungla densa por todos lados. Las gotas de lluvia abofeteaban las hojas.

El murmullo se hizo más intenso, atrayéndole hacia delante. De pronto salió del follaje, sintió que los pies se le hundían en tierra blanda y vio la corriente oscura del río. ¡El río! ¡Estaba en el río de la jungla!

«Maldita sea –pensó–. ¿En qué parte del río?» El río recorría kilómetros a través de la isla. Volvió a mirar su reloj: habían pasado siete minutos.

–Tienes un problema, Dennis –dijo en voz alta.

Como en respuesta a sus palabras, se oyó el suave ululato de un búho en el bosque.

Nedry apenas si se dio cuenta; estaba preocupado por su plan. El hecho liso y llano era que se le había agotado el tiempo. Ya no había opción. Tenía que abandonar su plan original. Todo lo que podía hacer era regresar a la sala de control, volver a poner en funcionamiento el ordenador y, de alguna manera, tratar de ponerse en contacto con Dodgson y arreglar la cita en el muelle este para la noche siguiente. Nedry tendría que pasar por terreno escabroso para que ese nuevo plan funcionara, pero creía que podría lograrlo. De forma automática, el ordenador hacía el registro cronológico de todas las llamadas. Después de hablar con Dodgson, Nedry tendría que volver a entrar en el ordenador y borrar el registro de la llamada. Pero una cosa era segura: ya no podía permanecer en el parque más tiempo, porque se darían cuenta de su ausencia.

Nedry empezó a volver, dirigiéndose hacia el fulgor de los faros del jeep. Estaba calado hasta los huesos y se sentía desdichado. Volvió a oír el suave ululato y, esta vez, se detuvo: realmente eso no sonaba como si fuera un búho. Y le parecía que estaba cerca, en la jungla, en algún lugar hacia su derecha.

Mientras escuchaba, oyó el ruido de ramas que se rompían. Después, silencio. Aguardó y volvió a oírlo: sonaba claramente como algo grande, que se movía lentamente por la jungla hacia él.

Algo grande, algo cercano. Un dinosaurio grande.

Vete de aquí.

Nedry echó a correr. Hizo mucho ruido mientras corría pero, aun así, pudo oír al animal que venía entre el follaje, aplastándolo a su paso. Y ululando.

Se estaba acercando.

Tropezando con las raíces de los árboles en la oscuridad, abriéndose camino a arañazos por entre las goteantes ramas, vio el jeep ahí delante, y las luces que brillaban alrededor del muro de hormigón le hicieron sentirse mejor. Dentro de un instante estaría en el jeep y, entonces, se largaría de allí a toda velocidad. Dio la vuelta a la barrera gateando y, entonces, quedó helado.

El animal estaba ahí.

Pero no muy cerca. El dinosaurio se erguía a unos doce metros de distancia, en el borde de la zona iluminada por los faros. Nedry no había hecho la visita al parque, de modo que no conocía los diferentes tipos de dinosaurios, pero éste tenía un aspecto extraño: el cuerpo, de tres metros de alto, era amarillo con puntos negros y, a lo largo de la cabeza, tenía un par de crestas rojas en forma de V. El dinosaurio no se movió pero, una vez más, emitió su suave ululato.

Nedry esperó para ver si el animal atacaba. No lo hizo. Quizá los faros del jeep lo asustaban, forzándolo a mantenerse a distancia, como si fuera una fogata.

El dinosaurio le clavó la mirada y, entonces, avanzó y retrajo la cabeza con un solo movimiento veloz. Nedry sintió que algo golpeaba de forma sorda y húmeda el pecho. Miró hacia abajo y vio una pringosa mancha de espuma en su camisa empapada por la lluvia. La tocó con curiosidad, sin comprender...

Era un escupitajo.

El dinosaurio le había escupido.

«Es horrible», pensó. Volvió a mirar al dinosaurio y vio la cabeza moverse otra vez y, de inmediato, sintió otro golpe húmedo contra el cuello, justo debajo de la cabeza. Se lo secó con la mano.

¡Jesús!, era repugnante. Pero la piel del cuello ya le empezaba a hormiguear y quemar. Y en la mano también sentía un hormigueo. Era, casi, como si le hubieran arrojado ácido.

Nedry abrió la portezuela del jeep, le echó una ojeada al dinosaurio para asegurarse de que el animal no fuera a atacar, y sintió un dolor súbito, agudísimo, en los ojos, que le pinchaba como clavos contra el fondo del cráneo; apretó los ojos con fuerza y jadeó por la intensidad del dolor; levantó rápidamente las manos para cubrirse los ojos y sintió la resbaladiza espuma que le corría a ambos lados de la nariz.

Escupitajo.

El dinosaurio le había escupido en los ojos.

Aunque se dio cuenta de eso, el dolor lo abrumó y cayó de rodillas desorientado, respirando con dificultad. Se desplomó sobre el costado, la mejilla apretada contra el suelo húmedo, el aliento saliéndole en débiles silbidos a través del dolor constante, que le hacía gritar sin descanso y que determinaba la aparición de puntos destellantes de luz por detrás de sus párpados fuertemente cerrados.

La tierra tembló debajo de él y supo que el dinosaurio se estaba moviendo; podía oír el suave ulular y, a pesar del dolor, se obligó a abrir los ojos y, aun así, no vio otra cosa más que puntos centelleantes contra un fondo negro. Lentamente, comprendió la verdad.

Estaba ciego.

El ulular se hizo más intenso cuando Nedry bregó por ponerse de pie y, tambaleándose, volvió hacia el coche, apoyándose contra el panel lateral, mientras una oleada de náuseas y vértigo lo envolvía. El dinosaurio estaba cerca ahora; podía sentir que se acercaba; era oscuramente consciente del jadeo del animal.

Pero no podía ver.

No podía ver nada y su terror era extremo.

Extendió las manos, agitándolas en todas direcciones para evitar el ataque que sabía tenía que llegar.

Entonces sintió un nuevo dolor, quemante, como si tuviera un cuchillo de fuego en el vientre, y Nedry se tambaleó, buscando, sin ver, la parte inferior de su cuerpo. Se tocó el extremo desgarrado de la camisa y, después, una masa espesa, resbaladiza, que resultaba sorprendentemente tibia y, con horror, se dio cuenta de que estaba sosteniendo sus propios intestinos en las manos: el dinosaurio le había abierto en canal. Los intestinos habían salido de su cuerpo.

Nedry cayó al suelo y aterrizó sobre algo escamoso y frío, era la pata del animal, y, después, sintió un nuevo dolor a ambos lados de la cabeza. El dolor se hizo más intenso y, mientras era levantado y puesto en pie, supo que el dinosaurio le había cogido la cabeza entre las mandíbulas, y al horror de esa comprensión le sucedió un deseo final de que todo terminara pronto.

CASA DE CAMPO

–¿Más café? –preguntó Hammond con cortesía.

–No, gracias –dijo Henry Wu, reclinándose en su silla. Se palmeó el vientre, y añadió–: No podría comer nada más.

Estaban sentados en el comedor del bungalow de Hammond, en un rincón apartado del parque, no lejos de los laboratorios. Wu tuvo que admitir que la casa que Hammond se había hecho construir era refinada, de líneas depuradas, casi japonés. Y la cena había sido excelente, teniendo en cuenta que el restaurante todavía no contaba con todo el personal.

Pero había algo en Hammond que Wu encontraba preocupante. El anciano era diferente en cierto modo..., sutilmente diferente. Durante todo el desarrollo de la cena, Wu trató de decidir qué era. En parte, una tendencia a irse por las ramas, a repetirse, a volver a contar antiguas anécdotas. En parte, una inestabilidad emocional, llameante ira en un momento, sentimentalismo lloroso en el siguiente. Pero todo eso se podía entender como propio de la edad. Al fin y al cabo, John Hammond tenía casi setenta y siete años.

Pero había algo más. Una obstinada tendencia a evadirse. Una insistencia en tener siempre la razón. Y, como remate, un total rechazo a lidiar con la situación que planteaba el parque.

Wu se había quedado pasmado ante las evidencias (todavía no

se permitía creer que el caso estuviera demostrado) de que los dinosaurios se estaban reproduciendo. Después de que Grant preguntase sobre el ADN de los anfibios, Wu intentó ir directamente a su laboratorio y revisar los registros del ordenador concernientes a los diversos ensamblajes de ADN. Porque si los dinosaurios realmente se estaban reproduciendo, entonces todo lo que había en Parque Jurásico se podía cuestionar: sus sistemas de desarrollo genético, sus sistemas de control genético, todo. Incluso se podía desconfiar de la dependencia de la lisina. Y, si los animales en verdad se podían reproducir, y también podían sobrevivir en estado salvaje...

Henry Wu quería revisar los datos de inmediato. Pero Hammond había insistido en que Wu le acompañara a cenar.

—Vamos, vamos, Henry, tienes que reservarte para el helado —dijo Hammond, apoyándose en el borde de la mesa y dándose un leve pulso hacia atrás, para separarse de ella—. María hace el helado de jengibre más maravilloso del mundo.

—Muy bien. —Wu miró a la bella y silenciosa muchacha que los servía. Sus ojos la siguieron cuando abandonaba la habitación y, después, echó un vistazo al único monitor de televisión montado en la pared—. Su monitor está apagado —anunció.

—¿Lo está? —Hammond lo miró rápidamente—. Debe de ser la tormenta. —Extendió el brazo por detrás de Wu, para coger el teléfono—. Lo comprobaré con John Arnold, en control.

Wu oyó el siseo de fondo en la línea. Hammond se encogió de hombros y puso el auricular de vuelta sobre la horquilla.

—Deben de haber cortado las líneas —comentó—. O, a lo mejor, Nedry todavía está haciendo su trasmisión de datos. Tiene unos cuantos defectos de programación que arreglar este fin de semana. Nedry es un genio a su manera, pero tuvimos que apretarle con mucha dureza al final para asegurarnos de que hiciera las cosas bien.

—Quizá deba ir yo a la sala de control y comprobar lo que pasa —propuso Wu.

—No, no. No hay motivo. Si hubiera algún problema, ya nos estaríamos... ¡Ah!

María regresó a la habitación, llevando dos platos de helado.

—Tienes que probar un poco, Henry. Está hecho con jengibre fresco, traído de la parte este de la isla. El helado es el vicio de un viejo. Pero, así y todo...

Obediente, Wu hundió su cuchara. Fuera, los relámpagos destellaban y se oía el penetrante estallido de los truenos.

–Ése ha sonado cerca –murmuró–. Espero que la tormenta no asuste a los niños.

–No lo creo –contestó Hammond. Probó el helado–. Pero no puedo dejar de albergar ciertos temores relativos a este parque, Henry.

En su interior, Wu se sintió aliviado: quizá el anciano fuera a enfrentarse con los hechos, después de todo.

–¿Qué clase de temores?

–Ya sabes, el Parque Jurásico en realidad se hizo para los niños. Todos los niños del mundo aman los dinosaurios, y se deleitarán, escúchame bien, se deleitarán, en este lugar. Sus caritas se iluminarán con la dicha de ver, por fin, esos maravillosos animales. Pero tengo miedo... Puedo no estar vivo para verlo, Henry. Puedo no estar vivo para ver la dicha en sus caritas.

–Creo que hay otros problemas también –observó Wu, frunciendo el ceño.

–Pero ninguno que me obsesione como éste: que puedo no vivir para ver sus caritas iluminadas, encantadas. Y, no obstante, este parque es nuestro triunfo. Hemos hecho todo lo que nos habíamos propuesto hacer. Y, si lo recuerdas, nuestra intención original era utilizar la tecnología recién surgida de la ingeniería genética para ganar dinero. Mucho dinero.

Wu sabía que Hammond estaba a punto de lanzarse a perorar sobre uno de sus antiguos temas. Por eso, alzó la mano y dijo:

–Estoy familiarizado con eso, John...

–Si estuvieses a punto de crear una compañía dedicada a la bioingeniería, Henry, ¿qué elaborarías? ¿Harías productos para ayudar a la humanidad, para luchar contra los males y las enfermedades? Válgame Dios, no. Ésa es una idea terrible. Es un uso nefasto de la nueva tecnología. –Hammond movió la cabeza con tristeza–. Y, sin embargo, recordarás que las compañías que originalmente se dedicaron a la ingeniería genética, como Genentech y Cetus, empezaron todas por elaborar fármacos. Nuevas medicinas para la humanidad. Noble, noble propósito. Desgraciadamente, las medicinas tienen que hacer frente a toda clase de obstáculos: sólo los ensayos de la FDA requieren de cinco a ocho años... si hay suerte. Peor aún, hay fuerzas que intervienen en el mercado: supón que hicieras una medicina peligrosa contra el cáncer o para las enfermedades cardíacas, como hizo Genentech. Supón, ahora, que quieres cobrar mil dólares, o dos mil dólares, por la dosis. Podrías imaginar que estás en tu derecho. Después de todo, tú inventaste la medicina, tú pagaste la investigación y las pruebas; deberías poder cobrar lo que quisieras. Pero ¿realmente crees que el Estado te permitirá hacerlo? No, Henry, no te lo permitirán. Los enfermos no van a pagar mil dólares la dosis por la medicación que necesitan..., no van a mostrarse agradecidos, sino indignados. La Cruz Azul[1] tampoco los pagará: gritarán que es un asalto a mano armada. Así que esto es lo que ocurrirá: se te negará la solicitud de la patente; se te demorarán los permisos. Te obligarán a entrar en razón... y a vender la medicina a menor costo. Desde un punto de vista empresarial, eso hace que ayudar a la humanidad sea una empresa muy arriesgada. Personalmente, nunca ayudaría a la humanidad.

Wu había escuchado ese razonamiento antes. Y sabía que Hammond tenía razón: algunos nuevos fármacos producidos mediante la bioingeniería realmente habían padecido demoras inexplicables y problemas de patente.

–Ahora bien –prosiguió Hammond–, piensa en lo distintas que son las cosas cuando produces entretenimiento. Nadie «necesita» entretenimiento. Ésa no es cuestión que requiera la intervención del Estado. Si cobro cinco mil dólares al día por mi parque, ¿quién me va a detener? Después de todo, nadie necesita venir aquí. Y, lejos de ser un asalto a mano armada, una etiqueta con precio elevado realmente aumenta el atractivo del parque: una visita se convierte en un símbolo de posición social, y les gusta a todos los norteamericanos lo mismo que a los japoneses y, claro está, los japoneses tienen mucho más dinero.

Hammond terminó su helado y María le retiró el plato.

–Ella no es de aquí, ¿sabes? –cxplicó–. Es haitiana. Su madre es francesa. Pero, en todo caso, Henry, recordarás que el propósito original que animaba la intención de guiar mi compañía en esta dirección, fue evitar la intervención del Estado, en cualquier parte del mundo.

–Y hablando del resto del mundo...

–Ya hemos alquilado una gran porción de las Azores, para el Parque Jurásico de Europa. –Hammond sonrió–. Y sabes que hace mucho conseguimos una isla cerca de Guam, para el Parque Jurásico de Japón. La construcción de los dos Parques Jurásicos siguientes comenzará a principios del año que viene. Todos se inaugurarán dentro de cuatro. En ese momento, los ingresos directos

1. Sistema norteamericano de seguro médico. *(N. del T.)*

superarán los diez mil millones de dólares anuales, y los derechos de comercialización, de televisión y subsidiarios deberán duplicar esa cifra. No veo motivo alguno para molestarnos haciendo mascotas para los niños, cosa que, según se me informa, Lew Dodgson piensa que estamos planeando hacer.

–Veinte mil millones de dólares al año –dijo Wu en voz baja, meneando la cabeza.

–Y eso hablando con moderación –aclaró Hammond. Sonrió–: No hay razón para hacer especulaciones alocadas. ¿Más helado, Henry?

–¿Lo han encontrado? –preguntó Arnold con brusquedad, cuando el guardia entró en la sala de control.

–No, señor Arnold.

–Encuéntrenlo.

–No creo que esté en el edificio, señor Arnold.

–Entonces busquen en el pabellón. Busquen en el edificio de mantenimiento, busquen en el cobertizo de equipos, miren en todas partes, pero encuéntrenlo.

–El caso es que... –El guardia vaciló–. El señor Nedry es el hombre gordo, ¿no es así?

–Así es. Es gordo. Un gordo desaliñado.

–Bueno, pues Jimmy, que estaba abajo, en el vestíbulo principal, ha visto al gordo entrar en el garaje.

Muldoon giró sobre sí mismo.

–¿Entrar en el garaje? ¿Cuándo?

–Hará unos diez, quince minutos.

–¡Santo Dios! –exclamó Muldoon.

El jeep se detuvo con un chirrido de neumáticos.

–Lo siento –dijo Harding.

A la luz de los faros, Ellie vio una manada de apatosaurios avanzando pesadamente por el camino. Había seis animales, cada uno del tamaño de una casa pequeña, y un bebé tan grande como un caballo adulto. Los apatosaurios se movían en silencio, sin prisa, sin mirar jamás al jeep y sus brillantes faros. En un momento dado, el bebé dejó de lamer agua de un charco del camino para proseguir su marcha.

Una manada similar de elefantes se hubiese sobresaltado ante la llegada de un automóvil, habría barritado y formado un círculo para proteger al bebé. Pero esos animales no mostraban miedo.

–¿No nos ven? –preguntó Ellie.

–No exactamente –dijo Harding–. Por supuesto, en sentido literal sí nos ven, pero en realidad no *significamos* nada para ellos. Raras veces sacamos automóviles durante la noche, así que no tienen experiencia con ellos. No somos más que un objeto extraño, oloroso, en su ambiente. Que no representa una amenaza y, por consiguiente, que está desprovisto de interés. En ocasiones salgo de noche y, cuando vuelvo, estos tipos obstruyen el camino durante una hora o más.

–¿Qué hace entonces?

Harding sonrió de oreja a oreja.

–Paso una cinta que contiene el rugido de un tiranosaurio: eso les hace ponerse en movimiento. No es que les preocupen mucho los tiranosaurios. Estos animales son tan grandes que realmente no tienen depredadores; pueden romperle el cuello a un tiranosaurio con un golpe circular de su cola. Y lo saben... también lo sabe el tiranosaurio.

–Pero si nos ven... Quiero decir, si bajamos del coche...

Harding se encogió de hombros.

–No lo recomiendo, pero el hecho es que probablemente no reaccionen. Los dinosaurios tienen una excelente agudeza visual, pero es el sistema visual de un anfibio y está sintonizado con el movimiento. Directamente no ven bien las cosas que no se mueven.

Los animales avanzaron, la piel brillante bajo la lluvia. Harding puso el automóvil en marcha.

–Creo que ahora podemos seguir.

–Aun así –dijo Wu–, sospecho que puede haber presiones sobre su parque, del mismo modo que las hay sobre las medicinas de Genentech.

Él y Hammond habían pasado a la sala de estar, y estaban observando cómo la tormenta azotaba las grandes ventanas.

–No veo de qué manera –repuso Hammond.

–Los científicos tal vez quieran restringirlo. Incluso detenerlo.

–Bueno, *no pueden hacerlo*. –Hammond agitó el dedo ante Wu–. ¿Sabes por qué los científicos podrían tratar de hacerlo? Porque quieren hacer investigaciones, naturalmente. Eso es todo lo que siempre quieren, hacer investigaciones. No para lograr algo.

No para avanzar. Nada más que para *investigar*. Pues entonces les espera una sorpresa.

–No estaba pensando en eso –aclaró Wu.

Hammond suspiró.

–Estoy seguro de que sería *interesante* que los científicos hicieran investigaciones. Pero se llega al punto en que estos animales sencillamente son demasiado costosos como para que se los utilice en investigaciones. Un proyecto como éste, con los costos subyacentes, ha ido más allá del alcance de las investigaciones. Esta tecnología es maravillosa, Henry, pero también terriblemente costosa. El hecho es que únicamente se puede mantener como entretenimiento. –Hammond se encogió de hombros, y agregó–: Así son las cosas, sencillamente.

–Pero si hubiera intentos de clausurar...

–Haz frente a los malditos hechos, Henry. –Hammond se mostró irritado–. Esto no es Norteamérica, ni siquiera es Costa Rica. Ésta es mi isla. Me pertenece, y nada me va a impedir que abra el Parque Jurásico para todos los niños del mundo. –Soltó una risita–. O, por lo menos, para los niños ricos del mundo. Y, te lo repito, les va a encantar.

En el asiento trasero del jeep, Ellie Sattler miraba por la ventanilla. Habían estado viajando a través de la selva encharcada por la lluvia durante veinte minutos y no habían visto nada desde que los apatosaurios cruzaron el camino.

–Ahora estamos cerca del río que pasa por la jungla –informó Harding, mientras conducía–. Está por ahí, en alguna parte hacia nuestra izquierda.

Bruscamente, volvió a echar los frenos. El automóvil patinó hasta detenerse frente a un hato de pequeños animales verdes.

–Bueno, parece que esta noche tienen todo un espectáculo –comentó–. Éstos son compis.

«Procompsognátidos», pensó Ellie, deseando que Grant estuviera allí para verlos. Éste era el animal del que habían visto el facsímil electrónico, allá en Montana. Los pequeños procompsognátidos de color verde oscuro se escabulleron hacia el otro lado del camino; después, se pusieron en cuclillas sobre sus patas traseras para mirar el jeep, olfateando brevemente, antes de desaparecer en la oscuridad.

–Qué extraño –observó Harding–. Me pregunto adónde van.

No es corriente que los compis se desplacen de noche, ¿saben? Trepan a un árbol y esperan la luz del día.

–Entonces ¿por qué han salido ahora? –preguntó Ellie.

–No me lo puedo imaginar. Como sabrán, los compis son carroñeros, igual que los buitres. Son atraídos por los animales agonizantes, y tienen un olfato tremendamente sensible: pueden olerlos a kilómetros de distancia.

–Entonces, ¿se dirigen hacia un animal agonizante?

–Agonizante, o ya muerto.

–¿Los seguimos?

–Siento curiosidad. Sí, ¿por qué no? Vayamos a ver hacia dónde se dirigen.

Hizo girar el coche y enfiló hacia atrás, hacia los compis.

TIM

Tim Murphy yacía en el crucero de tierra, con la mejilla apretada contra la manecilla de la portezuela. Lentamente recobró el conocimiento. Sólo quería dormir. Cambió de posición y sintió el dolor en el pómulo, allí donde se apoyaba contra la portezuela metálica. Le dolía todo el cuerpo. Los brazos, y las piernas, y la mayor parte de la cabeza: sentía un terrible dolor pulsátil en las sienes. Sólo quería volverse a dormir.

Se incorporó apoyándose en un codo, abrió los ojos, tuvo arcadas y vomitó sobre la camisa, así como en el coche. Sintió el gusto amargo de la bilis y se limpió la boca con el dorso de la mano. Le palpitaban las sienes, se sentía mareado y con vértigo, como si todo se moviera, como si se estuviera meciendo de aquí para allá en un bote.

Tim gimió y rodó sobre la espalda, alejándose del charco de vómito. El dolor de cabeza le hacía respirar con exhalaciones breves, poco profundas. Y seguía sintiendo náuseas, como si todo se estuviera moviendo. Abrió los ojos y miró en derredor, tratando de orientarse. Estaba dentro del crucero de tierra. Pero el coche tenía que haberse volcado, porque Tim yacía con la espalda apoyada en la portezuela del pasajero, viendo hacia arriba el volante y, más allá, las ramas de un árbol, que se movían con el viento. La lluvia casi había cesado, pero Tim estaba mojado y le seguían cayendo gotas de agua a través del destrozado parabrisas.

Contempló con curiosidad los fragmentos de vidrio: no podía recordar cómo se había roto. No podía recordar nada, salvo que se habían detenido en el camino y que estaba hablando con el doctor Grant, cuando el tiranosaurio se les echó encima. Eso era lo último que recordaba.

Volvió a sentirse mareado y cerró los ojos hasta que pasó la sensación de náusea. Era consciente de que se oía un sonido rítmico y crujiente, como el de los aparejos de un barco. Mareado y con sensación de náuseas, realmente sentía como si todo el coche se estuviese moviendo debajo de él. Pero, cuando abrió los ojos de nuevo, vio que era cierto: acostado sobre uno de sus flancos, el Crucero de Tierra, se balanceaba hacia atrás y hacia delante.

Todo el coche se estaba moviendo.

Lentamente, volvió a incorporarse. Erguido sobre la portezuela del pasajero atisbó por el encima del hombro el tablero de instrumentos, a través del parabrisas hecho añicos. Al principio únicamente vio follaje denso por todas partes, que se movía con el viento. Pero de vez en cuando podía ver huecos y, más allá del follaje, el suelo estaba...

El suelo estaba seis metros más abajo.

Miró sin comprender. El dolor pulsátil de su cabeza se agudizó. Cerró los ojos un instante y respiró hondo. Después volvió a mirar, con la esperanza de que no fuera verdad. Pero lo era: el crucero de tierra estaba volcado, entre las ramas de un árbol grande, a seis metros sobre el suelo, oscilando de un lado a otro por la acción del viento.

–¡Mierda! –exclamó.

¿Qué podía hacer? Se puso de puntillas y atisbó hacia afuera, tratando de ver mejor. Se aferró al volante para tener un punto de apoyo: el volante giró libremente en su mano y, con un fuerte crujido, el crucero cambió de posición, cayendo unos pocos centímetros por las ramas del árbol. El movimiento súbito hizo que Tim se agarrara con fuerza a la columna de dirección y se colgara de ella. A través del vidrio destrozado de la ventanilla, miró hacia el suelo, que estaba muy abajo.

–¡Oh, mierda! ¡Oh, mierda! –seguía repitiendo–. ¡Oh, mierda! ¡Oh, mierda!

Otro fuerte crujido. El crucero de tierra se sacudió y cayó otros treinta centímetros.

Tenía que salir. Se miró los pies: estaba sobre la manecilla de la portezuela. Se agachó, apoyándose sobre manos y rodillas, para mirar la manecilla. No veía muy bien en la oscuridad, pero podía discernir que la puerta estaba abollada hacia fuera, por lo que la manecilla no podría girar. Nunca conseguiría abrir la puerta. Trató de bajar la ventanilla, pero también estaba atascada. Después pensó en la portezuela de atrás. Quizá pudiera abrirla. Se inclinó sobre el asiento delantero, y el crucero se bamboleó como consecuencia del desplazamiento de su peso. Tim se aferró al asiento, aterrado. El crucero de tierra se acomodó otra vez.

Con cuidado, Tim extendió el brazo hacia atrás y dio vueltas a la manecilla de la portezuela trasera.

Estaba trabada también.

¿Cómo iba a salir?

Oyó un resoplido y miró hacia abajo. Una forma oscura pasó debajo de él. No era el tiranosaurio: esa forma era rechoncha y emitía una especie de resuello al tiempo que andaba como un pato. Movía la cola con torpeza hacia delante y hacia atrás, y Tim pudo ver unas largas espinas.

Era el estegosaurio, aparentemente recuperado de su malestar. Eso hizo que Tim se preguntara dónde estaba el resto de la gente: Gennaro, Sattler y el veterinario. La última vez que los había visto estaban cerca del estegosaurio. ¿Cuánto tiempo había pasado desde entonces? Miró su reloj, pero la esfera estaba resquebrajada y no podía distinguir los números. Se lo quitó y lo tiró a un lado.

El estegosaurio resopló y prosiguió su camino. Ahora, los únicos sonidos eran el viento en los árboles y los crujidos del crucero de tierra, cuando se deslizaba hacia atrás y hacia delante.

Tenía que salir de ahí.

Aferró la manecilla y trató de forzarla, pero estaba completamente trabada. No la podía mover en absoluto. Entonces se dio cuenta de qué era lo que la trababa: ¡la puerta trasera tenía puesto el seguro! Tim tiró hacia arriba el pasador y dio vuelta a la manecilla. La puerta abierta giró sobre sus bisagras, abriéndose hacia abajo... y se detuvo contra la rama que estaba unas decenas de centímetros más abajo.

La abertura era estrecha, pero Tim pensó que podría deslizarse por ella. Al tiempo que contenía la respiración, se arrastró lentamente hacia atrás, hasta el asiento posterior. El crucero de tierra crujió, pero mantuvo la posición. Aferrándose a los dos lados del marco de la portezuela, Tim se dejó caer lentamente a través de la estrecha abertura en ángulo que dejaba la portezuela. Pronto estuvo totalmente acostado boca abajo sobre la puerta que estaba en pendiente, con los pies asomándole fuera del coche. Pataleó en el aire, los pies tocaron algo sólido... una rama, y se apoyó en ella con todo su peso.

En cuanto lo hizo, la rama se dobló hacia abajo y la portezuela se abrió más, haciéndole caer fuera del crucero de tierra. Tim se precipitó a plomo, sintiendo las ramas que le arañaban la cara. Su cuerpo rebotaba de rama en rama, sintió una sacudida, un dolor lacerante, una luz brillante dentro de la cabeza...

Su caída se detuvo con un golpe muy brusco, que lo hizo quedarse sin aliento. Doblado en U sobre una rama grande, el aliento le volvió en forma de jadeos entrecortados, mientras sentía en el estómago un dolor ardiente.

Tim oyó otro crujido y alzó la vista hacia el crucero de tierra, una gran forma oscura a algo más de un metro por encima de él.

Otro crujido. El coche se desplazó.

Tim se obligó a moverse, a descender por el árbol. Le solía gustar subirse a los árboles; era un buen trepador de árboles. Y éste era un buen árbol para trepar: las ramas estaban cerca unas de las otras, casi como si fuera una escalera...

Cracccc...

No había duda, el coche se estaba moviendo.

Ayudándose con pies y manos, de forma desordenada, Tim descendía, resbalando sobre las ramas húmedas, sintiendo resina pegajosa en las manos, apresurándose. No había descendido más que unas decenas de centímetros, cuando el crucero de tierra crujió con gran estrépito por última vez y, entonces, con lentitud, con mucha lentitud, se inclinó: Tim pudo ver la gran rejilla verde y los faros, que oscilaban hacia él. Después, el coche cayó a plomo, ganando velocidad a medida que se precipitaba hacia el niño. Golpeó estrepitosamente la rama en la que Tim estaba hacía un instante...

Y se detuvo. La cara del niño, sobre la que cayeron gotas de aceite, quedó a unos centímetros de la rejilla abollada y torcida hacia adentro como una boca maligna, y de los faros a modo de ojos.

El chico todavía estaba a unos cuatro metros del suelo. Extendió el brazo hacia abajo, palpó otra rama y descendió. Por encima de él vio la otra rama, que se arqueaba hacia abajo por el peso del crucero de tierra y que después se quebró dejando caer el crucero de tierra a toda velocidad en pos de Tim, que supo que nunca podría escapar, que nunca podría bajar lo suficiente rápido, así que simplemente se dejó caer.

Cayó a plomo el resto de la distancia.

Se precipitó a tierra golpeando las ramas en su caída, sintiendo dolor en cada parte del cuerpo, oyendo cómo el crucero se abría paso entre las ramas aplastándolas, yendo tras él como un animal de presa. Después su hombro chocó con la tierra blanda y él rodó lo más rápido que pudo y apretó el cuerpo contra el tronco del árbol, mientras el crucero se desplomaba produciendo un fuerte estallido metálico y una súbita andanada caliente de chispas eléctricas que aguijonearon la piel de Tim, y chisporrotearon y sisearon en el suelo húmedo que había alrededor.

Con lentitud, se puso de pie. En la oscuridad oyó el resuello y vio al estegosaurio que volvía, aparentemente atraído por la colisión del crucero de tierra. El dinosaurio se movía tontamente, con la cabeza gacha bien tendida hacia delante y las grandes láminas cartilaginosas que formaban dos hileras a lo largo de la giba del lomo. A Tim le daba la impresión de que se comportaba como una tortuga que hubiera crecido de más: así era de estúpido. Y de lento.

Cogió una piedra y se la tiró.

–¡Márchate!

La piedra rebotó en las láminas con ruido sordo. El estegosaurio siguió acercándose.

–¡Vamos! *¡Vete!*

Arrojó otra piedra, y lo alcanzó en la cabeza. El animal gruñó, se volvió con lentitud, y arrastrando las patas, se marchó en la dirección en que había venido.

Tim se apoyó en el aplastado crucero de tierra y miró a su alrededor. Tenía que volver a reunirse con los demás, pero no quería perderse. Sabía que estaba en alguna parte del parque, probablemente no muy lejos del camino principal. Si tan sólo pudiera orientarse. No podía ver gran cosa, pero...

Y entonces recordó las lentes.

A través del parabrisas roto trepó al interior del crucero, y halló las lentes de visión nocturna y la radio; la radio estaba rota, así que la dejó. Pero las lentes todavía funcionaban. Las encendió y se sintió reconfortado al ver la familiar imagen color verde fosforescente.

Con las lentes puestas, vio la derribada cerca, a su izquierda, y se encaminó hacia ella. La cerca tenía cuatro metros de alto, pero el tiranosaurio la había aplastado con facilidad. Tim la cruzó presuroso, pasó por un sector de follaje denso y salió al camino principal.

A través de las lentes vio el otro crucero de tierra, volcado. Corrió hacia él, tomó aliento y miró en el interior: el coche estaba vacío. No había señales del doctor Grant ni del doctor Malcolm.

¿Dónde habían ido?

¿Dónde se habían ido todos?

Sintió un pánico repentino, de pie, solo, en el camino de la jungla, de noche, frente a ese coche vacío, y rápidamente giró en círculos, viendo cómo el mundo verde brillante que le mostraban las lentes daba vueltas como un remolino. Algo descolorido que estaba a un lado del camino atrajo su mirada, se acercó con precaución y lo recogió: era la pelota de béisbol de Lex. Le quitó el barro.

–¡Lex!

Tim gritó lo más fuerte que pudo, sin importarle si los animales le oían. Escuchó, pero sólo le llegó el ruido del viento, y el de las gotas de lluvia que caían de los árboles.

–¡Lex!

Vagamente recordaba que su hermana estaba en el crucero de tierra cuando el tiranosaurio los atacó. ¿Se había quedado allí? ¿O había huido? Los sucesos del ataque estaban confusos en su mente. No recordaba exactamente lo ocurrido. Sólo pensar en ello le inquietaba. Se detuvo en el camino, jadeando de pánico.

–Lex.

La noche parecía querer envolverle. Sintiendo desgraciado, se sentó en un frío charco del camino y lloriqueó un rato. Cuando finalmente se calmó, todavía oía un lloriqueo. También oyó un ruido extraño, sordo, de algo que golpeaba rítmicamente; parecía provenir de algún lugar camino arriba.

–¿Cuánto tiempo ha pasado? –preguntó Muldoon, volviendo a la sala de control con una caja metálica negra.

–Media hora.

–El jeep de Hardy ya debería estar aquí.

Arnold aplastó su cigarrillo.

–Estoy seguro de que llegará en cualquier momento.

–¿Todavía no hay señales de Nedry? –preguntó Muldoon.

–No. Todavía no.

Muldoon abrió la caja, que contenía seis radios portátiles.

–Voy a distribuirlas entre la gente del edificio. –Le pasó una a Arnold–. Tome el cargador también, se les ha agotado la corriente. Son nuestras radios de emergencia, pero, naturalmente, nadie las ha enchufado para recargarlas. Déjela que se cargue unos veinte minutos y después trate de ver si consigue sintonizarlos.

Henry Wu abrió la puerta con el rótulo FERTILIZACIÓN, y entró en el oscuro laboratorio. Allí no había nadie; al parecer, los técnicos todavía estaban cenando. Wu fue directamente a una terminal del ordenador y tecleó los registros cronológicos del ADN. Esos registros tenía que llevarlos el ordenador porque el ADN era una molécula tan grande que cada especie necesitaba diez gigabytes[1] de espacio en disco óptico[2] para almacenar detalles de todas las iteraciones[3]. Wu iba a tener que revisar las quince especies. Era una enorme cantidad de información que había que examinar.

Todavía no veía con claridad por qué Grant había pensado que el ADN de rana era importante. A menudo, Wu mismo no distinguía una clase de ADN de otra. Después de todo, la mayor parte del ADN de los seres vivos era exactamente el mismo. Wu entendía que el ADN era una sustancia increíblemente antigua. Los seres humanos, cuando andaban por las calles del mundo moderno, levantando por el aire a sus rosados bebés recién nacidos, difícilmente se detenían a pensar que la sustancia que estaba en el centro de todo ello –la que comenzó la danza de la vida– era una sustancia química casi tan antigua como la Tierra misma. La molécula de ADN era muy antigua y su evolución había terminado, esencialmente, hacía más de dos mil millones de años; desde en-

1. Gigabyte: Unidad de medida de la capacidad de un medio de almacenamiento de ordenador. En la práctica equivale, aproximadamente, a mil millones de bytes (10^9 bytes; el kilobyte, utilizado en ordenadores comunes, equivale a 10^3 bytes. *(N. del T.)*

2. Medio de almacenamiento en el que la información no se registra de forma magnética, sino como pequeños orificios que se graban y leen con láser. *(N. del T.)*

3. El proceso de repetir una operación del ordenador, o todo un conjunto de esas operaciones. *(N. del T.)*

tonces, muy pocas cosas habían tenido lugar. Sólo unas cuantas combinaciones recientes de los antiguos genes... y ni siquiera había mucho de eso.

Cuando se comparaba el ADN del hombre con el de una bacteria inferior, se descubría que sólo el diez por ciento de las cadenas era diferente. Esta innata tendencia conservadora del ADN había animado a Wu a utilizar cualquier ADN que quisiera. Al crear sus dinosaurios, manipuló el ADN del mismo modo que un escultor pudiera haberlo hecho con arcilla o mármol. Wu había creado con libertad.

Ejecutó el programa de búsqueda del ordenador, a sabiendas de que le llevaría dos o tres minutos pasar por pantalla. Se puso de pie y recorrió el laboratorio, revisando los instrumentos: eso era fruto de un antiguo hábito. Observó el indicador que había fuera de la puerta de la cámara frigorífica, que hacía el seguimiento de la temperatura del congelador: vio que en el gráfico aparecía un pico. Eso era raro, pensó: significaba que alguien había entrado en la cámara. Y hacía muy poco, además, en el curso de la última media hora. Pero ¿quién querría entrar ahí de noche?

El ordenador emitió una señal electrónica audible, breve, indicando que se había completado la primera búsqueda de datos. Wu fue a ver lo que había encontrado y, cuando vio la pantalla, olvidó por completo la cámara frigorífica y el pico del gráfico.

ALGORITMO LEITZKE PARA LA BÚSQUEDA DE ADN

ADN: Criterios para la búsqueda de versión: RANA (todo, fragmento 1 en > 0)

ADN que incorpora fragmentos de RANA	*Versiones*
Maiasaurios	2.1-2.9
Procompsognátidos	3.0-3.7
Othnielios	3.1-3.3
Velocirraptores	1.0-3.0
Hipsilofodontes	2.4-2.7

El resultado estaba claro: todos los dinosaurios que se reproducían tenían incorporado ADN de rana. Ninguno de los otros animales lo tenía. Wu todavía no entendía por qué eso los había hecho reproducirse, pero ya no podía negar que Grant tenía razón: los dinosaurios se estaban reproduciendo.

Salió deprisa hacia la sala de control.

LEX

Estaba acurrucada dentro de un gran caño de desagüe de un metro de diámetro, que pasaba por debajo del camino. Tenía el guante de béisbol en la boca y se mecía hacia atrás y hacia delante, golpeándose la cabeza repetidamente contra la parte trasera del caño. Ahí dentro estaba oscuro, pero con las lentes pudo verla con claridad. No parecía estar herida y él sintió un gran alivio, al haberla encontrado.

–Lex, soy yo, Tim.

No le respondió. Siguió golpeándose la cabeza contra el caño.

–Sal de ahí.

Sacudió bruscamente la cabeza, haciendo un gesto de negación.

Pudo ver que estaba terriblemente asustada.

–Lex, si sales, te dejaré estas lentes de visión nocturna.

Negó con la cabeza.

–Mira lo que tengo –dijo él, levantando la mano. La niña lo miró sin comprender–. Es tu pelota, Lex, he encontrado tu pelota.

–Y qué.

Tim intentó otro enfoque:

–Debe de ser incómodo estar ahí. Y debe de hacer frío también. ¿No te gustaría salir?

Volvió a negar con la cabeza y reanudó los cabezazos contra el caño.

–¿Por qué no?

–Hay animales ahí fuera.

Eso lo desconcertó un instante: hacía años que su hermana no pronunciaba la palabra «animales».

–Los animales se han ido –afirmó para tranquilizarla.

–Hay uno grande. Un *Tyrannosaurus rex*.

–Se ha ido.

–¿Adónde?

–No sé, pero no anda por aquí ahora –aseguró Tim, con la esperanza de estar diciendo la verdad.

Lex no se movió. La oyó dar cabezazos otra vez. Se sentó en la hierba que había fuera del caño, en un sitio en el que ella pudiera verle. El suelo estaba mojado donde él estaba sentado; se abrazó las rodillas y esperó. No se le ocurría hacer otra cosa.

–Simplemente me voy a sentar aquí y descansar –declaró.

–¿Está papaíto ahí fuera?

–No –contestó, sintiéndose raro–. Está en casa, Lex.

–¿Está mamaíta?

–No, Lex.

–¿Hay alguna persona mayor ahí fuera?

–Aún no. Pero estoy seguro de que vendrán pronto. Es probable que ya estén en camino.

Entonces la oyó moverse dentro del caño, y salir: tiritaba de frío, y tenía sangre seca en el cuero cabelludo y en la frente, pero, aparte de eso, estaba bien.

Miró a su alrededor, sorprendida, y preguntó:

–¿Dónde está el doctor Grant?

–No lo sé.

–Bueno, estaba aquí antes.

–¿Estaba? ¿Cuándo?

–Antes. Le he visto desde el caño.

–¿Adónde ha ido?

–¿Y cómo voy a saber yo adónde ha ido? –contestó Lex, arrugando la nariz. Y empezó a gritar–: ¡Ehhh, ehhh! ¿Doctor Grant? ¡Doctor Grant!

Tim estaba inquieto por el ruido que hacía su hermana –podría atraer al tiranosaurio– pero, un instante después, oyó un grito de respuesta. Venía de la derecha, del lugar donde estaba el crucero de tierra que había dejado pocos minutos atrás. Con las lentes, Tim vio con alivio que el doctor Grant caminaba hacia ellos. Tenía un gran desgarrón en la camisa, a la altura del hombro, pero fuera de eso parecía estar bien.

–Gracias a Dios –dijo–. Os he estado buscando.

Tiritando, Ed Regis se puso de pie y se quitó el barro de la cara y las manos. Había pasado una malísima media hora, atrapado entre grandes bloques de piedra, en la ladera de la colina situada debajo del camino. Sabía que, como escondite, no era gran cosa, pero estaba aterrorizado y no podía pensar con claridad. Se había arrojado a ese lugar frío y lleno de barro y había tratado de controlarse, pero en su mente seguía viendo ese dinosaurio que venía hacia él. Hacia el coche.

Ed Regis no recordaba con exactitud lo sucedido después de eso. Recordaba que Lex decía algo, pero él no se detuvo, no podía detenerse, sencillamente siguió corriendo sin parar. Más allá del camino tropezó y cayó rodando por la colina hasta quedar detenido junto a unos bloques de piedra. Tuvo la impresión de que podía arrastrarse entre esos bloques y esconderse –había bastante espacio–, así que eso fue lo que hizo. Jadeante y aterrorizado, sin pensar en otra cosa que escapar del tiranosaurio: Y al final, cuando quedó metido ahí adentro como una rata, entre los bloques de piedra, se calmó un poco, y le abrumaron el pavor y la vergüenza, porque había abandonado a esos niños, sencillamente había escapado, sencillamente se había salvado. Sabía que debía regresar al camino, que debía tratar de rescatarlos, porque siempre se había imaginado a sí mismo como valiente y frío al estar sometido a presiones, pero cada vez que intentaba controlarse para obligarse a subir de vuelta al camino..., por alguna razón no le era posible. Empezaba a sentir pánico y a tener problemas para respirar, y no podía moverse.

Se dijo a sí mismo que, de todos modos, no había remedio: si los niños seguían allá arriba, en el camino, nunca conseguirían sobrevivir y, desde luego, no había nada que Ed Regis pudiera hacer por ellos, así que podía quedarse donde estaba. Nadie iba a saber lo ocurrido, excepto él. Y no había nada que él pudiera hacer. No había nada que hubiese podido hacer. Por eso, Regis permaneció entre los bloques durante media hora, luchando contra el pánico, evitando cuidadosamente pensar en si los niños habían muerto, o en lo que Hammond hubiese podido hacer cuando lo supiera.

Lo que finalmente le hizo moverse fue la peculiar sensación que percibía en la boca. Notaba algo extraño en el costado, una especie de entumecimiento y de hormigueo, y se preguntó si se habría lesionado durante la caída. Se tocó la cara y advirtió la carne hinchada a un lado de la boca. Era extraño, pero no le dolía en absoluto. Entonces se dio cuenta de que la carne hinchada era una sanguijuela que iba engordando a medida que le succionaba los labios. Prácticamente estaba dentro de su boca. Estremeciéndose por las náuseas, se la arrancó de un tirón, sintiéndola desgarrarle la carne de los labios, sintiendo el borbollón de sangre tibia en la boca. Escupió y la arrojó con repugnancia hacia el bosque. Vio otra sanguijuela en el antebrazo, y también se la arrancó, lo que dejó una banda de sangre oscura. Jesús, era probable que estuviera cubierto de ellas. Esa caída por la ladera de la colina... Las colinas de la jungla estaban llenas de sanguijuelas. También lo estaban las hendiduras oscuras de las rocas. ¿Qué era lo que decían los trabajadores?: las sanguijuelas ascendían por los calzoncillos. Les gustaban los sitios oscuros y húmedos. Les gustaba reptar hasta llegar precisamente a...

–¡Holaaa!

Se detuvo. Era una voz, arrastrada por el viento.

–¡Ehhh! ¡Doctor Grant!

Dios mío, era la niña.

Ed Regis escuchó el tono de voz: no parecía estar asustada ni que padeciese ningún dolor. Simplemente gritaba según su estilo insistente.

Y poco a poco empezó a comprender que debía de haber ocurrido algo más, que el tiranosaurio debía de haberse alejado –o, por lo menos, no había atacado–, y que el resto de la gente todavía podría estar viva. Grant y Malcolm. Todos podían estar vivos. Y la comprensión de eso hizo que se recobrara en un santiamén, del mismo modo que un ebrio se vuelve sobrio al instante cuando los policías le obligan a ponerse de pie, y se sintió mejor, porque ahora sabía lo que tenía que hacer. Y mientras salía a gatas de los bloques de piedra, ya estaba preparando el paso siguiente, ya estaba pensando qué diría, cómo manejaría las cosas a partir de ese punto.

Regis se frotó la cara y las manos para limpiarse el barro: la prueba de que se había ocultado. No se avergonzaba de haberse escondido, pero ahora tenía que hacerse cargo del grupo. Desmañadamente, trepó hasta el camino y, al salir de la espesura, tuvo un momento de desorientación. No veía los coches por ninguna parte. Pero estaba al pie de la colina. Los cruceros de tierra tenían que estar en la cima.

Empezó a subir, en dirección a los coches eléctricos. Todo estaba muy silencioso. Sus pies chapoteaban en charcos llenos de barro. Ya no oía a la niñita. ¿Por qué había dejado de llamar? Mientras caminaba, empezó a pensar que quizá le había pasado algo: en ese caso, él no debía volver por ese lado. Quizá el tiranosaurio todavía anduviera por ahí. Ahí estaba él, Ed Regis, al pie de la colina. Muy cerca del hotel.

Y todo estaba silencioso. Fantasmal, de tan silencioso.

Ed Regis dio media vuelta y echó a andar hacia el hotel.

Alan Grant pasó las manos sobre los miembros de la niña, apretándole brevemente los brazos y las piernas. La niña no parecía tener el menor dolor. Era asombroso: aparte de un golpe en la cabeza, estaba bien.

–Ya le he dicho que estoy bien –le reprochó Lex.

–Bueno, tenía que comprobarlo.

El chico no había sido tan afortunado: tenía la nariz hinchada y le dolía; Grant sospechaba que estaba rota. El hombro derecho estaba sumamente magullado y tumefacto. Grant confiaba en que no hubiera derrame en la cápsula articular. Pero parecía tener las piernas indemnes. Ambos chicos podían andar. Eso era lo importante.

Grant mismo estaba completamente bien, salvo por una abrasión de garra en el lado derecho del pecho, donde el tiranosaurio le había pateado. Le ardía cada vez que respiraba, pero no parecía grave y no le impedía los movimientos.

Se preguntaba si el golpe le había dejado inconsciente, porque sólo tenía un recuerdo nebuloso de los sucesos inmediatamente precedentes al momento en que se incorporó, quejándose, en el bosque, a unos nueve metros del crucero de tierra. Al principio le sangraba el pecho, de modo que se cubrió con hojas la herida y, al poco rato, se formó el coágulo. Luego, empezó a caminar por los alrededores, en busca de Malcolm y los niños. No podía creer que todavía estaban vivos y, cuando algunas imágenes dispersas empezaron a volver a su mente, trató de extraer algún sentido de ellas. El tiranosaurio podría haberlos matado a todos con facilidad: ¿por qué no lo había hecho?

–Tengo hambre –dijo Lex.

–Yo también –contestó Grant–. Tenemos que encontrar el modo de regresar a la civilización. Y tenemos que contarles lo del barco.

–¿Somos los únicos que lo sabemos? –preguntó Tim.

–Sí. Tenemos que volver y decírselo.

–Entonces, desandemos el camino, hacia el hotel –propuso Tim, señalando hacia abajo de la colina–. De esta manera nos encontraremos con ellos cuando vengan por nosotros.

Grant seguía pensando en una sola cosa: la forma oscura que se había cruzado entre los cruceros, aun antes de que comenzara el ataque. ¿Qué animal era? Sólo se le ocurría una posibilidad: el tiranosaurio pequeño.

–No lo creo, Tim. El camino tiene cercas altas a los lados –contestó Grant–. Si uno de los tiranosaurios está más adelante en el camino, quedaremos atrapados.

–Entonces ¿debemos esperar aquí? –dijo Tim.

–Sí. Esperemos aquí hasta que alguien venga.

–Tengo hambre –repitió Lex.

–Espero que no pase mucho tiempo –dijo Grant.

–No quiero quedarme –dijo Lex.

En ese momento, oyeron que un hombre tosía al pie de la colina.

–Quédate aquí –ordenó Grant, y corrió hacia delante, para mirar desde lo alto de la colina.

–Quédate aquí –dijo Tim, y corrió detrás de Grant.

Lex siguió a su hermano.

–No me dejéis aquí, muchachos...

Grant le tapó la boca con la mano. Lex forcejeó para protestar, y el paleontólogo le hizo un gesto de negación con la cabeza y señaló sobre la colina para que mirara.

Al pie de la colina, Grant vio a Ed Regis, que estaba de pie, paralizado. El bosque que lo rodeaba se había vuelto mortalmente silencioso. El constante zumbido de fondo de las cicadíneas y las ranas había cesado de forma abrupta. Sólo se oía el débil susurro de las hojas y el gemido del viento.

Lex empezó a decir algo, pero Grant la empujó contra el tronco del árbol más cercano y se agachó entre las nudosas raíces de la base. Tim fue inmediatamente detrás de ellos. El paleontólogo se llevó un dedo a los labios, haciéndoles gesto de que permanecieran en silencio y, después, con la máxima precaución, miró al otro lado del árbol.

Abajo, el camino estaba oscuro y, cuando las ramas de los árboles grandes se agitaban con el viento, la luz de la luna que se filtraba entre ellas formaba manchas cambiantes. Ed Regis había desaparecido. A Grant le llevó un instante localizarlo: el publicista estaba apretado contra el tronco de un árbol grande abrazándolo; no se movía en absoluto. El bosque permanecía silencioso.

Lex tiró con impaciencia de la camisa de Grant; quería saber qué estaba pasando. En ese momento, procedente de algún lugar muy cercano, oyeron un soplido suave, como un bufido, apenas más fuerte que el susurro del viento. Lex lo oyó también, porque dejó de moverse.

El sonido volvió a flotar hacia ellos, suave como un suspiro. Grant pensó que era, casi, como la respiración de un caballo.

Miró a Regis, y vio las sombras cimbreantes que proyectaba la luna sobre el tronco del árbol. Y fue en ese momento cuando se dio cuenta de que había otra sombra, superpuesta a las demás, pero que no oscilaba: la de un fuerte cuello curvo y de una cabeza cuadrada.

Se volvió a oír el soplido.

Tim se inclinó con cautela, para mirar. Lex lo imitó también.

Oyeron un crujido, cuando una rama se partió, y en el sendero apareció un tiranosaurio. Era el ejemplar joven: alrededor de dos metros y medio de alto, y se movía con el paso desgarbado de un animal joven, casi como un cachorrito. El joven tiranosaurio recorrió el sendero avanzando con torpeza, deteniéndose a cada paso para olfatear el aire, antes de continuar su marcha. Pasó de largo el árbol en el que se ocultaba Regis, y no dio muestras de haberlo visto. Grant observó que el cuerpo del publicista se relajaba levemente. Regis volvió la cabeza, tratando de ver al tiranosaurio, que estaba al otro lado del árbol.

Ahora, el dinosaurio ya no estaba a la vista, había desaparecido por el camino. Regis empezó a relajarse, aflojando su abrazo alrededor del tronco. Pero la jungla seguía silenciosa. El publicista se mantuvo próximo al tronco durante medio minuto más. Luego, los sonidos del bosque retornaron: el croar de una rana arbórea, el zumbido de una de las cicadíneas y, después, todo el coro. Regis se separó del árbol, agitando los hombros, relajando la tensión. Salió a la mitad del camino, mirando en la dirección hacia la que había partido el dinosaurio.

El ataque llegó desde la izquierda.

El joven tiranosaurio rugió al tiempo que echaba la cabeza hacia delante, haciendo que Regis cayera de espaldas al suelo. El publicista lanzó un alarido y, ayudándose con los brazos y las piernas, se puso de pie, pero el tiranosaurio le saltó encima de forma repentina, y debió de sujetarle con una pata trasera porque, de pronto, Regis ya no se movió: permaneció sentado en el sendero, gritando al dinosaurio y agitando las manos ante él, como si pudiese ahuyentarlo. El joven dinosaurio parecía perplejo por los sonidos y los movimientos de su diminuta presa. Inclinó la cabeza hacia Regis, olfateándole con curiosidad, y el hombre le aporreó el hocico con los puños.

–¡Lárgate! ¡Fuera! ¡Vamos, fuera! –gritaba a voz en cuello, y el animal retrocedió, permitiendo que Regis se pusiera de pie–. ¡Sí! ¡Ya me has oído! ¡Atrás! ¡Lárgate! –seguía gritando el hombre mientras se alejaba del dinosaurio.

El animal siguió contemplando con curiosidad al extraño y ruidoso animalito que tenía ante él pero, cuando Regis hubo recorrido unos pocos pasos, volvió a precipitarse sobre él y a derribarlo.

«El tiranosaurio está jugando con él», pensó Grant.

–¡Eh! –gritó Regis mientras caía, pero el dinosaurio no lo persiguió, sino que le permitió incorporarse. El publicista se puso en pie de un salto y siguió retrocediendo–. Pedazo de estúpido... ¡Atrás! ¡Atrás! Ya me has oído, ¡atrás! –gritaba, como un domador de leones.

La cría de tiranosaurio rugió, pero no atacó, y Regis poco a poco se fue acercando a los árboles y al follaje alto que tenía a la derecha. Unos pocos pasos más y estaría en un escondrijo.

–¡Atrás! ¡Tú! ¡Atrás! –gritó y entonces, en el último instante, el tiranosaurio dio un súbito salto y le hizo caer de espaldas–. ¡Termina con eso! –aulló Regis, y el animal bajó la cabeza de golpe. El publicista empezó a gritar; no palabras, solamente un chillido estridente.

El grito se interrumpió bruscamente y, cuando el tiranosaurio levantó la cabeza, Grant vio carne desgarrada en sus fauces.

–¡Oh, no! –murmuró.

A su lado, Tim volvió la cara, presa de una repentina náusea. Al hacerlo, las lentes de visión nocturna le resbalaron de la frente, cayendo al suelo con un tintineo metálico.

La cabeza de la cría de tiranosaurio se levantó como impulsada por un resorte y miró hacia la cima de la colina.

Tim recogió las lentes, mientras Grant aferraba las manos de los chicos y echaba a correr.

CONTROL

Los compis se escabullían en la oscuridad del margen del camino. El jeep de Harding los seguía a corta distancia. Ellie señaló algo que estaba en el camino, más adelante.

–¿Eso es una luz?
–Podría ser –contestó Harding–. Parecen los faros de un automóvil.
La radio zumbó súbitamente y chasqueó. Oyeron a John Arnold preguntar:
–¿...ustedes ahí?
–Ah, ahí está –dijo Harding–. Por fin. –Apretó el botón–. Sí, John, estamos aquí. Estamos cerca del río, siguiendo a los compis. Es bastante interesante.
Más chasquidos. Después:
–...sita su coche...
–¿Qué ha dicho? –preguntó Gennaro.
–Algo acerca del coche –aclaró Ellie. En la excavación de Grant, en Montana, era ella quien operaba el radioteléfono; después de años de experiencia, se había vuelto ducha en la comprensión de transmisiones ininteligibles–. Creo que ha dicho que necesitaba su vehículo, Harding.
Harding apretó el botón.
–¿John? ¿Estás ahí? No le oímos muy bien, John.
Hubo un destello de relámpagos, seguido por un largo chirrido procedente de la radio; después, la voz tensa de Arnold:
–...¿Dónde están... des...?
–Estamos a algo más de kilómetro y medio de la dehesa de los hypsis. Cerca del río, siguiendo algunos compis.
–No... condenadamente bien... regresar... ¡ahora!
–Se lo oye como si tuviese un problema –dijo Ellie, frunciendo el ceño. No había posibilidad de error: en esa voz había tensión–. Quizá debamos volver.
Harding se encogió de hombros.
–Es frecuente que John tenga algún problema. Ya sabe cómo son los ingenieros. Quieren que todo salga como dice el libro. –Apretó el botón de la radio–. ¿John? Dígalo otra vez, por favor...
Más chasquidos. El fuerte estallido de un trueno. Después:
–Muldoo... necesita su coche... ra...
Gennaro frunció el entrecejo.
–¿Está diciendo que Muldoon necesita su coche?
–Eso es lo que me ha parecido oír.
–Bueno, pues eso no tiene el menor sentido –manifestó Harding.
–...otros... atascados... Muldoon quiere coche...

–Ya lo tengo –dijo Ellie–. Los demás coches están atascados en el camino, en la tormenta, y Muldoon quiere ir a buscarlos.

Harding se encogió de hombros.

–¿Por qué no coge el otro jeep? –Apretó el botón de la radio–. ¿John? Dígale a Muldoon que coja el otro coche. Está en el garaje.

La radio crujió:

–...no... escuchen... estúpidos... coche...

Harding volvió a apretar el botón de la radio.

–He dicho «está en el garaje», John. El coche está en el garaje.

Más chasquidos.

–...edry tiene... el... altante...

–Me temo que esto no nos lleva a ninguna parte –comentó Harding–. Muy bien, John. Ahora mismo vamos para allá. –Apagó la radio e hizo virar el jeep, agregando–: Me gustaría saber cuál es el motivo de la urgencia.

Puso el jeep en marcha y volvieron estruendosamente por el camino, envueltos en la oscuridad. Pasaron otros diez minutos antes de que vieran las luces del Pabellón Safari, que les daban la bienvenida. Y, mientras Harding frenaba ante el centro de visitantes, vieron a Muldoon que corría hacia ellos, gritando y agitando los brazos.

–¡Maldita sea, Arnold, pedazo de hijo de puta! ¡Maldita sea, haga que este parque vuelva a funcionar! ¡Ahora! ¡Haga que mis nietos vuelvan aquí! ¡Ahora!

John Hammond estaba de pie en la sala de control, gritando y golpeando el suelo con los pies. Hacía dos minutos que se mostraba fuera de sí, mientras Henry Wu permanecía de pie en el rincón, dando la impresión de estar atontado.

–Bueno, señor Hammond –dijo Arnold–, Muldoon acaba de salir en este preciso instante para hacer exactamente eso.

Se volvió y encendió otro cigarrillo. Hammond era igual que cualquier otro de los ejecutivos que Arnold conocía. Ya se tratara de Disney o de la Armada, los tipos que estaban en la gerencia siempre se comportaban de la misma manera: nunca entendían las cuestiones técnicas y creían que gritar era el único método para lograr que las cosas se hicieran. Y, a lo mejor, tenían razón, si le gritaban a la secretaria para que les consiguiera una limusina.

Pero los gritos no tenían la menor influencia sobre los problemas con los que Arnold se enfrentaba. Al ordenador le traía sin cuidado que le gritaran. A la red de corriente no le importaba que le gritaran. Los sistemas técnicos eran completamente indiferentes a toda esa explosión de emociones humanas. Si los gritos tenían algún efecto, éste era contraproducente, porque Arnold ya tenía la virtual certeza de que Nedry no iba a regresar, lo que quería decir que él mismo tenía que entrar en el código del programa y decidir cuidadosamente qué era lo que había fallado. Sería un trabajo delicado y necesitaría estar tranquilo y tener cuidado.

–¿Por qué no baja a la cantina –propuso– y pide una taza de café? Le llamaremos cuando tengamos más noticias.

–No quiero un Efecto Malcolm aquí –protestó Hammond.

–No se preocupe por el Efecto Malcolm. ¿Me va a dejar volver al trabajo?

–¡Mal rayo le parta!

Hammond no trataba de dominarse.

–Señor, le llamaré cuando tenga noticias de Muldoon.

Apretó unos botones en su consola y vio cambiar las familiares pantallas de control:

```
*/Módulos principales Parque Jurásico/
*/Llamar Bibls.
Comprenden: sist. bioesta.
Comprenden: vst. sisrom.
Comprenden: sist. red.
Comprenden: mód. corr.
*/Inicializar.
SetMain [42]2002/9A{total CoreSysop %4 [vig. 7*tty]}
if ValidMeter(mH) (**mH).MeterVis return
Term Call 909 c.lev {void MeterVis $303} Random (3#*MaxFid)
on SetSystem(!Dn) set shp–val.obj to lim(Val{d})SumVal
if SetMeter(mH) (**mH). ValdidMeter(Vdd) return
on SetSystem(!Telcom) set mxcpl.obj to lim(Val{pd}) NextVal
```

Arnold ya no estaba operando con el ordenador: ahora había entrado en el programa para mirar el código, las instrucciones que, renglón por renglón, le decían al ordenador cómo comportarse. Era desdichadamente consciente de que el programa completo del Parque Jurásico contenía más de medio millón de líneas de código, la mayor parte de las cuales no estaba documentada y carecía de especificaciones.

Wu se acercó.

–¿Qué estás haciendo, John?

–Revisando el código.

–¿Por inspección visual? Tardarás una eternidad.

–Dímelo a mí –contestó Arnold–. Dímelo a mí.

EL CAMINO

Muldoon tomó la curva muy deprisa y el jeep patinó en el barro. Sentado junto a él, Gennaro apretaba los puños: iban a toda velocidad por el camino de cornisa, muy por encima del río, que ahora estaba oculto en la oscuridad. Muldoon aceleró. Su cara estaba tensa.

–¿Cuánto falta aún? –preguntó Gennaro.

–Tres, quizá cuatro kilómetros.

Ellie y Harding estaban de vuelta en el pabellón de visitantes. Gennaro se había ofrecido para acompañar a Muldoon. El jeep se desvió con brusquedad.

–Ya ha pasado una hora –dijo Muldoon–. Una hora, sin que hayamos oído palabra de los demás coches.

–Pero tienen radios –objetó Gennaro.

–No hemos podido sintonizarlos.

Gennaro frunció el entrecejo:

–Si estuviera sentado en un coche durante una hora, bajo la lluvia, es seguro que intentaría utilizar la radio para llamar a alguien.

–Lo mismo haría yo.

–¿Realmente cree que les puede haber pasado algo?

–Hay posibilidades de que estén perfectamente bien, pero me sentiré más feliz cuando les vea. Eso debe de ser de un momento a otro.

El camino describía una curva y, después, subía por una colina. Al pie de la colina, Gennaro vio algo blanco, caído entre los helechos que había al lado del camino.

–Deténgase –dijo, y Muldoon pisó el freno.

Gennaro se apeó de un salto y corrió hacia delante, iluminado por los faros del jeep, para ver qué era: parecía un trozo de ropa, pero había...

Gennaro se detuvo.

Ya desde menos de dos metros de distancia, pudo ver con claridad lo que era. Avanzó con más lentitud.

Muldoon inclinó el torso fuera del jeep y preguntó:

–¿Qué es?

–Es una pierna.

La carne de la pierna era de color blanco azulado pálido, y terminaba en un desgarrado muñón sanguinolento, correspondiente al lugar en que había estado la rodilla. Por debajo de la pantorrilla vio un calcetín blanco y un mocasín marrón. Era como el zapato que llevaba Ed Regis.

En ese momento, Muldoon ya había salido del jeep; corrió, pasando de largo a Gennaro, para agacharse sobre la pierna.

–¡Santo Dios! –exclamó, y levantó la pierna, extrayéndola del follaje, para exponerla a la luz de los faros: un chorro de sangre del muñón le cayó en la mano.

Gennaro todavía estaba a un metro de distancia. Rápidamente se dobló sobre sí mismo, puso las manos sobre las rodillas, cerró los ojos con fuerza e inspiró profundamente, tratando de vencer las náuseas.

–Gennaro –dijo Muldoon con voz penetrante.

–¿Qué?

–Apártese. Está tapando la luz.

Gennaro aspiró una bocanada de aire y se apartó. Cuando abrió los ojos vio a Muldoon estudiando el muñón con ojo crítico.

–Desgarrado en la línea de la articulación –dijo éste–. No lo mordió... lo retorció y lo arrancó. Sencillamente le arrancó la pierna de cuajo.

Se puso en pie, sosteniendo la seccionada pierna invertida, para que la sangre que quedaba en su interior goteara sobre los helechos. Su mano ensangrentada manchó el calcetin blanco al coger la pierna por el tobillo. Gennaro volvió a sentir náuseas.

–No hay duda sobre lo que ha ocurrido –estaba diciendo Muldoon–. T-rex le agarró. –Miró hacia lo alto de la colina; después a Gennaro–. ¿Se encuentra bien? ¿Puede seguir?

–Sí. Puedo seguir.

Muldoon caminaba de vuelta hacia el jeep, llevando la pierna.

–Creo que es mejor que nos llevemos esto –dijo–. No me parece bien dejarlo aquí. Dios, va a ensuciar todo el coche. Vea si hay algo en la parte trasera, por favor. Una lona o un periódico...

Gennaro abrió la portezuela de atrás y buscó entre las cosas que había detrás del asiento posterior. Se sintió agradecido por pensar en algo más durante unos instantes. El problema de cómo envolver la pierna seccionada se expandió hasta llenarle toda la mente, relegando todos los demás pensamientos. Encontró una bolsa de lona con un juego de herramientas, una llanta, una caja de cartón, y...

–Dos telas impermeables –anunció.

Eran de plástico y estaban cuidadosamente dobladas.

–Deme una –dijo Muldoon, todavía fuera del jeep.

Envolvió la pierna y le pasó el ahora informe bulto a Gennaro. Al sostenerlo en la mano, Gennaro se sorprendió por lo pesado que era.

–Póngalo en la parte de atrás –indicó Muldoon–. Si hay alguna manera de sujetarlo, ya sabe, para que no vaya rodando...

–Está bien. –Gennaro puso el envoltorio en la parte trasera y Muldoon se situó detrás del volante. Pisó el acelerador; las ruedas giraron sin avanzar sobre el barro, para después dejar una zanja detrás de ellas. El jeep ascendió la colina a toda velocidad y, durante unos momentos, al llegar a la cima, las luces de los faros todavía apuntaban hacia arriba, hacia el follaje. Después bajaron, y Gennaro pudo ver el camino que se extendía delante de ellos.

–¡Dios mío! –exclamó Muldoon.

Gennaro vio un solo crucero de tierra, volcado, en el centro del camino. No pudo ver el segundo crucero.

–¿Dónde está el otro coche?

Muldoon miró brevemente a su alrededor; señaló hacia la izquierda.

–Allí. –El segundo crucero de tierra estaba a seis metros de distancia, aplastado como un acordeón, al pie de un árbol.

–¿Qué está haciendo ahí?

–El T-rex lo lanzó ahí.

–¿Lo lanzó?

El gesto de Muldoon era sombrío.

–Terminemos con esto –dijo, apeándose del jeep.

Apuraron la marcha para llegar hasta el segundo crucero de tierra. Sus linternas oscilaban de un lado a otro, en medio de la noche.

Cuando se acercaron, Gennaro vio hasta qué punto estaba destrozado el coche. Tuvo el cuidado de permitir que Muldoon mirara primero al interior.

–Yo no me preocuparía –dijo Muldoon–. Es muy improbable que encontremos a alguien.

–¿No?
–No.

Explicó que, durante sus años en África, había visitado el escenario de una media docena de ataques de animales a humanos en los chaparrales. Primero, un ataque de leopardo: por la noche, el leopardo había abierto una tienda de punta a punta, desgarrándola, y se había llevado a un niño de tres años. Después, un ataque de búfalo en Amboseli; dos ataques de león, uno de cocodrilo en el norte, cerca de Meru. En todos los casos quedaba una cantidad sorprendentemente reducida de evidencias de lo ocurrido.

La gente inexperta imaginaba que habría horribles pruebas del ataque de un animal: miembros desgarrados que quedaran en la tienda, rastros de gotas de sangre que condujeran hacia la espesura, ropa manchada de sangre, no muy lejos del campamento. Pero la verdad era que, por lo común, no quedaba nada, en especial si la víctima era de pequeño tamaño, como un bebé o un niño. La persona sencillamente parecía desaparecer, como si hubiera entrado en el chaparral y nunca hubiera regresado. Un depredador podía matar a un niño sólo con sacudirlo, rompiéndole el cuello. Por lo común, no había nada de sangre.

Y la mayoría de las veces nunca se encontraban otros restos de las víctimas. En ocasiones, un botón de camisa, o un trocito de suela de un zapato. Pero, la mayoría de las veces, nada.

Los depredadores se llevaban a los niños –preferían a los niños– y no dejaban nada atrás. Así que Muldoon pensó que era sumamente improbable que encontraran algún resto de los niños.

Pero cuando miró adentro, se llevó una sorpresa.

–¡Quién lo diría! –murmuró.

Muldoon trató de reconstruir la situación: el parabrisas del crucero de tierra estaba hecho añicos, pero no había muchos cristales en las proximidades. Había observado fragmentos de vidrio allá atrás, en el camino, así que el parabrisas tuvo que haberse roto antes de que el tiranosaurio levantara el coche y lo arrojara allí. Pero el vehículo había sufrido una tremenda paliza. Muldoon iluminó el interior con su linterna.

–¿Vacío? –preguntó Gennaro, con tensión.

–No del todo –contestó Muldoon.

La luz de la linterna se reflejó sobre un equipo microtelefónico aplastado y, en el suelo del coche, vio algo más, algo curvo y negro.

Las portezuelas anteriores estaban abolladas y atascadas por el impacto, pero Muldoon trepó por la portezuela trasera y se arrastró por encima del asiento para recoger el objeto negro.

–Es un reloj –dijo, escudriñándolo a la luz de la linterna. Era un reloj digital barato, con correa de caucho sintético. La esfera estaba hecha añicos. Pensó que podía pertenecer al chico, aunque no estaba seguro. Pero era el tipo de reloj que tendría un niño.

–¿Qué es eso, un reloj? –preguntó Gennaro.

–Sí. Y hay una radio, pero está rota.

–¿Eso es importante?

–Sí. Y hay algo más... –Muldoon husmeó el aire: dentro del coche había un olor agrio. Movió la luz en derredor, hasta que vio el vómito que chorreaba del panel lateral de la puerta. Lo tocó: todavía estaba fresco–. Uno de los chicos todavía puede estar vivo –dijo.

Gennaro lo miró de soslayo.

–¿Qué le lleva a decir eso?

–El reloj. El reloj lo demuestra.

Se lo alcanzó a Gennaro, que lo sostuvo a la luz de la linterna y le dio vueltas en las manos.

–El cristal está rajado –declaró Gennaro.

–Así es. Y la correa está intacta.

–¿Lo que significa...?

–Que el chico se lo quitó.

–Eso pudo hacerlo en cualquier momento –objetó Gennaro–. En cualquier momento anterior al ataque.

–No. Estos cristales líquidos son resistentes, hace falta un fuerte golpe para romperlos. La esfera del reloj fue destrozada durante el ataque.

–Así que el chico se quitó el reloj.

–Piénselo –insistió Muldoon–. Si le atacase un dinosaurio, ¿se detendría a quitarse el reloj?

–Quizá se lo arrancó.

–Es casi imposible arrancar el reloj de la mano de alguien, sin arrancar la mano también. Sea como fuere, la correa está intacta. No, el chico se lo quitó por sí mismo; miró el reloj, vio que estaba roto y se lo quitó. Tuvo tiempo para hacerlo.

–¿Cuándo?

–Sólo pudo ser después del ataque. El chico debía de seguir en el coche después del ataque. Y la radio estaba rota, así que la dejó atrás también. Es un niño muy listo y sabía que no le eran útiles.

–Si es tan listo, ¿adónde se fue? Porque yo me quedaría aquí y esperaría a que me recogieran.

–Sí, pero, a lo mejor, no pudo quedarse aquí. Quizá el tiranosaurio volvió. O algún otro animal. Sea como fuere, algo le hizo marcharse.

–Entonces ¿adónde se fue?

–Veamos si podemos averiguarlo –dijo Muldoon, y avanzó a zancadas hacia el camino principal.

Gennaro le observó escudriñar el suelo con la linterna: su cara estaba a no más de unos centímetros del barro, atenta a la búsqueda. Muldoon realmente creía que estaba yendo hacia algo, que por lo menos uno de los chicos todavía estaba vivo. Gennaro seguía impávido: el impacto que significó hallar la pierna seccionada había dejado en él la inflexible determinación de clausurar el parque y destruirlo. No importaba lo que Muldoon dijera, Gennaro sospechaba que ese hombre mostraba un entusiasmo y un optimismo injustificados.

–¿Ha observado las huellas? –preguntó Muldoon, todavía mirando el suelo.

–¿Qué huellas?

–Estas huellas de pisadas. ¿Las ve, viniendo hacia nosotros desde el camino? Y a juzgar, por su tamaño, son de un adulto. Un zapato con suela de goma. Observe la característica impresión estriada.

Gennaro sólo vio barro y charcos que atrapaban la luz procedente de las linternas. Empezó a decir:

–Escuche...

–Puede ver –continuó Muldoon– que las huellas de adulto llegan hasta aquí, donde se les unen otras pisadas. Pequeñas y de tamaño mediano... que se desplazan en círculos, superponiéndose... como si estuvieran juntos, hablando... Pero ahora están aquí, parecen estar corriendo... –Señaló a lo lejos–. Hacia allá. Hacia el parque.

Gennaro negó con la cabeza.

–En este barro se ve lo que uno quiera ver.

Muldoon se puso de pie y retrocedió. Miró el suelo y suspiró.

–Diga lo que quiera, pero apuesto a que uno de los chicos ha sobrevivido. Y quizá ambos. Quizá hasta un adulto también, si es que estas huellas grandes corresponden a otra persona que no fuera Regis. Tenemos que registrar el parque.

–¿Esta noche? –preguntó Gennaro.

Pero Muldoon no le escuchaba. Se había alejado hacia un terraplén de tierra blanda, cerca de un conducto de desagüe. Se volvió a poner en cuclillas.

–¿Cómo iba vestida la niña?

–Demonios –exclamó Gennaro–. No lo sé.

Avanzando con lentitud, Muldoon se aproximó hacia un lado del camino. Y, en ese momento, oyó un jadeo. Era, sin duda alguna, un sonido animal.

–Oiga –dijo Gennaro–. Creo que es mejor que nos...

–Shh –susurró Muldoon.

Se detuvo, escuchando.

–No es más que el viento –dijo Gennaro.

Volvieron a oír el jadeo sibilante, pero esta vez con claridad. No era el viento. Provenía de los matorrales que estaban exactamente enfrente de ellos, al borde del camino. No parecía el sonido producido por un animal, pero Muldoon avanzó con cautela. Apuntó la linterna en todas direcciones y gritó, pero el jadeo no cambió. Entonces empujó a un lado las frondas de una palmera.

–¿Qué es? –preguntó Gennaro.

–Es Malcolm –repuso Muldoon.

Ian Malcolm yacía de espaldas, con la piel cenicienta, la boca abierta con laxitud. Respiraba con dificultad, emitiendo jadeos sibilantes. Muldoon le pasó la linterna a Gennaro y, después, se inclinó para examinar el cuerpo.

–No encuentro ninguna herida –dijo–. Cabeza bien, pecho, brazos...

Entonces, Gennaro dirigió la luz a las piernas.

–Se ha puesto un torniquete.

El cinturón de Malcolm estaba retorcido en torno al muslo derecho. Gennaro recorrió la pierna con la luz: el tobillo derecho se doblaba hacia fuera, formando un ángulo imposible con la pierna; los pantalones estaban arrugados, empapados de sangre, Muldoon tocó el tobillo con suavidad, y Malcolm gimió.

Muldoon retrocedió y trató de decidir qué hacer: Malcolm podría tener otras lesiones. Quizá se había roto la espalda. Moverlo podría significarle la muerte pero, si le dejaban ahí moriría por insuficiencia circulatoria; que no hubiera muerto desangrado se debía exclusivamente a que había tenido la presencia de ánimo suficiente para hacerse un torniquete.

Y era probable que ya estuviera sentenciado. Que lo movieran no cambiaría las cosas en absoluto.

Gennaro ayudó a Muldoon a levantar al hombre, al que colgó desmañadamente sobre sus hombros. Malcolm gimió y su respiración se transformó en jadeos entrecortados.

–Lex... –murmuró–. Lex... era... Lex...

–¿Quién es Lex? –preguntó Muldoon.

–La niña –dijo Gennaro.

Trasladaron a Malcolm de vuelta al jeep y forcejearon para instalarlo en el asiento trasero. Gennaro le ajustó el torniquete alrededor de la pierna y Malcolm se volvió a quejar. Muldoon le subió la manga y, debajo de la tela, vio la carne pulposa, las blancas astillas de hueso que sobresalía.

–Tenemos que llevarlo de vuelta –anunció.

–¿Se va a ir de aquí sin los niños?

–Si han entrado en el parque, son más de cien kilómetros cuadrados. La única manera de que podamos encontrar algo ahí fuera es con los sensores de movimiento. Si los niños están vivos y desplazándose por ahí, los sensores los localizarán y podremos ir directamente hacia ellos y traerlos de vuelta. Pero, si no llevamos inmediatamente al doctor Malcolm de regreso, morirá.

–Entonces, tenemos que volver.

–Sí, así lo creo.

Subieron al jeep. Gennaro preguntó:

–¿Le va a decir a Hammond que los chicos están perdidos?

–No –dijo Muldoon–. Se lo dirá usted.

CONTROL

Donald Gennaro miró a Hammond, sentado en el autoservicio: se estaba sirviendo cucharadas de helado.

–¿Así que Muldoon cree que los niños están en alguna parte del parque?

–Así lo cree.

–Entonces, estoy seguro de que los encontraremos.

–Así lo espero –dijo Gennaro. Observó al anciano comiendo pausadamente y sintió escalofríos.

–¡Oh, estoy seguro de que los encontraremos! Después de todo, como le repito a todo el mundo, este parque está hecho para niños.

–Entonces, le ha quedado claro que están perdidos, señor.

–¿Perdidos? –repuso con brusquedad–. Por supuesto que sé que están perdidos. No estoy senil. –Suspiró y volvió a cambiar de tono–. Mire, Donald. No perdamos la calma: Sufrimos un ligero desperfecto, como consecuencia de la tormenta o de lo que sea y, como consecuencia, experimentamos un accidente lamentable, desafortunado. Y eso es todo lo que ha pasado. Ya nos estamos ocupando de eso. Arnold hará que se limpien los ordenadores. Muldoon recogerá a los niños y yo no tengo la menor duda de que estará de vuelta con ellos en el mismo momento en que terminemos este helado. Así que sentémonos y veamos lo que ocurre. ¿Le parece bien?

–Lo que usted diga, señor.

–¿Por qué? –preguntó Henry Wu, mirando la pantalla de la consola.

–Porque creo que Nedry ha modificado el código –dijo Arnold–. Ése es el porqué de que yo lo esté revisando.

–Muy bien. Pero ¿ha probado ya otras opciones?

–¿Como cuáles?

–No sé... ¿No funcionan todavía los sistemas de seguridad? ¿Las verificaciones de teclas? ¿Todo eso?

–¡Por Dios! –dijo Arnold, chasqueando los dedos–. Tienen que estar funcionando. Los sistemas de seguridad no se pueden desactivar, salvo desde el panel principal.

–Bueno, si verificaciones de teclas está activo, entonces usted puede hacer el seguimiento de lo que ha hecho Nedry.

–Puede apostar a que así es –repuso Arnold.

Y empezó a oprimir teclas.

¿Por qué no había pensado en eso antes? Era tan obvio. El sistema de procesamiento electrónico de datos del Parque Jurásico tenía incorporados varios niveles de sistemas de seguridad. Uno de esos sistemas era un programa para verificación de teclas, que comprobaba todos los dígitos introducidos desde el teclado por operadores con acceso al sistema. En sus orígenes se había instalado como dispositivo depurador de defectos de programación, pero se conservó por su valor como sistema de seguridad.

En un instante, todos los dígitos que Nedry había entrado en los ordenadores desde el comienzo de ese día aparecieron en una lista, en la pantalla:

13, 42, 121, 32, 88, 77, 19, 13, 122, 13, 44, 52, 77, 90, 13, 99, 13, 100, 13, 109, 55, 103, 144, 13, 99, 87, 60, 13, 44, 12, 09, 13, 43, 63, 13, 46, 57, 89, 103, 122, 13, 44, 52, 88, 9, 13, 31, 13, 21, 13, 57, 98, 100, 102, 103, 13, 112, 146, 13, 13, 13, 77, 67, 88, 23, 13, 13
system
nedry
goto command level
nedry
040/#xy/67&
mr goodbytes
security
keycheck off
safety off
sl off
security
whte_rbt.obj

–¿Es eso? –dijo Arnold–. Estuvo horas sin hacer nada, al parecer.

–Probablemente sólo mataba el tiempo –aventuró Wu–, hasta que, al final, decidió ir al grano.

La lista inicial de números representaba los códigos ASCII del teclado, correspondientes a las teclas que Nedry había pulsado en la consola. Esos números significaban que Nedry todavía estaba dentro de la interfaz normal del usuario, como cualquier operador normal del ordenador. De modo que simplemente había estado echando un vistazo, cosa que no correspondería esperar del programador que había diseñado el sistema.

–Quizá trataba de ver si se habían introducido cambios antes de entrar él en el programa –supuso Wu.

–Quizá –dijo Arnold, que ahora estaba mirando la lista de instrucciones, lo que le permitía seguir los pasos de Nedry a través del sistema, renglón por renglón–. Al menos, podemos ver lo que hizo.

System era la solicitud de Nedry para abandonar la interfaz normal del usuario y tener acceso al código en sí. El ordenador le había preguntado su nombre y él tecleó: *nedry*. Ese nombre tenía autorización para acceder al código, por lo que el ordenador le permitió entrar en el sistema. Nedry había pedido *goto command level*[1], el nivel más elevado de control del ordenador. El nivel de instrucciones exigía seguridad adicional, y le pidió su nombre, número y palabra clave de acceso:

nedry
040/#xy/67&
mr goodbytes

Esas entradas llevaron a Nedry al nivel de instrucciones. Desde aquí, quiso acceder a *security*[2] y, puesto que estaba autorizado, el ordenador le permitió llegar hasta ahí. Una vez situado en el nivel de *security*, Nedry intentó tres variaciones:

keycheck off[3]
safety off[4]
sl off

–Está tratando de desactivar los sistemas de seguridad –observó Wu–. No quiere que nadie vea lo que va a hacer.

–Exactamente –asintió Arnold–. Y, por lo visto, no sabe que ya no es posible desactivarlos, salvo apagando manualmente los conmutadores del tablero principal.

Tras tres órdenes fracasadas, el ordenador automáticamente empezó a preocuparse por Nedry. Pero, puesto que había entrado con la autorización apropiada, el ordenador supuso que Nedry estaba perdido, tratando de hacer algo que no podría lograr desde donde estaba. Así que el ordenador le volvió a preguntar dónde quería ir, y Nedry tecleó: *security*. Y se le permitió permanecer ahí.

–Por fin –dijo Wu–, aquí está el remate inesperado del chiste.

Señaló la última de las instrucciones que Nedry había introducido.

whte_rbt.obj

1. Ir a nivel de instrucciones. *(N. del T.)*
2. Seguridad. *(N. del T.)*
3. Desactivar verificación de teclas.
4. Desactivar seguridad.

–¿Qué demonios es eso? –exclamó Arnold–. ¿Conejo Blanco[1]? ¿Es su chiste privado?

–Está señalado como objeto –explicó Wu.

En terminología informática, un «objeto» era un bloque de código que se podía desplazar por el programa y usarse, del mismo modo que se podría mover una silla por una habitación. Un objeto podría ser un conjunto de instrucciones para trazar un dibujo, o para «refrescar» la pantalla, o para llevar a cabo determinado cálculo.

–Veamos dónde está en el código –dijo Arnold–. A lo mejor podemos deducir lo que está haciendo.

Fue a las utilidades del programa y escribió en el teclado:

FIND WHITE_RBT.OBJ[2]

El ordenador dio esta respuesta:

OBJECT NOT FOUND IN LIBRARIES[3]

–¡No existe! –exclamó Arnold.

–Entonces, busque en el listado de códigos –indicó Wu.

Arnold escribió:

FIND/LISTIN: WHITE_RBT.OBJ[4]

En la pantalla empezaron a pasar con rapidez, las líneas de código, borrosas debido a la velocidad con la que se sucedían. Este proceso se prolongó durante casi un minuto y, de pronto, se detuvo abruptamente.

–Ahí está –dijo Wu–. No es un objeto. Es una instrucción.

La pantalla exhibía una flecha que apuntaba a un solo renglón de código:

```
curV = GetHandl {ssm.dt} tempRgn {itm.dd2}
curH = GetHandl {ssd.itl} tempRgn2 {itm.dd4}
```

1. *Whte-rbt (white rabbit)*: conejo blanco. *(N. del T.)*
2. Hallar whte_rbt.obj. *(N. del T.)*
3. Objeto no se halla en librerías. *(N. del T.)*
4. Hallar/listados: whte_rbt.obj. *(N. del T.)*

```
on DrawMeter(!gN) set shp_val.obj to lim(Val{d}).Xval.
if ValidMeter(mH) (**mH).MeterVis return.
if Meterhandl(vGT) (DrawBack(tY)) return.
limitDat.4 = maxBits (%33) to {limit.04} set on.
limitDat.5 = setzero, setfive, 0 {limit.2-var(szh)}.
→ on whte_rbt.obj call link.sst {security, perimeter} set to off.
vertRange = {maxRange+setlim} tempVgn(fdn-&bb+
    $404).
horRange = {maxRange-setlim/2} tempHgn(fdn-&dd+
    $105).
void DrawMeter send_screen.obj print.
```

–¡Hijo de puta! –casi gritó Arnold.

Wu meneó la cabeza.

–No es un defecto del código.

–No –concordó Arnold–. Es una entrada secreta. El gordo hijo de puta ha introducido lo que parecía ser la llamada de un objeto pero que, en realidad, es una instrucción que enlaza los sistemas de seguridad y del perímetro y, después, los desactiva. Eso le da completo acceso a todos los sectores del parque.

–Entonces, deberíamos poder activarlos de nuevo.

–Sí, deberíamos. –Arnold frunció el ceño, mirando la pantalla–. Todo lo que tenemos que hacer es deducir cuál es la instrucción. Haré un seguimiento de los procesos ejecutados sobre el enlace. Veremos a dónde nos lleva eso.

Wu se levantó de su silla, diciendo:

–Mientras tanto, ese tipo ha entrado en la cámara frigorífica hace casi una hora. Creo que será mejor que cuente mis embriones.

Ellie estaba en su habitación, a punto de cambiarse la ropa mojada, cuando oyó que llamaban a la puerta.

–¿Alan? –preguntó, pero cuando abrió la puerta vio a Muldoon allí con un paquete envuelto en plástico bajo el brazo.

Muldoon también estaba calado hasta los huesos y en su ropa había huellas de barro.

–Lo siento, pero necesitamos su ayuda –dijo en tono enérgico–. Los cruceros de tierra fueron atacados hace una hora. Hemos traído a Malcolm, pero está en estado de insuficiencia circulatoria. Tiene una herida muy grave en la pierna. Todavía está inconsciente, pero le he llevado a su habitación y le he metido en la cama. Harding ya está en camino hacia aquí.

–¿Harding? –preguntó Ellie–. ¿Y los demás?

–Todavía no los hemos encontrado, doctora Sattler –contestó Muldoon. Ahora hablaba con lentitud.

–Oh, Dios mío.

–Pero creemos que el doctor Grant y los chicos todavía están vivos. Creemos que han entrado en el parque, doctora Sattler.

–¿En el parque?

–Así lo creemos. Mientras tanto, Malcolm necesita ayuda. He llamado a Harding.

–¿No deberían llamar al médico?

–No hay médico en la isla. Harding es lo mejor que tenemos.

–Pero sin duda pueden llamar a un médico...

–No. Han cortado las líneas telefónicas. No podemos llamar al exterior.

Cambió de lugar el paquete que llevaba bajo el brazo.

–¿Qué es eso? –preguntó Ellie.

–Nada. Pero vaya a la habitación de Malcolm y ayude a Harding, si no le molesta.

Y se fue.

Ellie se sentó en la cama, sobresaltada: no era mujer dispuesta a dejarse llevar por un pánico innecesario, y sabía que Grant ya había salido antes de situaciones peligrosas. Una vez se perdió en las tierras malas durante cuatro días, cuando un acantilado cedió bajo el peso de él y su camión, y se precipitó treinta metros dentro de un barranco. Se rompió la pierna derecha y no tenía agua. Pero regresó andando con una pierna rota.

Por otro lado, los niños...

Meneó la cabeza, rechazando ese pensamiento: era probable que los chicos estuviesen con Grant y, si Grant estaba en el parque... pues ¿qué mejor persona para guiarlos con seguridad por el Parque Jurásico que un experto en dinosaurios?

EN EL PARQUE

–Estoy cansada –dijo Lex–. Lléveme en brazos, doctor Grant.

–Eres demasiado grande para que te lleve –manifestó Tim.

–Pero estoy cansada –insistió la niña.

–Está bien, Lex –asintió Grant, levantándola–. ¡Uuf, cuánto pesas!

Eran casi las nueve de la noche. La luna llena estaba velada por una bruma que llevaba el viento, y las romas sombras del trío les guiaban a través de un campo abierto, hacia un oscuro bosque que había más allá. Grant estaba ensimismado, tratando de decidir dónde se encontraba: desde el momento en que habían cruzado por encima de la cerca derribada por el tiranosaurio, tuvo la seguridad, bastante razonable, de que ahora estaban en alguna parte del sector del tiranosaurio. Un lugar en el que Grant no quería estar. En su mente seguía viendo el trazado por ordenador del territorio del tiranosaurio, el apretado serpenteo de líneas que rastreaban los desplazamientos del animal dentro de una extensión reducida: él y los niños se hallaban en esa extensión ahora.

Pero Grant también recordaba que los tiranosaurios estaban aislados de todos los demás animales, lo que quería decir que sabrían cuándo habían salido de la reserva en el momento en que cruzaran una barrera, ya fuera ésta una cerca o un foso, o ambas cosas.

Todavía no había visto ninguna barrera.

La niña le puso la cabeza sobre el hombro, y se enroscó el cabello en los dedos. No tardó en quedarse dormida. Tim caminaba penosamente al lado de Grant.

–¿Puedes seguir andando, Tim?

–Sí. Pero creo que debemos de estar en el sector de los tiranosaurios.

–Supongo que así es. Espero que salgamos pronto.

–¿Va a adentrarse en el monte? –preguntó Tim.

A medida que se acercaban, el monte aparecía oscuro y ominoso.

–Sí. Creo que podemos guiarnos siguiendo los números de los sensores de movimiento.

Los sensores de movimiento eran cajas verdes dispuestas a metro y medio, aproximadamente, por encima del suelo. Algunas se alzaban sobre su propio pedestal; la mayoría estaban clavadas a los árboles. Ninguno funcionaba porque, en apariencia, todavía continuaba el corte de corriente. Cada caja sensora tenía una lente de vidrio montada en el centro, y un número de código pintado debajo de esa lente. Allá delante, bajo la luz de la luna, interrumpida por retazos de bruma, Grant pudo ver una caja señalada con el código T/S/04.

Entraron en la espesura. Árboles enormes se alzaban por todos lados. A la luz de la luna, una bruma baja se aferraba al suelo, enroscándose en torno a las raíces de los árboles. Era hermoso, pero hacía que la marcha se volviese traicionera. Grant observó los sensores: parecían estar numerados en orden descendente. Pasó por delante del T/S/03 y del T/S/02. Finalmente, llegaron al T/S/01. Estaba cansado de llevar a la niña en brazos y había albergado la esperanza de que ese número de código coincidiera con un límite de la reserva del tiranosaurio, pero no resultó ser más que otra caja en medio de la espesura. La caja siguiente a ésa tenía la marca T/N/02. Grant se dio cuenta de que los números debían de estar ordenados de forma geográfica, en torno a un punto central, como en el caso de la brújula: estaban marchando de sur a norte, de modo que los números decrecían a medida que se aproximaban al centro y, después, volvían a crecer.

–Por lo menos, estamos yendo en la dirección correcta –comentó Tim.

–Bravo por ti –dijo Grant.

Tim sonrió, y tropezó con unas enredaderas ocultas por la bruma. Rápidamente se puso de pie. Siguieron caminando un rato, hasta que Tim anunció:

–Mis padres están haciendo los trámites de divorcio.

–Ajá.

–Mi papá se mudó el mes pasado. Ahora tiene su propia casa en Mill Valley.

–Ajá.

–Ya no lleva en brazos a mi hermana. Ni siquiera va a buscarla.

–Y dice que tienes dinosaurios en los sesos.

–Sí –suspiró Tim.

–¿Le echas de menos?

–En realidad, no. A veces. Ella tiene más nostalgia.

–¿Quién, tu madre?

–No, Lex. Mi mamá tiene un novio. Le conoce del trabajo.

Caminaron en silencio durante un rato, pasando por delante del T/N/03 y T/N/04.

–¿Le conoces?

–Sí.

–¿Cómo es?

–Está bien. Es más joven que mi papá, pero es calvo.

–¿Cómo te trata?

–No sé. Bien. Creo que simplemente trata de ganarse mi simpatía. No sé lo que va a pasar. A veces, mamá dice que tendremos que vender la casa y mudarnos. A veces, él y mi madre pelean, tarde por la noche; me siento en mi habitación y juego con mi ordenador, pero así y todo les puedo oír.

–Ajá.

–¿Usted está divorciado?

–No. Mi esposa murió hace mucho.

–¿Y ahora está con la doctora Sattler?

Grant sonrió en la oscuridad.

–No. Ella es alumna mía.

–¿Quiere decir que ella todavía va a la *escuela*?

–Una escuela para graduados, sí.

Grant se detuvo un instante para pasar a Lex a su otro hombro y, después, prosiguieron la marcha, pasando frente a los sensores T/N/05 y T/N/06. Los truenos retumbaron a lo lejos: la tormenta se había desplazado hacia el sur. Se oían muy pocos sonidos en el bosque, con la salvedad del rumor de las cicadíneas y del suave croar de las ranas arbóreas.

–¿Tiene hijos?

–No.

–¿Se va a casar con la doctora Sattler?

–No. Ella se va a casar con un agradable médico de Chicago, en alguna fecha del año próximo.

–Oh. –Tim pareció sorprendido de oír eso. Siguieron andando en silencio. Al cabo de un rato, añadió–: Entonces ¿con quién se va a casar usted?

–No creo que me vaya a casar con alguien.

–Yo tampoco.

Caminaron un rato y Tim preguntó:

–¿Vamos a andar toda la noche?

–No creo poder hacerlo. Tendremos que parar, al menos durante unas pocas horas. –Miró su reloj–: Vamos bien: aún tenemos casi quince horas, antes de que el barco llegue a tierra firme.

–¿Dónde vamos a parar? –preguntó Tim de inmediato.

Grant se estaba preguntando lo mismo: su primer pensamiento fue que podrían trepar a un árbol y dormir ahí arriba. Pero tendrían que trepar muy alto para mantenerse a salvo de los animales, y Lex se podría caer mientras dormía. Además, las ramas de los árboles eran duras: no tendrían el menor descanso. Por lo menos él.

Necesitaban un sitio verdaderamente seguro. Volvió a pensar en los planos que había visto en el avión, cuando se dirigían a la isla. Recordaba que había edificios externos en cada una de las diferentes divisiones. Grant no sabía cómo eran, porque no habían incluido los planos correspondientes a los edificios individuales. Y no podía recordar con exactitud dónde se hallaban, pero sí que estaban diseminados por todo el parque. Podría haber edificios en algún lugar de las proximidades.

Pero eso era diferente del simple hecho de cruzar una barrera y salir del terreno del tiranosaurio: encontrar un edificio significaba emplear una estrategia de búsqueda de alguna clase. Y las mejores estrategias eran...

–Tim, ¿puedes sostener a tu hermana un momento? Voy a trepar a un árbol y echar un vistazo a los alrededores.

Desde lo alto de las ramas tuvo una buena vista del bosque: las copas de los árboles se extendían hacia su derecha y su izquierda. Descubrió que estaban sorprendentemente cerca del borde del bosque: directamente delante, los árboles terminaban antes de un claro, con una cerca electrificada y un foso de hormigón armado de tono pálido. Más allá había un gran campo abierto, que Grant supuso era el sector de los saurópodos. A lo lejos, había más árboles y la brumosa luz de la luna que destellaba sobre el océano.

En alguna parte, se oyó el bramido de un dinosaurio, pero estaba muy lejos. Se puso las lentes de Tim y volvió a mirar. Siguió la curva gris del foso y, entonces, vio lo que estaba buscando: la banda oscura de un sendero auxiliar, que llevaba hacia el rectángulo plano de un techo. El techo apenas sobresalía del nivel del suelo, pero estaba ahí. Y no quedaba lejos. Quizá a unos cuatrocientos metros, o algo así, del árbol.

Cuando bajó, Lex estaba lloriqueando.

–¿Qué pasa?

–He oído un aminal.

–No nos molestará. ¿Ya estás despierta? Pues vamos.

La condujo hasta la cerca. Tenía unos cuatro metros de alto, con una espiral de alambre espinoso en la parte superior. A la luz de la luna parecía extenderse muy por encima de ellos. Inmediatamente al otro lado, estaba el foso.

Lex alzó la vista y miró la cerca dubitativa.

–¿Puedes trepar? –le preguntó Grant.

La niña le entregó el guante y la pelota de béisbol.

–Claro. Es fácil. –Empezó a trepar y añadió–: Pero apuesto a que Timmy no puede.

Tim se volvió, furioso.

–Tu cállate.

–A Timmy le da miedo la altura.

–No tengo miedo.

Lex siguió trepando.

–Sí tienes.

–No tengo.

–Entonces ven y cógeme.

Grant se volvió hacia Tim, que estaba pálido en la oscuridad. El chico no se movía.

–¿Podrás trepar por la cerca, Tim?

–Claro que sí.

–¿Quieres ayuda?

–Timmy es un miedoso –vociferó Lex.

–Qué estúpida latosa –contestó Tim, y empezó a trepar.

–Está helada –dijo Lex.

Estaban hundidos hasta la cintura en agua hedionda, en el fondo de un profundo foso de hormigón. Habían saltado la cerca sin novedad, salvo que Tim se había desgarrado la camisa con las espirales de alambre espinoso de la parte superior. Después, todos se deslizaron dentro del foso y, ahora, Grant buscaba una forma de salir.

–Por lo menos, he conseguido que Timmy salte esa cerca –comentó Lex–. Verdaderamente es un miedoso la mayor parte del tiempo.

–Gracias por tu ayuda –dijo Tim con sarcasmo.

A la luz de la luna pudo ver troncos que flotaban en la superficie. Se desplazó a lo largo del foso, mirando la pared de hormigón del otro lado. El hormigón era liso y no había manera de que pudieran trepar por él.

–¡Puaj! –exclamó Lex, señalando el agua.

–No te va a hacer daño, Lex.

Grant halló finalmente un lugar en el que se había resquebrajado el hormigón y una enredadera crecía en dirección al agua. Tiró de la enredadera y ésta soportó su peso.

–Vamos, chicos.

Empezaron a trepar por la enredadera, para regresar al campo que estaba arriba.

Apenas tardaron unos minutos en cruzar el campo y llegar al terraplén, que se prolongaba hasta el sendero auxiliar que estaba al pie del declive, y al edificio de mantenimiento que se encontraba hacia la derecha. Pasaron junto a dos sensores de movimiento, y Grant advirtió, con cierto desasosiego, que seguían sin funcionar, y que tampoco lo hacían los focos. Habían transcurrido más de dos horas desde el corte de corriente y todavía no funcionaban.

En alguna parte en la lejanía, bramó el tiranosaurio.

–¿Anda por aquí? –se inquietó Lex.

–No –la tranquilizó Grant–. Estamos en otra sección.

Se deslizaron por un terraplén cubierto de hierba y avanzaron hasta el edificio de hormigón. En la oscuridad, tenía un aspecto ominoso, parecido a un búnker.

–¿Qué es este sitio? –preguntó Lex.

–Es seguro –dijo Grant, con la esperanza de que fuera cierto.

El portón de entrada era lo suficientemente grande como para permitir el paso de un camión y estaba provisto de gruesos barrotes. En su interior, según pudieron ver, era un cobertizo abierto, con montones de forraje y fardos de heno apilados entre material de equipo.

El portón estaba cerrado con un pesado candado. Mientras Grant lo examinaba, Lex se deslizó de costado entre los barrotes.

–Vamos, chicos.

Tim la siguió.

–Creo que usted también puede hacerlo, doctor Grant.

Tenía razón. Era un paso muy estrecho, pero Grant logró meter el cuerpo entre los barrotes y entrar en el cobertizo. En cuanto estuvo dentro, le abrumó una oleada de agotamiento.

–Me pregunto si hay algo para comer –dijo Lex.

–Nada más que heno. –Grant rompió un fardo y esparció el heno sobre el hormigón. En el centro estaba cálido. Se tendieron, sintiendo esa calidez. Lex se acurrucó al lado de Grant y cerró los ojos. Tim puso el brazo alrededor de su hermana. Grant oyó a los saurópodos barritar con suavidad en la distancia.

Ninguno de los niños habló. Casi de inmediato se quedaron dormidos. Grant levantó el brazo para mirar el reloj, pero estaba demasiado oscuro para ver algo. Sintió la tibieza de los niños contra su propio cuerpo. Cerró los ojos y se durmió.

CONTROL

Muldoon y Gennaro entraron en la sala de control en el preciso instante en que Arnold batía palmas y exclamaba:

–¡Por fin te he cazado, pedazo de hijo de puta!

–¿De qué se trata? –preguntó Gennaro.

Arnold señaló la pantalla.

```
Vg1 = GetHandl {dat.dt} tempCall {itm.temp}
Vg2 = GetHandl {dat.itl} tempCall {itm.temp}
if Link(Vg1, Vg2) set Lim(Vg1, Vg2) return
if Link(Vg2, Vg1) set Lim(Vg2, Vg1) return
→ on whter_bt.obj link set security (Vg1), perimeter (Vg2)
limitDat.1 = maxBits (%22) to {limit.04} set on
limitDat.2 = setzero, setfive, 0 {limit.2-var(dzh)}
→ on fini.obj call link.sst {security, perimeter} set to on
→ on fini.obj set link.sst {security, perimeter} restore
→ on fini.obj delete line rf whter_bt.obj, fini.obj
Vg1 = GetHandl {dat.dt} tempCall {itm.temp}
Vg2 = GetHandl {dat.itl} tempCall {itm.temp}
limitDat.4 = maxBits (%33) to {limit.04} set on
limitDat.5 = setzero, setfive, 0 {limit.2-var(szh)}
```

–Eso es –dijo Arnold, complacido.

–¿Es qué? –preguntó Gennaro, mirando la pantalla.

–Que por fin he encontrado la instrucción para restaurar el código original: la instrucción llamada «fini.obj» inicializa los parámetros enlazados, a saber, la cerca y la corriente.

–Bien –aprobó Muldoon.

–Pero hace algo más –siguió Arnold–: después borra las líneas del código que se refieren a ella. Destruye todas las pruebas de que alguna vez estuvo ahí. Bastante sagaz.

Gennaro meneó la cabeza.

–No sé mucho sobre ordenadores.

Aunque sabía lo suficiente para saber lo que significaba que una compañía de alta tecnología regresara al código fuente: significaba problemas muy, muy grandes.

–Bien, observen esto –dijo Arnold, y tecleó la instrucción *fini.obj*

La pantalla parpadeó y cambió de inmediato.

```
Vg1 = GetHandl {dat.dt} tempCall {itm.temp}
Vg2 = GetHandl {dat.itl} tempCall {itm.temp}
if Link(Vg1, Vg2) set Lim(Vg1, Vg2) return
if Link(Vg2, Vg1) set Lim(Vg2, Vg1) return
LimitDat.1 = maxBits (%22) to {limit.04} set on
limitDat.2 = setzero, setfive, 0 {limit.2-var(dzh)}
Vg1 = GetHandl {dat.dt} tempCall {itm.temp}
Vg2 = GetHandl {dat.itl} tempCall {itm.temp}
limitDat.4 = maxBits (%33) to {limit.04} set on
limitDat.5 = setzero, setfive, 0 {limit.2-var(szh)}
```

Muldoon señaló las ventanas.

–¡Miren!

Fuera, los grandes reflectores de cuarzo se estaban encendiendo por todo el parque. Se dirigieron a las ventanas y miraron al exterior.

–¡Por los mil demonios! –masculló Arnold.

–¿Esto quiere decir que las cercas electrificadas están funcionando otra vez? –preguntó Gennaro.

–Ya lo creo que sí. Serán necesarios unos pocos segundos para recuperar toda la potencia eléctrica, porque ahí fuera tenemos ochenta kilómetros de cerca, y el generador tiene que cargar los condensadores que se encuentran distribuidos a lo largo de la extensión. Pero dentro de medio minuto volveremos a estar a toda máquina. –Arnold señaló el mapa vertical de cristal transparente que representaba el parque.

Sobre el mapa, líneas de un rojo brillante salían serpenteantes de la estación generadora de corriente, y se desplazaban por el parque, a medida que la electricidad irrumpía en las cercas.

–¿Y los sensores de movimiento? –preguntó Gennaro.

–Sí, también. Pasarán unos minutos, mientras el ordenador hace el recuento. Todo está funcionando –dijo Arnold–. Las nueve y media, y tenemos este lugar funcionando.

Grant abrió los ojos. Una luz brillante inundaba el edificio, a través de los barrotes del portón. Luz de cuarzo: ¡había vuelto corriente!

Semidormido, miró el reloj: apenas eran las nueve y media. No había dormido más que unos minutos. Decidió que podía descansar un poco más y, después, volvería a salir al campo y se colocaría frente a los sensores de movimiento, agitando los brazos, lo que haría que esos aparatos se activaran. La sala de control le localizaría; enviarían un vehículo para recogerle a él y a los niños; le diría a Arnold que hiciera volver el barco de suministros, y todos terminarían la noche durmiendo en sus propias camas, de vuelta en el pabellón.

Dentro de unos minutos. Bostezó, y volvió a cerrar los ojos.

–No está mal –dijo Arnold en la sala de control, mirando el refulgente mapa–. Sólo hay tres interrupciones de corriente en todo el parque. Mucho mejor de lo que había esperado.

–¿Interrupciones de corriente? –se extrañó Gennaro.

–La corriente se interrumpe, de forma automática, en las secciones de la cerca que han sufrido un cortocircuito –explicó–. Puede ver uno aquí, en el sector doce, cerca del camino principal.

–Ahí es donde el tiranosaurio derribó la cerca –dijo Gennaro.

–Exacto. Y hay otro aquí, en el sector once. Cerca del edificio de mantenimiento de los saurópodos.

–¿Por qué habría de estar sin corriente esa sección? –preguntó Gennaro.

–Sólo Dios lo sabe. Probablemente sean daños debidos a la tormenta o a un árbol caído. Dentro de un instante podremos comprobarlo en el monitor. El tercer cortocircuito está por ahí, al lado del río de la jungla. Aunque tampoco sé por qué se ha producido.

Mientras Gennaro miraba, el mapa se hizo más complejo, llenándose de puntos y números verdes.

–¿Qué es todo esto?

–Los animales. Los sensores de movimiento están funcionando otra vez y el ordenador está tratando de localizar a todos los animales del parque o a cualquier otro ser.

Gennaro contempló el mapa.

–Usted quiere decir Grant y los chicos...

–Sí. Hemos puesto nuestra cifra de búsqueda en una cantidad superior a cuatrocientos. Así que, si están ahí fuera dando vueltas, los sensores de movimiento los localizarán como animales adicionales. –Miró el mapa–. Pero todavía no veo ningún animal adicional.

–¿Por qué se tarda tanto? –preguntó Gennaro.

–Tiene que comprender, señor Gennaro, que ahí fuera hay muchísimo movimiento: ramas agitadas por el viento, pájaros que vuelan, esa clase de cosas. El ordenador tiene que anular todo el movimiento de fondo. Y eso puede prolongarse... Ah, muy bien. Ya he acabado el recuento.

–¿No ve a los niños?

Arnold volvió a mirar el mapa.

–No –dijo–. Hasta el momento, en el mapa no aparecen elementos adicionales. Todo lo que hay allá fuera se reconoce como dinosaurio. Es probable que estén subidos a un árbol, o en algún otro sitio en el que no los podamos ver. No me preocuparía: todavía no han aparecido varios animales, como el rex grande. Eso se debe a que está dormido en alguna parte y no se mueve. Los niños pueden estar durmiendo también. Sencillamente, no lo sabemos.

Muldoon meneó la cabeza.

–Será mejor que nos demos prisa. Necesitamos reparar las cercas y hacer que los animales vuelvan a sus reservas. Según ese ordenador, tenemos que llevar cinco a los correspondientes lugares. Me llevaré las cuadrillas de mantenimiento.

Arnold se volvió hacia Gennaro.

–Quizá quiera usted ver lo que hace el doctor Malcolm. Dígale al doctor Harding que Muldoon le necesitará dentro de una hora, más o menos, para supervisar el traslado de los animales. Y yo informaré al señor Hammond de que estamos iniciando el recuento final.

Gennaro cruzó los portones de hierro y entró por la puerta delantera del Pabellón Safari. Vio a Ellie Sattler que pasaba por el vestíbulo, llevando toallas y una olla con agua hirviendo.

–Hay una cocina al otro lado –explicó–; la estamos utilizando para hervir agua para los vendajes.

–¿Cómo está? –preguntó Gennaro.

–Sorprendentemente bien –repuso Ellie.

Gennaro siguió a Ellie hasta la habitación de Malcolm, y se sobresaltó al oír carcajadas. El matemático yacía de espaldas en su cama, mientras Harding preparaba una transfusión intravenosa.

–Así que el otro hombre dice: «Te lo diré con franqueza: no me gustó, Bill. ¡Volví al papel higiénico!».

Harding se estaba riendo.

–No es malo, ¿verdad? –dijo Malcolm, sonriendo–. Ah, señor Gennaro. Ha venido a verme. Ahora ya sabe lo que pasa cuando se mete la pata en una situación dada.

Gennaro entró, vacilante.

–Se le ha suministrado una dosis bastante alta de morfina –informó Harding.

–No lo suficientemente alta, se lo puedo asegurar –afirmó Malcolm–. ¡Por Dios, qué hombre tan tacaño con sus drogas! ¿Ya han encontrado a los demás?

–No, todavía no. Pero me agrada ver que lo está pasando tan bien.

–¿De qué otra forma lo podría estar pasando –dijo Malcolm–, con una fractura abierta en la pierna, que es probable que esté putrefacta y que empiece a despedir un olor, diríamos, acre? Pero, como siempre digo, si no se puede conservar el sentido del humor...

Gennaro sonrió.

–¿Recuerda lo que ocurrió?

–Por supuesto que lo recuerdo. ¿Cree que alguien podría olvidar que le ha mordido un *Tyrannosaurus rex*? No, se lo aseguro, lo recordaría durante el resto de su vida. En mi caso, quizá no haya transcurrido tanto tiempo pero, por ahora, lo recuerdo.

Malcolm describió cómo salió corriendo del crucero de tierra, bajo la lluvia, y cómo le persiguió el tiranosaurio.

–La culpa fue mía: el animal estaba demasiado cerca, pero me invadió el pánico. Sea como fuere, me cogió entre sus mandíbulas y me levantó.

–¿Cómo?

–Por el tórax –dijo Malcolm, y se subió la camisa: un amplio semicírculo de perforaciones magulladas se extendía desde el hombro hasta el ombligo–. Me levantó, me sacudió con tremenda violencia y me arrojó al suelo. Y yo estaba bien; aterrorizado, claro, pero, así y todo, bien. Hasta el momento en que el tiranosaurio me lanzó. Me rompí la pierna en la caída. Pero la mordedura no fue grave... –suspiró– considerando las circunstancias.

–La mayoría de los carnívoros grandes no tienen mandíbulas fuertes –intervino Harding–, la verdadera fuerza está en la musculatura del cuello. Las mandíbulas se limitan a apresar, en tanto que utilizan el cuello para retorcer y desgarrar. Pero, a una presa pequeña como el doctor Malcolm, el animal simplemente la sacudió y después la lanzó.

–Me temo que tiene razón –aceptó Malcolm–. Dudo que hubiese sobrevivido, de no ser por el hecho de que ese grandullón realmente no estaba muy interesado. A decir verdad, la impresión que tuve es que era un atacante bastante torpe de cualquier cosa más pequeña que un automóvil o un pequeño edificio de apartamentos.

–¿Cree usted que lo atacó sin mayor interés por hacerlo?

–Me duele decirlo pero, con franqueza, creo que no mereci toda su atención. Él sí mereció la mía, claro está. Pero, naturalmente, él pesa ocho toneladas. Yo no.

Gennaro se volvió hacia Harding y le dijo:

–Van a reparar las cercas. Arnold dice que Muldoon necesitará su ayuda para trasladar los animales.

–Muy bien.

–Mientras me dejen a la doctora Sattler y un amplio suministro de morfina –dijo Malcolm–. Y mientras se produzca un Efecto Malcolm aquí.

–¿Qué es un Efecto Malcolm? –preguntó Gennaro.

–La modestia me impide brindarle los detalles de un fenómeno que se llama así en mi honor.

Volvió a suspirar y cerró los ojos. Se quedó dormido en un santiamén.

Ellie salió al pasillo con Gennaro.

–No se deje engañar –manifestó–. Esto representa para él un gran esfuerzo. ¿Cuándo van a traer un helicóptero?

–¿Un helicóptero?

–Necesita que le operen esa pierna. Asegúrese de que pidan un helicóptero, y saque a Malcolm de esta isla.

EL PARQUE

El generador portátil tartamudeó y se puso en acción con un rugido. En el extremo de sus brazos telescópicos, los reflectores de cuarzo emitieron un tenue fulgor verde. Muldoon oyó el débil murmullo del río de la jungla, unos pocos metros hacia el norte. Volvió al camión de mantenimiento y vio que uno de los trabajadores salía con una gran motosierra.

–No, no –dijo–. Sólo las sogas, Carlos. No hace falta cortarlo.

Se volvió para mirar la cerca. Al principio tuvieron dificultades para encontrar la sección en cortocircuito, porque no había mucho que ver: un pequeño protocarpus estaba apoyado contra la cerca. Era uno de los varios árboles de la misma especie que se habían plantado en esa zona del parque, con el propósito de que sus abundantes ramas ocultaran la visión de la cerca.

Pero ese árbol en particular estaba asegurado con riostras de alambre, para mantenerlo erguido, y con tensores: los alambres se habían roto durante la tormenta y los tensores metálicos habían salido volando hacia la cerca y habían producido el corcortocircuito. Naturalmente, nada de eso debió ocurrir; se suponía que las cuadrillas encargadas del afianzamiento usarían alambres con aislamiento plástico y tensores de cerámica en la proximidad de las cercas. Pero había sucedido de todos modos.

Sea como fuere, no iba a ser un gran trabajo. Todo lo que tenían que hacer era levantar el árbol caído contra la cerca, quitarle los herrajes de metal y marcarlo para que los jardineros lo arreglaran por la mañana. No debían tardar más de veinte minutos. Aunque daba lo mismo, porque Muldoon sabía que los dilofosaurios siempre se mantenían próximos al río. Aun cuando los trabajadores estaban separados del río por la cerca, los dilos podían escupir tranquilamente a través de ella, enviando su letal veneno.

Ramón, uno de los trabajadores, se le acercó.

–Señor Muldoon, ¿ha visto las luces?

–¿Qué luces? –preguntó Muldoon.

Ramón señaló hacia el este, a través de la jungla.

–Las vi cuando veníamos. Están ahí, muy débiles. ¿Las ve? Parecen las luces de un coche, pero no se mueven.

Muldoon entornó los ojos para mirar a lo lejos: probablemente no era más que una luz de mantenimiento. Después de todo, se había restablecido el paso de la corriente.

–Nos ocuparemos de eso más tarde –contestó–. Ahora limitémonos a quitar ese árbol de la cerca.

Arnold se mostró expansivo: el parque casi había vuelto a la normalidad; Muldoon estaba arreglando las cercas; Hammond había salido con Harding para supervisar el traslado de los animales. Aunque estaba cansado, Arnold se sentía bien; hasta estaba de humor para atender al abogado, Gennaro.

–¿El Efecto Malcolm? –dijo–. ¿Le preocupa eso?

–Solamente siento curiosidad –repuso Gennaro.

–¿Quiere decir que desea que yo le diga por qué Ian Malcolm está equivocado?

–Por supuesto.

Arnold encendió otro cigarrillo.

–Es una cuestión técnica.

–Pruebe, a ver si lo entiendo.

–Muy bien. La teoría del caos describe sistemas no lineales. Ahora es ya una teoría muy amplia, que se utiliza para estudiar cualquier cosa, desde el mercado de valores hasta las ondas cerebrales durante la epilepsia, pasando por las multitudes que provocan disturbios. Una teoría que está muy de moda. Hay gran tendencia a aplicarla en cualquier sistema complejo imprevisible. ¿Vamos bien?

–Vamos bien.

–Ian Malcolm es un matemático que se especializa en la teoría del caos. Es bastante divertido y bien parecido pero, básicamente, lo que Malcolm hace, además de vestir de negro, es usar ordenador para crear modelos del comportamiento de sistemas complejos. Y John Hammond adora la última moda en cosas científicas, así que le pidió a Malcolm que hiciera el modelo para el Parque Jurásico. Cosa que Malcolm hizo. Todos los modelos de Malcolm son formas fase-espacio hechas en una pantalla de ordenador. ¿Las ha visto usted?

–No.

–Bueno, pues parecen una fantasmagórica hélice de barco retorcida. Según Malcolm, el comportamiento de cualquier sistema sigue la superficie de la hélice. ¿Me sigue?

–No exactamente.

Arnold mantuvo la mano en el aire.

–Digamos que pongo una gota de agua sobre el dorso de mi mano. Esa gota va a deslizarse por mi mano: quizá lo haga hacia mi muñeca; quizá lo haga hacia el pulgar, o quizá caiga entre mis dedos. No sé con seguridad adónde irá, pero sé que se deslizará por alguna parte de la superficie de mi mano. Tiene que hacerlo.

–Comprendo.

–La teoría del caos trata el comportamiento de todo un sistema como si fuera una gota de agua que se desplaza sobre la superficie de una complicada hélice: la gota puede describir una espiral descendente o resbalar hacia afuera, en dirección al borde. En función de las circunstancias, la gota puede hacer muchas cosas diferentes, pero siempre se moverá a lo largo de la superficie de la hélice.

»El modelo de Malcolm tiende a exhibir un reborde, o pendiente abrupta, donde la velocidad de la gota se incrementa en gran medida. Con modestia, a este movimiento acelerado lo denomina Efecto Malcolm: todo el sistema podría desplomarse de repente. Y eso fue lo que dijo del Parque Jurásico, que tenía una inestabilidad intrínseca.

–Inestabilidad intrínseca –repitió Gennaro–. ¿Y qué hicieron cuando recibieron el informe de Malcolm?

–No estuvimos de acuerdo con él y lo pasamos por alto.

–¿Fue una actitud sensata?

–Era evidente por sí misma: tratamos con sistemas vivientes, después de todo. Esto es vida, no modelos de ordenador.

Bajo las crudas luces de cuarzo, la cabeza de la hipsilofodonte colgaba de la eslinga, con la lengua pendiendo laxa y los ojos embotados.

–¡Con cuidado! ¡Con cuidado! –gritó Hammond cuando la grúa empezó a levantarla.

Harding lanzó un gruñido y volvió a aflojar la cabeza, que estaba apoyada sobre las correas de cuero; el veterinario no quería interrumpir la circulación por la carótida. La grúa chirrió cuando levantó el animal en el aire para colocarlo sobre el camión de remolque plano que estaba aguardando. La hipsi era una driosauria pequeña, de unos dos metros de largo, que pesaba alrededor de doscientos treinta kilos. Era de un color verde oscuro moteado de marrón. Respiraba con lentitud pero parecía estar bien. Harding le había disparado unos instantes antes con el fusil tranquilizador y, en apariencia, había acertado con la dosis correcta. Siempre existía un momento de tensión cuando se tenía que dosificar el anestésico que se aplicaba a esos enormes animales: muy poco, y escapaban hacia la espesura, desplomándose en algún sitio en el que no se los podía alcanzar; demasiado, y sufrían un paro cardíaco terminal. Ese ejemplar había dado un solo salto, para después desplomarse de repente: tranquilizante perfectamente dosificado.

–¡Tengan cuidado! ¡Despacio! –les gritaba Hammond a los trabajadores.

–Señor Hammond –intervino Harding–. Por favor...

–Bueno, tienen que ser cuidadosos...

–Están siendo cuidadosos –observó Harding.

Se subió a la parte de atrás del remolque cuando la hipsi descendió y la puso dentro del arnés de contención. Después, le colocó el cardiógrafo de collar, que registraba las palpitaciones, cogió el gran termómetro electrónico, del tamaño de un lardeador para pavos, y lo deslizó en el recto del dinosaurio. El termómetro emitió una señal electrónica audible y breve: 35,67 ºC.

–¿Cómo está? –preguntó Hammond, de mal humor.

–Bien. Su temperatura sólo ha bajado un grado y medio.

–Es demasiado bajo.

–No queremos que se despierte y salte del camión –replicó Harding secamente.

–Antes de llegar al parque, Harding era el jefe de medicina veterinaria del zoológico de San Diego, y el principal experto mundial en cuidado de aves. Había viajado por todo el mundo, actuando como asesor en el cuidado de aves exóticas en zoológicos de Europa, la India y Japón. No demostró interés cuando ese peculiar hombrecillo apareció, ofreciéndole un puesto en un parque privado. Pero, cuando se enteró de lo que había hecho Hammond... le resultó imposible desdeñar la oferta. Harding tenía inclinaciones académicas, y la perspectiva de escribir el primer *Manual de medicina veterinaria interna: Enfermedades de los dinosaurios* le obligó a aceptar. A finales del siglo XX, la medicina veterinaria estaba avanzada en el aspecto científico; los mejores zoológicos contaban con clínicas que diferían muy poco de los hospitales para seres humanos. Los nuevos manuales no eran más que corrección de los antiguos. Para un veterinario clínico de categoría internacional, no quedaban mundos para conquistar. Pero ser el primero que se ocupara de una clase enteramente nueva de animales: ¡eso sí que era algo fuera de lo común!

Harding nunca lamentó su decisión: había adquirido considerable experiencia con esos animales. Y no quería oír hablar de Hammond ahora.

La hipsi resopló y se crispó. Su respiración seguía siendo poco profunda; no había reflejo ocular aún. Pero ya era hora de ponerse en marcha.

–Todos a bordo –gritó Harding–. Devolvamos a esta chica a su lugar.

–Los sistemas vivientes –explicó Arnold– no son como los mecánicos: los vivientes nunca están en equilibrio; son intrínsecamente inestables; pueden parecer estables, pero no lo son. Todo se mueve y cambia. En cierto sentido, todo está al borde del colapso.

Gennaro fruncía el entrecejo.

–Pero muchas cosas no cambian: la temperatura del cuerpo no cambia, toda clase de...

–La temperatura corporal cambia constantemente. Constantemente. Cambia de manera cíclica en el transcurso de veinticuatro horas, siendo mínima por la mañana y máxima inmediatamente después del mediodía. Cambia con el estado de ánimo, con las enfermedades, con el ejercicio, con la temperatura exterior, con la alimentación. Fluctúa continuamente hacia arriba y hacia abajo. Diminutas oscilaciones en un gráfico porque, en un momento dado cualquiera, algunas fuerzas empujan la temperatura hacia arriba y otras la empujan hacia abajo. Es intrínsecamente inestable, al igual que cualquier otro aspecto de los sistemas vivientes.

–Así que usted dice...

–Que Malcolm no es más que otro teórico –completó Arnold–. Sentado en su oficina, ha elaborado un hermoso modelo matemático, y nunca se le ha ocurrido que lo que considera defectos son, en realidad, necesidades. Cuando yo trabajaba en proyectiles teledirigidos, nos las teníamos que ver con algo llamado «ángulo resonante de oblicuidad»: eso quería decir que, aun cuando un mísil estuviera nada más que levemente inestable al abandonar su plataforma de lanzamiento, ya no tenía remedio. Resultaba inevitable que quedara fuera de control y no se le podía traer de vuelta. Ése es un rasgo propio de los sistemas mecánicos: un poco de bamboleo puede empeorar hasta hacer que todo el sistema se desplome.

Pero esos mismos pequeños bamboleos son esenciales para un sistema viviente: significan que el sistema está sano y que responde a los estímulos. Malcolm nunca lo ha entendido.

—¿Está usted seguro de que no lo ha entendido? Parece tener bastante clara la diferencia entre sistemas vivientes y no...

—Mire, la prueba está aquí mismo. —Señaló las pantallas—. En menos de una hora todo el parque volverá a estar en orden. Lo único que me queda por hacer es despejar todas las líneas telefónicas. Por alguna razón, aún no funcionan. Pero todo lo demás lo hará. Y eso no es teórico. Es un hecho palpable.

La aguja penetró profundamente en el cuello y Harding inyectó la medrina en la anestesiada hembra de driosaurio, mientras ésta yacía en el suelo. De inmediato, el animal empezó a recuperarse, resoplando y pateando con sus poderosas patas traseras.

—Atrás todo el mundo —dijo Harding, alejándose a gatas—. Retrocedan.

La driosaurio se puso en pie, vacilante, y quedó erguida sin mucha estabilidad. Sacudió su cabeza de lagarto, contempló lá gente que tenía enfrente, de espaldas a las luces de cuarzo, y parpadeó.

—Está babeando —notó Hammond, preocupado.

—Temporalmente —dijo Harding—. Pasará.

La driosaurio tosió y, después, avanzó con lentitud a través del campo, alejándose de las luces.

—¿Por qué no va saltando?

—Ya lo hará —aclaró Harding—. Tardará alrededor de una hora en recuperarse del todo. Está bien. —Se volvió hacia el vehículo—: Muy bien, muchachos, vamos a encargarnos del estego.

Muldoon observaba, cómo clavaban la última de las estacas en el suelo. Tensaron las cuerdas y levantaron al protocarpus, separándolo por completo de la cerca plateada, sobre la que pudo ver las bandas ennegrecidas, chamuscadas, del lugar en el que se había producido el cortocircuito. En la base de la cerca, habían estallado varios aisladores de cerámica. Habría que remplazarlos. Pero, antes de que eso se pudiera hacer, Arnold tendría que cortar el fluido en todas las cercas.

—Control. Aquí Muldoon. Estamos listos para empezar la reparación.

—Muy bien —repuso Arnold—. Cerrando la sección de ustedes, ahora.

Muldoon echó un vistazo a su reloj de pulsera. En algún lugar, a lo lejos, se oyó un suave ululato. Parecía producido por búhos, pero sabía que eran los dilofosaurios. Se acercó a Ramón y le dijo:

–Terminemos con esto. Quiero llegar a esas otras secciones de la cerca.

Transcurrió una hora. Donald Gennaro contemplaba el refulgente mapa de la sala de control, mientras los puntos y números parpadeaban y cambiaban.

–¿Qué está pasando ahora?

Arnold trabajaba en la consola.

–Estoy tratando de conseguir que los teléfonos funcionen otra vez. Así podremos llamar por lo de Malcolm.

–No, me refiero a allí fuera.

Arnold echó una rápida mirada al tablero.

–Parece que casi han terminado ya con los animales, y con las dos secciones. Tal como le dije, el parque vuelve a estar en nuestras manos, sin ningún catastrófico Efecto Malcolm. De hecho, sólo queda esa tercera sección de cerca...

–Arnold. –Era la voz de Muldoon.

–¿Sí?

–¿Ha visto esta maldita cerca?

–Un minuto.

En uno de los monitores, Gennaro vio una imagen, tomada en ángulo elevado, que abarcaba un campo de hierba corta, agitada por el viento. A lo lejos había un techo bajo de hormigón.

–Ése es el edificio de mantenimiento de los saurópodos –explicó Arnold–. Es una de las estructuras auxiliares que empleamos para guardar equipo, almacenar alimento y demás. Están por todo el parque, en cada una de las secciones.

En la pantalla apareció una toma panorámica.

–Ahora estamos moviendo la cámara para echarle un vistazo a la cerca...

Gennaro vio un cerco de tela metálica, brillante bajo la luz. Una de las secciones había sido derribada y pisoteada. El jeep de Muldoon y la cuadrilla de trabajadores estaban allí.

–¡Oh! –exclamó Arnold–. Al parecer el rex se ha metido en el sector de los saurópodos.

Muldoon añadió:

–Estupenda cena para esta noche.

–Tendremos que hacerlo salir de ahí –dijo Arnold.

–¿Con qué? –preguntó Muldoon–. No tenemos nada adecuado. Arreglaré la cerca, pero no entraré hasta que sea de día.

–A Hammond no le va a gustar.

–Lo discutiremos cuando yo regrese –dijo Muldoon.

–¿A cuántos saurópodos matará el rex? –inquirió Hammond, recorriendo la sala de control.

–Es probable que sólo a uno –contestó Harding–. Los saurópodos son grandes; el rex se puede alimentar con una sola presa durante varios días.

–Tenemos que salir y atraparlo esta noche –decidió Hammond.

–No entraré ahí hasta que sea de día –se negó Muldoon.

Hammond subía y bajaba sobre las puntas de los pies, como lo hacía cuando estaba furioso.

–¿Se olvida de que trabaja para mí?

–No, señor Hammond, no lo olvido. Pero lo que hay ahí fuera es un tiranosaurio adulto completamente desarrollado. ¿Cómo piensa apresarlo?

–Tenemos fusiles tranquilizantes.

–Sí, fusiles tranquilizantes que disparan un dardo de veinte centímetros cúbicos, excelentes para un animal que pese ciento ochenta o doscientos treinta kilos. Ese tiranosaurio pesa ocho toneladas. Ni siquiera lo sentiría.

–Usted encargó un arma más grande...

–Encargué tres armas más grandes, señor Hammond, pero usted anuló el pedido, de modo que sólo conseguimos una. Y no está: Nedry se la ha llevado consigo.

–Eso ha sido bastante estúpido. ¿Quién ha permitido que sucediera?

–Nedry no es mi problema, señor Hammond.

–¿Está usted diciendo –dijo Hammond– que, a partir de este momento, no hay manera de detener a ese tiranosaurio?

–Eso es exactamente lo que estoy diciendo.

–¡Eso es ridículo! –vociferó Hammond.

–Es su parque, señor Hammond: usted no quiso que nadie pudiera herir a sus preciosos dinosaurios. Bueno, ahora tiene un rex que está con los saurópodos, y no hay una maldita cosa que yo pueda hacer al respecto.

Abandonó la sala.

–Un momento –mascullό Hammond, apresurándose a seguirle.

Gennaro contemplaba las pantallas y escuchaba la discusión a gritos que se libraba en el pasillo de fuera. Le dijo a Arnold:

–Conjeturo que todavía no tiene el parque bajo control, después de todo.

–No se engañe –repuso Arnold, encendiendo otro cigarrillo–, tenemos el parque. Amanecerá dentro de un par de horas. Puede que perdamos algunos dinos antes de que consigamos sacar de ahí al rex, pero, créame, el parque es nuestro.

AL AMANECER

Un fuerte sonido de algo que se molía, seguido por un repiqueteo metálico, despertó a Grant. Abrió los ojos y vio pasar frente a él un fardo de heno sobre una cinta transportadora que avanzaba hacia el techo. Dos fardos más sucedieron al primero. Después, el repiqueteo metálico cesó de modo tan brusco como había comenzado, y el edificio de hormigón volvió a quedar en silencio.

Grant bostezó. Se estiró, todavía adormecido, dio un respingo de dolor y se incorporó.

Una suave luz amarilla entraba por las ventanillas laterales. Era de día... ¡había dormido toda la noche! Rápidamente miró el reloj: las cinco de la mañana. Todavía quedaban casi siete horas para que se pudiera hacer volver el barco.

Grant rodó sobre la espalda, quejándose. Le palpitaba la cabeza y le dolía todo el cuerpo como si lo hubiesen apaleado. Desde el otro extremo del edificio llegó un chirrido, como el de una rueda oxidada. Y, después, la risita juguetona de Lex.

Se puso de pie con lentitud y recorrió el lugar con la mirada: ahora que era de día, pudo ver que era una especie de edificio de mantenimiento, con pilas de heno y suministros. En la pared vio una caja metálica color gris, sobre la cual había una referencia en estarcido: EDIF. MANTENIMIENTO SAURÓPODOS (04).

Tenía que ser la reserva de los saurópodos, tal como había pensado. Abrió la caja y vio un teléfono pero, cuando descolgó el auricular, sólo oyó un sonido siseante. Al parecer, los teléfonos todavía no funcionaban.

–Mastica la comida –estaba diciendo Lex–. No seas cerdo, *Ralph*.

Grant dio la vuelta a la esquina y encontró a Lex junto a unos barrotes, ofreciendo puñados de heno a un animal que estaba fuera; tenía el aspecto de un cerdo grande rosado y emitía los sonidos chirriantes que acababa de oír. En realidad, se trataba de un tricerátops bebé, de tamaño aproximado al de un poni. El pequeño no tenía cuernos en la cabeza todavía, sino sólo una protuberancia ósea detrás de unos grandes ojos de mirada suave. Metía el hocico a través de los barrotes, hacia Lex, observando a la niña mientras ésta le daba más heno para comer.

–Así está mejor –dijo Lex–. Hay un montón de heno, no te preocupes. –Acarició la cabeza del bebé–. Te gusta el heno, ¿verdad, *Ralph*?

En ese momento se volvió y vio a Grant.

–Éste es *Ralph* –anunció–. Es mi amigo. Le gusta el heno.

Grant avanzó un paso y se detuvo, encogido por el dolor.

–Parece que está usted bastante mal. Tim también. Tiene la nariz hinchada.

–¿Dónde está Tim?

–Haciendo pis. ¿Quiere ayudarme a dar de comer a *Ralph*?

La cría de tricerátops miró a Grant. De ambas comisuras de la boca le sobresalía heno, que caía al suelo mientras masticaba.

–Es un comilón muy marrano –comentó Lex–. Y tiene mucha hambre.

El bebé terminó de masticar y se relamió los labios. Abrió la boca, esperando que le dieran más. Grant pudo ver los delgados dientes afilados y el maxilar superior en forma de pico, como el de un loro.

–Muy bien, espera un minutito –dijo Lex, recogiendo más heno del suelo con una pala–. Sinceramente, *Ralph*, una pensaría que tu madre nunca te ha dado de comer.

–¿Por qué lo llamas *Ralph*?

–Porque se parece a Ralph. Es uno de la escuela.

Grant se acercó y tocó la piel del cuello con delicadeza.

–Está bien, puede acariciarlo –concedió Lex–. Le gusta que lo acaricien, ¿verdad, *Ralph*?

Al tacto, la piel era seca y cálida, con la textura rugosa de una pelota de rugby. *Ralph* lanzó un leve chillido cuando Grant lo acaricio. Al otro lado de los barrotes, su gruesa cola se balanceaba hacia atrás y hacia delante con placer.

–Es bastante manso. –*Ralph* miró a Grant mientras comía, y no dio muestras de miedo. Eso le hizo recordar a Grant que el comportamiento de esos dinosaurios no se alteraba en presencia de seres humanos.

–A lo mejor lo puedo montar –arriesgó Lex.

–Será mejor que no lo hagas.

–Estoy segura de que él me dejaría –insistió–. Sería divertido montar un dinosaurio.

Grant miró a través de los barrotes, más allá del animal, a los campos abiertos del sector de los saurópodos. A cada instante la claridad se hacía mayor. Grant pensó que debía salir y excitar uno de los sensores de movimiento del campo; después de todo, la gente de la sala de control podía tardar una hora en llegar hasta él, y a Grant no le agradaba la idea de que los teléfonos siguieran sin funcionar...

Oyó un profundo bufido, como el de un caballo muy grande y, de repente, el pequeño tricerátops se agitó. Trató de echar atrás la cabeza, que tenía entre los barrotes, pero se le quedó atascada y lanzó un chillido de miedo.

El bufido se repitió. Más cerca esta vez.

Ralph trató de retroceder con las patas traseras, desesperado por zafarse de los barrotes. Movía la cabeza hacia atrás y hacia delante, frotándola contra los barrotes.

–*Ralph*, tranquilo –trató de calmarlo Lex.

–Empújalo hacia fuera –dijo Grant.

La niña extendió la mano hacia la cabeza de *Ralph* y se apoyó en ella, empujando al animal de costado y hacia atrás. La protuberancia se aplastó contra la cabeza, permitiendo que el bebé cayera fuera de los barrotes, perdiendo el equilibrio y desplomándose de costado. Después, el animalito quedó envuelto en las sombras, y una enorme pata trasera hizo su aparición: más gruesa que el tronco de un árbol, tenía cinco uñas curvadas hacia abajo, como las de un elefante.

Ralph alzó la vista y lanzó un chillido. Desde lo alto bajó una cabeza de un metro ochenta de largo, con tres cuernos blancos, uno encima de cada uno de los grandes ojos pardos y otro, más pequeño, en la punta de la nariz. Era un tricerátops totalmente desarrollado. El gigantesco animal miró con curiosidad a Lex y a Grant, parpadeando con lentitud y, después, dirigió su atención hacia

Ralph y con su enorme lengua lamió al bebé. *Ralph* lanzó un chillido y se frotó contra la enorme pata, henchido de felicidad.

–¿Ésa es la mamá? –preguntó Lex.

–Así parece –dijo Grant.

–¿Tenemos que darle de comer a la mamá también?

Pero la enorme tricerátops ya estaba empujando suavemente a *Ralph* con el hocico, alejándolo de los barrotes.

–Supongo que no.

La cría de tricerátops se apartó de los barrotes y se alejó. De vez en cuando, su inmensa madre lo empujaba con suavidad, encaminándolo, mientras los dos se dirigían hacia el campo abierto.

–Adiós, *Ralph* –lo despidió Lex, agitando la mano.

Tim salió de las sombras del edificio.

–Os diré lo que vamos a hacer –anunció Grant–. Voy a ir a lo alto de la colina para excitar los sensores de movimiento, de modo que sepan dónde tienen que venir a buscarnos. Vosotros dos os quedaréis aquí y me esperaréis.

–No –dijo Lex.

–¿Por qué? Quedaos. Aquí estáis a salvo.

–Usted no va a dejarnos –insistió Lex–. ¿No es así, Timmy?

–Así es –asintió Tim.

–Muy bien –dijo Grant.

Se escurrieron entre los barrotes y salieron al exterior.

El aire era cálido y húmedo; el cielo, de un rosado suave y púrpura. Una bruma baja se extendía muy cerca del suelo. A cierta distancia, vieron a la madre tricerátops y a su cría alejándose en dirección a una manada de grandes hadrosaurios de pico de pato, que comían el follaje de unos árboles situados a la orilla de la laguna.

Algunos de los hadrosaurios estaban metidos en el agua hasta las rodillas. Bebían, bajando sus planas cabezas y reuniéndose con su propio reflejo en el agua inmóvil. Después, volvían a alzar la vista, con las cabezas girándoles sobre el cuello. En la orilla del agua, una de las crías se aventuró a salir, lanzó un chillido y después regresó a tropezones, presurosa, mientras los adultos observaban con indulgencia.

Más hacia el sur, otros hadrosaurios comían la vegetación más baja. A veces se erguían sobre las patas traseras, apoyando las delanteras en los troncos de los árboles, para alcanzar las hojas de las ramas más altas. Y, muy a lo lejos, un gigantesco apatosaurio se alzaba por encima de los árboles, con la diminuta cabeza volviéndose en el extremo de su cuello largo. La escena era tan pacífica que a Grant le resultaba difícil imaginar que pudiera haber algún peligro.

–¡Aau! –gritó Lex, bajando la cabeza con rapidez. Dos gigantescas libélulas, de un metro ochenta, pasaron zumbando junto al trío de humanos–. ¿Qué ha sido eso? –preguntó.

–Libélulas –dijo Grant–. El jurásico fue una época de insectos enormes.

–¿Muerden?

–No lo creo.

Tim alzó la mano, y una de las libélulas descendió y se posó en ella. El niño pudo sentir el peso del inmenso insecto.

–Te va a morder –previno Lex.

Pero la libélula se limitó a batir con suavidad sus alas transparentes surcadas por venas rojas y, de repente, cuando Tim movió el brazo, volvió a irse volando.

–¿Hacia dónde vamos? –preguntó Lex.

–Allí.

Echaron a andar a través del campo hasta llegar a una caja negra montada sobre un pesado trípode metálico, el primero de los sensores de movimiento. Grant se detuvo y agitó la mano frente al aparato, pero no ocurrió nada.

Si los teléfonos no funcionaban, quizá tampoco lo hacían los sensores.

–Probaremos con otro –dijo Grant, señalando hacia el otro extremo del campo.

En algún lugar, a lo lejos, se oyó el rugido de un animal grande.

–¡Oh, demonios! –exclamó Arnold–. Sencillamente no puedo encontrarlo.

Bebió un sorbo de café y contempló la pantalla con ojos exhaustos. En la sala de control, revisaba el código del programa. Se sentía agotado: había estado trabajando doce horas sin parar. Se volvió hacia Wu, que llegaba del laboratorio.

–¿Qué ha encontrado?

–Los teléfonos siguen sin funcionar. No puedo volverlos a la normalidad. Creo que Nedry hizo algo con los teléfonos.

Wu descolgó uno de los teléfonos y oyó un siseo.

–El sonido es como el de un módem.

–Pero no lo es, porque he bajado a la planta baja y apagado todos los modems. Lo que se oye no es más que ruido blanco, que suena como un modem transmitiendo.

–¿Así que las líneas telefónicas están interferidas?

–Básicamente, sí. Nedry las interfirió muy bien. Introdujo un bloqueo dentro del código de programas, y ahora no lo puedo encontrar, porque borró parte de las instrucciones. Pero, al parecer, la orden para interferir los teléfonos aún sigue en la memoria del ordenador.

Wu se encogió de hombros.

–¿Y con eso qué? Tan sólo tiene que botar el sistema. Apáguelo y borrará la memoria.

–Nunca he hecho algo así antes. Y me resisto a hacerlo: a lo mejor, todo el sistema vuelve a la normalidad cuando lo arranque de nuevo... pero a lo mejor, no. No soy un experto en informática, y usted tampoco. Realmente, no. Y sin una línea telefónica abierta no podemos hablar con alguien que lo sea.

Si la orden está en la RAM, no aparecerá en el código. Se puede hacer un vaciado de la RAM en una unidad de grabación y hacer la búsqueda ahí, pero usted no sabe lo que está buscando. Creo que todo lo que puede hacer es reinicializar el sistema.

Gennaro irrumpió en la sala.

–Todavía no tenemos ningún teléfono.

–Estamos trabajando en eso.

–Lleva trabajando en eso desde la medianoche. Y Malcolm está peor. Necesita atención médica.

–Eso significa que tendré que apagar el sistema –repuso Arnold–. No puedo estar seguro de que todo se vuelva a poner en funcionamiento.

Gennaro insistió:

–Mire, hay un hombre enfermo en ese pabellón. Necesita un médico o morirá. Y no podemos llamar a un médico a menos que tengamos teléfono. Es probable que ya hayan muerto cuatro personas. Ahora, ¡apague y haga que los teléfonos funcionen!

Arnold vaciló.

–¿Bien? –dijo Gennaro.

–Bueno, es que... los sistemas de seguridad no permiten que se apague el ordenador y...

–¡Entonces desactive esos malditos sistemas de seguridad! ¿No le puede entrar en la cabeza que Malcolm va a morir si no recibe ayuda?

–Muy bien –aceptó Arnold.

Se levantó y fue al panel principal. Abrió las puertas y descubrió los cerrojos que cubrían los interruptores de seguridad. Con movimiento corto y seco los quitó, uno después de otro.

–Ustedes lo han pedido –dijo–, y aquí lo tienen.

Movió el interruptor principal.

La sala de control quedó a oscuras. Todos los monitores se apagaron.

–¿Cuánto tenemos que esperar? –preguntó Gennaro.

–Treinta segundos –repuso Arnold.

–¡Puff! –exclamó Lex, cuando cruzaban el campo.

–¿Qué? –preguntó Grant.

–¡Ese olor! Parece de basura podrida.

Grant vaciló. Clavó la mirada en el otro extremo del campo, en dirección a los árboles distantes, en busca de alguna señal de movimiento; no vio nada. Apenas si había brisa para agitar las ramas. Reinaba la paz y la quietud a esa hora temprana.

–Creo que es tu imaginación –dijo.

–No...

Entonces, Grant oyó el graznido: provenía de la manada de hadrosaurios de pico de pato que tenían a la espalda. Primero un animal, después otro y otro, hasta que toda la manada hizo suyo el graznido de llamada. Los picos de pato estaban agitados, dando vueltas y girando sobre sí mismos, apresurándose a salir del agua, formando un círculo alrededor de las crías para protegerlas...

«También ellos lo huelen», pensó.

Con un rugido, el tiranosaurio surgió con violencia de entre los árboles que estaban a unos cuarenta y cinco metros, cerca de la laguna. Acometió a través del campo abierto, cruzándolo a trancos. Hizo caso omiso del grupo de seres humanos, dirigiéndose hacia la manada de hadrosaurios.

–¡Se lo he dicho! –aulló Lex–. ¡Nadie me escucha jamás!

A lo lejos, los hadrosaurios graznaban y empezaban a correr. Grant podía sentir la tierra estremeciéndose bajo sus pies.

–¡Vamos, chicos!

Alzó a Lex en brazos, y corrió con Tim a través de la hierba. Tuvo fugaces visiones del tiranosaurio en las proximidades de la laguna, arremetiendo contra los hadrosaurios, que hacían oscilar sus grandes colas como defensa, y graznaban fuerte y continuamente. Oyó el ruido del aplastamiento de follaje y árboles y, cuando volvió a mirar, vio que los hadrosaurios se lanzaban a la carga.

A oscuras en la sala de control, Arnold comprobó su reloj de pulsera: treinta segundos; la memoria ya debía de estar limpia. Volvió a llevar el interruptor principal a la posición de encendido.

No ocurrió nada.

Se le revolvió el estómago. Llevó el interruptor a la posición de apagado y, después, de vuelta a la de encendido: todavía seguía sin pasar nada. Sintió sudor en el entrecejo.

–¿Qué pasa? –preguntó Gennaro.

–¡Oh, demonios! –masculló Arnold.

En ese momento recordó que había que encender de nuevo los interruptores de seguridad antes de restaurar el paso de la corriente. Con cortos movimientos nerviosos puso los tres interruptores en posición de encendido, y los volvió a cubrir con los cerrojos. Después, contuvo la respiración y accionó el interruptor principal.

Las luces de la sala se encendieron.

El ordenador emitió la señal electrónica breve y penetrante de activación.

Las pantallas zumbaron.

–¡Gracias a Dios! –suspiró Arnold.

Se apresuró a ir hacia el monitor principal. En la pantalla aparecían hileras de rótulos:

Gennaro descolgó el teléfono. No oyó ningún siseo de fondo esta vez: simplemente no oyó nada.

–¿Qué sucede?

–Deme un segundo –contestó Arnold–. Después de una reinicialización, todos los módulos del sistema tienen que ser activados de forma manual.

Con prontitud, volvió al trabajo.

–¿Por qué de forma manual? –quiso saber Gennaro.

–¿Me va a dejar trabajar, por el amor de Dios?

Wu explicó:

–Nunca se pensó que hubiera que reinicializar el sistema. Por eso, si se apaga, eso supone que existe un problema en alguna parte, y exige que el operador lo ponga todo en marcha de forma manual. De lo contrario, si hubiera un cortocircuito en alguna parte, el sistema se pondría en marcha, entraría en cortocircuito y se pararía, volvería a arrancar, entraría nuevamente en cortocircuito, parándose, y así continuamente, en un ciclo interminable.

–Muy bien –dijo Arnold–. Estamos funcionando.

Gennaro descolgó el teléfono y empezó a marcar, cuando se detuvo bruscamente.

–¡Por Dios, miren eso! –exclamó señalando uno de los monitores de televisión.

Pero Arnold no lo escuchaba. Tenía la vista fija en el mapa, donde un abigarrado enjambre de puntos que había junto a la laguna se había empezado a desplazar de forma coordinada. Se desplazaba rápido, describiendo una especie de remolino.

–¿Qué está pasando? –preguntó Gennaro.

–Los picos de pato –dijo Arnold, con voz apagada–, se han desbandado.

Los hadrosaurios pico de pato iban a la carga con sorprendente velocidad, sus enormes cuerpos formaban un enjambre apretado, graznando y rugiendo: las crías chillaban, tratando de evitar meterse en el camino de los adultos. La manada levantaba una gran nube de polvo amarillo. Grant no podía ver al tiranosaurio.

Los hadrosaurios corrían directamente hacia donde estaba el grupo de humanos.

Llevando todavía a Lex, Grant corrió con Tim hacia un afloramiento rocoso sobre el que había un bosquecillo de grandes coníferas. Corrían con afán, sintiendo la tierra estremecerse bajo sus pies. El ruido de la manada que se acercaba era ensordecedor, como el de aviones de reacción en un aeropuerto; llenaba el aire y hacía que les doliesen los oídos. Lex gritaba algo, pero Grant no podía oír lo que decía y, mientras trepaban con pies y manos por las rocas, la manada los rodeó.

Grant vio las inmensas patas de los primeros hadrosaurios, que pasaban junto a él, cada animal con un peso de cinco toneladas. Después, el grupo de seres humanos quedó envuelto en una nube tan densa, que Grant no pudo ver cosa alguna; tenía la impresión de que había cuerpos inmensos, extremidades gigantescas, gritos atronadores de dolor, mientras los animales se volvían y formaban un círculo. Uno de los hadrosaurios golpeó un bloque de roca, que pasó rodando frente a Grant y los niños, para caer en el campo que se extendía más allá.

Inmersos en la densa nube de polvo, no podían ver casi nada más allá de las rocas. Se aferraron a los bloques, oyendo los alados y graznidos y el amenazador rugido del tiranosaurio. Lex hundió las uñas en el hombro de Grant.

Otro hadrosaurio azotó con su enorme cola las rocas, dejando una salpicadura de sangre caliente. Grant esperó hasta que los ruidos de la pelea se hubieron desplazado hacia la izquierda y, después, empujó a los niños, para que empezaran a trepar al árbol más alto. Subieron con celeridad, buscando las ramas a tientas, mientras los animales corrían alrededor en medio del polvo. Subieron unos seis metros y, en ese momento, Lex se aferró a Grant y se negó a seguir adelante. Tim también parecía cansado y Grant pensó que estaban suficientemente altos. A través del polvo pudieron ver el ancho lomo de los animales que pasaban allá abajo, mientras describían giros y emitían graznidos. Grant se afianzó contra la áspera corteza del tronco, tosió a causa del polvo, cerró los ojos y esperó.

Arnold ajustó la cámara, mientras la manada se alejaba. El polvo se despejó lentamente: vio que los hadrosaurios se habían dispersado y que el tiranosaurio había dejado de correr, lo que únicamente podía significar que había cazado una presa. Ahora estaba cerca de la laguna. Arnold miró el monitor de televisión y dijo:

–Lo mejor es hacer que Muldoon vaya ahí afuera y vea cómo están las cosas.

–Voy por él –dijo Gennaro, y abandonó la sala.

EL PARQUE

Un suave crujido, como el crepitar del fuego en un hogar. Algo tibio y húmedo le hizo cosquillas a Grant en el tobillo. Abrió los ojos y vio una enorme cabeza amarillenta, que se ahusaba hasta convertirse en una boca plana, conformada como el pico de un pato. Los ojos, que sobresalían por encima del achatado pico, eran amables, como los de una vaca. La boca de pato se abrió y masticó tallitos pertenecientes a la rama en la que Grant estaba sentado: vio grandes dientes planos en la quijada. Los labios tibios le volvieron a rozar el tobillo al masticar el animal.

¡Un hadrosaurio de pico de pato! Grant se quedó perplejo. No es que tuviera miedo: todas las especies de dinosaurios con pico de pato eran herbívoras, y éste se comportaba exactamente como una vaca. Aun cuando era enorme, su manera de ser era tan tranquila y pacífica que Grant no se sintió amenazado. Permaneció en el lugar que ocupaba en la rama, tratando de no moverse, y observó al animal mientras comía.

La razón de que Grant estuviera asombrado era que experimentaba una sensación como de propiedad hacia ese animal: probablemente era un maiasaurio, correspondiente al cretáceo tardío de Montana. Junto con John Horner, Grant había sido el primero en describir la especie. Los maiasaurios tenían un labio curvado hacia arriba, lo que les confería una expresión sonriente. El nombre quería decir «buena madre lagarto»: se creía que los maiasaurios protegían sus huevos hasta que las crías nacían y se podían valer por sí mismas.

Grant oyó un gorjeo insistente, y la enorme cabeza se inclinó. El paleontólogo se movió apenas lo suficiente para ver el hadrosaurio bebé retozando entre las patas del adulto. Era de un color amarillento oscuro con manchas negras. El adulto bajó la cabeza hasta ponerla a ras del suelo y esperó, inmóvil, mientras la cría se erguía sobre las patas traseras, apoyando las delanteras en la quijada de la madre, y comía las ramas que sobresalían de la boca de la madre.

La hembra aguardó pacientemente hasta que el bebé hubiera terminado de comer y se volviera a poner a cuatro patas. Entonces, la enorme cabeza volvió a elevarse hasta donde estaba Grant.

La hadrosaurio siguió comiendo, a sólo unos metros del paleontólogo: éste miró las dos aberturas nasales alargadas que había en la parte superior del pico plano. Aparentemente, el animal no podía oler a Grant y, aun cuando lo miraba fijamente con el ojo izquierdo, por algún motivo la hadrosaurio no reaccionó ante la presencia del ser humano.

Grant recordó que el tiranosaurio no había logrado verlo la noche pasada. Decidió hacer un experimento. Tosió.

De forma inmediata, la hadrosaurio quedó paralizada, la enorme cabeza súbitamente inmóvil, las mandíbulas sin masticar ya. Únicamente el ojo se movió, buscando la fuente del sonido. Al cabo de un rato, cuando pareció no haber peligro, el animal volvió a su actividad masticatoria.

«Sorprendente», pensó Grant.

Sentada en sus brazos, Lex abrió los ojos y exclamó:

–¡Eh, ¿qué es eso?!

La hadrosaurio lanzó un berrido de alarma; un fuerte graznido resonante que sobresaltó tanto a Lex, que casi la hizo caer del árbol. El animal echó la cabeza hacia atrás, alejándola de la rama, y volvió a berrear.

–No la enfurezcas –aconsejó Tim, desde la rama de arriba.

El bebé gorjeó y se escurrió por entre las patas de la madre, mientras ésta se apartaba del árbol, para después alzar la cabeza y escudriñar, de manera inquisitiva, la rama en la que Grant y Lex estaban sentados. Con sus labios curvados hacia arriba en una sonrisa, tenía un aspecto cómico.

–¿Es estúpida? –preguntó Lex.

–No –dijo Grant–. Sólo es que la has sobresaltado.

–Bueno, ¿nos va a dejar bajar, o qué?

La hadrosaurio había retrocedido unos tres metros del árbol. Volvió a graznar. Grant tuvo la impresión de que trataba de asustarlos. Pero el animal realmente no parecía saber qué hacer: se comportaba de manera confusa y con inquietud. Los humanos esperaron en silencio y, al cabo de un minuto, la hadrosaurio volvió a aproximarse a la rama, moviendo de antemano las mandíbulas: resultaba claro que iba a volver a su actividad alimentaria.

–Olvídelo –dijo Lex–. Yo no me quedo aquí.

Y empezó a descolgarse por las ramas. Ante los movimientos de la niña, la hadrosaurio volvió a lanzar un berrido de alarma.

Grant estaba asombrado. «Realmente no puede vernos cuando no nos movemos –pensó–; y, un minuto después, literalmente se olvida de que estamos aquí». Eso era exactamente como el comportamiento del tiranosaurio: otro ejemplo clásico de corteza visual de anfibio. Estudios hechos con ranas habían demostrado que los anfibios sólo veían cosas que se movían, como insectos. Si algo no se movía, literalmente no lo veían. Lo mismo parecía ocurrir con los dinosaurios.

Sea como fuere, el maiasaurio ahora parecía encontrar demasiado perturbadores a esos extraños seres que se descolgaban por el árbol. Con un graznido final, arreó al bebé, dándole suaves empujoncitos con el pico, y se alejó con pesados y lentos pasos. Vaciló una vez y se volvió para mirar a los tres humanos, pero después prosiguió su camino.

Llegaron al suelo, y Lex se sacudió la ropa: estaban cubiertos por una capa de polvillo fino. Alrededor de ellos toda la hierba estaba aplastada. Había rastros de sangre, y un olor agrio.

Grant miró su reloj.

–Será mejor que nos pongamos en marcha, chicos.

–Yo no –dijo Lex–. Yo ya no ando más.

–Tenemos que hacerlo.

–¿Por qué?

–Porque les tenemos que contar lo del barco. Puesto que no parece que puedan localizarnos con los sensores de movimiento, tenemos que hacer todo el camino de regreso por nosotros mismos. Es la única manera.

–¿Por qué no podemos usar el bote inflable? –dijo Tim.

–¿Qué bote?

Tim señaló hacia el edificio bajo de hormigón con los barrotes, que se usaba para mantenimiento y en el que habían pasado la noche: estaba a unos dieciocho metros, al otro lado del campo.

–He visto un bote allí –dijo.

Grant vio inmediatamente las ventajas: ya eran las siete de la mañana y les faltaban trece kilómetros, por lo menos. Si pudieran viajar en un bote por el río, avanzarían mucho más deprisa que si fueran por tierra.

–Hagámoslo –asintió.

Arnold apretó la tecla de modalidad de búsqueda visual y observó, mientras los monitores empezaban a explorar por todo el parque y las imágenes cambiaban cada veinte segundos. Era cansado mirar, pero era la manera más fácil de encontrar el jeep de Nedry, y Muldoon se había mostrado inflexible al respecto: había salido con Gennaro para observar la desbandada, pero ahora, que era de día, quería que encontrasen el vehículo. Quería las armas.

Su intercomunicador chasqueó.

–Señor Arnold, ¿puedo hablar un momento con usted, por favor?

Era Hammond. Su voz sonaba como la voz de Dios.

–¿Desea venir aquí, señor Hammond?

–No, señor Arnold. Venga usted: estoy en el laboratorio de Genética, con el doctor Wu. Le estaremos esperando.

Arnold suspiró, y se alejó de las pantallas.

Grant tropezó en lo profundo de los sombríos recovecos del edificio. Apartó de su camino recipientes de veintidós litros de capacidad de herbicida; equipos para podar árboles; neumáticos de repuesto para jeep; bobinas de cerca contra cidones; bolsas de cuarenta y cinco kilos de fertilizante; pilas de aisladores marrones de cerámica; latas vacías de aceite para motor; lámparas de trabajo y cables.

–No veo ningún bote.

–Siga andando.

Bolsas de cemento, tramos de cañería de cobre, rollos de tela metálica verde... y dos remos de plástico colgados de abrazaderas en la pared de hormigón.

–Muy bien –dijo–. Pero ¿dónde está el bote?

–Tiene que estar aquí, en alguna parte –dijo Tim.

–¿Es que no la has visto?

–No. Simplemente supuse que estaba aquí.

Al hurgar entre los cachivaches, Grant no encontró el bote, pero sí un juego de planos, enrollados y moteados de moho producido por la humedad, metidos en una caja metálica que había en la pared. Grant extendió los planos en el suelo, tras ahuyentar una enorme araña, y estudió los planos durante largo rato.

–Tengo hambre...

–Espera un momento.

Eran mapas topográficos detallados del sector principal de la isla, que era en el que se hallaban ahora. Según los mapas, la laguna se estrechaba, incorporándose al río que habían visto antes, y que se torcía hacia el norte... pasando justamente a través del sector de aves prehistóricas... y continuando hasta pasar a unos ochocientos metros del pabellón para visitantes.

Grant hojeó las páginas. ¿Cómo llegar a la laguna? Según los planos, en la parte del edificio en el que se encontraban debía de haber una puerta. Grant alzó la vista y la vio, en un nicho de la pared de hormigón. La puerta era lo suficientemente ancha como para permitir el paso de un automóvil. Al abrirla, vio un camino pavimentado que llevaba directamente a la laguna. El camino estaba excavado por debajo del nivel del suelo de modo que no fuese visible desde arriba: debía de ser otro camino auxiliar. Y conducía hasta un muelle, en la orilla de la laguna. Claramente impreso sobre la puerta había un letrero en el que se leía: PAÑOL DE LA BALSA.

–¡Eh! –exclamó Tim–. Mire esto.

Y le entregó una caja metálica.

Cuando la abrió, Grant halló una pistola de aire comprimido y una canana de tela con dardos. Había seis dardos en total, cada uno grueso como un dedo. Llevaban el rótulo MORO-709.

–Buen trabajo, Tim.

Grant se pasó la canana sobre el hombro y se metió la pistola en el cinturón.

–¿Es una pistola tranquilizante?

–Diría que sí.

–¿Qué pasa con el bote? –preguntó Lex.

–Creo que está en el muelle –contestó Grant.

Empezaron a bajar por el camino. El paleontólogo llevaba los remos sobre los hombros.

–Espero que sea una balsa grande –dijo Lex–; no sé nadar.

–No te preocupes –le contestó Grant.

–A lo mejor podemos atrapar algún pez –dijo la niña.

A medida que descendían por el camino, el terraplén en declive que tenían a ambos lados aumentaba de altura. Oyeron un profundo ronquido rítmico, pero Grant no pudo ver de dónde provenía.

–¿Está seguro de que hay una balsa ahí abajo? –preguntó Lex, frunciendo la nariz.

–Es probable –dijo Grant.

El ronquido aumentaba de intensidad a medida que avanzaban,

pero también oyeron un ronroneo continuo, como un zumbido. Cuando llegaron al final del camino, al borde del pequeño muelle de hormigón, Grant se quedó paralizado de miedo.

El tiranosaurio estaba precisamente allí.

Se hallaba sentado a la sombra de un árbol y con la espalda erguida, las patas traseras extendidas hacia delante. Tenía los ojo abiertos, pero no se movía, salvo por la cabeza, que se levantaba y caía suavemente, siguiendo el ritmo de los ronquidos. El zumbido provenía de los enjambres de moscas que le rodeaban la cabeza, moviéndose sobre su cara y sus mandíbulas laxas, sus colmillos ensangrentados y los rojos cuartos traseros del hadrosaurio que había sido su presa y que yacía de costado, detrás de él.

Ahora, el tiranosaurio estaba tan sólo a unos veinte metros de Grant. Estaba seguro de haber sido visto, pero el enorme animal no reaccionó. Se limitó a permanecer sentado. El paleontólogo tardó unos instantes en darse cuenta: el monstruo estaba dormido. Sentado con la espalda enhiesta, pero dormido.

Les hizo una señal a Tim y Lex para que permanecieran donde estaban y caminó lentamente hacia delante, entrando en el muelle y quedando totalmente a la vista del tiranosaurio. El enorme animal siguió durmiendo, roncando con suavidad.

Cerca del extremo del muelle, había un cobertizo de madera pintado de verde, para confundirlo con el follaje. En silencio, Grant descorrió el cerrojo de la puerta y miró en el interior: vio media docena de chalecos salvavidas anaranjados colgando de la pared, varios rollos de tela metálica para cercas, algunos rollos de cuerda, y dos cubos grandes de goma apoyados en el suelo. Los cubos estaban firmemente sujetos con unas cinchas planas de goma.

Botes inflables.

Grant volvió la mirada hacia Lex.

La niña dijo con los labios, pero sin emitir ningún sonido: «No hay bote.»

Grant asintió con la cabeza: «Sí.»

El tiranosaurio alzó su pata anterior para ahuyentar las moscas que le zumbaban alrededor del hocico. Pero, aparte de eso, no se movió. Grant arrastró una de las cubas de goma hasta el muelle. Era sorprendentemente pesada. Soltó las fajas y encontró el cilindro de inflado. Con un fuerte siseo, la goma empezó a expandirse y después, con un chasquido, se desplegó completamente abierta, sobre el muelle. El sonido fue aterradoramente intenso para sus oídos.

Grant se volvió y contempló al dinosaurio.

Éste gruñó y resopló. Empezó a moverse. Grant se preparó para correr, pero el animal cambió de posición su voluminoso y pesado cuerpo y, después, volvió a ponerse de espaldas contra el tronco, lanzando un largo y retumbante eructo.

Lex hizo un gesto de asco, y se cubrió la cara con la mano.

Grant estaba empapado en sudor por la tensión. Arrastró el bote de goma por el muelle y la echó al agua, donde produjo un fuerte ruido de chapoteo.

El dinosaurio siguió durmiendo.

Grant amarró el bote al muelle y volvió al cobertizo para coger dos chalecos salvavidas. Los puso en el bote y, después, les hizo a los niños ademán de que fueran al muelle.

Pálida por el miedo, Lex le contestó con un movimiento negativo de cabeza.

Grant gesticuló: «Sí.»

El tiranosaurio seguía durmiendo.

Grant acuchilló el aire con un dedo enfático, Lex acudió en silencio, y Grant le hizo gesto de que subiera al bote; después lo hizo Tim, y ambos se pusieron los chalecos. Grant subió a continuación y alejó el bote del muelle. Flotaron silenciosamente a la deriva, hacia la laguna. Grant levantó los remos y los encajó en las horquillas. Se alejaron más del muelle.

Lex se sentó, y suspiró ruidosamente, con alivio. En ese momento, su cara mostró aflicción, y se puso la mano sobre la boca. Le temblaba el cuerpo, y emitía sonidos amortiguados: estaba conteniendo la tos.

¡Siempre tosía en mal momento!

–Lex –le susurró Tim con ferocidad, volviendo la cabeza hacia la orilla.

La niña sacudió la cabeza, con gesto de desdicha, y se señaló el cuello: le picaba la garganta. Lo que necesitaba era un sorbo de agua. Grant estaba remando y Tim se inclinó sobre la borda del bote, metió la mano en la laguna, la llenó de agua y luego la tendió hacia su hermana.

Lex tosió ruidosamente, de manera explosiva. Tim tuvo la impresión de que el sonido resonaba por el agua como si hubiera sido un escopetazo.

El tiranosaurio bostezó con pereza y se rascó detrás de la oreja con la pata trasera, igual que un perro. Volvió a bostezar. Estaba adormilado después de su gran comida y despertó con lentitud.

En el bote, Lex emitía ruiditos como de gárgaras.

—Lex, ¡cállate! —dijo Tim.

—No lo puedo evitar —murmuró ella, y volvió a toser.

Grant remaba con fuerza, llevando el bote hábilmente hacia el centro de la laguna.

En la orilla, el tiranosaurio se levantó vacilante.

—¡No he podido evitarlo, Timmy! —chilló Lex, afligida—. ¡No he podido evitarlo!

—¡Shhh!

Grant estaba remando lo más de prisa que podía.

—De todos modos no importa —dijo Lex—: estamos suficientemente lejos. No sabe nadar.

—¡Claro que sabe nadar, pedazo de idiota! —le gritó Tim.

En la orilla el tiranosaurio saltó del muelle, se lanzó al agua y se desplazó vigorosamente por la laguna, en pos de ellos.

—Bueno, ¿cómo iba a saberlo yo? —dijo la niña.

—¡Todo el mundo sabe que los tiranosaurios pueden nadar! ¡Está en todos los libros! ¡Todos los reptiles pueden nadar!

—Las víboras no.

—Claro que pueden. ¡Eres una idiota!

—Calmaos —intervino Grant—. ¡Agarraos a algo!

Observó al tiranosaurio, fijándose en su manera de nadar: estaba hundido hasta el pecho en el agua, pero mantenía la cabeza muy por encima de la superficie. Entonces Grant se dio cuenta de que no estaba nadando sino caminando, porque instantes después únicamente la parte superior de la cabeza —los ojos y las aberturas nasales— sobresalían del agua. Así parecía un cocodrilo, y nadaba como éstos batiendo la cola hacia delante y hacia atrás, de modo que el agua se agitaba detrás de él. Detrás de la cabeza, Grant vio la giba de la espalda, y las crestas a lo largo de la cola, cuando ocasionalmente rompía la superficie.

«Exactamente como un cocodrilo», pensó con tristeza. El cocodrilo más grande del mundo.

—¡Lo siento, doctor Grant! —sollozó Lex—. ¡No quería hacerlo!

Grant miró por encima del hombro: la laguna no tenía más que unos noventa metros de ancho en el lugar en el que estaban ahora, y ya casi habían llegado al centro. Si continuaban la marcha, el agua volvería a perder profundidad. Entonces, el tiranosaurio nuevamente podría caminar y se desplazaría más de prisa en agua poco profunda. Grant viró el bote en redondo, y empezó a remar hacia el norte.

—¿Qué está haciendo?

Ahora, el tiranosaurio estaba sólo a unos metros de distancia. Grant podía oír los bufidos que emitía a medida que se acercaba. Miró los remos que tenía en las manos, pero eran de plástico liviano: no servían como arma.

El tiranosaurio echó la cabeza hacia atrás y abrió por completo las mandíbulas, exhibiendo hileras de dientes curvos, y después, mediante una gran contracción muscular, se arrojó contra la balsa, errando por poco la borda de goma. La enorme cabeza cayó en el agua como un martinete y el bote se sacudió peligrosamente en la cresta de la ola producida por el impacto de la cabeza en el agua.

El tiranosaurio se hundió, desapareciendo de la superficie y dejando burbujas gorgoteantes. La laguna estaba quieta. Lex se aferró a las asas de la borda y miró hacia atrás.

–¿Se ha ahogado?

–No –contestó Grant: vio burbujas... después, una pequeña ola que surcaba la superficie, que venía hacia el bote...–. ¡Agarraos! –gritó.

La cabeza embistió desde debajo del piso de goma, dobló el bote, lo levantó en el aire y lo hizo girar enloquecidamente antes de que se volviera a estrellar en el agua.

–¡Haga algo! –grito Alexis–. ¡Haga algo!

Grant extrajo la pistola de aire comprimido que llevaba en la cintura: la veía lastimosamente pequeña en sus manos, pero quizás existía la posibilidad de que, si le daba al animal en un punto sensible, como el ojo o la nariz...

El tiranosaurio emergió al lado del bote, abrió la boca y rugió. Grant apuntó, y disparó. El dardo centelleó y le dio en la mejilla. El tiranosaurio sacudió la cabeza y volvió a rugir.

Y, de repente, oyeron un rugido de respuesta que flotó por el agua hacia ellos.

Al mirar hacia atrás, Grant vio al T-rex joven en la orilla, agachado sobre el saurópodo muerto, reclamando la presa como suya. Con un rápido movimiento circular de la cabeza, el ejemplar joven arrancó carne de la presa; después alzó la cabeza y bramó. El tiranosaurio adulto lo vio también, y la reacción fue inmediata: se volvió y nadó vigorosamente hacia la orilla, para proteger su presa.

–¡Se está yendo! –aulló Lex, batiendo palmas–. ¡Se está yendo! ¡Na-na-na-na! ¡Dinosaurio estúpido!

Desde la orilla, el espécimen joven rugió desafiante. Presa de furia, el adulto salió violentamente de la laguna; el agua chorreaba de su inmenso cuerpo, mientras ascendía a toda velocidad la colina. El tiranosaurio joven agachó la cabeza y huyó, con las mandíbulas todavía llenas de carne desgarrada.

El adulto lo persiguió, pasando a todo correr frente al saurópodo muerto y desapareciendo en lo alto de la colina. El grupo de seres humanos oyó su último bramido de amenaza y, después, el bote se desplazó hacia el norte, doblando un recodo de la laguna, en dirección al río.

Exhausto por haber remado, Grant cayó de espaldas. Respiraba fatigosamente: no podía recobrar el aliento. Estaba acostado en el fondo del bote, jadeando.

–¿Se siente bien, doctor Grant? –preguntó Lex.

–De ahora en adelante, ¿vas a hacer exactamente lo que te diga?

–¡Oh, bueno! –suspiró, como si se le hubiera hecho la exigencia más descabellada del mundo.

Dejó que el brazo le arrastrara un rato en el agua:

–Usted ha dejado de remar –observó.

–Estoy cansado.

–Entonces ¿cómo es que todavía nos estamos moviendo?

Grant se incorporó. La niña tenía razón: el bote avanzaba a la deriva con curso fijo hacia el norte.

–Tiene que haber una corriente.

Ésta los llevaba hacia el norte, hacia el hotel. Grant miró su reloj y quedó pasmado al ver que eran las siete y cuarto: sólo habían pasado quince minutos desde la última vez que miró el reloj. Parecía como si hubieran transcurrido dos horas.

Se acostó de espaldas contra la borda de goma, cerró los ojos y se durmió.

QUINTA ITERACIÓN

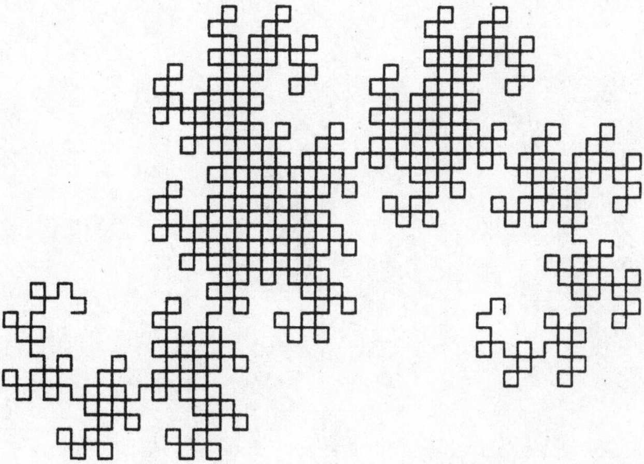

Las deficiencias del sistema se agravarán ahora.

IAN MALCOLM

BÚSQUEDA

Gennaro se sentó en el jeep, escuchó el zumbido de las moscas y contempló las lejanas palmeras que oscilaban bajo el sol. Se quedó asombrado por lo que tenía la apariencia de un campo de batalla: la hierba había sido pisoteada hasta su total aplastamiento en un radio de noventa metros; una palmera grande estaba arrancada de cuajo; había amplios charcos de sangre en la hierba, así como en el afloramiento rocoso situado a la derecha del jeep.

Sentado a su lado, Muldoon dijo:

–No hay duda al respecto: *Rexy* ha estado entre los hadrosaurios. –Tomó otro sorbo de whisky y tapó la botella–. Condenadas moscas –añadió.

Aguardaron y observaron.

Gennaro tamborileó con los dedos en el tablero de instrumentos.

–¿Qué estamos esperando?

Muldoon no respondió enseguida.

–El rex está por ahí, en alguna parte –dijo, escudriñado el horizonte con los ojos entornados por el sol–: Y no tenemos una sola maldita arma.

–Estamos en un jeep.

–¡Oh, ese animal puede correr más deprisa que el jeep! Una vez que salgamos del camino y vayamos a campo abierto, la velocidad máxima que podremos obtener con tracción en las cuatro ruedas será de cincuenta a sesenta y cinco kilómetros por hora. El tiranosaurio nos alcanzará con facilidad. No tendrá el menor problema. ¿Está listo para llevar una vida preñada de peligros?

–Por supuesto –dijo Gennaro.

Muldoon puso en marcha el motor y, ante el ruido que se produjo de manera repentina, dos pequeños othnielianos emergieron de un salto de la enmarañada hierba que había directamente frente al jeep. Muldoon puso el vehículo en primera y arrancó. Condujo describiendo un amplio círculo alrededor del lugar pisoteado y, después, se desplazó hacia dentro, trazando círculos concéntricos de diámetro decreciente, hasta que, al final, llegó al lugar del campo en el que habían estado los pequeños othnielianos. Se apeó y echó a andar por la hierba, alejándose del jeep. Se detuvo cuando una densa nube de moscas se alzó por el aire.

–¿Qué es? –preguntó Gennaro a gritos.

–Traiga la radio –le contestó.

Gennaro bajó del jeep de un salto y avanzó presuroso hacia delante. Aun desde lejos pudo percibir el olor agridulce de materia orgánica en reciente descomposición. Vio una forma oscura en la hierba, con costras de sangre seca, las patas en posición oblicua.

–Un hadrosaurio joven –dijo Muldoon, contemplando el cadáver–. Toda la manada huyó atropelladamente, pero el joven se separó y el T-rex lo derribó.

–¿Cómo lo sabe? –preguntó Gennaro.

La carne estaba desgarrada, como consecuencia de muchas mordeduras.

–Por los excrementos –respondió Muldoon–. ¿Ve esos pedacitos de color blanco gredoso que hay en la hierba? Eso es bosta del hadrosaurio; el ácido úrico le confiere el color blanco. Pero mire ahí –señaló un montón grande sobre la hierba, cuya altura llegaba hasta la rodilla de un hombre–, ésa es bosta de tiranosaurio.

–¿Cómo sabe que el tiranosaurio no llegó más tarde?

–Por la forma del mordisco. ¿Ve esas diminutas mordeduras de ahí? –Señaló el vientre–. Son de othis. Esas mordeduras no sangraron, son posteriores a la muerte; las hicieron los carroñeros. Los othis. Pero al hadro lo derribaron con una mordedura en el cuello: vea el gran tajo de ahí, por encima de los omóplatos... Lo hizo el T-rex, sin duda.

Gennaro se inclinó sobre el animal muerto, contemplando esas patas pesadas, desgarbadas, con una sensación de irrealidad. Junto a él, Muldoon encendió la radio.

–Control.

–Sí –contestó John Arnold.

–Tenemos otro hadro muerto. Un ejemplar joven. –Muldoon se inclinó entre las moscas y examinó la piel de la planta de la pata derecha: había un número tatuado–: El espécimen es el HD/09.

La radio chasqueó:

–Tengo algo para ustedes –anunció Arnold.

–¿Ah, sí? ¿Qué es?

–He encontrado a Nedry.

El jeep irrumpió a través de la hilera de palmeras que bordeaba el camino del este, y salió a un sendero auxiliar más estrecho que llevaba al río de la jungla. Hacía calor en ese sector del parque, la jungla estaba cerrada y fétida en torno a los dos hombres. Muldoon movía nerviosamente el selector del monitor del ordenador que había en el jeep, y que ahora mostraba un mapa del parque, en el que aparecían líneas superpuestas.

–Lo encontraron con la televisión de control remoto –dijo–. El sector 1104 está justamente delante.

Más allá, en el camino, Gennaro vio una barrera de hormigón y estacionó el jeep en paralelo con ella.

–Debió de tomar el desvío equivocado –masculló Muldoon–. Ese grandísimo hijo de perra.

–¿Qué se llevó? –preguntó Gennaro.

–Wu dice que quince embriones. ¿Sabe lo que vale eso?

Gennaro negó con la cabeza.

–Entre dos y diez millones de dólares. Un gran premio.

Cuando se acercaron, Gennaro vio el cuerpo que yacía al lado del vehículo. El cadáver estaba indefinido y verde... pero, en ese momento, formas de color verde huyeron en todas direcciones, cuando el jeep fue frenando hasta detenerse.

–Compis –dijo Muldoon–. Los compis lo han encontrado.

Una docena de procompsognátidos, delicados y pequeños depredadores, no más grandes que patos, estaba en el borde de la jungla, parloteando con excitación cuando los hombres bajaron del jeep.

Dennis Nedry yacía boca arriba, con la gordinflona cara de aspecto aniñado ahora roja y abotagada. Las moscas zumbaban alrededor de la boca completamente abierta y de la lengua gruesa. El cuerpo estaba mutilado: los intestinos abiertos por el desgarramiento, una de las piernas perforada a mordiscos. Gennaro volvió la cabeza con rapidez y vio los pequeños compis, que estaban acuclillados a poca distancia sobre sus patas traseras y observaban a los hombres con curiosidad. Tenían manos con cinco dedos, observó Gennaro. Se enjugaban las manos y la barbilla, lo que les confería un aspecto aterradoramente humano que...

–Quién lo diría –comentó Muldoon–. No han sido los compis.

–¿Qué?

–¿Ve esas manchas? ¿En la camisa y en la cara de Nedry? ¿Percibe ese olor dulzón, como de vómito seco, antiguo?

Gennaro puso los ojos en blanco: lo percibía.

–Eso es saliva de dilo. Escupitajo de dilofosaurio. Puede ver la lesión de las córneas, todo ese enrojecimiento. En los ojos es doloroso, pero no es mortal: se cuenta como con unas dos horas para lavar el salivazo con el contraveneno; lo tenemos en todo el parque, por si acaso. No es que importe mucho lo de este hijo de perra. Le cegaron y, después, lo despanzurraron. No es una bonita manera de estirar la pata. A lo mejor, en el mundo hay justicia después de todo.

Los procompsognátidos gritaron y saltaron, cuando Muldoon abrió la portezuela trasera y sacó unos tubos de metal gris y una caja de acero inoxidable.

–Todo está aquí todavía –dijo.

Le alargó dos cilindros oscuros a Gennaro, que preguntó:

–¿Qué son?

–Exactamente lo que parecen: cohetes. –Al ver que Gennaro retrocedía, añadió–: Tenga cuidado, no vaya a pisar algo.

Gennaro pasó con cuidado por encima del cuerpo de Nedry. Muldoon llevó los tubos al otro jeep y los colocó en la parte de atrás; subió al vehículo, colocándose al volante.

–Vamos.

–¿Qué hacemos con él? –preguntó señalando el cuerpo.

–¿Que qué hacemos con él? –repitió Muldoon–. Tenemos otras cosas en que pensar.

Puso una marcha. Al mirar hacia atrás, Gennaro vio a los compis reanudar su alimentación: uno dio un salto y cayó en cuclillas sobre la boca abierta de Nedry, al tiempo que le mordisqueaba la carne de la nariz.

El río de la jungla se hizo más estrecho. Las riberas se cerraban por ambos lados, hasta que los árboles y el follaje que colgaba sobre ellos se encontraron en lo alto, tapando la luz del sol. Tim oyó el chillido de los pájaros y vio pequeños dinosaurios gorjeadores que brincaban entre las ramas. Pero en general la selva estaba silenciosa, el aire caliente y quieto entre el dosel de los árboles.

Grant miró el reloj: las ocho en punto.

Se deslizaban pacíficamente, pasando entre manchones alternados de luz y sombra. Si algo se notaba, era que parecían avanzar más deprisa que antes. Despierto ahora, Grant estaba tendido de espaldas y contemplaba las ramas que pasaban en lo alto. En ese momento vio a Lex recogiendo agua en el cuenco de la mano y bebiéndola.

–Eh, ¿qué estás haciendo? –le advirtió–. No bebas eso.

–¿Por qué no? Está rica. ¿Crees que podemos comer esas bayas?

La niña señaló los árboles. Algunas de las ramas colgantes estaban lo suficientemente cerca como para que las tocara. Tim vio racimos de bayas de color rojo brillante en las ramas.

–No –dijo Grant.

–¿Por qué? Esos dinosaurios las están comiendo. –Señaló unos dinosaurios pequeños que retozaban en las ramas.

–No, Lex.

La niña suspiró, insatisfecha con la autoridad de Grant.

–Ojalá papaíto estuviera aquí. Papaíto siempre sabe qué hacer.

–¿De qué estás hablando? –replicó Tim–. Él nunca sabe qué hacer.

–Sí lo sabe –suspiró Lex. Se quedó contemplando los árboles frente a los que iban pasando, que tenían enormes raíces retorcidas en dirección al borde del agua–. Sólo porque tú no seas su favorito...

Tim le dio la espalda, sin decir palabra.

–Pero no te preocupes: papaíto te quiere a ti también. Aunque te interesen los ordenadores y no los deportes.

–Papá es un verdadero fanático de los deportes –le explicó Tim a Grant.

Éste movió la cabeza en gesto de asentimiento.

En lo alto de las ramas, pequeños dinosaurios de color amarillo pálido, que apenas llegaban a los sesenta centímetros de altura, saltaban de un árbol a otro. Tenían la cabeza rematada en pico, como loros.

–¿Sabes cómo se llaman ésos? –dijo Tim–: Microcerátops.

–¡Gran cosa! –se burló Lex.

–Pensé que te podría interesar.

–Solamente los niños pequeños –contestó Lex– se interesan por los dinosaurios.

–¿Quién lo dice?

–Papaíto.

Tim empezó a gritar, pero Grant alzó la mano.

–Chicos –dijo–, callaos.

–¿Por qué? –protestó Lex–. Puedo hacer lo que quiero, si yo...

Entonces se calló, porque también lo había oído: era un grito que helaba la sangre y que provenía de algún sitio río abajo.

–Bueno, ¿y dónde diablos está ese maldito rex? –dijo Muldoon, hablando por radio–. Porque aquí no lo vemos.

Había regresado al sector de los saurópodos y estaban observando la hierba pisoteada por donde los hadrosaurios habían huido precipitadamente. Al tiranosaurio no se le veía en ninguna parte.

–Ahora lo comprobaré –dijo Arnold, y salió de transmisión.

Muldoon se volvió hacia Gennaro.

–«Ahora lo comprobaré» –repitió con sarcasmo, y añadió–: ¿Por qué demonios no lo ha comprobado antes? ¿Por qué no le ha seguido el rastro?

–No lo sé.

–No aparece –dijo Arnold, instantes después.

–¿Qué quiere decir con eso de que «no aparece»?

–No está en los monitores. Los sensores de movimiento no lo encuentran.

–¡Demonios! –masculló Muldoon–. No hay más que decir de los sensores. ¿Ve a Grant y a los chicos?

–Los sensores de movimiento tampoco los encuentran.

–Pues entonces, ¿qué tenemos que hacer ahora?

–Esperar –contestó Arnold.

–¡Miren! ¡Miren!

Directamente al frente, la enorme cúpula del sector de aves prehistóricas se erguía sobre ellos. Grant únicamente lo había visto de lejos; ahora se daba cuenta de que era inmenso: unos cuatrocientos metros o más. La estructura de puntales geodésicos refulgía con brillo mate en medio de la leve bruma, y el primer pensamiento del paleontólogo fue que el vidrio debía de pesar una tonelada. Entonces, cuando estuvieron más cerca, vieron que no había ningún cristal: sólo puntales. Una malla delgada metida dentro de los elementos.

–No está terminado –dijo Lex.

–Creo que se construyó para inaugurarlo tal como está –repuso Grant.

–Entonces, todos los pájaros se pueden escapar.

–No, si son pájaros grandes.

El río los llevó por debajo del borde de la cúpula. Alzaron la vista. Ahora estaban en el interior de ésta, todavía desplazándose a la deriva por el río. Pero, al cabo de pocos minutos, la cúpula quedaba tan por encima de ellos que apenas si resultaba visible en la bruma. Grant dijo:

–Me parece recordar que aquí hay un segundo pabellón.

Instantes después, vieron el techo de un edificio sobre las copas de los árboles, hacia el norte.

–¿Quieren parar? –preguntó Tim.

–Quizá haya un teléfono. O sensores de movimiento. –Grant enfiló el bote hacia la orilla–. Necesitamos ponernos en contacto con la sala de control. Se está haciendo tarde.

Bajaron a gatas del bote, resbalando en la fangosa ribera, y Grant lo remolcó hasta sacarlo del agua. Después, ató la cuerda a un árbol y se pusieron en marcha, a través de un espeso bosque de palmeras.

SECTOR DE AVES PREHISTÓRICAS

–Sencillamente no lo entiendo –dijo John Arnold, hablando por teléfono–. No veo al rex, y no veo a Grant ni a los chicos tampoco.

Estaba sentado frente a las consolas, tomando otra taza de café. A su alrededor, esparcidos por toda la sala de control, había platos de papel y sandwiches a medio comer. Arnold estaba agotado. Eran las ocho del sábado. En el transcurso de las catorce horas que habían pasado desde que Nedry manipuló el ordenador que dirigía el Parque Jurásico, Arnold, pacientemente, había vuelto a poner en línea los sistemas, uno después de otro.

–Todos los sistemas del parque están otra vez en funcionamiento, y trabajando de forma correcta. Los teléfonos funcionan. He llamado a un médico para usted.

Al otro extremo de la línea, Malcolm tosió. Arnold le había llamado a la habitación que ocupaba en el pabellón.

–¿Pero tiene problemas con los sensores de movimiento?

–Bueno, no encuentro lo que estoy buscando.

–¿Como el rex?

–En estos momentos no da lectura alguna. Empezó a desplazarse hacia el norte, hará de eso unos veinte minutos, siguiendo un curso a lo largo de la orilla de la laguna y, después, lo perdí. No sé por qué, a menos que se haya vuelto a dormir.

–¿Y no puede encontrar a Grant y a los niños?

–No.

–Creo que es bastante sencillo –explicó Malcolm–: los sensores de movimiento cubren un sector inadecuado.

–¿Inadecuado? Cubren el noventa y dos...

–Noventa y dos por ciento del sector terrestre, lo recuerdo. Pero si pone los sectores restantes en el mapa, creo que descubrirá que el ocho por ciento está topológicamente unificado, lo que quiere decir que esos sectores son contiguos: en esencia, un animal se puede desplazar con libertad por cualquier parte del parque, y escapar a la detección, si se desplaza por un camino de mantenimiento, o por el río de la jungla, o por las playas, o por donde sea.

–Aunque fuese así –dijo Arnold–, los animales son demasiado estúpidos como para saberlo.

–Aún no está claro lo estúpidos que son los animales –repuso Malcolm.

–¿Cree usted que eso es lo que Grant y los chicos están haciendo? –preguntó Arnold.

–Francamente, no. –Malcolm tosió otra vez–. Grant no es ningún estúpido. Resulta claro que quiere que usted le descubra. Es probable que él y los niños estén agitando los brazos delante de cada sensor de movimiento que vean. Pero quizá tengan otros problemas que desconocemos. O quizá estén en el río.

–No me puedo imaginar que estén en el río: las riberas son muy estrechas. Es imposible avanzar por ellas.

–¿El río los traería de vuelta aquí?

–Sí, pero no es la ruta más segura para regresar, porque pasa a través del sector de aves prehistóricas...

–¿Por qué ese sector no estaba incluido en la visita? –preguntó Malcolm.

–Hemos tenido problemas para montarlo: originalmente, se había diseñado que el parque tuviera un pabellón situado a la altura de las copas de los árboles, muy por encima del suelo, desde donde los visitantes podrían observar a los pterodáctilos en el mismo nivel en el que los animales volaban. Tenemos cuatro dáctilos ahora, en el sector de aves prehistóricas... En realidad, son cearadáctilos, que son dáctilos piscívoros.

–¿Qué pasa con ellos?

–Bueno, ocurrió que, mientras terminábamos el pabellón, pusimos los dáctilos en el sector de aves, para que se aclimataran. Pero eso fue un gran error: resulta ser que nuestros cazadores de peces son territoriales.

–¿Territoriales?

–Ferozmente territoriales. Pelean entre sí por el territorio... y atacan a otro animal que penetre en la zona que han delimitado.

–¿Atacan?

–Es impresionante: los dáctilos planean hasta la parte superior de la cúpula, pliegan las alas y se lanzan en picado. Un animal de catorce kilos cae sobre un hombre que esté en tierra como si fuera una tonelada de ladrillos. Los dáctilos golpeaban a los trabajadores, dejándolos inconscientes y produciéndoles cortaduras sumamente graves.

–¿Eso no lesiona a los dáctilos?

–Hasta ahora, no.

–De modo que si esos chicos están en el sector de aves...

–No están... Al menos, tengo la esperanza de que no estén.

–¿Es ése el pabellón? –preguntó Lex–. ¡Qué porquería!

Por debajo de la cúpula del sector de aves, se levantaba el Pabellón Pteratops, construido muy por encima del suelo sobre grandes pilares de madera, en medio de un bosquecillo de abetos. Pero el edificio no había sido terminado y permanecía sin pintar con las ventanas cegadas con tablas. Los árboles y el pabellón estaban salpicados de anchas franjas blancas.

–Creo que no lo terminaron por alguna razón –dijo Grant, ocultando su decepción. Miró el reloj–. Vamos, volvamos al bote.

El sol salió mientras caminaban, haciendo que la mañana se hiciese más alegre. Grant miró las sombras en forma de enrejado que había en el suelo, provenientes de la cúpula que se cernía sobre ellos. Advirtió que el suelo y la vegetación estaban salpicados de anchas listas de la misma sustancia blanca gredosa que habían visto en el edificio. Y había un olor agrio, característico, en el aire matinal.

–Huele mal –declaró Lex–. ¿Qué es toda esa cosa blanca?

–Parece como excrementos de reptil. Es probable que sea de los pájaros.

–¿Cómo es que no terminaron el pabellón?

–No lo sé.

Entraron en un claro de hierba baja, punteado por flores silvestres. Oyeron un silbido prolongado y de tono bajo. Después, otro de respuesta, procedente del otro lado del bosque.

–¿Qué es eso?

–No lo sé.

Entonces, Grant vio la sombra oscura de una nube, proyectada sobre el campo de hierbas que tenían delante. La sombra se desplazaba con rapidez: en pocos instantes pasó sobre ellos en vuelo rasante. Grant miró hacia arriba y vio una enorme sombra negra que planeaba sobre ellos, cubriendo el sol.

–¡Oh! –gritó Lex–. ¿Es un pterodáctilo?

–Sí –dijo Tim.

Grant no respondió: estaba fascinado por la visión del enorme ser volador. En lo alto del cielo, el pterodáctilo emitió un silbido grave y, haciendo un gracioso giro, regresó hacia ellos.

–¿Cómo es que no están incluidos en la visita? –preguntó Tim.

Grant se estaba preguntando lo mismo: los dinosaurios voladores eran tan hermosos, tan airosos, cuando se desplazaban por el cielo... Mientras observaba, vio un segundo pterodáctilo aparecer en el cielo, seguido por un tercero, y un cuarto.

–Quizá porque aún no han terminado el pabellón –supuso Lex.

Grant estaba pensando que ésos no eran pterodáctilos comunes. Eran demasiado grandes. Tenían que ser cearadáctilos, grandes reptiles voladores de comienzos del cretáceo. Cuando estaban muy altos, parecían pequeños aeroplanos; cuando descendieron más, pudo ver que tenían una envergadura de casi cinco metros, con cuerpos cubiertos de pelambre y cabeza como de cocodrilo. Comían peces, según recordó. En Sudamérica y México.

Lex se hizo sombra en los ojos con la mano y alzó la vista hacia el cielo.

–¿Nos pueden hacer daño?

–No lo creo. Comen peces.

Uno de los dáctilos descendió en espiral, una veloz sombra oscura que pasó como una exhalación junto a ellos, produciendo una corriente de aire caliente y dejando atrás un persistente olor agrio.

–¡Uau! –exclamó Lex–. Son verdaderamente grandes. –Y después preguntó–: ¿Está seguro de que no nos pueden hacer daño?

–Muy seguro.

Un segundo dáctilo se abalanzó sobre ellos, desplazándose más rápido que el primero. Llegó desde atrás y pasó como un relámpago por encima de sus cabezas. Grant tuvo una fugaz visión de su pico dentado y del cuerpo peludo. «Parecía un enorme murciélago», pensó. Pero quedó impresionado por el aspecto frágil de los animales: sus alas inmensas, de delicadas membranas rosadas, resultaban traslúcidas; todo reforzaba la imagen de delicadeza de los dáctilos.

–¡Ay! –gritó Lex, apretándose el cabello–. ¡Me ha mordido!

–¿Te qué? –se sorprendió Grant.

–¡Me ha mordido! ¡Me ha mordido!

Cuando retiró la mano tenía sangre en los dedos.

En lo alto del cielo, dos dáctilos más plegaron las alas, desplomándose como pequeñas formas oscuras que se precipitaban hacia el suelo. Mientras caían a tierra, emitían una especie de alarido.

–¡Vamos! –exclamó Grant, aferrando la mano de los chicos.

Corrieron a través de la pradera, oyendo el alarido que se aproximaba, y el paleontólogo se arrojó al suelo en el último momento, arrastrando a los chicos con él, mientras los dos dáctilos silbaban y chillaban al pasar sobre ellos, batiendo las alas. Grant sintió garras que le rasgaban la camisa a lo largo de la espalda.

Después se puso de pie, tirando de Lex para que hiciera lo mismo y corrieron con Tim algunos metros hacia delante, mientras, en lo alto, dos pájaros más giraban y se lanzaban sobre ellos en picado, aullando. En el último instante, Grant tiró de los niños para que cayeran al suelo, y las enormes sombras pasaron sobre ellos aleteando.

–¡Puaj! –exclamó Lex, con repugnancia.

Grant vio que estaba sucia con una veta producida por los excrementos blancos de los pájaros.

Logró ponerse de pie.

–¡Vamos!

Estaba a punto de correr, cuando Lex lanzó un alarido de terror.

Grant se volvió y vio que uno de los dáctilos la había apresado por los hombros, utilizando sus garras traseras. Las enormes alas coriáceas del animal, traslúcidas a la luz del sol, batían con fuerza a ambos lados de la niña. El dáctilo estaba tratando de elevarse, pero Lex era demasiado pesada y, mientras pugnaba por levantarla, le propinaba repetidos golpes en la cabeza con su larga mandíbula puntiaguda.

Lex gritaba, agitando los brazos con desesperación. Grant hizo lo único que se le ocurrió en aquel momento: corrió hacia delante y saltó hacia arriba, lanzándose contra el cuerpo del dáctilo. Lo derribó, haciendo que el animal cayera de lomo contra el suelo, y él cayó encima del peludo cuerpo. El animal chilló y lanzó mordiscos como tijeretazos; Grant movió la cabeza para esquivar las mandíbulas y se apoyó en el animal para alejarse, mientras las gigantescas alas batían alrededor de su cuerpo. Era como estar en una tienda en medio de un vendaval: no podía ver; no podía oír; no había otra cosa más que el aleteo, los chillidos y las membranas coriáceas. Las patas armadas de garras le arañaban frenéticamente el pecho. Lex gritaba, Grant se desprendió del dáctilo, que chillaba mientras batía las alas y pugnaba por girar sobre sí mismo, para enderezarse. Por fin consiguió apoyarse en las alas, como un murciélago, y rodó sobre sí mismo; se irguió sobre las pequeñas garras de las alas y echó a andar. Grant vaciló un momento, atónito: ¡el animal podía andar sobre sus alas! ¡La especulación de Lederer era correcta! Pero, en ese momento, los demás dáctilos se les venían en picado y Grant estaba atontado, sin haber recuperado el equilibrio y, horrorizado, vio a Lex correr con los brazos sobre la cabeza... Tim gritaba a voz en cuello...

El primero de los animales se abalanzó; la niña le tiró algo y, de repente, el dáctilo silbó y volvió a elevarse. Los demás dáctilos hicieron lo mismo y siguieron al primero por el cielo. El cuarto dáctilo aleteó desmañadamente en el aire, para unirse a los otros. Grant miró hacia arriba, entornando los ojos, para ver qué había pasado: los tres dáctilos perseguían al primero, chillando con furia.

Habían quedado solos en el campo.

–¿Qué ha pasado? –preguntó Grant.

–Tienen mi guante –contestó Lex–. Mi Darril Strawberry especial.

Empezaron a caminar de nuevo.

Tim puso el brazo alrededor de los hombros de su hermana.

–¿Estás bien?

–¡Claro que sí, estúpido! –respondió Lex, sacudiéndoselo de encima. Miró hacia arriba–: Espero que se atraganten y se mueran.

–Sí –dijo Tim–. Yo también.

Allá delante vieron el bote en la orilla. Grant miró su reloj: eran las ocho y media. Tenían dos horas y media para regresar.

Lex vitoreó cuando se deslizaron por el río, alejándose de la cúpula plateada del sector de aves prehistóricas. Después, las orillas del río se estrecharon a ambos lados y las ramas de los árboles volvieron a entrelazarse por encima de ellos. El río era más angosto que nunca, en algunos puntos no medía más que tres metros de ancho, y la corriente fluía con más rapidez. Lex extendía la mano para tocar las ramas cuando pasaban frente a ellas.

Grant se reclinó en el bote y escuchó el gorgoteo del agua a través de la tibia goma. Ahora se desplazaban más deprisa, las ramas que tenían por encima se deslizaban con mayor celeridad. Era agradable. Producía un poco de brisa en los cálidos confines de las ramas que se adoselaban sobre ellos. Y eso quería decir que regresarían mucho más deprisa.

Grant conjeturó que habían llegado, pero que tenían que estar a muchos kilómetros, por lo menos, del edificio de los saurópodos en el que habían pasado la noche. Quizá a seis u ocho kilómetros; quizá, todavía más. Eso significaba que podían hallarse a sólo una hora de caminata del hotel, una vez que abandonaran el bote. Pero, después de lo del sector de aves prehistóricas, Grant no tenía el menor interés en volver a dejar el río. Por el momento, estaban viajando a buena velocidad.

–Me pregunto cómo estará *Ralph* –dijo Lex–. Probablemente está muerto, o algo así.

–Estoy seguro de que está bien.

–Me pregunto si me dejaría montarlo. –La niña suspiró, amodorrada por el sol–. Eso sería bonito, montar a *Ralph.*

Tim le preguntó a Grant:

–¿Recuerda cuando estábamos con el estegosaurio? ¿Anoche?

–Sí.

–¿Cómo es que usted les preguntó lo del ADN de rana?

–Por lo de la procreación. No se pueden explicar por qué los dinosaurios están procreando, si los someten a irradiación y dado que todos son hembras.

–Exacto.

–Bueno, la irradiación es un método tristemente célebre por no ser de fiar, y probablemente no funciona. Creo que, con el tiempo, quedará demostrado aquí. Pero todavía queda el problema de que los dinosaurios son hembras: ¿cómo se pueden reproducir cuando todas son hembras?

–Eso es –asintió Tim.

–Bueno, pues por todo el reino animal la reproducción sexual existe con extraordinaria diversidad.

–Tim está muy interesado en el sexo –dijo Lex.

Ambos pasaron por alto ese comentario.

–Por ejemplo –prosiguió Grant–, muchos animales se reproducen sin siquiera tener lo que llamaríamos relaciones sexuales: el macho libera un espermatóforo, que contiene el esperma, y la hembra lo recoge más tarde. Esta clase de intercambio no requiere que haya tanta diferenciación física entre macho y hembra como solemos creer con frecuencia. Los machos y las hembras son más parecidos en algunos animales que en los seres humanos.

–¿Pero qué pasa con las ranas?

Grant oyó chillidos repentinos que provenían de las ramas que tenían por encima, cuando los microceratópsidos salieron corriendo en todas direcciones, alarmados, sacudiendo las ramas. La gigantesca cabeza del dinosaurio asomó de repente a través del follaje, desde la izquierda; las mandíbulas tiraban dentelladas al bote. Lex aulló de terror, y Grant remó hacia la orilla opuesta, pero en esa parte el río sólo tenía tres metros de ancho. El tiranosaurio se había quedado atascado en la densa vegetación. Empujaba con la cabeza hacia delante, la torcía, y rugía. Después, la zafó echándose atrás.

A través de los árboles que cubrían la ribera del río, vieron la enorme forma oscura del tiranosaurio que se desplazaba hacia el norte, en busca de un claro. Todos los microceratópsidos habían pasado a la ribera opuesta, donde chillaban, correteaban y saltaban arriba y abajo. En el bote, Grant, Tim y Lex contemplaban, indefensos, cómo el tiranosaurio intentaba irrumpir otra vez entre la vegetación. Pero ésta era demasiado densa a lo largo de las riberas del río. Una vez más, el tiranosaurio se desplazó aguas abajo, adelantándose al bote, y volvió a intentarlo, sacudiendo las ramas con furia.

Pero, una vez más, fracasó.

Después se alejó, dirigiéndose río abajo, pero más lejos.

–Lo odio –dijo Lex.

Grant se reclinó en el bote, sumamente perturbado. Si el tiranosaurio hubiera logrado pasar a través de la espesura, él no habría podido hacer nada para salvarlos. El río era muy angosto, apenas más ancho que la balsa. Era como viajar por un túnel. A menudo, la borda de goma raspaba el barro, cuando al bote lo arrastraba la veloz corriente.

Grant echó un vistazo al reloj: casi las nueve. La balsa proseguía su deriva aguas abajo.

–¡Eh! –dijo Lex–. ¡Escuche!

Grant oyó gruñidos, entre los que se intercalaba un chillido ululante repetido. Los chillidos provenían de un recodo, que estaba más adelante, río abajo. Grant prestó atención, y volvió a oír el ululato.

–¿Qué es? –preguntó Lex.

–No sé –dijo Grant–. Pero hay más de uno.

Con los remos, llevó el bote hasta la orilla opuesta y se aferró a una rama para detener el bote. El gruñido se repitió. Después, más chillidos.

–Suena como si fuera una bandada de búhos –dijo Tim.

–¿Todavía no es hora de darme más morfina? –gimió Malcolm.

–Todavía no –contestó Ellie.

Malcolm suspiró.

–¿Cuánta agua tenemos aquí?

–No sé, hay abundante agua corriente que sale del grifo...

–No. Me refiero a cuánta hay en el depósito. ¿Queda algo?

Ellie se encogió de hombros.

–Nada.

–Vaya a las habitaciones de este piso –dijo Malcolm–, y llene la bañera de agua.

Ellie frunció el entrecejo.

–Además –prosiguió Malcolm–, ¿tenemos receptores-trasmisores portátiles? ¿Linternas? ¿Cerillas? ¿Calentadores de supervivencia? ¿Cosas como ésas?

–Buscaré. ¿Está previendo que se produzca un terremoto?

–Algo así; el Efecto Malcolm entraña cambios catastróficos.

–Pero Arnold dice que todos los sistemas están funcionando a la perfección.

–Ahí es cuando se produce.

–Usted no tiene muy buen concepto de Arnold, ¿verdad?

–Él está bien. Es un ingeniero. Wu, lo mismo. Ambos son técnicos. No tienen inteligencia. Tienen lo que denomino «inexisteligencia»: ven la situación inmediata; piensan con estrechez, y a eso le llaman «estar concentrado en un concepto». No ven lo que los rodea; no ven las consecuencias. De esa manera es como se llega a conseguir una isla como ésta. Como consecuencia del pensamiento ininteligente: porque no se puede fabricar un animal y después esperar que no actúe como si estuviera vivo, que no sea imprevisible, que no se escape. Pero no lo ven.

–¿No cree usted que eso no es más que la naturaleza humana? –adujo Ellie.

–¡Por Dios, no! Eso es como decir que tomar huevos revueltos y tocino para el desayuno forma parte de la naturaleza humana. No es nada de eso. Es, pura y exclusivamente, adiestramiento occidental, y en el resto del mundo muchos sienten náuseas cuando piensan en eso. –Se contrajo de dolor–. La morfina hace que me ponga filosófico.

–¿Quiere agua?

–No. Le diré cuál es el problema de los ingenieros y los científicos: los científicos tienen un discurso cuidadosamente elaborado acerca de cómo persiguen el conocimiento de la verdad de la Naturaleza. Lo que es cierto, pero no es eso lo que los mueve. A nadie le mueven abstracciones tales como la «búsqueda de la verdad».

»En realidad, lo que preocupa a los científicos son los logros. Y están concentrados en si pueden descubrir algo. Nunca se detienen a preguntarse si "deben" descubrirlo. De modo muy conveniente, a tales reflexiones las definen como "inútiles": si no lo logran ellos, algún otro lo hará. El descubrimiento, afirman, es inevitable. Así que simplemente tratan de lograrlo. Ése es el juego que se practica en la ciencia. Aun el descubrimiento científico puro es una acción agresora, de penetración; exige un gran equipo y literalmente cambia el mundo venidero: los aceleradores de partículas lesionan profundamente la tierra, y dejan subproductos radiactivos. Los astronautas dejan basura en la Luna. Siempre quedan evidencias de que los científicos estuvieron ahí, haciendo sus descubrimientos. Un descubrimiento siempre es una violación del mundo natural. Siempre.

»Los científicos lo quieren de esa manera. Tienen que meter sus instrumentos. Tienen que dejar su señal. No se pueden limitar a comprender. No se pueden limitar a comprender. No se pueden limitar a encajar en el orden natural: tienen que hacer que algo antinatural ocurra. Ése es el trabajo del científico, y ahora tenemos sociedades enteras que intentan ser científicas.

Suspiró y volvió a reclinarse.

–¿No cree que exagera...?

–¿Qué aspecto tiene una de sus excavaciones un año después?

–Bastante malo –admitió ella.

–¿No vuelven a plantar, no devuelven la tierra a su lugar después de excavar?

–No.

–¿Por qué no?

Ellie se encogió de hombros.

–No hay dinero, supongo...

–¿Sólo hay dinero suficiente para cavar, pero no para restaurar?

–Bueno, sólo estamos trabajando en las tierras malas...

–Tan sólo las tierras malas –dijo Malcolm, meneando la cabeza–. Tan sólo basura. Tan sólo subproductos. Tan sólo efectos colaterales... Estoy tratando de decirle que los científicos lo quieren de esa manera: quieren subproductos, basura, cicatrices y efectos colaterales. Es una forma de tranquilizarse. Eso se incorpora a la trama de la ciencia y es un desastre cada vez mayor.

–Entonces ¿cuál es la respuesta?

–Deshaganse de los ininteligentes. Retírenlos del poder.

–Pero entonces perderíamos todos los progresos...

–¿Qué progresos? –preguntó Malcolm, irritado–. La cantidad de horas que las mujeres dedican al cuidado del hogar no ha cambiado desde 1930, a pesar de todos los progresos. Todas las aspiradoras, lavadoras-secadoras, trituradoras de basura, eliminadoras de desperdicios, telas que se lavan y se usan sin planchado... ¿Por qué limpiar la casa todavía requiere tanto tiempo como en 1930?

Ellie nada dijo.

–Porque no ha habido progreso ninguno –se autorrespondió Malcolm–. No verdadero progreso. Treinta mil años atrás, cuando los hombres estaban haciendo pinturas rupestres en Lascaux, trabajaban veinte horas semanales para abastecerse de alimento, refugio y vestido. El resto del tiempo podían jugar, o dormir, o hacer lo que quisieran. Y vivían en un mundo natural, con aire puro, agua pura, hermosos árboles y ocasos. Piense en eso: veinte horas por semana. Hace treinta mil años.

–¿Quiere volver atrás el reloj?

–No, quiero que la gente despierte. Hemos tenido cuatrocientos años de ciencia moderna y, en este momento, deberíamos saber para qué sirve y para qué no. Es hora de cambiar.

–¿Antes de que destruyamos el planeta? –inquirió Ellie. Malcolm suspiró, y cerró los ojos.

–Oh, querida. Eso sería lo *último* de lo que me preocuparía.

En el oscuro túnel del río de la jungla, Grant se cogía de las ramas alternativamente con una mano y con la otra, desplazando con cuidado el bote hacia delante. Todavía percibía los sonidos. Y, por fin, vio los dinosaurios.

–¿No son ésos los venenosos?

–Sí –contestó Grant–. Dilofosaurios.

Erguidos en la orilla había dos dilofosaurios. Los cuerpos de tres metros de alto tenían manchas amarillas y negras; por debajo, el vientre era verde brillante, como el de los lagartos. Dos crestas curvas gemelas, rojas, se extendían a lo largo de la parte superior de la cabeza, desde los ojos hasta la nariz, formando una V. El aspecto como de pájaro quedaba reforzado por el modo en que los animales se movían, inclinándose para beber agua del río, irguiéndose después para gruñir y ulular.

Lex susurró.

–¿Deberíamos bajar y andar?

Grant contestó que no con la cabeza: los dilofosaurios eran más pequeños que el tiranosaurio, lo suficientemente pequeños como para pasar entre el denso follaje que había en las márgenes del río. Y parecían ser rápidos, mientras gruñían y ululaban entre sí.

–Pero no podemos pasar frente a ellos en el bote –dijo Lex–: tienen veneno.

–Tenemos que hacerlo. De alguna manera.

Los dilofosaurios siguieron bebiendo y ululando. Parecían estar actuando entre ellos según una pauta de conducta extrañamente ritual, reiterativa: el animal que estaba a la izquierda se inclinaba para beber, abriendo la boca para mostrar largas hileras de dientes agudos y, entonces, ululaba. El animal de la derecha ululaba respondiendo al primero y se inclinaba para beber, reproduciendo, de manera idéntica, los movimientos del animal de la izquierda. Después, la secuencia se repetía, exactamente de la misma forma.

Grant observó que el animal de la derecha era más pequeño,

con manchas de menor tamaño en el lomo, y que su cresta era de color rojo más opaco.

–Quién lo diría –contestó–: es un ritual de apareamiento.

–¿Podemos pasar frente a ellos? –preguntó Tim.

–No de la manera en que están ahora, justo en la orilla. –Grant sabía que los animales a menudo llevaban a cabo esos rituales de apareamiento durante horas; no comían, no prestaban atención a ninguna otra cosa... Miró su reloj: las nueve y veinte.

–¿Qué hacemos? –preguntó Tim.

Grant suspiró.

–No tengo la menor idea.

Se sentó en el bote y, en ese momento, los dilofosaurios empezaron a graznar y rugir repetidamente, llenos de agitación. Grant alzó la vista: ambos animales miraban en dirección opuesta al río.

–¿Qué pasa? –preguntó Lex.

Grant sonrió.

–Creo que, por fin, vamos a tener ayuda. –Alejó el bote hacia el centro del río, empujándose con las manos en la orilla–. Chicos, quiero que vosotros dos os tendáis en el fondo del bote. Pasaremos lo más de prisa que podamos. Pero recordad esto: pase lo que pase, no digáis nada, y no os mováis, ¿entendido?

El bote empezó a desplazarse aguas abajo, hacia los ululantes dilofosaurios. Ganó velocidad. Lex estaba tendida a los pies de Grant, mirándolo con pavor.

Se estaban acercando a los dilofosaurios, que todavía se hallaban de espaldas al río. Pero Grant extrajo su pistola de aire comprimido y revisó la cámara.

El bote siguió adelante y pudieron oler un hedor peculiar, dulzón y nauseabundo a la vez. Parecía vómito seco. El ulular de los dilofosaurios sonaba con mayor intensidad. El bote dio la vuelta a un último recodo y Grant contuvo la respiración: los dilofosaurios no estaban a más que unos metros de distancia, graznando a los árboles que estaban más allá del río.

Como había sospechado, graznaban al tiranosaurio: el animal intentaba pasar a través de la vegetación, y los dilofosaurios ululaban y pataleaban en el barro. El bote se deslizó frente a ellos. El hedor producía náuseas. El tiranosaurio rugió al ver el bote. Pero, al instante siguiente...

Un golpe sordo.

El bote dejó de moverse: estaban varados contra la margen del río, sólo a unos pocos metros, agua abajo, de los dilofosaurios.

Lex susurró:

–¡Ah, *fabuloso*!

Se oyó un prolongado sonido de frotación de la goma contra el barro. Luego empezaron a navegar otra vez, río abajo. El tiranosaurio rugió por última vez y se marchó; uno de los dilofosaurios parecía sorprendido y, después, ululó. El otro ululó en respuesta al primero. El bote se fue flotando río abajo.

TIRANOSAURIO

El jeep avanzaba dando saltos bajo un sol cegador. Muldoon conducía, con Gennaro a su lado. Estaban en campo abierto, alejándose de la densa vegetación y palmeras que señalaba el curso del río, unos noventa metros hacia el este. Llegaron a una elevación y Muldoon detuvo el vehículo.

–¡Por Dios, qué calor! –comentó, enjugándose la frente con el dorso del brazo.

Bebió de la botella de whisky que tenía entre las rodillas; después se la ofreció a Gennaro.

Gennaro negó con la cabeza. Contempló el paisaje, que centelleaba débilmente bajo el calor matinal. Después miró el ordenador y el monitor de televisión montados en el tablero de instrumentos: el monitor mostraba vistas del parque, tomadas por cámaras lejanas. Todavía no había señales de Grant y los niños. Ni del tiranosaurio.

La radio chasqueó.

–Muldoon.

–Sí –dijo Muldoon levantando el receptor.

–¿Tiene encendido el equipo que va montado en el tablero? He encontrado al rex: está en la cuadrícula 442. Y va a la 443.

–Un momento –dijo Muldoon, ajustando el monitor–. Sí, ya lo tengo. Está siguiendo el río.

El animal avanzaba a lo largo del follaje que cubría las márgenes del río, en dirección al norte.

–No se exalte con él. Tan sólo inmovilícelo.

–No se preocupe –lo tranquilizó Muldoon, entornando los ojos por el sol–, no voy a hacerle daño.

–Recuerde que el tiranosaurio es nuestra principal atracción –hizo hincapié Arnold.

Muldoon apagó la radio con un chasquido.

–Maldito idiota! Todavía habla de los turistas. –Puso en marcha el motor–. Vamos a ver a *Rexy* y a darle una dosis.

El jeep avanzó traqueteando por el terreno.

–Hace tiempo que estaba deseándolo –dijo Gennaro.

–Hace tiempo que esperaba hacerle una trastada a ese gran bastardo –confesó Muldoon–. Y ahí está.

Se detuvieron con tanta brusquedad que el jeep giró sobre sí mismo. A través del parabrisas, Gennaro vio el tiranosaurio delante de ellos, moviéndose entre las palmeras que había a lo largo del río.

Muldoon vació la botella de whisky y la tiró en el asiento de atrás. Tendió la mano para alcanzar sus tubos. Gennaro miró el monitor de televisión, que mostraba el jeep de ellos y el tiranosaurio: debía de haber una cámara de circuito cerrado en los árboles, en alguna parte allá atrás.

–Si quiere ayudar –dijo Muldoon–, puede romper los sellos y abrir esos cartuchos que tiene a sus pies.

Gennaro se inclinó y abrió una caja Halliburton de acero inoxidable. El interior estaba acolchado con espuma de caucho, y contenía cuatro cilindros, cada uno del tamaño de una botella de un cuarto de litro de capacidad. Todos llevaban el rótulo MORO-709. Gennaro extrajo uno.

–Le rompe la punta y le atornilla una aguja –explicó Muldoon.

Gennaro encontró un paquete plástico con agujas grandes, cada una del diámetro de la yema de un dedo. Atornilló una en el cartucho. El otro extremo del cartucho tenía un peso circular de plomo.

–Ése es el émbolo: se comprime al producirse el impacto.

Muldoon se sentó hacia delante, con el rifle de aire sobre las rodillas. Era de pesado metal tubular gris, y a Gennaro le pareció que se trataba de un bazuca o de un lanzacohetes.

–¿Qué es MORO-709?

–Tranquilizante clásico para animales. Los zoológicos de todo el mundo lo usan. Probaremos con mil centímetros cúbicos, para empezar.

Muldoon abrió la cámara con un movimiento seco: era lo suficientemente grande como para que cupiese el puño.

Deslizó el cartucho dentro y la cerró.

–Esto debería de bastar –dijo Muldoon–. Un elefante normal necesita alrededor de doscientos cecés, pero cada uno sólo pesa dos o tres toneladas. El *Tyrannosaurus rex* pesa ocho toneladas y es mucho más malvado. Debe tenerse en cuenta a la hora de dosificar.

–¿Por qué?

–La dosificación que se le da a un animal depende, en parte, del peso corporal y, en parte, del temperamento: se dispara la misma dosis del 709 a un elefante, a un hipopótamo y a un rinoceronte. Al elefante lo inmoviliza, de modo que se limita a quedarse quieto como una estatua. Frena al hipopótamo, que se amodorra, pero se sigue moviendo. Y el rinoceronte se vuelve furiosamente combativo. Pero tras cinco minutos de persecución en un automóvil, ves que se desploma muerto como consecuencia de un shock de adrenalina. Extraña combinación de dureza y delicadeza.

Muldoon condujo lentamente hacia el río, acercándose al tiranosaurio. Continuó:

–Pero todos ésos son mamíferos. Sabemos mucho sobre cómo manejar mamíferos, porque todos los zoológicos están estructurados en torno a la atracción que ejercen los grandes mamíferos: leones, tigres, osos, elefantes. Sabemos mucho menos de los reptiles. Y nadie sabe nada de los dinosaurios. Los dinosaurios son animales nuevos.

–¿Usted los considera reptiles? –preguntó Gennaro.

–No. Los dinosaurios no encajan en las categorías existentes. –Dio un brusco giro al volante para esquivar una roca y prosiguió–: En realidad, lo que encontramos es que los dinosaurios fueron tan variables como los mamíferos lo son hoy: algunos son mansos y encantadores, y otros son malvados y desagradables. Algunos ven bien y otros, no. Algunos son estúpidos y otros son muy, muy inteligentes.

–¿Como los raptores? –completó Gennaro.

Muldoon asintió con la cabeza.

–Los raptores son astutos. Muy astutos. Créame, todos los problemas que tenemos hasta el momento no son nada comparados con los que tendríamos si los velocirraptores escaparan alguna vez de su reserva... Ah, creo que esto es lo más cerca que podemos llegar de nuestro *Rexy*.

Allá delante, el tiranosaurio metía la cabeza entre las ramas, escudriñando el río, tratando de pasar. Después, se desplazaba unos pocos metros río abajo, para volver a intentarlo.

–Me pregunto qué es lo que ve ahí dentro –dijo Gennaro.

–Es difícil saberlo. A lo mejor está tratando de llegar a los microceratópsidos que andan dando vueltas por las ramas. La van a hacer participar en una gozosa persecución.

Muldoon detuvo el jeep a unos cuarenta y cinco metros del tiranosaurio, y dio vuelta al vehículo. Dejó el motor en marcha.

–Siéntese detrás del volante –indicó– y póngase el cinturón de seguridad.

Cogió otro cartucho y se lo prendió en la camisa. Después, se apeó.

Gennaro se puso detrás del volante.

–¿Ha hecho esto muy a menudo?

Muldoon eructó.

–Nunca. Trataré de darle justo detrás del conducto auditivo. Veremos cómo van las cosas a partir de ahí.

Caminó unos nueve metros por detrás del jeep y se agazapó en la hierba, afianzándose sobre una rodilla. Apoyó el enorme rifle contra el hombro y, con un movimiento corto y neto, encendió la gruesa mira telescópica. Apuntó al tiranosaurio, que todavía no había advertido la presencia de los hombres.

Hubo una tenue explosión de gas y Gennaro vio una raya blanca que volaba hacia el animal. Pero nada pareció ocurrir.

Entonces, el tiranosaurio se volvió lentamente, con curiosidad, para escudriñarlos. Movía la cabeza de un lado para otro, como si los mirara alternativamente con uno y otro ojo.

Muldoon había bajado el lanzador y estaba cargando el segundo cartucho.

–¿Le ha dado? –preguntó Gennaro.

–He fallado –dijo Muldoon negando con la cabeza–. Malditas miras láser... Vea si hay una batería en la caja.

–¿Una qué?

–Una batería. Es casi tan grande como un dedo. Con marcas grises.

Gennaro se inclinó para mirar en la caja de acero. Sintió la vibración del jeep, oyó el motor ronroneando. No vio ninguna batería. El tiranosaurio rugió: un sonido aterrador, que retumbaba desde la gran cavidad torácica del animal, un bramido que se extendía por el paisaje. Gennaro se sentó con brusquedad y extendió las manos sobre el volante; puso la mano sobre la palanca de cambios. Por la radio oyó una voz que decía:

–Muldoon. Aquí Arnold. Lárguese de ahí. Cambio y fuera.

–Sé lo que estoy haciendo –contestó Muldoon.

El tiranosaurio se lanzó a la carga.

Muldoon se mantuvo firme en su puesto. A pesar de la bestia que se abalanzaba sobre él a toda velocidad, lenta y metódicamente, alzó el lanzador, apuntó y disparó. Una vez más, Gennaro vio la bocanada de humo y la raya blanca del cartucho que iba hacia el animal.

No ocurrió nada. El tiranosaurio siguió avanzando hacia ellos.

Entonces Muldoon se puso de pie y echó a correr, al tiempo que gritaba:

–¡Vamos! ¡Vamos!

Gennaro puso el jeep en marcha y Muldoon se arrojó sobre la portezuela lateral, mientras el jeep se bamboleaba hacia delante. El tiranosaurio se aproximaba con rapidez, y Muldoon abrió la portezuela de un golpe y subió al vehículo.

–¡Vamos, maldita sea! ¡Vamos!

Gennaro hundió el pedal hasta el suelo. El jeep iba dando tumbos inseguros; el extremo anterior se elevaba tanto que, por el parabrisas, únicamente vieron el cielo, para después volver a caer estruendosamente al suelo y correr nuevamente hacia delante. Gennaro enfiló hacia un bosquecillo que había a la izquierda hasta que, por el espejo retrovisor, vio al tiranosaurio lanzar un último rugido y alejarse.

Gennaro redujo la velocidad del coche y masculló:

–¡Dios mío!

Muldoon meneaba la cabeza:

–Podría jurar que le di la segunda vez.

–Yo diría que falló –dijo Gennaro.

–La aguja debió de romperse antes de que el émbolo le inyectara.

–Admítalo, erró el tiro.

–Sí –asintió Muldoon. Suspiró–: Erré el tiro. La batería de las malditas miras láser estaba descargada. La culpa fue mía. Debí haberla revisado, después de estar fuera toda la noche pasada. Regresemos y consigamos más cartuchos.

El jeep se encaminó hacia el norte, hacia el hotel. Muldoon cogió el micrófono.

–Control.

–Sí –dijo Arnold.

–Nos dirigimos de vuelta a la base.

Ahora el río era muy estrecho y fluía con rapidez. El bote iba cada vez más deprisa. Empezaban a tener la sensación de que era como un viaje en un parque de atracciones.

–¡Uiii! –aulló Lex, aferrándose a la borda–. ¡Deprisa, más deprisa!

Grant entornó los ojos, mirando hacia delante: el río todavía era estrecho y oscuro pero, más adelante, pudo ver que los árboles terminaban y que se veía luz brillante de día y se oía un lejano rugido. El río parecía terminar abruptamente en una peculiar recta horizontal...

El bote iba aún más deprisa.

Grant, presuroso, cogió los remos.

–¿Qué pasa?

–Es una cascada –informó.

El bote emergió bruscamente de la oscuridad que formaba un toldo sobre él, a la brillante luz de la mañana, y se lanzó hacia delante, arrastrada por la veloz corriente hacia el borde de la cascada. El rugido sonaba con intensidad en los oídos de Grant, que remó lo más vigorosamente que pudo, pero sólo consiguió que el bote girara sobre sí mismo en círculos, avanzando inexorablemente hacia el borde.

Lex se inclinó hacia Grant.

–¡No sé nadar!

El paleontólogo vio que la niña no tenía abrochado el chaleco salvavidas, pero no había nada que él pudiera hacer.

Con aterradora velocidad llegaron al filo de la caída, y el rugido del agua que se precipitaba pareció llenar el mundo. Grant hundió el remo profundamente en el agua; sintió cómo se atascaba y resistía, justo en el borde de la cascada. La balsa de goma se estremecía por la corriente, pero no siguió avanzando. Grant se apoyó con todas sus fuerzas en el remo y, al mirar sobre el borde del salto de agua, vio la abrupta caída de quince metros hacia el bullente embalse que aguardaba abajo.

Y allí, esperándolos, estaba el tiranosaurio.

Lex chillaba aterrorizada y, en ese momento, el bote giró y cayó por la cascada, despidiéndolos por el aire hacia la rugiente masa de agua. Grant agitaba los brazos en el aire, y el mundo súbitamente quedó silencioso y moviéndose en cámara lenta.

A Grant le pareció que caía durante interminables minutos; tuvo tiempo para observar a Lex que caía al lado de él, aferrada a su chaleco anaranjado; tiempo para observar a Tim, que miraba hacia abajo; tiempo para observar la congelada cortina blanca del agua de la cascada, y el burbujeante embalse que tenía abajo, mientras caía lenta, silenciosamente, hacia él.

Y entonces, con doloroso chapuzón, Grant se precipitó en el agua fría, rodeado por bullentes burbujas blancas. Dio tumbos, giró sobre sí mismo y tuvo una rápida visión de la pata del tiranosaurio, mientras un remolino le hacía pasar a su lado, le arrastraba hacia el embalse y lo arrojaba hacia el río que corría más allá. Grant nadó hacia la orilla, se agarró a unas rocas tibias, resbaló, asió una rama y, por fin, logró apartarse de la corriente principal y salir. Jadeante, se arrastró boca abajo por las rocas, y miró hacia el río justo a tiempo para ver el bote marrón de goma pasar frente a él dando tumbos. Después, vio a Tim, luchando en la corriente; extendió el brazo y sacó al niño, que tosía y temblaba, hacia la orilla.

Grant se volvió hacia la cascada y vio al tiranosaurio hundir la cabeza en el agua del embalse que tenía frente a sí. La enorme cabeza se sacudió, salpicando agua a cada lado. Tenía algo entre los dientes.

Y entonces el tiranosaurio volvió a levantar la cabeza. Colgando flojamente de sus mandíbulas estaba el chaleco salvavidas anaranjado de Lex.

Al poco rato, apareció Lex, subiendo y bajando como un corcho, al lado de la larga cola del dinosaurio: yacía boca abajo en el agua, su cuerpecito arrastrado río abajo por la corriente. Grant se zambulló detrás de ella, y otra vez se encontró inmerso en el agitado torrente. Instantes después, empujaba sobre las rocas un peso muerto, agobiante; la cara de Lex estaba cenicienta; de su boca salía agua.

Grant se inclinó sobre ella para hacerle la respiración boca a boca. La niña tosió. Después, vomitó un líquido verde amarillento y volvió a toser. Parpadeó varias veces, con rapidez.

–Hola –dijo. Sonrió débilmente–. Lo conseguimos.

Tim empezó a llorar. Su hermana tosió otra vez.

–¿Vas a terminar de una vez? ¿Por qué estás llorando?

–Porque...

–Estábamos preocupados por ti –dijo Grant.

Pequeños restos de material anaranjado venían bajando por el río: el tiranosaurio estaba desgarrando el chaleco salvavidas. Seguía de espaldas a ellos, mirando hacia la cascada pero, en cualquier momento, podía darse la vuelta y verlos...

–Vamos, chicos –dijo Grant.

–¿Adónde vamos? –preguntó Lex, tosiendo.

–Vamos.

Grant buscaba un lugar donde esconderse. Río abajo sólo vio un prado abierto, que no brindaba protección; aguas arriba, estaba el dinosaurio. En ese momento descubrió un sendero de tierra que bordeaba el río: aparentemente llevaba hacia la cascada.

Y, en la tierra, vio la huella clara del zapato de un hombre, que se dirigía hacia lo alto del sendero, hacia la cascada.

Por fin, el tiranosaurio se volvió, gruñendo y mirando hacia la pradera: pareció deducir que los seres humanos habían escapado y los buscaba río abajo. Grant y los dos hermanos se agazaparon entre los grandes helechos que cubrían las márgenes del río. Con cautela, Grant los guió aguas arriba.

–¿Adónde vamos? –repitió Lex–. Estamos volviendo.

–Lo sé.

Estaban más cerca de la cascada ahora; el rugido del agua se oía con mucha más intensidad. Las rocas se hicieron resbaladizas; el sendero estaba cubierto de barro. Había una bruma constante que flotaba en el aire: era como moverse a través de una nube. El sendero parecía llevar directamente al interior de la masa de agua que se precipitaba pero, a medida que se acercaban, vieron que, en realidad, pasaba por detrás de la catarata.

El tiranosaurio los seguía buscando aguas abajo, con el lomo vuelto hacia ellos. Se apresuraron a recorrer el sendero que llevaba hacia la cascada, y ya casi habían llegado detrás de la cortina de agua, cuando Grant vio que el tiranosaurio se volvía. En ese momento quedaron completamente detrás de la cascada, y Grant no podía ver a través de la cortina plateada.

Miró a su alrededor sorprendido: había un pequeño nicho ahí, apenas más grande que un armario empotrado, y lleno de maquinaria, bombas ronroneantes y grandes filtros y tuberías. Todo estaba mojado y frío.

–¿Nos ha visto? –preguntó Lex a voz en grito debido al ruido del salto de agua–. ¿Dónde estamos? ¿Qué es este lugar? ¿Nos ha visto?

–Un momento, por favor –dijo Grant, mirando el equipo. Resultaba claro que era maquinaria del parque, y que tenía que haber electricidad para hacerla funcionar, así que quizá hubiera un teléfono para establecer comunicación. Empezó a meter las manos entre los filtros y las tuberías.

–¿Qué está haciendo? –gritó Lex.

–Busco un teléfono.

Eran cerca de las diez de la mañana: tenían apenas un poco más de una hora para ponerse en contacto con el barco, antes de que llegara a tierra firme.

En el fondo del nicho, Grant halló una puerta metálica en la que se había impreso el letrero MANT 04, pero estaba cerrada con llave. Junto a ella había una ranura para introducir una tarjeta de seguridad. A un lado de la puerta vio una hilera de cajas metálicas: las abrió una después de otra, pero únicamente contenían interruptores y temporizadores. Ningún teléfono. Y nada para abrir la puerta.

Casi pasó de largo la caja que estaba a la izquierda de la puerta: al abrirla, encontró un microteclado con nueve botones, cubierto de puntos de moho verde. Pero tenía el aspecto de ser un medio para abrir la puerta, y Grant tenía el presentimiento de que al otro lado de esa puerta había un teléfono. Grabado en el metal de la caja estaba el número 1023: Grant lo marcó en el teclado.

Con un chirrido, la puerta se abrió: abismal oscuridad más allá, y escalones de hormigón que llevaban hacia abajo. En la pared de atrás vio otro letrero: VEHÍCULO 04/CARGADOR 22 MANT, y una flecha que señalaba escaleras abajo. ¿Podría ser que realmente hubiera un automóvil?

–Vamos, chicos.

–¡Ni lo sueñe! –declaró Lex–. Yo no me meto ahí.

–Vamos, Lex –la instó Tim.

–No –repitió Lex–, no hay luz ni nada. No voy.

–No importa –dijo Grant. No había tiempo para discutir–. Quedaos aquí, y yo volveré en seguida.

–¿Adónde va? –preguntó Lex, repentinamente alarmada.

Grant traspuso la puerta, que emitió un corto y penetrante tono electrónico y se cerró detrás de él de golpe, impulsada por un resorte.

Quedó sumido en la más absoluta oscuridad. Después de un instante de sorpresa, se volvió hacia la puerta y palpó su mojada superficie: no había picaporte, ni cerrojo. Se dirigió hacia las otras puertas que había a cada lado y las recorrió con los dedos para encontrar un interruptor, un tablero de mandos, cualquier cosa...

No había nada.

Estaba luchando contra el pánico, cuando se le cerraron los dedos en torno a un cilindro metálico frío. Dejó correr las manos sobre un borde que se ensanchaba, una superficie plana... ¡una linterna! La encendió, y el haz resultó sorprendentemente brillante. Volvió a mirar la puerta, pero vio que no se abría: tendría que esperar a que los niños la destrabaran. Mientras tanto...

Empezó a bajar con cuidado los escalones mojados y resbaladizos por el moho. Cuando había recorrido parte del tramo de escalera, oyó el sonido de olfateo y de garras rasguñando hormigón. Sacó su pistola de dardos y prosiguió la marcha con cautela.

La escalera giraba y, cuando enfocó el haz de luz, un extraño reflejo destelló como respuesta. Y entonces, un instante después, lo vio; ¡un coche! Era un coche eléctrico, como un carrito de golf, y estaba frente a un túnel largo que parecía extenderse durante kilómetros. Una luz roja brillante refulgía junto al volante, así que quizá estuviera cargado.

Grant volvió a oír el sonido de olfateo, hizo rodar el vehículo y vio una forma descolorida levantarse hacia él, saltando por el aire con las mandíbulas abiertas, y, sin pensar, disparó. El animal cayó sobre él, derribándolo, y Grant rodó sobre sí mismo para alejarse, presa del miedo. Pero el animal no se levantó, y Grant se sintió como un tonto cuando lo vio: era un velocirraptor, pero muy joven, de menos de un año. Medía alrededor de sesenta centímetros, la talla de un perro mediano, y yacía en el suelo, respirando de forma entrecortada, con el dardo sobresaliéndole bajo la mandíbula: probablemente contenía demasiado anestésico para el peso corporal de ese animal, y Grant le quitó el dardo con prontitud. El velocirraptor lo miró con ojos ligeramente vidriosos.

Grant percibía en ese animal inteligencia, una especie de mansedumbre que contrastaba de manera extraña con la amenaza que habían representado los adultos de la reserva. Le acarició la cabeza, con la esperanza de calmarlo. Miró el cuerpo, que se estremecía levemente al surtir efecto el tranquilizante. Y entonces vio que era un macho.

Un ejemplar joven, y macho. No había duda alguna: ese velocirraptor había nacido de forma natural.

Excitado por el descubrimiento, se apresuró a subir la escalera hacia la puerta. Con la linterna exploró la superficie plana y lisa, así como las paredes interiores. Mientras deslizaba las manos sobre la puerta, cayó en la cuenta de que estaba encerrado y de que no podía abrir la puerta a menos que los niños tuvieran presencia de ánimo para abrirla por él. Podía oírlos, débilmente, al otro lado de la puerta.

—¡Doctor Grant! —gritó Lex, golpeando la puerta con los puños—. ¡Doctor Grant!

—Tranquilízate —dijo Tim—. Volverá.

—Pero ¿adónde ha ido?

—Oye, el doctor Grant sabe lo que hace. Volverá dentro de un instante.

—Debería volver ahora —manifestó Lex. Se puso en jarras y golpeó con ira el pie en el suelo.

En ese momento, con un rugido, la cabeza del tiranosaurio irrumpió a través de la cascada, dirigiéndose hacia ellos.

Tim contempló con terror cómo la enorme boca se abría tremendamente. Lex chilló y se arrojó al suelo. La cabeza osciló hacia atrás y hacia delante, y volvió a salir por la cascada. Pero Tim pudo ver la sombra de la cabeza del animal en la cortina de agua que caía.

Empujó a Lex para que se adentrara más en el nicho, en el preciso momento en que las mandíbulas volvían a irrumpir con un rugido, la gruesa lengua disparándose y retrocediendo en la boca con rapidez. Desde la cabeza, el agua se dispersaba en todas direcciones. Después, volvió a salir al exterior.

Lex se acurrucó junto a Tim, temblando.

—Odio a Grant —declaró.

Se acurrucó más hacia el fondo, pero el nicho sólo tenía unos pocos metros de profundidad y estaba atestado de maquinaria: no había sitio para que los hermanos se escondieran.

La cabeza volvió a penetrar a través del agua, pero con lentitud esta vez, y la mandíbula se apoyó en el suelo. El tiranosaurio resopló, abriendo y cerrando las aletas nasales, olfateando el aire. Pero los ojos todavía estaban fuera de la cortina de agua.

Tim pensó: «No nos puede ver. Sabe que estamos aquí, pero no nos puede ver a través del agua.»

El tiranosaurio olisqueó.

—¿Qué está haciendo? —volvió a preguntar Lex.

—¡Cállate!

Con un gruñido profundo, las mandíbulas se abrieron con lentitud y la lengua serpenteó hacia fuera: era gruesa y negroazulada, con una leve hendidura en la punta; tenía algo más de un metro de largo y alcanzó con facilidad la pared opuesta del nicho. La lengua se deslizó sobre los cilindros de filtrado, produciendo el sonido de algo áspero que se arrastra. Tim y Lex se apretaron contra la cañería.

La lengua se desplazó despacio hacia la izquierda; después, hacia la derecha, azotando húmedamente la maquinaria. La punta se abarquilló alrededor de caños y válvulas, palpándolos. Tim vio que la lengua tenía movimientos propios, controlados, como los de la trompa de un elefante. La lengua retrocedió, recorriendo el lado derecho del nicho. Se arrastró contra las piernas de Lex.

–¡Puajjj! –exclamó Lex.

La lengua se detuvo. Se curvó, levantándose como una víbora al lado del cuerpo de la niña. Después, empezó a subir...

–No te muevas –susurró Tim.

... pasó sobre su cara; después recorrió el hombro de Tim y, por último, se enrolló en torno a la cabeza del chico. Tim cerró los ojos con fuerza, mientras el viscoso músculo le cubría la cara: era caliente y húmedo, y hedía a orina.

Enrollada en torno a él, la lengua empezó a arrastrarlo, muy lentamente, hacia las mandíbulas abiertas.

–Timmy...

Tim no podía contestar: tenía la boca cubierta por la plana lengua negra. Podía ver, pero no podía hablar. Lex le tiró de la mano.

–¡Vamos, Timmy!

La lengua lo arrastraba hacia la boca resoplante. Sentía el cálido aliento jadeante en las piernas. Lex tiraba de él, pero no era rival para la potencia muscular que retenía a su hermano. Tim soltó a Lex y apretó la lengua con ambas manos, tratando de empujarla por encima de la cabeza: no la podía mover. Hundió los talones en el suelo cubierto de barro, pero de todos modos fue arrastrado hacia delante.

Lex le había rodeado la cintura con los brazos y estaba empezando a ver estrellas; le invadió una especie de serenidad, una sensación de pacífica inevitabilidad, mientras era arrastrado.

–¿Timmy?

Y entonces, de repente, la lengua se aflojó y se desenrolló. Tim la sintió resbalar por su cara; tenía el cuerpo cubierto por una repugnante saliva blanca pegajosa, y la lengua cayó laxa al suelo. Las mandíbulas se cerraron de golpe, mordiendo la lengua, de la que empezó a brotar sangre oscura, que se mezcló con el barro. Los orificios nasales todavía resoplaban de forma entrecortada.

–¿Qué está haciendo? –chilló Lex.

Lenta, muy lentamente, la cabeza empezó a deslizarse hacia atrás, saliendo del nicho y dejando una larga huella en el barro. Por último, desapareció por completo, y no pudieron ver nada más que la plateada cortina de agua que caía.

CONTROL

–Muy bien –dijo Arnold, en la sala de control–; el rex está listo.

Se echó hacia atrás en su silla y sonrió de oreja a oreja mientras encendía un último cigarrillo y estrujaba el paquete. Lo habían logrado: el paso final para volver el parque al orden. Ahora, todo lo que tenían que hacer era salir y llevarse el animal.

–Hijo de puta –masculló Muldoon, mirando el monitor–. Le di, después de todo. –Se volvió hacia Gennaro–. Ha tardado justo una hora en sentirlo.

Henry Wu frunció el entrecejo, mirando la pantalla:

–Pero se podría ahogar en esa posición...

–No se ahogará –afirmó Muldoon–. Nunca he visto un animal que fuera más difícil de matar.

–Creo que tenemos que salir y trasladarlo –dijo Arnold.

–Lo haremos –aceptó Muldoon.

No parecía entusiasmado.

–Es un animal valioso.

–Lo sé –dijo Muldoon.

Arnold se volvió hacia Gennaro; no podía resistir ese momento de triunfo.

–Le hago notar –dijo– que el parque ya ha vuelto completamente a la normalidad. Sea lo que sea lo que el modelo matemático de Malcolm dijo que iba a suceder. Una vez más, tenemos el control completo.

Gennaro señaló la pantalla que estaba detrás de la cabeza de Arnold y preguntó:

–¿Qué es eso?

Arnold se volvió: era la ventana indicadora del estado del sistema, en la esquina superior de la pantalla. Por lo común estaba vacía. El ingeniero se sorprendió al ver que parpadeaba con un mensaje en amarillo: COR AUX BAJA. Durante un instante, no entendió: ¿por qué tenía que estar baja la corriente auxiliar? Estaban funcionando con corriente central, no auxiliar. Pensó que, a lo mejor, no se trataba más que de una comprobación de rutina del estado de la corriente auxiliar, qúizá una comprobación de los niveles de los depósitos de combustible o de la carga de las baterías...

–Henry –le dijo Arnold a Wu–, mira esto.

Éste preguntó:

–¿Por qué estás operando con corriente auxiliar?

–No es así –dijo Arnold.

–Parece como si lo estuvieras haciendo.

–No puede ser.

–Imprime el registro cronológico del estado del sistema –dijo Wu.

El registro cronológico era una relación de lo que había ocurrido en el sistema durante las últimas horas.

Arnold apretó un botón y oyeron el zumbido de una impresora en el rincón. Wu fue hacia ella.

El ingeniero contempló la pantalla: la ventana había cambiado de amarillo titilante a rojo, y esta vez el mensaje rezaba: FALLA COR AUX. Aparecieron números que empezaron a decrecer a partir de los veinte.

–¿Qué demonios está ocurriendo ahora? –se sorprendió.

Con cautela, Tim avanzó unos pocos metros a lo largo del sendero, saliendo a la luz del día. Atisbó por un lado de la cascada y vio al tiranosaurio flotando de costado en el embalse de abajo.

–Espero que esté muerto –dijo Lex.

Tim pudo ver con claridad que no lo estaba: el pecho del dinosaurio todavía se movía y uno de los antebrazos se contraía de forma espasmódica. Pero algo andaba mal en el animal. En ese momento, Tim vio el cartucho blanco que le sobresalía de la parte de atrás de la cabeza, al lado de la depresión del oído.

–Le han disparado un dardo –dijo.

–Bien –aprobó Lex–. Prácticamente ya nos estaba comiendo.

Tim observó la fatigosa respiración. Sintió una inesperada congoja al ver al enorme animal abatido de esa manera. No quería que muriese.

–No es culpa suya –dijo.

–Sí, claro. Casi nos come y no es culpa suya.

–Es carnívoro. Simplemente hacía lo que siempre hace.

–No dirías eso si estuvieras en su estómago en este preciso instante.

Entonces, el ruido de la cascada cambió: de un rugido ensordecedor pasó a un sonido más suave, más lento. La atronadora cortina de agua disminuyó su caudal, convirtiéndose en un chorrito...

Y se detuvo.

–Timmy, la cascada se ha parado –dijo Lex.

En ese momento, goteaba como un grifo mal cerrado. El embalse que estaba al pie de la cascada permanecía inmóvil. Los niños estaban cerca de la parte superior, en la depresión parecida a una cueva y llena de maquinaria, mirando hacia abajo.

–Las cascadas no se detienen –observó Lex.

Tim buscó una explicación.

–Tiene que ser la corriente... Alguien ha cortado la corriente.

Detrás de ellos, todos los filtros y bombonas se detuvieron, uno tras otro; se apagaron las luces de los monitores y la maquinaria quedó en silencio. Después se oyó el golpe sordo de un solenoide que se soltaba, y la puerta con el rótulo MANT 04 giró lentamente sobre sus goznes, abriéndose.

Salió Grant, parpadeando bajo la luz del día, y dijo:

–Buen trabajo, chicos. Habéis conseguido que se abriera la puerta.

–Nosotros no hemos hecho nada –dijo Lex.

–Se ha cortado la corriente –agregó Tim.

–No os preocupéis por eso. Venid y veréis lo que he encontrado.

Arnold miraba fijamente, conmocionado.

Uno tras otro, se apagaron los monitores, y después las luces, sumiendo la sala de control en la oscuridad y la confusión. Todos empezaron a gritar al mismo tiempo. Muldoon abrió las persianas y dejó que entrara la luz, y Wu trajo el texto impreso del registro cronológico.

–Miren esto –dijo.

–Cortaste a las cinco y media de esta mañana y, cuando arrancaste de nuevo, lo hiciste con corriente auxiliar.

–¡Dios mío! –exclamó Arnold.

Al parecer, no se había encendido la corriente principal desde la interrupción. Cuando volvió a ponerse en marcha el sistema, so-

Hora	*Suceso*	*Condición sistema*	*[Código]*
05:12:44	Seguridad 1 Desactivada	Operativo	[AV 12]
05:12:45	Seguridad 2 Desactivada	Operativo	[AV 12]
05:12:46	Seguridad 3 Desactivada	Operativo	[AV 12]
05:12:51	Orden Interrupción	Interrumpido	[-AV0]
05:13:48	Orden Arranque	Interrumpido	[-AV0]
05:13:55	Seguridad 1 Activada	Interrumpido	[-AV0]
05:13:57	Seguridad 2 Activada	Interrumpido	[-AV0]
05:13:59	Seguridad 3 Activada	Interrumpido	[-AV0]
05:14:08	Orden Arranque	Arranque-C. Aux.	[-AV1]
05:14:18	Monitor-Principal	Operativo-C. Aux.	[AV04]
05:14:19	Seguridad-Principal	Operativo-C. Aux.	[AV05]
05:14:22	Órdenes-Principal	Operativo-C. Aux.	[AV06]
05:14:24	Laboratorio-Principal	Operativo-C. Aux.	[AV08]
05:14:29	Telcom-VBB	Operativo-C. Aux.	[AV09]
05:14:32	Esquemáticos-Principal	Operativo-C. Aux.	[AV09]
05:14:37	Vista	Operativo-C. Aux.	[AV09]
05:14:44	Comp. Estado Control	Operativo-C. Aux.	[AV09]
05:14:57	Advert.: Estado Cerca [NB]	Operativo-C. Aux.	[AV09]
09:11:37	Advert.: Comb. Aux. (20%)	Operativo-C. Aux.	[AVZZ]
09:33:19	Advert.: Comb. Aux. (10%)	Operativo-C. Aux.	[AVZ1]
09:53:19	Advert.: Comb. Aux. (1%)	Operativo-C. Aux.	[AVZ2]
09:53:39	Advert.: Comb. Aux. (0%)	Interrupción	[-AV0]

lamente volvió la corriente auxiliar. Arnold estaba pensando que eso era extraño, cuando súbitamente comprendió que era normal. Eso era lo que correspondía que pasara. Tenía toda la lógica del mundo: el generador auxiliar se activó primero, y sirvió para poner en marcha el generador principal, porque para eso se necesitaba una carga considerable. Así era como estaba diseñado el sistema.

Pero Arnold nunca había tenido antes la ocasión de cortar el suministro principal de corriente. Y cuando las luces y pantallas se volvieron a encender, no se le ocurrió que la corriente principal no se hubiera restaurado también.

Pero no era así y durante todo el tiempo transcurrido desde entonces, mientras buscaban al rex, y hacían una cosa y otra, el parque había estado funcionando con corriente auxiliar. Y eso no era aconsejable. De hecho, las consecuencias sólo empezaban a hacérsele evidentes.

–¿Qué quiere decir esta línea? –preguntó Muldoon, señalando la lista:

05:14:57 Advert.: Estado Cerca [NB] Operativo-C. Aux. (AV09).

–Quiere decir que se envió a los monitores de la sala de control una advertencia sobre el estado del sistema en relación con las cercas.

–¿Vio esa advertencia?

–No. Debía de estar hablando con usted en el campo. De todos modos, no, no la vi.

–¿Qué quiere decir «Advert: Estado Cerca»?

–Bueno, no lo supe en el momento, pero estábamos funcionando con corriente auxiliar. Y la corriente auxiliar no genera suficiente intensidad como para activar las cercas electrificadas, así que, de forma automática, siguieron desconectadas.

Muldoon lo miró con el entrecejo fruncido.

–¿Las cercas electrificadas estaban apagadas?

–Sí.

–¿Todas ellas? ¿Desde las cinco de esta mañana? ¿Durante las cinco últimas horas?

–Sí.

–¿Incluidas las cercas de los velocirraptores?

–Sí –suspiró Arnold.

–¡Dios santo! Cinco horas. Esos animales podrían haberse escapado.

De pronto, desde algún lugar a lo lejos, llegó un alarido. Muldoon empezó a hablar muy deprisa al tiempo que recorría la sala, repartiendo las radios portátiles:

–El señor Arnold irá al cobertizo de mantenimiento para encender la corriente principal. Doctor Wu, quédese en la sala de control: usted es la otra única persona que puede operar con los ordenadores. Señor Hammond, vuelva al pabellón. No discuta conmigo. Vaya ahora, eche el cerrojo a los portones y quédese allí hasta que vuelva a hablar conmigo. Yo ayudaré a Arnold a lidiar con los raptores. –Se volvió hacia Gennaro–. ¿Le agrada la idea de volver a vivir peligrosamente?

–La verdad, no –confesó Gennaro, pálido.

–Bien. Vayamos con los demás al pabellón. –Muldoon se alejó–. Eso es todo, ya han oído. Ahora, muévanse.

–Pero ¿qué les va a hacer a mis animales? –gimoteó Hammond.

–No creo que ésa sea la pregunta adecuada, señor Hammond –observó Muldoon–. La pregunta es: ¿qué nos van a hacer ellos a nosotros?

Cruzó la puerta y marchó presuroso por el corredor, en dirección a su oficina. Gennaro se puso a caminar a su lado, con el mismo paso rápido.

–¿Ha cambiado de opinión? –gruñó Muldoon.

–Va a necesitará ayuda –dijo Gennaro.

–Podría ser.

Muldoon entró en la sala rotulada SUPERVISOR ANIMALES, cogió el lanzacohetes gris portátil y abrió un panel de la pared situada detrás de su escritorio: contenía seis cilindros y seis cartuchos.

–Lo malo de estos malditos dinosaurios –dijo Muldoon– es que tienen sistemas nerviosos distribuidos: no mueren deprisa, ni siquiera con un impacto directo en el cerebro. Y son robustos con costillas gruesas, que hacen que un disparo al corazón dependa de la suerte. Resulta difícil dejarlos incapacitados hiriéndolos en las patas o en los cuartos traseros. Como se desangran con lentitud, mueren con lentitud.

Abrió los cilindros uno después de otro, y colocó los cartuchos. Le arrojó un grueso cinturón tejido a Gennaro.

–Póngaselo.

Gennaro se ajustó el cinturón y Muldoon le pasó las municiones.

–Casi todo lo que podemos esperar es volarlos en pedazos.

Por desgracia, sólo tenemos seis proyectiles: hay ocho raptores en ese sector rodeado de cercas. Vamos. Manténgase junto a mí: usted lleva los proyectiles.

Muldoon salió y corrió por el pasillo, mirando por el balcón el sendero que llevaba al cobertizo de mantenimiento. Gennaro resoplaba a su lado. Llegaron a la planta baja y cruzaron las puertas de cristales. Muldoon se detuvo.

Arnold estaba de pie, de espaldas al cobertizo. Tres raptores se le aproximaban. Arnold había cogido un palo y lo blandía ante los animales, gritando. Los raptores se abrían en abanico a medida que se acercaban: uno de ellos se mantenía en el centro y los otros dos se desplazaban por los flancos. Coordinados. Tranquilos. Gennaro se estremeció: era la pauta de conducta de una jauría depredadora.

Muldoon ya se estaba poniendo en cuclillas, acomodando el lanzador sobre el hombro.

–Cargue –indicó.

Gennaro deslizó el proyectil en la parte trasera del lanzador. Hubo un chisporroteo.

–¡Demonios: lo ha metido del revés! –dijo Muldoon, e inclinó el cañón para que el proyectil cayera en las manos de Gennaro, que lo volvió a cargar. Los velocirraptores estaban gruñendo y mostrando los dientes a Arnold, cuando el animal de la izquierda sencillamente estalló: la parte superior del torso voló por los aires y su sangre se esparció como un tomate que se estrella contra una pared. La parte inferior se desplomó en el suelo, con las patas agitándose en el aire y la cola batiendo por todos lados.

–Eso los espabilará –dijo Muldoon.

Arnold corrió hacia la puerta del cobertizo de mantenimiento. Los velocirraptores se volvieron y empezaron a avanzar hacia Muldoon y Gennaro. Se abrían a medida que se aproximaban. A lo lejos, provenientes de alguna parte próxima al pabellón, oyeron alaridos.

–Esto podría ser un desastre –dijo Gennaro.

–Cargue –ordenó Muldoon.

Henry Wu oyó las explosiones y miró hacia la puerta de la sala de control. Caminó en círculos alrededor de las consolas; luego se detuvo: quería salir, pero sabía que debía permanecer en la sala. Si Arnold lograba que la corriente volviera a fluir, aunque sólo fuera un minuto, entonces él encendería el generador principal.

Tenía que permanecer en la sala.

Oyó gritar a alguien. La voz parecía la de Muldoon.

Muldoon sintió un dolor agudísimo en el tobillo, resbaló por un terraplén y cayó al suelo. Se levantó y volvió a correr. Al mirar atrás vio a Gennaro que corría en la otra dirección, hacia el bosque. Los velocirraptores no siguieron a Gennaro, sino a Muldoon. Ahora estaban a menos de veinte metros. Muldoon gritaba a voz en cuello mientras corría preguntándose, vagamente, adónde diablos podría ir. Porque sabía que tenía diez segundos, quizá, antes de que lo alcanzaran.

Diez segundos.

Quizá menos.

Ellie tuvo que ayudar a Malcolm a darse la vuelta mientras Harding le clavaba la aguja e inyectaba morfina. Malcolm suspiró y se desplomó de espaldas. Parecía que se debilitaba a medida que transcurrían los minutos. Por la radio oían gritos agudos y explosiones amortiguadas que provenían del centro de visitantes.

Hammond entró en la habitación y preguntó:

–¿Cómo está?

–Se mantiene –contestó Harding–. Delira un poco.

–Nada de eso –terció Malcolm–. Estoy absolutamente consciente. –Prestaron atención a la radio y añadió–: Parece como si hubiera una guerra ahí fuera.

–Los velocirraptores se han escapado –le informó Hammond.

–¿De veras? –preguntó Malcolm, respirando de forma entrecortada–. ¿Cómo es posible?

–El estúpido e incompetente de Arnold no se había dado cuenta de que estaba encendida la energía auxiliar y que las cercas no tenían corriente:

–¿De veras?

–¡Váyase al demonio, pedazo de hijo de puta arrogante!

–Si mal no recuerdo –repuso Malcolm–, predije que todas las cercas fallarían.

Hammond suspiró, y se dejó caer en una silla.

–Maldita sea –dijo, meneando la cabeza–. Seguramente no se le habrá escapado que, en el fondo, lo que aquí estamos intentando es una idea extremadamente simple: mis colegas y yo determinamos, hace varios años, que era posible hacer clones del ADN de un animal extinguido, y desarrollar ese animal. Eso nos pareció una magnífica idea: era una especie de viaje por el tiempo, el único viaje por el tiempo de todo el mundo. Traer a esos animales de vuelta, vivos, por así decir. Y, puesto que era tan emocionante, y era posible hacerlo, decidimos seguir adelante. Adquirimos esta isla... hicimos progresos... Todo era muy sencillo.

–¿Sencillo? –dijo Malcolm. De alguna forma había encontrado energía para incorporarse en la cama–: ¿Sencillo? Es usted más estúpido de lo que suponía. Y ya opinaba que era un estúpido de gran magnitud.

–Doctor Malcolm –intervino Ellie.

Y trató de ponerle en una posición más cómoda de espaldas.

Pero Malcolm no estaba dispuesto a cejar: señaló la radio, los gritos y los alaridos.

–¿Qué está pasando ahí fuera? –inquirió–. Ésa es su idea simple. Simple. Usted crea nuevas formas de vida, de las cuales no sabe nada en absoluto. Su doctor Wu ni siquiera conoce el nombre de los seres que está creando; no se le puede molestar con detalles tales como *cómo se llama su creación,* y menos aún qué es. Usted crea muchas en un plazo muy corto, nunca aprende cosa alguna sobre ellas y, sin embargo, espera que hagan lo que usted quiere porque usted las ha fabricado y piensa, en consecuencia, que es su dueño; se olvida de que están vivas, de que tienen inteligencia propia, y de que pueden no obedecer lo que usted quiere que hagan; y se olvida de cuán poco sabe usted acerca de ellas, de cuán incompetente es para hacer las cosas que, con tanta frivolidad, denomina simples... Dios bendito...

Volvió a acostarse, tosiendo.

–¿Sabe qué es lo que tiene de malo el poder de la ciencia? –prosiguió–. Que es una forma de riqueza heredada. Y ya sabe usted cuán imbécil es la gente congénitamente rica. Nunca falla.

–¿De qué está hablando? –preguntó Hammond.

Harding hizo un gesto, indicando delirio. Malcolm le lanzó una mirada.

–Le diré de qué estoy hablando –contestó–. La mayor parte de las distintas clases de poder exigen un gran sacrificio por parte de quien quiera tener ese poder. Hay un aprendizaje, una disciplina que dura años. Cualquiera que sea la clase de poder que se busque. Presidente de la compañía. Cinturón negro de karate. Gurú espiritual. Atleta profesional. Sea lo que sea lo que se persiga, hay que invertir tiempo y esfuerzo. Hay que sacrificar muchas cosas para lograrlo. Tiene que ser muy importante para uno. Y, una vez que se alcanza, es el poder de uno mismo; no se puede delegar: reside en uno. Es, literalmente, fruto de nuestra disciplina.

»Ahora bien: lo interesante de este proceso es que, en el momento en que alguien adquirió la capacidad de matar con sus manos, también maduró hasta el punto en que sabía cómo utilizar ese poder. No lo utilizaría de manera imprudente. Así que esa clase de poder lleva una especie de control incorporado: la disciplina de conseguir el poder cambia a la persona, de manera que esa persona no abusa de su poder.

»Pero el poder científico es como la riqueza heredada: se obtiene sin disciplina. Una persona lee lo que otras hicieron, y da el paso siguiente. Puede darlo siendo muy joven. Se puede progresar muy deprisa. No hay una disciplina que dure muchas décadas. No hay enseñanza impartida por unos maestros: se pasa por alto a los viejos científicos. No hay humildad ante la naturaleza. Sólo existe la filosofía de hacerse-rico-pronto, hacerse-un-hombre-rápido. Engañar, mentir, falsificar, no importa. Ni para él mismo ni para sus colegas. Nadie los critica, nadie tiene pautas. Todos intentan hacer lo mismo: hacer algo grande, y hacerlo rápido.

»Y, como uno se puede levantar sobre los hombros de los gigantes, se puede lograr algo con rapidez. El científico ni siquiera sabe con exactitud qué ha hecho, pero ya ha informado sobre ello, lo ha patentado y vendido. Y el comprador tendrá aún menos disciplina que el científico: el comprador simplemente adquiere el poder, como si fuera cualquier bien de consumo. El comprador ni siquiera concibe que pueda ser necesaria disciplina alguna.

–¿Saben de qué está hablando? –se inquietó Hammond.

Ellie asintió con la cabeza.

–Yo no tengo ni idea –repuso Hammond.

–Lo expresaré de forma sencilla –dijo Malcolm–. Un maestro de karate no mata gente con las manos desnudas; no pierde los estribos y mata a su esposa. La persona que mata es la que no tiene disciplina, ni restricciones, y que ha salido y adquirido su poder como una dosis de droga. Y ésa es la clase de poder que fomenta y permite la ciencia. Y ésa es la razón por la que usted cree que construir un lugar como éste es sencillo.

–Era sencillo –insistió Hammond.

–Entonces ¿por qué ha salido mal?

Aturdido por la tensión, John Arnold abrió de golpe la puerta que daba al cobertizo de mantenimiento y entró en la oscuridad del interior. ¡Dios Santo, qué negro estaba! Debió de haber supuesto que la luz estaría apagada. Sintió el aire frío y las cavernosas dimensiones del espacio que se extendía dos pisos por debajo de él. Tenía que encontrar una pasarela. Debía ser cuidadoso, o se rompería el cuello.

La pasarela.

Caminó a tientas, como un ciego, hasta que comprendió que era inútil: tenía que alumbrar como fuera el cobertizo. Volvió hasta la puerta y la entreabrió unos diez centímetros: entró suficiente luz. Pero no había manera de mantener la puerta abierta. Con celeridad se quitó un zapato y lo colocó en la abertura.

Vio la pasarela y fue hacia ella. Caminó sobre el metal oyendo la diferencia de sonido que producían sus pies, uno fuerte, otro suave. Pero, por lo menos, veía algo. Más adelante estaba la escalera que conducía a los generadores, situados abajo. Otros nueve metros.

Oscuridad. Ya no había luz.

Miró hacia atrás, a la puerta, y vio que el cuerpo de un velocirraptor impedía el paso de la luz. El animal se inclinó y, cuidadosamente, olfateó el zapato.

Henry Wu se paseaba de un lado a otro de la sala, preocupado. Deslizaba las manos sobre las consolas del ordenador, tocaba las pantallas. No paraba de moverse. Estaba casi frenético por la tensión.

Repasó los pasos que habría de dar: tenía que proceder con rapidez; la primera pantalla se encendería, y él apretaría...

–¡Wu! –dijo la radio.

Extendió la mano para aferrarla.

–Sí. Estoy aquí.

–¿Ya tiene esa maldita corriente?

Era Muldoon. Había algo extraño en su voz, algo hueco.

–No –dijo Wu.

Sonrió, contento de saber que Muldoon estaba vivo.

–Creo que Arnold ha logrado llegar al cobertizo –anunció Muldoon–. Después de eso, no sé más.

–¿Dónde está usted? –preguntó Wu.

–Estoy atascado.

–¿Qué?

–Atascado en un maldito conducto. Y soy muy popular en estos momentos.

«Atascado en un caño se ajustaba más a la realidad», pensó Muldoon; había una pila de caños de desagüe detrás del pabellón de visitantes, y Muldoon se deslizó de espaldas en el más próximo, arrastrándose a gatas como un pobre infeliz. Un caño de un metro de luz, en el que apenas cabía, pero los velocirraptores no podían atacarle.

No, al menos, después de haberle volado la pata a uno, cuando el ruidoso hijo de puta se acercó demasiado al caño. El raptor se había ido aullando, y los demás se mostraban ahora respetuosos. Lo único que Muldoon lamentaba era no haber esperado hasta ver el hocico al final del tubo para apretar el gatillo.

Pero todavía podía tener la oportunidad, porque había tres o cuatro ahí fuera, gruñendo y aullando alrededor de él.

–Sí, muy popular –repitió por radio.

–¿Arnold tiene radio? –preguntó Wu.

–No lo creo –respondió Muldoon–. No se mueva de su sitio. Espere hasta que vuelva la corriente.

Muldoon no sabía cómo era el otro extremo del caño, se había metido de espaldas demasiado deprisa, y no podía verlo ahora. Sólo podía albergar la esperanza de que el otro extremo no estuviese abierto: no le agradaba la idea de que uno de esos desgraciados le diera un mordisco en sus cuartos traseros.

Arnold retrocedió hacia el comienzo de la pasarela: el velocirraptor estaba a tres metros apenas, acercándosele con cautela, aproximándose hacia la penumbra. Arnold podía oír el clic de las letales garras sobre el metal.

Pero avanzaba con lentitud. Sabía que el animal podía ver bien, pero el enrejado de la pasarela, los olores mecánicos no familiares lo volvían cauteloso. «Esa preocupación era su única oportunidad», pensó: si pudiera llegar a la escalera, y después bajar hasta el piso de abajo...

Porque estaba seguro de que los velocirraptores no podían bajar escaleras. Y menos por escaleras estrechas, empinadas.

Echó una mirada por encima del hombro: la escalera estaba sólo a unos metros de distancia. Unos pocos pasos más...

¡Había llegado! Al extender la mano hacia atrás pudo palpar la barandilla. Empezó a bajar a tientas por los escalones casi verticales. Los pies tocaron hormigón horizontal. El raptor gruñó en señal de frustración, seis metros por encima de él, en la pasarela.

–¡Qué lástima, amiguito! –se burló Arnold.

Se volvió. Ahora estaba muy cerca del generador auxiliar. Tan sólo unos pasos más, y lo vería incluso bajo esa luz mortecina...

Se oyó un golpe sordo detrás de él.

Arnold se volvió.

El velocirraptor estaba allí erguido en el suelo de hormigón, gruñendo.

Había bajado de un salto.

Rápidamente, Arnold buscó un arma pero, de pronto, sintió que le ponían violentamente de espaldas contra el hormigón. Algo pesado le oprimía el pecho. Le resultaba imposible respirar, y se dio cuenta de que el animal estaba encima de él, sintió las garras escarbando en la carne de su pecho, olió el aliento fétido que provenía de la cabeza que se movía sobre él, y abrió la boca para gritar.

Ellie sostenía la radio en sus manos, escuchando. Dos trabajadores costarricenses habían llegado al pabellón: parecían saber que ahí estaban seguros. Pero no habían llegado otros en los últimos minutos. Y fuera todo estaba más silencioso. Por la radio, Muldoon preguntó:

–¿Cuánto tiempo hace que se ha ido?

–Cuatro, cinco minutos –respondió Wu.

–Arnold ya debe de haberlo hecho –dijo Muldoon–. Si es que va a hacerlo. ¿Se le ocurre alguna idea?

–No.

–¿Tenemos noticias de Gennaro?

Gennaro apretó el botón.

–Estoy aquí.

–¿Dónde diablos está usted? –gruñó Muldoon.

–Me dirijo al edificio de mantenimiento. Deséenme suerte.

Gennaro se agazapó entre el follaje, escuchando.

Delante de él, vio el sendero bordeado de plantas cultivadas, que llevaba hacia el centro de visitantes. Sabía que el cobertizo de mantenimiento estaba en alguna parte, hacia el este. Oyó el trino de los pájaros en los árboles. Soplaba una suave brisa. Uno de los velocirraptores rugió, pero se encontraba a cierta distancia; Gennaro lo oyó hacia su izquierda. Se puso en marcha, y saliendo del sendero, se adentró en el follaje.

«¿Le gusta vivir peligrosamente?»

«La verdad, no.»

Era cierto, no le gustaba. Pero Gennaro creía tener un plan o, por lo menos, una posibilidad que podría resultar: si se mantenía al norte del complejo principal de edificios, se podría acercar al cobertizo de mantenimiento por detrás. Todos los raptores estaban probablemente alrededor de los demás edificios, hacia el sur. No había motivo alguno para que estuvieran en la jungla.

Al menos, tenía la esperanza de que no.

Se movió de la manera más silenciosa que le fue posible, desdichadamente consciente de que estaba haciendo mucho ruido. Se esforzó por aflojar el paso, sintiendo que el corazón latía con fuerza. La vegetación era muy densa: no le permitía ver a más de dos metros, delante de él. Empezó a temer no encontrar el cobertizo de mantenimiento pero, en ese momento, vio el techo hacia su derecha, por encima de las palmeras.

Se encaminó hacia él; lo rodeó y encontró la puerta trasera. La abrió y se adentró: estaba muy oscuro. Tropezó con algo.

Un zapato de hombre.

Frunció el entrecejo. Apuntaló la puerta para que quedara completamente abierta y se adentró en el edificio. Vio una pasarela justo enfrente de él. De pronto, se dio cuenta de que no sabía adónde ir. Y había dejado la radio atrás.

–¡Maldita sea!

Podría haber una radio en alguna parte del cobertizo. O bien, sencillamente buscaría el generador; probablemente estaba en alguna parte abajo, en el piso inferior. Encontró una escalera que llevaba hacia abajo.

En el nivel inferior estaba más oscuro y resultaba difícil ver algo. Gennaro avanzó a tientas entre las cañerías, manteniendo los brazos extendidos hacia arriba, para evitar golpearse la cabeza.

Oyó el gruñido de un animal y quedó paralizado. Escuchó, pero el sonido no se repitió. Avanzó con cautela. Algo le goteó en el hombro y el brazo desnudo: era caliente, como agua. Lo tocó en la oscuridad.

Pegajoso. Lo olió.

Sangre.

Miró hacia arriba: el velocirraptor estaba encaramado sobre los caños, sólo unos metros por encima de su cabeza. Le goteaba sangre de las garras. Con una extraña sensación de despreocupación, Gennaro se preguntó si el animal estaría herido. Y empezó a correr, pero el velocirraptor le saltó sobre la espalda, empujándolo al suelo.

El abogado era fuerte: con esfuerzo, se quitó al animal de encima y rodó lejos de él por el hormigón. Cuando se volvió, vio que el raptor había caído de costado, y yacía en el suelo jadeando.

Sí, estaba lesionado. En la pata, por alguna razón. Mátalo.

Gennaro se puso de pie, ayudándose con las manos, y buscó un arma. El animal seguía jadeando sobre el hormigón. Frenéticamente, el abogado buscó algo, cualquier cosa, que pudiese usar como arma. Cuando se volvió, el velocirraptor se había ido. Pero oyó resonar el gruñido en la oscuridad.

Gennaro giró sobre sí mismo, describiendo un círculo completo, palpando alrededor con las manos extendidas. Y de pronto sintió un dolor agudo en la mano derecha.

Dientes.

Le estaba mordiendo.

El velocirraptor tiró bruscamente de la cabeza de Gennaro, y Donald Gennaro se vio levantado en vilo y cayó.

Acostado en la cama, bañado en sudor, Malcolm escuchaba mientras la radio chasqueaba.

–¿Hay algo? –preguntó–. ¿Oyen algo?

–Ni una palabra –dijo Wu.

–¡Demonios! –masculló Muldoon.

Hubo un momento de vacilación.

–Estoy impaciente por oír el nuevo plan –suspiró Malcolm.

–Lo que quisiera –dijo Muldoon– es hacer que todos fuesen al pabellón y se reagrupasen. Pero no veo cómo.

–Hay un jeep frente al centro de visitantes –intervino Wu–. Si yo lo llevase hasta donde está usted, ¿podría meterse en él?

–Quizá. Pero entonces usted abandonaría la sala de control.

–No puedo hacer nada aquí, de todos modos.

–Nunca he oído una verdad mayor: una sala de control sin electricidad no vale mucho como sala de control.

–Muy bien –aprobó Muldoon–. Lo intentaremos. Esto no tiene buen aspecto.

Tendido en su cama, Malcolm añadió:

–No, no tiene buen aspecto: tiene un aspecto desastroso.

–Los velocirraptores nos seguirán –opinó Wu.

–Todavía estamos en mejor posición –dijo Muldoon–. Vamos.

La radio se apagó con un ruido corto y seco. Malcolm cerró los ojos y respiró con lentitud, graduando sus fuerzas.

–Relájese –aconsejó Ellie–. Tómeselo con calma.

–Ustedes saben de lo que aquí se trata en realidad –dijo Malcolm–. Todo este intento por controlar... Estamos hablando de actitudes occidentales que tienen quinientos años de antigüedad. Comenzaron en la época en que Florencia, en Italia, era la ciudad más importante del mundo. La idea básica de la ciencia, de que había una nueva manera de contemplar la realidad, que era objetiva, que no dependía de creencias o nacionalidades, que era racional, era una idea novedosa y emocionante en aquel entonces, ofrecía promesas y esperanza para el futuro, y borraba de un plumazo el antiguo sistema medieval, que tenía centenares de años de antigüedad. El mundo medieval de la política feudal, de los dogmas religiosos y de las odiosas supersticiones, cayó ante la ciencia. Pero, en honor a la verdad, eso se debía a que el mundo medieval en realidad ya no funcionaba: no funcionaba en el plano económico, ni en el intelectual y no encajaba en el nuevo mundo que llegaba.

Malcolm tosió.

–Pero ahora –continuó– es la ciencia el sistema que tiene centenares de años de antigüedad. Y, al igual que el sistema medieval que la precedió, la ciencia está empezando a mostrarse inadecuada con respecto al mundo. La ciencia ha obtenido tanto poder que sus límites prácticos comienzan a ser evidentes; es debido a la ciencia, principalmente, que miles de millones de personas vivimos en un mundo pequeño, muy apretados e intercomunicándonos. Pero la ciencia no puede ayudarnos a decidir qué hacer con ese mundo, o cómo vivir. La ciencia puede fabricar un reactor nuclear, pero no nos puede decir que no lo construyamos. La ciencia puede elaborar plaguicidas, pero no nos puede decir que no los usemos. Y nuestro mundo empieza a estar contaminado en áreas fundamentales, el aire, el agua y la tierra, como consecuencia de la ingobernable ciencia. –Suspiró–. Todo esto es obvio para cualquiera.

Se hizo un silencio. Malcolm yacía con los ojos cerrados, la respiración fatigosa. Nadie habló, y a Ellie le pareció que finalmente se había quedado dormido. Entonces, se volvió a incorporar con brusquedad.

–Al mismo tiempo, ha desaparecido la gran justificación intelectual de la ciencia. Incluso desde Newton y Descartes, la ciencia nos brindó explícitamente la visión de un control total. La ciencia afirmó tener el poder de, a la larga, conocerlo todo, a través de su comprensión de las leyes naturales. Pero, en el siglo XX, esa afirmación se ha hecho pedazos, más allá de toda posible reparación: primero, el principio de incertidumbre de Heisenberg fijó límites a lo que podemos llegar a saber sobre el mundo subatómico. «Oh, está bien –decimos–, ninguno de nosotros vive en un mundo subatómico. Eso no establece diferencia práctica alguna en nuestro paso por la vida.» Después, el teorema de Gödel fijó límites similares a la matemática, el lenguaje formal de la ciencia: los matemáticos solían creer que su lenguaje gozaba de alguna exactitud intrínseca especial, que provenía de las leyes de la lógica. Ahora sabemos que lo que llamamos «razón» es sólo un juego arbitrario. No es algo especial, de la forma en que pensábamos que era.

»Y ahora la teoría del caos demuestra que lo imprevisible impera en nuestras vidas. Que es algo tan mundano como la tormenta que no podemos predecir. Y así, la gran visión de la ciencia, que ya tiene centenares de años de antigüedad (el sueño del control total) ha muerto en nuestro siglo. Y con ello gran parte de la justificación racional de la ciencia para hacer lo que hace. Y sólo nos queda el escucharla. La ciencia siempre ha dicho que ahora no podemos saberlo todo, pero que lo conoceremos algún día. Sin embargo ya hemos visto que esto no es cierto. Que sólo es una loca jactancia. Como la de los locos, los mal encaminados, como el niño que salta desde lo alto de un edificio sólo porque cree que puede volar.

–Exagera –comentó Hammond, meneando la cabeza.

–Estamos siendo testigos del final de una era científica. La ciencia, al igual que otros sistemas pasados de moda, se destruye a sí misma. A medida que gana en poder, se demuestra incapaz de manejar ese poder. Porque ahora las cosas van demasiado deprisa. Hace cincuenta años, todo el mundo estaba como loco con eso de la bomba atómica. Eso era poder. Nadie podía imaginarse algo más. Sin embargo, apenas una década después de la bomba, empezamos a tener poder genético. Y el poder genético es con mucho más potente que el atómico. Y se encontrará en manos de todos: estará en las herramientas de los hortelanos del patio trasero. En los experimentos de los colegiales. En los laboratorios baratos de terroristas y dictadores. Y esto forzará a todo el mundo a hacerse idéntica pregunta: «¿Qué debería hacer con mi poder?», que es precisamente la misma pregunta que la ciencia afirma no saber responder.

–Entonces ¿qué sucederá? –preguntó Ellie.

Malcolm se encogió de hombros.

–Un cambio.

–¿Qué clase de cambio?

–Todos los cambios importantes son como la muerte –repuso–. No puedes mirar al otro lado hasta que te encuentras allí.

Y cerró los ojos.

—El pobre hombre... —comentó Hammond, meneando la cabeza.

Malcolm suspiró.

—¿Tiene idea —preguntó— de lo improbable que es que usted, o cualquiera de nosotros, salgamos con vida de esta isla?

SEXTA ITERACIÓN

Las deficiencias del sistema ahora se volverían graves.

IAN MALCOLM

EL REGRESO

Con el motor eléctrico zumbando, el cochecito corrió por el oscuro túnel. Grant conducía, oprimiendo con el pie el pedal a fondo. El túnel carecía de rasgos distintivos, salvo por algún que otro respiradero de la parte superior que, provisto de persianas para proteger contra la lluvia, permitía que entrara un poco de luz. Pero Grant observó que había deyecciones blancas de animales, endurecidas hasta formar costras, en muchos sitios: era evidente que muchos animales habían estado allí.

Sentada al lado de él en el coche, Lex dirigió la linterna hacia la parte de atrás, donde estaba el velocirraptor:

–¿Por qué tiene problemas para respirar?

–Por el tranquilizante que le he inyectado al dispararle.

–¿Se morirá?

–Espero que no.

–¿Se pondrá bien?

–Sí.

–¿Por qué lo llevamos? –volvió a preguntar Lex.

–Para demostrarle a la gente del centro que los dinosaurios realmente se están reproduciendo.

–¿Cómo sabe que se están reproduciendo?

–Porque es joven –dijo Grant–. Y por otras razones.

–¿Es un dinosaurio bebé? –preguntó Lex, atisbando a lo largo del haz de la linterna.

–Sí. Ahora, dirige la luz hacia delante, ¿quieres? –Tendió la muñeca hacia la niña, para que ella viera el reloj–. ¿Qué hora es?

—Las diez y cuarto.

—Bien.

—Eso significa que sólo tenemos cuarenta y cinco minutos para ponernos en contacto con el barco —recordó Tim.

—Debemos de estar cerca —dijo Grant—. Calculo que ahora debemos de estar casi en el centro de visitantes.

No estaba seguro, pero tenía la impresión de que el túnel se elevaba ligeramente hacia arriba, conduciéndolos de vuelta a la superficie, y...

—¡Uau! —gritó Tim.

Irrumpieron a la luz de la mañana con sorprendente velocidad. Había soplado una leve bruma, que oscurecía de modo parcial el edificio que se alzaba justamente por encima de ellos.

En seguida Grant vio que era el centro de visitantes. Habían llegado justo frente al garaje ¡Habían llegado!

—¡Viva! —gritó Lex—. ¡Lo hemos logrado! ¡Viva!

Empezó a saltar en el asiento, mientras Grant aparcaba el coche en el garaje. A lo largo de una de las paredes había apiladas jaulas para animales. Pusieron el velocirraptor en una de ellas, con un cuenco de agua. Luego se dirigieron a la escalera y empezaron a subir hacia la entrada de la planta baja del centro de visitantes.

—¡Me voy a comer una hamburguesa! ¡Y patatas fritas! ¡Y un batido de chocolate! ¡No más dinosaurios! ¡Viva!

Llegaron al vestíbulo y abrieron la puerta.

Y se quedaron en silencio.

En el vestíbulo del centro de visitantes, las puertas de vidrio estaban hechas añicos y había una fría bruma gris en la cavernosa sala principal. Un cartel en el que se leía CUANDO LOS DINOSAURIOS DOMINABAN LA TIERRA colgaba de uno solo de los goznes, crujiendo al viento. El gran tiranosaurio robot estaba patas arriba, con sus tuberías y entrañas metálicas expuestas. Fuera, a través del vidrio, se veían hileras de palmeras, formas imprecisas en la niebla.

Tim y Lex se acurrucaron contra el escritorio metálico del guardia de seguridad. Grant había cogido la radio del guardia y estaba probando todas las frecuencias:

—Hola, habla Grant. ¿Hay alguien ahí? Hola, habla Grant.

Lex tenía la mirada fija en el cuerpo del guardia, tendido de costado en el suelo. No podía verle más que las piernas y los pies.

Grant le había dicho que no mirara, después de ir al otro lado del escritorio para coger la radio del cinturón del guardia.

–Hola, aquí Grant. Hola.

Lex estaba inclinada hacia delante, asomándose para ver por encima del borde del escritorio. Grant la sujetó por la manga.

–Eh, deja eso.

–¿Está muerto? ¿Qué es eso que hay en el suelo? ¿Sangre?

–Sí.

–¿Por qué no es roja?

–Eres una morbosa –acusó Tim.

–¿Que quiere decir «morbosa»? No lo soy.

La radio chasqueó.

–¡Dios mío! –se oyó una voz–. ¿Grant? ¿Eres tú? –Y después–: ¿Alan? ¿Alan?

Era Ellie.

–Estoy aquí –contestó Grant.

–¡Gracias a Dios! ¿Estás bien?

–Estoy muy bien, sí.

–¿Qué pasa con los niños? ¿Los has visto?

–Tengo a los chicos conmigo. Están bien.

–¡Gracias a Dios!

Lex estaba deslizándose hacia el otro lado del escritorio. Grant le dio una patada en el tobillo.

–Vuelve aquí.

La radio chasqueó.

–¿... dónde están?

–En el vestíbulo. En el vestíbulo del edificio principal.

Por la radio oyeron a Wu decir:

–¡Dios mío! Están aquí.

–Alan, escucha –dijo Ellie–. Los raptores se han escapado.

–¡Oh!

–Pueden abrir las puertas –dijo Wu–. Pueden estar en el mismo edificio que vosotros.

–Fabuloso. ¿Dónde estáis vosotros? –preguntó Grant.

–En el pabellón.

–¿Y los demás? ¿Muldoon y todos los demás?

–Hemos perdido a algunos de ellos. Pero a todos los demás los tenemos en el pabellón.

–¿Funcionan los teléfonos?

–No. Todo el sistema está desconectado. No funciona nada.

–¿Qué podemos hacer para que vuelva a funcionar?

–Hemos estado intentándolo.

–Tenemos que volver a ponerlo en funcionamiento –dijo Grant–, de inmediato. Si no lo hacemos, dentro de media hora los velocirraptores llegarán a tierra firme.

Empezó a explicar lo del barco, cuando Muldoon lo interrumpió:

–Creo que no lo ha entendido, doctor Grant: aquí no nos queda ni media hora.

–¿Cómo es eso?

–Algunos de los raptores nos han seguido. En este momento tenemos dos en el techo.

–¿Y qué hay con eso? El edificio es inexpugnable.

Muldoon tosió.

–Parece ser que no lo es. Nunca se pensó que los animales llegaran hasta el techo. –La radio chasqueó–. ...Debe de haber un árbol plantado demasiado próximo a la cerca. Los velocirraptores pasaron por encima de ella y llegaron hasta el techo. De todos modos, se suponía que los barrotes de acero del tragaluz estarían electrificados pero, por desgracia, la corriente está cortada. Los animales están abriéndose camino a mordiscos a través de los barrotes del tragaluz.

–¿Abriéndose camino mordiendo los barrotes? –se asombró Grant. Frunció el entrecejo, tratando de imaginárselo–. ¿A qué velocidad?

–Sí –dijo Muldoon–. Tienen una presión de mordida de seis mil ochocientos diez kilos por pulgada cuadrada. Son como hienas: pueden morder y hacer un agujero en el acero y...

La transmisión se perdió un instante.

–¿A qué velocidad? –repitió Grant.

–Deduzco que disponemos de otros diez, quince minutos antes de que se abran del todo camino y entren por el tragaluz en el edificio. Y una vez que estén dentro... Ah, un momento, doctor Grant.

La radio cesó la trasmisión con un clic.

En el tragaluz que había sobre la cama de Malcolm, los velocirraptores habían masticado el primero de los barrotes de acero. Uno de los animales había aferrado el extremo del barrote y tirado de él con fuerza, doblándolo hacia atrás. Después, puso su poderosa pata trasera sobre el tragaluz; bruscamente, el cristal se hizo añicos y los brillantes pedazos cayeron sobre la cama de Malcolm, que estaba debajo. Ellie extendió el brazo y quitó de las sábanas los fragmentos más grandes.

–¡Dios, qué feos son! –exclamó Malcolm, mirando hacia arriba.

Ahora que el cristal estaba roto, podían oír los resoplidos y gruñidos de los raptores y el chirrido de sus dientes contra el metal mientras mordían los barrotes. Había secciones adelgazadas de color plateado allí donde habían masticado, y su saliva espumosa había salpicado las sábanas y la mesilla de noche.

–Al menos, no pueden entrar aún –trató de tranquilizarse Ellie–. No hasta que hayan roto otro barrote.

–Si Grant pudiera llegar de alguna manera al cobertizo de mantenimiento... –suspiró Wu.

–¡Al infierno! –gruñó Muldoon, que se paseaba por la habitación cojeando con su tobillo dislocado–. No podrá llegar ahí lo suficientemente rápido. No podrá dar la corriente a tiempo para detener esto.

–No –convino Wu, negando con la cabeza.

Malcolm tosió.

–Sí.

Su voz era suave, casi un jadeo.

–¿Qué ha dicho? –preguntó Muldoon.

–Sí –repitió Malcolm–. Puede...

–¿Puede qué?

–Distracción...

Se encogió, presa del dolor.

–¿Qué clase de distracción?

–Vayan a... la cerca...

–¿Sí? ¿Y qué hacemos?

Malcolm sonrió débilmente.

–Saquen... las manos a través de ella.

–¡Oh, Dios! –exclamó Muldoon, volviéndose.

–Espere un momento –dijo Wu–. Tiene razón: sólo hay dos raptores aquí, lo que significa que hay cuatro más, por lo menos, ahí fuera. Podríamos salir y tratar de distraerlos.

–Y entonces ¿qué?

–Entonces Grant tendría libertad para ir al edificio de mantenimiento y encender el generador.

–¿Y después volver a la sala de control y hacer que arranque el sistema?

–Exactamente.

–No hay tiempo –objetó Muldoon–. No hay tiempo.

–Pero sí podemos atraer a los raptores aquí abajo –dijo Wu–, quizá hasta alejarlos de ese tragaluz... Podría funcionar. Vale la pena intentarlo.

–Un cebo –dijo Muldoon.

–Exactamente.

–¿Quién va a ser el cebo? Yo no sirvo: mi tobillo está fuera de combate.

–Yo lo haré –se ofreció Wu.

–No –se opuso Muldoon–. Usted es el único que sabe qué hacer con el ordenador. Tendrá que hablar con Grant durante el proceso de puesta en marcha del sistema.

–Entonces, lo haré yo –decidió Harding.

–No –intervino Ellie–. Malcolm lo necesita. Lo haré yo.

–Demonios, no estoy de acuerdo –dijo Muldoon–. Tendrá velocirraptores rodeándola por todas partes, velocirraptores en el techo...

Pero la joven ya se estaba inclinando para atarse los cordones de sus zapatillas de deporte.

–Pero no se lo digan a Grant –recomendó–, se pondría nervioso.

El vestíbulo estaba tranquilo, lleno de una niebla fría que los envolvía. La radio permanecía silenciosa. Tim se inquietó.

–¿Por qué no nos hablan?

–Tengo hambre –recordó Lex.

–Están tratando de hacer planes –explicó Grant.

La radio chasqueó.

–Grant, ¿está usted ahí? Habla... nry Wu. ¿Está usted ahí?

–Estoy aquí.

–Escuche –dijo Wu–: desde donde está, ¿puede ver la parte de atrás del pabellón de visitantes?

Grant miró por las puertas posteriores de cristal, hacia las palmeras y la niebla.

–Sí.

–Las palmeras...

–Sí.

Lex se deslizaba para darle la vuelta al escritorio. Wu dijo:

–Hay un sendero que pasa por entre las palmeras y desemboca en el edificio de mantenimiento: ahí es donde están el equipo de alimentación de corriente y los generadores. Creo que vio usted el edificio de mantenimiento ayer.

–Sí –contestó Grant.

Aunque se quedó perplejo: ¿fue ayer cuando miró dentro del edificio? Parecía que hubieran transcurrido años.

–Ahora, escuche –continuó Wu–: creemos que podemos hacer que todos los velocirraptores bajen aquí, junto al pabellón, pero no estamos seguros. Así que tenga cuidado, dénos cinco minutos.

–Muy bien –dijo Grant.

–Puede dejar a los chicos en el autoservicio; allí estarán a salvo. Llévese la radio cuando vaya.

–Está bien.

–Apáguela antes de salir, de modo que no haga ningún ruido en el exterior. Y llámeme en cuanto llegue al edificio de mantenimiento.

–Está bien.

Grant apagó la radio. Lex regresó deslizándose.

–¿Vamos al autoservicio? –susurró.

–Sí –contestó Grant.

Se levantaron y empezaron a caminar a través de la bruma que flotaba en el vestíbulo.

–Quiero una hamburguesa –susurró Lex.

–No creo que haya electricidad para cocinar.

–Entonces, helado.

–Tim, tendrás que quedarte con ella y cuidarla.

–Lo haré.

–Tengo que irme un rato –anunció Grant.

–Lo sé.

Se desplazaron hasta la entrada del restaurante. Al abrir la puerta, Grant vio mesas cuadradas para comer y sillas; más allá, puertas batientes. Cerca de donde estaban él y los niños, había una máquina registradora y un estante con golosinas.

–Muy bien, chicos. Quiero que os quedéis aquí, pase lo que pase. ¿Entendido?

–Déjenos la radio –pidió Lex.

–No puedo, la necesito. Quedaos aquí. Sólo estaré fuera unos cinco minutos. ¿Está bien?

–Está bien.

Grant cerró la puerta.

Tim se sintió orgulloso y responsable, cuando la puerta se cerró. El restaurante quedó completamente a oscuras. Lex le aferró la mano.

–Enciende las luces –dijo.

–No puedo. No hay electricidad.

Pero sacó sus lentes de visión nocturna.

–Eso está bien para ti. ¿Y qué hay de mí?

–Cógeme la mano. Buscaremos algo para comer.

La guió hacia delante. En verde fosforescente, Tim vio las mesas y sillas. Hacia la derecha, la registradora y el estante con golosinas. Se apoderó de un puñado de barras de chocolate relleno.

–Te dije que quería helado, no dulces –protestó Lex.

–Cógelos de todos modos.

–Helado, Tim.

–Está bien, está bien.

Tim se metió las barras en el bolsillo y guió a Lex hacia la parte más interna del comedor.

–Camina conmigo. Coge mi mano.

–Entonces ve más despacio.

Detrás de las mesas y sillas había un par de puertas de vaivén con ventanitas redondas. Probablemente conducían a la cocina. Tim empujó una de las puertas para abrirla, y la mantuvo abierta de par en par.

Ellie Sattler salió por la puerta principal hacia el pabellón, y sintió la helada bruma en la cara y las piernas. El corazón le golpeaba el pecho, aun cuando sabía que estaba completamente a salvo detrás de la cerca. Directamente enfrente, vio los pesados barrotes envueltos en la niebla.

Pero no podía ver mucho más allá de la cerca. Otros dieciocho metros antes de que el paisaje se volviera blanco lechoso. Y no veía raptores por ninguna parte. De hecho, los jardines y los árboles estaban casi sobrenaturalmente silenciosos.

–¡Eh! –gritó en medio de la niebla, a modo de ensayo.

Muldoon se inclinó contra el marco de la puerta.

–Dudo que eso sirva –comentó–. Tiene que hacer ruido.

Se acercó cojeando. En la mano llevaba una varilla de acero proveniente de la construcción que se estaba haciendo dentro. La golpeó contra los barrotes, como si fuera un gong para llamar a comer.

–¡Venid por ella! ¡La cena está servida!

–Muy divertido –dijo Ellie.

Echó una mirada inquieta hacia el techo: no vio raptores.

–No nos entienden –sonrió Muldoon–. Pero imagino que perciben la idea general...

Seguía inquieta, y encontró fastidioso el humor de Muldoon. Miró hacia el edificio de visitantes, envuelto en la niebla. Muldoon reinició el golpeteo sobre los barrotes. En el límite de su campo visual, casi perdido en la niebla, Ellie vio un animal descolorido como un fantasma. Un velocirraptor.

–Primer cliente –dijo Muldoon.

El raptor desapareció, una sombra blanca, y después volvió, pero no se acercó más y pareció extrañamente indiferente al ruido que provenía del pabellón. Ellie estaba empezando a preocuparse: a menos que pudiera atraer a los velocirraptores al pabellón, Grant estaría en peligro.

–Hace usted demasiado ruido –dijo Ellie.

–¡Mil demonios! –repuso Muldoon.

–Bueno, lo hace.

–Conozco estos animales...

–Está borracho. Déjeme manejar esto.

–¿Y cómo va a hacerlo?

Ellie no le respondió y fue hacia el portón.

–Dicen que los raptores son inteligentes –dijo.

–Lo son. Por lo menos, tan inteligentes como los chimpancés.

–¿Tienen buena capacidad auditiva?

–Sí, excelente.

–A lo mejor conocen este sonido –dijo Ellie, y abrió el portón: las bisagras metálicas, herrumbradas por la bruma constante, chirriaron sonoramente. Lo cerró y volvió a abrirlo con otro chirrido. Lo dejó abierto.

–Yo no haría eso –aconsejó Muldoon–. Y si lo hace, déjeme traer el lanzador.

–Traiga el lanzador.

Muldoon emitió un quejido, recordando:

–Gennaro tiene los proyectiles.

–Bueno, entonces tenga los ojos bien abiertos.

Y cruzó el portón. El corazón le latía con tanta fuerza que apenas podía sentir los pies en la tierra. Se alejó de la cerca, y le pareció que el vallado desaparecía en la niebla con aterradora velocidad. Pronto se perdió a espaldas de ella.

Como esperaba, Muldoon empezó a gritarle con la agitación del borracho.

–¡Maldita sea, nena, no haga eso! –vociferó.

–No me llame «nena» –respondió, también a gritos.

–¡La llamaré como malditamente se me ocurra!

–Usted no tiene pelotas –dijo Ellie.

–¿Que no tengo pelotas? –barbotó–. ¿Que no tengo pelotas? Bonita manera de hablar para una fina joven liberada. La erudita de los barrios bajos...

No lo escuchaba. Se volvió con lentitud, el cuerpo tenso, vigilando por todos lados. Ahora estaba a dieciocho metros de la cerca, por lo menos, y podía ver, más allá del follaje, la bruma arrastrada por el viento, como una lluvia leve. Se mantuvo alejada del follaje. Le dolían los músculos de piernas y hombros por la tensión. Sus ojos se esforzaban por ver.

–¿Me oye, maldición? –vociferaba Muldoon.

«¿Hasta qué punto son hábiles estos animales? –se preguntó Ellie–. ¿Lo suficiente como para cortarme la retirada?» No había mucha distancia de regreso a la cerca, no en realidad...

Atacaron.

No hubo sonido alguno.

El primer animal se lanzó a la carga desde el follaje que había en la base de un árbol, a la izquierda: saltó como un resorte y Ellie se volvió para correr. El segundo atacó desde el otro lado, con la clara intención de atraparla mientras corría, y saltó en el aire, con las garras listas para atacar; la joven se lanzó como un corredor de campo a través y el animal se estrelló contra la tierra. Ahora, Ellie corría a la máxima velocidad, sin atreverse a mirar hacia atrás, jadeante, viendo los barrotes de la cerca emerger de la neblina, viendo a Muldoon abrir el portón de par en par, viéndole tender la mano, gritarle, aferrarle el brazo y tirar de ella con tanta fuerza que la levantó en vilo y la hizo caer al suelo.

Ellie se dio la vuelta a tiempo para ver primero uno, después dos, después tres animales chocar contra la cerca y gruñir.

–¡Buen trabajo! –gritó Muldoon.

Ahora se burlaba de los animales, gruñéndoles en respuesta, y eso los enfurecía. Se lanzaban contra la cerca, saltando, y uno de ellos casi consiguió pasar por encima.

–¡Por Dios, ése ha estado cerca! ¡Estos hijos de puta pueden saltar!

La joven se puso de pie, mirándose las raspaduras y magulladuras, la sangre que le corría por la pierna. Todo lo que pudo pensar fue: tres animales aquí, y dos en el techo. Eso quería decir que faltaba uno, que estaba en alguna parte.

–¡Vámonos, ayúdeme! –dijo Muldoon–. ¡Mantengámoslos interesados!

Grant dejó el centro de visitantes y avanzó con rapidez, adentrándose en la bruma. Halló el sendero que discurría entre las palmeras y lo siguió hacia el norte. Más adelante, la estructura del cobertizo de mantenimiento surgió de la niebla.

No se veía la puerta por ninguna parte. Detrás, oculto por la vegetación plantada ex profeso, vio un muelle de hormigón para la carga de camiones. Ayudándose con manos y pies, trepó hasta topar con una persiana enrollable de aluminio; estaba cerrada. Volvió a bajar el muelle de un salto y siguió rodeando el edificio. Más adelante, hacia su derecha, vio una puerta común y corriente. Se mantenía abierta mediante un zapato de hombre que la trababa.

Grant entró y entornó los ojos en la oscuridad. Prestó atención: no oyó nada. Levantó la radio y la encendió.

–Aquí Grant –informó–, estoy dentro.

Wu alzó la mirada hacia el tragaluz: los dos velocirraptores seguían escudriñando la habitación de Malcolm, pero parecían estar confundidos por los ruidos del exterior. El genetista fue hasta la ventana del hotel: fuera, los tres velocirraptores seguían cargando contra la cerca. Ellie corría de un lado a otro, protegida por los barrotes. Pero los animales ya no parecían estar tratando en serio de atraparla: ahora casi parecían estar jugando, alejándose de la cerca, dando una vuelta, alzándose sobre las patas traseras y gruñendo, para después volver a caer sobre las cuatro patas, volver a girar en círculo y, por último, embestir. Su conducta había asumido la distintiva característica de una exhibición, más que de un ataque en serio.

–Como pájaros –comentó Muldoon–; están haciendo una representación teatral.

Wu asintió con la cabeza.

–Son inteligentes. Ven que no la pueden alcanzar. No lo están intentando de veras.

La radio chasqueó.

–... dentro.

Wu aferró la radio.

–Repítalo, doctor Grant.

–Estoy dentro.

–¿Está usted en el edificio de mantenimiento, doctor Grant?

–Sí. Quizá deba usted llamarme Alan.

–Muy bien, Alan. Si está usted exactamente frente a la puerta este, verá muchos caños y tuberías.

–Sí.

–Muy bien. –Wu cerró los ojos, haciéndose la representación mental de lo que había allí–. Inmediatamente delante hay un gran pozo empotrado en el centro del edificio, que llega dos pisos por debajo de la tierra: ahí abajo puede usted ver montones de cañerías y varios cilindros anaranjados grandes.

–Sí.

–A su izquierda hay una pasarela metálica con barandillas.

–La veo.

–Vaya por la pasarela.

–Ya voy por ella.

Débilmente, la radio transmitía el sonido metálico de las pisadas de Grant sobre el metal.

–Cuando haya recorrido unos seis o nueve metros, quizá, verá otra pasarela que va hacia la derecha.

–La veo.

–Vaya por esa pasarela.

–Entendido.

–Cuando siga su marcha, llegará a una escalera de mano situada a su izquierda: esa escalera desciende por el pozo.

–La veo.

–Baje por la escalera.

–Está oscuro.

Hubo un prolongado silencio. Wu se pasó los dedos por el empapado cabello. Muldoon frunció tensamente el entrecejo.

–Muy bien, ya he bajado la escalera –anunció Grant.

–Bien –dijo Wu–. Ahora, exactamente delante de usted debe de haber dos grandes tanques amarillos con la indicación *«Flammable»*, en inglés.

–Así es. Significa *in*-flamable, y después hay algo escrito debajo.

–Ésos son. Ésos son los dos depósitos de combustible para el generador. Uno de ellos se ha agotado, y por eso tenemos que cambiarlo por el otro. Si mira debajo de los depósitos, verá una tubería blanca que sale de ellos.

–¿Una de unos diez centímetros de diámetro, de cloruro de polivinilo?

–Sí. PVC. Siga esa tubería.

–Entendido. Lo estoy siguiendo... ¡Auch!

–¿Qué ha pasado?

–Nada. Me he dado un golpe en la cabeza.

Se hizo un silencio.

–¿Está usted bien?

–Sí, muy bien. Tan sólo... me lastimé la cabeza. Estúpido.

–Manténgase siguiendo el caño.

–Bien, bien –asintió Grant. Su voz denotaba irritación–. Muy bien. La tubería entra en una caja grande de aluminio, con purgas de aire en los costados. Dice «Honda». Parece ser el generador.

–Sí. Ése es el generador. Si va usted hacia el costado verá un panel con dos botones.

–Los veo: ¿amarillo y rojo?

–Así es. Apriete el amarillo primero y, mientras lo mantiene apretado, oprima el rojo.

–Entendido.

Hubo otro momento de silencio. Duró casi un minuto. Wu y Muldoon se miraron.

–¿Alan?

–No ha funcionado –dijo Grant.

–¿Ha mantenido apretado el amarillo, primero, y después ha apretado el rojo?

–Sí –afirmó Grant. Parecía molesto–. He hecho exactamente lo que usted me ha dicho.

Se produjo un zumbido y, después, un clic, clic, clic muy rápido; luego, el zumbido cesó.

–Pruebe otra vez.

–Ya lo he hecho. No funciona.

–Está bien, un momento. –Wu frunció el entrecejo–. Por lo que me dice, parece que el generador está tratando de ponerse en marcha, pero no puede por algún motivo. ¿Alan?

–Aquí estoy.

–Dé la vuelta y vaya a la parte de atrás del generador, al lugar en el que entra la tubería de plástico.

–Entendido. –Silencio; después, Grant dijo–: La tubería entra en un cilindro negro, que parece una bomba de combustible.

–Así es –dijo Wu–. Eso es lo que es, precisamente: es la bomba de combustible. Busque una válvula en la parte superior.

–¿Una válvula?

–Tiene que sobresalir por la parte superior, con una aleta metálica que usted puede girar.

–La he encontrado, pero está al lado, no arriba.

–Está bien. Déle la vuelta hasta abrirla.

–Sale aire.

–Bien. Espere hasta...

–... ahora sale un líquido. Gasolina, creo. Tiene olor a gasolina.

–Bien. Cierre la válvula. –Wu se volvió hacia Muldoon, meneando la cabeza en gesto de negación. Dijo–: La bomba no estaba cebada. ¿Alan?

–Sí.

–Vuelva a intentar con los botones.

–Entendido. ¿El amarillo y, después, el rojo?

–Sí.

Un instante después, Wu oyó el débil ronroneo del generador al empezar a girar y, después, el resoplido corto y continuo, cuando estuvo plenamente activo.

–Está encendido –dijo Grant.

–¡Buen trabajo, Alan! ¡Buen trabajo!

–¿Ahora, qué? –preguntó Grant. Parecía desanimado–. Ni siquiera se han encendido las luces.

–Vuelva a la sala de control y le diré cómo disponer los controles de forma manual.

–¿Eso es lo que tengo que hacer ahora?

–Sí.

–Bien. Le llamaré cuando llegue.

Se produjo un siseo final y, después, silencio.

–¿Alan?

La radio permaneció silenciosa.

Muldoon miró su reloj.

–Nos quedan veinte minutos –dijo.

Tim pasó por las puertas de vaivén hasta la parte de atrás del comedor y entró en la cocina: vio una mesa grande de acero inoxidable en el centro; una cocina grande con muchos hornillos, a la izquierda y, más allá, grandes cámaras frigoríficas. El niño empezó a abrir las cámaras, en busca del helado.

Cada vez que abría una salía humo hacia el aire cargado de humedad.

–¿Cómo es que la cocina está encendida? –preguntó Lex, soltándole la mano.

–No lo está.

–Todas tienen llamas azules.

–Son llamas piloto.

–¿Qué son llamas piloto?

En su casa tenían una cocina eléctrica.

–No importa –dijo Tim, abriendo otra cámara–. Pero eso quiere decir que puedo cocinar algo.

En ésta encontró toda clase de cosas: envases de cartón con leche, pilas de hortalizas, un estante con chuletas, pescado..., pero nada de helado.

–¿Todavía quieres helado?

–Ya te lo he dicho, ¿no?

La cámara frigorífica siguiente era enorme, toda ella de acero inoxidable, con un gran tirador horizontal. Tiró de él, hasta abrirla por completo, y vio una cámara de congelación: era toda una habitación con una temperatura de muchos grados bajo cero.

–Timmy...

–¿No puedes esperar un momento? –dijo, fastidiado–. Estoy tratando de encontrar tu helado.

–Timmy... hay algo aquí.

Lex estaba susurrando y, por un instante, las dos últimas palabras no se percibieron. Entonces, Tim se apresuró a salir del congelador, viendo el borde de la puerta orlado de humo verde brillante. Su hermana estaba de pie más allá, al lado de la mesa de acero, mirando en dirección a la puerta de la cocina.

Tim oyó un siseo, como el de una serpiente muy grande. Era apenas audible; hasta podría haber sido el viento pero, por alguna razón, Tim supo que no lo era.

–Timmy –musitó su hermana–, tengo miedo...

El niño se arrastró hacia la puerta de la cocina y miró hacia fuera.

En el oscuro comedor vio el ordenado patrón rectangular verde conformado por las tablas de las mesas. Y, moviéndose con suavidad entre ellas, silencioso como un fantasma, salvo por la respiración siseante, había un velocirraptor.

En la oscuridad del cuarto de mantenimiento, Grant avanzó a tientas, palpando las cañerías, para regresar donde estaba la escalera de mano. Le resultaba difícil acertar con el camino y, por alguna razón, el ruido del generador lo desorientaba. Llegó a la escalera y empezó a descender, cuando se dio cuenta de que en el cuarto había algo más, además del ruido del generador.

Se detuvo, escuchando.

Era un hombre que gritaba.

Parecía la voz de Gennaro.

–¿Dónde está usted? –gritó Grant.

–Aquí, en el camión.

Grant no podía ver camión alguno. Entornó los ojos para ver en la oscuridad. Observó, con el rabillo del ojo, formas verde brillante, que se movían. Después, vio el camión y se volvió hacia él.

Tim sintió que el silencio era escalofriante.

El velocirraptor medía un metro ochenta de alto, y era muy musculoso, aunque sus fuertes patas y su cola quedaban ocultas por las mesas. Tim sólo le podía ver el fornido torso superior, los dos antebrazos tensamente dispuestos a lo largo del cuerpo, las garras que colgaban. Vio el moteado iridiscente del lomo. El velocirraptor estaba alerta: mientras avanzaba, miraba de un lado a otro, volviendo la cabeza con movimientos espasmódicos y bruscos, como los de un ave.

Una gigantesca, silenciosa, ave de rapiña.

El comedor estaba a oscuras pero, en apariencia, el raptor podía ver lo suficientemente bien como para esquivar las mesas. Avanzaba sin pausa. De vez en cuando se inclinaba, bajando la cabeza hasta ponerla fuera de la visual, por debajo de las mesas, y Tim oía el sonido de un olfateo rápido. Después, la cabeza volvía a emerger de manera repentina, alerta, sacudiéndose hacia atrás y hacia delante como la de un pájaro.

Tim observó hasta que estuvo seguro de que el velocirraptor se dirigía hacia la cocina. ¿Les estaba siguiendo el rastro? Todos los libros decían que los dinosaurios tenían mal olfato, pero éste parecía arreglárselas muy bien. De todos modos, ¿qué sabían los libros? Aquí se encontraba la verdad.

Se dirigía hacia él.

Tim volvió a entrar en la cocina.

–¿Hay algo ahí fuera? –preguntó Lex.

Tim no respondió. La metió de un empujón bajo una mesa de la esquina, detrás de un gran cubo de la basura. Se inclinó muy cerca de su hermana y susurró con furia:

–¡Quédate aquí!

Y después corrió hacia la cámara frigorífica.

Realmente no sabía si eso iba a funcionar, pero agarró un puñado de bistecs fríos y fue presuroso hacia la puerta. En silencio, colocó el primero de los bistecs en el suelo, después retrocedió unos pasos y colocó el segundo...

A través de las lentes, vio a Lex curioseando por el lado del cubo. Con la mano le ordenó que retrocediera. Colocó el tercer bistec, y el cuarto, adentrándose cada vez más en la cocina.

El siseo se hizo más intenso y, en ese momento, la mano provista de garras aferró la puerta, y la cabezota escudriñó con cautela lo que tenía alrededor.

Tim se detuvo.

El velocirraptor vaciló a la entrada de la cocina.

Tim permaneció semiagachado, al fondo de la cocina, cerca de la pata más alejada de la mesa de acero. Pero no había tenido tiempo de esconderse: todavía le sobresalían la cabeza y los hombros por encima de la mesa. Estaba claramente expuesto a la mirada del velocirraptor.

Lentamente, Tim bajó el cuerpo, metiéndose debajo de la mesa... El velocirraptor volvió la cabeza con movimientos cortos y espasmódicos, hasta quedar mirando a Tim. Éste se quedó paralizado. Seguía estando expuesto, pero pensó: «No te muevas».

El velocirraptor permanecía inmóvil en el vano de la puerta. Olfateando.

«Está más oscuro aquí –pensó Tim–: no puede ver bien. Eso lo vuelve cauteloso.»

Pero podía percibir el olor a moho del gran reptil y, a través de las lentes, lo vio bostezar en silencio, tirando hacia atrás su largo hocico, exhibiendo hileras de dientes afilados como navajas. El velocirraptor volvió a fijar la mirada hacia delante, moviendo la cabeza de un lado a otro. Los enormes ojos giraban dentro de las órbitas.

Tim sintió que el corazón le latía con fuerza. De algún modo, resultaba peor verse enfrentado a un animal como ése en una cocina que en selva abierta: el tamaño, los movimientos rápidos, el olor acre, la respiración sibilante...

«Quizá no venga», pensó.

Visto de cerca era un animal mucho más aterrador que el dinosaurio: el tiranosaurio era enorme y poderoso, pero no particularmente astuto. El velocirraptor tenía el tamaño de un hombre, y estaba claro que era rápido e inteligente: Tim temía los escrutadores ojos casi tanto como los dientes afilados.

El velocirraptor olfateó. Dio un paso hacia delante... ¡avanzando directamente hacia Lex! ¡La debía de oler, seguramente! El corazón de Tim dio un vuelco. El animal se detuvo y se inclinó con lentitud.

«Ha encontrado el bistec.»

Tim quería agacharse, para mirar debajo de la mesa, pero no se atrevió a moverse: se mantuvo inmóvil, semiacuclillado, escuchando la ruidosa masticación.

El dinosaurio se lo estaba comiendo. Con huesos y todo.

Después alzó la esbelta cabeza y miró a su alrededor. Olfateó. Vio el segundo bistec. Avanzó con rapidez y se inclinó.

Silencio.

No se lo estaba comiendo.

La cabeza volvió a alzarse. Tim tenía las piernas acalambradas, pero no se movió.

¿Por qué el animal no se comía el segundo bistec? Muchas ideas le relampaguearon en la mente: no le gustaba el sabor, no le gustaba que estuviera frío, no le agradaba el hecho de que la carne no estuviera viva, se olía la trampa, olía a Lex, olía a Tim, veía a Tim...

El velocirraptor se desplazó muy de prisa ahora: encontró el tercer bistec, hundió la cabeza, volvió a mirar hacia arriba, y prosiguió su marcha.

Tim contuvo la respiración: el dinosaurio ahora estaba a unos pocos metros de distancia. El niño pudo ver las pequeñas contracciones que se producían en los músculos de los flancos. Percibió las incrustaciones de sangre seca en las garras de la mano. Vio el fino diseño de estrías que había dentro del patrón moteado, y los pliegues de la piel del cuello, por debajo de la mandíbula.

El velocirraptor olfateó. Movió la cabeza espasmódicamente y miró a Tim de hito en hito: el niño casi jadeó de miedo; su cuerpo se puso tenso, rígido. Observaba mientras el ojo de reptil se movía, explorando la habitación. Otro olfateo.

«Estoy atrapado», pensó Tim.

Entonces el animal volvió la cabeza con otro movimiento brusco, para mirar hacia delante, y siguió su camino, hacia el quinto bistec. Tim pensó: «Lex por favor no te muevas por favor no te muevas haga lo que haga por favor no...».

El velocirraptor olió el bistec y siguió adelante. Ahora se encontraba ante la puerta del congelador. Tim pudo ver el vaho saliendo en volutas, abarquillándose a lo largo del suelo mientras iba hacia las patas del animal. Una de las enormes patas armadas con garras se alzó; después volvió a bajar, en silencio. El dinosaurio vacilaba. «Demasiado frío –pensó Tim–. No se va a meter ahí, hace demasiado frío, no va a entrar no va a entrar no va a entrar...»

El dinosaurio entró.

La cabeza desapareció; después, el cuerpo; por último, la rígida cola.

Tim saltó como un resorte, lanzando el peso de su cuerpo contra la puerta de acero inoxidable, cerrándola de golpe... Se cerró sobre la punta de la cola. ¡La puerta no se cerraba! El velocirraptor rugió, un aterrador sonido bajo. Inadvertidamente, Tim dio un paso atrás: ¡la cola había desaparecido! Cerró la puerta otra vez y la oyó trabarse. ¡Cerrada!

–¡Lex! ¡Lex! –gritó. Oía al animal golpeando la puerta, lo sentía lanzándose contra el acero. Tim sabía que en la parte de dentro había un tirador plano de acero, y que si el raptor lo golpeaba, abriría la puerta: tenían que echarle el cerrojo.

–¡Lex!

Lex estaba junto a él.

–¿Qué quieres?

Tim estaba apoyado con todo su peso contra el tirador horizontal de la puerta, manteniéndola cerrada.

–¡Hay un pasador! ¡Un pasador pequeño! ¡Búscalo!

El velocirraptor rugía como un león, el sonido llegaba amortiguado por el espeso acero. Se lanzaba con todo su cuerpo contra la puerta.

–¡No puedo ver nada! –gritó Lex.

La espiga se balanceaba debajo del tirador de la puerta, pendiente de una cadenita de metal.

–¡Está ahí mismo!

–¡No puedo verlo! –aulló la niña, y fue entonces cuando Tim se dio cuenta de que su hermana no utilizaba lentes.

–¡Búscalo al tacto!

Vio la manita que se tendía hacia arriba, tocando su propia mano, buscando a tientas el pasador y, al tener a su hermana tan próxima, pudo sentir cuán asustada estaba, la respiración entrecortada en cortos jadeos de pánico, mientras palpaba en busca del pasador, y el velocirraptor se arrojaba contra la puerta y la abría –Dios, la abría–, pero el animal no lo esperaba y ya se había retirado hacia atrás para hacer otro intento y Tim volvió a cerrar de un portazo. Lex, arrastrándose sobre manos y piernas, tendió la mano en la oscuridad.

–¡Lo tengo! –gritó, aferrando el pasador en el puño crispado, y lo empujó a través del agujero.

El pasador volvió a resbalar.

–¡Desde arriba, ponlo desde arriba!

La niña volvió a cogerlo, levantándolo sobre la cadena, balanceándolo sobre el tirador, y lo hizo bajar. Dentro del agujero.

Trabada.

El velocirraptor rugió. Tim y Lex se apartaron de la puerta, mientras el animal se volvía a lanzar contra ella con todo su peso. Ante cada impacto, las bisagras de la pesada puerta de acero crujían, pero aguantaban. Tim no creía que el animal pudiese abrirla.

El raptor estaba encerrado.

Tim lanzó un largo suspiro.

–Vámonos –dijo.

Tomó de la mano a Lex y corrieron.

–Debería haberlos visto –dijo Gennaro, mientras Grant le guiaba para salir del edificio de mantenimiento.

–Los vi.

–Debía de haber unas dos docenas. Compis. Tuve que arrastrarme para subir al camión, para poder alejarme de ellos. Cubrían todo el parabrisas. Simplemente agachados, esperando como buitres. Pero escaparon cuando llegó usted.

–Son carroñeros –dijo Grant–; no atacan nada que se esté moviendo o que parezca fuerte. Atacan cosas muertas, o casi muertas. En todo caso, cosas que no se muevan.

Subían por la escalera, regresando a la puerta de entrada.

–¿Qué le pasó al raptor que le atacó a usted? –preguntó Grant.

–No lo sé.

–¿Se fue?

–No lo vi. Se alejó, creo que porque estaba herido. Creo que Muldoon le disparó en la pata, y estaba sangrando mientras estuvo aquí. Después... no sé. A lo mejor volvió a salir. A lo mejor murió aquí. No lo vi.

—Y, a lo mejor, todavía está aquí —dijo Grant.

Le echó un vistazo al reloj.

Quedaban dieciséis minutos.

Desde las ventanas del pabellón, Wu miraba a los raptores que estaban más allá de la cerca: todavía parecían estar jugando, llevando a cabo ataques fingidos contra Ellie. Esa conducta se mantenía hacía largo rato, y a Wu se le ocurrió que podría ser demasiado tiempo. Y eso le tenía perplejo, porque casi parecía como si los animales estuvieran tratando de retener la atención de Ellie, del mismo modo que ella trataba de retener la de ellos.

La conducta de los dinosaurios siempre había sido un aspecto sin importancia para Wu. Y con razón: la conducta era un efecto de segundo orden del ADN, como el arrollamiento de las proteínas. Realmente no se podía predecir la conducta, ni se podía controlar, salvo en formas muy toscas, como la de hacer a un animal dependiente de una sustancia de su dieta, al retirar una enzima. Pero, en general, los efectos relativos a la conducta sencillamente estaban más allá del alcance del entendimiento: no se podía ver la secuencia del ADN y predecir la conducta. Era imposible.

Y eso había hecho del trabajo de Wu con el ADN algo puramente empírico: cuestión de parchear aquí y allá, como un artesano moderno podría reparar un antiguo reloj de péndulo. Había que lidiar con algo surgido del pasado, algo hecho con materiales antiguos y obedecía a reglas antiguas. No se podía tener la certeza de por qué funcionaba del modo en que lo hacía; y ya había sido reparado y modificado muchas veces por las fuerzas de la evolución en el transcurso de eones. Así que, al igual que el artesano que hace un ajuste y después ve si el reloj funciona mejor, Wu hacía un ajuste y después veía si los animales se conducían mejor. Y únicamente trataba de corregir los aspectos más obvios de la conducta: las embestidas incontroladas contra las cercas eléctricas o el frotamiento de la piel contra troncos, hasta quedar en carne viva. Ésas eran las conductas que lo llevaban de vuelta al punto de partida.

Y los límites de su ciencia le habían dejado con una misteriosa sensación en cuanto a los dinosaurios del parque: nunca estaba seguro, nunca realmente seguro, en absoluto, de si la conducta de los animales era históricamente exacta o si no lo era. ¿Se estaban conduciendo como lo habían hecho en el pasado? Era una pregunta no respondida y, en última instancia, incontestable.

Y aunque Wu nunca lo admitiría, el descubrimiento de que los dinosaurios se estaban reproduciendo representaba una tremenda ratificación de su obra. Un animal que se reproducía era demostrablemente eficaz, y de manera fundamental: quería decir que Wu había montado todas las piezas correctamente; que había recreado un animal de millones de años de antigüedad, y que lo había hecho con tal precisión que ese ser hasta se podía reproducir.

Pero, así y todo, al mirar a los raptores de ahí fuera, le preocupaba la persistencia de la conducta: los velocirraptores eran inteligentes, y los animales inteligentes se aburrían con rapidez. Los animales inteligentes también hacían planes, y...

Harding dejó la habitación de Malcolm y salió al pasillo.

—¿Dónde está Ellie?

—Todavía fuera.

—Es mejor que la haga entrar. Los raptores han abandonado el tragaluz.

—¿Cuándo? —preguntó Wu, yendo hacia la puerta.

—Hace unos minutos —contestó Harding.

Wu abrió la puerta del frente.

—¡Ellie! ¡Adentro, ahora!

La joven lo miró, perpleja.

—No hay problema, todo está bajo control...

—¡Ahora!

Ellie negó con la cabeza.

—Sé lo que estoy haciendo —dijo.

—¡Ahora, Ellie, maldita sea!

Muldoon fue hacia la puerta, saltando sobre su pierna sana: no le gustaba que Wu estuviera ahí, con la puerta abierta, y estaba a punto de decírselo, cuando vio una sombra descender desde lo alto, y de inmediato se dio cuenta de lo que ocurría: el raptor había saltado desde el techo. Y, en ese momento, Wu fue literalmente arrancado de la puerta y Muldoon vio que Ellie gritaba. Llegó hasta la puerta y miró hacia fuera. Wu estaba tendido de espaldas, el cuerpo ya abierto por un profundo tajo atestado por la enorme garra, y el animal estaba tirando la cabeza hacia atrás de forma espasmódica, extrayendo los intestinos de Wu, aun cuando éste todavía estaba vivo, estirando todavía débilmente los brazos para quitarse de encima la cabezota: se lo comía mientras todavía estaba vivo. Y, en ese momento, Ellie dejó de gritar y echó a correr a lo largo del interior de la cerca, y Muldoon cerró la puerta con violencia, aturdido por el horror. ¡Todo había sucedido tan deprisa!

–¿Saltó desde el techo? –preguntó Harding.

Muldoon asintió con la cabeza. Fue hacia la ventana, miró al exterior y vio que los tres velocirraptores que estaban fuera de la cerca se alejaban corriendo. Pero no seguían a Ellie.

Estaban volviendo hacia el centro de visitantes.

Grant llegó hasta el borde del edificio de mantenimiento y escudriñó lo que tenía delante, en la niebla: podía oír los gruñidos de los raptores, que parecían estar acercándose. Ahora podía ver sus cuerpos, pasando frente a él: iban hacia el centro de visitantes.

Miró a Gennaro, que estaba atrás. Gennaro sacudió la cabeza, negando.

Grant se inclinó hacia él y le musitó al oído:

–No hay alternativa. Tenemos que establecer contacto con ese barco dentro de quince minutos.

Y se puso en marcha entre la niebla.

Un instante después, Gennaro lo siguió.

Ellie no se detuvo a pensar. Cuando los velocirraptores cayeron dentro de la cerca para atacar a Wu, ella se limitó a dar la vuelta y correr, lo más rápido que podía, hacia el extremo opuesto del pabellón. Había un espacio de cuatro metros y medio entre la cerca y el pabellón. Ellie corrió, sin oír si los animales la perseguían: sólo oía su propia respiración. Dobló la esquina, vio un árbol que se alzaba al lado del edificio y saltó, agarrándose a una rama y, con su propio impulso, osciló hacia arriba. No sintió pánico sino una especie de regocijo cuando perneó para impulsarse, vio sus piernas ascender frente a su cara y las flexionó sobre una rama que estaba más arriba, tiró violentamente los talones hacia atrás, tensó los músculos abdominales y se elevó con rapidez.

Ya estaba a unos cuatro metros del suelo, los velocirraptores todavía no la seguían y estaba empezando a sentirse muy bien, cuando vio el primer animal al pie del árbol: tenía la boca cubierta de sangre y de las comisuras le colgaban pedazos de carne desgarrada. Ellie siguió subiendo con rapidez, poniendo una mano sobre la otra, apenas consiguiendo un punto de apoyo, avanzando, y casi podía ver la parte superior del edificio. Volvió a mirar hacia abajo.

Los dos raptores estaban trepando al árbol.

Sintió escalofríos, porque ahora estaba al nivel del techo, podía ver la grava sólo a un metro de distancia y las pirámides de los tragaluces sobresaliendo de la bruma. Había una puerta en el techo: podía entrar por ella. Con un impulso, se lanzó por el aire y cayó con todo el cuerpo sobre la grava. Se raspó la cara pero, por alguna razón sólo sentía alborozo, como si se tratara de una especie de juego en el que estuviera participando, un juego que intentaba ganar. Corrió hacia la puerta que llevaba al hueco de la escalera. Detrás de ella podía oír a los raptores sacudiendo las ramas del árbol: seguían en el árbol.

Alcanzó la puerta y dio vuelta al pomo.

La puerta estaba cerrada con llave.

Pasaron unos instantes antes de que el significado de eso penetrara a través de su euforia: la puerta estaba cerrada con llave. Se hallaba en el techo y no podía bajar. La puerta estaba cerrada.

Golpeó en la puerta con los puños cerrados, presa de ira y frustración y, después, corrió hacia el extremo opuesto del techo, con la esperanza de ver una manera de llegar abajo, pero únicamente estaba el contorno verde de la piscina, que se discernía entre la flotante bruma. Alrededor de la piscina, había suelo de hormigón; tres, cuatro metros de hormigón: demasiado como para cruzarlos de un salto. No había otros árboles por los que descender. No había escaleras. No había salida de emergencia. Nada.

Ellie dio la vuelta y vio a los velocirraptores saltando con facilidad al techo. Corrió hacia el otro lado del edificio, con la esperanza de que hubiese otra puerta, pero no la había.

Los animales se le acercaban con lentitud, acosándola, deslizándose en silencio entre las pirámides de vidrio. Ellie miró hacia abajo: el borde de la piscina estaba a tres metros de distancia:

Demasiado lejos.

Los raptores estaban más cerca, empezaban a separarse e, ilógicamente, pensó: «¿No es así siempre?: algún pequeño error lo echa todo a perder». Todavía estaba aturdida, todavía sentía alborozo y, por alguna razón, no podía creer que esos animales la pudieran atrapar, no le resultaba posible creer que su vida terminase de esa manera. No parecía posible. La envolvía una especie de protectora jovialidad. Sencillamente no creía que eso estuviera ocurriendo.

El velocirraptor gruñó. Ellie retrocedió, desplazándose hacia el extremo opuesto del techo. Tomó una bocanada de aire y, después, corrió a toda velocidad hacia el borde. Mientras avanzaba ágilmente hacia el borde, vio la piscina y supo que estaba demasiado lejos, pero pensó «qué demonios», y saltó hacia el vacío.

Con un golpe punzante, se sintió envuelta por el frío: estaba debajo del agua. ¡Lo había logrado! Emergió, miró hacia el techo, y vio a los velocirraptores que la miraban. Y supo que, si ella había podido hacerlo, los animales podían hacerlo también. Chapoteó en el agua y pensó: «¿Pueden nadar los velocirraptores?». Pero estaba segura de que podían. Era probable que pudieran nadar como cocodrilos.

Los reptiles se apartaron del borde del edificio. Y, en ese momento, oyó a Harding llamar a Sattler a gritos y se dio cuenta de que el veterinario había abierto la puerta del techo. Y de que los raptores iban tras él.

Con premura salió de la piscina, trepando por el borde con piernas y brazos, y corrió hacia el pabellón.

Harding había subido a la terraza, saltando los escalones de dos en dos, y había abierto violentamente la puerta sin pensar:

–¡Sattler! –gritó. Y entonces se detuvo. Entre las pirámides del techo había bruma. Los velocirraptores no estaban a la vista–. ¡Sattler!

Estaba tan preocupado por Sattler que pasaron unos instantes antes de que se diera cuenta de su error. «Debería poder ver los animales», pensó. Al momento siguiente, el antebrazo armado con garras se abatió violentamente desde detrás de la puerta, y lo alcanzó en el pecho, causándole un dolor desgarrador, y tuvo que hacer un máximo esfuerzo para echarse atrás y cerrar la puerta sobre ese brazo. Desde abajo oyó a Muldoon que gritaba:

–¡Está aquí, la chica ya está dentro!

Desde el otro lado de la puerta, el velocirraptor gruñó y Harding volvió a cerrarla con violencia, las garras retrocedieron y Harding cerró la puerta con metálico retumbar y se sentó tosiendo en el suelo.

–¿Adónde vamos? –preguntó Lex.

Estaban en el segundo piso del centro de visitantes. Un pasillo con paredes de vidrio recorría todo el edificio.

–A la sala de control –dijo Tim.

–¿Dónde está eso?

–Por aquí abajo, en alguna parte.

Tim miró los nombres impresos en las puertas, a medida que

pasaban frente a ellas. Éstas parecían ser oficinas: GUARDA... SERVICIOS PARA HUÉSPEDES... GERENTE GENERAL... INTERVENTOR...

Llegaron hasta un tabique de cristal con un letrero:

ZONA CERRADA
SÓLO PERSONAL AUTORIZADO
MÁS ALLÁ DE ESTE PUNTO

Había una ranura para una tarjeta de seguridad, pero Tim simplemente empujó la puerta y la abrió.

–¿Cómo es que se ha abierto?

–No hay corriente –dijo él.

–¿Por qué vamos a la sala de control? –preguntó Lex.

–Para encontrar una radio. Necesitamos llamar a alguien.

Más allá de la puerta de vidrio, el pasillo seguía. Tim recordaba ese sector; lo había visto antes, durante la excursión. Lex trotaba a su lado. A lo lejos oyeron el gruñido de los raptores; parecían estar acercándose. Después, Tim los oyó embestir ruidosamente contra el vidrio de la planta baja.

–Están ahí fuera... –susurró Lex.

–No te preocupes.

–¿Qué están haciendo aquí?

–No te preocupes ahora.

Supervisor del parque... operaciones... control principal...

–Aquí –dijo Tim.

Abrió la puerta de un empujón. La sala de control principal era como la había visto antes: en el centro de la sala había una consola con cuatro sillas y cuatro monitores. La habitación estaba completamente a oscuras, salvo por los monitores, todos los cuales exhibían una serie de rectángulos de color.

–Bien; ¿dónde hay una radio? –dijo Lex.

Pero Tim había olvidado por completo la radio. Avanzó, contemplando las pantallas del ordenador: ¡las pantallas estaban encendidas! Eso solamente podía significar...

–Tiene que haber vuelto la corriente...

–¡Ajjj! –exclamó Lex, desplazando el cuerpo.

–¿Qué?

–He puesto el pie en la oreja de alguien.

Tim no había visto ningún cuerpo cuando entraron. Miró hacia atrás y vio que únicamente había una oreja tirada en el suelo.

–Esto es verdaderamente repugnante –dijo la niña.

–No importa.

Tim se volvió hacia los monitores.

–¿Dónde está lo que falta? –insistió ella.

–No importa eso ahora.

Escudriñó de cerca el monitor: había hileras de rótulos de color en la pantalla.

–Es mejor que no te metas, Timmy –dijo Lex.

–No te preocupes, no lo haré.

Tim ya había visto antes ordenadores complicados, como los que estaban instalados en los edificios donde trabajaba su padre. Esos ordenadores lo controlaban todo, desde los ascensores y la seguridad hasta los sistemas de calefacción y refrigeración. Básicamente, tenían el aspecto de éste, un montón de rótulos de colores, pero eran más simples. Y casi siempre había un rótulo de ayuda, por si hacía falta aprender cómo funcionaba el sistema. Pero aquí no vio nada semejante. Volvió a mirar, para convencerse.

Pero ahora vio algo más: cifras que parpadeaban y cambiaban en el extremo superior izquierdo de la pantalla. Rezaban 10.47.22. Entonces, se dio cuenta de que era la hora. ¡Eran las 10:47! Sólo quedaban trece minutos antes de que el barco... Pero ahora estaba más preocupado por la gente del pabellón.

Se oyó un restallido. Se volvió y allí estaba Lex, con una radio, haciendo girar los diales.

–¿Cómo funciona? –dijo–. No puedo hacer que funcione.
–¡Dámela!
–¡Es mía! ¡Yo la he encontrado!
–¡Dámela, Lex!
–¡Yo la usaré primero!
De repente, la radio chasqueó:
–¡Qué demonios está pasando! –dijo la voz de Muldoon.
Sorprendida, Lex la dejó caer al suelo.

Grant se agazapó, poniéndose en cuclillas entre las palmeras. A través de la bruma pudo ver a los velocirraptores saltar y gruñir y golpear la cabeza contra el vidrio del centro de visitantes. Pero, entre gruñidos, se quedaban en silencio y levantaban la cabeza, como si estuvieran escuchando algo distante. Y después emitían gemidos.
–¿Qué están haciendo? –preguntó Gennaro.
–Parece que están tratando de meterse en el restaurante.
–¿Qué hay en el restaurante?
–Dejé a los chicos allí...
–¿Pueden romper ese vidrio?
–No lo creo, no.
Grant observaba y, de repente, oyó el chasquido de una radio lejana, y los reptiles empezaron a brincar con mayor agitación. Uno después de otro, comenzaron a saltar cada vez más alto, hasta que, por fin, Grant vio que el primero de ellos saltaba ágilmente hasta el balcón del segundo piso y, desde ahí, entraba en el centro de visitantes.

En la sala de control, en el segundo piso, Tim aferró la radio que Lex había dejado caer. Apretó el botón:
–¡Hola! ¡Hola!
–¿... s tú, Tim?
Era la voz de Muldoon.
–Soy yo, sí.
–¿Dónde estás?
–En la sala de control. ¡Ha vuelto la corriente!
–Eso es fabuloso, Tim –dijo Muldoon.
–Si alguien me dice cómo encender el ordenador, lo haré.
Se produjo un silencio.

–¡Hola! –dijo Tim–. ¿Me oyen?

–Verás, tenemos un problema –contestó Muldoon–; nadie de los que estamos aquí sabe cómo encenderlo.

–¿Qué, está bromeando? ¿Nadie sabe hacerlo?

Le parecía increíble.

–No. –Pausa–. Creo que es algo relativo a la rejilla principal. Encendiendo la rejilla principal...

–¿Sabes algo sobre ordenadores, Tim?

Éste contempló la pantalla. Lex le dio unos empujoncitos suaves:

–Dile que no, Timmy –le dijo.

–Sí. Sé algo –contestó Tim.

–Ya que estás ahí lo podrías intentar. Aquí nadie sabe qué hacer. Sé que Grant no sabe nada de ordenadores.

–Muy bien. Lo intentaré.

Apagó la radio y miró con fijeza la pantalla, estudiándola.

–Timmy –dijo Lex–, tú no sabes qué hacer.

–Sí lo sé.

–Si lo sabes, entonces hazlo.

–Un momento.

–No sabes –insistió Lex.

–Lo haré, sí.

Para empezar, acercó la silla al teclado y apretó las teclas del cursor: ésas eran las teclas que desplazaban el cursor de la pantalla. Pero no sucedió nada. Después, pulsó otras teclas: la pantalla siguió sin cambios.

–¿Y bien? –preguntó Lex.

–Algo anda mal –dijo Tim, frunciendo el entrecejo.

–Simplemente no sabes, Timmy.

Tim volvió a examinar el ordenador, mirándolo cuidadosamente: el teclado tenía una hilera de teclas de función en la parte superior, exactamente igual que el teclado normal de un ordenador personal, y el monitor era grande y daba imagen en colores. Pero el alojamiento del monitor era algo fuera de lo común: Tim miró los bordes de la pantalla y vio muchos puntitos tenues de luz roja.

Luz roja, orlando todo el borde de la pantalla... ¿Qué podría ser eso? El niño movió un dedo hacia la luz y vio el suave fulgor rojo en la piel.

Tocó la pantalla y oyó una señal electrónica breve y penetrante:

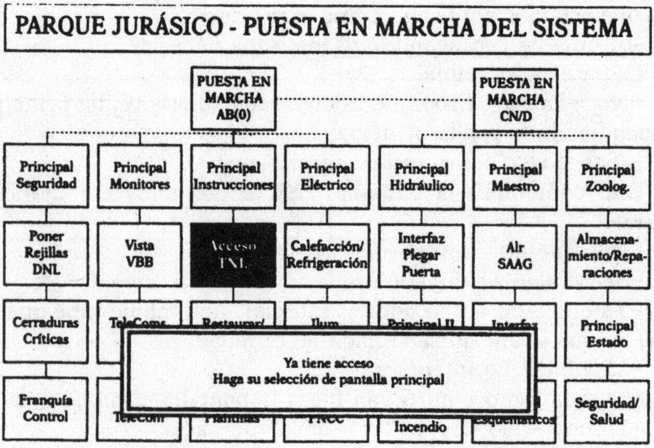

Un instante después, la ventana con el mensaje desapareció y volvió a encenderse la pantalla original.

–¿Qué ha pasado? –interrogó Lex–. ¿Qué has tocado? Has tocado algo.

«¡Claro! –pensó Tim–: he tocado la pantalla.» ¡Era una pantalla sensible al tacto! Las luces rojas que había alrededor de los bordes debían de ser sensores infrarrojos. Tim nunca había visto una pantalla así, pero había leído algo sobre ellas en revistas. Tocó RESTAURAR/INVERTIR.

Instantáneamente, la pantalla cambió. Obtuvo un nuevo mensaje:

HAGA SU SELECCIÓN DE PANTALLA PRINCIPAL
EL ORDENADOR AHORA ESTÁ AJUSTADO

Por la radio, oyeron los gruñidos de los velocirraptores.

–Quiero ver –dijo Lex–. Debes intentar con VISIÓN.

–No, Lex.

–Bueno, pues yo quiero VISIÓN –insistió–. Veamos VISIÓN.

Y, antes de que Tim le pudiera sujetar la mano, Lex apretó VISIÓN.

La pantalla cambió:

–Uh, uh –dijo Lex.

–¡Basta Lex!

–¡Mira! ¡Ha funcionado! ¡Ja!

Por toda la sala, los monitores mostraron rápidamente vistas lejanas cambiantes de diferentes partes del parque. La mayoría de las vistas eran de un gris brumoso debido a la niebla exterior, pero una mostraba el exterior del pabellón, con un velocirraptor en la terraza; y después otra cambió a una imagen con brillante luz del día, en la que se veía la proa de un barco, luz de día intensa...

–¿Qué ha sido eso? –exclamó Tim, inclinándose hacia delante.

–¿Qué?

–¡Esa imagen!

Pero la vista ya había cambiado y, ahora, estaban viendo el interior del pabellón, una habitación tras otra y, en ese momento, Tim vio a Malcolm, acostado en una cama...

–Deténlo –dijo Lex–. ¡Quiero verlos!

Tim tocó la pantalla en varias partes y obtuvo submenús. Después, más submenús.

–Espera –indicó Lex–. La estás confundiendo...

–¿Por qué no te callas? ¡Tú no sabes nada de ordenadores!

Ahora, en la pantalla tenía una lista de los monitores: uno de ellos estaba señalado como PABELLÓN SAFARI: VI2-4. Otro era REMOTO CUBIERTA BARCO (VND). Tim apretó la pantalla varias veces.

Las imágenes de televisión aparecieron en los monitores distribuidos por la sala: uno mostraba la proa del barco de suministros y el océano delante de ella. A lo lejos, Tim vio tierra: edificios a lo largo de una costa, y un muelle. Reconoció el muelle porque el día anterior había volado sobre él en el helicóptero: era Puntarenas, el puerto de destino.

El barco parecía estar próximo a atracar.

Pero fue la pantalla siguiente la que atrajo la atención de Tim; la que mostraba el techo del Pabellón Safari, envuelto en bruma gris: la mayoría de los velocirraptores se escondía detrás de una de las pirámides de vidrio, pero subían y bajaban la cabeza como corchos en el agua, por lo que se veía en pantalla.

Y después, en el tercer monitor, pudo ver el interior de una habitación: Malcolm estaba tendido en una cama y Ellie de pie a su lado. Ambos miraban hacia arriba. Mientras observaban, Muldoon entró en la habitación y se unió a ellos, mirando hacia arriba con expresión de inquietud.

–Nos ven –dijo Lex.

–No lo creo.

La radio crepitó. En la pantalla, Muldoon se llevó la radio a los labios y dijo:

–¿Hola, Tim?

–Aquí estoy –contestó Tim.

–No tenemos mucho tiempo –anunció Muldoon en tono hastiado–. Es mejor que consigáis conectar esa rejilla.

Y después, Tim oyó gruñir a los raptores y vio una de las largas cabezas aparecer por el vidrio, entrando brevemente por la parte superior de la imagen.

–¡Date prisa, Timmy! –urgió Lex.

Tim volvió a la pantalla.

LA REJILLA

Tim se encontró súbitamente perdido en una enmarañada serie de pantallas para control de monitores, mientras intentaba regresar a la pantalla principal. La mayoría de los sistemas tenía un solo botón, o una sola instrucción, para regresar a la pantalla anterior o al menú principal. Pero ese sistema no... o, al menos, él no lo conocía. Asimismo, estaba seguro de que al sistema se le habían incorporado instrucciones para ayudar al operador, pero tampoco podía encontrarlas, y Lex estaba brincando y gritándole al oído, poniéndole nervioso.

Por fin, consiguió que regresara la pantalla principal. No estaba seguro de lo que había hecho, pero había regresado. Se detuvo un instante, buscando una instrucción.

–¡Haz algo, Timmy!

–¡Por qué no te callas! Estoy tratando de conseguir ayuda.

Apretó PRINCIPAL PLANTILLA:

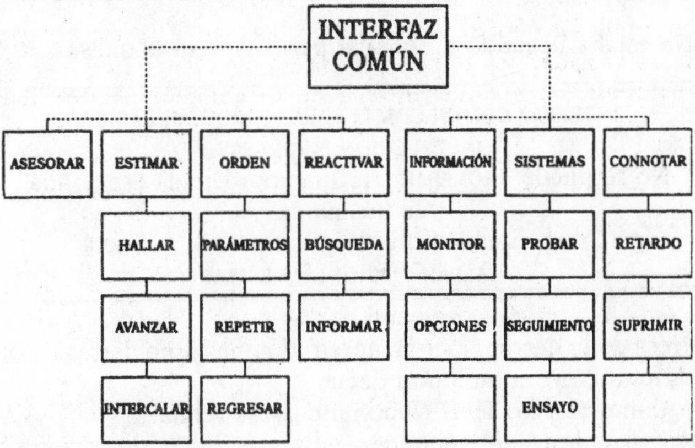

La pantalla se llenó con un diagrama complicado, que tenía ventanas y flechas que se interconectaban.

No servía. No servía.

Apretó INTERFAZ COMÚN. La pantalla cambió.

–¿Qué es eso? –lo instó Lex–. ¿Por qué no enciendes la corriente, Timmy?

No le prestó atención. Quizá la solicitud de ayuda en el sistema se llamaba «información». Apretó INFORMACIÓN:

INTERFAZ COMÚN CON USUARIO PARQUE JURÁSICO
Versión 1.1b24
Desarrollada por Integrated Computer Systems, Inc., Cambridge Mass.
Supervisor del proyecto: Dennis Nedry
Programador en jefe: Mike Backers
© Jurassic Park Inc. Todos los derechos reservados

–Timmyyy... –gimió Lex, abrumada por la tensión. Pero su hermano ya había apretado HALLAR:

INTERFAZ COMÚN CON USUARIO PARQUE JURÁSICO
INSTRUCCIÓN: HALLAR
HALLAR es una instrucción sensible al
contexto. Iniciar HALLAR en cualquier
punto. Véanse, también, BÚSQUEDA, CAMBIAR,
AVANZAR, REGRESAR, OPCIONES, REVISAR

No estaba llegando a ninguna parte. Apretó REGRESAR:

INTERFAZ COMÚN CON USUARIO PARQUE JURÁSICO
INSTRUCCIÓN: REGRESAR
No se puede REGRESAR sin una coordenada específica
de búsqueda.
Véanse, también, BÚSQUEDA, CAMBIAR, AVANZAR,
HALLAR, OPCIONES, REVISAR

Presa de la desesperación, apretó botones, uno detrás de otro. Por la radio, oyó a Muldoon decir:

–¿Cómo va eso, Tim? Necesitamos esa rejilla.

No se molestó en responder.

De repente, sin previo aviso, volvió la pantalla principal:

Estudió la pantalla: PRINCIPAL ELÉCTRICO Y PONER REJILLAS DNL parecían, ambos, como que tuvieran algo que ver con rejillas. Tim notó que SEGURIDAD/SALUD y CERRADURAS CRÍTICAS podrían ser importantes también. Oyó el gruñido de los raptores: tenía que decidirse. Apretó PONER REJILLAS DNL, y gimió cuando vio:

PONER REJILLAS DNL

PARÁMETROS ESPECIALES		PARÁMETROS CLÁSICOS			
SECUNDARIO ELÉCTRICO					
PRINCIPAL NIVEL DE REJILLAS	A4	B4	C7	D4	E9
PRINCIPAL NIVEL DE REJILLAS	C9	B5	D5	E3	G4
SECUNDARIO ELÉCTRICO (P)					
PRINCIPAL NIVEL DE REJILLAS	A2	B3	C6	D11	E2
PRINCIPAL NIVEL DE REJILLAS	C9	R5	D5	E3	G4
PRINCIPAL NIVEL DE REJILLAS	A8	B1	C8	D8	E8
PRINCIPAL NIVEL DE REJILLAS	P4	R8	P4	E5	L6
SECUNDARIO ELÉCTRICO (M)					
PRINCIPAL NIVEL DE REJILLAS	A1	B1	C1	D2	E2
PRINCIPAL NIVEL DE REJILLAS	C4	R4	D4	E5	G6

No sabía qué hacer. Apretó parámetros clásicos:

Parámetros clásicos

Rejillas Externas	C2-D2	Rejillas Parque	B4-C6
Rejillas Reserva	R4-R4	Rejillas Zoológico	B8-07
Rejillas Mant.	E5-L6	Rejillas Pabellón	F4-D4
Rejillas Sensores	D5-G4	Rejillas Principales	C4-G7
Rejillas Núcleo	A1-C1	Rejillas Servicios	AH-B5

Integridad Circuito No Ensayada
Rejillas de Seguridad Permanecen Automáticas

Tim meneó la cabeza, frustrado. Tardó unos momentos en darse cuenta de que acababa de obtener información valiosa: ¡ahora sabía las coordenadas de las rejillas que protegían el pabellón! Apretó rejilla F4:

REJILLA DE CORRIENTE F4 (PABELLÓN SAFARI)
INSTRUCCIÓN NO SE PUEDE EJECUTAR. ERROR-505
ERROR DE POTENCIA INCOMPATIBLE CON
INSTRUCCIÓN.
Ref. Páginas manual (4.09-4.11)

–No funciona –dijo Lex.

–¡Lo sé!

Tim apretó otro botón. La pantalla volvió a titilar:

REJILLA DE CORRIENTE D4 (PABELLÓN SAFARI)
INSTRUCCIÓN NO SE PUEDE EJECUTAR. ERROR-505
ERROR DE POTENCIA INCOMPATIBLE CON
INSTRUCCIÓN.
Ref. Páginas manual (4.09-4.11)

Tim trató de mantener la calma, de pensar: por alguna razón recibía un mensaje permanente de error cada vez que intentaba encender una rejilla. Se le decía que la potencia era incompatible con la instrucción que estaba dando. Pero ¿qué quería decir eso? ¿Por qué la potencia era incompatible?

–Timmy... –dijo Lex, tirándole del brazo.

–Ahora no, Lex.

–Sí, ahora –insistió su hermana, y lo apartó de las pantallas y de la consola.

Y fue en ese momento cuando Tim oyó el gruñido de los velocirraptores.

Provenía del pasillo.

En el tragaluz que estaba por encima de la cama de Malcolm, los raptores casi habían roído el segundo barrote metálico. Ahora podían meter por completo la cabeza a través del vidrio destrozado, y gruñir a la gente que había abajo, para, al cabo de unos instantes, retroceder y reanudar la masticación del metal.

–Ahora no falta mucho. Tres, cuatro minutos –dijo Malcolm.

–¿Está seguro de que no hay armas aquí? –dijo Ellie.
–¡Demonios, no! Esto es un hotel. –Apretó el botón de la radio–: ¿Tim, estás ahí? ¿Tim?
No hubo respuesta.

Tim se deslizó por la puerta, junto con Lex, y vio al único velocirraptor, en el extremo opuesto del corredor, erguido junto al balcón. Lo contempló completamente atónito: ¿cómo había salido de la cámara congeladora?
En ese momento, mientras observaba, un segundo raptor apareció de repente en el balcón, y Tim comprendió: el otro animal no había salido del congelador. Había venido de fuera; había saltado desde el suelo, aterrizando en silencio, con perfecto equilibrio, sobre la barandilla. Tim no lo podía creer: el enorme animal había dado un salto vertical ascendente de tres metros. Más de tres metros. Sus patas tenían que ser increíblemente robustas.
–Creí que dijiste que no podían... –murmuró Lex.
–¡Cállate!
Tim estaba tratando de pensar, pero miraba, con una especie de fascinación producida por el terror, cómo el tercer velocirraptor saltaba al balcón. Durante unos instantes, los animales dieron vueltas sin rumbo por el corredor; después, empezaron a avanzar en fila india en dirección a Tim y a Lex.
En silencio, Tim se apoyó contra la puerta que tenía a sus espaldas, para volver a entrar en la sala de control. Pero la puerta estaba trabada. Empujó con más fuerza.
–Nos hemos quedado fuera –susurró Lex–. Mira.
Señalaba la ranura para tarjetas de seguridad que estaba al lado de la puerta: allí refulgía un brillante punto rojo. De alguna manera, se habían activado las puertas de seguridad.
–¡Pedazo de idiota; nos has dejado fuera!
Tim estaba al lado de la sala de control, en mitad del corredor. Más allá, vio varias puertas, pero todas tenían sendas luces rojas brillando al lado: eso quería decir que todas las puertas estaban trabadas. No había lugar alguno al que pudieran ir.
Entonces, en el otro extremo del corredor, vio una forma tendida en el suelo: un guardia muerto. Una tarjeta blanca de seguridad estaba prendida en su cinturón.
–Vamos –susurró.
Corrieron hacia el guardia. Tim cogió la tarjeta y volvió. Pero,

claro está, los raptores los habían visto: gruñeron y les bloquearon el camino de regreso a la sala de control al tiempo que se separaban, abriéndose en abanico por el pasillo, para rodearlos. Las cabezas de los animales empezaron a balancearse hacia atrás y hacia delante de forma rítmica.

Iban a atacar.

Tim hizo lo único que podía hacer: usando la tarjeta, abrió la puerta más próxima del pasillo e hizo entrar a Lex de un empujón. Cuando la puerta se empezaba a cerrar lentamente tras ellos, los velocirraptores sisearon y se lanzaron a la carga.

EL PABELLÓN

Ian Malcolm inhalaba cada bocanada de aire como si pudiera ser la última. Observaba a los raptores con ojos opacos. Harding le tomó la presión, frunció el entrecejo, la volvió a tomar. Ellie Sattler estaba envuelta en una manta, temblando de frío y miedo. Muldoon se hallaba sentado en el suelo, la espalda apoyada contra la pared. Hammond tenía la vista clavada en lo alto, sin hablar. Todos estaban atentos a la radio.

–¿Qué le ha pasado a Tim? –inquirió Hammond–. ¿Todavía no hay noticias?

–No sé.

–Feos, ¿no es así? Verdaderamente feos –comentó Malcolm.

Hammond sacudió la cabeza.

–¿Quién podría imaginar que las cosas resultarían así?

–Aparentemente, Malcolm lo hizo –respondió Ellie.

–No lo imaginé así –aclaró Malcolm–. Lo predije.

Hammond suspiró:

–No empiece, por favor. Lleva horas diciendo «se lo dije». Pero nadie quiso jamás que pasara esto.

–No es cuestión de que se quiera o no se quiera –dijo Malcolm, con los ojos cerrados. Hablaba con lentitud, a causa de las drogas–. Es cuestión de que lo que se crea se pueda lograr. Cuando el cazador sale a la selva tropical para cazar para su familia, ¿espera controlar la naturaleza? No. Simplemente intenta ser parte de la naturaleza. Deja que la naturaleza se cuide a sí misma. Imagina que la naturaleza está más allá de él, más allá de su comprensión, más allá de su control. Quizá le reza a la naturaleza, a la fertilidad de la jungla que le provee de alimento. Reza porque sabe que no la controla. Está a merced de ella.

»Pero usted decide que no estará a merced de la naturaleza. Usted decide que la controlará y, a partir de ese momento, se encuentra con serios problemas, porque no puede hacerlo. Y, sin embargo, ha creado sistemas que exigen que usted lo haga. Y usted no puede hacerlo, y nunca lo ha hecho, y nunca lo hará. No confunda las cosas: usted puede fabricar un barco, pero no puede fabricar el océano. Usted puede hacer un avión, pero no fabricar el aire. Sus poderes son mucho menores de lo que sus sueños de raciocinio le hicieron creer.

–Me he perdido –suspiró Hammond–. ¿Adónde ha ido Tim? Parecía un chico tan responsable...

–Estoy seguro de que está tratando de controlar de la situación –afirmó Malcolm–. Como todos los demás.

–Y Grant también: ¿qué le ha pasado a Grant?

Con Gennaro a la zaga, Grant llegó a la puerta trasera del centro de visitantes, a la misma puerta que había dejado veinte minutos atrás. Tiró del pomo: estaba cerrada. Entonces vio la lucecita roja. ¡Las puertas de seguridad estaban reactivadas! ¡Maldita sea! Corrió hasta el frente del edificio y pasó por las puertas principales, hechas añicos, hasta el vestíbulo principal, deteniéndose junto al escritorio en el que había estado antes el guardia. Pudo oír el siseo de su radio. Fue a la cocina, en busca de los niños, pero la puerta estaba abierta; se habían ido.

Subió al piso de arriba, pero llegó al panel de vidrio señalado como ZONA CERRADA y la puerta estaba trabada. Necesitaba una tarjeta de seguridad para ir más allá. No podía entrar.

Oyó a los raptores gruñendo en alguna parte del pasillo.

La coriácea piel de reptil tocó la cara de Tim, las garras le desgarraron la camisa y él cayó de espaldas, aullando de terror.

–¡Timmy! –gritó Lex.

El niño logró ponerse de pie otra vez. El velocirraptor bebé estaba sentado en su hombro, gorjeando y chillando de pánico. Tim y Lex se encontraban en la guardería blanca redonda. Había juguetes en el suelo: una pelota amarilla que rodaba, una muñeca, un sonajero de plástico.

–Es el raptor bebé –dijo Lex, señalando el animal que aferraba el hombro de su hermano.

El pequeño velocirraptor hundió la cabeza en el cuello de Tim. «El pobrecito probablemente está muerto de hambre», pensó éste.

Lex se acercó más, y el bebé le saltó al hombro y se frotó contra el cuello de la niña.

–¿Por qué hace eso? –preguntó Lex–. ¿Tiene miedo?

–No lo sé –contestó Tim.

Le pasó el raptor de vuelta a Tim: el animalito estaba gorjeando y chillando, y saltando sin cesar en el hombro del chico, presa de la excitación. Seguía mirando a su alrededor, moviendo la cabeza con rapidez. No había dudas al respecto: el bebé estaba excitado y...

–Tim –musitó Lex.

La puerta que daba al pasillo no se había cerrado detrás de ellos, cuando entraron en la guardería: ahora, los velocirraptores grandes estaban cruzándola. Primero uno, después un segundo; gruñían.

Claramente agitado, el bebé gorjeaba y saltaba sobre el hombro de Tim, que sabía que tenía que escapar. A lo mejor, el bebé los entretendría; después de todo, era un bebé velocirraptor. Se quitó el animalito del hombro y lo arrojó al otro extremo de la sala, donde aterrizó a los pies de los animales más grandes. El bebé correteó entre las patas de los adultos. El primer raptor bajó el hocico y lo olfateó con delicadeza.

Tim tomó la mano de Lex y la arrastró hacia el fondo de la guardería. Tenía que hallar una puerta, una manera de salir...

Se oyó un penetrante chillido: Tim miró hacia atrás y vio al bebé en las mandíbulas del adulto. Un segundo velocirraptor se adelantó y tiró de las patitas del bebé, tratando de arrancarlo de la boca del primer adulto. Los dos raptores peleaban por el bebé, mientras el animalito chillaba. La sangre salpicó con grandes gotas el suelo.

–Se lo comen –dijo Lex.

Los animales lucharon por los restos del bebé. Se erguían sobre las patas traseras, encrespados, y se daban topetazos con la cabeza. Tim encontró una puerta sin traba y pasó por ella, arrastrando a Lex detrás de sí.

Estaban en otra sala y, por el intenso fulgor verde, se dio cuenta de que estaban en el abandonado laboratorio para extracción de ADN, con hileras de microscopios estereoscópicos abandonados y pantallas de alta resolución mostrando imágenes gigantescas en blanco y negro de insectos congelados: las moscas y los jejenes que habían picado a los dinosaurios millones de años atrás, succionando la sangre que ahora se había usado para volver a crear dinosaurios en el parque.

Cruzaron a todo correr el laboratorio, y Tim pudo oír los bufidos y gruñidos de los raptores, que los perseguían, que se acercaban. Entonces, llegó a la parte de atrás del laboratorio y cruzó una puerta que debía de tener una alarma, porque en el estrecho corredor una sirena intermitente sonaba de modo penetrante, y las luces del techo destellaban encendiéndose y apagándose. Al correr por el pasillo, Tim se vio envuelto, alternativamente, en la oscuridad y la luz. Por encima del sonido de la alarma, oía a los raptores resoplar mientras les perseguían. Lex lloriqueaba y gemía. Más adelante, Tim vio otro puerta, con la indicación azul de peligro biológico, se lanzó contra ella y la abrió de un empujón. Pasó a través de ella y, de repente, chocó con algo grande y Lex lanzó un chillido de terror.

–Calma, chicos –dijo una voz.

Tim parpadeó sin poder creer lo que veía: en pie, por encima de él, estaba el doctor Grant. Y junto a él, el señor Gennaro.

Fuera, en el pasillo, a Grant le había llevado cerca de dos minutos caer en la cuenta de que el guardia muerto del vestíbulo probablemente tenía una tarjeta de seguridad. Volvió sobre sus pasos, la desprendió y entró en el corredor superior, desplazándose con rapidez por el pasillo. Siguió el sonido de los raptores y los encontró peleando en la guardería. Estaba seguro de que los niños habían ido a la sala siguiente, y corrió de inmediato al laboratorio de extracciones.

Y encontró a los chicos.

Ahora, los animales iban hacia ellos. Parecían momentáneamente vacilantes, sorprendidos por la aparición de más seres humanos.

Grant empujó a los niños hacia los brazos de Gennaro y dijo:

–Llévelos de vuelta a un sitio seguro.

–Pero...

–Por aquí –indicó Grant señalando por encima del hombro a una puerta que estaba más lejos–. Llévelos a la sala de control, si puede: deberían estar a salvo allí.

–¿Qué va a hacer usted? –preguntó Gennaro.

Los velocirraptores estaban cerca de la puerta. Grant observó que esperaban hasta estar todos juntos y, entonces, avanzaban en grupo. Cazadores en jauría. Sintió escalofríos.

–Tengo un plan –contestó–. Ahora, vayan.

Gennaro sacó a los chicos de aquel lugar. Los raptores seguían avanzando lentamente hacia Grant, pasando de largo los superordenadores, pasando por delante de las pantallas que todavía parpadeaban con secuencias interminables de código descifrado por los ordenadores. Los reptiles se acercaban sin vacilaciones, olfateando el suelo, agachando repetidamente la cabeza.

Grant oyó el chasquido de la puerta al cerrarse detrás de él y echó un vistazo sobre el hombro: todos estaban al otro lado de la puerta de vidrio, observándolo. Gennaro meneaba la cabeza.

Grant sabía lo que eso quería decir: no había puerta para ir más allá de la sala de control. Gennaro y los chicos estaban atrapados ahí dentro.

Ahora, todo dependía de él.

Grant se movió despacio, bordeando el laboratorio, llevando a los raptores lejos de Gennaro y de los niños. Pudo ver otra puerta, más cerca del frente, que tenía un letrero: AL LABORATORIO. Tenía un plan y confió en que funcionara fuera. En la puerta había un cartel con la indicación azul de peligro biológico. Los animales se iban acercando; uno de ellos gruñó, y Grant se volvió, abrió la puerta de un golpe y, pasando a través de ella, penetró en un silencio profundo, cálido.

Sí.

Estaba donde quería estar: en el vivero, bajo luces infrarrojas, largas mesas, con hileras de huevos y una bruma que flotaba por encima. Los balancines que había sobre las mesas tenían un movimiento continuo, que producía un golpeteo suave e incesante, y un zumbido. La bruma se derramaba junto a las mesas y flotaba hacia el suelo, donde desaparecía, se evaporaba.

Desde el corredor, Grant cruzó corriendo el vivero, para entrar en un laboratorio de paredes de vidrio con luz ultravioleta. La ropa refulgía en azul. Grant miró a su alrededor, los reactivos en vidrio, los vasos de precipitados llenos de pipetas, las placas de Petri..., todo ello delicado equipo de laboratorio.

Los velocirraptores entraron en la sala, con cautela al principio, olfateando el aire húmedo, mirando las largas mesas acunadoras de huevos. El animal que iba en cabeza se limpió las ensangrentadas mandíbulas con el dorso del antebrazo. Silenciosamente, los animales se deslizaron por entre las largas mesas; se desplazaban por la sala de forma coordinada, bajando la cabeza de vez en cuando para escudriñar debajo de las mesas.

Buscaban a Grant.

Había tres raptores. Grant se agachó y se deslizó hacia el fondo del laboratorio, miró hacia arriba y vio una persiana metálica que tenía el signo de la calavera y las tibias cruzadas. Un cartel rezaba: PRECAUCIÓN TOXINAS BIOGÉNICAS OBSERVAR PRECAUCIONES A4. Recordó que Regis le había dicho que eran venenos poderosos: unas pocas moléculas matarían de forma instantánea.

La persiana se encontraba sellada contra la superficie de una mesa. Grant no pudo pasar la mano por debajo. Hizo presión contra la persiana, tratando de abrirla, pero no había tirador, no había modo alguno de conseguirlo... Se levantó con lentitud y echó una rápida mirada a la sala principal: los velocirraptores seguían desplazándose entre las mesas de huevos.

Se volvió hacia la mesa y vio un extraño accesorio metálico hundido en la superficie; parecía un enchufe para exteriores, con una tapa redonda. Levantó la tapa, haciéndola girar sobre sus bisagras,. y vio un botón: lo apretó.

Con un suave siseo, la persiana se levantó hacia arriba, hacia el cielo raso.

Vio anaqueles de vidrio por encima de él, e hileras de botellas con el signo de la calavera y las tibias cruzadas. Escudriñó los rótulos: CCK-55... TETRA-ALFA SECRETINA... TIMOLEVINA X-1612... Bajo la luz ultravioleta, los fluidos refulgían en verde pálido. En las proximidades vio una placa de Petri con jeringas; las jeringas eran pequeñas, y cada una contenía una cantidad reducidísima de fluido con un brillo verde. Agachado en la oscuridad azul, Grant extendió el brazo hacia la placa de las jeringas. Las agujas estaban cubiertas con un protector plástico: Grant quitó uno de ellos, arrancándolo con los dientes. Observó la delgada aguja.

Avanzó. En dirección a los velocirraptores.

Había dedicado toda su vida al estudio de los dinosaurios y ahora vería cuánto sabía en realidad. Los velocirraptores eran pequeños dinosaurios carnívoros, como los ovirraptores y los dromeosaurios, de los que desde hacía mucho se creía que robaban huevos. Del mismo modo que algunas aves modernas comían los huevos de otras aves, Grant había supuesto que los velocirraptores comerían huevos, si pudieran.

Se arrastró hasta la mesa de huevos más cercana, de las que estaban en el vivero. Con lentitud, alzó el brazo, metiéndolo en la bruma, y cogió un huevo grande de la mesa acunadora. Tenía casi el tamaño de una pelota de rugby, de color crema con tenues motitas rosadas. Tuvo que sostener el huevo con cuidado mientras clavaba la aguja a través de la cáscara, e inyectó el contenido de la jeringa. El huevo refulgió con una tonalidad tenuemente azul.

Grant se volvió a inclinar. Por debajo de la mesa vio las patas de los velocirraptores, y la bruma que se derramaba desde arriba. Lanzó el brillante huevo rodando por el suelo, en dirección a los animales. Los raptores alzaron la vista, oyendo el ruido sordo que producía el huevo al rodar, y con movimientos espasmódicos volvieron la cabeza para mirar a su alrededor. Después, reanudaron la lenta búsqueda de su presa.

El huevo se detuvo a varios metros del raptor más próximo.

¡Maldita sea!

Grant repitió la misma operación: cogió en silencio un huevo, lo bajó de su balancín, lo inyectó y lo envió rodando hacia los velocirraptores. Esta vez, el huevo se detuvo al lado de la pata de uno de los animales. Se movió con suavidad, produciendo un sonido sordo y breve al dar contra las garras de la pata del dinosaurio.

El animal estaba erguido sobre las patas traseras y bajó la cabeza, sorprendido por ese nuevo regalo. Se inclinó y olió el huevo refulgente. Con el hocico, lo hizo rodar por el suelo unos instantes.

Y no le hizo caso.

El velocirraptor se volvió a erguir sobre las patas traseras y, con lentitud, prosiguió su marcha, continuando la búsqueda.

No funcionaba.

Grant extendió la mano en busca de un tercer huevo y lo inyectó con una jeringa nueva. Sostuvo el huevo refulgente en las manos y lo hizo rodar otra vez. Pero quería asegurarse de que llegaría hasta los velocirraptores, así que a éste lo hizo rodar rápido, como una bola de bolera: el huevo traqueteó ruidosamente por el suelo.

Uno de los animales lo oyó y bajó la cabeza, lo vio venir y, de forma instintiva, capturó el objeto móvil, deslizándose con celeridad por entre las mesas, para interceptarlo. Las grandes mandíbulas se cerraron como un resorte y mordieron el huevo, haciendo pedazos la cáscara.

El raptor se irguió; de las quijadas le goteaba albúmina descolorida. Se lamió los labios ruidosamente, y resopló. Volvió a morder el huevo y lamió el suelo. Pero no parecía mostrar malestar alguno. Se inclinó para comer otra vez del huevo roto. Grant miró por debajo de las mesas para ver qué ocurriría...

Desde el otro extremo de la habitación, el raptor lo vio. La cabezota quedó inmóvil, con el huevo en la boca.

El velocirraptor lo estaba mirando fijamente.

Gruñó de forma amenazadora. Se desplazó en dirección a Grant, cruzando la sala a zancadas largas, increíblemente veloces. El paleontólogo se sobresaltó al verlo y se quedó paralizado de miedo cuando, de repente, el animal emitió un jadeo y el enorme cuerpo cayó hacia delante, desplomándose en el suelo. La pesada cola azotó el piso, presa del espasmo. La bestia seguía emitiendo ruidos como de ahogo, interrumpidos por chillidos intermitentes y fuertes. De la boca le brotó espuma. La cabeza se agitaba hacia atrás y hacia delante. La cola alternativamente daba un golpe violento y ruidoso, y otros sordos.

«Con ése tenemos uno», pensó Grant.

Pero no moría muy deprisa. Parecía tardar una eternidad. Grant extendió la mano para alcanzar otro huevo; vio que los demás raptores estaban paralizados en mitad de su movimiento, como si se hallaran en estado de vida latente: estaban escuchando el sonido que emitía el animal agonizante; uno de ellos alzó la cabeza, seguido por otro, y después otro. El primer animal se desplazó para mirar a su congénere caído.

Ahora, el raptor moribundo experimentaba convulsiones espasmódicas. Lanzaba gemidos lastimeros. Tanta espuma le brotaba de la boca, que Grant apenas si le pudo volver a ver la cabeza. Tendido en el suelo, gimió de nuevo.

El segundo animal se inclinó sobre el caído, examinándolo: parecía estar perplejo por esos dolores lancinantes de muerte. Con cautela, observó la cabeza que lanzaba espuma, el cuello que se contraía espasmódicamente, las costillas que se contraían y distendían penosamente, las patas...

Y le dio un mordisco a la pata trasera.

El animal moribundo lanzó un gruñido y, súbitamente, levantó la cabeza y torció el cuerpo, hincando los dientes en el cuello del atacante.

«Con ése son dos», pensó Grant.

Pero el animal que estaba de pie logró esquivar el contraataque. Le manaba sangre del cuello de forma copiosa. Lanzó un golpe con las garras traseras y, mediante un solo movimiento veloz, abrió en canal el vientre del animal caído, cuyos intestinos se derramaron por el suelo como gruesas víboras. Los alaridos del velocirraptor agonizante llenaban el laboratorio. El atacante se alejó, como si luchar de repente se hubiera vuelto demasiado complicado.

Cruzó la sala, bajó la cabeza, ¡y la levantó llevando un huevo refulgente! Grant observaba mientras la bestia le hincaba el diente; le goteaba albúmina refulgente del mentón.

«Con ése son dos.»

El segundo velocirraptor quedó fulminado de forma casi instantánea, tosiendo y precipitándose hacia delante. Mientras caía, derribó una mesa: docenas de huevos rodaron por el suelo. Grant los miró consternado.

Todavía quedaba un tercer animal.

Quedaba una jeringa. Con tantos huevos rodando por el suelo, tendría que hacer algo más. Estaba tratando de decidir qué hacer, cuando el último animal resopló con irritación. Grant alzó la vista: el velocirraptor lo había localizado.

Ese último animal no se movió durante largo rato: se limitó a mirarlo con fijeza. Y, después, lenta, silenciosamente, se acercó. Acechándole. Subía y bajaba la cabeza al andar, mirando primero debajo de las mesas, después por encima de ellas. Se desplazaba muy despacio, con mucha cautela: convertido ahora en animal solitario, se había vuelto súbitamente cuidadoso: no apartaba los ojos de Grant. Y Grant miró a su alrededor: no había sitio alguno en el que pudiera esconderse. Nada que pudiera hacer...

Grant tenía la mirada clavada en el raptor, que se desplazaba con lentitud en sentido lateral, y se desplazó también; trataba de mantener la mayor cantidad posible de mesas entre él y la bestia que avanzaba. Lentamente... lentamente... Grant se desplazó hacia la izquierda...

El velocirraptor avanzó pisando cáscaras de huevo en la penumbra rojo oscuro del vivero. Emitía suaves siseos por las dilatadas fosas nasales al respirar.

Grant sintió cómo los huevos se quebraban bajo sus propios pies, la yema adhiriéndose a la suela de los zapatos. Se puso en cuclillas; y notó el bulto de la radio en el bolsillo.

La radio.

La extrajo del bolsillo y la encendió.

–Hola. Aquí Grant.

–¿Alan? –Era la voz de Ellie–. ¿Alan?

–Escucha –dijo en voz baja–: habla. No hagas otra cosa. Habla.

–¿Alan, eres tú?

–Habla –volvió a decir, e impulsó la radio para que fuera resbalando por el suelo, en dirección al velocirraptor que se le venía encima.

Después se agazapó detrás de la pata de una mesa y se quedó completamente quieto, sin mover un músculo. Y aguardó.

–Alan, háblame, por favor.

Después, un chasquido, y silencio. La radio permaneció en silencio. El raptor avanzaba. Suave respiración siseante.

La radio seguía silenciosa.

¡Qué demonios le pasaba a Ellie! ¿No entendía? En la oscuridad, el velocirraptor se acercaba.

–¿... Alan?

La voz metálica que salía de la radio hizo que el enorme animal se detuviera. Olfateó el aire, como si percibiera que había alguien más en la sala.

–Alan, soy yo. No sé si puedes oírme.

Ahora, el velocirraptor se alejaba de Grant y avanzaba hacia la radio.

–Alan... por favor...

¿Por qué no habría empujado la radio más lejos? El animal iba hacia ella, pero estaba cerca. La enorme pata bajó muy cerca de Grant, que pudo ver la piel rugosa, el delicado fulgor verde, los arroyuelos de sangre seca en la garra curva. Pudo oler el intenso olor a reptil.

–Alan, escúchame... ¿Alan?

La bestia se inclinó, husmeó la radio que estaba en el suelo, explorándola. Tenía el cuerpo alejado de Grant, pero la enorme cola estaba justo por encima de la cabeza del paleontólogo, que extendió el brazo, hundió profundamente la aguja en la carne de la cola e inyectó el veneno.

El velocirraptor gruñó y dio un salto. Con aterradora velocidad giró sobre sí mismo en dirección a Grant, las mandíbulas muy abiertas. Bajó la cabeza como un resorte, cerrando la boca sobre la pata de la mesa, y, con el mismo movimiento corto y espasmódico, alzó la cabeza: la mesa se volcó y Grant cayó de espaldas, completamente expuesto al ataque. El animal apareció, amenazador, ante él, erguido sobre las patas traseras; la cabeza golpeaba las luces infrarrojas que tenía encima, haciendo que oscilaran con violencia en todas direcciones.

–¿Alan?

El velocirraptor desplazó su peso hacia atrás y alzó la pata, armada con garras, para golpear. Grant rodó sobre sí mismo y la pata se descargó hacia él. Sintió un dolor agudo a lo largo de los omóplatos, el súbito flujo cálido de sangre sobre la camisa. Rodó por el suelo, rompiendo huevos, ensuciándose la cara, las manos. El animal volvió a lanzar su pata, aplastando la radio, que se hizo añicos lanzando una lluvia de chispas. Gruñó, furioso, y disparó la pata una tercera vez. Grant quedó acorralado contra una pared, sin otro sitio al que ir, y el animal alzó la pata una última vez...

Y se desplomó hacia atrás.

Su respiración era entrecortada y sibilante. De la boca le salía espuma.

Gennaro y los niños entraron en la sala. Grant les indicó que no avanzaran. Lex miró al animal moribundo y dijo en voz baja:

–Huy...

Gennaro ayudó a Grant a ponerse de pie. Todos se dieron la vuelta y corrieron hacia la sala de control.

CONTROL

Tim quedó asombrado al descubrir que la pantalla de la sala de control parpadeaba encendiéndose y apagándose.

–¿Qué ha pasado?

Tim vio al doctor Grant contemplar la pantalla y, con cautela, llevar la mano hacia el teclado.

–Eso no servirá de nada –le advirtió.

–No sé nada de ordenadores –dijo Grant, sacudiendo la cabeza en gesto de pesar.

Pero Tim ya se estaba instalando en el asiento. Tocó la pantalla con rapidez: en los monitores de televisión pudo ver el barco que se aproximaba a Puntarenas. Ahora estaba tan sólo unos ciento noventa metros del muelle. En el otro monitor vio el pabellón, con los velocirraptores colgando del techo. Por la radio, oía sus señales.

–Haz algo, Timmy –pidió Lex.

Apretó PONER REJILLAS DNL, aun cuando estaba titilando. La pantalla respondió:

ADVERTENCIA: EJECUCIÓN ABORTADA DE INSTRUCCIÓN (ENERGÍA AUX. BAJA)

–¿Qué quiere decir eso? –dijo Tim.

Gennaro hizo chasquear los dedos en señal de súbita comprensión, y dijo:

–Eso ocurrió antes. Significa que la energía auxiliar tiene poca potencia: tienes que encender la fuente principal de alimentación.

–¿Lo hago?

–Mejor es que enciendas las rejillas –aconsejó Grant.

–No puedo –dijo Tim.

Sentía náuseas, producidas por el miedo.

Apretó MONITOR PRINCIPAL:

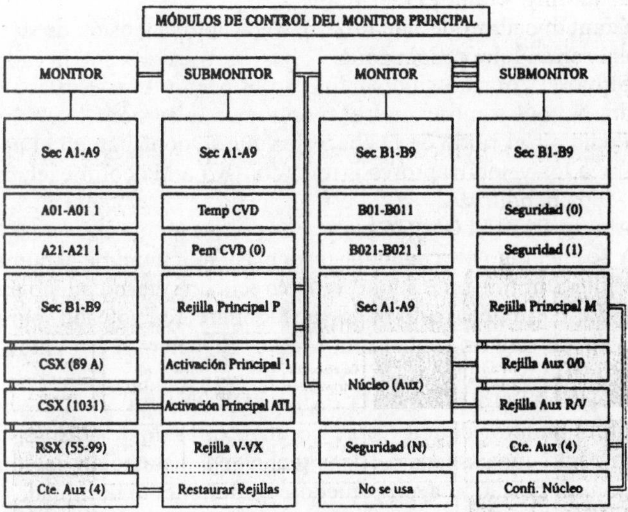

–¿Qué estás haciendo ahora? –preguntó Gennaro: toda la pantalla estaba empezando a titilar.

Tim apretó REJILLA PRINCIPAL P.

REJILLA CORRIENTE PRINCIPAL NO ACTIVA/ ÚNICAMENTE CORRIENTE AUXILIAR

La pantalla seguía titilando. Tim apretó ACTIVACIÓN PRINCIPAL 1.

CORRIENTE PRINCIPAL ACTIVADA

Todas las luces de la sala se encendieron. Todas las pantallas de los monitores dejaron de parpadear.

–¡Eh! ¡Muy bien!

Tim apretó RESTAURAR REJILLAS: durante unos instantes no ocurrió nada. Echó un vistazo a los monitores de televisión; después, a la pantalla principal:

¿Qué rejilla quiere restaurar?

Parque Mant Seguridad Pabellón Otra

–Tiiimmy –aulló Lex.

Grant dijo algo que Tim no oyó, sólo captó la tensión de su voz; estaba mirándole, preocupado.

Sintió el corazón galopándole en el pecho. Lex le estaba gritando. No quiso mirar más el monitor de televisión.

Podía oír el ruido de los barrotes que se doblaban en el pabellón, y a los velocirraptores gruñendo. Oyó a Malcolm exclamar:

–Dios bendito...

Apretó PABELLÓN...

Y se encendió otra pantalla, ¡otra más!, solicitándole el número de rejilla. Durante un instante, que pareció una eternidad, no pudo recordar el número, sólo pudo ver la sangre que goteaba sobre la consola, su sangre, muchísima sangre, su sangre, pero entonces recordó H4, y tecleó.

ACTIVANDO REJILLA H4 PABELLÓN AHORA

En el monitor de televisión vio una explosión de chispas, que caían como una cascada desde el techo de la habitación del hotel. El monitor perdió imagen y quedó cegadoramente iluminado por una luz blanca. Lex aulló:

–¡Qué has hecho!

Pero, casi de inmediato, regresó la imagen y pudieron ver que los raptores estaban atrapados entre los barrotes, retorciéndose y chillando en medio de una cascada caliente de chispas, mientras Muldoon y los demás lanzaban vítores, con voces que sonaban metálicas a traves de la radio.

–¡Eso es! –dijo Grant, palmeándole la espalda–. ¡Eso es! ¡Lo has conseguido!

Todos estaban de pie, saltando excitados, cuando Lex preguntó:

–¿Qué hacemos con el barco?

–¿El qué?

–El barco –repitió, y señaló la pantalla.

En la pantalla del monitor, los edificios que se veían más allá de la proa del barco aparecían mucho más grandes, y se desplazaban hacia la derecha, a medida que el barco viraba hacia la izquierda y se preparaba para atracar. Tim vio tripulantes que se dirigían hacia la proa, dispuestos a lanzar las amarras.

Se dirigió presuroso a su asiento y contempló la pantalla de puesta en marcha:

Estudió la pantalla: tanto TeleCom VBB como TeleCom DRS parecía tener algo que ver con teléfonos. Apretó TELECOM DRS.

TIENE USTED 23 LLAMADAS Y/O MENSAJES EN ESPERA. ¿QUIERE RECIBIRLOS AHORA?

Apretó NO.

–Quizá el barco era una de las llamadas en espera –opinó Lex–. Quizá de esa manera podrías conseguir el número de teléfono.

No le prestó atención a su hermana.

ENTRE EL NÚMERO AL QUE DESEA LLAMAR O APRIETE F7 PARA VER GUÍA TELEFÓNICA.

Apretó F7 y, de repente, por toda la pantalla empezaron a aparecer nombres y números: una guía telefónica inmensa. No era alfabética y le llevó un rato explorar la pantalla de forma visual, antes de poder encontrar lo que estaba buscando:

VSL. ANNE B. (FREDDY) 708-3902

Ahora, todo lo que tenía que hacer era resolver el problema de cómo hacer la llamada. Observó una hilera de botones que había al pie de la pantalla.

Apretó LLAMAR AHORA.

LO LAMENTAMOS: SU LLAMADA NO SE PUEDE COMPLETAR TAL COMO SE HA MARCADO (ERROR-598)

POR FAVOR INTÉNTELO OTRA VEZ

Lo intentó otra vez.

Oyó un tono de marcar; después, el que producen los números que se marcan automáticamente en sucesión rápida.

–¿Es eso? –preguntó Grant.

–Bastante bien, Timmy –dijo Lex–, pero ya casi han llegado.

En la pantalla pudieron ver la proa del barco acercándose al muelle de Puntarenas.

Oyeron un sonido muy agudo y, después, una voz dijo:

–Ah, hola, John, habla Freddy. ¿Me recibes, cambio?

Tim descolgó un teléfono de la consola, pero solamente oyó tono.

–Ah, hola, John, habla Freddy, cambio.

–Respóndele –dijo Lex.

Ahora, todos estaban buscando teléfonos, descolgando todo auricular que hubiera a la mano, pero sólo recibían tonos de llamada. Por fin Tim vio un teléfono montado al lado de la consola, que tenía una luz que parpadeaba.

–Ah, hola, control, habla Freddy. ¿Me reciben?, cambio.

Tim aferró el auricular:

–Hola, habla Tim Murphy, y necesito que usted...

–Ah, dígalo otra vez, no lo he entendido, John.

–¡No atraque el barco! ¿Me oye?

Se produjo un momento de silencio. Después, la voz de alguien perplejo dijo:

–¿Has oído eso? Parece como si fuera un maldito niño.

Tim repitió:

–¡No atraque el barco! ¡Vuelva a la isla!

Las voces sonaban lejanas y estridentes:

–¿Ha dicho que... nombre era Murphy?

Y otra voz contestó:

–No he captado... nombre.

Tim miró a los demás, desesperado. Gennaro extendió la mano hacia el teléfono:

–Déjame a mí hacer esto. ¿Puedes conseguir su nombre?

Hubo una seca descarga de estática.

–... tiene que ser una broma o, si no... a... radioaficionado que no tiene nada que hacer... algo.

Tim estaba trabajando en el teclado: probablemente había alguna manera de descubrir quién era Freddy...

–¿Puede oírme? –dijo Gennaro por teléfono–. Si me puede oír, respóndame ahora, cambio.

–Hijo –fue la morosa respuesta–, no sabemos quién diablos eres, pero no resultas gracioso. Estamos a punto de atracar y tenemos trabajo que hacer. Ahora, identifícate como corresponde o lárgate de esta emisora.

Tim observó que la pantalla imprimía FARRELL, FREDERICK D. (Capt.)

–Pruebe esto como identificación, capitán Farrell –dijo Gennaro–: si no hace que ese barco dé la vuelta y regrese a esta isla de inmediato, estará violando el Artículo 509 de la Ley Marítima Uniforme y quedará sujeto a la revocación de su licencia, a multas superiores a cincuenta mil dólares y cinco años de reclusión. ¿Lo ha oído?

Hubo un silencio.

–¿Lo ha recibido, capitán Farrell?

Y después, a lo lejos, oyeron una voz que decía:

–Recibido.

Y otra voz dijo:

–A popa a toda máquina.

El barco empezó a alejarse del muelle.

Lex lanzó vítores. Tim se dejó caer en la silla, secándose el sudor de la frente.

Grant preguntó:

–¿Qué es la Ley Marítima Uniforme?

–¿Quién demonios lo sabe? –fue la respuesta de Gennaro.

Todos observaban la pantalla con satisfacción: definitivamente, el barco se estaba alejando de la costa.

–Deduzco que la parte difícil ha terminado –dijo Gennaro.

Grant negó con la cabeza:

–La parte difícil –declaró– está precisamente empezando.

SÉPTIMA ITERACIÓN

La matemática exigirá cada vez más valor para hacer frente a sus inferencias.

IAN MALCOLM

DESTRUYENDO EL MUNDO

Mudaron a Muldoon a otra habitación del pabellón, para preparar una cama. Hammond pareció reanimarse y empezó a ir de un lado para otro presuroso, ordenando las cosas.

–Bueno –dijo–, por lo menos se ha evitado el desastre.

–¿Qué desastre? –preguntó Malcolm, lanzando un quejido.

–Bueno –dijo Hammond–, no escaparon ni invadieron el mundo.

Malcolm se reclinó sobre uno de los codos.

–¿Estaba usted preocupado por eso?

–Es indudable que eso era lo que estaba en juego –aseveró Hammond–; esos animales, al carecer de depredadores, podrían haber salido y destruido el planeta.

–Pedazo de idiota egomaníaco –soltó Malcolm, presa de furia–. ¿Tiene idea de lo que está diciendo? ¿Cree que puede destruir el planeta? Por Dios, cuán intoxicado de poder tiene que estar usted. –Y volvió a desplomarse en la cama. Agregó–: No puede destruir este planeta. Ni siquiera se podría aproximar a hacerlo.

–La mayoría de la gente opina –dijo Hammond con rigidez– que el planeta está en peligro.

–Bueno, pues no lo está –repuso Malcolm.

–Un momento: todos los expertos coinciden... –empezó Hammond, con el rostro crispado.

–¿Se refiere al muchacho que lee el parte meteorológico en el noticiario vespertino, cuando habla de los peligros del calentamiento del globo?

–... en que nuestro planeta corre peligro.

Malcolm suspiró.

–Permítame decirle algo: nuestro planeta tiene cuatro mil millones y medio de años de antigüedad. En él ha habido vida durante prácticamente todo ese tiempo: tres coma ocho mil millones de años. Las primeras bacterias. Y, más tarde, los primeros animales multicelulares; luego, los primeros seres complejos, en el mar, sobre la tierra. Después, las grandes eras con predominio de animales: los anfibios, los dinosaurios, los mamíferos, cada una perdurando millones y millones de años. Grandes dinastías de seres que surgían, florecían y morían. Y todo ello con el telón de fondo de levantamientos continuos y violentos de la corteza terrestre, de cordilleras montañosas lanzadas hacia lo alto y gastadas por la erosión, impactos de cometas, erupciones volcánicas, océanos que ascendían y descendían, continentes enteros que se desplazaban... Incesantes cambios constantes e increíblemente violentos... Incluso hoy en día, el rasgo geográfico más grande que se observa en el planeta proviene de dos continentes que chocan, plegándose para formar la cadena montañosa del Himalaya, en el transcurso de millones de años. El planeta sobrevivió a todo, en su época. Ciertamente que le sobrevivirá a usted.

Hammond frunció el entrecejo:

–El mero hecho de que haya durado mucho tiempo no significa que sea permanente. Si ocurriese un accidente producido por radiación atómica...

–Supongamos que ocurriese –dijo Malcolm–. Digamos que se produce uno malo de verdad y que mueren todas las plantas y todos los animales, y que la Tierra crepita como una brasa ardiente durante cien mil años: la vida sobreviviría en alguna parte, bajo el suelo o, a lo mejor, congelada en el hielo ártico. Y, después de muchos años, cuando el planeta ya no fuera inhóspito, la vida nuevamente se diseminaría sobre él. Y el proceso evolutivo comenzaría una vez más. Podría ser que transcurriesen algunos miles de millones de años hasta que la vida recuperase su variedad actual. Y, claro está, sería muy diferente de lo que es hoy. Pero la Tierra sobreviviría a nuestra insensatez. Sólo nosotros –concluyó– creo que no lo haríamos.

–Bueno, si la capa de ozono se adelgaza más... –comenzó Hammond.

–Habría más radiación ultravioleta que llegaría a la superficie del planeta. ¿Y qué?

–Pues, eso ocasionaría cáncer de piel.

Malcolm negó con la cabeza, y dijo:

–La radiación ultravioleta es buena para la vida. Es una energía poderosa. Promueve la mutación, el cambio. Muchas formas de vida medrarán con más radiación uv.

–Y muchas otras fenecerán –replicó Hammond.

Malcolm suspiró.

–¿Cree que ésta es la primera vez que algo así ha ocurrido? ¿No sabe nada sobre el oxígeno?

–Sé que es necesario para la vida.

–Lo es ahora, pero el oxígeno es, en realidad, un veneno metabólico; es un gas corrosivo, como el flúor, que se usa para grabar vidrio. Y cuando lo produjeron por primera vez, como producto de desecho, algunas células vegetales, hace, digamos, alrededor de tres mil millones de años, desencadenó una crisis en todas las demás formas de vida que había en nuestro planeta: esas células vegetales estaban contaminando el ambiente con un veneno letal; estaban exhalando gas mortífero e incrementando su concentración. Un planeta como Venus tiene menos del uno por ciento de oxígeno. En la Tierra, la concentración de oxígeno estaba ascendiendo con rapidez: ¡cinco, diez, hasta, finalmente, el veintiuno por ciento! ¡La Tierra tenía una atmósfera de veneno puro! ¡Incompatible con la vida!

Hammond parecía irritado.

–Entonces, ¿qué es lo que usted quiere probar? ¿Que los contaminantes modernos se van a incorporar también?

–No. Mi tesis es que la vida que hay sobre la Tierra puede cuidar de sí misma. Para la mentalidad de un ser humano, cien años es mucho tiempo. Cien años atrás no teníamos automóviles ni aviones ni ordenadores ni vacunas... Era un mundo del todo diferente. Pero, para la Tierra, cien años no es nada. Un millón de años no es nada. Este planeta vive y respira en una escala mucho más vasta. No nos podemos imaginar sus lentos y poderosos ritmos, y carecemos de humildad para intentarlo. Hemos sido residentes de este planeta el tiempo de un abrir y cerrar de ojos. Si mañana desaparecemos, la Tierra no nos echará en falta.

–Y no sería nada raro que hubiéramos desaparecido –dijo Hammond, encolerizado.

–Sí –admitió Malcolm–. No sería nada raro.

–¿Qué es lo que está usted diciendo? ¿Que no nos deberíamos preocupar por el ambiente?

–No, claro que no.

–Entonces, ¿qué?

Malcolm tosió y fijó la mirada en el infinito:

–Seamos claros: el planeta no está en peligro. Nosotros estamos en peligro. No tenemos el poder de destruir el planeta... ni de salvarlo. Pero podríamos tener el poder de salvarnos a nosotros mismos.

BAJO CONTROL

Habían transcurrido cuatro horas. Era por la tarde; el sol se estaba poniendo. El sistema de aire acondicionado estaba nuevamente encendido en la sala de control y el ordenador funcionaba correctamente. Por lo que habían podido determinar, de veinte personas que había en la isla, ocho estaban muertas y seis más figuraban como desaparecidas. Tanto el centro de visitantes como el Pabellón Safari eran lugares seguros, y el perímetro norte parecía estar libre de dinosaurios.

Habían llamado a las autoridades de San José, pidiéndoles ayuda. La guardia nacional de Costa Rica estaba en camino, así como una ambulancia aérea para trasladar a Malcolm a un hospital. Pero, al comunicarse por teléfono, la guardia costarricense se había mostrado claramente cautelosa: era indudable que se producían llamadas telefónicas entre San José y Washington, antes de que finalmente la ayuda se enviara a la isla. Y ahora estaba avanzando el día: si los helicópteros no llegaban pronto, tendrían que esperar hasta mañana.

Mientras tanto, no había otra cosa que hacer sino aguardar. El barco estaba regresando; la tripulación había descubierto tres raptores jóvenes correteando en una de las bodegas de popa, y les habían dado muerte. En Isla Nubla, el peligro inmediato parecía conjurado; todo el mundo estaba en el centro de visitantes o en el pabellón. Tim se había vuelto bastante ducho en el manejo del ordenador, y había hecho aparecer una nueva pantalla:

Total de animales 292

Especies	*Esperados*	*Hallados*	*Versión*
Tyrannosaurus	2	1	4.1
Maiasaurus	22	20	??
Stegosaurus	4	1	3.9
Triceratops	8	6	3.1
Procompsognathida	65	64	??
Othnielia	23	15	3.1
Velocirraptor	37	27	??
Apatosaurus	17	12	3.1
Hadrosaurus	11	5	3.1
Dilophosaurus	7	4	4.3
Pterosaurus	6	5	4.3
Hypsilophodontida	34	14	??
Euoplocephalida	16	9	4.0
Styracosaurus	18	7	3.9
Microceratops	22	13	4.1
Total	298	203	

–¿Qué diablos está haciendo el ordenador? –dijo Gennaro–. ¿Ahora dice que hay menos animales?

Grant asintió con la cabeza.

–Probablemente.

Ellie agregó:

–El Parque Jurásico finalmente está quedando bajo control.

–¿Y eso qué quiere decir?

–Equilibrio. –Grant señaló uno de los monitores: en uno de ellos, los hipsilofodontes saltaron al aire cuando una manada de velocirraptores entraba en el campo desde el oeste–. Las cercas estuvieron sin corriente durante horas –explicó–. Los animales se están mezclando unos con otros. Las poblaciones están alcanzando el equilibrio, un verdadero equilibrio jurásico.

–No creo que eso fuera lo que se esperaba que ocurriera –dijo Gennaro–. Nunca se pensó en que los animales se mezclaran.

–Pues lo están haciendo.

En otro monitor, Grant vio una manada de raptores corriendo a toda velocidad, a través de un terreno abierto, en dirección a un hadrosaurio de cuatro toneladas. El hadrosaurio se volvió para huir y uno de los velocirraptores le saltó sobre el lomo, mordiéndole el largo cuello, mientras los demás avanzaban a la carrera, lo rodeaban formando un círculo, le mordisqueaban las patas y se elevaban de un salto, para abrirle el vientre de un tajo con las poderosas garras. Al cabo de unos minutos, seis raptores habían derribado a un animal más grande.

Grant miraba, silencioso.

–¿Es así como lo habías imaginado? –preguntó Ellie.

–No sé lo que había imaginado –contestó Grant. Observó el monitor, y añadió–: No, no así exactamente.

Muldoon dijo con calma:

–Sabe, parece que todos los velocirraptores adultos han salido en este preciso momento.

Grant no prestó mucha atención al principio: se limitó a observar los monitores, la interacción de los grandes animales. En el sector sur, el estegosaurio estaba blandiendo su cola armada de púas, dando cautelosas vueltas en círculo alrededor del tiranosaurio bebé, que lo observaba absorto y, de vez en cuando, acometía para mordisquear fútilmente las púas. En el cuadrante occidental, los tricerátops adultos peleaban entre ellos, lanzándose a la carga y entrecruzando los cuernos. Uno de los animales ya estaba caído, herido y agonizante.

–Todavía nos queda una hora de luz de día, doctor Grant. Si es que desea tratar de encontrar ese nido –advirtió Muldoon.

–Muy bien –asintió Grant–. Lo haré.

–Estaba pensando –dijo Muldoon– que, cuando lleguen los costarricenses, es probable que consideren que esta isla es un problema militar. Algo que hay que destruir lo antes posible.

–Tiene toda la razón –convino Gennaro.

–La bombardearán desde el aire –prosiguió Muldoon–. Quizá con napalm, quizá con gas neurotóxico también. Pero desde el aire.

–Espero que lo hagan –aprobó Gennaro–: esta isla es demasiado peligrosa. Todos los animales de esta isla deben ser destruidos, y cuanto antes mejor.

–Eso no es satisfactorio –contradijo Grant. Se puso de pie–: Empecemos.

–No creo que lo comprenda, Alan –dijo Gennaro–. En mi opinión, esta isla es demasiado peligrosa. Hay que destruirla. Todos los animales de esta isla deben ser destruidos, y eso es lo que la guardia costarricense hará. Creo que debemos dejarlo en sus expertas manos. ¿Entiende lo que estoy diciendo?

–Perfectamente.

–Entonces ¿cuál es su problema? Se trata de una operación militar. Dejemos que ellos la lleven a cabo.

A Grant le dolía la espalda, donde el raptor le había alcanzado con la garra. Dijo:

–No. Nosotros tenemos que hacernos cargo de eso.

–Déjeselo a los expertos –repitió Gennaro.

Grant recordó cómo había encontrado a Gennaro, apenas seis horas atrás: acurrucado y aterrorizado en la cabina de un camión, en el edificio de mantenimiento. Y, de repente, perdió los estribos y tomó a Gennaro por el cuello, poniéndole violentamente de espaldas contra la pared.

–Escúcheme, pedazo de hijo de puta, usted es responsable de esta situación, y va a empezar a asumirlo.

–Lo estoy haciendo –dijo Gennaro, tosiendo.

–No, no lo está haciendo. Usted ha estado rehuyendo su responsabilidad todo el tiempo, desde el mismísimo co mienzo.

–¡No, señor!

–A sus inversores les vendió una empresa que no entendía del todo. Usted era propietario parcial de un negocio cuya supervisión descuidó. No controló las actividades de un hombre del que, por experiencia, sabía que era un mentiroso, y permitió que ese hombre anduviera metiéndose con la tecnología más peligrosa de la historia humana. Yo diría que usted evadió su responsabilidad.

Gennaro volvió a toser.

–Bueno, pues ahora la estoy asumiendo.

–No. Todavía sigue evadiéndola. Y ya no puede seguir haciéndolo.

Soltó a Gennaro, que se dobló sobre sí mismo, jadeando para recuperar el aliento. Grant se volvió hacia Muldoon y preguntó:

–¿Qué tenemos que nos sirva como arma?

–Tenemos algunas redes de control y aguijadas eléctricas.

–¿Son eficaces esas aguijadas? –pregunto Grant.

–Son como las lanzas detonadoras para tiburones: tienen una punta explosiva con un condensador eléctrico; lanzan una descarga eléctrica en el momento de tocar el blanco. Alto voltaje, bajo amperaje. No es mortal, pero no hay duda de que deja imposibilitado.

–Busquemos el nido.

–¿Qué nido? –preguntó Gennaro, tosiendo.

–El nido de los velocirraptores –contestó Ellie.

–¿El nido de los raptores?
–¿Tiene collares rastreadores con radio? –prosiguió Grant.
–Estoy seguro de que los tenemos.
–Consiga uno. ¿Hay algo más que se puede utilizar para la defensa?
Muldoon negó con la cabeza.
–Bueno, consiga lo que pueda.
Muldoon se alejó. Grant se volvió hacia Gennaro, y dijo:
–Su isla es un revoltijo, señor Gennaro. Su experimento es un revoltijo. Hay que hacer una limpieza. Pero no se puede hacer mientras no conozcamos la amplitud del revoltijo. Y eso significa hallar los nidos que haya en la isla. En especial, los de raptor. Están ocultos. Tenemos que encontrarlos, inspeccionarlos y contar los huevos. Tenemos que dar cuenta de cada animal nacido en esta isla. Después, podremos quemarla hasta los cimientos. Pero primero tenemos un trabajito que hacer.

Ellie estaba mirando el mapa mural, que ahora mostraba los predios de los animales. Tim escribía en el teclado. La joven señaló el mapa.
–Los velocirraptores están localizados en la zona sur, allá donde están los terrenos con salidas de vapor volcánico. Quizá les gusta lo cálido.
–¿Hay algún sitio para esconderse ahí abajo?
–Resulta ser que sí –repuso Ellie–: hay enormes sistemas para abastecimiento de agua, con el objeto de controlar las inundaciones de las llanuras del sur. Una zona subterránea grande. Agua y sombra.
–Entonces ahí es donde estarán.
–Creo que también hay una entrada desde la playa –añadió Ellie. Se volvió hacia las consolas y dijo–: Tim, muéstranos la vista en corte del sistema de agua.
Tim no estaba escuchando.
–¿Tim?
El niño se inclinó sobre el teclado.
–Un momento: he encontrado algo.
–¿Qué es?
–Es un depósito que no figura en la lista. No sé qué hay ahí.
–Entonces, podría haber armas –dijo Grant.

Todos estaban detrás del edificio de mantenimiento, abriendo la cerradura de la puerta de acero, bajo la luz del día, para revelar escalones de hormigón que descendían hacia la tierra.

–¡Maldito Arnold! –mascullo Muldoon, mientras bajaba cojeando los escalones–. Debía de saber durante todo este tiempo que esto estaba aquí.

–Quizá no –dijo Grant–. No intentó venir hacia aquí.

–Pues entonces Hammond lo sabía. Alguien lo sabía.

–¿Dónde está Hammond ahora?

–Se ha quedado en el pabellón.

Llegaron al pie de la escalera y se toparon con hileras de máscaras antigás colgadas de la pared, dentro de recipientes de plástico. Dirigieron el haz de luz de sus linternas hacia el fondo de la habitación, y vieron varios cubos de vidrio espeso, de sesenta centímetros de altura, que tenían tapones de acero. Dentro de los cubos, Grant pudo ver pequeñas esferas oscuras. «Es como estar en una habitación llena de granos gigantes de pimienta», pensó.

Muldoon abrió la tapa de uno de los cubos, metió el brazo, hurgó y sacó una esfera. Le dio vueltas a la luz, frunciendo el entrecejo.

–Qué les parece...

–¿Qué es? –preguntó Grant.

–MORO-12: es un gas neurotóxico que actúa por inhalación. Esto son granadas. Montones y montones de granadas.

–Empecemos –dijo Grant, en tono sombrío.

–Le gusto –dijo Lex, sonriendo.

Estaban en el garaje del centro de visitantes, junto al pequeño velocirraptor que Grant había capturado en el túnel. La niña estaba acariciando al animal a través de los barrotes de la jaula. El raptor se frotó contra su mano.

–Yo tendría cuidado –advirtió Muldoon–; puede darte un desagradable mordisco.

–Le gusto –repitió Lex–. Se llama *Clarence*.

–¿*Clarence*?

–Sí.

Muldoon tenía en la mano el collar de cuero que llevaba adherida la cajita metálica. Grant oyó el sonido intermitente y agudo por los auriculares y preguntó:

–¿Es un problema ponerle el collar al animal?

Lex seguía acariciando al raptor, metiendo la mano por entre los barrotes.

–Estoy segura de que me va a dejar ponérselo –dijo.

–Yo no lo intentaría –la previno Muldoon–. Son imprevisibles.

–Estoy segura de que a mí me dejará.

Así que Muldoon le dio el collar, y ella lo levantó para que el animal lo pudiera oler. Después, lentamente, lo deslizó alrededor del cuello del velocirraptor, que adquirió un color verde más brillante cuando Lex bajó la tapa de Velcro sobre la hebilla. Después, el animal se relajó y recobró su tonalidad más desvaída otra vez.

–Quién lo diría –dijo Muldoon.

–Es un camaleón –comentó Lex.

–Los otros velocirraptores no podían hacer eso –observó Muldoon, frunciendo el entrecejo–. Este animal salvaje tiene que ser diferente. A propósito –dijo, volviéndose hacia Grant–, si todas son hembras desde el nacimiento, ¿cómo es que se reproducen? Usted nunca explicó ese asunto sobre el ADN de rana.

–No es ADN de rana, sino de anfibio. Pero ocurre que el fenómeno está particularmente bien documentado en ranas. En especial, en las ranas del oeste de África, si la memoria no me falla.

–¿Qué fenómeno es ése?

–Transición de orden sexual. En realidad, quiere decir cambio liso y llano de sexo.

Grant explicó que se conocían varias plantas, y varios animales, que tenían la facultad de cambiar de sexo durante su vida: orquídeas, algunos peces y crustáceos y, ahora, ranas. Ranas a las que se había observado poner huevos podían transformarse, en cuestión de meses, en machos perfectos: primero adoptaban la posición de pelea de los machos; perfeccionaban el silbido de llamada para apareamiento de los machos; estimulaban las hormonas y desarrollaban las gónadas de los machos y, con el tiempo, se apareaban con hembras, con buenos resultados.

–No puede hablar en serio –dijo Gennaro–. ¿Y qué determina que ocurra eso?

–Aparentemente, el cambio lo estimula un ambiente en el que todos los animales son del mismo sexo: en esa situación, algunos de los anfibios empiezan a cambiar de sexo, pasando de hembra a macho de forma espontánea.

–¿Y usted cree que eso es lo que les ocurrió a los dinosaurios?

–Hasta que contemos con una explicación mejor, sí. Creo que eso es lo que pasó. Ahora, ¿buscamos ese nido?

Se amontonaron en el jeep, y Lex sacó al raptor de su jaula. El animal parecía bastante tranquilo, casi manso, en manos de la niña. Lex le dio una palmadita final en la cabeza, y lo liberó.

El animal no se iba.

-¡Vamos, ush, ush! -dijo Lex-. ¡Vete a casa!

El velocirraptor dio la vuelta y corrió, metiéndose entre el follaje.

Grant tenía el receptor y llevaba los auriculares. Muldoon conducía. El vehículo iba dando tumbos por el camino principal, en dirección al sur. Gennaro se volvió hacia Grant y preguntó:

-¿Cómo es? Me refiero al nido.

-Nadie lo sabe.

-Pero creí que usted los había desenterrado.

-Desenterré nidos fósiles de dinosaurio. Pero todos los fósiles están distorsionados por el paso de milenios. Hemos elaborado algunas hipótesis, algunas suposiciones, pero nadie sabe realmente cómo eran los nidos.

Grant estaba atento a las señales auditivas electrónicas, y le hizo a Muldoon un gesto para que se dirigiera más hacia el oeste. Cada vez parecía más evidente que Ellie estaba en lo cierto: el nido se hallaba en los terrenos volcánicos del sur.

Meneó la cabeza.

-Hay que darse cuenta de que no sabemos todos los detalles acerca de la conducta de anidación de los reptiles vivientes, como, por ejemplo, los cocodrilos y los caimanes o aligátores. Resultan unos animales difíciles de estudiar.

Pero sí se sabía que, en el caso de los caimanes americanos, sólo las hembras vigilan el nido, aguardando el momento de la eclosión de los huevos. El caimán macho se pasa muchos días, al principio de la primavera, tumbado al lado de la hembra, formando pareja, soplándole burbujas en los carrillos para lograr que se muestre receptiva, consiguiendo al fin que levante la cola y le permita insertar su pene. Para cuando la hembra construye el nido, unos dos meses después, el macho hace ya mucho tiempo que se ha marchado. Las hembras vigilan ferozmente su nido en forma de cono y de un metro de altura, y cuando las crías empiezan a chillar y salir del cascarón, la hembra los ayuda a romper los huevos y los empuja hacia el agua, en ocasiones llevándolos en la boca.

–¿Así que los caimanes adultos protegen a las crías?

–Sí –replicó Grant–. Y existe una especie de protección en grupo. Los caimanes jóvenes emiten un distintivo grito de alarma, y esto hace acudir en su ayuda a cualquier adulto que lo oiga, ya se trate o no de sus padres, realizando un ataque completo y de gran violencia. No es una exhibición de amenaza. Constituye un ataque en toda regla.

–¡Oh...!

Gennaro se quedó en silencio.

–Pero los dinosaurios no son reptiles –dijo Muldoon lacónicamente.

–Exactamente. Las pautas de anidamiento de los dinosaurios podrían estar mucho más emparentadas con las que exhiben diversos pájaros.

–Así que lo que usted realmente quiere decir es que no sabe –dijo Gennaro, empezando a sentirse molesto–, que no sabe cómo es el nido.

–Así es –convino Grant–. No lo sé.

–Bueno –comentó Gennaro–, ¡los malditos expertos son una gran cosa!

Grant pasó por alto la observación: ya podía oler el azufre y, allá delante, vio el vapor ascendente de los terrenos volcánicos.

«El suelo está caliente», pensó Gennaro mientras avanzaba. Estaba realmente caliente. Aquí y allá el barro burbujeaba y saltaba en chorros desde el suelo, y el vapor sulfuroso, fétido, siseaba formando grandes surtidores que le llegaban hasta el hombro. Se sentía como si estuviera andando por el infierno.

Miró a Grant, que caminaba con los auriculares puestos, prestando atención a las señales audibles. Grant, con sus botas, sus pantalones vaqueros y su camisa hawaiana, aparentemente tan tranquilo. Gennaro no se sentía tranquilo: estaba asustado de estar en ese lugar hediondo, infernal, con los velocirraptores dando vueltas por alguna parte. No entendía cómo Grant podía estar tan campante.

O la mujer, Sattler. También andaba mirando con calma por los alrededores.

–¿No está nervioso? –preguntó Gennaro–. Me refiero a si esto no le preocupa.

–Tenemos que hacerlo –contestó Grant. No dijo más.

Todos avanzaron, yendo entre las chimeneas volcánicas por las que escapaba vapor hirviente. Gennaro pasó los dedos por las granadas de gas que se había abrochado al cinturón. Se volvió hacia Ellie.

–¿Por qué Grant no está preocupado?

–Quizá lo esté –repuso la joven–, pero también ha pensado sobre ello toda su vida.

Gennaro asintió con la cabeza y se preguntó cómo sería eso. Si habría algo que él hubiera esperado toda su vida: decidió que no había cosa alguna.

Grant entornó los ojos por la luz del sol. Delante, a través de velos de vapor, se veía un animal acuclillado, que los miraba. Después, huyó.

–¿Era el raptor? –preguntó Ellie.

–Así lo creo. U otro. Un ejemplar joven, de todos modos.

–¿Guiándonos? –preguntó la joven.

–Quizá.

Ellie le había contado cómo los raptores habían jugado ante la cerca, para retener su atención mientras otro trepaba al techo. De ser eso cierto, tal conducta entrañaría una capacidad mental que sobrepasaba la de casi todas las formas de vida de la Tierra. La postura clásica era la de creer que la capacidad de inventar y ejecutar planes estaba limitada a sólo tres especies: los chimpancés, los gorilas y los seres humanos. Ahora se planteaba la posibilidad de que también un dinosaurio fuese capaz de hacerlo.

El velocirraptor volvió a aparecer, saliendo súbitamente a la luz, para desaparecer después de un salto emitiendo un chillido. Realmente, parecía estar guiándoles.

–¿Son muy astutos? –preguntó Gennaro frunciendo el entrecejo.

–Si piensa en ellos como pájaros –contestó Grant–, entonces tiene que preguntarse cuán inteligentes son: algunos estudios muy recientes del papagayo de la India muestran que estos animales tienen casi tanta inteligencia simbólica como un chimpancé. Y no hay duda alguna de que los chimpancés usan un lenguaje. Ahora, los investigadores están descubriendo que los loros tienen el desarrollo emocional de un niño de tres años, pero no se pone en duda su inteligencia. No se discute que los loros pueden razonar de forma simbólica.

—Pero nunca he oído hablar de nadie a quien hubiese matado un loro —masculló Gennaro.

A lo lejos pudieron oír el ruido de la rompiente en la costa de la isla. Ahora, con los terrenos volcánicos detrás de ellos, se enfrentaban con un campo rocoso lleno de bloques pétreos. El pequeño velocirraptor trepó a una roca, subiéndose a ella y, después, desapareció abruptamente.

—¿Adónde se ha ido? —preguntó Ellie.

Grant estaba prestando atención a los auriculares. La señal electrónica intermitente se detuvo:

—Se ha ido —dijo.

Avanzaron presurosos y, en medio de las rocas, hallaron un agujero, como la entrada a una madriguera, de unos sesenta centímetros de diámetro. Mientras observaban reapareció el raptor bebé, parpadeando por la luz. Después, escapó a toda velocidad.

—Imposible —dijo Gennaro—. No hay forma de que yo baje por ahí.

Grant no respondió; él y Ellie empezaron a enchufar los equipos. Pronto tuvo una pequeña cámara de televisión conectada a un monitor portátil. Ató la cámara a una cuerda, la puso en marcha y la bajó por el agujero.

—No se puede ver nada de esa manera —dijo Gennaro.

—Dejemos que se ajuste —contestó Grant. A lo largo de la parte superior del túnel había suficiente luz como para que vieran paredes lisas de tierra y, después, el túnel se abría súbita, bruscamente. Por el micrófono oyeron un chillido; después, un sonido más bajo, como un berrido. Más ruidos. Parecían provenir de muchos animales.

—A juzgar por el ruido podría ser el nido —opinó Ellie.

—Pero no se puede ver nada —insistió Gennaro.

Y se enjugó el sudor de la frente.

—No —admitió Grant—. Pero puedo oír. —Escuchó un rato más; luego izó la cámara y la dejó en el suelo—. Empecemos.

Trepó hasta el agujero. Ellie fue a buscar una linterna y una aguijada. Grant se colocó la máscara antigás y se agachó con torpeza, extendiendo las piernas hacia atrás.

—No puede decir en serio que va a meterse ahí —dijo Gennaro.

—No me preocupa. Yo iré primero; después, Ellie; usted vendrá detrás —anunció Grant.

–Un momento, espere un momento –se alarmó Gennaro–. ¿Por qué no dejamos caer estas granadas de gas neurotóxico por el agujero, y después bajamos? ¿No tendría más sentido?

–Ellie, ¿tienes la linterna?

La joven se la alcanzó.

–¿Qué le parece? –insistió Gennaro–. ¿Qué dice?

–Nada me gustaría más –dijo Grant. Empezó a meter las piernas por el agujero, y añadió–: ¿Alguna vez ha visto morir a alguien por la acción de un gas venenoso?

–No...

–Por lo general, produce convulsiones. Terribles convulsiones.

–Mire, lamento mucho que sea desagradable, pero...

–Óigame, la única razón por la que nos vamos a meter en este nido es porque necesitamos descubrir cuántos animales salieron del huevo: si matamos a los animales primero, y alguno de ellos cae en los nidos como consecuencia de las convulsiones espasmódicas, eso no impedirá ver lo que había ahí. Así que no podemos hacerlo.

–Pero...

–Usted fabricó esos animales, señor Gennaro.

–Yo no lo hice.

–Su dinero lo hizo. Sus esfuerzos lo hicieron. Usted ayudó a crearlos. Ahora son creación suya. Y usted no puede matarlos sólo porque se siente un poco nervioso.

–No estoy un poco nervioso. Estoy asustado hasta...

–Síganme –dijo Grant. Ellie le pasó una aguijada. Grant se empujó hacia atrás por el agujero y gruñó–: Es muy estrecho.

Exhaló y tendió los brazos hacia delante, frente a él: hubo una especie de aspiración y Grant desapareció.

El agujero se abrió ante ellos, vacío y negro.

–¿Qué le ha pasado? –exclamó Gennaro, alarmado.

Ellie se adelantó y se inclinó cerca del agujero, apretando la oreja contra la abertura.

Encendió la radio y llamó en voz baja:

–¿Alan?

Hubo un prolongado silencio. Después, oyeron un tenue:

–Aquí estoy.

–¿Está todo bien, Alan?

Otro silencio prolongado. Cuando Grant habló por fin, su voz sonó claramente extraña, casi sorprendida:

—Todo está bien —dijo.

CASI EL PARADIGMA

En el pabellón, John Hammond caminaba de un lado a otro por la habitación de Malcolm. Estaba impaciente e incómodo: después de esforzarse para lanzar su última explosión emocional, Malcolm cayó en coma, y ahora Hammond pensaba que realmente podía morir. Claro que se había enviado un helicóptero, pero sólo Dios sabía cuándo llegaría. El pensamiento de que, mientras tanto, Malcolm podría morir le llenaba de angustia y temor.

Y, paradójicamente, Hammond encontraba todo eso mucho peor porque el matemático le desagradaba. Resultaba peor que si hubiera sido su amigo: Hammond pensaba que la muerte de Malcolm, de producirse, sería el reproche final, y eso era más de lo que él podía soportar.

Sea como fuere, el olor que había en la habitación era sumamente desagradable. Sumamente desagradable. El olor de putrefacción de carne humana.

—Todo... parad... —dijo Malcolm, agitándose en la almohada.

—¿Se está despertando? —preguntó Hammond.

Harding negó con la cabeza.

—¿Qué ha dicho? ¿Algo del paraíso?

—No le he entendido —dijo Harding.

Hammond recorrió la habitación un rato más. Abrió del todo las ventanas, tratando de hacer que entrara aire fresco. Por fin, cuando ya no lo pudo soportar, preguntó:

—¿Hay algún problema en que me vaya fuera?

—No lo creo —repuso Harding—. Creo que este sector está bien.

—Bueno, mire, voy a salir un poco.

—Muy bien —dijo Harding, y ajustó el flujo del antibiótico intravenoso.

—Volveré pronto.

—Muy bien.

Hammond salió, emergiendo a la luz del día, preguntándose por qué se había molestado en justificarse ante Harding: después de todo, ese hombre era su empleado; él no tenía necesidad de explicarse.

Pasó por los portones de la cerca, recorriendo el parque con la mirada. Era el final de la tarde, la hora en que la bruma flotante disminuía y a veces aparecía el sol. Había salido ahora, y Hammond lo tomó como un buen augurio: dijeran lo que dijeran, sabía que su parque tenía futuro. Y aun cuando ese tonto impetuoso de Gennaro decidiera quemarlo hasta los cimientos, eso no alteraría mucho las cosas.

Hammond sabía que en dos sótanos separados, en la casa matriz de InGen, en Palo Alto, había grandes cantidades de embriones congelados de esos dinosaurios. No sería problema hacer que se desarrollasen otra vez, en otra isla de cualquier parte del mundo. Y si había habido problemas aquí, entonces la próxima vez los resolverían. Así era como funcionaba el mundo. Así era como se producía el progreso: resolviendo problemas.

Mientras pensaba en ello, llegó a la conclusión de que Wu realmente no había sido el hombre indicado para el trabajo: era evidente que había sido descuidado, demasiado indiferente ante su gran empresa. Y había estado demasiado absorto en la idea de introducir mejoras; en vez de fabricar dinosaurios, había querido mejorarlos. Hammond tenía la oscura sospecha de que ése era el motivo de la ruina del parque.

Wu era el motivo.

Asimismo, tuvo que admitir que John Arnold no estaba preparado para el trabajo de jefe de ingenieros. Arnold tenía un historial impresionante, pero llegado a ese punto de su carrera estaba cansado y veía problemas por todas partes. No había sabido organizar las cosas.

A decir verdad, ni Wu ni Arnold habían poseído el atributo más importante, decidió Hammond: el atributo de la visión. Ese gran acto arrebatador de imaginación que evocaba un parque maravilloso y niños apretados contra las cercas, maravillándose ante los extraordinarios seres, seres de historieta que habían cobrado vida. Verdadera visión. La capacidad de ver lo futuro. La capacidad de manejar los recursos para hacer que esa visión de futuro se convirtiera en realidad.

No, ni Wu ni Arnold estaban capacitados para esa tarea.

Y, si era por eso, Ed Regis había sido una mala elección también. Harding, en el mejor de los casos, había sido una elección indiferente. Muldoon era un borracho...

Hammond sacudió la cabeza para aventar esas ideas: lo haría mejor la próxima vez.

Perdido en sus pensamientos, se dirigió hacia su bungalow, recorriendo el camino que se dirigía hacia el norte desde el centro de visitantes. Pasó junto a uno de los trabajadores, que lo saludó fríamente con una inclinación de cabeza. Hammond no devolvió el saludo: hallaba que los trabajadores costarricenses eran uniformemente insolentes. A decir verdad, la elección de esa isla enfrente de Costa Rica tampoco había sido prudente. No cometería otra vez errores tan obvios...

Cuando llegó, el rugido del dinosaurio pareció aterradoramente próximo. Hammond se volvió tan deprisa que cayó en el sendero y, cuando miró hacia atrás, creyó ver la sombra del T-rex joven, desplazándose entre el follaje junto al sendero, acercándosele.

¿Qué estaba haciendo ahí el T-rex? ¿Por qué estaba fuera de las cercas?

Hammond sintió un relámpago de ira. Entonces vio al trabajador costarricense huyendo para salvar la vida y aprovechó la oportunidad para ponerse en pie y correr ciegamente hacia el bosque que estaba en el lado opuesto del sendero. Envuelto en la oscuridad, tropezó y cayó de bruces contra hojas húmedas y tierra mojada, y, vacilante, volvió a ponerse de pie, corrió hacia delante, cayó otra vez y, después, corrió una vez más. Ahora bajaba por una empinada colina, y no pudo mantener el equilibrio. Se desplomó, sin poder evitarlo, rodando y girando sobre sí mismo en el suelo blando, antes de detenerse finalmente al pie de la colina. Cayó de cara sobre tibia agua poco profunda, que gorgoteaba alrededor y le subió por la nariz.

Estaba caído boca abajo en un arroyuelo.

¡Se había dejado dominar por el pánico! ¡Qué tonto! ¡Debió haber ido a su bungalow! Se maldijo a sí mismo. Cuando se ponía en pie sintió un dolor agudo en el tobillo derecho, que le hizo que las lágrimas brotasen de sus ojos. Lo palpó con cuidado: podía estar roto. Se esforzó por apoyar todo su peso sobre el tobillo, apretando los dientes hasta hacerlos rechinar.

Sí.

Casi seguro que estaba roto.

En la sala de control, Lex confió a Tim:
–Ojalá nos hubieran llevado con ellos al nido.
–Es demasiado peligroso para nosotros, Lex. Tenemos que quedarnos aquí. Aquí, escucha éste.
Apretó otro botón y el rugido grabado de un tiranosaurio resonó a través de los altavoces del parque.
–Ése es bonito –aprobó Lex–. Es mejor que el otro.
–Tú también lo puedes hacer. Y si aprietas esto, haces que haya resonancia.
–Déjame probar –dijo Lex.
Apretó el botón: el tiranosaurio rugió otra vez.
–¿Podemos hacer que dure más? –preguntó.
–Por supuesto. Simplemente, le das vuelta a esta cosa...

Tendido al pie de la colina, Hammond oyó rugir al tiranosaurio, bramando a través de la jungla.
¡Dios mío!
Se estremeció al oír el sonido. Era aterrador, un alarido que venía de otro mundo. Esperó para ver qué ocurría. ¿Qué haría el tiranosaurio? ¿Ya habría atrapado al trabajador? Esperó, oyendo sólo el zumbido de las cicadáceas silvestres, hasta que se dio cuenta de que estaba conteniendo la respiración, y dejó escapar un prolongado suspiro.
Con un tobillo lesionado no podía trepar la colina: tendría que esperar en el fondo del barranco. Una vez que el tiranosaurio se fuera, gritaría pidiendo ayuda. Mientras tanto, no estaba en peligro.
Fue entonces cuando oyó una voz amplificada que decía:
–Vamos, Timmy, yo también lo voy a intentar. Vamos. Déjame hacer el ruido.
¡Los chicos!
El tiranosaurio volvió a rugir, pero esta vez se oyeron nítidos armónicos musicales, y una especie de eco, que perduraba después de haber terminado el rugido en sí.
–Qué bonito –dijo la niña–. Hazlo otra vez.
¡Esos malditos chicos!
Nunca debió haber traído a esos niños. No habían sido más que un problema desde el principio. Nadie los quería cerca. Los había traído porque creyó que eso detendría a Gennaro en su intención de destruir el centro de recreo, pero Gennaro lo iba a hacer de todos modos. Y resultaba evidente que los chicos se habían metido

en la sala de control y estaban jugando con los equipos... Ahora bien, ¿quién había permitido eso?

Sintió que el corazón le latía con fuerza y sintió que le faltaba el aire. Se obligó a reposar. No pasaba nada malo: aunque no podía subir por la colina, no debía de estar a más de noventa metros de su propio bungalow y del centro de visitantes. Se sentó en la tierra mojada prestando atención a los sonidos provenientes de la jungla que lo rodeaba. Y después, al cabo de un rato, empezó a gritar pidiendo ayuda.

La voz de Malcolm no era más que un susurro:

–Todo... parece diferente... al otro lado –suspiró.

Harding se inclinó para acercársele.

–¿Al otro lado?

Pensó que Malcolm estaba hablando de morir.

–Cuando... sustituciones... –prosiguió Malcolm.

–¿Sustituciones?

Malcolm no contestó. Sus secos labios se movieron:

–Paradigma –dijo, por fin.

–¿Sustituciones de paradigma? –preguntó Harding.

Sabía algo sobre las sustituciones de paradigma. Durante los últimos veinte años ésa había sido expresión de moda para hablar de los cambios científicos. «Paradigma» no era más que otro término para designar un modelo, pero, de la manera en que los científicos la utilizaban, la palabra quería decir más que eso: una visión del mundo; una manera más vasta de ver el mundo. Se decía que las sustituciones de paradigma tenían lugar cada vez que la ciencia producía un cambio de importancia en su visión del mundo. Tales cambios eran muy poco frecuentes y ocurrían alrededor de una vez por siglo: la evolución darwiniana había forzado una sustitución de paradigma; la mecánica cuántica había forzado una sustitución más pequeña.

–No –dijo Malcolm–. No... paradigma... más allá..

–¿Más allá del paradigma? –dijo Harding.

–No me preocupa... que... nunca más...

Harding suspiró: a pesar de todos sus esfuerzos, Malcolm estaba cayendo rápidamente en un delirio terminal. Le había aumentado la fiebre y casi se había agotado la existencia de los antibióticos que necesitaba.

–¿Qué es lo que no le preocupa?

–Nada. Porque... todo se ve diferente... al otro lado.
Y sonrió.

EL DESCENSO

–Usted está loca –le dijo Gennaro a Ellie Sattler, al observar cómo se metía hacia atrás, comprimiéndose contra las paredes de aquella madriguera, extendiendo los brazos hacia delante–. ¡Ha de estar loca para hacer eso!

La joven sonrió.

–Probablemente –contestó.

Tendió hacia delante las manos, que tenía muy abiertas, y se impulsó hacia atrás apoyándose en los lados del agujero. Y, de repente, desapareció.

Gennaro empezó a sudar. Se volvió hacia Muldoon, que estaba de pie al lado del jeep.

–No voy a hacerlo –anunció.

–Sí lo hará.

–No puedo hacerlo. No puedo.

–Le están esperando –declaró Muldoon–. Tiene que hacerlo.

–Sólo Cristo sabe lo que hay allá abajo. Se lo digo: no puedo hacerlo.

–Tiene que poder.

Gennaro se volvió, miró el agujero, miró hacia atrás.

–No puedo. Usted no me puede obligar.

–Supongo que no –aceptó Muldoon. Sostenía en alto la vara de acero inoxidable–. ¿Ha sentido alguna vez el efecto de una aguijada eléctrica?

–No.

–No hace gran cosa; casi nunca es fatal. Por lo general, produce inconsciencia. Quizá haga que se aflojen los intestinos. Pero, por lo común, no produce efectos permanentes. No en los dinosaurios, por lo menos. Ahora, en cuanto a personas, que son mucho más pequeñas...

Gennaro miró la vara.

–Usted no lo haría.

–Creo que es mejor que baje y cuente esos animales –sugirió Muldoon–. Y es mejor que se dé prisa.

Gennaro miró el agujero que estaba a sus espaldas, la abertura negra, una boca en la tierra. Después miró a Muldoon, estaba ahí de pie, grande e implacable.

El abogado estaba sudando y la cabeza le daba vueltas. Empezó a caminar hacia el agujero: desde cierta distancia parecía pequeño, pero a medida que uno se acercaba parecía hacerse más grande.

–Eso es –dijo Muldoon.

Gennaro se metió de espaldas en el agujero, pero empezó a sentirse demasiado atemorizado para seguir de esa manera. La idea de entrar de espaldas en lo desconocido lo llenaba de pavor, así que, en el último momento, se volvió y entró en el agujero metiendo primero la cabeza, extendiendo los brazos hacia delante e impulsándose con los pies porque así, por lo menos, vería dónde iba. Se colocó la máscara antigás.

Y, de repente, se precipitó hacia delante, deslizándose hacia la negrura, viendo las paredes de tierra desaparecer en la oscuridad que tenía ante sí. Después, las paredes se hicieron más estrechas, mucho más estrechas, aterradoramente estrechas, y se perdió en el dolor de una compresión asfixiante que cada vez se hacía peor, que le aplastaba los pulmones extrayéndole el aire, y sólo fue nebulosamente consciente de que el túnel se ladeaba levemente hacia arriba, a lo largo, trasladando su cuerpo, dejándolo jadeante y viendo puntos ante los ojos, y el dolor se agudizó.

Entonces, de manera repentina, el túnel volvió a inclinarse hacia abajo y se hizo más amplio, y Gennaro sintió superficies ásperas, hormigón, y aire frío. Su cuerpo estaba súbitamente libre, y rebotando, se desplomó sobre homigón.

Y cayó.

Voces en la oscuridad. Dedos que le tocaban, tendiéndose hacia delante desde las voces susurrantes. El aire era frío, como el de una caverna.

–¿... está bien?

–Parece estar bien, sí.

–Está respirando...

–Muy bien...

Una mano femenina acariciándole la cara: era Ellie.

–¿Puede oír? –dijo ella.

–¿Por qué todos están susurrando? –preguntó Gennaro.

–Porque...

Ellie señaló con el dedo. Gennaro se volvió, rodó sobre sí mismo. Y se puso de pie con lentitud. Fijó la mirada, a medida que su vista se acostumbraba a la oscuridad. Pero lo primero que vio, brillando, fueron ojos. Ojos verdes refulgentes.

Muchísimos ojos. Todos a su alrededor.

Estaba en un reborde de hormigón, una especie de terraplén, unos dos metros por encima del suelo. Grandes cajas de empalme, de acero, brindaban un escondrijo improvisado que los protegía de la vista de los dos velocirraptores totalmente desarrollados que estaban erguidos directamente delante de ellos, a una distancia que no llegaba a los tres metros. Los animales eran de color verde oscuro, con bandas parduscas como de tigre. Estaban erguidos sobre las patas traseras, equilibrándose sobre las rígidas colas extendidas; totalmente silenciosos, mirando en derredor con sus grandes ojos, vigilando. A los pies de los adultos, crías recién nacidas de velocirraptor jugueteaban dando saltitos y gorjeando. Más atrás, ejemplares jóvenes brincaban y jugaban, emitiendo refunfuños y gruñidos breves.

Gennaro no se atrevía a respirar.

–¡Dos raptores!

Agachado en el reborde, estaba sólo a treinta o sesenta centímetros por encima de las cabezas de los animales. Los velocirraptores parecían inquietos, movían la cabeza nerviosamente hacia arriba y hacia abajo. De vez en cuando resoplaban con impaciencia. Después se alejaron, volviendo hacia el grupo principal.

Cuando su visión se adaptó, Gennaro pudo ver que estaban en una especie de enorme estructura subterránea, pero artificial: había junturas de hormigón y se veían las protuberancias de unas varillas de acero. Y, dentro de ese vasto recinto en el que retumbaban los sonidos, había treinta velocirraptores. Quizá más.

–Es una colonia –susurró Grant–. Cuatro o seis adultos. El resto, jóvenes y recién nacidos. Por lo menos, dos nacimientos recientes; uno, el año pasado, y el otro, este año: esos bebés parecen tener unos cuatro meses de edad. Es probable que hayan salido del huevo en abril.

Uno de los bebés, curioso, estaba retozando en el reborde y se acercó a ellos, chillando. Ahora estaba a menos de tres metros.

–¡Oh, Dios! –musitó Gennaro.

Pero de inmediato, uno de los adultos se adelantó, levantó la cabeza y, con delicadeza, empujó al bebé con suaves golpes de hocico para que volviera. La cría gorjeó una protesta; después, dio un salto para encaramarse en el hocico del adulto. Éste se movió con lentitud, para permitir que la cría le trepara a la cabeza, le bajara por el cuello y se le subiera al lomo. Desde ese sitio protegido, la cría se dio la vuelta y gorjeó ruidosamente a los tres intrusos. Los adultos todavía parecían no haber advertido la presencia de los seres humanos.

–No lo entiendo –susurró Gennaro–. ¿Por qué no atacan?

Grant sacudió la cabeza en gesto de negación.

–No nos deben de ver. Y no hay huevos por el momento... Eso hace que estén más tranquilos.

–¿Tranquilos? –dijo Gennaro–. ¿Cuánto tiempo nos tenemos que quedar aquí?

–El suficiente para hacer el recuento –dijo Grant.

Según vio Grant, había tres nidos, cuidados por tres conjuntos de padres. La división del territorio se centraba, aproximadamente, en torno a los nidos, aunque las proles parecían superponerse y correr en diferentes territorios. Los adultos eran bondadosos con las crías muy jóvenes y más rudos con las de mayor edad, y a veces daban mordiscos a los animales mayores, cuando el juego de éstos se hacía demasiado violento.

En ese momento, un raptor muy joven llegó hasta Ellie y se frotó la cabeza contra la rodilla de la joven. Ellie miró hacia abajo y vio el collar de cuero con la caja negra. Estaba mojada en un punto. Y había excoriado la piel del cuello del animal, que gemía.

En el gran recinto de abajo, uno de los adultos se volvió, curioso, hacia el lugar del que provenía el sonido.

–¿Crees que se lo podré quitar? –preguntó Ellie.

–Pero hazlo de prisa.

–Muuuy bien –dijo Ellie, poniéndose en cuclillas al lado del pequeño velocirraptor, que gimió de nuevo.

Los adultos resoplaron; sus cabezas subieron y bajaron como boyas en el agua. Ellie acarició al pequeño, tratando de calmarlo, para acallar sus gemidos. Movió las manos hacia el collar de cuero y volvió a levantar la lengüeta de Velcro, que sonó como si se rasgara. Con movimiento espasmódico, los adultos levantaron la cabeza.

Después, uno de ellos se encaminó hacia Ellie.

–Oh, mierda –dijo Gennaro entre dientes.

–No se mueva –indicó Grant–. Mantenga la calma.

El adulto pasó junto a ellos; los largos dedos curvos de las patas sonaban con un clic al posarse en el hormigón. El animal se detuvo frente a Ellie, que se mantenía acuclillada junto a la cría, detrás de una caja de acero. La cría estaba al descubierto, y la mano de Ellie seguía sobre el collar. El adulto alzó la cabeza y olfateó el aire; su enorme cabeza estaba muy cerca de la mano de la botánica, pero no podía verla debido a la caja de empalmes. A modo de ensayo, una lengua asomó con rapidez.

Grant se llevó la mano hasta una granada de gas, la sacó del cinturón y mantuvo el pulgar en la argolla del seguro. Gennaro alargó una mano para contenerlo, negó con la cabeza y señaló en dirección a Ellie.

La joven no llevaba su máscara.

Grant bajó la granada y buscó a tientas la aguijada. El animal todavía estaba muy cerca de Ellie y entonces, de forma repentina, el adulto retrocedió un paso o dos.

Ellie aflojó y sacó la tira de cuero. El metal de la hebilla tintineó al caer sobre el hormigón. El adulto movió la cabeza imperceptiblemente y, después, la levantó hacia un lado, curioso. Otra vez avanzaba para investigar, cuando la pequeña cría chilló con alegría y salió a la carrera. El adulto permaneció al lado de Ellie. Después, se dio la vuelta por fin y regresó al centro del nido.

Gennaro lanzó el aire que había retenido.

–Por Dios. ¿Podemos marcharnos?

–No –repuso Grant–. Pero creo que podemos hacer parte del trabajo ahora.

Al fulgor verde fosforescente de las lentes de visión nocturna, Grant escudriñó el recinto desde el reborde, en busca del primer nido: estaba hecho con barro y paja, en forma de una canasta amplia y poco profunda. Grant contó los restos de catorce huevos. Por supuesto que no podía contar las cáscaras reales desde esa distancia y, de todos modos, hacía mucho se habían roto y estaban esparcidas por el suelo, pero pudo contar las depresiones que había en el barro: al parecer, los velocirraptores hacían el nido poco antes de que se pusieran los huevos, que dejaban una huella permanente en el barro. Grant también vio pruebas de que uno, por lo menos, se había roto. Reconoció la existencia de trece animales.

El segundo nido estaba roto por la mitad. Pero Grant estimó

que había contenido nueve cáscaras de huevo. El tercero tenía quince huevos, pero parecía que tres se habían roto temprano.

–¿Cuál es el total? –preguntó Gennaro.

–Treinta y cuatro nacidos –dijo Grant.

–¿Y cuántos ve?

Grant movió la cabeza en gesto de negación: los animales corrían por todo el cavernoso espacio interior, entrando en la luz y saliendo de ella con mucha rapidez.

–He estado observando –dijo Ellie, iluminando con la linterna su libreta de anotaciones–. Habría que tomar fotos para estar seguros, pero todas las marcas que hay en el hocico de los recién nacidos son diferentes: mi cómputo es de treinta y tres.

–¿Y ejemplares jóvenes, pero de más edad?

–Veintidós. Pero, Alan... ¿no notas algo extraño en ellos?

–¿Como qué?

–El modo en que se disponen. Quiero decir, su ordenamiento en el espacio: se sitúan en el recinto según una especie de pauta.

Grant frunció el entrecejo.

–Está bastante oscuro... –observó.

–No, mira. Mira tú mismo. Observa a los pequeñitos cuando no están jugando: cuando están jugando brincan y corren hacia cualquier parte. Pero, entre juegos, cuando están quietos, observa cómo orientan el cuerpo. O bien miran hacia esa pared, o hacia la de enfrente. Es como si se pusieran en fila.

–No lo sé, Ellie. ¿Piensas que hay una metaestructura colonial? ¿Como con las abejas?

–No, no exactamente. Es más sutil que eso. Simplemente es una tendencia.

–¿Y los bebés la siguen?

–Todos la siguen. Los adultos también. Obsérvalos. Te lo digo: se alinean.

Grant frunció el entrecejo. Daba la impresión de que Ellie tenía razón: los animales se dedicaban a toda clase de actividades, pero, durante los períodos de pausa, parecían orientarse de maneras particulares, casi como si hubiera líneas invisibles en el suelo.

–No me lo explico –manifestó–. Quizá haya una brisa...

–Si la hay, no la siento, Alan.

–¿Qué están haciendo? ¿Es algún tipo de organización social, expresada en forma de estructura espacial?

–Eso no tiene sentido, porque lo hacen todos.

Gennaro levantó su reloj.

–Sabía que esta cosa resultaría útil algún día.

Debajo de la esfera del reloj había una brújula.

–¿Eso tiene mucha aplicación en el tribunal?

–No. –Gennaro meneó la cabeza–. Mi esposa me lo dio para que no me perdiera.

–¿Es una broma?

–Nunca se lo pregunté. –Fijó la vista en la brújula–. Bueno –aclaró–, no están alineados según algo... Supongo que están en posición nordeste-sudoeste, algo así. No hay una orientación en especial.

–Quizá estén oyendo algo, volviendo la cabeza para poder oír... –aventuró Ellie–. ... O quizá no es más que una conducta ritual –prosiguió–, una conducta identificatoria de la especie, que les sirve para identificarse entre sí. Pero quizá no tenga un significado más amplio. O tal vez sean extraños. Tal vez los dinosaurios sean extraños. O puede que se trate de una especie de comunicación.

Grant estaba pensando lo mismo: las abejas se podían comunicar en forma espacial, ejecutando una especie de danza. A lo mejor, los dinosaurios podían hacer lo mismo.

Gennaro los observaba, y preguntó:

–¿Por qué no salen al exterior?

–Son de hábitos nocturnos.

–Sí, pero es como si se escondiesen.

Grant se encogió de hombros. Momentos después, los ejemplares recién nacidos empezaron a chillar y a saltar, excitados. Los adultos los observaron con curiosidad durante unos instantes. Y después, con un ulular y un griterío que retumbaron en el oscuro recinto cavernoso, todos los dinosaurios se volvieron y corrieron, dirigiéndose por el túnel de hormigón hacia la oscuridad que aguardaba más allá.

HAMMOND

John Hammond se sentó pesadamente en la tierra mojada de la ladera y trató de recuperar el aliento. «Dios bendito, hace calor», pensó. Calor y humedad. Se sentía como si estuviera respirando a través de una esponja.

Miró hacia abajo, hacia el lecho del arroyo, ahora doce metros por debajo de donde había llegado: parecía que hubieran pasado horas desde que dejó el arroyuelo y empezó a subir la colina. El tobillo estaba ya tumefacto y de color púrpura oscuro; no podía cargarle nada de peso encima. Se veía forzado a subir la colina saltando sobre la otra pierna, que le dolía por el esfuerzo.

Y estaba sediento. Antes de dejar el arroyuelo detrás de sí, había bebido de él, aun cuando sabía que eso era una necedad: ahora se sentía mareado y, a veces, la cabeza le daba vueltas. Tenía problemas de equilibrio. Pero sabía que tenía que subir la colina y regresar al sendero de arriba. Creyó haber oído varias veces pisadas en el sendero, durante las horas pasadas, y en cada ocasión había gritado pidiendo auxilio. Pero, por alguna razón, su voz no había llegado suficientemente lejos y no le habían rescatado. Por eso, a medida que caía la tarde, empezó a comprender que tendría que trepar la colina, con la pierna lesionada o no. Y eso era lo que estaba haciendo ahora.

«Esos malditos chicos.»

Hammond sacudió la cabeza, tratando de despejarla. Llevaba subiendo más de una hora y sólo había logrado recorrer un tercio de la distancia colina arriba. Y estaba cansado, jadeando como un perro viejo. Le palpitaba la pierna. Estaba mareado. Por supuesto, sabía perfectamente bien que no corría peligro, ya casi veía su bungalow, por el amor de Dios, pero tenía que admitir que estaba cansado: sentado en la ladera de la colina descubrió que, realmente, ya no quería seguir moviéndose.

«¿Y por qué no habría de estar cansado?», pensó: tenía setenta y seis años. Ésa no era edad para andar subiendo colinas. Aunque estaba en óptimo estado para un hombre de su edad. Personalmente, esperaba vivir hasta los cien. Tan sólo era cuestión de cuidarse, de atender a las cosas a medida que se iban presentando. Ciertamente, tenía abundantes razones para vivir. Otros parques que construir. Otras maravillas que crear...

Oyó un grito; después, un gorjeo de algún pájaro pequeño que andaba saltando por la maleza. Había estado oyendo animales pequeños toda la tarde. Vivían toda clase de animales por ahí: ratas, zarigüeyas, víboras.

El grito creció en intensidad, y pedacitos de tierra rodaron por la ladera, más arriba de donde él estaba: algo se movía hacia allí. Y en ese momento vio un animal color verde oscuro bajando la colina a saltitos, que avanzaba hacia él, y otro más, y otro más.

«Compis» pensó, y sintió escalofríos.

Carroñeros.

Los compis no tenían aspecto peligroso: eran casi tan grandes como las gallinas y se desplazaban subiendo y bajando la cabeza con cortos movimientos espasmódicos y nerviosos, como las gallinas. Pero Hammond sabía que eran peligrosos: su mordedura tenía un veneno de acción lenta, que usaban para matar animales incapaces de moverse.

«Animales incapaces de moverse», pensó, frunciendo el entrecejo.

El primero de los compis se puso en cuclillas en la ladera, mirándolo con fijeza. Se situó a cerca de metro y medio de distancia, más allá de su alcance, y se limitó a observarlo. Otros bajaron poco después y se colocaron en hilera. Observando. Brincaban, gorjeaban y agitaban sus manitas armadas con garras.

–¡Shuuu! ¡Fuera! –exclamó, y tiró una piedra.

Los compis retrocedieron, pero apenas unas decenas de centímetros. No tenían miedo. Parecían saber que no podía herirles.

Furioso, Hammond arrancó la rama de un árbol y la blandió contra ellos. Los compis esquivaron la rama, mordisquearon las hojas, gorjearon con alegría: parecían creer que el hombre estaba practicando algún juego.

Hammond volvió a pensar en el veneno: recordaba que uno de los cuidadores de animales había sido mordido por un compi en una jaula. El hombre dijo que el veneno era como un narcótico; apaciguante, soporífero. Sin dolor.

La víctima simplemente deseaba irse a dormir.

«¡Al demonio con eso!», pensó. Tomó una piedra, apuntó con cuidado y la arrojó, acertándole a un compi en pleno pecho. El animalito lanzó un grito de alarma cuando fue proyectado hacia atrás, y rodó sobre la cola. Los demás animales retrocedieron de inmediato.

Mejor.

Hammond se volvió y empezó a subir la colina una vez más. Con ramas en ambas manos, subió saltando sobre la pierna izquierda, sintiendo el dolor en el muslo. No había recorrido más de tres metros cuando uno de los compis se le subió de un salto a la espalda. Hammond agitó los brazos en todas direcciones, derribando al animal, pero perdió el equilibrio y resbaló nuevamente por la ladera. Cuando se detuvo en su caída, un segundo compi se lanzó hacia él de un salto y le asestó un diminuto mordisco en la mano. Hammond miró, aterrorizado al ver la sangre fluyendo entre los dedos. Se volvió y empezó a trepar a gatas la ladera, una vez más.

Otro compi le saltó sobre el hombro, y Hammond sintió un breve dolor cuando el animal le mordió la nuca. Hammond gritó y se quitó de encima al animal de un golpe. Se volvió para hacer frente a los animales, respirando con dificultad. Los compis lo rodeaban por completo, saltando y alzando la cabeza, observándolo. Desde el lugar de la mordedura en el cuello, sintió un calor que fluía a través de los hombros, recorriéndole la médula espinal hacia abajo.

Tendido de espaldas en la ladera empezó a sentirse extrañamente relajado, indiferente a sí mismo. Y se dio cuenta de que nada estaba mal. No se había cometido error alguno. Malcolm estaba del todo equivocado en su análisis. Hammond yacía muy quieto, quieto como un niño en su cuna, y se sintió maravillosamente en paz. Cuando el siguiente compi llegó y le mordió el tobillo, sólo hizo un esfuerzo, sin mucho empeño, para alejarlo de un puntapié. Los animalitos se le acercaron más. Pronto estuvieron gorjeando alrededor de él, como aves excitadas. Hammond alzó la cabeza cuando otro compi se le subió al pecho de un salto; lo encontró sorprendentemente liviano y delicado. Sólo sintió un leve dolor, muy leve, cuando el compi se inclinó para morderle el cuello.

LA PLAYA

Al perseguir los dinosaurios, siguiendo las curvas y pendientes de hormigón, Grant repentinamente irrumpió en el exterior, a través de una cavernosa abertura, y se encontró en la playa, mirando el océano Pacífico. A su alrededor, los velocirraptores jóvenes estaban retozando y alborotando en la arena. Pero, uno por uno, retrocedieron hasta ponerse a la sombra de las palmeras que crecían en el borde del manglar, y ahí permanecieron, alineados según su particular modalidad, observando el océano. Tenían la vista clavada en dirección sur.

—No lo entiendo —dijo Gennaro.

–Yo tampoco –contestó Grant–. Lo que sí entiendo es que resulta claro que no les gusta el sol.

No había mucho sol en la playa, flotaba una leve bruma y el océano estaba neblinoso. Pero ¿por qué habían abandonado súbitamente el nido? ¿Qué había llevado a toda la colonia a la playa?

Gennaro levantó la esfera de su reloj y observó con la brújula la forma en que estaban dispuestos los animales:

–Nordeste-sudoeste. Igual que antes.

Detrás de la playa, en lo profundo del bosque, oyeron el zumbido profundo de la cerca electrificada:

–Por lo menos, ahora sabemos cómo salen de la cerca –dijo Ellie.

Entonces, oyeron la palpitación de motores diesel y, a través de la bruma, vieron aparecer un barco en el sur. Un carguero grande, que se desplazaba lentamente hacia el norte.

–¿Así que ése es el porqué de que hayan salido? –dijo Gennaro.

Grant asintió.

–Deben de haberlo oído venir.

Mientras pasaba el carguero, todos los animales lo observaban, en silencio, salvo por un ocasional grito o gorjeo. A Grant le impresionó la coordinación que exhibían en su conducta, la manera en que se movían y actuaban como grupo. Pero, quizá, realmente, no era algo tan misterioso. Repasó mentalmente la secuencia de sucesos que habían comenzado en la cueva.

Los primeros que se agitaron fueron los ejemplares recién nacidos. Luego se dieron cuenta los adultos. Y, por último, todos los animales acudieron a la playa en tropel. Esa secuencia parecía entrañar que los animales más jóvenes, dotados de mayor agudeza auditiva, habían descubierto primero el barco. Después, los adultos condujeron la manada hacia la playa. Y, mientras observaba, vio que los adultos se hacían cargo de la situación. Había una clara organización espacial a lo largo de la playa, a medida que los animales se acomodaban; no era laxa y cambiante, como lo había sido en el recinto; era, por el contrario, bastante regular, casi militarmente ordenada: los adultos estaban separados unos de otros alrededor de nueve metros, más o menos, cada adulto rodeado por un enjambre de crías muy jóvenes. Los ejemplares jóvenes, semiadolescentes, se situaban entre los adultos y ligeramente delante de ellos.

Pero Grant también veía que no todos los adultos eran iguales: había una hembra con una lista distintiva a lo largo de la cabeza, y estaba en el centro mismo del grupo, cuando éste se ordenó a lo largo de la playa. Esa misma hembra también había permanecido en el centro de la zona de anidamiento. Grant conjeturó que, al igual que algunas manadas de monos, los raptores estaban organizados según un ordenamiento matriarcal jerárquico, basado en la edad de los componentes, y que ese animal listado era la hembra alfa de la colonia. Los machos, según veía, estaban dispuestos para actuar en la defensa: en el perímetro del grupo.

Pero, a diferencia de los monos, que estaban organizados en forma laxa y flexible, los dinosaurios mantenían una disposición rígida, casi una formación militar. Después estaba, también, la rareza de la orientación espacial según el eje nordeste-sudoeste. Eso escapaba a la comprensión de Grant. Pero, en otro sentido, no le sorprendía: los paleontólogos habían estado exhumando huesos durante tanto tiempo, que olvidaban cuán poca información se podía recoger de un esqueleto. Los huesos podían decir algo sobre el aspecto general de un animal, su talla, su peso; podían decir algo sobre cómo se adherían los músculos y, en consecuencia, algo sobre la conducta, a muy grandes rasgos, del animal durante su vida. Podían brindar indicios en cuanto a las pocas enfermedades que afectaban los huesos. Pero un esqueleto era un elemento pobre para intentar deducir a partir de él la conducta global de un organismo.

Puesto que los huesos eran todo lo que los paleontólogos tenían, huesos eran lo que utilizaban. Al igual que sus colegas, Grant era un gran experto en huesos. Y, en alguna parte del camino, había empezado a olvidarse de las posibilidades indemostrables: que podrían haber tenido conducta y vida social organizadas según pautas enteramente misteriosas para sus posteriores descendientes, los mamíferos. Que, puesto que los dinosaurios fueron pájaros, fundamentalmente...

–¡Oh, Dios mío! –exclamó Grant.

Permaneció con la vista clavada en los velocirraptores ordenados en rígida formación a lo largo de la playa, observando en silencio el barco. Y, de repente, comprendió lo que estaba viendo.

–Esos animales –dijo Gennaro–, están desesperados por escapar de aquí.

–No –repuso Grant–, no quieren escapar en absoluto.

–¿No?

–No: quieren emigrar.

SE ACERCA LA OSCURIDAD

–¡Emigrar! ¡Eso es fantástico! –comentó Ellie.

–Sí –asintió Grant con una risa irónica.

–¿Adónde supones que quieren ir?

–No lo sé –contestó Grant y, en ese momento, los enormes helicópteros irrumpieron a través de la niebla, atronando y describiendo giros sobre el paisaje, mostrando la parte inferior de sus fuselajes cargada de armamento. Los velocirraptores se dispersaron, alarmados, cuando uno de los helicópteros describió un círculo hacia atrás, siguiendo la línea de la rompiente, y a continuación se desplazó para aterrizar en la playa. Una puerta se abrió con violencia y soldados vestidos con uniformes verde oliva corrieron hacia Grant y los suyos. Grant oyó el rápido parloteo de voces hablando en castellano, y vio que Muldoon ya estaba a bordo con los niños. Uno de los soldados dijo en inglés:

–Por favor, vengan con nosotros. Por favor, no hay tiempo. Síganme.

Grant miró hacia atrás, a la playa en la que habían estado los raptores, pero no los vio. Todos los animales habían desaparecido. Era como si nunca hubieran existido. Los soldados tiraban de él, y se dejó llevar por debajo de las aspas, que giraban con ruido sordo, y trepó a la aeronave por la gran compuerta. Muldoon se inclinó y gritó en la oreja de Grant:

–Nos quieren fuera de aquí ahora. ¡Lo van a hacer ahora!

Los soldados los empujaron a los asientos y los ayudaron a abrocharse los cinturones. Tim y Lex saludaron a Grant agitando la mano, y súbitamente vio cuán jóvenes eran y cuán exhaustos estaban; Lex bostezaba, reclinándose en el hombro de su hermano.

Un oficial se acercó a Grant y gritó:

–Señor, ¿está usted a cargo?

–No. No estoy a cargo.

–¿Quién está a cargo, por favor?

–No lo sé.

El oficial fue hasta Gennaro y le hizo la misma pregunta:

–¿Está usted a cargo?

–No –dijo Gennaro.

El oficial miró a Ellie, pero no le dijo nada. La compuerta

quedó abierta cuando despegaron, y Grant se inclinó hacia fuera para ver si podía echar un último vistazo a los velocirraptores, pero el helicóptero ya se hallaba por encima de las palmeras, desplazándose hacia el norte sobre la isla.

Grant se inclinó hacia Muldoon y gritó:

–¿Qué ha pasado con los demás?

–Ya se han ido Harding y algunos trabajadores –grito Muldoon–. Hammond tuvo un accidente: le encontraron en la colina que hay cerca de su bungalow. Debió de caerse.

–¿Se encuentra bien? –preguntó Grant.

–No. Los compis lo alcanzaron.

–¿Y qué hay de Malcolm?

Muldoon hizo un gesto de negación con la cabeza.

Grant estaba demasiado cansado como para afligirse mucho por cualquier cosa. Se volvió y miró hacia atrás por la compuerta: estaba oscureciendo y, a la luz del ocaso, apenas pudo ver al pequeño rex, con las mandíbulas cubiertas de sangre, agachado sobre un hadrosaurio en la orilla de la laguna, con la vista alzada hacia el helicóptero y rugiendo cuando la máquina pasó cerca.

En alguna parte, detrás de ellos, oyeron explosiones y después, delante, vieron otro helicóptero que giraba, entre la niebla, sobre el centro de visitantes y, un instante después, el edificio estalló en una bola de fuego color anaranjado brillante. Lex se echó a llorar y Ellie le pasó el brazo alrededor tratando de que no mirara.

Grant tenía la vista clavada en el suelo, y tuvo una última visión fugaz de los hipsilofodontes, saltando con el donaire de gacelas, instantes antes de que otra explosión fulgurara con brillo cegador debajo de ellos. El helicóptero de Grant ganó altura y después se desplazó hacia el este, saliendo hacia el océano.

Grant se reclinó en su asiento. Pensó en los dinosaurios erguidos en la playa y se preguntó adónde habrían emigrado si hubieran podido; se dio cuenta de que nunca lo sabría, y se sintió triste y aliviado al mismo tiempo.

El oficial se acercó de nuevo, inclinándose hacia él.

–¿Está usted a cargo?

–No.

–Por favor, señor, ¿quién está a cargo?

–Nadie.

El helicóptero cobró velocidad mientras enfilaba hacia tierra firme. Hacía frío ahora y los soldados cerraron la puerta. Mientras lo hacían, Grant miró hacia atrás sólo una vez, y vio la isla recortada contra un cielo y un mar de un púrpura intenso, envuelta en una espesa niebla que velaba las explosiones rojo blanco que se producían en rápida sucesión, hasta que pareció que toda la isla destellaba: un punto brillante cada vez más pequeño en la noche cada vez más oscura.

Epílogo:

SAN JOSÉ

Pasaron los días. El gobierno fue cortés y los alojó en un bonito hotel de San José. Eran libres de ir y venir y de llamar a quienquiera que desearan. Pero no se les permitía abandonar el país. Todos los días, un joven de la embajada norteamericana los visitaba para preguntarles si necesitaban algo y para explicarles que Washington estaba haciendo todo lo que podía para acelerar su partida. Pero el hecho liso y llano era que mucha gente había muerto en una posesión territorial de Costa Rica. El hecho liso y llano era que a duras penas se había evitado un desastre ecológico. El gobierno de Costa Rica sentía que había sido inducido a confusión, y engañado, por John Hammond y sus planes para la isla. Dadas las circunstancias, el gobierno no estaba dispuesto a darse prisa en liberar a los sobrevivientes. Ni siquiera permitió el entierro de Hammond ni de Ian Malcolm: sencillamente esperaba.

A Grant le parecía que todos los días lo llevaban a otro organismo estatal, donde lo interrogaba otro cortés e inteligente funcionario gubernamental. Le hacían repetir su relato una y otra vez: cómo había conocido a John Hammond; qué sabía del proyecto; cómo había recibido el fax de Nueva York; por qué había ido a la isla; qué había ocurrido en ella.

Los mismos detalles, una y otra vez, día tras día. El mismo relato.

Durante mucho tiempo, Grant pensó que debían de creer que

les estaba mintiendo y que había algo que deseaban que les dijera, aunque no se podía imaginar qué era. Y, sin embargo, de alguna extraña manera, parecían estar esperando.

Por fin, una tarde estaba sentado junto a la piscina del hotel, observando chapotear a Tim y Lex, cuando un norteamericano vestido de caqui se dirigió a él.

–No nos conocemos –se presentó–; me llamo Marty Gutiérrez. Soy investigador científico; trabajo aquí, en el puesto de Carara.

–Usted fue quien encontró el espécimen originario del *Procompsognathus* –contestó Grant.

–Así es, sí. –Gutiérrez se sentó al lado de Grant–. Debe de estar ansioso por volver a casa.

–Sí, sólo me quedan unos días de excavación antes de que llegue el invierno. En Montana, como usted sabe, las primeras nieves caen, por lo común, en agosto.

–¿Es ésa la razón por la que la Fundación Hammond apoyaba las excavaciones en zonas boreales? ¿Porque era más factible recuperar material genético intacto de dinosaurios en los lugares con clima frío?

–Eso es lo que supongo, sí.

–El señor Hammond era un hombre astuto.

Grant no dijo nada. Gutiérrez se reclinó en el asiento de la piscina.

–Las autoridades no se lo dirán –dijo por fin–, porque tienen miedo y, quizá, también están ofendidas por lo que ustedes hicieron. Pero algo muy peculiar está ocurriendo en las regiones rurales.

–¿Están mordiendo a los bebés?

–No, a Dios gracias, eso terminó. Pero hay algo más: esta primavera, en la sección de Ismaloya, que está al norte, más allá de Puntarenas, unos animales desconocidos se comieron los sembrados de una manera muy peculiar: cada día se desplazaban según una línea, casi tan recta como una flecha, que iba desde la costa, pasando por las montañas y se adentraba en la jungla.

Grant se enderezó en su asiento.

–Como una emigración –continuó Gutiérrez–. ¿No diría usted eso?

–¿Qué sembrados? –preguntó Grant.

–Bueno, era extraño: sólo comieron habichuelas de agama, y soja y, a veces, pollos.

–Alimentos ricos en lisina. ¿Qué les pasó a esos animales?

–Se supone que entraron en la jungla. Sea como fuere, no se los encontró. Claro que resultaría difícil buscarlos allí: una partida de búsqueda podría pasar años en las montañas de Ismaloya, sin que se encuentren indicios de dónde están.

–Y se nos retiene aquí porque...

Gutiérrez se encogió de hombros.

–El gobierno está preocupado. Quizá haya más animales. Más problemas. Se mueven con cautela.

–¿Cree usted que hay más animales? –preguntó Grant.

–No lo sé. ¿Puede decir algo usted?

–No. No lo podría decir.

–¿Pero tiene sospechas?

–Es posible que los haya. Sí.

–Estoy de acuerdo.

Gutiérrez se levantó lentamente de la silla, ayudándose con los brazos. Saludó con la mano a los niños, que estaban jugando en la piscina, y añadió:

–Es probable que envíen a los chicos de vuelta a su casa: no hay motivo para no hacerlo. –Se puso las gafas de sol–. Disfrute de su estancia entre nosotros, doctor Grant. Éste es un país encantador.

–¿Me está diciendo que no vamos a ninguna parte?

–Ninguno de nosotros va a ninguna parte, doctor Grant –repuso Gutiérrez, sonriendo.

Después, dio media vuelta y caminó hacia la entrada del hotel.

AGRADECIMIENTOS

RECONOCIMIENTOS

Al preparar esta novela me basé en los trabajos de muchos eminentes paleontólogos, especialmente en los de Robert Bakker, John Horner, John Ostrom y Gregory Paul. También hice uso de los esfuerzos de la nueva generación de ilustradores, entre los que se cuentan Kenneth Carpenter, Margaret Colbert, Stephen y Sylvia Czerkas, John Gurche, Mark Hallett, Douglas Henderson y William Stout, cuyas reconstrucciones incorporan una nueva visión de cómo se comportaban los dinosaurios.

Algunas de las ideas aquí presentadas acerca del paleo-ADN, el material genético de los animales extinguidos, fueron enunciadas por primera vez por George O. Poinar (h) y Roberta Hess, que formaron el Grupo de Estudio de ADN Extinto en Berkeley. Algunas disquisiciones sobre la teoría del caos provienen, en parte, de los comentarios de Ivar Ekeland y James Gleick. Los programas para ordenador de Bob Gross inspiraron algo de la parte gráfica. La obra del fallecido Heinz Pagels inspiró el personaje de Ian Malcolm.

Sin embargo, este libro es por entero ficción y los puntos de vista en él expresados me pertenecen en su totalidad, así como cualquier error que exista en el texto.

ÍNDICE

TERCERA ITERACIÓN

CUARTA ITERACIÓN

QUINTA ITERACIÓN

SEXTA ITERACIÓN

SÉPTIMA ITERACIÓN